TEMPO DE PERDOAR

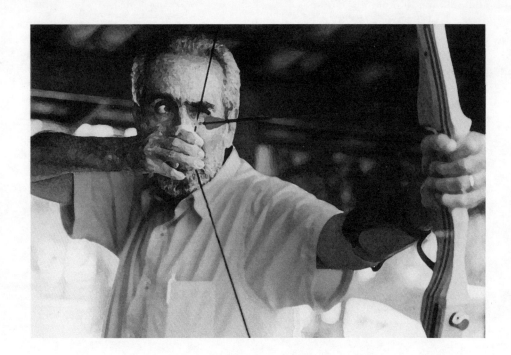

O Arqueiro

GERALDO JORDÃO PEREIRA (1938-2008) começou sua carreira aos 17 anos, quando foi trabalhar com seu pai, o célebre editor José Olympio, publicando obras marcantes como *O menino do dedo verde*, de Maurice Druon, e *Minha vida*, de Charles Chaplin.

Em 1976, fundou a Editora Salamandra com o propósito de formar uma nova geração de leitores e acabou criando um dos catálogos infantis mais premiados do Brasil. Em 1992, fugindo de sua linha editorial, lançou *Muitas vidas, muitos mestres*, de Brian Weiss, livro que deu origem à Editora Sextante.

Fã de histórias de suspense, Geraldo descobriu *O Código Da Vinci* antes mesmo de ele ser lançado nos Estados Unidos. A aposta em ficção, que não era o foco da Sextante, foi certeira: o título se transformou em um dos maiores fenômenos editoriais de todos os tempos.

Mas não foi só aos livros que se dedicou. Com seu desejo de ajudar o próximo, Geraldo desenvolveu diversos projetos sociais que se tornaram sua grande paixão.

Com a missão de publicar histórias empolgantes, tornar os livros cada vez mais acessíveis e despertar o amor pela leitura, a Editora Arqueiro é uma homenagem a esta figura extraordinária, capaz de enxergar mais além, mirar nas coisas verdadeiramente importantes e não perder o idealismo e a esperança diante dos desafios e contratempos da vida.

John Grisham

Tempo de perdoar

Título original: *A Time for Mercy*

Copyright © 2020 by Belfry Holdings, Inc.

Copyright da tradução © 2021 por Editora Arqueiro Ltda.

Todos os direitos reservados. Nenhuma parte deste livro pode ser utilizada ou reproduzida sob quaisquer meios existentes sem autorização por escrito dos editores.

Esta é uma obra de ficção. Nomes, personagens, lugares e acontecimentos são fruto da imaginação do autor ou foram usados de forma fictícia. Qualquer semelhança com pessoas reais, vivas ou mortas, eventos ou localidades é mera coincidência.

tradução: Bruno Fiuza e Roberta Clapp
preparo de originais: Melissa Lopes
revisão: Ana Grillo e Luis Américo Costa
diagramação: Ana Paula Daudt Brandão
capa: Raul Fernandes
imagem de capa: © Jaroslaw Blaminsky | Trevillion Images
impressão e acabamento: Associação Religiosa Imprensa da Fé

CIP-BRASIL. CATALOGAÇÃO NA PUBLICAÇÃO
SINDICATO NACIONAL DOS EDITORES DE LIVROS, RJ

G888t

Grisham, John, 1955-
  Tempo de perdoar / John Grisham ; [tradução Bruno Fiuza, Roberta Clapp]. - 1. ed. - São Paulo : Arqueiro, 2021.
  560 p. ; 23 cm.

  Tradução de: A time for mercy
  ISBN 978-65-5565-224-6

  1. Ficção americana. I. Fiuza, Bruno. II. Clapp, Roberta. III. Título.

21-73533   CDD: 813
                        CDU: 82-3(73)

Camila Donis Hartmann - Bibliotecária - CRB-7/6472

Todos os direitos reservados, no Brasil, por
Editora Arqueiro Ltda.
Rua Funchal, 538 – conjuntos 52 e 54 – Vila Olímpia
04551-060 – São Paulo – SP
Tel.: (11) 3868-4492 – Fax: (11) 3862-5818
E-mail: atendimento@editoraarqueiro.com.br
www.editoraarqueiro.com.br

À memória de
Sonny Mehta,
presidente, editor e publisher da Knopf

1

A casinha triste ficava na área rural, cerca de 10 quilômetros ao sul de Clanton, em uma velha estrada do condado que não levava a nenhum lugar em particular. A construção não era visível da estrada, e o acesso a ela era por um caminho de cascalho tortuoso, com desníveis e curvas, de modo que, à noite, a luz dos faróis dos carros que se aproximavam piscava na porta e nas janelas da frente, como que para alertar quem estivesse do lado de dentro. O isolamento da casa fazia aumentar a iminente sensação de terror.

Passava muito da meia-noite, na madrugada de sábado para domingo, quando os faróis por fim apareceram. Sua luz se infiltrou na casa e projetou sombras ameaçadoras nas paredes, que então sumiram quando o carro deu um mergulho antes da aproximação final. Os ocupantes da casa já deveriam estar dormindo há horas, mas era impossível dormir naquelas noites horríveis. Sentada no sofá da sala, Josie respirou fundo, fez uma prece rápida e se voltou para a janela a fim de observar o carro. Será que ele estaria errático e cambaleante ou estaria controlado? Estaria bêbado como costumava estar naquelas noites ou teria pegado leve na bebida? Ela vestia um negligê sexy para chamar a atenção dele e quem sabe alterar seu estado de espírito da violência para o romance. Ela já o havia usado antes, e ele tinha gostado.

O carro parou junto à casa e ela o observou descer. Ele cambaleou e tropeçou, e ela se preparou para o que estava por vir. Foi até a cozinha, que estava com a luz acesa, e esperou. Ao lado da porta, parcialmente escondido em um dos cantos, havia um taco de beisebol de alumínio que pertencia a seu filho. Ela o havia colocado ali uma hora antes, por precaução, apenas para o caso de ele atacar as crianças. Rezara para ter coragem de usá-lo, mas continuava hesitante. Ele deu um encontrão na porta da cozinha e sacudiu a maçaneta, como se estivesse trancada; não estava. Conseguiu abri-la com um pontapé, e ela bateu com força na geladeira.

Stuart era um bêbado desleixado e violento. Sua pele pálida de irlandês estava vermelha; as bochechas, mais vermelhas ainda; e os olhos ardiam com um fogo alimentado a uísque que ela já tinha visto muitas vezes antes. Aos 34 anos, ele estava ficando grisalho e calvo, e tentava disfarçar esse fato com um penteado horroroso sobre a cabeça, que depois de uma noitada virava um emaranhado de longos fios de cabelo pendendo na altura da orelha. Seu rosto não tinha cortes nem hematomas, o que poderia ser um bom sinal, ou não. Ele gostava de arrumar confusão nos bares e, após uma noite agitada, normalmente lambia as feridas e ia direto para a cama. Mas, quando não havia pancadaria, sempre chegava em casa procurando briga.

— Tá fazendo o quê acordada, porra? — rosnou ele, enquanto tentava fechar a porta.

Com a maior calma possível, Josie respondeu:

— Estava só esperando você, querido. Tudo bem?

— Eu não preciso que fique me esperando. Que horas são? Duas da manhã?

Ela deu um sorriso afável, como se estivesse tudo bem. Uma semana antes, tinha decidido ir para a cama e esperá-lo no quarto. Ele chegou tarde em casa, subiu as escadas e foi ameaçar os filhos dela.

— Quase duas — respondeu ela, baixinho. — Vamos pra cama.

— Por que está vestindo essa coisa? Parece uma vagabunda. Veio alguém aqui hoje à noite?

Uma acusação corriqueira naqueles dias.

— Claro que não — disse ela. — Estou só arrumada pra dormir.

— Você é uma piranha.

— Vamos lá, Stu. Estou com sono. Vamos pra cama.

— Quem é ele? — grunhiu ele enquanto caía de costas contra a porta.

— Quem é ele o quê? Não tem ninguém. Eu fiquei aqui a noite toda com as crianças.

– Você é uma vadia mentirosa, sabia?

– Não é mentira, Stu. Vamos pra cama. Está tarde.

– Essa noite eu ouvi falar que alguém viu a caminhonete do John Albert por aqui há uns dias.

– E quem é John Albert?

– "E quem é John Albert?", perguntou a putinha. Você sabe muito bem quem é John Albert. – Ele se afastou da porta e começou a andar na direção dela com passos vacilantes, tentando se equilibrar na bancada. Apontou para ela e disse: – Você é uma vagabunda e seus outros namorados ficam rondando por aí. Eu já te avisei.

– Você é o meu único namorado, Stuart. Eu já te disse isso mil vezes. Por que não acredita em mim?

– Porque você é uma mentirosa e já te peguei mentindo antes. Lembra do cartão de crédito, sua vadia?

– Poxa, Stu. Isso foi ano passado, e a gente deixou esse assunto pra trás.

Ele se atirou para cima dela e agarrou-lhe o pulso com a mão esquerda. Com a mão direita aberta, deu um tapa na altura do queixo dela, produzindo um estalo alto e pavoroso, carne contra carne. Ela deu um grito de dor e de choque. Tinha dito a si mesma para fazer qualquer coisa menos gritar, porque seus filhos estariam lá em cima ouvindo tudo por trás da porta trancada.

– Para com isso, Stu! – gritou, segurando o próprio rosto e tentando recuperar o fôlego. – Chega de me bater! Eu disse que iria embora e juro que vou!

Ele caiu na gargalhada.

– Ah, é mesmo? E pra onde você vai, sua vadia? Voltar pro trailer no meio do mato? Vai morar no seu carro de novo? – Ele a puxou pelo pulso, virando-a, colocou o antebraço grosso no pescoço dela e rosnou em seu ouvido: – Você não tem pra onde ir, vadia, nem mesmo pro estacionamento de trailers onde você nasceu.

Josie sentiu em sua orelha o calor da saliva e o fedor de uísque barato e cerveja atingiu suas narinas.

Ela se sacudiu tentando se soltar, mas ele levantou o braço dela pelas costas até quase a altura dos ombros, como se estivesse tentando quebrá-lo. Ela não conseguiu evitar dar outro grito, e sentiu pena dos filhos quando fez isso.

– Você vai quebrar meu braço, Stu! Para, por favor!

Ele baixou o braço dela alguns centímetros, mas a apertou com mais força.

– Pra onde você vai? – sibilou no ouvido dela. – Você tem um teto, comida na mesa, um quarto pros seus dois filhos malcriados e quer falar de ir embora? Acho que não.

Ela fez força e se contorceu, tentando se soltar, mas ele era um homem forte e transtornado.

– Você vai quebrar meu braço, Stu. Por favor, me solta!

Em vez disso, ele puxou com força de novo, e Josie gritou. Ela deu um coice com o calcanhar descalço e acertou a canela dele, depois girou e acertou suas costelas com o cotovelo. Isso não causou nenhum dano, mas o deixou confuso por um instante, permitindo que ela se soltasse, derrubando uma cadeira no chão. Mais barulho para assustar seus filhos.

Ele avançou para cima dela como um touro ensandecido, agarrou-a pelo pescoço, pressionou-a contra a parede e cravou as unhas no pescoço dela. Josie não conseguia gritar, engolir nem respirar, e o brilho de loucura que viu nos olhos dele lhe dizia que aquela seria a última briga dos dois. Aquele era o momento em que ele finalmente iria matá-la. Ela tentou chutá-lo, mas errou e, em um piscar de olhos, ele desferiu um forte gancho de direita que acertou em cheio o queixo dela, fazendo com que apagasse. Ela caiu de barriga para cima no chão, com as pernas abertas. Seu negligê estava aberto, expondo os seios. Ele ficou parado por um ou dois segundos, admirando o que havia feito.

– A vadia me bateu primeiro – murmurou.

Depois foi até a geladeira, onde achou uma lata de cerveja. Abriu-a, deu um gole, limpou a boca com as costas da mão e esperou para ver se ela ia acordar ou se continuaria desmaiada. Ela não se mexia, então ele chegou mais perto, para conferir se estava respirando.

Ele tinha brigado na rua a vida toda e conhecia a regra número um: acerte no queixo que o outro apaga de vez.

A casa estava silenciosa, mas ele sabia que as crianças estavam lá em cima, escondidas, à espera.

DREW ERA DOIS anos mais velho que a irmã, Kiera, mas a puberdade, assim como a maioria das mudanças normais em sua vida, estava demorando a chegar. Ele tinha 16 anos, era baixinho para a idade, e isso o incomodava, principalmente quando estava ao lado da irmã, que lidava com mais um estirão de crescimento. O que os dois não sabiam ainda era que tinham pais diferentes e que o desenvolvimento físico deles jamais estaria em sincronia. Genealogias à parte, naquele momento estavam tão fortemente unidos quanto dois irmãos poderiam estar, ouvindo aterrorizados enquanto a mãe era espancada mais uma vez.

A violência vinha crescendo e os abusos haviam se tornado mais frequentes. Eles imploravam a Josie para irem embora, e ela prometera, mas os três sabiam que não havia para onde ir. Ela garantiu que as coisas iriam melhorar, que Stu era um homem bom quando não bebia e estava determinada a amá-lo até que ele se curasse.

Não havia para onde ir. A última "casa" deles tinha sido um velho trailer estacionado no quintal de um parente distante, que sentia vergonha de tê-los em sua propriedade. Os três sabiam que só estavam suportando a convivência com Stu porque ele tinha uma casa de verdade, com tijolos e teto de zinco. Não estavam passando fome, embora ainda tivessem memórias dolorosas daquela época, e frequentavam a escola. Aliás, a escola era um santuário para eles, porque Stu nunca passava perto dela. Havia problemas por lá também – o lento progresso acadêmico de Drew, a escassez de amigos, as roupas velhas, as filas para conseguir uma refeição de graça –, mas pelo menos na escola eles estavam seguros, longe de Stu.

Mesmo quando estava sóbrio, o que, felizmente, representava a maior parte do tempo, ele era um idiota repulsivo que se ressentia de ter que sustentá-los. Ele nunca tivera filhos, não só porque não os queria como também porque seus dois casamentos haviam terminado pouco depois de começar. Ele era um abusador que achava que sua casa era seu castelo. As crianças eram hóspedes indesejáveis, quase como invasores, portanto deveriam fazer todo o trabalho sujo. Com abundância de mão de obra ao seu dispor, ele inventava uma lista interminável de tarefas, a maioria delas destinada a disfarçar o fato de que ele próprio era um completo preguiçoso. Ao menor sinal de descuido, xingava as crianças e fazia ameaças. Comprava comida e cerveja só para ele, e exigia que os magros contracheques de Josie cobrissem o lado "deles" da mesa.

Mas as tarefas, a comida e as ameaças não eram nada comparadas à violência.

JOSIE NÃO SE mexia e respirava com dificuldade. Ele ficou parado acima dela, olhou para os seus seios e, como sempre, desejou que fossem maiores. *Merda, até a Kiera tem mais peito.* Sorriu ao pensar nisso e decidiu ir dar uma olhada. Atravessou a sala, pequena e escura, e começou a subir a escada, fazendo o máximo de barulho possível para assustá-los. No meio do caminho, chamou com uma voz estridente, ébria, zombeteira:

– Kiera, ô Kiera...

Na escuridão, ela tremeu de medo e apertou o braço de Drew com ainda mais força. Stu continuou a subir pesadamente, seus passos ecoando nos degraus de madeira.

– Kiera, ô Kiera...

Ele abriu primeiro a porta de Drew, que estava destrancada, e a fechou com força. Girou a maçaneta da porta de Kiera e a encontrou trancada.

– Arrá! Kiera, eu sei que você tá aí. Abre essa porta.

Ele investiu contra a porta com o ombro.

Os irmãos estavam sentados juntinhos na beirada da cama estreita, olhando para a porta. Drew havia encontrado uma barra de metal enferrujada no celeiro e improvisara um ferrolho, que eles rezavam para que fosse capaz de segurar a porta. Uma ponta estava presa à porta e a outra à estrutura de metal da cama.

Quando Stu começou a sacudir a fechadura, Drew e Kiera, conforme haviam ensaiado, se apoiaram contra a barra de metal para aumentar a pressão. Eles tinham praticado pensando nessa situação e estavam quase certos de que a porta aguentaria. Também haviam planejado um ataque caso a porta abrisse. Kiera pegaria uma velha raquete de tênis e Drew usaria um pequeno frasco de spray de pimenta que guardava no bolso. Josie o havia comprado para os filhos, só por precaução. Stu poderia até bater de novo neles, mas pelo menos eles cairiam lutando.

Ele conseguiria, com facilidade, derrubar a porta com um chute. Tinha feito isso um mês antes e depois fez um escândalo quando teve que pagar 100 dólares por uma nova. A princípio, insistiu para que Josie pagasse, depois pediu dinheiro para as crianças e, por fim, parou de reclamar.

Kiera estava retesada de tanto medo e chorava baixinho, mas também estava achando aquilo estranho. Nas outras ocasiões em que ele tinha ido ao quarto dela, não havia mais ninguém em casa. Não houvera testemunhas, e ele tinha ameaçado matá-la se ela falasse alguma coisa. Stu já havia silenciado a mãe. Será que planejava fazer mal também a Drew e ameaçá-lo?

– Ô Kiera, ô Kiera – cantarolava ele em um tom boçal enquanto investia outra vez contra a porta.

Sua voz estava um pouco mais mole, como se ele fosse desistir.

Eles seguravam firme a barra de metal à espera de uma explosão, mas ele ficou em silêncio. A seguir, recuou, seus passos se desvanecendo conforme ele descia a escada. Tudo ficou em silêncio.

E nenhum som da mãe, o que significava o fim do mundo. Ela devia estar lá embaixo, morta ou inconsciente, porque do contrário ele não teria subido as escadas, não sem uma briga feia. Josie arrancaria os olhos dele enquanto ele dormia caso encostasse em seus filhos novamente.

OS SEGUNDOS E os minutos foram passando lentamente. Kiera parou de chorar e os dois se sentaram na beirada da cama, esperando por alguma coisa, um barulho, uma voz, uma porta sendo batida. Mas nada.

Por fim, Drew sussurrou:

– A gente tem que fazer alguma coisa.

Kiera estava petrificada e não conseguiu responder.

– Vou ver como está a mamãe – disse ele. – Você fica aqui com a porta trancada. Combinado?

– Não vai.

– Eu tenho que ir. Aconteceu alguma coisa com a mamãe, senão ela estaria aqui. Tenho certeza que está machucada. Fica aqui quieta e deixa a porta trancada.

Ele afastou a barra de metal e abriu a porta sem fazer barulho. Espiou escada abaixo e não viu nada além de escuridão e do brilho fraco da luz da varanda. Kiera fechou a porta assim que ele saiu.

Drew deu o primeiro passo em direção ao andar de baixo segurando o spray de pimenta e pensou em como seria bom acertar aquele filho da puta na cara com uma nuvem de veneno, queimar os olhos dele, quem sabe até cegá-lo. *Devagar, um passo de cada vez, sem fazer barulho.*

Quando acabou de descer, ficou completamente imóvel, de ouvidos atentos. Um som distante veio do quarto de Stu, ao final do pequeno corredor. Drew esperou mais um pouco e torceu para que Stu tivesse colocado Josie na cama depois de esbofeteá-la.

A luz da cozinha estava acesa. Ele espiou pela porta e viu os pés dela descalços, imóveis, e depois as pernas. Ajoelhou-se e foi até ela depressa por debaixo da mesa. Balançou o braço dela com força, mas não falou nada. Qualquer barulho poderia chamar a atenção de Stu. Ele viu os seios da mãe à mostra, mas estava com medo demais para ficar constrangido. Balançou de novo o braço dela, sibilou "Mãe, mãe, acorda!", mas não houve resposta. O lado esquerdo do rosto dela estava vermelho e inchado, e ele tinha certeza de que ela não estava respirando.

Enxugou os olhos, recuou e rastejou de volta até o corredor. Ao final dele, a porta do quarto de Stu estava aberta, com a luz fraca do abajur acesa, e, depois de focar, Drew conseguiu ver um par de botas na cama. Bico fino com pele de cobra, as preferidas de Stu. Drew se levantou e caminhou rapidamente para o quarto, e lá, esparramado na cama com os braços bem esticados acima da cabeça, ainda completamente vestido, estava Stuart Kofer, apagado. Enquanto Drew o observava com um ódio desenfreado, Stu começou a roncar.

Drew subiu correndo as escadas e, quando Kiera abriu a porta, ele gritou:

– Ela tá morta, Kiera, a mamãe tá morta. O Stu matou ela. Ela tá no chão da cozinha, e tá morta.

Kiera se encolheu, depois deu um grito e abraçou o irmão. Eles desceram as escadas chorando e andaram até a cozinha, onde aninharam a cabeça da mãe. Kiera estava chorando e falando baixinho:

– Acorda, mamãe! Acorda, por favor!

Drew levantou delicadamente a mão esquerda da mãe e tentou verificar seu pulso, embora não soubesse bem se estava fazendo aquilo do jeito certo. Ele não sentiu nada.

– A gente tem que ligar pra emergência – disse ele.

– Onde ele tá? – perguntou ela, olhando ao redor.

– Na cama, dormindo. Acho que desmaiou.

– Eu fico aqui com a mamãe. Você liga.

Drew foi até a sala, acendeu a luz, pegou o telefone e discou 911. Depois de tocar várias vezes, a ligação finalmente foi atendida.

– Nove um um. Qual é a sua emergência?
– Minha mãe foi morta pelo Stuart Kofer. Ela está morta.
– Quem está falando?
– Meu nome é Drew Gamble. Minha mãe se chama Josie. Ela está morta.
– E onde você mora?
– Na casa do Stuart Kofer, na Bart Road. Número 1.414. Por favor, manda alguém pra ajudar a gente.
– Vou mandar, vou mandar. Já está a caminho. Você disse que ela está morta. Como sabe que está morta?
– Ela não está respirando. Porque o Stuart bateu nela de novo, como sempre.
– O Stuart Kofer está na casa?
– Sim. A casa é dele, a gente só mora aqui. Ele chegou em casa bêbado outra vez e bateu na minha mãe. Ele matou ela. A gente ouviu ele matar.
– Onde ele está?
– Na cama dele. Desmaiado. Por favor, manda ajuda logo.
– Continua na linha, ok?
– Não. Eu vou ver como a minha mãe está.

Ele desligou e pegou uma colcha do sofá. Kiera estava com a cabeça de Josie no colo, alisando delicadamente o cabelo dela enquanto chorava e repetia sem parar: "Vamos lá, mamãe, acorda, por favor. Acorda, por favor. Não abandona a gente, mamãe." Drew cobriu a mãe com a colcha, depois se sentou aos pés dela. Fechou os olhos e tentou rezar. A casa estava em profundo silêncio; os únicos sons eram os choramingos de Kiera. Alguns minutos se passaram e Drew decidiu parar de chorar e fazer alguma coisa para proteger a si e a irmã. Stuart poderia continuar a dormir lá no quarto, mas também poderia acordar e, se pegasse os dois ali embaixo, ficaria furioso e bateria neles.

Ele já tinha feito isso antes: enchia a cara, se enfurecia, fazia ameaças, batia, desmaiava e depois acordava pronto para mais uma rodada de diversão.

Stuart roncou e fez um barulho, e Drew teve medo de que acordasse.

– Kiera, fica quieta – disse ele, mas ela não o ouviu.

A menina estava em transe, acariciando a mãe enquanto as lágrimas escorriam pelo rosto.

Devagar, Drew rastejou para fora da cozinha. Passou pelo corredor agachado, sem fazer barulho, e foi ao quarto de Stuart, que não havia se mexido.

Suas botas ainda pendiam do pé da cama. O corpo atarracado estava espalhado em cima das cobertas. A boca estava tão aberta que parecia querer engolir uma mosca. Drew o olhou com um ódio quase cego. Aquele desgraçado tinha conseguido matar a mãe dele, depois de meses de tentativas, e sem dúvida Drew e a irmã seriam os próximos. E ninguém iria falar nada, porque Stu tinha contatos e conhecia pessoas importantes, algo de que sempre se gabava. Eles eram apenas miseráveis que tinham sido despejados até mesmo do estacionamento de trailers, ao passo que Stuart tinha influência porque era dono de uma propriedade e andava com um distintivo.

Drew deu um passo para trás, olhou pelo corredor e viu a mãe deitada no chão e a irmã segurando a cabeça dela e gemendo baixinho, com pesar, completamente absorta. Ele foi até um dos cantos do quarto, em direção à mesinha ao lado da cama em que Stuart dormia, onde ele guardava a pistola, o cinto preto, o coldre e o distintivo em forma de estrela. Drew tirou a arma do coldre e se lembrou de como era pesada. A pistola, uma Glock 9 milímetros, era a arma usada por todos os policiais. Nenhum civil podia nem mesmo manuseá-la. Stu pouco ligava para regras estúpidas e um dia, não fazia muito tempo, quando estava sóbrio e de raro bom humor, levara Drew até a pastagem e mostrara a ele como manejar e atirar com ela. Stu sabia usar uma arma desde que era criança; Drew, não, e Stu zombara da ignorância do garoto. Ele se gabava de ter matado seu primeiro veado aos 8 anos de idade.

Drew tinha disparado três vezes, errando por muito um alvo de arco e flecha, e ficara assustado com o coice e com o barulho da arma. Stu rira da falta de jeito dele, depois dera seis tiros em sequência na mosca.

O garoto segurou a arma com a mão direita e a examinou. Ele sabia que estava carregada porque as armas de Stu estavam sempre prontas para uso. Havia um armário no closet cheio de rifles e espingardas, todos carregados.

A alguns passos dali, Kiera gemia e chorava, e, diante dele, Stu roncava. Logo, logo a polícia ia chegar com estardalhaço e fazer o mesmo de sempre. Nada. Nada para proteger Drew e Kiera, nem mesmo agora com a mãe deles morta no chão da cozinha. Stuart Kofer a tinha matado, iria contar mentiras e a polícia acreditaria nele. Depois disso, Drew e a irmã iam ter que encarar um futuro ainda mais sombrio na ausência da mãe.

Ele saiu do quarto com a Glock na mão e andou lentamente até a cozinha, onde nada havia mudado. Perguntou a Kiera se a mãe estava respirando e ela não respondeu, apenas continuou com os mesmos ruídos. Ele foi até a sala e olhou pela janela, em direção à escuridão. Se tinha um pai, não sabia quem era, e novamente se perguntou onde estava o homem da família. Onde estava o líder, o sábio que aconselhava e protegia? Ele e Kiera nunca tinham experimentado a segurança de ter dois pais estáveis. Haviam conhecido pais adotivos em lares temporários e defensores públicos da vara de infância que tentaram ajudar, mas nunca sentiram o abraço caloroso de um homem em quem pudessem confiar.

As responsabilidades tinham recaído nas costas dele, o mais velho. Com a morte da mãe, Drew não teria escolha a não ser tomar as rédeas e virar um homem. Caberia a ele, e apenas ele, salvá-los daquele pesadelo interminável.

Ele ouviu um barulho e se assustou. Do quarto veio um gemido, um ronco ou algum ruído semelhante e o estrado e o colchão rangeram, como se Stu estivesse se mexendo e voltando à vida.

Drew e Kiera não podiam mais aguentar aquilo. Havia chegado a hora. A única chance de sobreviver estava nas mãos dele, e Drew precisava tomar uma atitude. Voltou para o quarto e olhou para Stu, ainda deitado de costas e completamente apagado, mas curiosamente com um dos pés descalço, a bota caída no chão. A morte era o que ele merecia. Drew fechou a porta devagar, como se quisesse proteger Kiera de qualquer envolvimento. Será que aquilo seria fácil? Drew segurou a pistola com as duas mãos. Prendeu a respiração e abaixou a arma até a ponta do cano ficar a alguns centímetros da têmpora esquerda de Stu.

Fechou os olhos e puxou o gatilho.

2

Kiera não tirara os olhos da mãe nem por um instante. Enquanto acariciava o cabelo dela, perguntou:
– O que você fez?
– Atirei nele – respondeu Drew com naturalidade. Sua voz não expressou nenhuma emoção, nem medo nem arrependimento. – Atirei nele.
Ela assentiu com a cabeça e não falou mais nada. Drew foi até a sala e olhou de novo pela janela. Onde estavam as luzes vermelhas e azuis? Onde estava o socorro? Você liga e denuncia que sua mãe foi morta por um monstro e ninguém aparece. Acendeu um abajur e olhou para o relógio: 2h47. Ele se lembraria para sempre do momento exato em que atirara em Stuart Kofer. Suas mãos estavam trêmulas e entorpecidas, seus ouvidos zumbiam, mas, às 2h47 da madrugada, não se arrependia de ter matado o homem que matara sua mãe.
Voltou para o quarto e acendeu a luz do teto. A arma estava junto à cabeça de Stu, que tinha um buraco pequeno e repulsivo do lado esquerdo. Stu estava de olhos abertos, como se olhando para o teto. Um círculo de sangue vermelho brilhante estava formando um arco nos lençóis.
Drew voltou para a cozinha, onde nada havia mudado. Depois foi até a sala, acendeu outra luz, abriu a porta e se sentou na poltrona reclinável de Stu. Stu teria um ataque se pegasse outra pessoa sentada em seu trono. A poltrona tinha o cheiro dele – cigarro, suor, couro curtido, uísque e cerveja. Alguns minutos depois, Drew chegou à conclusão de que odiava

a poltrona reclinável, então arrastou uma cadeira pequena até a janela para esperar as luzes.

As primeiras eram azuis, piscando e girando furiosas, e, quando alcançaram a última descida do caminho que levava à casa, Drew foi tomado de medo e começou a respirar com dificuldade. Estavam indo buscá-lo. Ele sairia dali algemado no banco traseiro de uma viatura policial e não havia nada que pudesse fazer para evitar isso.

O segundo veículo a chegar foi uma ambulância, com luzes vermelhas, e o terceiro foi outra viatura de polícia. Assim que se soube que eram dois corpos, não apenas um, mais uma ambulância apareceu num instante, seguida por mais policiais.

Josie tinha pulso e foi rapidamente colocada em uma maca e levada às pressas para o hospital. Drew e Kiera ficaram sentados na sala, com ordens para não saírem dali. Ora, para onde iriam? Todas as luzes da casa estavam acesas e havia policiais em todos os cômodos.

O xerife Ozzie Walls chegou sozinho e foi recebido na frente da casa por Moss Junior Tatum, seu assistente-chefe, que o informou:

– Parece que o Kofer chegou tarde em casa, eles brigaram, ele a espancou, depois apagou na cama. O garoto pegou a arma e deu um tiro na cabeça dele. Foi instantâneo.

– Você falou com o garoto?

– Sim. Drew Gamble, 16 anos, filho da namorada do Kofer. Não falou muita coisa. Acho que está em choque. A irmã dele se chama Kiera, tem 14, disse que moram aqui há mais ou menos um ano e que o Kofer era abusivo, batia na mãe o tempo todo.

– Kofer está morto? – perguntou Ozzie, ainda sem acreditar.

– Stuart Kofer está morto, senhor.

Ozzie balançou a cabeça com pesar e descrença e foi até a porta da frente, que estava escancarada. Ao entrar, parou e olhou para Drew e Kiera, sentados lado a lado no sofá, os dois olhando para baixo e tentando ignorar o caos. Ozzie queria dizer alguma coisa, mas achou melhor não. Ele seguiu Tatum até o quarto, onde nada havia sido tocado. A arma estava em cima do lençol, a 25 centímetros da cabeça de Kofer, e havia um enorme círculo de sangue no meio da cama. Do outro lado, a bala, ao sair após arrebentar um pedaço do crânio, espalhara sangue e miolos nos lençóis, travesseiros, cabeceira da cama e parede.

Ozzie tinha catorze assistentes em tempo integral. Treze, agora. E sete funcionários em meio período, juntamente com mais voluntários do que ele gostaria. Era o xerife do condado de Ford desde 1983, eleito sete anos antes em uma lavada histórica. Histórica porque, na época, ele era o único xerife negro no Mississippi e o primeiro de todos os tempos em um condado predominantemente branco. Naqueles sete anos, jamais havia perdido um único homem. DeWayne Looney teve a perna estraçalhada no tiroteio ocorrido no tribunal que levou Carl Lee Hailey a julgamento em 1985, mas ainda fazia parte da corporação.

Ali, no entanto, estava sua primeira baixa. Ali estava Stuart Kofer, um de seus melhores homens e sem dúvida o mais destemido, agora morto e acabado enquanto fluidos continuavam a jorrar de seu corpo.

Ozzie tirou o chapéu, fez uma oração rápida e recuou um passo. Sem tirar os olhos de Kofer, disse:

– Um agente da lei foi assassinado. Liga pros garotões do estado e deixa a investigação na mão deles. Não toca em nada. – Virou-se para Tatum e perguntou: – Falou de novo com as crianças?

– Falei.

– Mesma história?

– A mesma, senhor. O garoto não quer falar. A irmã disse que foi ele que deu o tiro. Tinham achado que a mãe estava morta.

Ozzie assentiu e refletiu um pouco sobre a situação.

– Tudo bem, sem mais perguntas pras crianças, sem mais interrogatórios – disse. – A partir de agora, tudo que a gente fizer vai passar pelos advogados. Vamos levar as crianças, mas nem uma palavra. Aliás, coloca os dois no meu carro.

– Algemas?

– Claro. No garoto. Eles têm família por aqui?

O assistente Mick Swayze pigarreou e disse:

– Acho que não, Ozzie. Eu conhecia o Kofer muito bem e ele tinha essa garota morando com ele, disse que ela teve um passado difícil. Um divórcio, talvez dois. Não sei direito de onde ela é, mas ele disse que não é daqui. Vim aqui há umas semanas por causa de uma denúncia de violência doméstica, mas ela não prestou queixa.

– Tá bem. A gente descobre depois. Vou levar as crianças. Moss, você vai comigo. Mick, fica aqui.

Drew ficou de pé quando lhe foi pedido e estendeu as mãos. Tatum as algemou para a frente com cuidado e conduziu o suspeito para fora, em direção ao carro do xerife. Kiera foi atrás, enxugando as lágrimas. A encosta estava em polvorosa, com milhares de luzes piscando. Já tinha corrido a notícia de que um policial havia sido assassinado e todos os oficiais do condado que não estavam de serviço queriam dar uma olhada.

OZZIE CONTORNOU AS outras viaturas e a ambulância e desceu até chegar à estrada. Ligou o giroflex e pisou fundo.
– Senhor, podemos ver a nossa mãe? – perguntou Drew.
Ozzie olhou para Tatum e ordenou:
– Liga o gravador.
Tatum pegou um pequeno gravador num dos bolsos e apertou um botão. Ozzie disse:
– Então, a partir de agora tudo que for dito será gravado. Aqui é o xerife Ozzie Walls, hoje é dia 25 de março de 1990, 3h51 da manhã, e estou dirigindo rumo à prisão do condado de Ford com o assistente Moss Junior Tatum ao meu lado, e no banco de trás estão... qual é o seu nome completo, filho?
– Drew Allen Gamble.
– Idade?
– Tenho 16 anos.
– E o seu nome, senhorita?
– Kiera Gale Gamble, 14 anos.
– E o nome da sua mãe?
– Josie Gamble. Ela tem 32.
– Ok. Aconselho vocês a não falarem sobre o que aconteceu esta noite. Esperem até terem um advogado. Entendido?
– Sim, senhor.
– Agora, você perguntou sobre a sua mãe, certo?
– Sim, senhor. Ela está viva?
Ozzie olhou para Tatum, que deu de ombros e falou no gravador:
– Pelo que sabemos, Josie Gamble está viva. Ela foi levada do local por uma ambulância e provavelmente já se encontra no hospital.
– A gente pode ir ver como ela está? – perguntou Drew.

– Não, por enquanto não – respondeu Ozzie.

Eles ficaram em silêncio por alguns segundos, então Ozzie disse na direção do gravador:

– Você foi o primeiro a chegar à cena, certo?

– Fui – respondeu Tatum.

– E perguntou a essas duas crianças o que aconteceu?

– Sim. O menino, o Drew, não falou nada. Perguntei à irmã dele, Kiera, se ela sabia de alguma coisa, e ela disse que o irmão atirou no Kofer. Nessa hora, parei de fazer perguntas. Estava bem claro o que tinha acontecido.

O rádio não parava de fazer barulho, e todo o condado de Ford, mesmo na escuridão, parecia estar acordado. Ozzie baixou o volume e ficou em silêncio. Manteve o pé fundo no acelerador e seu grande Ford marrom rugiu pela estrada, bem no meio da pista, como que desafiando qualquer desgraçado que se aventurasse a dividir a estrada com ele.

Ele havia contratado Stuart Kofer quatro anos antes, quando Kofer voltou ao condado de Ford após uma curta carreira no Exército. Stuart fizera uma tentativa sofrível de explicar sua dispensa desonrosa dizendo que tinha sido tudo uma questão de detalhes técnicos, mal-entendidos e coisas do tipo. Ozzie lhe deu um uniforme, estabeleceu um período de experiência de seis meses e o mandou para a academia de Jackson, onde ele se destacou. Quando estava de serviço, não havia reclamações. Kofer tornou-se uma lenda instantânea quando acabou, sozinho, com três traficantes de Memphis que tinham se perdido na zona rural do condado de Ford.

Quando estava de folga, a história era outra. Ozzie o havia repreendido pelo menos duas vezes depois de relatos de bebedeira e confusão, e o que Stuart normalmente fazia era pedir desculpas aos prantos, prometer reparar os estragos e jurar lealdade a Ozzie e ao departamento. E ele era extremamente leal.

Ozzie não tinha paciência com oficiais antipáticos, e os idiotas não costumavam durar muito tempo. Kofer era um dos assistentes mais populares e gostava de ser voluntário em escolas e associações comunitárias. Graças ao Exército, ele tinha rodado o mundo, algo raro entre seus colegas um tanto provincianos, dos quais a maioria mal havia saído do estado. Em público ele era inestimável, um oficial acessível que estava sempre sorrindo e contando piadas, que se lembrava do nome de todo mundo, que gostava de passear por Lowtown, o bairro dos negros, a pé e desarmado, distribuindo balas para as crianças.

Na vida particular havia problemas, mas, por camaradagem, seus colegas tentavam evitar que chegassem aos ouvidos de Ozzie. Tatum, Swayze e a maioria dos assistentes conheciam pelo menos em parte o lado sombrio de Stuart, mas era mais fácil ignorar isso e torcer pelo melhor, esperando que ninguém se machucasse.

Ozzie olhou pelo retrovisor e observou Drew em meio à penumbra. Cabeça baixa, olhos fechados, nem um pio. E, embora Ozzie estivesse chocado e com raiva, era difícil enxergar o garoto como um assassino. Franzino, mais baixo que a irmã, pálido, acanhado, visivelmente atônito, ele poderia passar facilmente por um tímido garotinho de 12 anos.

O carro quebrou o silêncio das ruas escuras de Clanton e logo a seguir eles estacionaram em frente à prisão, a dois quarteirões da praça. Junto à porta principal estavam parados um policial e um homem com uma câmera na mão.

– Merda – disse Ozzie. – É o Dumas Lee, não é?

– É sim, infelizmente – respondeu Tatum. – Acho que a notícia se espalhou. Todo mundo sabe interceptar a frequência da polícia hoje em dia.

– Fiquem no carro. – Ozzie desceu, bateu a porta e foi direto para o repórter, já balançando a cabeça. – Não tem nada pra você aqui, Dumas – disse com rispidez. – Há um menor envolvido e você não vai conseguir nem o nome nem uma foto dele. Sai daqui.

Dumas Lee era um dos dois repórteres especializados em casos policiais do *The Ford County Times* e conhecia bem Ozzie.

– Você pode confirmar que um oficial foi morto?

– Não vou confirmar nada. Você tem dez segundos pra sair daqui antes que eu meta uma algema em você e arraste esse seu traseiro lá pra dentro. Vaza!

O repórter se afastou furtivamente e desapareceu em meio à escuridão. Ozzie ficou olhando enquanto ele ia embora, depois ele e Tatum tiraram as crianças do carro e as conduziram para dentro.

– É pra fazer a ficha deles? – perguntou o carcereiro.

– Não, vamos deixar isso pra depois. Só põe eles numa cela pra menores.

Com Tatum na retaguarda, Drew e Kiera foram conduzidos por uma parede inteira de grades e um corredor estreito até uma grossa porta de metal com uma janelinha. O carcereiro a abriu e eles entraram na cela, que estava vazia. Havia dois beliches e um vaso sanitário sujo em um dos cantos.

– Tira as algemas – ordenou Ozzie.

Tatum obedeceu e Drew imediatamente esfregou os pulsos.

– Vocês vão ficar aqui por algumas horas – disse Ozzie.

– Eu quero ver a minha mãe – exigiu Drew, com mais ímpeto do que Ozzie esperava.

– Filho, você não está em posição de querer nada agora. Você está preso pelo assassinato de um policial.

– Ele matou a minha mãe.

– Sua mãe não está morta, felizmente. Assim que sair daqui vou até o hospital pra ver como ela está. Quando voltar, trago notícias pra vocês. É o melhor que eu posso fazer.

– Por que estou presa? – perguntou Kiera. – Eu não fiz nada.

– Eu sei. Você está presa pra sua segurança e não vai ficar aqui por muito tempo. Se a gente liberar você daqui a algumas horas, pra onde iria?

Kiera olhou para Drew e ficou claro que eles não faziam ideia.

– Vocês têm algum parente por aqui? – indagou Ozzie. – Tias, tios, avós? Qualquer pessoa?

Ambos hesitaram, depois balançaram a cabeça lentamente em negativa.

– Ok. É Kiera, certo?

– Sim, senhor.

– Se tivesse que ligar pra alguém agora pra vir te buscar, pra quem ligaria?

Ela olhou para os pés e balançou a cabeça.

– Pro nosso pastor, irmão Charles.

– Charles de quê?

– Charles McGarry, lá de Pine Grove.

Ozzie achava que conhecia todos os pastores, mas talvez tivesse deixado passar um. Justiça fosse feita, havia trezentas igrejas no condado. Quase todas eram pequenas congregações espalhadas pela área rural e famosas pelas brigas, pelas dissidências e pela expulsão dos seus pastores. Era impossível se manter atualizado. Ele olhou para Tatum e disse:

– Não sei quem é.

– Eu sei. É um cara bacana.

– Liga pra ele, acorda o cara e pede pra ele vir até aqui. – Ele se virou para as crianças. – Vamos deixar vocês aqui, onde estão seguros. Vão trazer alguma coisa pra vocês comerem. Fiquem à vontade. Estou indo ao hospital.

Ele respirou fundo e fitou os dois com o mínimo de empatia possível. Sua preocupação principal era um oficial morto, e ele estava olhando para o assassino dele. No entanto, os irmãos estavam tão perdidos e chocados que era difícil pensar em vingança.

Kiera levantou a cabeça e olhou para ele com os olhos marejados.

– Senhor, ele está mesmo morto?

– Está, sim.

– Eu sinto muito, mas ele batia muito na nossa mãe e vinha pra cima da gente também.

Ozzie levantou os braços e disse:

– Vamos parar por aqui. Vou trazer um advogado pra falar com vocês, crianças, e poderão contar a ele o que quiserem. Por enquanto, vamos ficar em silêncio.

– Sim, senhor.

Ozzie e Tatum deixaram a cela e bateram a porta ao sair. Mais adiante, o carcereiro desligou o telefone e disse:

– Xerife, era Earl Kofer, pai do Stuart. Disse que acabou de saber que o filho foi morto. Estava bem mal. Eu disse que não sabia de nada, mas você precisa ligar pra ele.

Ozzie praguejou baixinho e murmurou:

– Eu vou chegar lá. Mas primeiro preciso ir ao hospital. Você pode dar um jeito nisso, não pode?

– Não – respondeu Tatum.

– Pode, sim. Passa algumas informações pra ele e diz que eu ligo mais tarde.

– Que presente de grego.

– Não há de quê.

Ozzie saiu e entrou no carro.

ERAM QUASE CINCO da manhã quando Ozzie chegou ao estacionamento vazio do hospital. Parou o carro perto da emergência, entrou apressado e quase esbarrou em Dumas Lee, que estava um passo à frente dele.

– Sem comentários, Dumas, e você está me tirando do sério.

– Esse é o meu trabalho, xerife. Só estou buscando a verdade.
– Eu não sei qual é a verdade.
– A mulher está morta?
– Eu não sou médico. Agora me deixa em paz.

Ozzie entrou no elevador e deixou o repórter no saguão. No terceiro andar, dois assistentes que já estavam lá acompanharam o chefe até uma mesa onde um médico de aparência jovem os aguardava. Ozzie fez as apresentações e todos se cumprimentaram com a cabeça, sem apertar as mãos.

– O que você tem pra nos contar? – perguntou.

– Ela está inconsciente, mas estável – respondeu o médico, sem precisar consultar o prontuário. – Há uma fratura no lado esquerdo da mandíbula, e ela vai precisar passar por uma cirurgia em breve para corrigir, mas não é nada urgente. A impressão que dá é que ela foi atingida na mandíbula ou no queixo e apagou.

– Alguma outra lesão?

– Na verdade, não. Alguns hematomas nos pulsos e no pescoço, mas nada que exija tratamento.

Ozzie respirou fundo e agradeceu a Deus por ter que lidar com apenas um assassinato.

– Então ela vai sobreviver?

– Os sinais vitais dela estão fortes. No momento, não há nenhuma razão para esperar qualquer coisa diferente de uma recuperação.

– Quando ela deve acordar?

– É difícil prever, mas acho que dentro de 48 horas.

– Ok. Olha, tenho certeza que você vai manter as coisas registradas e tal, mas lembre-se de que tudo que fizer com essa paciente provavelmente será analisado no tribunal algum dia. Tenha isso em mente. Certifique-se de tirar muitas radiografias e fotos em cores.

– Sim, senhor.

– Vou deixar um oficial aqui pra monitorar as coisas.

Ozzie saiu pisando firme, entrou de novo no elevador e deixou o hospital. No caminho de volta para a prisão, pegou o rádio e falou com Tatum. A conversa com Earl Kofer tinha sido tão terrível quanto se podia imaginar.

– É melhor você ligar pra ele, Ozzie. Ele disse que está indo lá pra ver com os próprios olhos.

– Ok.

Ozzie desligou ao estacionar em frente à prisão. Ficou segurando o telefone do carro e olhando para ele, e, como sempre naqueles momentos pavorosos, lembrou-se de todos os outros telefonemas, tarde da noite e de manhã cedo, que tinha dado para as famílias, ligações terríveis que virariam de cabeça para baixo ou até mesmo arruinariam a vida de muitos, ligações que ele odiava fazer, mas que o seu trabalho exigia. Um jovem pai encontrado com a cabeça estourada e um bilhete de despedida ao lado; dois adolescentes bêbados arremessados de um carro em alta velocidade; um avô com demência encontrado em uma vala. Aquilo era, disparado, a pior parte de sua vida.

Earl Kofer estava histérico e queria saber quem tinha matado o seu "menino". Ozzie mostrou paciência e disse que não poderia dar detalhes naquele momento, mas estava disposto a fazer uma visita à família – outra situação horrível e inevitável. Não, Earl não deveria ir até a casa de Stuart porque não teria permissão para entrar. Os policiais que estavam lá aguardavam a perícia forense do estado, e o trabalho deles levaria horas. Ozzie sugeriu que a família se reunisse na casa de Earl e disse que passaria por lá no final da manhã. O pai estava aos prantos ao telefone quando Ozzie finalmente conseguiu desligar.

Dentro da prisão, ele perguntou a Tatum se o assistente Marshall Prather havia sido notificado. Tatum disse que sim e que ele estava a caminho. Prather era um veterano muito amigo de Stuart Kofer desde os tempos da escola primária. Ele chegou de calça jeans e blusa de moletom, em estado de negação. Acompanhou Ozzie até o gabinete dele, onde se afundaram nas cadeiras enquanto Tatum fechava a porta. Ozzie repetiu os fatos como eles sabiam até ali, e Prather não conseguiu esconder o choque. Ele cerrou os dentes, como um bom cara durão, e cobriu os olhos com as mãos, mas obviamente estava sofrendo.

Depois de uma longa e sofrida pausa, Prather conseguiu dizer:

– Estudamos juntos na escola desde o terceiro ano.

A voz dele sumiu e ele baixou o queixo. Ozzie olhou para Tatum, que desviou o olhar.

Depois de outra longa pausa, Ozzie insistiu:

– O que você sabe sobre essa mulher, Josie Gamble?

Prather engoliu em seco e sacudiu a cabeça, como se pudesse se livrar daquela comoção.

– Eu a vi uma ou duas vezes, mas não a conheci bem. Stu se juntou com ela acho que tem mais ou menos um ano. Ela e os filhos se mudaram pra lá. Ela parecia bem bacana, mas também era um pouco rodada. Tinha um histórico bem complicado.

– Como assim?

– Ela já esteve presa. Drogas, eu acho. Tem um passado conturbado. Stu a conheceu num bar, óbvio, e eles se deram bem. Ele não gostava da ideia de ter os filhos dela por perto, mas ela conseguiu convencê-lo. Ela precisava de um lugar pra morar, e ele tinha espaço de sobra.

– Por que eles se deram bem?

– Qual é, Ozzie. Ela não é nada feia, na verdade é bonita pra cacete, e fica muito bem numa calça jeans justinha. Você conhece o Stu... sempre correndo atrás, mas completamente incapaz de se acertar com uma mulher.

– E a bebida?

Prather tirou o boné velho e coçou a cabeça.

Ozzie se inclinou para a frente fazendo cara feia e disse:

– Eu estou fazendo perguntas, Marshall, e quero respostas. Não é hora pra um policial fazer vista grossa, olhar pro outro lado como quem não viu nada. Eu quero respostas.

– Não sei direito, Ozzie, juro. Parei de beber tem três anos, então não saio mais pra barzinhos. Sim, o Stu estava bebendo demais e acho que estava cada vez pior. Falei com ele sobre isso duas vezes. Ele dizia que estava tudo bem, igual a todo mundo que bebe. Tenho um primo que está sempre por aí bebendo e ele me contou que o Stu estava ganhando fama de arruaceiro, o que não era o que eu queria ouvir. Disse que ele estava sempre apostando lá no Huey's, perto do lago.

– E você não achou que eu deveria ser informado disso?

– Qual é, Ozzie, eu estava preocupado. Foi por isso que tive uma conversa com o Stu. Eu estava pra falar com ele de novo, juro.

– Não quero que você me jure nada. Nós tínhamos um oficial que estava bebendo, arrumando briga e apostando com a escória, e, ah, claro, além disso, batendo na namorada dele em casa, e você achou que eu não deveria saber disso?

– Eu achei que você já soubesse.

– A gente sabia – interveio Tatum.

– Sabia do quê? – rebateu Ozzie. – Eu nunca tinha ouvido nada sobre violência doméstica.

– Teve um chamado um mês atrás. Ela ligou pro 911 tarde da noite e disse que o Stu estava fora de controle. A gente mandou uma viatura com o Pirtle e o McCarver e eles acalmaram as coisas. A mulher nitidamente tinha apanhado, mas se recusou a prestar queixa.

Ozzie ficou pasmo.

– Eu nunca ouvi falar disso e nunca vi a papelada. Que fim levou essa história?

Tatum lançou um olhar para Prather, que não olhou de volta. Tatum deu de ombros, como se não soubesse de nada, e falou:

– Ninguém foi detido, teve só um relatório do incidente. Deve ter sido extraviado, eu acho. Não sei, Ozzie, eu não estava envolvido nisso.

– Mas é claro que ninguém estava envolvido nisso. Se eu fuçasse todos os cantos e interrogasse todos os homens do meu departamento, tenho certeza que não ia achar ninguém que estivesse envolvido.

Prather olhou feio para ele e perguntou:

– Então você está culpando o Stu por ter levado um tiro, é isso, Ozzie? Está culpando a vítima?

Ozzie se afundou na cadeira e fechou os olhos.

NA CAMA DE baixo do beliche, Drew tinha se encolhido com os joelhos contra o peito e descansava debaixo de um cobertor fino, com a cabeça em um travesseiro velho. Olhava fixamente para a parede escura. Fazia horas que não dizia uma só palavra. Kiera estava sentava na beirada da cama, uma mão tocando os pés do irmão sob a coberta, a outra acariciando o próprio cabelo enquanto esperavam pelo que quer que viesse a seguir. De tempos em tempos, ouviam-se vozes no corredor, mas elas se desvaneciam e depois sumiam de vez.

Durante a primeira hora, ela e Drew conversaram sobre o óbvio: o estado da mãe e a notícia surpreendente de que ela não estava morta, e, em seguida, o assassinato de Stu. O fato de ele estar morto era um alívio para os dois, e eles sentiam medo, mas não remorso. Stu fazia a mãe deles de saco de pancadas, mas também batia neles e os ameaçava constantemente. Aquele pesadelo tinha acabado. Eles nunca mais iam precisar ouvir os sons desesperadores da mãe sendo espancada por um brutamontes bêbado.

Nem mesmo a cela era uma preocupação. Aquele ambiente vulgar e insalubre poderia incomodar algum infrator novato, mas eles tinham visto coisa pior. Drew já havia passado quatro meses em um centro de detenção para menores em outro estado. No ano anterior, Kiera ficara detida por dois dias, supostamente para que fosse mantida fora de perigo. Sobreviver ali era fácil, em comparação.

Para uma família pequena que estava sempre se mudando, a questão diante deles era decidir para onde ir. Assim que estivessem com a mãe, poderiam planejar a próxima transferência. Eles tinham conhecido alguns parentes de Stu e sempre se sentiram indesejados. Stu gostava de se gabar de ser dono de uma casa sem dívidas porque o avô a havia deixado para ele no testamento. Mas a casa nem era tão boa assim. Estava suja e precisava de uma reforma, e os esforços de Josie para limpá-la eram sempre recebidos com desaprovação. Eles com certeza não iam sentir saudade da casa de Stu.

Durante a segunda hora, fizeram especulações sobre a quantidade de problemas que Drew poderia vir a enfrentar. Para eles, tinha sido uma simples questão de legítima defesa, de sobrevivência e de dar o troco. Aos poucos, Drew começou a reviver o momento do tiro em detalhes, ou pelo menos o máximo deles de que conseguia se lembrar. Tudo tinha acontecido tão rápido que era como um borrão. Stu deitado lá, com a cara vermelha e a boca aberta, roncando como se tivesse feito por merecer uma boa noite de sono. Stu fedendo a bebida. Stu abusador, que poderia acordar a qualquer momento e espancar as crianças só por diversão.

O cheiro pungente de pólvora queimada. O jato de sangue e miolos voando sobre os travesseiros e a parede. O choque de ver os olhos de Stu se abrirem depois de ter sido baleado.

Com o passar das horas, porém, Drew foi ficando mais quieto. Puxou o cobertor até a altura do queixo e disse que estava cansado de falar. Kiera o observou se encolher lentamente em torno de si mesmo e ficar olhando fixamente para a parede.

3

A prisão estava repleta de assistentes de folga, oficiais da polícia de Clanton e funcionários com outros cargos – alguns ligados ao departamento, outros não. Fumavam cigarros, tomavam café, comiam rosquinhas velhas e falavam, desanimados, sobre o companheiro morto e os perigos da profissão. Ozzie estava atribulado em seu gabinete, ao telefone, fazendo ligações para a polícia estadual e para o laboratório de criminalística, esquivando-se dos telefonemas de repórteres, amigos e desconhecidos.

Quando o reverendo Charles McGarry chegou, foi levado até o gabinete do xerife, onde apertou a mão de Ozzie e se sentou. Ozzie contou-lhe os detalhes e explicou que Kiera tinha pedido para vê-lo. Ela disse que eles não tinham família na região nem para onde ir. Estava na cela com o irmão, mas Ozzie não esperava que ela fosse indiciada por nenhum crime. Havia outras duas celas para menores de idade, mas estavam ocupadas, e na verdade ela não precisava mesmo ficar presa.

O pastor tinha apenas 26 anos e fazia o melhor que podia para comandar uma igreja na área rural, que Ozzie tinha visitado durante a campanha, quando o pastor era outro. McGarry era um jovem simpático que estava visivelmente sobrecarregado. Tinha sido contratado pela Igreja do Bom Pastor apenas catorze meses antes, sua primeira designação desde que havia concluído o seminário. Ele pegou a xícara de café que Tatum lhe ofereceu e contou o pouco que sabia da família Gamble.

Josie e as crianças tinham aparecido na igreja cerca de seis meses antes, quando um dos fiéis comentou com McGarry que eles poderiam estar precisando de ajuda. O pastor visitou a casa deles em uma noite de semana e foi recebido com grosseria por Stuart Kofer. Ao sair, convidou Josie para o culto dominical. Ela e as crianças tinham comparecido algumas vezes, mas ela lhe contou que Kofer não aprovava que eles frequentassem a igreja. Sem que Stu soubesse, McGarry tinha dado aconselhamento a ela em duas ocasiões, e ficara surpreso com a sua história. Ela havia tido dois filhos fora do casamento ainda na adolescência, cumprido pena por posse de drogas e admitido muitas atitudes reprováveis, que jurava terem ficado no passado. Enquanto esteve presa, os filhos passaram por lares temporários e por um orfanato.

– Você tem como levar a garota pra algum lugar seguro? – perguntou Ozzie.

– Claro. Ela pode ficar com a gente por enquanto.

– Com a sua família?

– Sim. Eu tenho esposa e um filho pequeno, e estamos esperando mais um. Moramos na casa anexa à igreja. É pequena, mas a gente arruma espaço.

– Ok. Leva ela pra sua casa, mas ela não pode sair da região. Um dos nossos detetives vai querer falar com ela.

– Claro. Drew está muito encrencado?

– Põe encrencado nisso. Ele não vai sair da prisão tão cedo, isso eu posso garantir. Ficará na cela para menores, e tenho certeza que o tribunal vai designar um advogado pra ele daqui a um ou dois dias. Não vamos falar com ele até lá. O caso não tem mistério. Ele admitiu pra irmã que deu o tiro no Kofer. Não há nenhum outro suspeito. Ele tem um monte de problemas pela frente, reverendo, um monte.

– Certo, xerife. Obrigado pela sua consideração.

– Não precisa agradecer.

– E sinto muito por sua perda. É difícil de acreditar.

– É sim. Vamos lá na cela onde eles estão pra eu tirar a garota.

McGarry seguiu Ozzie e Tatum pela recepção lotada e tudo ficou em silêncio. O pastor recebeu algumas encaradas, como se já tivessem decidido que fazia parte do time adversário. Ele estava ali para oferecer apoio à família do assassino. Em meio a um lugar estranho e a uma situação mais estranha ainda, o pastor não tinha compreendido o verdadeiro significado daqueles olhares.

O carcereiro abriu a porta da cela e eles entraram. Kiera hesitou, como se estivesse insegura, depois se levantou e correu até McGarry. Era o primeiro rosto confiável que ela via em horas. Ele a abraçou com força, fez carinho em sua cabeça, falou baixinho que estava ali para levá-la e que a mãe dela ficaria bem. Ela se agarrava a ele enquanto chorava de soluçar. O abraço se arrastou e Ozzie lançou um olhar para Moss Junior, como se quisesse dizer "Agora já chega".

Na escuridão da cama de baixo do beliche, Drew estava praticamente invisível sob o cobertor e não havia movido um único músculo desde que eles entraram. McGarry finalmente conseguiu empurrar Kiera com delicadeza alguns centímetros para trás. Com os dedos, ele tentou enxugar suas lágrimas, mas elas não paravam de rolar pelas faces dela.

– Vou te levar pra minha casa – repetiu McGarry, e ela tentou dar um sorriso.

Ele olhou para a cama de baixo para dar uma espiada em Drew, mas não havia muito que ver. Então se dirigiu a Ozzie e perguntou:

– Posso falar com ele um minuto?

Ozzie fez que não com um balançar de cabeça determinado.

– Vamos embora.

O pastor pegou Kiera pelo braço e a levou para fora da cela, em direção ao corredor. Ela não tentou falar com Drew, que foi deixado sozinho em seu mundo sombrio depois que a porta se fechou. Ozzie os conduziu por uma porta lateral que dava no estacionamento. Quando estavam entrando no carro de McGarry, o assistente Swayze apareceu e falou algo baixinho para Ozzie.

Ozzie ouviu, assentiu e disse "Ok". Foi até a janela do carro de McGarry.

– O hospital acabou de ligar – disse. – Josie Gamble está acordada e querendo saber dos filhos. Estou indo pra lá e vocês podem vir junto.

ENQUANTO OZZIE PISAVA fundo na estrada mais uma vez, pensou que poderia muito bem passar o dia inteiro só correndo de um incêndio para outro enquanto aquela terrível história se desenrolava. Quando ignorou uma placa de "Pare", Tatum perguntou:

– Quer que eu dirija?

– Eu sou o xerife e o assunto é importante. Quem é que vai reclamar?

– Eu não vou. Olha, quando você estava lá com o pastor, recebi uma chamada do Looney na cena do crime. Earl Kofer apareceu, fora de si, dizendo que queria ver o filho. Looney e Pirtle tinham feito o isolamento, mas Earl estava determinado a entrar. Levou dois sobrinhos com ele, dois garotões tentando fazer cara de mau, e rolou uma confusão enorme no gramado da frente. Nessa hora os investigadores da polícia estadual chegaram, junto com o carro dos peritos, e conseguiram convencer o Earl de que a casa inteira era uma cena de crime ativa e que seria contra a lei ele entrar. Então Earl parou a caminhonete no gramado da frente e ficou ali sentado com os sobrinhos. Looney pediu que fosse embora, mas ele disse que a propriedade era dele. "Propriedade da família", foram suas palavras. Acho que ainda deve estar lá.

– Ok. Daqui a mais ou menos uma hora eu vou lá falar com o Earl para depois encontrar a família toda. Você quer ir?

– De jeito nenhum.

– Bem, você vai, é uma ordem. Preciso de alguns rapazes brancos me dando apoio e quero você e o Looney.

– Essas pessoas votaram em você?

– Todo mundo votou em mim, Moss, você não sabia? Quando você ganha uma eleição local, todo mundo e mais um pouco votou em você. Tive setenta por cento dos votos, não tenho do que reclamar, mas ainda não conheci uma única pessoa no condado de Ford que não tenha votado em mim. E eles estão orgulhosos disso, mal podem esperar pra votar em mim de novo.

– Achei que tivessem sido 68 por cento.

– Teriam sido setenta se a sua comunidade preguiçosa lá de Blackjack tivesse ido votar.

– Preguiçosa? Minha comunidade vota em massa, Ozzie. São eleitores incansáveis e implacáveis. Eles votam cedo e quantas vezes for preciso, o dia todo, depois da hora, por correspondência, com cédulas de verdade, com cédulas falsas. Votam no lugar de gente morta, de gente doida, de menor de idade, de condenados que não podem votar. Você não se lembra... já tem uns vinte anos... mas o meu tio Felix foi pra cadeia por votar por gente morta. Arrebatou dois cemitérios inteiros em uma eleição. Mesmo assim não foi suficiente, e, quando o adversário dele venceu por seis votos, processou o meu tio.

– Seu tio foi preso?

– Não chegou a ir para um presídio. Ficou só na cadeia. Cumpriu uns três meses, disse que não foi tão ruim assim, virou herói, mas nunca mais pôde votar de novo. Então ele aprendeu a fraudar as urnas. Você precisa da minha comunidade, Ozzie. A gente sabe como virar o jogo numa eleição.

Ozzie estacionou de novo perto da emergência e eles entraram apressados. No terceiro andar, os mesmos dois policiais os acompanharam pelo corredor onde o mesmo jovem médico estava conversando com uma enfermeira. A atualização foi rápida. Josie Gamble estava consciente, embora sedada por causa das dores agudas na mandíbula fraturada. Seus sinais vitais estavam normais. Ela não tinha sido informada de que Stuart Kofer estava morto nem de que seu filho Drew estava preso. Ficava perguntando sobre os filhos e o médico lhe garantia que eles estavam bem.

Ozzie respirou fundo, olhou para Tatum, que estava lendo a mente dele e já balançando a cabeça.

– Toda sua, chefe – disse Tatum, baixinho.

– Ela consegue suportar as más notícias? – perguntou Ozzie ao médico.

O médico sorriu e deu de ombros.

– Agora, depois... não faz muita diferença.

– Vamos lá – disse Ozzie.

– Vou esperar aqui – rebateu Tatum.

– Não vai, não. Vem comigo.

QUINZE MINUTOS DEPOIS, Ozzie e Tatum estavam de saída do hospital quando viram o pastor McGarry e Kiera sentados na sala de espera da emergência. Ozzie se aproximou e calmamente explicou que tinha acabado de falar com Josie e que ela estava consciente e ansiosa para ver Kiera. Tinha ficado abalada e confusa ao saber da morte de Kofer e da prisão de Drew, e queria muito ver a filha.

Ele agradeceu mais uma vez ao pastor pela ajuda e prometeu ligar mais tarde.

– Você dirige – disse Ozzie a Tatum ao chegarem ao carro, já se encaminhando para o banco do carona.

– Com prazer. Pra onde?

– Bem, eu não vejo um cadáver ensanguentado há várias horas, então vamos dar uma olhada no Stuart, que Deus o tenha.

– Aposto que ele está no mesmo lugar.

– E preciso falar com os rapazes do estado.

– Acho que não conseguem estragar um caso como esse.

– São bons garotos.

– Se você diz.

Tatum bateu a porta e deu a partida. Ao cruzarem os limites da cidade, Ozzie disse:

– São oito e meia, e estou acordado desde as três.

– Eu também, principalmente a parte das oito e meia.

– E eu não tomei café da manhã.

– Tô morrendo de fome.

– O que está aberto a esta maravilhosa hora do Dia do Senhor?

– Bem, o Huey's provavelmente está fechando a essa hora, e eles não servem café da manhã. Que tal a Sawdust?

– Sawdust?

– Sim, até onde sei, é o único lugar que abre tão cedo assim aos domingos, pelo menos por essas bandas.

– Bem, sei que vou ser bem recebido, porque eles têm uma porta especial para mim, com "Entrada de negros" escrito.

– Ouvi dizer que tiraram isso. Você já entrou lá?

– Não, oficial Tatum, eu nunca entrei na mercearia Sawdust. Quando era criança, o lugar ainda era usado pela Klan para reuniões que não eram lá muito secretas. Podemos estar em 1990, mas as pessoas que fazem compras e comem na Sawdust, junto com aquelas que se sentam ao lado daqueles fogões antigos de ferro no inverno e contam piadas racistas e com aquelas que mascam tabaco na varanda de casa e cospem no cascalho enquanto fazem entalhes e jogam damas, não são o tipo de pessoa com quem eu tenho vontade de fazer amizade.

– Eles têm uma panqueca de mirtilo ótima.

– Provavelmente vão envenenar a minha.

– Não vão, não. A gente vai pedir a mesma coisa e trocar os pratos depois que chegarem. Se eu passar mal e morrer, o Kofer e eu poderemos ser velados juntos. Caraca, imagina só o desfile em volta da praça.

– Não estou muito a fim.

– Ozzie, você foi eleito xerife do condado de Ford de lavada. Você é o cara por aqui, e não consigo acreditar que tenha vergonha de entrar em uma lanchonete e fazer uma refeição. Se estiver com medo, prometo te proteger.

– Não é isso.

– Uma pergunta. De quantos negócios pertencentes a brancos você se esquivou de ir desde que concorreu a xerife sete anos atrás?

– Bem, eu não fui a todas as igrejas dos brancos.

– Isso porque é humanamente impossível visitar todas elas. Deve ter umas mil, e não param de construir mais. E eu falei de negócios, não de igrejas.

Ozzie refletiu sobre a pergunta enquanto cortavam a paisagem de pequenas fazendas e florestas de pinheiros.

– Que eu consiga lembrar, só um – respondeu por fim.

– Então vamos lá.

– Eles ainda têm aquela bandeira confederada hasteada na entrada?

– É provável.

– Quem é o dono de lá agora?

– Não sei. Não passo por lá tem alguns anos.

Cruzaram um riacho e viraram em uma outra estrada do condado. Tatum fez o motor trabalhar enquanto pegava a pista central. A estrada tinha pouco trânsito nos dias de semana e era especialmente tranquila nas manhãs de domingo.

– Distrito de Pine Grove. Noventa e cinco por cento branco, só trinta por cento votaram em mim – disse Ozzie.

– Trinta por cento?

– Isso.

– Eu já te contei a história do pai da minha mãe? Morreu antes de eu nascer, o que provavelmente foi bom. Concorreu a xerife no condado de Tyler quarenta anos atrás e recebeu oito por cento dos votos. Então, trinta é bastante impressionante.

– Não parece muito impressionante quando saiu o resultado.

– Para com isso, chefe. Você ganhou disparado. E essa é a sua chance de chocar as pessoas iluminadas que comem na Sawdust.

– Por que o nome do lugar é Sawdust?

– "Sawdust" significa serragem, e tem um monte de serraria por aqui, um monte de lenhadores. Uns caras durões. Não sei se é por isso, mas podemos descobrir.

O estacionamento estava cheio de picapes – umas poucas novas, as demais velhas e amassadas –, todas paradas de qualquer jeito, como se os motoristas estivessem desesperados para tomar café da manhã. Um mastro descentralizado saudava o grande estado do Mississippi e a gloriosa causa dos confederados. Dois ursos-negros estavam aninhados em uma jaula junto à varanda lateral. As tábuas rangeram quando Ozzie e Moss Junior passaram. A entrada dava para uma pequena mercearia de produtos locais com carnes defumadas penduradas no teto. O cheiro forte de bacon fritando e lenha queimando tomava conta do lugar. Atrás do balcão, uma velha olhou para Tatum, depois para Ozzie, cumprimentou-os com um aceno de cabeça e disse:

– Bom dia.

Eles responderam, continuaram andando e chegaram à lanchonete nos fundos, onde metade das mesas estava lotada de homens, todos brancos, nenhuma mulher. Eles comiam e tomavam café, alguns fumavam e todos estavam tagarelando, até que repararam em Ozzie. Houve um declínio perceptível no barulho, mas apenas pelo segundo ou dois que levaram para perceber quem era ele e que os dois eram policiais. Então, como que para provar como eram tolerantes, retomaram suas conversas com ainda mais vigor e tentaram ignorá-los.

Tatum apontou para uma mesa vazia e eles se sentaram. Ozzie imediatamente se ocupou com uma leitura minuciosa do cardápio, embora fosse desnecessário. Uma garçonete chegou com um bule de café e encheu suas xícaras.

Um homem na mesa mais próxima olhou para eles pela segunda vez e Tatum aproveitou para perguntar:

– Aqui costumava ter umas panquecas de mirtilo bem famosas. Ainda tem?

– Com certeza – disse o homem com um sorriso, depois deu um tapinha na barriga saliente. – Panquecas e linguiça de cervo. Me ajuda a manter essa silhueta.

Aquilo provocou umas duas risadas.

– Olha, a gente acabou de ouvir sobre Stuart Kofer – comentou outro sujeito. O lugar ficou imediatamente em silêncio. – É verdade?

Tatum fez um gesto discreto com a cabeça para o chefe, como se dissesse "Este é o seu momento. Aja como xerife".

Ozzie estava de costas para pelo menos metade dos clientes, então se levantou e olhou para todos eles.

– Sim, infelizmente é verdade – disse. – Stuart foi baleado e morto por volta das três da manhã, em casa. Perdemos um dos nossos melhores.

– Quem matou ele?

– Não posso entrar em detalhes agora. Pode ser que amanhã tenhamos mais a informar.

– Ouvimos dizer que foi um garoto que morava com ele.

– Bem, levamos um garoto de 16 anos sob custódia. A mãe do menino era namorada do Kofer. Isso é tudo que eu posso dizer. A polícia do estado está cuidando do caso agora. Mais uma vez, não posso falar muita coisa. Talvez mais tarde.

Ozzie foi gentil e amigável, e não teria sido capaz de prever o que aconteceu em seguida. Um senhor de aparência simples, com botas sujas, macacão desbotado e boné de um fabricante de ração, disse, respeitosamente:

– Obrigado, xerife.

Houve uma pausa. O gelo havia sido quebrado, e vários outros agradeceram também.

Ozzie se sentou de volta e pediu panquecas e linguiça. Enquanto bebiam o café e esperavam a comida, Tatum disse:

– Um belo evento de campanha, hein, chefe?

– Eu nunca penso em política.

Tatum conteve uma risada e desviou o olhar.

– Sabe, chefe, se você viesse tomar café da manhã aqui uma vez por mês, ganharia todos os votos.

– Não quero todos os votos. Só setenta por cento.

A garçonete colocou um exemplar da edição de domingo do jornal de Jackson sobre a mesa e sorriu para Ozzie. Tatum pegou a seção de esportes e, para passar o tempo, Ozzie leu as notícias do estado. Seu olhar passeou para além da página e ele reparou na parede à sua direita. No meio dela havia duas grandes tabelas do campeonato de futebol americano universitário de 1990, uma com os jogos da equipe da Ole Miss, outra com os da Mississippi State, e, ao redor delas, flâmulas de ambos os times e fotos em preto e branco emolduradas de ídolos do passado em várias poses de ação. Todos brancos, todos de uma outra era.

Ozzie tinha se destacado na equipe da escola no ensino médio e sonhava ser o primeiro jogador negro da Ole Miss, mas não foi escolhido. Já havia dois negros no programa, e Ozzie sempre tinha presumido, resignado, que na época dois eram o limite. Ele assinou então com a Alcorn State, a princípio por quatro anos, mas já na décima rodada foi chamado a integrar o elenco do Los Angeles Rams, em que estreou como profissional. Disputou onze partidas, até que uma lesão no joelho o mandou de volta para o Mississippi.

Ele ficou observando os rostos daqueles velhos astros e se perguntou quantos deles realmente haviam disputado uma partida profissional. Outros dois jogadores do condado de Ford, negros como ele, haviam chegado a equipes profissionais, mas suas fotos também não estavam na parede.

Levantou o jornal mais um pouco e tentou ler uma reportagem, mas estava distraído. As conversas ao seu redor falavam sobre o tempo, um temporal que se aproximava, a pesca do achigã no lago Chatulla, a morte de um velho fazendeiro conhecido de todos e as últimas manobras dos senadores estaduais em Jackson. Ele ouvia atentamente enquanto fingia ler e ficou se perguntando sobre que eles falavam quando ele não estava ali. Será que se debruçavam sobre os mesmos assuntos? Provavelmente sim.

Ozzie sabia que, no final da década de 1960, a Sawdust tinha sido o ponto de encontro de supremacistas brancos que estavam determinados a construir uma escola particular em resposta à traição da Suprema Corte de pôr fim à segregação. A escola foi mesmo construída, em um terreno doado nos arredores de Clanton, uma construção simples de metal com professores mal pagos e mensalidades baratas que nunca eram baratas o suficiente. Ela fechou as portas depois de alguns anos de dívidas acumuladas e de uma pressão intensa para que o condado investisse nas escolas públicas.

As panquecas e a linguiça chegaram, e a garçonete encheu novamente as xícaras de café.

– Já comeu linguiça de cervo? – perguntou Tatum.

Em seus cerca de quarenta anos, ele mal havia colocado os pés fora do condado de Ford, mas muitas vezes presumia que sabia muito mais que o chefe, que chegou a viajar de uma ponta a outra do país disputando a NFL.

– Minha avó costumava fazer – respondeu Ozzie. – Eu ficava olhando. – Ele deu uma mordida, avaliou um pouco e disse: – É boa, um pouco picante demais.

– Vi que você estava olhando aquelas fotos na parede. Eles precisam de uma sua, chefe.

– Esse não é bem o meu público, Tatum. Posso viver sem isso.
– Vamos ver. Isso não é certo, você sabe.
– Deixa pra lá.

Eles atacaram suas pilhas de panquecas, cada uma capaz de alimentar uma família de quatro pessoas. Então Tatum se aproximou de Ozzie e perguntou:
– Então, quais as suas ideias sobre o velório, essas coisas?
– Eu não sou da família, Moss, caso não tenha notado. Acredito que isso é assunto pros pais dele.
– Tá, mas a gente não pode simplesmente fazer um velório e baixar o caixão, né? Que merda, Ozzie, ele era um agente da lei. Não vai ter desfile, banda marcial e salva de tiros? Quero uma multidão, quero todo mundo arrasado, aos prantos, quando eu for enterrado.
– Acho difícil que isso aconteça. – Ozzie pousou a faca e o garfo e lentamente tomou um gole de café. Olhou para seu assistente-chefe como se este estivesse no jardim de infância e disse: – Há uma pequena questão, Moss. Nosso amigo Kofer não foi propriamente morto no cumprimento do dever. Na verdade, ele estava de folga e com toda a probabilidade tinha bebido, feito arruaça e sabe-se lá mais o quê. Pode ser bem difícil angariar apoio pra fazer um desfile na despedida dele.
– E se a família quiser um espetáculo?
– Olha, ainda estão tirando fotos do cadáver dele, então vamos pensar nisso depois, tá bem? Agora come. A gente precisa ir correndo pra lá.

QUANDO OS DOIS chegaram à casa de Stuart, Earl Kofer e seus sobrinhos já haviam ido embora. Em algum momento eles tinham se cansado de esperar, e provavelmente a família precisou deles por perto. A estradinha de acesso e o gramado da frente estavam lotados de viaturas de polícia e de veículos institucionais: duas caminhonetes do laboratório de criminalística do estado, uma ambulância à espera para levar Stuart, outra com uma equipe, caso fosse necessário; até mesmo alguns carros do corpo de bombeiros voluntários estavam no local.

Ozzie conhecia um dos investigadores do estado e obteve uma breve atualização da situação, ainda que desnecessária. Eles olharam para Stuart mais uma vez, exatamente no mesmo lugar de antes, sendo a única diferença os tons escuros do sangue ao redor dele nos lençóis. Os travesseiros manchados e respingados haviam sumido. Dois técnicos em trajes de proteção da cabeça aos pés coletavam lentamente amostras da parede acima da cabeceira da cama.

– Parece bastante simples, eu diria – disse o investigador. – Mas vamos levá-lo de qualquer forma, pra fazer uma autópsia rápida. Imagino que o garoto ainda esteja detido.

– Ainda – respondeu Ozzie.

Onde mais estaria? Como sempre acontecia em cenas de crime, Ozzie tinha dificuldade de tolerar a arrogância dos garotões do estado, com seus ares de superioridade. Ele não era obrigado a convocá-los para a cena do crime, mas, quando se tratava de assassinatos que iriam a júri, aprendera que os jurados costumavam ficar mais impressionados com os legistas da polícia estadual. No final das contas, o mais importante era condenar alguém.

– Ele já foi fichado? – perguntou o investigador.

– Não. Achamos melhor deixar vocês fazerem isso.

– Ótimo. Vamos passar na prisão, tirar as digitais dele e fazer uma análise de vestígios de pólvora.

– Ele está à espera.

Saíram da casa. Do lado de fora, Tatum acendeu um cigarro e Ozzie pegou um copo de papel com café servido por um bombeiro que havia levado uma garrafa térmica. Demoraram-se um pouco ali, com Ozzie tentando retardar a etapa seguinte do itinerário. A porta da frente se abriu mais uma vez e um dos peritos começou a sair de costas devagar, levando a maca com Stuart enrolado firmemente nos lençóis. Eles o desceram pela passagem de tijolos, colocaram-no em uma ambulância e fecharam a porta.

EARL E JANET Kofer moravam a alguns quilômetros de distância dali, em uma casa de fazenda atarracada estilo anos 1960, onde haviam criado três filhos e uma filha. Stuart era o mais velho, por isso tinha herdado do avô quatro hectares de mata e a casa onde viveu e morreu. Os Kofers, enquanto clã, não eram abastados nem possuíam muitas terras, mas sempre tinham trabalhado duro, levado uma vida frugal e tentado evitar problemas. E havia muitos deles, dispersos pela região sul do condado.

Em sua primeira candidatura, em 1983, Ozzie não saberia dizer ao certo como a família tinha votado. Quatro anos depois, no entanto, com Stuart vestindo uniforme e dirigindo uma viatura reluzente, Ozzie obteve todos os votos da família. Eles colocaram orgulhosamente cartazes seus no quintal e fizeram até mesmo pequenas doações para a campanha.

Agora, naquela terrível manhã de domingo, estavam todos à espera de que o xerife fosse até lá prestar suas homenagens e responder a algumas perguntas. Para uma demonstração maior de apoio, Ozzie tinha Tatum ao volante, seguido por uma viatura com Looney e McCarver, dois outros assistentes brancos. Afinal, estavam no Mississippi e Ozzie tinha aprendido quando usar seus assistentes brancos e quando usar os negros.

Como esperado, a longa estradinha de acesso à casa estava repleta de carros e caminhonetes. Na varanda, um grupo de homens fumava, aguardando. Não muito longe dali, debaixo de uma árvore, outro grupo fazia o mesmo. Tatum estacionou, eles desceram da viatura e começaram a atravessar o gramado da frente enquanto parentes se aproximavam com seus cumprimentos contidos. Ozzie, Tatum, Looney e McCarver abriram caminho em direção à casa, apertando mãos, oferecendo pêsames, compartilhando o luto com a família. Quando estavam próximos da casa, Earl se levantou, desceu e agradeceu a Ozzie por ter ido. Seus olhos estavam vermelhos e inchados e ele recomeçou a chorar enquanto Ozzie apertava a mão dele com as suas e apenas escutava. Uma multidão de homens se reuniu em torno do xerife, à espera de ouvir alguma palavra.

Ozzie notou o olhar de tristeza e consternação deles, meneou a cabeça, tentou parecer igualmente magoado.

– Não há de fato muito a acrescentar além do que vocês já sabem – disse ele. – A ligação foi feita às 2h40 da manhã pelo filho de Josie Gamble, dizendo que a mãe havia sido espancada e que achava que ela estava morta. Quando chegamos lá, encontramos a mãe inconsciente na cozinha sendo amparada pela filha de 14 anos. A menina disse que o irmão tinha dado um tiro em Stuart. Então encontramos Stuart no quarto, em sua cama, um único tiro na cabeça, com sua arma de serviço, que estava em cima da cama. O garoto, Drew, não falou nada, então o levamos. Ele está preso agora.

– Nenhuma dúvida de que foi o menino? – perguntou alguém.

Ozzie balançou a cabeça, confirmando.

– Olha, eu não posso falar muita coisa agora. O fato é que a gente não sabe muito mais do que isso que eu acabei de dizer. E nem sei se tem mais o que saber, na verdade. Talvez amanhã cheguem mais informações.

– Ele não vai sair da prisão, certo? – perguntou outro.

– De jeito nenhum. Espero que o tribunal nomeie logo um advogado pra ele, e daí por diante vai ser com a justiça.

– Vai ter julgamento?

– Não faço ideia.

– Quantos anos tem esse garoto?

– Dezesseis.

– Eles podem tratar ele como um adulto, colocar ele no corredor da morte?

– Isso é com o tribunal.

Houve uma pausa enquanto alguns dos homens estudavam os próprios pés e outros enxugavam as lágrimas. Num tom de voz calmo, Earl perguntou:

– Onde está o Stuart agora?

– Sendo levado pra Jackson, pro laboratório de criminalística do estado, pra autópsia. Depois vão liberá-lo pra você e a Sra. Kofer. Eu gostaria de ver a Janet, se não tiver problema.

– Não sei, xerife, ela está na cama, cercada pelas irmãs dela – respondeu Earl. – Acho que não quer ver ninguém agora. Precisa de um tempo.

– Claro. Por favor, transmita a ela os meus pêsames.

Dois carros estavam chegando e, na estrada, um terceiro reduziu a velocidade. Ozzie ficou ali por mais alguns constrangedores minutos e depois pediu licença. Earl e os outros agradeceram por ter ido. Ele prometeu ligar no dia seguinte e mantê-los informados.

4

Seis dias por semana, todos os dias com exceção do domingo, Jake Brigance aceitava ser arrancado da cama no ultrajante horário de 5h30 ao som de um ruidoso despertador. Seis dias por semana ele ia direto até a cafeteira, apertava um botão, depois corria para seu pequeno banheiro particular no porão, longe da esposa e da filha adormecidas, onde tomava banho em cinco minutos e gastava outros cinco com o resto do seu ritual antes de se vestir com a roupa que havia separado de véspera.

Então subia a escada apressado, servia uma xícara de café puro, levava-a até o quarto, dava um beijo de despedida na esposa, pegava então café para si e, pontualmente às 5h45, cruzava a porta da cozinha em direção ao quintal. Seis dias por semana ele dirigia pelas ruas escuras de Clanton até a pitoresca praça com o imponente tribunal que fundamentava a única vida que ele conhecia, estacionava em frente ao seu escritório na Washington Street e, às seis horas, seis dias por semana, entrava no Coffee Shop para ouvir ou produzir as fofocas e comer torradas e mingau de milho de café da manhã.

No sétimo dia, porém, ele descansava. Não havia despertadores no Dia do Senhor, e Jake e Carla aproveitavam uma longa manhã de descanso. Ele saía da cama somente por volta das 7h30 e dizia para ela continuar a dormir. Na cozinha, fazia ovos pochés e torradas e servia a refeição na cama, com direito a café e suco. Em um domingo normal.

Mas nada naquele dia seria normal. Às 7h05 o telefone tocou e, como Carla insistia para que o telefone ficasse na mesinha de cabeceira dele, ele não teve escolha a não ser atender.

– Se eu fosse você, sairia da cidade por alguns dias – disse a voz grave e rouca de Harry Rex Vonner, provavelmente seu melhor amigo, às vezes o único.

– Bom dia pra você também, Harry Rex. Espero que sejam boas notícias.

Harry Rex, um advogado talentoso e ardiloso, circulava pelo submundo do condado de Ford e se orgulhava de ficar sabendo das notícias, dos podres e das fofocas antes de praticamente qualquer um que não usasse um distintivo.

– Stuart Kofer levou um tiro na cabeça ontem à noite. Morreu. Ozzie pegou o filho da namorada dele, um garoto de 16 anos sem nem um traço de barba na cara ainda, e ele está na prisão só esperando pelo advogado. Tenho certeza que o juiz Noose já está ciente disso e pensando sobre quem nomear.

Jake se sentou na cama e se acomodou sobre os travesseiros.

– Stuart Kofer está morto?

– Mortinho da silva. O garoto estourou os miolos dele enquanto ele estava dormindo. Pena de morte, cara, sem dúvida. Matar um policial aqui no estado significa nove chances em dez de pegar a câmara de gás.

– Você não tratou de um divórcio pra ele?

– O primeiro, não o segundo. Ele ficou puto com os meus honorários e virou um cliente insuportável. Quando ligou pra falar do segundo, mandei ele catar coquinho. Ele se casou com umas duas mulheres bem doidas. Era chegado a encrenca, principalmente as que usam calça jeans justinha.

– Filhos?

– Nenhum que eu saiba. Nenhum que ele soubesse, também.

Carla se levantou da cama e foi para o lado dele. Ela franziu a testa para Jake, como se estivesse duvidando daquilo. Três semanas antes, o oficial Stuart Kofer tinha ido conversar com os alunos dela do sexto ano e feito uma apresentação maravilhosa sobre os perigos das drogas ilícitas.

– Mas ele só tem 16 anos – disse Jake, esfregando os olhos.

– Falou o legítimo advogado de defesa liberal. O Noose vai ligar pra você antes do que imagina, Jake. Pensa só. Quem lidou com o último caso passível de pena de morte do condado de Ford? Você. Carl Lee Hailey.

– Mas isso foi há cinco anos.

– Não importa. Me fala o nome de outro advogado por essas bandas que minimamente cogita pegar um caso criminal sério. Não existe. E, mais importante, Jake, não tem mais ninguém no condado com competência suficiente para aceitar um caso desses.

– Não é assim. E o Jack Walter?

– Voltou a beber. O Noose recebeu duas reclamações de clientes insatisfeitos no mês passado e está prestes a notificar a seção estadual da Ordem dos Advogados.

Para Jake era sempre fascinante imaginar como Harry Rex ficava sabendo desse tipo de coisa.

– Achei que tivessem dispensado ele.

– E tinham, mas ele voltou, com mais sede do que nunca.

– E o Gill Maynard?

– Ele ficou queimado por causa daquele caso de estupro ano passado. Falou pro Noose que preferia abrir mão da carreira a ficar atolado com outro caso ruim na mão. E ele é péssimo. Frustração é pouco pra descrever o que Noose sentiu diante dele no tribunal. Me dá mais um nome.

– Tá bom, tá bom. Deixa eu pensar um minuto.

– Perda de tempo. Estou te falando, Jake, o Noose vai ligar pra você ainda hoje. Tem como deixar o país por uma semana mais ou menos?

– Não seja ridículo, Harry Rex. A gente tem audiência com o Noose às dez da manhã de terça, um detalhezinho pouco importante do caso *Smallwood*. Lembra dele?

– Merda. Achei que fosse na outra semana.

– Ainda bem que sou eu que estou encarregado do caso. Sem falar em outras questões triviais, como o trabalho da Carla e as aulas da Hanna. É bobagem achar que a gente pode desaparecer e pronto. Eu não vou fugir, Harry Rex.

– Você vai se arrepender, confia em mim. Esse caso é simplesmente uma roubada.

– Se o Noose ligar, vou conversar com ele e explicar por que não tenho como pegar. Vou sugerir que nomeie alguém de outro condado. Ele adora aqueles dois caras de Oxford que aceitam qualquer coisa, já trouxe eles aqui antes.

– Da última vez que tive notícias, estavam atolados com recursos do corredor da morte. Eles sempre perdem no julgamento, você sabe. Assim, os recursos se arrastam pra sempre. Me escuta, Jake, você não quer um caso envolvendo a morte de um policial. Os fatos estão contra você. A política está contra você. Zero chance de o júri mostrar qualquer piedade.

– Já entendi, Harry Rex. Vou tomar um café e conversar com a Carla.

– Ela está no banho?

– É... não.

– Essa é a minha fantasia preferida, você sabe.

– Tchau, Harry Rex.

Jake desligou e foi com Carla até a cozinha, para passar um café. A manhã de primavera estava quase quente o suficiente para que eles ficassem no quintal. Os dois se acomodaram na mesinha junto à janela, com uma bela vista das azaleias brancas e cor-de-rosa que desabrochavam no quintal. O cachorro recém-resgatado que eles chamavam de Mully, mas que até o momento não respondia a nada além de comida, saiu de sua toca no lavabo e olhou para a porta do quintal. Jake o deixou sair e serviu duas xícaras.

Enquanto tomavam o café, ele repetiu tudo que Harry Rex tinha dito, exceto a frase de encerramento sobre Carla no chuveiro, e eles conversaram sobre a desagradável possibilidade de serem arrastados para aquele caso.

Jake concordou que era pouco provável que o Excelentíssimo Omar Noose, seu amigo e mentor, fosse escolher algum outro nome da escassa coleção de talentos jurídicos do condado de Ford. Quase todos os advogados – e a advogada, agora que havia uma mulher – fugiam dos julgamentos com júri, preferindo, em vez disso, lidar com a papelada exigida pelo discreto exercício da profissão que faziam. Harry Rex estava sempre disposto a encarar uma boa briga no tribunal, mas apenas em casos de família decididos por juízes; nada de júri. Noventa e cinco por cento dos casos criminais eram resolvidos por meio de acordo entre as partes, evitando assim os julgamentos. Pequenos casos de delitos civis – batidas de carro, acidentes causados por negligência, mordidas de cachorro – eram negociados com as seguradoras. Normalmente, se um advogado do condado de Ford se deparava com um caso civil de grande porte, corria para Tupelo ou Oxford e se associava a um "advogado de tribunal" de verdade, com experiência em litígios e que não tivesse medo de encarar um júri.

Jake sonhava em mudar isso e, aos 37 anos, estava tentando construir uma reputação de advogado que corria riscos e colhia os frutos. Seu momento mais glorioso, sem dúvida, tinha sido o veredito inocentando Carl Lee Hailey cinco anos antes, e depois disso ele tivera certeza de que grandes casos iriam bater à sua porta. Não bateram. Ele ainda se dispunha a encarar qualquer caso, e isso funcionava, mas o retorno era muito baixo.

O caso *Smallwood*, porém, era diferente. Tinha potencial para ser o maior caso cível da história do condado, e Jake era o advogado principal. Ele havia entrado com o processo treze meses antes e, desde então, passara metade do seu tempo trabalhando nele. Estava agora pronto para ir a julgamento e se esgoelava com os advogados de defesa para que a data fosse marcada.

Harry Rex não tinha nem mencionado o defensor público de meio período do condado, e com razão. O atual ocupante do cargo era um novato tímido cuja taxa de aprovação nos empregos anteriores era a mais baixa que alguém poderia ter. Tinha aceitado o trabalho porque ninguém mais queria, porque o cargo estava vago havia um ano e porque o condado concordara relutantemente em aumentar o salário para 2.500 dólares por mês. Ninguém esperava que ele sobrevivesse por mais um ano. Até hoje não tinha levado um caso até o fim, até o veredito do júri, e não demonstrava nenhum interesse em fazê-lo. E, o pior de tudo, jamais tinha nem sequer assistido ao julgamento de um caso passível de pena de morte.

De forma nada surpreendente, Carla se solidarizou com a mulher de imediato. Embora gostasse de Stu Kofer, ela sabia também que alguns policiais podiam se comportar tão mal quanto qualquer outra pessoa quando não estavam de serviço. E, se a violência doméstica entrasse na equação, os fatos só se tornavam ainda mais graves.

Mas tinha receio de entrarem em outro caso polêmico de destaque. Durante três anos a partir do julgamento de Carl Lee Hailey, a família Brigance tinha vivido com uma viatura de polícia estacionada em frente à sua casa à noite, com ameaças por telefone e com olhares de ódio vindos de desconhecidos em estabelecimentos comerciais. Agora, em uma nova casa tão bonita quanto a anterior e com o caso ainda mais afastado no tempo, estavam aos poucos se ajustando a uma vida normal. Jake ainda andava com uma arma – registrada – no carro, o que Carla reprovava, mas não havia mais vigilância. Eles estavam determinados a aproveitar o presente, planejar o futuro e esquecer o passado. A última coisa que Carla queria era um caso que virasse manchete.

Enquanto conversavam baixinho, Hanna apareceu de pijama, com olhos sonolentos e ainda segurando seu ursinho de pelúcia favorito, com o qual ela sempre dormia. O bicho estava surrado, tendo ultrapassado bastante os limites de sua vida útil, e Hanna tinha 9 anos e precisava superar aquilo, mas uma conversa séria sobre essa transição estava sendo sempre adiada. Ela se arrastou para o colo do pai e voltou a fechar os olhos. Assim como a mãe, preferia adentrar a manhã de forma tranquila, com o mínimo de barulho possível.

Os pais pararam de falar sobre casos jurídicos e mudaram para o dever de casa da escola dominical de Hanna, que ela ainda não tinha lido. Carla foi buscar o livro de estudo e Jake começou a ler sobre Jonas e a baleia, uma das histórias bíblicas de que ele menos gostava. Hanna também não ficou muito empolgada com ela e parecia cochilar. Carla se ocupou com o café da manhã na cozinha: mingau de aveia para Hanna, ovos pochés e torradas para os adultos.

Comeram em silêncio e aproveitaram os momentos de tranquilidade juntos. Os desenhos animados na televisão geralmente eram proibidos aos domingos, e Hanna nem pensava em pedir. Ela comeu pouco, como sempre, e deixou a mesa relutante para tomar banho.

Às 9h45 estavam vestidos com suas melhores roupas de domingo para o culto na Primeira Igreja Presbiteriana. Uma vez no carro, Jake não conseguiu encontrar seus óculos escuros e voltou para dentro de casa, desligando, ao entrar, o sistema de alarme.

O telefone na parede da cozinha começou a tocar e o identificador de chamadas mostrou um número: o mesmo código de área, mas com um prefixo diferente que parecia familiar. Podia ser do condado de Van Buren, que ficava bem ao lado. Sem nome, identidade desconhecida, mas Jake tinha um palpite. Ficou olhando para o aparelho, incapaz ou sem vontade de atender, porque algo lhe dizia para não fazê-lo. Além de Harry Rex, quem ousaria ligar numa tranquila manhã de domingo? Lucien Wilbanks, talvez, mas não era ele. Devia ser importante e devia ser problema, e por alguns segundos ele ficou ali olhando para o telefone, paralisado.

Depois do oitavo toque, esperou a luz de gravação da secretária eletrônica piscar e apertou um botão. Uma voz familiar falou: "Bom dia, Jake, é o juiz Noose. Estou em casa, em Chester, de saída para a igreja. Imagino que você também esteja e lamento incomodar, mas tem um assunto urgente em Clanton do qual com certeza você já ficou sabendo a essa altura. Por favor, me ligue o mais rápido possível." E desligou.

Ele se lembraria daquele momento por muito tempo: de pé em sua cozinha, vestindo um terno escuro que deveria lhe dar confiança, olhando para o telefone porque estava com medo demais de atendê-lo. Ele não se lembrava de ter se sentido tão covarde assim antes e prometeu a si mesmo que isso jamais voltaria a acontecer.

Reativou o alarme, trancou a porta, andou até o carro ostentando um sorriso falso para suas garotas e entrou. Enquanto tirava o carro da garagem, Hanna perguntou:

– Onde estão seus óculos escuros, papai?

– Ah, não consegui achar.

– Estavam na bancada, ao lado da correspondência – disse Carla.

Ele balançou a cabeça como se aquilo não importasse e falou:

– Eu não vi, e já estamos atrasados.

O TEMA DA aula de estudos bíblicos para homens era uma continuação da análise da Epístola de Paulo aos Gálatas, mas eles não conseguiram falar disso. Um policial tinha sido assassinado, um rapaz local, cujos pais e avós eram do condado, com parentes espalhados pela região. Grande parte da discussão foi sobre crime e castigo, com os ânimos pendendo com força no sentido de uma retribuição rápida, independentemente da pouca idade do assassino. Importava tanto assim se ele tinha 16 ou 60 anos? Com certeza não importava para Stu Kofer, cuja decência parecia aumentar a cada minuto que passava. Um garoto perverso com uma arma na não poderia causar tanto estrago quanto um *serial killer*.

Havia três advogados na turma, e dois deles não paravam de falar, sem economizar opiniões. Jake estava calado, mas pensativo, e tentava não parecer preocupado.

Seus confrades presbiterianos eram considerados um pouco mais tolerantes que os fundamentalistas do outro lado da rua – os batistas e os pentecostais, que eram fãs da pena de morte –, mas, a julgar pela sede de vingança na pequena sala de aula, Jake percebeu que o menino que tinha matado Stu Kofer estava a caminho da câmara de gás.

Ele continuou tentando deixar esse assunto de lado, porque seria problema de outra pessoa. Certo?

Às 10h45, com o órgão de tubos conclamando todos para o culto, Jake e Carla caminharam pelo corredor até o quarto banco do lado direito e esperaram que Hanna chegasse saltitante de sua aula da escola dominical. Jake ficou batendo papo com velhos amigos e conhecidos, a maioria dos quais raramente via fora da igreja. Carla disse "oi" a dois de seus alunos. A igreja recebia em média 250 fiéis para o culto matinal, e parecia que a maioria estava andando de um lado para outro trocando cumprimentos. Havia muita gente de cabelo grisalho, e Jake sabia que o pastor estava preocupado com a queda da popularidade do culto entre as famílias mais jovens.

O velho Sr. Cavanaugh, um eterno resmungão que a maioria das pessoas tentava evitar mas que passava cheques mais gordos que qualquer outro fiel, agarrou Jake pelo braço e perguntou, mais alto que o necessário:

– Você não vai se envolver com aquele garoto que matou o nosso policial, vai?

Ah, as réplicas que ele adoraria poder usar. Primeira: por que você não consegue se contentar em cuidar da própria vida, seu velho rabugento desgraçado? Segunda: você e sua família nunca me deram um único centavo pelo meu trabalho, então por que é que agora estão preocupados com o que faço como advogado? Terceira: o que esse caso tem a ver com você?

Em vez disso, Jake olhou bem nos olhos dele e, com seriedade, respondeu:

– De qual policial você está falando?

O Sr. Cavanaugh ficou perplexo.

– Ah, você não ficou sabendo?

– Sabendo do quê?

O coro irrompeu prenunciando o começo do culto, e era hora de se sentar. Hanna apareceu e se espremeu entre os pais, e não pela primeira vez Jake sorriu para ela se perguntando quanto tempo aqueles dias iriam durar. Em breve ela começaria a insistir para que a deixassem sentar-se com as amigas na igreja e então, não muito tempo depois, os meninos entrariam em cena. *Não fique procurando problema*, lembrou Jake a si mesmo. *Apenas aproveite o momento.*

O momento, porém, era difícil de ser aproveitado. Pouco depois dos anúncios preliminares e do primeiro hino, o Dr. Eli Proctor assumiu o púlpito e deu a triste notícia que todos já sabiam. Com um pouco de drama demais, ao menos na opinião de Jake, o pastor falou da trágica perda do oficial Stuart Kofer como se de alguma forma aquilo o afetasse diretamente. Era um hábito irritante, do qual Jake de vez em quando reclamava com Carla, embora ela não tivesse paciência para as queixas dele. Proctor quase chorava ao descrever ciclones no Pacífico Sul ou a fome na África, desastres que sem dúvida mereciam as orações de todos os cristãos, mas que estavam acontecendo do outro lado do mundo. A única conexão do pastor com eles era o noticiário na televisão a que o país inteiro também assistia. No entanto, ele conseguia ser tocado de forma muito mais profunda.

O pastor orou com fervor por justiça e superação, mas pegou um pouco leve no que dizia respeito à misericórdia.

O coro jovem cantou dois hinos e o culto mudou de ritmo. Quando o sermão começou, precisamente às 11h32 pelo relógio de Jake, ele tentou corajosamente assimilar o parágrafo de abertura, mas logo se perdeu imaginando os cenários vertiginosos que poderiam se concretizar nos dias que estavam por vir.

Ele ia ligar para Noose logo depois do almoço, isso era certo. Tinha enorme respeito e admiração por seu juiz, e isso era reforçado pelo fato de que Noose sentia o mesmo por ele. Quando ainda era um jovem advogado, Noose se envolvera na política e se desencaminhara. No papel de senador estadual, por pouco não foi indiciado e sofreu uma humilhação na época da reeleição. Uma vez ele disse a Jake que havia desperdiçado seus anos de formação e nunca havia aprimorado suas habilidades no tribunal. Ele via Jake evoluir com imenso orgulho e saboreava até hoje o veredito de inocência conquistado no julgamento de Hailey.

Jake sabia que seria quase impossível dizer não ao Excelentíssimo Omar Noose.

E se ele dissesse sim e concordasse em representar o garoto? Aquele garoto lá na prisão, naquela cela para menores que Jake já havia visitado tantas vezes? O que aquelas pessoas incríveis, aqueles presbiterianos tão devotos, iriam pensar dele? Quantos deles já tinham visto uma cadeia por dentro? Quantos deles tinham uma mínima noção de como o sistema funcionava?

E o fundamental: quantos daqueles cidadãos de bem, cumpridores da lei, acreditavam que todo réu tinha direito a um julgamento justo? E que a palavra "justo" deveria incluir a assistência de um bom advogado?

A pergunta mais recorrente era: como você consegue defender um homem culpado de um crime grave?

E sua resposta recorrente era: se o seu pai ou o seu filho fossem acusados de um crime grave, você gostaria que eles tivessem um advogado combativo ou um banana?

Como era de costume, e com uma boa dose de frustração, ele estava mais uma vez perdendo tempo com pensamentos sobre o que os outros poderiam pensar. Um defeito grave para um advogado, pelo menos segundo o grande Lucien Wilbanks, um homem que nunca perdia o sono por causa do que os outros achavam.

Quando Jake terminou a faculdade de Direito e começou a trabalhar no escritório Wilbanks sob a tutela de Lucien, seu chefe soltava pérolas do tipo: "Aqueles imbecis do Rotary Club, da igreja e da cafeteria não vão fazer de você um advogado e não vão lhe dar um centavo", "Para ser um advogado de verdade, primeiro você tem que desenvolver uma armadura, depois mandar todo mundo pro inferno, com exceção dos seus clientes" e "Um advogado de verdade não tem medo de casos impopulares".

Aquela tinha sido a atmosfera do aprendizado de Jake. Antes de perder a licença por causa de todo tipo de mau comportamento, Lucien era um advogado bem-sucedido que fizera seu nome representando os oprimidos: minorias, sindicatos, distritos escolares pobres, crianças abandonadas, pessoas sem-teto. Entretanto, por conta de sua insolência e da falta de autocrítica, por diversas vezes não conseguiu estabelecer uma conexão com os jurados.

Jake se beliscou e se perguntou por que estava pensando em Lucien no meio do sermão.

A resposta era porque, se ainda tivesse licença para advogar, Lucien ligaria para Noose e exigiria que ele, Lucien, fosse indicado para representar o garoto. E, visto que todos os outros advogados da cidade estavam fugindo do caso, Noose nomearia Lucien e todo mundo ficaria satisfeito.

"Aceita a porra do caso, Jake!", ele podia ouvir Lucien gritar.

"Todo mundo tem direito a um advogado!"

"Você não pode ficar escolhendo seus clientes!"

Carla percebeu que Jake estava divagando e olhou feio para ele. Ele sorriu e deu um tapinha no joelho de Hanna, que rapidamente afastou a mão dele. Afinal de contas, ela já tinha 9 anos.

NA LINGUAGEM DO Cinturão da Bíblia, os fiéis tinham inúmeras palavras e expressões para se referir aos que não professavam a mesma fé. No extremo mais rígido do espectro, os "perdidos" eram chamados de pagãos, ímpios, impuros, condenados e pecadores. Cristãos mais refinados se referiam a eles como descrentes, desvirtuados ou, o preferido deles, descongregados.

Qualquer que fosse o termo, era seguro dizer que os Kofers estavam descongregados havia décadas. Alguns primos distantes eram membros de alguma igreja, mas, via de regra, o clã evitava se envolver com a Palavra. Eles não eram pessoas más, simplesmente nunca tinham tido a necessidade de buscar uma existência mais divina. Não havia faltado oportunidade. Dezenas de pregadores bem-intencionados tentaram arrebanhá-los, sem sucesso. E não era raro que evangelistas itinerantes mirassem neles e até mesmo os mencionassem explicitamente em sermões mais inflamados. Estavam quase sempre no topo das listas de oração e tinham que lidar com pregadores batendo à porta. Em meio a tudo isso, haviam resistido a todos os esforços para seguir o Senhor e preferiam que ninguém os perturbasse.

Naquela manhã fúnebre, porém, eles precisavam do abraço e da simpatia dos vizinhos. Precisavam da demonstração usual de amor e compaixão daqueles mais próximos de Deus, e essa demonstração não veio. Em vez disso, a família inteira se amontoou na casa de Earl e tentou suportar o insuportável. As mulheres ficaram sentadas chorando ao lado de Janet, a mãe de Stu, enquanto os homens permaneceram do lado de fora, na varanda e debaixo das árvores, fumando, praguejando baixinho e falando em vingança.

A IGREJA DO Bom Pastor se reunia em uma pitoresca edificação de ripas horizontais de madeira branca, com uma torre pontiaguda e um cemitério bem cuidado nos fundos. Era uma construção histórica de 160 anos erguida por metodistas, que a repassaram a um grupo de batistas que depois se dispersaram, deixando o local vago por trinta anos. A igreja tinha sido fundada por um grupo independente, que não gostava dos rótulos das denominações, do fundamentalismo desenfreado nem das inclinações políticas que tinham varrido o Sul na década de 1970. Contando inicialmente com cerca de cem membros, ela havia comprado o edifício em execução hipotecária, reformando-o com grande cuidado e acolhendo mais almas iluminadas que estavam cansadas dos dogmas predominantes. As mulheres podiam ser eleitas como presbíteras, um conceito radical que fez surgir as intrigas que diziam que a Igreja do Bom Pastor era uma "seita". Negros e todas as minorias eram bem-vindos, embora costumassem frequentar outras igrejas, por outras razões.

Naquela manhã de domingo o público estava um pouco maior, visto que os membros queriam se reunir para saber os detalhes mais recentes do assassinato. Assim que o pastor Charles McGarry informou que o acusado, o jovem Drew Gamble, era praticamente um deles, e que a mãe do garoto, Josie, estava no hospital, gravemente ferida após ser espancada com brutalidade, a igreja toda se uniu e acolheu a família.

Kiera, ainda vestida com a calça jeans e os tênis que estava usando durante a terrível provação daquela madrugada, assistiu à aula da escola dominical em uma salinha, acompanhada de outras adolescentes, tentando assimilar tudo aquilo. Sua mãe estava no hospital e o irmão, na prisão, e ela já havia sido informada de que não poderia voltar em casa para pegar seus pertences. Fez um esforço para não chorar, mas não conseguiu se conter.

Durante o culto, ela se sentou no banco da frente com a esposa do pastor de um lado, segurando seu braço, e uma conhecida da escola do outro. Ela parou de chorar, mas ainda não era capaz de pensar com clareza. Ficou de pé para os hinos, velhas canções que nunca tinha ouvido antes, fechou os olhos com força e tentou orar junto com o pastor Charles. Escutou o sermão, mas não ouviu uma palavra. Não comia nada havia horas, mas recusou comida. Não conseguia nem pensar em ir para a escola no dia seguinte e decidiu que não seria forçada a isso.

Tudo que ela queria era se sentar de um dos lados da cama onde sua mãe estava, no hospital, com o irmão do outro lado, e acariciar o braço dela.

5

O almoço daquele domingo era uma salada leve e sopa, o de sempre, a não ser quando a mãe de Jake sentia vontade de servir um banquete, um regalo que acontecia mais ou menos uma vez por mês. Mas não naquele dia. Depois do almoço rápido, ele ajudou Carla a tirar a mesa e cogitou tirar uma sesta dominical, mas Hanna tinha outros planos. Ela queria levar Mully para passear no parque da cidade, e Carla "voluntariou" Jake para a aventura. Ele aceitou de bom grado. Valia qualquer coisa para matar o tempo e adiar a ligação para o juiz Noose. Por volta das duas, eles estavam de volta e Hanna desapareceu em seu quarto. Carla colocou água para ferver e serviu chá-verde para eles na mesa do café da manhã.

– Ele não pode te obrigar a aceitar o caso, pode? – perguntou ela.

– Sinceramente, não sei. Fiquei pensando sobre isso a manhã inteira e não consigo me lembrar de um único caso em que o tribunal tenha tentado nomear um advogado e ele tenha recusado. Os juízes do circuito detêm um poder enorme, e imagino que o Noose poderia fazer da minha vida um inferno se eu dissesse não. No fundo, é por isso que ninguém se recusa. Um advogado de cidade pequena está acabado caso se indisponha com os juízes.

– E você está preocupado com o caso *Smallwood*?

– Claro que estou preocupado. A instrução já está quase concluída e estou enchendo a paciência do Noose pra marcar a data do julgamento. A defesa está enrolando, como sempre, mas acho que eles estão na nossa mão. Harry Rex acredita que estão prontos para discutir um acordo, mas que não vão fazer isso até que exista uma data certa pro julgamento. A gente precisa deixar o Noose feliz.

– Você está querendo dizer que o rancor dele num caso pode influenciar outro?

– Omar Noose é um velho e magnífico juiz que quase sempre acerta, mas que às vezes faz pirraça. Ele é humano e comete erros, e também está acostumado a sempre conseguir o que quer, pelo menos no tribunal dele.

– Então ele seria capaz de deixar que um caso afetasse outro?

– Sim. Isso já aconteceu.

– Mas ele adora você, Jake.

– Ele se vê como meu mentor e quer que eu alcance grandes feitos, e essa é uma ótima razão para manter o velho feliz.

– Posso dar a minha opinião?

– Sempre.

– Ótimo. Esse caso não é como o caso Hailey. Não tem nenhuma tensão racial. Até onde sei, todos os envolvidos são brancos, né?

– Até onde a gente sabe.

– Então a Klan e aqueles malucos não vão aparecer desta vez. Com certeza você vai deixar irritadas algumas pessoas que querem enforcar o garoto hoje mesmo, e elas vão odiar qualquer advogado que pegue o caso, mas esses são ossos do ofício. Você é advogado, o melhor de todos, na minha opinião, e tem um garoto de 16 anos com sérios problemas que precisa de ajuda.

– Existem outros advogados na cidade.

– E qual você ia contratar se estivesse diante da pena de morte? – Jake hesitou por um longo tempo, e ela disse: – Viu?

– Tom Motley é um advogado de tribunal promissor.

– Mas que não suja as mãos com casos criminais. Quantas vezes eu já não ouvi você reclamar disso?

– Bo Landis é bom.

– Quem? Tenho certeza que ele é ótimo, mas esse nome não me diz nada.

– Ele é jovem.

– E você confiaria sua vida a ele?

– Eu não disse isso. Olha, Carla, eu não sou o único advogado da cidade e tenho certeza que o Noose pode forçar outra pessoa a aceitar. Não é raro, em casos delicados como esse, que seja indicado um advogado de fora do condado. Lembra daquele estupro horrível em Box Hill três ou quatro anos atrás?

– Claro.

– Bem, a gente pediu pra não se envolver naquilo e Noose nos protegeu trazendo um advogado de Tupelo. Ninguém aqui conhecia o sujeito e ele lidou com tudo da melhor forma possível. Os fatos não ajudavam.

– O cara confessou e fez um acordo, não foi?

– Foi. Pegou trinta anos.

– Foi pouco. Quais as chances de acontecer o mesmo nesse caso?

– Quem sabe? Estamos falando de um menor de idade, então o Noose pode pegar um pouco mais leve. Mas a pressão pra ver sangue vai ser grande. Pra ter pena de morte. A família da vítima vai fazer barulho. O Ozzie vai querer um grande julgamento, porque um dos rapazes dele está morto. Todo mundo está de olho na eleição do ano que vem, então é a hora perfeita pra ser duro com os criminosos.

– Não parece certo mandar um garoto de 16 anos pro corredor da morte.

– Tenta explicar isso pra família Kofer. Eu não conheço eles, mas aposto que estão pensando na câmara de gás. Se algum cara fizesse mal a Hanna, você não iria se preocupar muito com a idade dele, iria?

– Provavelmente não.

Eles respiraram fundo e deixaram aquele pensamento desagradável ir embora.

– Achei que você já tivesse uma opinião formada – disse Jake.

– Não sei, Jake. É uma decisão difícil, mas, se o juiz Noose insistir, não vejo como você pode dizer não.

O telefone tocou e os dois ficaram encarando o aparelho. Jake se aproximou e olhou o identificador de chamadas. Ele sorriu para Carla e disse:

– É ele.

Tirou o fone do gancho, disse alô, depois puxou o fio pela cozinha e se sentou de volta à mesa com a esposa.

Trocaram gentilezas protocolares. As famílias estavam bem. O tempo estava virando. Notícia horrível a do Stuart Kofer. Ambos expressaram admiração. Noose tinha falado com Ozzie e Ozzie estava com o garoto encarcerado, seguro e protegido. O bom e velho Ozzie. A maioria dos xerifes com os quais Noose lidava teria torturado o garoto e feito com que ele assinasse uma confissão de dez páginas.

Tendo ganhado confiança, Noose disse:

– Jake, quero que você represente esse garoto na audiência preliminar. Não sei se isso vai virar um caso de pena de morte, mas essa é uma possibilidade real. Não tem mais ninguém em Clanton com experiência recente nessa área, e você é o advogado em quem mais confio. Se pedirem mesmo a pena de morte, aí eu reavalio a sua indicação e tento encontrar outra pessoa.

Jake fechou os olhos, fez que sim com a cabeça e, na primeira pausa, interveio:

– Excelência, o senhor e eu sabemos que, se eu entrar nisso agora, existe uma enorme probabilidade de eu ficar preso até o fim.

– Não necessariamente, Jake. Acabei de falar com Roy Browning, em Oxford, um ótimo advogado. Você o conhece, Jake?

– Todo mundo conhece o Roy, Excelência.

– Ele tem dois julgamentos passíveis de pena de morte para este ano e está atolado, mas mencionou um sócio mais novo que admira muito. Prometeu que daria uma olhada no caso no futuro, se pedirem mesmo a sentença capital. No entanto, Jake, pra agora quero alguém naquela prisão falando com o garoto e mantendo a polícia longe dele. Não quero ter que lidar com uma confissão falsa nem com um dedo-duro de cadeia.

– Eu confio no Ozzie.

– E eu também, Jake, mas estamos falando da morte de um policial, e você sabe como esses caras podem ficar exaltados. Eu ia me sentir melhor se aquele garoto tivesse alguma proteção agora. Vou determinar a nomeação pelo prazo de trinta dias. Você chega lá e vê o garoto, depois a gente se encontra às nove na terça-feira, antes da apresentação da pauta dos casos cíveis. Se não me engano, você tem uma petição que ainda precisa ser avaliada no caso *Smallwood*.

– Mas eu conhecia a vítima, Excelência.

– E daí? É uma cidade pequena e todo mundo conhece todo mundo, certo?

– O senhor está me pressionando um bocado, Excelência.

– Sinto muito, Jake, e sinto também por incomodar você em um domingo. Mas a situação pode sair de controle e precisa de uma mão firme. Eu confio em você, e é por isso que estou te pedindo pra entrar na jogada. Sabe, Jake, quando eu era um jovem advogado, aprendi que nem sempre a gente pode escolher nossos clientes.

E por que não?, Jake se perguntou.

– Eu gostaria de discutir isso com a minha esposa, Excelência. Como sabe, passamos por muita coisa cinco anos atrás no caso Hailey, e a opinião dela precisa ser levada em conta.

– Isso não chega nem perto do caso Hailey, Jake.

– Não, mas é a morte de um policial e qualquer advogado que represente o suposto assassino vai ter que encarar a reação negativa da comunidade. Como disse, é uma cidade pequena, Excelência.

– Eu quero muito que você tome a frente disso, Jake.

– Vou conversar com a Carla e nos vemos na manhã de terça-feira, se não houver problema.

– O garoto precisa de um advogado agora, Jake. Pelo que entendi, ele não tem pai e a mãe está no hospital, com ferimentos. Não existem parentes na região. Ele já admitiu o assassinato, então precisa calar a boca. Sim, nós dois confiamos no Ozzie, mas tenho certeza que existem uns pavios curtos na prisão que não são confiáveis. Conversa com a sua esposa e me liga de volta daqui a algumas horas.

Houve um clique alto e a ligação caiu. Sua Excelência havia acabado de dar uma ordem e batera o telefone.

OS VENTOS DE março ficaram mais fortes no final da tarde e a temperatura caiu. Com suas garotas absortas assistindo a um filme antigo, Jake saiu de casa e deu uma longa volta pelas ruas tranquilas de Clanton. Muitas vezes ele passava uma ou duas horas sozinho no escritório aos domingos, revisando os casos que não havia conseguido fechar durante a semana e decidindo quais iria adiar em seguida. No momento, estava com oitenta casos ativos, mas poucos eram decentes. Assim era o exercício da advocacia em uma cidade pequena e modesta.

Naqueles dias, seu mundo se resumia ao caso *Smallwood* e a maioria dos outros assuntos estava sendo ignorada.

Os fatos eram tão simples quanto eram complicados. Taylor Smallwood, sua esposa, Sarah, e dois de seus três filhos morreram instantaneamente quando o carro deles colidiu com um trem em um cruzamento perigoso nos limites do condado de Polk. O acidente acontecera por volta das 22h30 de uma noite de sexta-feira. Uma testemunha que estava em uma caminhonete 100 metros atrás da família disse que as luzes vermelhas piscantes do cruzamento não estavam funcionando no momento da colisão. O maquinista e o guarda-freio do trem juraram que estava. O cruzamento ficava ao pé de uma colina de 800 metros de altura, com uma descida num ângulo de 50 graus.

Dois meses antes, Sarah tinha dado à luz uma menina, Grace. No momento do acidente, Grace estava na casa da irmã de Taylor, que morava em Clanton.

Como era de costume, um acidente daquelas proporções tinha deixado todos os advogados da cidade em polvorosa, cada um em busca de uma forma de pegar o caso. Jake nunca tinha ouvido falar da família e desistiu imediatamente. Harry Rex, no entanto, cuidara do divórcio da irmã de Sarah e ela havia ficado satisfeita com o resultado. Enquanto os urubus ainda estavam rondando, ele fez uma manobra rápida e conseguiu um contrato assinado por vários membros da família. Então correu para o tribunal, estabeleceu uma tutela para Grace, única herdeira e reclamante, e entrou com um processo pedindo 10 milhões de dólares à companhia ferroviária Central & Southern.

Harry Rex conhecia as próprias limitações e percebeu que talvez não conseguisse se conectar com os jurados. Ele tinha um plano muito melhor em mente. Ofereceu a Jake metade dos honorários se ele assumisse o papel de advogado principal, fizesse o trabalho pesado e se esforçasse para levar o caso a julgamento. Harry Rex tinha testemunhado a mágica com o júri do caso Hailey. Assistira, hipnotizado como todos os demais, enquanto Jake implorava pela vida de seu cliente, e sabia que seu amigo levava jeito com os jurados. Se Jake conseguisse pegar os casos certos, algum dia ia ganhar muito dinheiro no tribunal.

Eles selaram o acordo. Jake assumiria um papel agressivo e contaria com o juiz Noose para fazer as coisas andarem. Harry Rex trabalharia nas sombras, esmiuçando o trabalho de investigação, contratando especialistas, intimidando os advogados das seguradoras e, o mais importante, escolhendo o júri. Eles trabalhavam bem em dupla, principalmente porque davam bastante espaço um ao outro.

A companhia ferroviária tentou levar o caso para a instância federal, uma jurisdição menos favorável, mas Jake conteve a manobra com uma série de pedidos deferidos por Noose. Até aquele momento, o juiz tinha demonstrado pouca paciência com os advogados de defesa e suas habituais táticas de protelação.

A estratégia era banal: simplesmente provar que o cruzamento era perigoso, mal projetado, malconservado, famoso pelos quase acidentes, e que as luzes de sinalização não tinham funcionado naquela noite. A defesa era tão simples quanto: Taylor Smallwood se chocara contra o décimo quarto vagão sem nunca ter pisado no freio. Como alguém consegue não ver, seja à noite ou à luz do dia, um vagão de trem de 4,5 metros de altura, 12 metros de comprimento e coberto de adesivos refletivos amarelos?

A reclamante tinha um caso sólido porque os danos haviam sido catastróficos.

A defesa tinha um caso sólido em razão da obviedade dos fatos.

Por quase um ano os advogados da companhia ferroviária se recusaram a discutir um acordo. No entanto, agora que o juiz estava prestes a marcar uma data para o julgamento, Harry Rex acreditava que algum dinheiro poderia surgir na mesa de negociações. Um dos advogados de defesa era um conhecido seu da faculdade de Direito e eles tinham saído para beber algumas vezes.

JAKE PREFERIA APROVEITAR o escritório quando estava vazio, o que era raro naqueles tempos. Sua secretária atual era Portia Lang, uma veterana do Exército de 26 anos que sairia dali a seis meses para começar a estudar Direito na Ole Miss. A mãe de Portia, Lettie, tinha herdado uma pequena fortuna dois anos antes, mas, por conta de uma disputa pelo espólio, Jake havia precisado lutar contra um esquadrão inteiro de advogados para fazer valer o testamento. Portia ficara tão inspirada com o caso que decidiu estudar Direito. Seu sonho era se tornar a primeira advogada negra do condado de Ford, e ela estava no caminho certo. Muito mais que uma secretária, Portia não só atendia o telefone e controlava o entra e sai de clientes e afins como também estava aprendendo a fazer pesquisas jurídicas e escrevia com perfeição. Eles estavam discutindo um acordo pelo qual ela continuaria a trabalhar em meio período em paralelo com a faculdade, mas ambos sabiam que isso seria quase impossível no primeiro ano.

Para complicar a vida dos dois, Lucien Wilbanks, dono do prédio e antigo proprietário do escritório de advocacia, tinha agora o hábito de aparecer ali para trabalhar pelo menos três manhãs por semana, em geral se tornando um estorvo. Com a licença cassada havia anos, Lucien não podia aceitar casos nem representar clientes, então passava muito tempo metendo o nariz nos negócios de Jake e despejando conselhos não solicitados. Ele costumava dizer que estava estudando para o exame da Ordem, um desafio monumental para um sujeito idoso com grande parte de seu vigor mental subtraído pelos anos de bebedeira. Lucien alegava que, ao passar o tempo no escritório, ficava longe das garrafas de uísque em casa, mas não levou muito tempo até que começasse a beber em sua mesa. Ele havia tomado para si uma pequena sala de reuniões no primeiro andar, longe de Jake, mas muito perto de Portia, e geralmente passava as tardes roncando com os pés sobre a mesa depois de seus almoços líquidos.

Lucien fez um comentário grosseiro de natureza sexual para Portia, depois do qual ela ameaçou quebrar o pescoço dele. Ele tinha se mantido civilizado desde então, embora ela se sentisse melhor quando ele não estava por perto.

Para completar o elenco do escritório, a maior parte da digitação estava sendo feita em meio período por uma ex-cliente chamada Beverly, uma senhora de meia-idade extremamente simpática cuja existência inteira girava em torno do tabagismo. Ela fumava um cigarro atrás do outro, sabia que o hábito iria matá-la e havia tentado todos os artifícios do mercado para largar. O vício a impedia de manter um emprego em tempo integral e um marido. Jake arranjou para ela uma sala atrás da cozinha, onde todas as janelas e portas podiam ser deixadas abertas para que ficasse datilografando em meio à névoa azulada. Apesar disso, tudo em que ela tocava ficava fedendo a fumaça, e Jake estava preocupado com quanto tempo ela iria durar. Ele comentou discretamente com Portia que o câncer de pulmão poderia acabar com ela antes que ele fosse obrigado a demiti-la. Mas Portia não reclamava, nem Lucien, que ainda fumava charutos em sua varanda e muitas vezes também fedia a fumaça.

Jake subiu as escadas em direção à sua sala e não acendeu as luzes, pois não queria chamar atenção. Mesmo nas tardes de domingo, acontecia de pessoas irem bater à sua porta. Porém não com frequência. Não com muita frequência. Havia dias em que ele se perguntava de onde viriam os próximos clientes. Em outros, queria se livrar de todos eles.

Na semiescuridão, ele se esticou no velho sofá de couro comprado pelos irmãos Wilbanks décadas antes e olhou para o ventilador empoeirado pendendo do teto, perguntando-se há quanto tempo ele estaria ali. Quanto a advocacia tinha mudado desde então? Quais dilemas éticos os advogados enfrentavam nos primeiros tempos? Eles tinham receio de aceitar casos impopulares? Temiam as reações negativas a representar um assassino?

Jake riu sozinho das histórias que tinha ouvido sobre Lucien. Ele havia sido o primeiro e, durante anos, o único membro branco da sucursal do condado da NAACP, a Associação Nacional pelo Progresso das Pessoas de Cor. E, depois, o mesmo na ACLU, a União Americana pelas Liberdades Civis. Havia representado sindicatos, uma raridade no norte rural do Mississippi. Processou o estado por causa da má qualidade das escolas para negros. Processou o estado por causa da pena de morte. Processou a cidade porque ela se recusou a pavimentar as ruas de Lowtown. Antes de ter sua licença cassada, Lucien Wilbanks era um advogado destemido que jamais hesitava em abrir um processo quando julgava necessário e que nunca deixava de ajudar um cliente que estava sendo lesado.

Operando à margem nos últimos onze anos, Lucien ainda era um amigo leal que se regozijava com o sucesso de Jake. Se fosse consultá-lo, Jake não tinha a menor dúvida de que Lucien o aconselharia não só a assumir a defesa do jovem Drew Gamble como a fazê-lo com o máximo de estardalhaço possível. Proclame a inocência dele! Exija um julgamento logo! Lucien sempre acreditou que toda pessoa acusada de um crime grave merecia um bom advogado. E, ao longo de sua tumultuada carreira, Lucien jamais se esquivara da atenção que um cliente ruim poderia atrair.

O outro grande amigo de Jake, Harry Rex, já tinha se pronunciado e não havia razão para revisitar a questão com ele. Carla estava em cima do muro. Noose aguardava um telefonema.

Ele não estava preocupado com os Kofers. Não os conhecia e, pelo que sabia, viviam na parte sul do condado. Jake tinha 37 anos e exercia a advocacia com sucesso havia doze anos sem ter tido nenhuma relação com aquela família. Não havia dúvidas de que poderia continuar a prosperar sem eles.

Estava pensando era nos agentes da lei – nos policiais da cidade, em Ozzie e nos assistentes dele. Seis dias por semana Jake tomava café da manhã a quatro portas de distância do escritório, no Coffee Shop, e Marshall Prather estava sempre lá, esperando para falar a primeira bobagem do dia. Jake havia representado muitos membros da força policial e sabia que era o advogado preferido deles. DeWayne Looney tinha testemunhado contra Carl Lee Hailey e surpreendido o júri ao admitir que admirava o homem que arrebentara sua perna. Mick Swayze tinha um primo maluco que Jake conseguira mandar para o hospital psiquiátrico do estado sem nenhum custo.

Apesar disso, essa atividade jurídica não rendia muito: testamentos, escrituras e pequenas coisas pelas quais Jake cobrava pouco. Trabalhos *pro bono* não eram raros.

Enquanto estudava o ventilador de teto, ele se deu conta de que nem um único policial jamais havia lhe proporcionado um caso decente. E eles não iam entender se ele representasse Drew? É claro que estavam em choque com o assassinato de um colega, mas sabiam que alguém, que algum advogado, teria que representar o acusado. Será que não se sentiriam melhor se o advogado fosse Jake, um amigo em quem confiavam?

Ele estava prestes a tomar uma decisão corajosa ou a cometer o maior erro de sua carreira?

Por fim, foi até a mesa, pegou o telefone e ligou para Carla.

Em seguida, ligou para o juiz Noose.

6

Estava escuro quando ele saiu do escritório, e mais escuro ainda enquanto caminhava pela praça deserta. Eram quase oito da noite de domingo e nenhuma loja ou lanchonete estava aberta. A prisão, no entanto, fervilhava de atividade. Quando ele passou na esquina dela e viu a frota de viaturas estacionada ao redor dos edifícios, os veículos dos canais de televisão – um de Tupelo, outro de Jackson – e a multidão de homens perambulando do lado de fora, fumando e conversando baixinho, sentiu uma pontada no estômago. Parecia que estava entrando diretamente em território inimigo.

Ele conhecia bem a planta do lugar e decidiu se esquivar por uma rua lateral para entrar naquele vasto complexo de edifícios pelos fundos. As construções foram sendo ampliadas e reformadas ao longo do tempo, sem um planejamento claro do que seria feito na sequência. Além das cerca de vinte celas, das salas de detenção, das áreas de recepção e dos corredores apertados, o complexo abrigava o gabinete do xerife de um lado e o departamento de polícia de Clanton do outro. Para efeito de concisão, tudo aquilo era chamado simplesmente de "prisão".

E, naquela noite escura, a prisão estava repleta de todo tipo de gente que tivesse uma mínima conexão com a força policial. Era sem dúvida uma fraternidade; o conforto de estar ao lado de outras pessoas que usavam um distintivo.

Um carcereiro disse a Jake que Ozzie estava trancado em seu gabinete.

Jake pediu que ele avisasse ao xerife que precisava falar com ele e que ia esperar do lado de fora, perto do pátio, uma área cercada onde os presos costumavam jogar basquete e damas. Quando o tempo estava bom, Jake e os outros advogados da cidade se sentavam em uma velha mesa de piquenique debaixo de uma árvore e conversavam com seus clientes através da cerca de arame. À noite, porém, o pátio estava às escuras, visto que todos os detentos estavam trancados em suas celas, que tinham pequenas janelas protegidas por grossas barras.

Naquele momento Jake não tinha nenhum cliente cumprindo pena ali além do mais recente. Mas havia dois rapazes no presídio estadual, em Parchman, ambos por tráfico de drogas. Um deles tinha uma mãe linguaruda que culpava Jake por ter desmantelado a família.

Uma porta se abriu e Ozzie apareceu, sozinho. Ele caminhou sem pressa, como se os ombros estivessem pesados e não dormisse havia dias. Em vez de estender a mão, ele estalou os dedos e ficou olhando para o pátio.

– Dia difícil? – perguntou Jake.

Ozzie resmungou e respondeu:

– O pior de todos. Recebi a ligação às três da manhã e não diminuí o ritmo até agora. É difícil perder um policial, Jake.

– Sinto muito, Ozzie. Eu conhecia o Stu e gostava dele. Não tenho como imaginar o que vocês estão passando.

– Ele era um cara sensacional, estava sempre fazendo a gente rir. Talvez tivesse um lado sombrio também, mas disso a gente não tem como falar.

– E você já foi ver a família dele?

Ozzie respirou fundo e assentiu com a cabeça.

– Passei lá de carro, dei meus pêsames. Não são pessoas lá muito equilibradas. Ligaram pra cá agora de tarde perguntando sobre o garoto. Dois deles apareceram no hospital dizendo que queriam falar com a mãe do menino. Coisas malucas assim. De modo que agora eu tenho um policial de guarda na porta do quarto dela. É melhor você ficar de olho nesses caras, Jake.

Justamente do que a pequena família Brigance precisava: mais malucos com que se preocupar.

Ozzie pigarreou e cuspiu no chão.

– Acabei de falar com o Noose.

– Eu também – disse Jake. – Ele foi irredutível.

– Ele me disse que te pressionou, contou que você não queria se meter nisso.

– Quem ia querer, Ozzie? Ninguém da região, sem dúvida. O Noose me prometeu que vai tentar encontrar um advogado de fora do condado, então vou só esquentar a cadeira e cuidar da audiência preliminar. Pelo menos esse é o plano.

– Não parece estar muito seguro disso.

– Não estou. Não é fácil se livrar desses casos, principalmente quando todos os outros advogados da cidade se escondem e não atendem às ligações do juiz. Tem uma boa chance de eu ficar preso nisso.

– Por que você não pode simplesmente dizer não?

– Porque o Noose está na minha cola e porque não tem mais ninguém, pelo menos não agora. É difícil dizer não a um juiz do circuito, Ozzie.

– Parece que é mesmo.

– Ele fez muita pressão.

– É, foi o que ele falou. Acho que estamos em lados opostos aqui, Jake.

– A gente não costuma estar sempre em lados opostos? Você os coloca aqui, eu tento tirar. Cada um fazendo o seu trabalho.

– Não sei. Agora parece diferente. Eu nunca enterrei um assistente. Então a gente vai ter um julgamento dos grandes e você vai fazer o que bons advogados devem fazer: livrar o garoto. Certo?

– Esse dia está longe, Ozzie. Não estou pensando em julgamento ainda.

– Tente pensar num velório.

– Sinto muito, Ozzie.

– Obrigado. Vai ser uma semana daquelas.

– Eu preciso ver o garoto.

Ozzie inclinou a cabeça na direção de uma fileira de janelas nos fundos do anexo mais recente da prisão.

– Bem ali.

– Valeu. Me faz um favor, Ozzie. Marshall, Moss, DeWayne, esses caras são meus amigos e não vão gostar disso.

– Acertou em cheio.

– Então pelo menos fala a verdade, fala pra eles que o Noose me indicou e que eu não pedi esse caso.

– Vou fazer isso.

O CARCEREIRO ABRIU a porta e acendeu uma luz fraca. Jake entrou atrás dele enquanto seus olhos tentavam se acostumar à penumbra. Ele já tinha estado muitas vezes naquela cela para menores.

O procedimento-padrão teria sido algemar o preso e levá-lo pelo corredor até uma sala de interrogatório, onde ele ficaria cara a cara com seu advogado enquanto um carcereiro montava guarda junto à porta, do lado de fora. Ninguém se lembrava de um advogado ter sido atacado na prisão por seu cliente, mas mesmo assim eles eram precavidos. Para tudo havia uma primeira vez, e a clientela não era das mais previsíveis.

No entanto, era óbvio para Ozzie e para o carcereiro que aquele preso não representava nenhuma ameaça. Drew havia se retraído completamente e recusado qualquer comida. Não tinha dito uma só palavra desde que a irmã partira, doze horas antes.

– Deixo a porta aberta, só por garantia? – sussurrou o carcereiro.

Jake balançou a cabeça em negativa e o carcereiro saiu e fechou a porta. Drew ainda estava na cama de baixo, ocupando o mínimo de espaço possível. Debaixo de um cobertor fino, ele estava encolhido com os joelhos contra o peito e as costas para a porta, bem enrolado em seu casulo escuro. Jake arrastou um banquinho de plástico e se sentou, fazendo o máximo de barulho possível. O garoto não mexeu um músculo, não esboçou nenhuma reação à presença do visitante.

Jake se acostumou àquele silêncio absoluto, depois tossiu e disse:

– Oi, Drew, meu nome é Jake. Você está aí? Tem alguém em casa?

Nada.

– Eu sou advogado, e o juiz me designou para o seu caso. Aposto que você já falou com um advogado antes, certo, Drew?

Nada.

– Bem, você e eu precisamos ser amigos, porque você está prestes a passar muito tempo comigo, com o juiz e com todo o judiciário. Já esteve num tribunal antes, Drew?

Nada.

– Algo me diz que já esteve.

Nada.

– Eu sou um cara legal, Drew. Estou do seu lado.

Nada. Um minuto se passou, depois dois. O cobertor subia e descia ligeiramente com a respiração de Drew. Jake não conseguia ver se os olhos dele estavam abertos.

Mais um minuto.

– Ok, podemos falar sobre a sua mãe, Drew? Josie Gamble? Você sabe que ela está bem, né? – perguntou Jake.

Nada. Então houve um leve movimento debaixo do cobertor conforme ele desenrolava lentamente as pernas e as esticava.

– E sua irmã, Kiera. Vamos falar sobre Josie e Kiera. Elas duas estão seguras agora, Drew. Quero que saiba disso.

Nada.

– Drew, não estamos chegando a lugar nenhum aqui. Eu quero que você se vire e olhe pra mim. É o mínimo que pode fazer. Vira pra cá, me dá um oi e vamos bater um papo.

O menino resmungou um "Não".

– Ótimo, agora estamos chegando a algum lugar. Você sabe falar, afinal de contas. Me faz alguma pergunta sobre sua mãe, ok? Qualquer coisa.

Bem baixinho, ele perguntou:

– Onde ela está?

– Se vira, senta e olha pra mim quando estiver falando.

Ele se virou e se sentou, tomando cuidado para não bater a cabeça no estrado da cama de cima. Enrolou o cobertor em volta do pescoço como se aquilo o protegesse e se inclinou para a frente, com os pés descobertos. Meias sujas, sapatos perto da privada. Ele ficou olhando para o chão e se aconchegou sob o cobertor.

Jake estudou seu rosto e teve certeza de que devia ter havido um engano. Os olhos de Drew estavam vermelhos e inchados após um dia passado sob as cobertas, provavelmente à base de muito choro. Seu cabelo louro estava bagunçado e precisava de um corte. E ele era franzino.

Quando Jake tinha 16 anos, era *quarterback* titular da equipe de futebol americano da Karaway High School, a alguns quilômetros de Clanton. Também jogava basquete e beisebol, e já se barbeava, dirigia e saía com todas as garotas bonitas que aceitassem o convite. Aquele garoto ali ainda devia usar bicicleta com rodinhas.

Falar era importante, o que quer que fosse, e Jake disse:

– Os papéis aqui dizem que você tem 16 anos, certo?

Nenhuma resposta.

– Quando você faz aniversário?

Ele olhou para o chão, imóvel.

– Qual é, Drew, com certeza você sabe quando faz aniversário.

– Onde a minha mãe está?

– Está no hospital e vai ficar lá alguns dias. Ela tem uma fratura na mandíbula e acho que os médicos querem operar. Vou lá amanhã para dar um oi e gostaria de dizer a ela que você está bem. Dentro do possível.

– Ela não está morta?

– Não, Drew, sua mãe não está morta. O que você quer que eu fale pra ela?

– Eu achei que ela estivesse morta. A Kiera também achou. Ficamos achando que o Stu finalmente tinha matado ela. Foi por isso que atirei nele. Qual é o seu nome?

– Jake. Eu sou seu advogado.

– O último advogado mentiu pra mim.

– Sinto muito por isso, mas eu não estou mentindo. Juro que não vou mentir. Me pergunta alguma coisa agora, qualquer coisa, e eu prometo te dar uma resposta direta, sem mentira. Experimenta.

– Quanto tempo eu vou ficar preso aqui?

Jake hesitou antes de responder:

– Não sei, e isso não é mentira. Nesse momento ninguém sabe quanto tempo você vai ficar preso. Uma resposta segura seria "muito tempo". Você vai ser acusado do homicídio do Stuart Kofer, e esse é o crime mais grave de todos.

Ele olhou para Jake e, com olhos vermelhos e úmidos, disse:

– Mas eu achei que ele tivesse matado a minha mãe.

– Eu te entendo, Drew, mas a verdade é que ele não matou.

– Mesmo assim estou contente por ter dado um tiro nele.

– Eu preferia que você não tivesse dado.

– Eu não estou nem aí se ficar preso pra sempre, porque ele nunca mais vai poder fazer mal à minha mãe de novo. Nem fazer mal à Kiera, nem fazer mal pra mim. Ele teve o que ele merecia, Sr. Jake.

– É só "Jake", ok? Drew e Jake. Cliente e advogado.

Drew enxugou as lágrimas do rosto com as costas da mão. Fechou os olhos com força e começou a tremer, sacudindo-se como se estivesse sendo varrido por calafrios. Jake pegou outro cobertor fino da cama de cima e o colocou sobre os ombros do garoto. Ele estava soluçando agora, tremendo e soluçando, com lágrimas pingando do rosto. Ficou chorando por um longo tempo, um garotinho pequeno, desconsolado e apavorado, completamente sozinho no mundo. Mais um menino que um adolescente, pensou Jake mais uma vez.

Quando parou de tremer, Drew voltou para seu mundo e se recusou a falar, se recusou a interagir com Jake. Enrolou-se nos cobertores, deitou e ficou olhando fixamente para o estrado da cama acima dele.

Jake mencionou a mãe do garoto novamente, mas não funcionou. Falou de comida e de refrigerante, mas não obteve resposta. Dez minutos se passaram, vinte. Quando ficou claro que Drew não iria responder, Jake disse:

– Ok, estou indo embora, Drew. Vou ver sua mãe pela manhã e dizer a ela que você está se saindo muito bem. Quando eu não estiver aqui, você não deve falar com mais ninguém. Nada de papo com carcereiro, policial, investigador, ninguém, ouviu? O que, para você, não deve ser um problema. É só não falar nada até eu voltar.

Jake o deixou da mesma forma que o havia encontrado, deitado, imóvel, como em um transe, com os olhos arregalados mas sem enxergar nada.

Ele saiu e fechou a porta. Na recepção, registrou sua saída, esquivou-se de alguns rostos familiares e deixou a prisão a pé, rumo à longa caminhada de volta para casa.

POR MERA CURIOSIDADE, Jake fez um desvio perto da praça e viu uma luz acesa no seu escritório, como esperava. Harry Rex costumava se enfurnar lá tarde da noite, especialmente aos domingos, para colocar em ordem a loucura que era o seu dia a dia. Na maior parte do tempo sua sombria sala de espera ficava cheia de esposas beligerantes e outros clientes infelizes, e ele passava mais tempo arbitrando que resolvendo litígios. Além desse estresse, seu quarto casamento não estava indo bem, e ele preferia a tranquilidade do escritório a altas horas da noite à tensão dentro de casa.

Jake bateu em uma janela e entrou pela porta dos fundos. Harry Rex se encontrou com ele na cozinha e pegou duas latas de cerveja na geladeira. Os dois se acomodaram em uma salinha bagunçada ao lado da dela.

– O que você está fazendo na rua a essa hora? – perguntou ele.

– Dei uma passada na prisão – respondeu Jake, e Harry Rex fez um meneio de cabeça, como se aquilo não fosse nenhuma surpresa.

– O Noose te pegou, não foi?

– Foi. Disse que a nomeação é só por trinta dias, apenas para fazer o garoto passar pela audiência preliminar.

– Uma ova. Você não vai se livrar nunca desse caso, Jake, porque ninguém mais vai aceitá-lo. Tentei te avisar.

– Tentou, mas é muito difícil dizer não ao juiz do circuito, Harry Rex. Quando foi a última vez que você olhou pro Noose e disse não a um favor que ele te pediu?

– Eu fico longe do Noose, não é a minha praia. Prefiro o tribunal de chancelaria, com a jurisdição de equidade, onde não tem jurados e os juízes têm medo de mim.

– O Excelentíssimo Reuben Atlee não tem medo de ninguém.

Harry Rex deu um gole na cerveja e olhou para Jake, incrédulo. Deu outro gole e chutou um banquinho giratório de madeira. Ele havia perdido mais de 20 quilos no ano anterior, mas já recuperara tudo, se não mais, e, por causa do peso, era um esforço levantar os dois pés até a altura da mesa. Mas conseguiu, revelando os pés calçados com um tênis de corrida velho e esfarrapado que Jake podia jurar que ele vinha usando havia pelo menos uma década. Pés no lugar, cerveja gelada na mão, ele continuou, relaxado:

– Um movimento indiscutivelmente estúpido da sua parte.

– Passei pra tomar uma cerveja, não pra ouvir desaforo.

– Meu telefone ficou tocando o dia todo enquanto a fofoca se espalhava – disse Harry Rex, fingindo não ter escutado –, e recebi ligações de pessoas que achava que tinham morrido... a maioria eu esperava que tivesse mesmo... mas, sério, um policial assassinado? Esse condado nunca tinha visto isso antes, então as pessoas não param de falar no assunto. E amanhã, e depois, e pelo resto da semana, é só sobre isso que a cidade vai falar. De quanto todo mundo amava Stuart Kofer. Mesmo os babacas que mal o conheciam vão descobrir que tinham profunda admiração pelo cara.

Jake o deixou falar.

– E você pode imaginar o velório, o memorial ou o que quer que o Ozzie vai organizar com a família? – prosseguiu Harry Rex. – Que merda. Você sabe como os policiais adoram desfiles, cortejos fúnebres e enterros com armas e canhões. Vai ser um espetáculo e tanto, com a cidade inteira louca pra participar. E, quando não estiverem se lamentando pelo Kofer, vão estar difamando o assassino. O vagabundo de 16 anos atirou nele com a arma dele na cama dele. Assassinato a sangue-frio. Vamos enforcar ele logo. Como sempre, Jake, a culpa vai recair sobre o advogado, sobre você. Você vai fazer o melhor que puder pra representar o seu cliente e eles vão te odiar por isso. É um equívoco, Jake, um enorme equívoco. Você vai se arrepender disso por muito tempo.

– Está fazendo suposições demais, Harry Rex. O Noose me garantiu que é temporário. Vou me encontrar com ele na terça-feira pra discutir a possibilidade de contatar alguns dos grupos nacionais de defesa de menores pra pedir ajuda. O Noose sabe que o caso não é bom pra mim.

– Vocês falaram sobre o *Smallwood*?

– Claro que não. Isso seria altamente inapropriado.

Harry Rex bufou e deu mais um gole na cerveja.

Era antiético discutir um caso extremamente disputado com o juiz responsável por ele sem que os advogados da outra parte estivessem presentes. Sobretudo se fosse um bate-papo por telefone em uma tarde de domingo que havia começado por outros motivos. Mas formalidades éticas como aquela nunca tinham tido muito significado para Harry Rex.

– Eis o que pode acontecer, Jake, e este é o meu maior medo. No momento, aqueles filhos da puta do lado de lá do *Smallwood* estão ficando nervosos. Deixei claro pro Doby que não é uma boa ideia eles mexerem com você no seu tribunal, na frente de um júri do condado de Ford. Você é bom e tudo mais, mas não tão bom quanto a imagem que fiz de você. E ele não é lá essas coisas como advogado de tribunal. O sócio dele é melhor, mas eles são de Jackson, e tudo ainda pode levar um bom tempo. O Sullivan vai estar sentado à mesa com eles, mas só fazendo figuração. De modo que a data do julgamento está para ser marcada em breve, e o meu palpite é que a ferrovia vai começar a acenar com um acordo. No entanto... – com um gole Harry Rex esvaziou a lata de cerveja – ... ontem você era o menino de ouro de boa reputação, mas isso começou a mudar a partir de hoje. No final dessa semana seu bom nome estará na lama, porque você vai estar tentando salvar o garoto que assassinou um policial nosso.

– Não sei bem se foi assassinato.

– Você é maluco, Jake. Voltou a andar por aí com o Lucien, não foi?

– Não, hoje não. Pode ter sido insanidade. Pode ter sido legítima defesa.

– Pode ter sido. Pode ter sido. Deixa eu te dizer o que vai ser. Vai ser suicídio pra você e pra sua carreira nesta cidadezinha implacável. Mesmo que você deixe o Noose feliz, ainda assim isso vai acabar com o *Smallwood*. Não consegue ver isso, Jake?

– Está exagerando de novo, Harry Rex. Existem 32 mil pessoas nesse condado, e tenho certeza que a gente consegue achar doze que nunca tenham ouvido falar nem de mim nem do Stuart Kofer. Os advogados da ferrovia não podem apontar pra mim no tribunal e dizer: "Ei, aquele cara defende assassinos de policiais." Eles não podem fazer isso, e o Noose não vai deixá-los tentar.

Harry Rex pôs os pés para baixo de novo, como se já estivesse satisfeito, saiu da sala marchando em direção à cozinha, pegou mais duas cervejas e as levou para a mesa. Abriu uma delas e começou a andar de um lado para outro.

– O seu problema, Jake, é que você quer ser o centro das atenções. Foi por isso que brigou pra continuar no caso Hailey quando todos os pastores, agitadores e ativistas negros estavam falando pro Carl Lee pra largar o garotão branco antes de acabar parando no Parchman. Você brigou para se manter no caso e então o defendeu brilhantemente. Você adora isso, Jake. Não espero que reconheça, mas você adora os grandes casos, os grandes julgamentos, os grandes vereditos. Adora estar bem no centro do palco, com todos os olhos voltados pra você.

Jake ignorou a segunda lata e deu um gole na primeira.

– O que a Carla acha disso? – perguntou Harry Rex.

– Está indecisa. Ela está cansada de me ver andando armado.

Harry Rex tomou mais um pouco da cerveja e ficou observando uma estante cheia de grossos compêndios jurídicos com capa de couro nos quais ninguém de sua sala havia tocado em décadas. Nem mesmo para tirar a poeira.

Sem olhar para Jake, ele perguntou:

– Você acabou de pronunciar as palavras "legítima defesa"?

– Sim.

– Então já está com a cabeça no julgamento.

– Não, só estou pensando alto. É um hábito.

– Porcaria nenhuma. Você já está com a cabeça no julgamento e planejando a defesa. O Kofer espancou a mulher?

– Ela está no hospital com uma concussão e uma fratura na mandíbula que vai precisar de cirurgia.

– Ele bateu nas crianças?

– Não sei.

– Então havia um padrão do Kofer voltar pra casa bêbado sábado à noite e bater em quem estivesse por perto. E a maneira como você enxerga a defesa é fazendo um julgamento dele. Você vai caluniar o santo nome dele, expondo todos os pecados e maus hábitos do cara.

– Não é calúnia se for verdade.

– Pode ser um julgamento bastante desagradável, Jake.

– Não pretendo chegar perto daquele tribunal.

– Agora você está mentindo.

– Não, eu penso em julgamentos porque sou advogado, mas isso é tarefa pra outra pessoa. Vou tocar a audiência preliminar e depois passar o garoto adiante.

– Duvido. Duvido muito disso, Jake. Só espero que não esteja prejudicando o *Smallwood*. Sinceramente, não estou nem aí pro que aconteceu com o Stuart Kofer, as namoradas dele, os filhos delas e essa gente que eu nunca vi, mas me importo com o *Smallwood*. Esse caso pode ser a maior cifra das nossas humildes carreiras.

– Não sei, viu. Ganhei mil dólares no caso Hailey.

– E é mais ou menos isso que você vai receber por esse abacaxi também.

– Bem, pelo menos o Noose está do nosso lado.

– Por enquanto. Eu não confio nele tanto quanto você confia.

– Já conheceu algum juiz em quem confiasse?

– Não. Nem um advogado.

– Olha, eu tenho que ir. Preciso de um favor.

– Um favor? Eu queria esganar você agora!

– Eu sei, mas não vai. Amanhã de manhã, às seis, vou entrar no Coffee Shop e dar um oi pro Marshall Prather. Mesma rotina de sempre. Pode ter mais um ou dois assistentes do xerife na mesa. Preciso de um escudeiro.

– Você pirou, Jake.

– Vamos lá, camarada. Pense em todas as loucuras que eu já fiz por você.

– Não. Você está por sua conta. Amanhã de manhã você vai começar um outro capítulo da sua vida de advogado criminal de cidade pequena.

– E você tem medo de ser visto comigo?

– Não. Tenho medo de acordar tão cedo. Se manca, camarada. Você está tomando suas decisões por conta própria hoje em dia, sem se importar com os outros. Estou puto com isso e pretendo continuar assim por muito tempo.

– Já ouvi isso antes.

– Desta vez eu tô falando sério. Se quer bancar o advogado rebelde, pede pro seu amigo Lucien ir tomar café da manhã com você. Observa como o povo da cidade adora ele.

– Ele não consegue acordar tão cedo.

– E a gente sabe por quê.

COM HANNA JÁ na cama e Jake perambulando pela rua, Carla estava vendo televisão à espera do noticiário das dez. Ela começou pelo canal de Tupelo, no qual, como era de esperar, o assassinato de Stuart Kofer era a reportagem principal, com uma enorme foto colorida do policial em seu uniforme bem engomado servindo de fundo. Os detalhes ainda estavam sob sigilo. O suspeito, um menor de idade cujo nome não foi divulgado, estava sob custódia. Havia imagens de uma ambulância saindo da propriedade de Kofer com, supostamente, um cadáver dentro dela. Nenhum comentário do xerife nem de qualquer outra autoridade. Nenhum comentário de lugar algum, mas mesmo assim o intrépido repórter no local conseguiu divagar sobre o assassinato por sólidos cinco minutos, sem dizer quase nada. Eles encheram linguiça com imagens ao vivo do Tribunal do Condado de Ford e até mesmo da prisão, onde algumas viaturas foram mostradas chegando e partindo.

Carla mudou para o canal de Memphis e descobriu menos ainda, embora a reportagem tivesse incluído uma vaga menção a uma "perturbação doméstica", com a ligeira insinuação de que Kofer tinha sido chamado ao local para apartar uma briga e de alguma forma fora atingido no fogo cruzado. Não havia repórter no local para averiguar os fatos. Era evidente que o estagiário do fim de semana estava improvisando na redação.

Outro canal de Memphis passou metade do tempo recapitulando a carnificina diária na cidade, incluindo invasões de domicílio, guerras de gangues e assassinatos gratuitos. Na sequência, passaram para a história de Kofer e a notícia de que, supostamente, ele tinha sido o primeiro oficial do condado a ser morto "no cumprimento do dever" desde que um contrabandista de bebidas atirara em dois policiais em 1922. De forma nada surpreendente, o repórter havia distorcido tudo de modo a dar a impressão de que o condado ainda estava repleto de uísque falsificado, drogas e outras substâncias ilícitas, algo bem distante da realidade segura das ruas de Memphis.

Jake chegou durante a última reportagem, e Carla desligou a televisão e resumiu o noticiário para o marido. Ela preparou um café descafeinado a pedido dele e os dois tomaram uma xícara à mesa do café da manhã ao lado da janela, onde aquele longo dia havia começado.

Ele repetiu suas conversas com Ozzie, Drew e Harry Rex, e confessou que não estava ansioso pela semana por vir. Ela foi compreensiva, mas era óbvio que estava preocupada. Queria que aquele caso simplesmente desaparecesse.

7

Após o culto de domingo à noite na Igreja do Bom Pastor, o reverendo McGarry convocou uma reunião especial do conselho de diáconos.

Sete dos doze membros estavam presentes, quatro mulheres e três homens, e se reuniram na sala de confraternização com biscoitos e cafezinho. Kiera estava logo ali ao lado, na casa anexa à pequena igreja, com Meg McGarry, a esposa do pastor, jantando um sanduíche.

O jovem pregador explicou que, visto que Kiera não tinha outro lugar para onde ir naquele momento, ela ficaria com eles até... até o quê? Até que um parente aparecesse para reivindicá-la, o que não parecia provável? Até que algum tribunal em algum lugar emitisse alguma ordem? Até que sua mãe tivesse alta e pudesse sair da cidade com ela? Independentemente do que acontecesse, Kiera agora era uma protegida não oficial da igreja. Ela estava traumatizada e precisava de ajuda profissional. Durante toda a tarde não tinha falado de nada além da mãe, do irmão e de seu desejo de estar com eles.

Meg ligou para o hospital e conversou com um administrador, que lhe disse que, sim, eles tinham como providenciar uma cama dobrável para que a menina ficasse com a mãe no quarto. Duas das diáconas se ofereceram para passar a noite na sala de espera do hospital. Discutiu-se também sobre comida, roupas e escola.

Charles era da firme opinião de que Kiera não deveria voltar às aulas por pelo menos alguns dias. Ela ainda estava muito frágil, e era quase certo que algum dos alunos diria algo ofensivo. Por fim, acordou-se que a questão da frequência escolar seria avaliada dia após dia. Um membro da igreja dava aulas de álgebra para o ensino fundamental e conversaria com o diretor. Outra tinha uma prima que era psicóloga infantil e falaria com ela sobre terapia.

Os planos foram elaborados e, às dez da noite, eles levaram Kiera para o hospital, onde a equipe havia montado uma cama ao lado da de sua mãe. Os sinais vitais de Josie estavam normais e ela disse que se sentia bem. Seu rosto inchado e enfaixado, porém, contava outra história. As enfermeiras deram uma camisola de hospital para Kiera e, quando apagaram as luzes, a menina estava sentada ao pé da mãe.

ÀS 5H30 O DESPERTADOR de Jake começou a fazer barulho. Ele o silenciou com um tapa e voltou para baixo das cobertas. Tinha dormido pouco e ainda não estava pronto para começar o dia. Ele se virou, encontrou o corpo quente de Carla, se aconchegou, mas encontrou resistência. Então se afastou, abriu os olhos e pensou em seu mais novo cliente sentado na prisão, e estava prestes a se render à manhã quando um trovão ribombou ao longe. Uma frente fria era esperada, com possíveis tempestades, e talvez não fosse seguro se aventurar na rua. Outro motivo para dormir até mais tarde era a vontade de evitar o Coffee Shop naquele dia sombrio, quando todas as conversas e fofocas girariam em torno do pobre Stu Kofer e do marginal adolescente que o havia assassinado.

E um terceiro motivo era o fato de que naquele dia ele não tinha compromissos no tribunal nem em qualquer lugar. À medida que os motivos foram se acumulando, Jake sentiu-os se aproximando, cercando-o, até por fim adormecer.

Carla o acordou com um beijo gostoso no rosto e uma xícara de café, depois foi acordar Hanna e aprontá-la para a escola. Após dois goles, Jake pensou nos jornais e pulou da cama. Vestiu uma calça jeans, encontrou o cachorro, botou a coleira nele e saiu. As edições matinais dos jornais de Tupelo, Jackson e Memphis estavam jogadas na entrada da garagem, e ele examinou rapidamente a capa de cada um. Todos traziam a história de Kofer na primeira página. Ele os colocou debaixo do braço, deu uma volta no quarteirão e regressou para a cozinha, onde se serviu de mais café e espalhou os jornais.

As mordaças estavam apertadas; ninguém falava nada. Ozzie não confirmaria nem mesmo que era o xerife. Os repórteres haviam sido enxotados da cena do crime, da prisão, da casa de Earl e Janet Kofer e do hospital. O oficial Kofer tinha 33 anos, era veterano do Exército, solteiro e sem filhos, assistente do xerife havia quatro anos. Tentavam fazer milagre com os poucos detalhes de sua biografia. O jornal de Memphis resgatou a história do confronto mortal de Kofer com alguns traficantes de drogas três anos antes em uma estrada de terra perto de Karaway, uma troca de tiros que acabou com os bandidos mortos e o assistente Kofer apenas levemente ferido. Uma bala atingiu seu braço, mas ele se recusou a ser hospitalizado e não faltou ao trabalho nem um único dia.

Subitamente, Jake estava com pressa. Tomou banho, pulou o café da manhã, deu um beijo de despedida nas garotas e foi para o escritório. Ele precisava ir até o hospital e era imperativo que visse Drew novamente. Tinha certeza absoluta de que o garoto estava traumatizado e que precisava de ajuda, tanto médica quanto jurídica, mas queria escolher o momento certo para uma nova consulta advogado-cliente.

As outras pessoas, evidentemente, não achavam a mesma coisa. Portia estava de pé atrás da mesa dela, segurando o telefone, com uma expressão confusa. Seu sorriso habitual não estava presente quando Jake entrou no escritório.

– Um sujeito acabou de gritar comigo no telefone – disse ela.

– Que sujeito?

Ela pôs o fone no gancho, pegou o jornal de Tupelo, apontou para a foto em preto e branco de Stuart Kofer e falou:

– Disse que era o pai dele. Que o filho foi assassinado ontem, morto com um tiro, e que você é o advogado do garoto que atirou nele. Me explica isso, Jake.

Jake jogou sua pasta em uma cadeira.

– Earl Kofer?

– Ele mesmo. Parecia maluco. Disse que o garoto, Drew, eu acho, não merecia advogado nenhum, coisas assim. O que está acontecendo?

– Senta. Tem café?

– Está passando.

– Noose me designou pro caso ontem. Eu me encontrei com o garoto ontem à noite na prisão, então, sim, nosso pequeno escritório de advocacia agora representa um garoto de 16 anos que provavelmente será indiciado por homicídio, com risco de pegar pena de morte.

– E o defensor público?

– Não saberia defender nem mesmo uma criança levada na creche, e todo mundo, principalmente o Noose, sabe disso. Ele deu vários telefonemas, não conseguiu encontrar mais ninguém, e acha que eu sei fazer esse trabalho.

Portia se sentou, pôs o jornal de lado e disse:

– Gostei. Vai animar as coisas aqui. Não são nem nove da manhã de uma segunda-feira e já recebemos nosso primeiro telefonema desagradável.

– Provavelmente vão vir mais.

– O Lucien sabe disso?

– Ainda não contei a ele. E o Noose está prometendo que vai me substituir em trinta dias, só quer que eu cuide da audiência preliminar.

– O garoto deu o tiro mesmo?

– Ele não está falando muito. Na verdade, se fechou e entrou numa espécie de torpor. Acho que precisa de ajuda. Com base no que o Ozzie me contou, foi um tiro na cabeça com a própria arma do Kofer.

– Você conhece... conhecia o Kofer?

– Eu conheço todos os policiais, alguns melhor que outros. O Kofer parecia ser um cara legal, do tipo amigável. Mês passado foi falar sobre drogas com os alunos da Carla da turma do sexto ano e ela disse que ele foi maravilhoso.

– Para um cara branco, até que ele não era feio.

– Estou indo pro hospital daqui a uma hora mais ou menos, pra ver a mãe do garoto. Parece que o Kofer pode ter batido nela um pouco antes de seu grande momento. Você quer ir?

Portia finalmente abriu um sorriso e disse:

– Claro. Vou pegar um café pra você.

– Que boa secretária você é.

– Eu sou assistente jurídica, assistente de pesquisa, futura estudante de Direito e, antes que perceba, vou ser sócia do escritório e é *você* que vai pegar o café pra *mim*. Pouco leite, muito açúcar.

– Vou anotar isso.

Jake subiu a escada até sua sala e tirou o paletó. Ele tinha acabado de se acomodar em sua poltrona giratória de couro quando Lucien chegou, antes do café.

– Ouvi dizer que você tem um caso novo – disse ele com um sorriso enquanto se jogava em uma cadeira, que ainda era sua porque era o dono não só de todos os móveis como do próprio prédio. A sala de Jake, que era a maior, pertencera a Lucien antes de ele perder a licença em 1979, ao pai dele, antes de morrer em um acidente aéreo em 1965, e ao avô, que transformou o escritório Wilbanks em um fenômeno, até Lucien assumir e afugentar todos os clientes que davam dinheiro.

Jake deveria estar surpreso pelo fato de Lucien saber, mas não estava. Assim como Harry Rex, Lucien parecia saber das notícias mais quentes antes de todo mundo, embora tivessem fontes totalmente diferentes.

– O Noose me designou – disse Jake. – Eu não queria o caso, e continuo não querendo.

– E por que não? Preciso de um café.

Normalmente, nas manhãs de segunda, Lucien não se dava ao trabalho de levantar da cama, tomar banho, fazer a barba e colocar roupas minimamente respeitáveis. Como não podia advogar, em geral passava as segundas na varanda, tentando curar a ressaca do fim de semana. O fato de estar acordado e razoavelmente apresentável era sinal de que queria detalhes.

– Já está vindo – disse Jake. – Quem te contou?

Uma pergunta inútil, que jamais era respondida.

– Fontes, Jake, fontes. E por que não quer o caso?

– O Harry Rex tem medo de que possa de alguma forma prejudicar o acordo do caso *Smallwood*.

– Que acordo?

– Ele acha que estão prestes a colocar dinheiro na mesa. Também acredita que esse crime pode prejudicar a minha ótima reputação no tribunal. Que o público vai se voltar contra mim e que não vamos conseguir selecionar jurados justos e de mente aberta.

– Quando foi que o Harry Rex se tornou especialista em júris?

– Ele se considera um especialista em pessoas.

– Eu não o deixaria chegar perto de um júri meu.

– Essa parte é comigo. Eu tenho carisma.

– E tem ego, e agora mesmo o seu ego está dizendo que você é muito mais popular do que realmente é. Defender esse garoto não vai afetar o caso da ferrovia.

– Não sei ao certo. O Harry Rex acha o contrário.

– O Harry Rex pode ser estúpido às vezes.

– Ele é um advogado brilhante, que por acaso é meu parceiro no que pode ser o maior caso das nossas sofridas carreiras. Você não concorda com ele?

– Eu raramente concordo. Claro, você vai penar um pouco por defender um cliente impopular, mas e daí? Quase todos os meus clientes eram impopulares, mas isso não significava que fossem más pessoas. Eu não estava nem aí pro que esses caipiras achavam nem de mim nem deles. Tinha um trabalho a fazer, e as fofocas nas lanchonetes e nas igrejas não mudavam em nada esse trabalho. As pessoas podem falar de você pelas costas, mas, quando tiverem problemas, elas vão querer um advogado que saiba brigar, e brigar feio, se necessário. Quando é a audiência do garoto?

– Não faço ideia, Lucien. Pretendo falar com a promotoria e com o juiz Noose amanhã de manhã. Tem também a questão da vara da infância.

– A vara da infância não vai se meter, não nesse estado atrasado.

– Eu conheço a lei, Lucien.

– A acusação de homicídio é automaticamente excluída da jurisdição da vara da infância.

– Eu conheço a lei, Lucien.

Portia abriu a porta e entrou com café e xícaras em uma bandeja.

Lucien continuou sua palestra:

– Também não importa a idade. Vinte anos atrás, levaram um garoto de 13 anos a julgamento por homicídio no condado de Polk. Eu conhecia o advogado dele.

– Bom dia, Lucien – disse Portia educadamente enquanto servia o café.

– Bom dia – respondeu ele sem olhar para ela.

Quando ela começou a trabalhar ali, Lucien gostava de lhe lançar olhares demorados e maliciosos. Ele a havia tocado algumas vezes, nos braços e ombros, pequenos tapinhas afetuosos que não significavam nada, mas, depois de algumas advertências sérias da parte de Jake e de uma ameaça direta de lesão corporal da parte de Portia, ele recuou e passou a respeitá-la.

– Recebemos outra ligação, Jake, uns cinco minutos atrás – avisou ela. – Anônima. Algum caipira disse que, se você tentar livrar esse garoto como fez com o crioulo do Hailey, sua vida vai virar um inferno.

– Sinto muito por ele ter usado essas palavras, Portia – disse Jake, atordoado.

– Tudo bem. Já ouvi isso antes e tenho certeza que vou ouvir de novo.

– Também sinto muito, Portia – disse Lucien com delicadeza. – Muito mesmo.

Jake apontou para uma cadeira de madeira ao lado de Lucien e ela se sentou. Em sincronia, eles tomaram o café enquanto pensavam em quão racista era aquela palavra. Doze anos antes, quando Jake terminou a faculdade de Direito e chegou a Clanton como um novato, era uma expressão comumente usada por advogados e juízes brancos enquanto fofocavam, contavam piadas e até mesmo quando estavam trabalhando longe do público. Agora, porém, em 1990, seu uso estava desaparecendo e era considerado impróprio, um sinal de ignorância. A mãe de Jake odiava aquela palavra e nunca tinha permitido que fosse dita em casa, mas, tendo crescido em Karaway, Jake sabia que sua família era diferente naquele aspecto.

Ele olhou para Portia, que no momento parecia menos incomodada do que ele e Lucien, e disse:

– Lamento que você tenha ouvido isso neste escritório.

– Ei, estou bem. Ouço isso a minha vida inteira. Ouvi no Exército. E vou ouvir de novo. Posso lidar com isso, Jake. Mas, só para elucidar as coisas, todos os envolvidos nessa história são brancos. Certo?

– Sim.

– Então não é provável que apareçam os caras da Ku Klux Klan, como foi com o Hailey, é?

– Quem sabe? – disse Lucien. – Tem muito doido por aí.

– Verdade. Não são nem nove da manhã de uma segunda-feira e já foram duas ligações. Duas ameaças.

– Qual foi a primeira? – perguntou Lucien.

– Do pai do falecido, um sujeito chamado Earl Kofer – disse Jake. – Eu nunca o vi, mas parece que isso está prestes a mudar.

– O pai do falecido ligou pro advogado da pessoa presa pelo homicídio?

Jake e Portia assentiram. Lucien balançou a cabeça, deu um sorriso e disse:

– Adoro isso. Me dá vontade de estar de novo nas trincheiras.

O telefone da mesa tocou e Jake olhou para ele. A linha três estava piscando, e isso geralmente significava que era uma ligação de Carla. Ele pegou o fone devagar, disse alô e ficou escutando. Ela estava na escola, em sala, primeira aula. A secretária do diretor tinha acabado de atender o telefone na sala ao final do corredor e um homem que se recusou a se identificar perguntou se a esposa de Jake Brigance trabalhava lá. Ele disse que era um grande amigo do Stuart Kofer, que o Kofer tinha muitos amigos e que eles estavam chateados porque o advogado do Carl Lee Hailey agora ia tentar tirar aquele garoto da prisão. Afirmou que a prisão era a única coisa que mantinha o garoto vivo naquele momento. Quando ela perguntou o nome dele pela segunda vez, ele desligou.

A secretária avisou o diretor, que contou a Carla, e em seguida ligou para a polícia.

JAKE ESTACIONOU EM frente à escola, atrás de dois carros de patrulha estacionados. Um oficial chamado Step Lemon, ex-cliente de Jake num caso de falência, estava na entrada e o cumprimentou como se fossem velhos amigos.

– A ligação veio de um telefone público na loja do Parker, lá perto do lago – informou Lemon. – Isso é o mais longe que a gente consegue cavar. Vou pedir ao Ozzie pra fazer umas perguntas lá na loja, mas meu palpite é que vai ser perda de tempo.

– Obrigado – disse Jake.

Eles entraram e foram até onde o diretor estava esperando, junto com Carla, que não parecia nem um pouco abalada pelo telefonema. Ela e Jake se afastaram, para ter um pouco de privacidade.

– A Hanna está bem – sussurrou Carla. – Eles foram verificar como ela estava na mesma hora e ela não sabe de nada.

– O escroto ligou pra escola onde você trabalha – sussurrou Jake.

– Olha a boca. É só um maluco, Jake.

– Eu sei. Mas malucos fazem coisas estúpidas. Já recebemos duas ligações lá no escritório.

– Acha que isso vai passar?

– Não. Tem muita coisa importante por acontecer. A primeira ida do garoto ao tribunal. O velório do Kofer. Mais idas ao tribunal... e talvez um dia aconteça um julgamento.

– Mas você é só temporário, certo?

– Certo. Vou ver o Noose amanhã e contar a ele o que está acontecendo. Ele pode achar um outro advogado, de fora do condado. Você está bem?

– Estou bem, Jake. Não precisava ter vindo correndo.

– Precisava sim.

Ele deixou a escola com o policial Lemon, apertou a mão dele, agradeceu-lhe mais uma vez e entrou no carro. Instintivamente, abriu a tampa do porta-luvas para conferir se sua pistola automática ainda estava ali. Estava, e ele soltou um palavrão, balançando a cabeça em frustração enquanto dirigia.

Pelo menos mil vezes nos últimos dois anos ele havia prometido guardar suas armas e tirá-las do armário apenas para caçar. Mas os malucos armamentistas estavam à solta e mais cheios de raiva do que nunca. Era seguro presumir que no Sul rural todo veículo carregava uma arma. A legislação de antigamente obrigava que elas fossem mantidas fora de vista, mas leis mais recentes as deixaram bem à mostra. Quem conseguisse uma licença hoje em dia poderia pendurar um fuzil no vidro de trás do carro e carregar uma pistola na cintura. Jake desprezava a ideia de ter armas no carro, na mesa de trabalho, na sua mesinha de cabeceira em casa, mas, depois que alguém atira em você, põe fogo na sua casa e ameaça a sua família, um senso de autopreservação passa a se sobrepor a qualquer outra coisa.

8

A Sra. Whitaker e a Sra. Huff se apresentaram a Jake e Portia na sala de espera do terceiro andar e perguntaram se eles queriam comer alguma coisa. A Igreja do Bom Pastor tinha montado acampamento ali. As mesinhas de centro e as bancadas estavam repletas de comida, e havia mais a caminho. A Sra. Huff explicou que as mulheres da igreja estavam trabalhando em turnos, mantendo um olhar atento em Josie Gamble no quarto mais adiante no corredor, que contava com um policial entediado sentado em uma cadeira de balanço à porta. Enquanto a Sra. Huff falava, a Sra. Whitaker colocou duas fatias grossas de bolo de chocolate com cobertura em pratos de papel e entregou um a Portia e outro a Jake. Como não era fisicamente possível recusar o bolo, eles comeram pequenos pedaços usando garfos de plástico enquanto a Sra. Huff repassava os resultados dos últimos exames de Josie, sem nenhum respeito à privacidade dela.

Quando Jake enfim teve permissão para falar e disse a elas que era o advogado que o tribunal havia designado para Drew, as senhoras ficaram visivelmente impressionadas e lhe ofereceram café. Jake apresentou Portia como sua assistente paralegal, mas não estava claro se elas sabiam o que aquilo significava. A Sra. Whitaker disse que seu sobrinho era advogado no Arkansas e, para não ficar para trás, a Sra. Huff disse que seu irmão já havia feito parte de um júri.

O bolo estava delicioso, e Jake pediu outra fatia menor e aceitou um pouco de café para acompanhá-la. Quando olhou para o relógio, a Sra.

Whitaker informou que a porta do quarto de Josie estava fechada porque ela estava sendo examinada pelos médicos. Não ia levar muito tempo, garantiu ela, como se fosse entendida em procedimentos hospitalares.

Visto que as duas senhoras pareciam decididas a falar sem parar, Jake decidiu se sentar e começou a fazer perguntas sobre a família Gamble. A Sra. Whitaker se antecipou à sua rival e explicou que a mãe e os dois filhos vinham frequentando a Bom Pastor havia alguns meses. Um dos diáconos, o Sr. Herman Vest, se elas não estavam enganadas, tinha conhecido Josie no lava-jato onde ela trabalhava em Clanton e puxou conversa, como costumava fazer. Ele gostava de conhecer pessoas e convidá-las para a igreja. O Sr. Vest, se é que havia sido mesmo ele, tinha passado o nome dela ao pastor, o irmão Charles, e este fez uma visita à casa da família, que supostamente não correu bem porque o dono da casa, o oficial Stuart Kofer, que Deus o tenha, foi muito rude com o pastor.

Além disso, estava claro que Josie morava com o sujeito sem ter a bênção do sagrado matrimônio, vivendo notoriamente em pecado, de modo que deu a todos munição extra para suas listas de oração.

Mesmo assim, Josie e as crianças foram ao culto em uma manhã de domingo. A igreja tinha sempre muito orgulho em receber visitantes. Aquele era um dos motivos pelos quais o número de fiéis havia quase dobrado desde a chegada do irmão Charles. Uma família grande e feliz.

A Sra. Huff entrou na conversa naquele momento, pois tinha uma coisa especial para compartilhar. Kiera, na época, tinha apenas 13 anos, e a Sra. Huff dava aula para uma turma de meninas da escola dominical. Assim que a Sra. Huff, bem como o restante da igreja, percebeu as coisas terríveis pelas quais Josie e as crianças haviam passado, eles os acolheram com fervor. A Sra. Huff desenvolveu um interesse especial por Kiera, que no início era extremamente tímida e introvertida. Cerca de uma vez por mês, a Sra. Huff convidava a turma para sua casa para comer pizza, tomar sorvete e fazer uma festa do pijama com filme de terror, e ela convenceu Kiera a participar. As outras meninas eram fantásticas, algumas a conheciam da escola, mas ela teve dificuldade em relaxar na festinha.

Portia havia deixado o bolo de lado e estava tomando notas. Quando a Sra. Huff fez uma pausa para respirar, ela atacou:

– Quando a senhora diz que a família passou por coisas terríveis, o que isso significa? Se não se importa de contar pra gente.

Aquelas duas mulheres contariam qualquer coisa. Mas elas se entreolharam, como se concordando que talvez devessem ir mais devagar. A Sra. Huff disse:

– Bem, quando eles eram mais novos, a família se separou. Não sei como nem por quê, mas acho que a Josie, e ela é uma querida, teve que partir, talvez tenha se metido em alguma encrenca, sabe? As crianças foram afastadas dela. Algo assim.

A Sra. Whitaker acrescentou:

– A professora do Drew disse que a turma estava escrevendo cartas para meninos e meninas em orfanatos, e o Drew disse que já havia estado em um uma vez, em um orfanato, e que não tinha vergonha de falar sobre isso. Parece que ele é mais extrovertido que a irmã.

– Algum parente por essas bandas? – perguntou Jake.

As duas senhoras balançaram a cabeça. Não.

A Sra. Huff voltou a falar:

– E eu não sei bem nem como nem por que ela começou a sair com aquele tal de Kofer. Ele tinha uma péssima reputação nas redondezas.

– Péssima por quê? – indagou Portia.

– Bem, havia muitos rumores sobre esse sujeito que chegavam aos nossos ouvidos. Apesar de ser um policial, ele tinha um lado sombrio.

Jake estava ansioso para investigar aquele lado sombrio quando um médico apareceu. As senhoras orgulhosamente o apresentaram ao advogado da família e à assistente dele. Como na maioria dos hospitais, a presença de um advogado esfriava a conversa com o médico. Ele garantiu que a paciente estava bem, ainda com dor, mas ficando inquieta. Assim que o inchaço estivesse sob controle, eles fariam a cirurgia para restaurar as fraturas no rosto e na mandíbula.

– Ela está podendo falar? – perguntou Jake.

– Um pouco. É difícil, mas ela quer falar.

– Podemos vê-la?

– Claro. Só não exagerem, ok?

Jake e Portia deixaram a sala de espera, enquanto a Sra. Whitaker e a Sra. Huff apontaram para o médico as caçarolas que haviam acabado de chegar e falaram sobre o almoço. Eram 10h20.

O oficial de plantão era Lyman Price, provavelmente o membro mais velho da força de Ozzie e o menos capaz de espionar traficantes e perseguir criminosos. Quando não estava sentado em sua mesa na prisão carimbando papéis, trabalhava no tribunal mantendo a ordem nas salas de audiência. Matar o tempo junto à porta de um quarto de hospital era outro trabalho perfeito para o velho Lyman.

Ele cumprimentou Jake com o mau humor de sempre, sem nenhum indício de irritação por causa da história do Kofer.

Jake bateu à porta enquanto a abria e sorriu para Kiera, que estava sentada em uma cadeira lendo uma revista para adolescentes. Josie estava na cama, mas sentada e alerta. Jake apresentou a si e Portia e deu oi para Kiera, que largou a revista e foi para perto da mãe.

Jake disse que a visita ia ser rápida, mas havia se encontrado com Drew na noite anterior e prometido que iria ver a mãe dele e se certificar de que ela estava bem. Ela agarrou a mão dele e a apertou.

– Como ele está? – murmurou através da gaze envolvendo seu rosto.

– Está bem. Daqui vamos à prisão para dar uma olhada nele.

Kiera se aproximou, sentando-se na beirada da cama. Seus olhos ficaram marejados e ela enxugou o rosto, e Jake ficou impressionado com o fato de ela ser muito mais alta que o irmão, embora fosse dois anos mais nova. Drew poderia passar por um garotinho ainda bem longe da puberdade. Kiera era fisicamente madura para a idade que tinha.

– Quanto tempo ele vai ficar na prisão? – perguntou Josie.

– Bastante tempo, Josie. Semanas ou meses. Ele vai ser indiciado por homicídio e encarar um julgamento, o que leva muito tempo.

Kiera se inclinou com um lenço de papel e enxugou o rosto da mãe, depois o próprio. Houve um longo silêncio entre eles enquanto um monitor apitava e enfermeiras davam risadas no corredor. Jake ficou inquieto e, de súbito, estava ansioso para ir embora. Ele pegou a mão de Josie, chegou perto dela e disse:

– Depois eu volto. Agora vamos ver como o Drew está.

Ela tentou assentir com a cabeça, mas sentiu dor e fez uma careta. Jake se afastou, entregou a Kiera um cartão de visita e sussurrou:

– Esse é o meu número.

Já na porta, ele se virou para dar uma última olhada e viu as duas se abraçando com força, ambas chorando, ambas com medo do desconhecido.

Foi uma imagem comovente da qual ele jamais esqueceria. Dois pequenos seres humanos enfrentando nada além do medo e da ira do sistema, uma mãe e uma filha que não fizeram nada de errado, mas que estavam sofrendo terrivelmente. Elas não tinham voz, ninguém para protegê-las. Ninguém, exceto Jake. Uma voz disse a ele que as duas, assim como Drew, iriam fazer parte da vida dele pelos próximos anos.

O CHEFE DA promotoria do Vigésimo Segundo Distrito Judiciário – abrangendo os condados de Polk, Ford, Tyler, Milburn e Van Buren – era o promotor distrital Lowell Dyer, da cidade ainda menor de Gretna, localizada 60 quilômetros ao norte de Clanton. Três anos antes, Dyer desafiara o grande Rufus Buckley, promotor por três mandatos que muitos achavam que um dia se tornaria governador, ou que pelo menos tentaria. Com um grau de pompa, publicidade, arrogância e sarcasmo que o estado jamais havia testemunhado, Buckley tentara condenar Carl Lee Hailey cinco anos antes e implorara ao júri pela morte dele. Jake convenceu os jurados do contrário e impôs a Buckley sua maior derrota. Os eleitores então lhe impuseram outra, e ele voltou cabisbaixo para sua cidade natal, Smithfield, onde abriu um pequeno escritório. Jake e praticamente todos os outros advogados do distrito haviam apoiado discretamente Lowell Dyer, que provou ter mão firme em um trabalho um tanto enfadonho.

A manhã de segunda-feira foi tudo menos enfadonha. Dyer tinha recebido um telefonema do juiz Noose no domingo à noite e os dois haviam discutido o caso Kofer. Ozzie ligou na manhã de segunda e, por volta das nove horas, Dyer estava se reunindo com seu assistente, D. R. Musgrove, para avaliar as opções que tinha. Desde o início houve poucas dúvidas de que o estado iria insistir na acusação de homicídio visando à pena de morte. Um agente da lei havia sido assassinado na própria cama, com a própria arma, a sangue-frio. O assassino havia confessado e estava sob custódia, e, embora tivesse apenas 16 anos, sem dúvida tinha idade suficiente para distinguir o certo do errado e compreender a natureza de suas ações.

No mundo de Dyer, as Escrituras ensinavam "olho por olho, dente por dente, minha é a vingança, disse o Senhor". Ou algo assim. O texto exato da Bíblia não era tão importante, porque uma esmagadora maioria da população ainda defendia a pena de morte, principalmente entre aqueles que se davam ao trabalho de ir votar. Pesquisas e sondagens de opinião pública não tinham nenhuma consequência no Sul rural, porque a questão já havia sido resolvida e o sentimento público não havia mudado. Aliás, quando Dyer concorreu ao cargo, disse várias vezes durante a campanha que o problema com a câmara de gás era que ela não estava sendo usada o suficiente. Isso agradou bastante à massa, ou pelo menos à massa de brancos. Nas igrejas dos negros ele evitou por completo a questão.

A legislação atual dizia que o homicídio saía da jurisdição da vara da infância se o acusado tivesse pelo menos 13 anos de idade. Uma criança de 12 anos não poderia ser processada no tribunal do circuito, o tribunal comum a todos os processos criminais. Nenhum outro estado tinha um limite tão baixo. Na maioria dos lugares o réu precisava ter pelo menos 16 anos para ser julgado como adulto. No Norte, alguns estados haviam aumentado a idade para 18 anos, mas no Sul, não.

Embora a gravidade da situação reprimisse seu entusiasmo, por dentro Lowell estava maravilhado por ter um caso tão importante nas mãos. Em três anos no cargo, ele não havia indiciado ninguém que pudesse pegar a pena de morte, e, sendo um promotor que se imaginava ficando cada vez mais durão, era frustrante ter uma pauta tão branda. Não fosse pela produção e venda de drogas e pela repressão ao jogo orquestrada pelo FBI com ajuda local, ele teria tido pouca coisa a fazer. Havia acusado um sujeito do condado de Polk por matar uma pessoa enquanto dirigia embriagado e o condenara a vinte anos de prisão. Ganhara em dois assaltos a banco no condado de Milburn, ambos cometidos pelo mesmo réu, mas o cara havia escapado e estava foragido até hoje – e, provavelmente, roubando bancos.

Antes do assassinato de Kofer, Lowell vinha dedicando seu tempo a uma força-tarefa de promotores que tentavam combater a praga da cocaína.

Com a morte de Kofer, no entanto, Lowell Dyer era de repente o homem do momento. Ao contrário de seu antecessor, Rufus Buckley, que já teria convocado pelo menos duas coletivas de imprensa, Lowell evitou os repórteres na manhã de segunda-feira e continuou a fazer o seu trabalho. Ele falou novamente com Ozzie, depois com Noose, e fez uma ligação para Jake Brigance, que caiu na secretária eletrônica. Por respeito, ligou para Earl Kofer e lhe deu os pêsames, prometendo justiça. E mandou seu investigador a Clanton para iniciar os trabalhos.

E recebeu também a ligação de um legista do laboratório de criminalística do estado. A autópsia revelou que Kofer morrera por causa de um único ferimento a bala, que entrara pela têmpora esquerda e saíra pela orelha direita. Nada propriamente notável, exceto pelo fato de que seu nível de álcool no sangue era de 0,36. Zero vírgula trinta e seis! Três vezes e meia o limite legal do estado, de 0,10, para poder dirigir. Kofer tinha 1,85 metro de altura e pesava 90 quilos. Um homem daquele tamanho, e naquele estado de embriaguez, teria dificuldade para fazer qualquer coisa – andar, dirigir e até mesmo respirar.

Como advogado de cidade pequena com quinze anos de experiência, Lowell jamais tinha visto ou ouvido falar de um caso envolvendo um nível tão alto de álcool no sangue. Expressou descrença e pediu ao legista que refizesse o exame. Lowell revisaria o relatório da autópsia assim que o recebesse e, no devido tempo, o entregaria à defesa. Não haveria como esconder o fato de que Stuart Kofer estava completamente bêbado quando morreu.

Nenhum conjunto de fatos era perfeito. Toda acusação, assim como toda defesa, tinha que lidar com fragilidades. Mas o fato de um policial estar bêbado naquele nível às duas da manhã dava margem a muitas perguntas, e poucas horas depois de assumir o caso de sua vida Lowell Dyer já experimentava a primeira dúvida.

JAKE DEIXOU PORTIA na praça e dirigiu até a prisão. Ela continuava mais movimentada que o normal, e ele não queria ter que entrar e enfrentar os olhares. Mas, ao estacionar, disse a si mesmo: "Que se dane! Não tem como você defender um assassino de policiais e continuar a ser querido pelos policiais."

Se eles se ressentiam de Jake por ele fazer seu trabalho, um trabalho que ninguém mais queria mas tinha que ser feito, então ele não poderia perder tempo com aquilo. Entrou pela recepção, onde os policiais gostavam de passar o tempo fofocando e bebendo litros de café, e cumprimentou Marshall Prather e Moss Junior Tatum. Eles o cumprimentaram de volta com um meneio de cabeça porque não tinham escolha, mas em segundos Jake percebeu que as linhas de batalha haviam sido traçadas.

– O Ozzie está? – perguntou a Tatum, que deu de ombros como se não fizesse ideia.

Jake continuou andando e parou na mesa de Doreen. Ela era a secretária de Ozzie e guardava sua porta como um dobermann. Também vestia uniforme completo e carregava uma arma, embora não fosse segredo que não tinha nenhum treinamento como policial e não podia legalmente efetuar uma prisão. Presumia-se que sabia usar a arma, mas ninguém se atrevera a confirmar.

– Ele está em reunião – informou ela com frieza.

– Liguei meia hora atrás e combinamos de nos encontrar às dez e meia – disse Jake o mais educadamente possível. – São dez e meia.

– Vou ligar pra ele, Jake, mas está sendo uma manhã infernal.

– Obrigado.

Jake foi até uma janela que dava para uma rua lateral. Do outro lado da rua ficava o primeiro aglomerado de prédios comerciais que se alinhavam no lado sul da praça. A cúpula do tribunal se projetava acima dos edifícios e dos majestosos carvalhos bicentenários. Enquanto estava de pé ali, percebeu que a conversa e as brincadeirinhas típicas haviam morrido. Os assistentes do xerife ainda estavam na sala, mas agora o advogado de defesa também estava presente.

– Jake – chamou Ozzie enquanto abria a porta.

Dentro de seu gabinete, os dois velhos amigos continuaram de pé e olharam um para o outro separados pela mesa.

– Já recebemos dois telefonemas com ameaças no escritório e alguém ligou pra escola perguntando pela Carla – disse Jake. – Não se identificaram, é claro, eles nunca se identificam.

– Eu já sabia da ligação pra escola. O que posso fazer, Jake? Dizer às pessoas pra não ligarem pro seu escritório?

– Você falou com Earl Kofer?

– Sim, falei duas vezes. Ontem na propriedade dele e hoje de manhã pelo telefone. Estamos tentando acertar alguns detalhes sobre o velório, Jake, se não houver problema.

– Não estou preocupado com o velório, Ozzie. Você poderia educadamente pedir ao Sr. Kofer para informar ao pessoal dele, sejam lá quem forem, que eles têm que se afastar e nos deixar em paz?

– Então você tem certeza que é a família?

– Quem mais poderia ser? Ouvi dizer que são um bando de esquentadinhos. É óbvio que estão transtornados com o assassinato. Quem não estaria? Apenas faça com que parem com as ameaças, ok, Ozzie?

– Acho que você também está transtornado, Jake. Talvez devesse se acalmar primeiro. Não aconteceu nada a ninguém, exceto ao Stuart Kofer. – Ozzie respirou fundo e lentamente se acomodou em sua cadeira. Fez um aceno com a cabeça e Jake se sentou também. – Grava as ligações e traz pra mim. Farei o que puder. Você quer segurança de novo?

– Não. A gente se cansou disso. Eu mesmo vou atirar neles.

– Jake, eu realmente não acho que você tenha com que se preocupar. A família está transtornada, mas eles não são malucos. Deixa passar o velório, talvez as coisas se acalmem. Em pouco tempo você vai estar fora do caso, certo?

– Não sei. Espero que sim. Você viu como estava o garoto agora de manhã?

– Falei com o carcereiro. O garoto está completamente fora do ar.

– Ele comeu alguma coisa?

– Um pouco de batata frita, tomou uma Coca.

– Olha, Ozzie, eu não sou especialista, mas acho que o garoto sofreu um trauma e precisa de ajuda. Ele pode estar no meio de algum tipo de surto.

– Você vai me perdoar, Jake, mas não estou sentindo essa compaixão toda.

– Entendo. Vou falar com o Noose amanhã de manhã, antes da pauta dos casos cíveis, e minha intenção é pedir a ele pra mandar o garoto pra Whitfield pra ser examinado. Preciso da sua ajuda.

– Da minha ajuda?

– Sim. O Noose te admira e, se você concordar que o garoto precisa ser visto por um profissional, pode ser que ele dê permissão. O garoto está sob a sua custódia, e você sabe mais sobre a condição dele que qualquer outra pessoa no momento. Chama o carcereiro e a gente fala com o Noose no gabinete dele. Extraoficialmente. Você não vai ter que testemunhar nem nada. As regras são diferentes pra menores de idade.

Ozzie deu uma risada sarcástica e desviou o olhar.

– Deixa ver se eu entendi. Esse garoto, independentemente da idade dele, matou um assistente meu, cujo velório, funeral ou seja lá como vocês, brancos, chamam esses eventos, ainda não foi nem mesmo organizado, e aqui estou eu com o advogado do assassino me pedindo pra colaborar com a defesa. É isso, Jake?

– Estou pedindo pra você fazer o que é certo, Ozzie. Só isso.

– A resposta é não. Eu nem vi o garoto desde que o trouxeram pra cá. Você está pedindo demais, Jake. Me dá um tempo.

Ozzie estava com um olhar furioso quando fez esse pedido e Jake entendeu a mensagem. Ele se levantou e disse:

– Está bem. Eu gostaria de ver o meu cliente.

JAKE PEGOU UMA lata de refrigerante de limão e um pacote de amendoim, e, depois de alguns minutos, conseguiu tirar Drew de baixo das cobertas. O garoto se sentou na beira da cama e abriu a lata.

– Eu vi sua mãe hoje de manhã – disse Jake. – Ela está ótima. A Kiera está com ela no hospital e tem um pessoal da igreja cuidando das duas.

Drew assentiu sem tirar os olhos dos próprios pés. Seu cabelo louro estava grudento, despenteado, sujo, e todo o seu corpo precisava de uma boa esfregada. Ele ainda não estava vestindo o macacão laranja padrão dos presos, o que seria uma evolução em relação às roupas baratas e amassadas que usava.

Ele não parou de balançar a cabeça e perguntou:

– Que igreja?

– Acho que se chama Igreja do Bom Pastor. O pastor é um cara chamado Charles McGarry. Conhece ele?

– Acho que sim. O Stu não queria que a gente frequentasse a igreja. Ele está morto mesmo?

– Ele está morto, Drew.

– E fui eu que matei ele?

– Me parece que sim. Você não se lembra?

– Às vezes sim, às vezes não. Às vezes acho que estou sonhando, sabe? Como agora mesmo. Você está mesmo aqui, falando comigo? Qual é o seu nome?

– Jake. Nós nos conhecemos ontem à noite, quando passei por aqui. Você se lembra?

Houve um longo silêncio. Ele deu um gole e tentou abrir o pacote de amendoim. Como não conseguia, Jake delicadamente pegou o pacote, abriu e o devolveu.

– Isso não é um sonho, Drew – disse Jake. – Eu sou seu advogado. Conheci a sua mãe e a sua irmã, e agora represento a sua família. É importante que você confie em mim e converse comigo.

– Sobre o quê?

– Sobre coisas. Vamos falar sobre a casa onde você mora com a Kiera, a sua mãe e o Stuart Kofer. Há quanto tempo você mora lá?

Houve outro silêncio enquanto ele ficava olhando para o chão, como se não tivesse escutado nada do que Jake acabara de falar.

– Quanto tempo, Drew? Por quanto tempo você morou com o Stuart Kofer?

– Não me lembro. Ele está morto mesmo?

– Está.

A lata escorregou de sua mão e caiu no chão, respingando espuma quase no pé de Jake. Ela rolou um pouco antes de parar, mas continuou vazando o refrigerante. Drew não reagiu à queda da lata e Jake fez o possível para também ignorá-la enquanto a poça ia se aproximando dos seus sapatos. Drew fechou os olhos e começou a fazer um zumbido baixo, um gemido fraco e sofrido que vinha de algum lugar lá no fundo. Seus lábios começaram a se mover ligeiramente, como se ele estivesse resmungando para dentro. Depois de um momento, Jake quase falou qualquer coisa para interromper aquilo, mas decidiu esperar. Drew poderia ser tanto um monge em meditação profunda, semelhante a um transe, quanto um paciente psiquiátrico se afundando outra vez na escuridão.

Mas na verdade Drew era uma criança traumatizada que precisava de uma ajuda que Jake não estava qualificado para dar.

9

Ao meio-dia de segunda-feira, Ozzie estava farto da multidão e do barulho, dos caras de folga indo e vindo para coletar ou espalhar as últimas fofocas, dos policiais aposentados querendo apenas fazer parte daquela fraternidade, dos agentes voluntários ocupando espaço sem necessidade, dos repórteres, das velhas intrometidas da cidade passando para levar brownies e rosquinhas como se quantidades astronômicas de açúcar fossem ajudar de alguma forma, dos curiosos sem nenhum motivo razoável para estarem ali, dos políticos à espera de que a presença deles lembrasse aos eleitores que eram defensores da lei e da ordem, além dos amigos da família Kofer que achavam que estavam colaborando ao oferecer apoio aos "mocinhos". Ozzie deu ordem para que todos que não estivessem de serviço deixassem o prédio.

Por mais de trinta horas ele trabalhou duro para manter a fachada de um profissional não afetado pela tragédia, mas o cansaço estava começando a se manifestar. Tinha gritado com Doreen, que gritara de volta. A tensão era palpável.

Ele reuniu a equipe principal em seu gabinete e, educadamente, pediu a Doreen que vigiasse a porta e não transferisse nenhuma ligação. Moss Junior Tatum, Marshall Prather e Willie Hastings. Nenhum deles estava de uniforme, nem mesmo Ozzie. Ele distribuiu folhas de papel e pediu a todos que dessem uma olhada. Depois de um tempo, disse:

– Zero vírgula trinta e seis. Algum de vocês consegue se lembrar de pegar um motorista bêbado que registrou 0,36?

Os três veteranos já tinham visto de tudo, ou julgavam que tinham.

– Eu já vi alguns com trinta, mas nada maior que isso – disse Prather. – Não que eu me lembre.

– Eu nunca – disse Moss Junior, balançando a cabeça em descrença.

– O filho do Butch Vango estava com 0,35 – afirmou Hastings. – Acho que é o recorde do condado de Ford.

– E ele morreu – completou Prather.

– No dia seguinte, no hospital. Eu não detive ele, então não fiz o teste do bafômetro.

– Não teve bafômetro – disse Prather. – Ele não estava dirigindo. Encontraram ele deitado no meio da Craft Road um dia de manhã. Intoxicação alcoólica.

– Tá bom, tá bom – disse Ozzie. – O que eu quero dizer é que o nosso falecido irmão estava saturado de bebida num grau suficiente pra matar a maioria dos homens. Ou seja, o Kofer tinha um problema. Ou seja, o Kofer estava fora de controle e a gente não tinha ideia da extensão disso, né?

– A gente já falou sobre isso ontem, Ozzie – declarou Prather. – Você está tentando culpar a gente por não delatar um colega.

– Não estou, não! Mas sinto o cheiro de acobertamento. Pelo menos dois relatórios foram elaborados depois de a namorada do Kofer ter ligado quando ele bateu nela. Eu nunca vi esses relatórios na época e agora não consigo encontrá-los. Passei a manhã inteira procurando.

Ozzie era o xerife, eleito e reeleito pelo povo, e a única pessoa na sala que era obrigada a encarar o eleitorado a cada quatro anos. Os outros três eram seus principais assistentes e deviam a ele seus salários e suas carreiras. Sabiam como funcionavam os relacionamentos, os problemas, a política. Era imperativo que o protegessem o máximo possível. Eles não sabiam ao certo se Ozzie tinha realmente visto os relatórios e não tinham ideia de quanto ele sabia, mas, naquele momento, iriam dançar conforme a música.

– O Pirtle e o McCarver preencheram um relatório um mês atrás mais ou menos, depois que ela fez um chamado tarde da noite, mas ela se recusou a prestar queixa, então nada aconteceu – continuou Ozzie. – Eles juram que o relatório foi preenchido, mas ele não está aqui. Acontece que quatro meses atrás a namorada tinha feito um chamado, mesma merda, o Kofer chegou em casa bêbado, bateu nela, o Swayze foi até lá, mas ela não deu queixa. Ele preencheu o relatório, que sumiu. Eu nunca vi esse documento, nunca vi nenhum deles. É esse o problema, rapazes. O Jake passou por aqui uma hora atrás. Ele foi designado pelo Noose e disse que não quer o caso e que o Noose vai achar uma outra pessoa o mais rápido possível. A gente não pode contar com isso, e está fora do nosso controle. Por enquanto, o Jake é o advogado, e ele vai levar menos de cinco minutos pra farejar a papelada perdida. Não agora, mas no futuro, se isso for a julgamento. Eu conheço bem o Jake, porra, todo mundo aqui conhece, e ele vai estar sempre um passo à nossa frente.

– Por que o Jake se meteu nisso? – perguntou Prather.

– Como eu falei, porque o Noose designou ele. O garoto tem que ter um advogado e, evidentemente, ninguém mais ia aceitar o caso.

– Achei que a gente tivesse um defensor público – disse Hastings. – Eu gosto do Jake, e não quero ver ele do outro lado.

Willie Hastings era primo de Gwen Hailey, mãe de Tonya, esposa de Carl Lee, e em seu mundo Jake Brigance era capaz de caminhar sobre as águas.

– O nosso defensor público é um novato que nunca cuidou de um caso de verdade. Ouvi dizer que o Noose não gosta dele. Vejam, pessoal, o Omar Noose é o juiz do circuito há muito tempo. Ame-o ou odeie-o, é ele que comanda o sistema. Ele tem o poder de projetar ou detonar um advogado, e gosta muito do Jake. O Jake não teve como negar.

– Mas eu achava que o Jake ia só cuidar das preliminares até que eles trouxessem outra pessoa – disse Prather.

– Vai saber. Muita coisa pode acontecer, e ainda é cedo. Eles podem ter problemas pra encontrar outra pessoa. Além disso, o Jake é um advogado ambicioso que gosta de atenção. Lembrem-se que ele foi contratado e treinado por Lucien Wilbanks, que sempre foi um radical que defenderia qualquer um.

– Não acredito – disse Tatum. – O Jake cuidou de uma escritura pro meu tio ano passado.

– Ele falou que já começou a receber ligações, ameaças – disse Ozzie. – Vou dar uma volta por aí mais uma vez e falar com o Earl Kofer, demonstrar minha consideração e tal, falar sobre o enterro e me certificar de que o pessoal dele está sob controle.

– Os Kofers estão bem – disse Prather. – Eu conheço alguns deles, e eles estão só em choque agora.

– Quem não está? – perguntou Ozzie. Fechou a pasta, respirou fundo e olhou para seus três assistentes. Prather foi o escolhido, e ele atacou: – Vamos lá, desembucha.

Marshall jogou a folha de papel sobre a mesa e acendeu um cigarro. Andou até uma janela, abriu-a para entrar um ar e se apoiou na parede.

– Eu falei com o meu primo. Ele não saiu com o Kofer no sábado à noite. Fez umas ligações e ficou sabendo das coisas. Parece que teve um carteado na cabana do Dog Hickman, perto do lago. Pôquer, apostas baixas, nada ostensivo, mas um dos jogadores, não sei o nome, apareceu com um uísque sabor pêssego que tinha acabado de destilar e eles caíram dentro. Todo mundo ficou bêbado. Três deles desmaiaram e ficaram por lá mesmo. Não se lembram de muita coisa. O Kofer decidiu que seria uma boa ideia pegar o carro e ir pra casa. De alguma forma, ele conseguiu.

– Isso tá me cheirando à destilaria do Gary Garver – interrompeu Ozzie.

Prather tragou o cigarro e encarou o xerife.

– Não pedi nomes, Ozzie, e ninguém falou também, exceto os do Kofer e do Dog Hickman. O Kofer está morto e os outros quatro estão meio apavorados agora.

– Apavorados por quê?

– Não sei, talvez eles se sintam responsáveis de alguma forma. Eles estavam apostando e enchendo a cara com bebida ilegal, e agora o amigo deles está morto.

– Eles têm que ser muito burros.

– Quem disse que não são?

– Se a gente começar a desbaratar mesas de apostas, vão ter que construir uma prisão nova. Descobre os nomes deles, ok? E pode garantir que eles não vão ser acusados de nada.

– Vou tentar.

– Descobre os nomes deles, Marshall, porque você pode apostar que o Harry Rex Vonner vai saber desses nomes amanhã e o Jake vai chegar neles primeiro.

– Eles não fizeram nada de errado – disse Moss Junior. – Qual é o drama? O único crime aqui é o homicídio, e já temos o assassino, certo?

– Nada é tão simples assim – declarou Ozzie. – Se isso for a julgamento, pode apostar que o advogado de defesa, seja ele quem for, vai tirar vantagem do mau comportamento do Kofer que terminou com o tiro.

– Eles não podem fazer isso – disse Prather. – Ele está morto.

– E por que ele está morto? Está morto porque voltou pra casa bêbado, pegou no sono e um garoto idiota achou que seria divertido estourar os miolos dele? Não. Ele está morto porque a namorada queria o dinheiro dele? Não, Marshall. Ele está morto porque tinha o péssimo hábito de encher a cara e bater nela, e o filho dela tentou protegê-la. Vai ser um julgamento terrível, rapazes, então preparem-se. Por isso é fundamental agora que a gente saiba de tudo que aconteceu. Vamos começar pelo Dog Hickman. Quem pode ir falar com ele?

– O Swayze conhece ele – disse Willie.

– Ok. Manda o Swayze ir atrás dele o mais rápido possível. E certifiquem-se de que esses palhaços saibam que a gente não está atrás deles.

– Entendido, chefe.

DESDE QUE CARLA tinha começado a lecionar e a passar muitas noites preparando aulas, corrigindo trabalhos e tentando monitorar o dever de casa de Hanna, sobrou pouco tempo para dedicar à cozinha. Os três jantavam juntos quase todas as noites, exatamente às sete. De vez em quando Jake ficava no escritório até tarde ou estava fora da cidade, mas a vida de um advogado de cidade pequena não exigia muito tempo na estrada. O jantar era sempre algo rápido e o mais saudável possível. Muito frango e legumes, peixe assado no forno, um pouco de pão ou de grãos, evitando carne vermelha e alimentos com açúcar adicionado. Em seguida eles corriam para tirar a mesa e arrumar a cozinha e dar início a atividades mais agradáveis, como ver televisão, ler ou jogar, depois que Hanna tivesse terminado o dever de casa.

Em noites perfeitas, Jake e Carla gostavam de passear pela vizinhança, deixando as portas trancadas e Hanna segura em seu quarto. A filha se recusava a ir com eles porque ficar sozinha em casa era uma coisa muito legal para uma mocinha. Ela se aninhava com Mully, o vira-lata, e lia um livro enquanto a casa estava quieta, em silêncio. Seus pais nunca ficavam a mais de dez minutos de distância.

Depois de uma das segundas-feiras mais longas dos últimos tempos, Jake e Carla trancaram as portas e caminharam até a rua, onde pararam perto dos cornisos e apreciaram seu perfume. A casa deles, conhecida como Hocutt House, era uma dentre vinte situadas em uma velha rua sombreada a oito quarteirões da praça de Clanton. A maioria dos imóveis pertencia a idosos aposentados que lutavam para dar conta da manutenção cada vez mais trabalhosa, mas alguns haviam sido reformados por famílias mais jovens.

A duas casas deles morava um jovem médico paquistanês, que a princípio não tinha sido bem recebido porque ninguém conseguia pronunciar seu nome e sua pele era mais escura, mas, depois de três anos e milhares de consultas, ele sabia de mais segredos que qualquer pessoa na cidade e era amplamente admirado. Em frente à casa do médico e de sua simpática esposa morava um jovem casal com cinco filhos e nenhum emprego. Ele dizia que administrava o negócio da família no setor madeireiro, que o avô havia fundado, mas raramente deixava o Country Club. A mulher jogava golfe e bridge e passava a maior parte do tempo supervisionando a equipe que tomava conta dos filhos.

Além dessas duas casas e da Hocutt House, no entanto, o resto estava às escuras, pois os mais velhos dormiam cedo.

Carla parou de repente, puxou a mão de Jake e disse:

– A Hanna está sozinha.

– E daí?

– Acha que ela está segura?

– Claro que está.

No entanto, eles se viraram instintivamente. Alguns passos adiante, Carla disse:

– Eu não posso passar por isso de novo, Jake. A gente acabou de estabelecer uma rotina normal, e não quero de jeito nenhum começar a ficar preocupada de novo.

– Não tem nada com que se preocupar.

– Ah, não?

– Tá, sim, a gente tem com que se preocupar, mas o nível de risco é baixo. Algumas ligações estranhas aqui e ali, todas feitas por covardes que não se identificaram e que se esconderam atrás de telefones públicos.

– Acho que já ouvi isso, foi um pouco antes de atearem fogo na nossa casa.

Eles caminharam mais alguns passos, ainda de mãos dadas.

– Você tem como se livrar do caso? – perguntou ela.

– Eu peguei ele ontem.

– Eu sei. Eu lembro. E vai falar com o juiz Noose amanhã de manhã?
– Bem cedinho. Pra tratar do caso *Smallwood*.
– Vocês vão falar sobre o outro caso?
– Vamos, sem dúvida. É o único caso a discutir, na verdade. O Drew precisa de ajuda agora, ou pelo menos ele precisa ser atendido por um profissional. Se eu tiver uma chance, vou falar com o Noose sobre isso. E, se por acaso ele achou outro advogado, tenho certeza que vai me contar.
– Mas isso é pouco provável, não é?
– Sim, é pouco provável que seja tão rápido. Vou cuidar da audiência preliminar, garantir que os direitos do garoto sejam respeitados, tentar conseguir ajuda para ele e assim por diante. E então, daqui a algumas semanas, pressionarei o Noose com todas as forças pra ele encontrar um substituto pra mim.
– Promete?
– Sim, prometo. Você duvida de mim?
– Um pouco, sim.
– Por quê?
– Porque você se importa, Jake, e já percebi que você está preocupado com esse garoto e com a família dele, e quer proteger os três. Se o juiz Noose tiver dificuldade em encontrar outro advogado, vai ser fácil pra ele simplesmente contar com você de novo. Você já vai estar ali. A família já vai ter confiança em você. E, fala a verdade, Jake, você gosta de ser o centro das atenções.

Eles avançaram pela estreita entrada de carros da casa e admiraram seu lindo lar, completamente seguro e silencioso.

– Achei que você quisesse que eu defendesse o garoto – disse Jake.
– Eu também achei isso, mas foi antes de a gente começar a receber as ligações.
– São só ligações, Carla. Não valem de nada até eles começarem a atirar.
– Nossa, estou me sentindo bem melhor agora.

SEGUNDO O ADVOGADO de Earl, a propriedade pertencia exclusivamente a Stuart, tendo sido legada em testamento, cortesia do avô, morto havia doze anos. As duas ex-mulheres do avô já haviam partido fazia muito tempo e seus nomes nunca tinham constado na escritura. Stuart não tinha filhos registrados. Morreu sem deixar testamento e, de acordo com a lei do Mississippi, a propriedade seria herdada por seus pais, Earl e Janet, e seus irmãos mais novos, em partes iguais.

Segunda à noite, depois do jantar, Earl e seus dois filhos sobreviventes, Barry e Cecil, foram de carro até a casa para uma primeira olhada nela desde que havia sido liberada pelos investigadores do estado, à tarde. Não era uma visita que quisessem fazer, mas precisava ser feita.

Earl estacionou atrás da picape de Stuart, desligou os faróis e eles ficaram ali parados olhando para a casa escura, um lugar que conheciam desde sempre. Barry e Cecil perguntaram se podiam ficar no carro. Earl disse que não, que era importante que vissem onde o irmão havia morrido. No banco de trás, Barry tentava abafar os soluços. Por fim desceram do carro e foram até a porta da frente, que não estava trancada.

Earl juntou forças e foi o primeiro a entrar no quarto. O colchão tinha sido despojado de seus lençóis e cobertores, e uma mancha de sangue seco enorme e repugnante dominava o meio dele. Earl desabou na única cadeira no quarto e cobriu os olhos. Barry e Cecil pararam à porta e ficaram olhando, atônitos, o local pavoroso onde o irmão tinha dado seu último suspiro. Havia manchas de sangue na parede acima da cabeceira e uma centena de minúsculos buraquinhos de onde os técnicos haviam removido pedaços de cérebro sabe-se lá para quê. A sala cheirava a morte e crueldade, e um odor pungente, não muito diferente do de um animal atropelado na estrada, foi ficando cada mais forte conforme eles o inspiravam.

Ozzie disse que podiam queimar o colchão. Eles o arrastaram pela cozinha e pelo pequeno deque de madeira até o quintal. Fizeram o mesmo com a cabeceira, o colchão e os travesseiros. Ninguém jamais voltaria a dormir na cama de Stuart. Em um pequeno armário no corredor encontraram as roupas e os sapatos de Josie, e, depois de analisar os pertences dela, Earl disse:

– Vamos queimar isso também.

Em uma cômoda, eles encontraram as roupas íntimas, pijamas, meias e assim por diante, e no banheiro, seu secador de cabelo e produtos de higiene pessoal. A bolsa dela estava na bancada da cozinha, perto do telefone, e ao lado dela estavam as chaves do carro. Cecil deixou as chaves onde estavam e não olhou dentro da bolsa, mas a jogou em cima do colchão, junto com o restante dos pertences dela.

Earl despejou fluido de isqueiro e riscou um fósforo. Eles viram o fogo crescer rapidamente e deram um passo para trás.

– Vão pegar as coisas das crianças também – ordenou a Cecil e Barry. – Eles não vão voltar aqui.

Os irmãos subiram para o quarto do garoto e pegaram tudo que pudesse ser queimado: lençóis, roupas, sapatos, livros, um aparelho de som barato, as flâmulas na parede. Barry limpou o quarto da menina. Kiera tinha um pouco mais de coisas que o irmão, incluindo ursos e outros bichos de pelúcia. No guarda-roupa ele encontrou uma caixa com bonecas velhas e outros brinquedos, que carregou para o andar de baixo e até o quintal e jogou com prazer no fogo que crepitava. Eles se afastaram e, hipnotizados, ficaram vendo o fogo crescer e depois começar a morrer.

– E o carro dela? – Barry perguntou ao pai.

Earl zombou do velho Mazda estacionado ao lado da casa e, por um instante, pensou em botar fogo nele também. Mas Barry disse:

– Ela ainda deve estar pagando.

– Melhor não mexer nisso – disse Earl.

Eles tinham combinado de pegar os objetos pessoais de Stuart, suas armas e roupas, mas Earl achou melhor fazer isso depois. A casa pertencia à família havia muito tempo e estava segura. Ele trocaria as fechaduras no dia seguinte e passaria de carro todo dia para dar uma olhada. E mandaria o recado, por Ozzie, de que não havia motivo nenhum para aquela mulher, seus filhos ou qualquer um dos amigos dela colocar os pés na propriedade da família Kofer novamente. Ozzie poderia ir buscar o carro dela.

DOG HICKMAN ERA dono da única loja de motocicletas da cidade e vendia motos novas e usadas. Embora estivesse familiarizado com atividades ilegais, era esperto o suficiente para evitar ser pego e tinha ficha limpa, a não ser por uma antiga condenação por dirigir embriagado. A polícia sabia bem o que ele fazia, mas, como não incomodava as pessoas, o deixava em paz. Os vícios de Dog eram essencialmente jogo, contrabando de bebida alcoólica e tráfico de maconha.

Mick Swayze tinha negociado várias motos com Dog e o conhecia bem. Ele passou na loja na segunda-feira à noite e, depois de garantir a Dog que estava de folga, tomou uma cerveja. Mick foi direto ao ponto e prometeu a

Dog que Ozzie não estava querendo acusar ninguém de nada. Ele só queria saber o que tinha acontecido na noite de sábado.

– O Ozzie não me preocupa – declarou Dog, confiante. Eles estavam do lado de fora, encostados em seu Mustang, fumando cigarro. – Eu não fiz nada de errado. Quer dizer, eu queria não ter bebido tanto, porque talvez pudesse ter parado o Stu antes de ele ficar de porre, sabe? Eu deveria ter parado, mas não fiz nada de errado.

– A gente sabe disso – disse Swayze. – E a gente sabe que tinha cinco pessoas na sua cabana, enchendo a cara. Quem eram os outros três?

– Eu não sou dedo-duro.

– Como você poderia ser dedo-duro, Dog, se ninguém cometeu nenhum crime?

– Se não teve nenhum crime, por que você está aqui fazendo perguntas?

– O Ozzie quer saber, só isso. O Kofer era um de nós e o Ozzie gostava muito dele. Todo mundo gostava do Stuart. Bom policial. Um cara sensacional. Mas que estava bêbado feito um gambá, Dog. Com 0,36.

Dog balançou a cabeça, incrédulo diante da informação, e cuspiu no chão.

– Bem, vou te dizer a verdade. Quando acordei ontem, minha cabeça parecia estar com 0,55. Fiquei na cama o dia todo e mal consegui levantar hoje de manhã. Um bagulho louco, cara.

– Era o quê?

– O Gary Garver tinha acabado de engarrafar. Sabor pêssego.

– São três. Quem eram os outros dois?

– Isso é confidencial, tá bom? Você não pode contar pra ninguém.

– Pode deixar.

– Calvin Marr e Wayne Agnor. A gente começou com um engradado de cerveja, só jogando pôquer na minha cabana, sem grandes planos. Então o Gary apareceu com 2 litros do bom. Todo mundo ficou chumbado. Tipo, desmaiado mesmo. Foi a primeira vez que isso aconteceu em muito tempo, e foi ruim a ponto de me fazer pensar em parar de beber.

– Que horas o Kofer foi embora?

– Não sei. Eu não estava acordado quando ele saiu.

– Quem estava?

– Não sei, Mick. Juro. Acho que todo mundo desmaiou e as coisas viraram um borrão. Não lembro de muita coisa. Em algum momento da noite, não faço ideia quando, o Stu e o Gary saíram da cabana. Quando acordei no domingo, já tarde, o Calvin e o Wayne ainda estavam lá, num estado deplorável. A gente levantou, tentou fazer alguma coisa, tomou umas cervejas pra curar a ressaca, então o telefone tocou e meu irmão me disse que o Stu estava morto. Um garoto tinha dado um tiro na cabeça dele. Merda, ele tinha estado ali, bem ali na mesa, embaralhando as cartas e bebendo uísque de pêssego numa xícara de café.

– Você andava com o Stu?
– Não entendi. Que pergunta é essa?
– Uma pergunta simples.
– Não tanto quanto um ano atrás. Ele estava perdendo o controle, sabe, Mick? A gente jogava pôquer uma vez por mês, quase sempre na cabana, e você podia sempre esperar que o Stu ia passar da conta, beber demais. Quem sou eu pra julgar, né? Mas o pessoal falava sobre o Stu. Alguns amigos dele estavam preocupados. Merda, todo mundo bebe muito, mas às vezes é justamente quem bebe que consegue ver o que está acontecendo. A gente achava que o Ozzie soubesse e que fazia vista grossa.
– Não sabia. O Stu aparecia pra trabalhar todos os dias e fazia o trabalho dele. Era um dos preferidos do Ozzie.
– Meu também. Todo mundo gostava do Stu.
– Você falaria com o Ozzie?
– Bom, eu prefiro não falar.
– Sem pressa, ele só quer bater um papo. Talvez depois do velório.
– Eu tenho escolha?
– Não muita.

10

Como acontece com a maioria das fofocas de tribunal, a fonte jamais seria descoberta. Será que o boato tinha ganhado vida a partir de um vestígio de verdade? Ou tinha sido uma piada inventada por alguém no Registro de Imóveis, no primeiro andar? Será que um advogado entediado tinha criado aquela narrativa só para ver quanto tempo ia levar até a história circular e chegar de volta a ele? Visto que o tribunal e, no fundo, a cidade inteira ainda estavam em polvorosa para saber detalhes do assassinato, não era exagero acreditar que alguém com um pouco de autoridade, talvez um assistente do xerife ou um oficial de justiça, pudesse ter dito algo como "Sim, o garoto vai ser trazido hoje".

De qualquer forma, na manhã de terça-feira, metade do condado sabia com certeza absoluta que o garoto que tinha matado Stuart Kofer compareceria ao tribunal pela primeira vez e, para completar, o boato foi logo remodelado para incluir o fato irresistível de que ele provavelmente seria *libertado*! Tinha alguma coisa a ver com a idade dele.

Em um dia comum, a divulgação da pauta dos casos cíveis atraía apenas alguns advogados com processos pendentes, nunca uma multidão de espectadores. Mas, naquela terça-feira, a galeria estava com metade dos lugares ocupada, enquanto dezenas de pessoas se aboletavam na principal sala de audiências do tribunal para testemunhar aquele horrendo equívoco jurídico. Os escrivães revisaram a pauta mais de uma vez, para ver se não tinham deixado passar alguma coisa. O juiz Noose não era esperado até pouco antes das dez, quando a primeira audiência estava marcada para começar. Quando Jake chegou, às nove e meia, pensou a princípio que houvesse errado de dia. Ele foi falar com uma escrivã, que o informou do boato.

– Que estranho – cochichou Jake enquanto examinava as caras feias que o encaravam. – Acho que eu saberia se o meu cliente fosse vir ao tribunal.

– É assim que as coisas costumam ser feitas – cochichou ela de volta.

Harry Rex chegou e foi logo insultando o advogado de uma seguradora. Outros circulavam de olho na multidão, perguntando-se qual seria a atração do dia. Os oficiais de justiça e os assistentes do xerife se amontoavam num dos cantos, cientes do boato mas sem conhecimento de quaisquer ordens para ir buscar o réu na prisão.

Lowell Dyer entrou por uma porta lateral e cumprimentou Jake. Eles combinaram de falar com Noose o mais rápido possível. Às dez, Sua Excelência os convocou ao seu gabinete e lhes ofereceu café, enquanto preparava sua segunda rodada diária de remédios. A toga estava pendurada atrás da porta e o paletó, jogado sobre uma cadeira.

– Como está o réu? – perguntou.

Noose sempre tinha sido magro, com uma silhueta comprida e esguia e um nariz pontudo que muitas vezes era mais vermelho que o resto de sua pele pálida. Ele parecia mais saudável do que nunca, e vê-lo tomar uma combinação notável de comprimidos fez os advogados se perguntarem quão doente poderia estar. Mas eles não ousaram verbalizar aquela dúvida.

Jake serviu café em dois copos de papel, e ele e Lowell se sentaram diante do juiz.

– Bom, Excelência, o garoto não está muito bem – respondeu Jake. – Estive com ele hoje de manhã pelo terceiro dia consecutivo, e ele está se fechando. Acho que está traumatizado, tendo algum tipo de surto. Será que ele poderia ser avaliado e talvez até receber tratamento? O menino pode estar doente.

– Menino? – perguntou Lowell. – Tente convencer os Kofers disso.

– Ele tem 16 anos, Jake – disse o juiz Noose. – Não é um menino.

– Esperem até vê-lo.

– Avaliado onde? – perguntou Lowell.

– Bem, eu prefiro que isso seja feito por um profissional no hospital do estado.

– Lowell?

– O Ministério Público se opõe, pelo menos por enquanto.
– Não sei se tem o direito de se opor, Lowell – disse Jake. – Ainda não existe nenhum caso. Você não deveria esperar até conseguir que ele seja indiciado?
– Talvez.
– Esse é o problema – disse Jake. – O garoto precisa de ajuda agora. Hoje. Neste exato momento. Ele está sofrendo de algum tipo de trauma, e não vai melhorar largado lá na prisão. Precisa ser visto por um médico, um psiquiatra, alguém muito mais capaz do que a gente. Se isso não acontecer, o estado dele pode continuar a piorar. Às vezes ele se recusa a falar comigo. Não consegue se lembrar do que fez na véspera. Não está comendo. Está tendo sonhos malucos e alucinações. Às vezes fica sentado olhando pro nada e fazendo um barulho estranho, como se estivesse fora do ar. Você não quer um réu saudável, Lowell? Se o menino for doido de pedra, não vai poder ser levado a julgamento. Não tem mal nenhum em conseguir pelo menos que alguém, algum médico, dê uma olhada nele.

Lowell olhou para Noose, que mastigava um comprimido que devia ser amargo.

– Crime, suspeito, detenção, prisão – disse Noose. – Pra mim parece que o réu precisa de uma primeira audiência.

– Eu dispenso – disse Jake. – Ninguém vai ganhar nada colocando o garoto numa viatura e arrastando-o até o tribunal. Ele simplesmente não tem como lidar com isso agora. Para ser sincero, Excelência, não acho que o garoto saiba o que está acontecendo à volta dele.

Lowell sorriu e balançou a cabeça, como se não estivesse certo daquilo.

– Parece que você já está preparando o terreno pra uma alegação de insanidade, Jake.

– Não estou, porque Sua Excelência aqui me prometeu que vai achar outro advogado pra cuidar do julgamento, se houver julgamento.

– Ah, vai haver julgamento, Jake, isso eu posso te prometer – disse Lowell. – Ninguém pode matar um homem a sangue-frio e escapar impune.

– Ninguém vai escapar impune, Lowell. Só estou preocupado com o garoto. Ele está fora da realidade. Que mal pode haver em submetê-lo a uma avaliação médica?

Noose tinha acabado de tomar seus remédios e estava bebendo um copo d'água para ajudá-los a descer. Olhou para Jake e perguntou:

– Quem pode fazer isso?

– A Secretaria Estadual de Saúde tem um escritório regional em Oxford. Talvez a gente possa mandá-lo pra lá pra ser examinado.

– Eles não têm como mandar alguém aqui? – perguntou Noose. – Eu não gosto nada da ideia de tirar o réu da prisão neste momento.

– Concordo – disse Lowell. – O velório nem aconteceu ainda. Não tenho certeza se o garoto estaria seguro fora da prisão.

– Tudo bem – disse Jake. – Eu não ligo pra forma como isso vai ser feito.

Noose levantou as mãos pedindo ordem.

– Vamos combinar um plano aqui, rapazes. Suponho, Dr. Dyer, que o senhor tenha intenção de buscar uma acusação por homicídio visando à pena de morte, correto?

– Bem, Excelência, ainda é um pouco cedo, mas, sim, estou inclinado a isso. Parece que os fatos pedem tal acusação.

– E quando o doutor vai levar este caso ao grande júri?

– Em duas semanas vamos nos reunir de novo aqui no tribunal, mas podemos sempre adiantar. Vossa Excelência tem alguma preferência?

– Não. O grande júri não é da minha conta, na verdade. Dr. Brigance, como espera que seja o desenrolar das próximas semanas?

– Por conta da idade do meu cliente, não tenho escolha a não ser requerer a transferência do caso dele para a vara da infância.

Lowell Dyer ficou de boca fechada para dar a Noose espaço suficiente para responder. Noose olhou para ele com as sobrancelhas levantadas e então Dyer falou:

– O Ministério Público, é claro, se opõe a tal pedido. Acreditamos que o caso pertence a este tribunal e que o réu deve ser julgado como adulto.

Jake não reagiu. Deu um gole no café e olhou para um bloco de notas, como se já soubesse que aquilo ia acontecer, e de fato sabia, porque não havia nenhuma chance de o Excelentíssimo Omar Noose permitir que a Vara da Infância do Condado de Ford tratasse de um crime de tal gravidade. Pequenos delitos cometidos por adolescentes muitas vezes eram enviados para essa instância – roubos de carro, drogas, pequenos furtos –, e o juiz de menores era conhecido por ser criterioso ao lidar com eles. Mas isso não acontecia com crimes graves envolvendo lesões corporais, muito menos homicídios.

A maioria dos brancos do Sul acreditava piamente que um jovem de 16 anos como Drew Gamble, que havia matado com um tiro um homem que dormia na própria cama, deveria ser julgado como adulto e receber uma sentença severa, até mesmo de pena de morte. Uma pequena minoria achava o contrário. Jake não tinha certeza, ainda, do que achava, embora já estivesse começando a duvidar da capacidade de Drew de entender as implicações de cometer um crime.

Jake também conhecia a realidade política. No ano seguinte, 1991, tanto Omar Noose quanto Lowell Dyer tentariam a reeleição: Dyer pela primeira vez, Noose pela quinta. Embora o juiz estivesse perto dos 70 e tomasse muitos remédios, não dava sinais de desaceleração. Ele gostava do trabalho, do prestígio, do salário. Em geral enfrentava uma oposição leve – poucos advogados estavam dispostos a desafiar um juiz bem posicionado –, mas havia sempre a chance de haver uma eleição insana, em que um azarão disparasse e os eleitores decidissem que queriam uma cara nova. Três anos antes, Noose tinha sido desafiado por um advogado charlatão do condado de Milburn que fez uma série de alegações absurdas sobre sentenças que haviam sido brandas demais em julgamentos criminais. Ele conseguiu um terço dos votos, o que não deixava de ser impressionante para um completo desconhecido com pouca credibilidade.

Agora uma ameaça mais sinistra estava se aproximando. Jake escutara os boatos e tinha certeza de que Noose ouvira também. Rufus Buckley, o antigo promotor distrital, o pavão que Dyer havia derrotado em uma eleição acirrada, estava supostamente deixando pistas e fazendo insinuações sobre querer o assento de Noose na tribuna. Buckley havia sido relegado a coadjuvante e passava seus dias assinando papelada em um pequeno escritório em Smithfield enquanto espumava de raiva e planejava seu retorno. Sua maior derrota havia sido o veredito inocentando Carl Lee Hailey, e ele culparia Noose para sempre por aquilo. E Jake. E qualquer pessoa minimamente ligada ao caso. Todo mundo, exceto ele próprio.

– Apresente a petição no momento oportuno – disse Noose, como se já tivesse tomado uma decisão.

– Sim, Excelência. Agora, sobre a avaliação psiquiátrica...

Noose se levantou, resmungou e andou até a mesa, onde pegou um cachimbo que estava sobre um cinzeiro e enfiou a piteira entre os dentes manchados.

– E você considera isso urgente?

– Sim, Excelência. Tenho receio de que o garoto esteja piorando à medida que o tempo passa.

– O Ozzie viu o garoto?

– O Ozzie não é psiquiatra. Mas tenho certeza que viu, já que ele está na prisão.

Noose se virou para Dyer e perguntou:

– E a sua posição sobre isso?

– O Ministério Público não se opõe à avaliação médica, mas eu não quero aquele garoto fora da prisão de maneira alguma.

– Compreendo. Ok, vou deferir o pedido. O doutor tem algum outro assunto para hoje?

– Não, Excelência – respondeu Dyer.

– Então está dispensado, Dr. Dyer.

OS CURIOSOS CONTINUARAM a fluir em direção ao tribunal. O tempo passava e o juiz Noose não aparecia. Perto da bancada do júri, Walter Sullivan estava sentado com seu parceiro no caso, Sean Gilder, um advogado de Jackson especializado em seguros que estava defendendo a companhia ferroviária no caso *Smallwood*. Eles falavam em voz baixa sobre um assunto e outro, temas jurídicos na maior parte, mas, conforme a multidão ia crescendo, Walter começou a perceber uma coisa.

Os instintos de Harry Rex estavam corretos. Os advogados da ferrovia e da seguradora tinham finalmente concordado em propor a Jake uma conversa preliminar sobre um acordo. Mas eles planejavam ser extremamente cautelosos. Por um lado, o caso era perigoso porque os danos eram altos – quatro membros da família mortos – e Jake estaria defendendo o caso em seu território, no próprio tribunal em que estavam sentados naquele momento, onde ele havia feito de Carl Lee Hailey um homem inocente. Mas, por outro lado, os advogados da ferrovia e da seguradora ainda estavam confiantes de que poderiam vencer por causa de questões de responsabilidade. Taylor Smallwood, o motorista, batera no décimo quarto vagão de um trem de carga em movimento sem ter tocado no freio. O perito deles estimou que a velocidade do carro era de 110 quilômetros por hora. O perito de Jake achava que era mais próxima dos 95. O limite de velocidade naquele trecho deserto da estrada era de 90.

Havia outras questões que geravam preocupação. O cruzamento da ferrovia era historicamente malconservado, e Jake tinha registros e fotos para provar isso. Tinha havido outros acidentes, e Jake estava com esses relatórios ampliados e prontos para serem mostrados ao júri. A única testemunha ocular conhecida era um carpinteiro não muito confiável que estava a cerca de 100 metros de distância do carro dos Smallwoods, e ele fora irredutível em seu depoimento ao afirmar que o sinal vermelho piscante não estava funcionando no momento. No entanto, havia rumores ainda não comprovados de que o carpinteiro estivera bebendo num bar pouco antes.

Aquele era o aspecto assustador de ir a julgamento no condado de Ford. Jake Brigance era um jovem advogado íntegro com uma reputação impecável e que indiscutivelmente jogava conforme as regras. No entanto, sua panelinha incluía Harry Rex, que era seu parceiro no caso, e o detestado Lucien Wilbanks, dos quais nenhum perdia muito tempo pensando em ética profissional.

Dessa forma, havia potencial para um veredito favorável, mas o júri poderia facilmente culpar Taylor Smallwood e decidir a favor da companhia ferroviária. Diante de tantas incógnitas, a seguradora desejava explorar a ideia do acordo. Se Jake quisesse milhões, então a negociação não teria vida longa. Mas, caso ele escolhesse ser mais razoável, eles poderiam chegar a um meio-termo e deixar todo mundo feliz.

Walter havia atuado em poucos casos sozinho, dando preferência a ser o advogado local quando as grandes empresas de Jackson e Memphis apareciam em busca de alguém da cidade. Cobrava honorários modestos para fazer pouco mais que usar suas conexões e ajudar a eliminar possíveis problemas durante a seleção dos jurados.

Vendo o tribunal fervilhar com fofocas e especulações, Walter percebeu que Jake estava prestes a se tornar o advogado mais impopular da cidade. Aquelas pessoas amontoadas nos bancos não estavam lá para dar apoio a Drew Gamble nem a qualquer parente que ele pudesse ter. Não, senhor. Estavam lá para lançar um olhar de ódio ao assassino e protestar em silêncio contra a injustiça que era demonstrar qualquer compaixão por ele. E, se o Dr. Brigance de alguma forma fizesse novamente sua mágica e inocentasse o garoto, poderia haver problemas nas ruas.

Sullivan se aproximou de seu parceiro e falou:

– Vamos tratar do essencial, mas sem abordar a proposta de acordo, pelo menos não hoje.

– Por que não?
– Depois eu explico. Vamos ter tempo de sobra.

DO OUTRO LADO da sala de audiências, Harry Rex mastigava a ponta esfacelada de um charuto apagado e fingia prestar atenção em uma piada de mau gosto de um oficial de justiça enquanto observava a multidão. Ele reconheceu uma garota do colégio; não conseguiu se lembrar do sobrenome de solteira dela, mas sabia que tinha se casado com um Kofer. Quantas daquelas pessoas seriam parentes da vítima? Quantas ficariam ressentidas com Jake Brigance?

À medida que os minutos se arrastavam e a multidão crescia, Harry Rex viu seus temores se confirmarem. Seu amigo Jake estava aceitando um caso que pagaria uma miséria e, ao fazê-lo, estaria pondo em risco um caso que poderia render uma fortuna.

11

No final da manhã de terça-feira, o pastor Charles McGarry, sua esposa, Meg, e Kiera chegaram ao hospital e foram para a sala de espera no terceiro andar, onde se encontraram com a equipe da igreja. As coisas estavam bem, sob controle, e os voluntários estavam alimentando metade da equipe do hospital e alguns pacientes também.

Poucas coisas eram mais empolgantes para pessoas do campo do que uma ida ao hospital, fosse como visitante ou paciente, e os membros da pequena igreja demonstravam muito amor e entusiasmo na hora de dar o máximo de apoio à família Gamble. Ou, pelo menos, a Josie e Kiera. Drew, o acusado do assassinato, estava preso e não era problema deles, e eles não se incomodavam nem um pouco com isso. Mas a mãe e a irmã não haviam feito nada de errado e precisavam urgentemente de acolhimento.

O quarto de Josie estava cheio de enfermeiras preparando-a para a viagem. Kiera deu um abraço na mãe e então recuou para um canto, onde Charles esperava, atento. Os médicos tinham convicção de que havia um especialista em cirurgia reconstrutora melhor no hospital de Tupelo, e sua operação tinha sido agendada para a manhã de quarta-feira.

Ela conseguiu movimentar as pernas para descer da cama, ficar de pé sem ajuda e caminhar três passos até a maca, onde se acomodou enquanto as enfermeiras religavam fios e tubos. Tentou sorrir para Kiera, mas seu rosto estava inchado e coberto de curativos.

Eles a acompanharam pelo corredor, onde ela passou pela multidão admirada de fiéis da Igreja do Bom Pastor até o elevador de serviço, que a levou ao porão, onde uma ambulância a aguardava. Kiera permaneceu com Charles e Meg, e eles foram para o carro a fim de seguir a ambulância, que deixou a cidade e foi em direção à zona rural. Tupelo ficava a uma hora de distância.

NO MOMENTO EM que Jake fazia o melhor possível para escapar do tribunal pela porta dos fundos, alguém chamou seu nome. Curiosamente, era Ozzie, que conhecia as passagens e salas secretas melhor que ninguém.
– Tem um minuto? – perguntou ele, parando ao lado de duas máquinas automáticas de venda meio antigas.
Ozzie preferia ser notado quando estava no tribunal: distribuindo apertos de mão, tapinhas nas costas, dando muitas risadas, uma grande personalidade, o político que exaltava sua base de eleitores. Encontrá-lo espreitando nas sombras só poderia significar que não queria ser visto falando com Jake.
– Claro – respondeu Jake, até porque nem ele nem qualquer outra pessoa do condado poderiam dizer não a Ozzie.
Ele entregou a Jake um envelope quadrado com as palavras DEPARTAMENTO DO XERIFE impressas na frente.
– Earl Kofer ligou hoje de manhã e pediu pro sobrinho trazer isso. São as chaves do carro da Srta. Gamble. Fomos até lá, pegamos o carro e trouxemos ele pra cá. Está estacionado nos fundos da prisão. Só pra você saber.
– Não sabia que eu estava representando Josie Gamble.
– Agora está, ou pelo menos todo mundo acha que está. O Earl foi bastante claro: ela nunca mais deve colocar os pés naquela propriedade. Eles trocaram as fechaduras e, se a virem por lá, provavelmente vão começar a atirar. Ela e as crianças não tinham muitas roupas e tal, mas tudo foi destruído. Earl se gabou de ter colocado fogo em tudo ontem à noite, junto com o colchão ensanguentado. Disse que quase botou fogo no carro também, mas imaginou que ela ainda nem deveria ter acabado de pagar.
– Só pede ao Earl pra deixar os fósforos na caixa, ok?
– Eu queria mesmo era evitar o Earl por alguns dias.

– Ele estava no tribunal hoje de manhã?

– Acho que sim. Não gosta de você estar representando o cara que matou o filho dele.

– Eu nunca fui nem apresentado ao Earl Kofer, e não vejo razão pra ele se meter com o meu trabalho.

– Tem também um cheque de pagamento aí dentro.

– Ah, boa notícia.

– Eu não ficaria muito empolgado. Parece que ela trabalhava no lava-jato ao norte da cidade e eles deviam a semana passada pra ela. Provavelmente não é muita coisa. Alguém levou o cheque lá pra prisão também.

– Então ela foi demitida?

– É o que parece. Alguém disse que ela também trabalhava em uma loja de conveniência perto da escola. Você investigou essa garota?

– Não, mas tenho certeza que você fez isso.

– Ela nasceu no Oregon e tem 32 anos. O pai não era piloto mas trabalhava na Força Aérea, e eles se mudavam com frequência. Ela cresceu na base aérea de Biloxi e o pai foi morto em algum tipo de explosão. Ela largou a escola aos 16, quando o Drew nasceu. O orgulhoso papai era um mulherengo chamado Barber, mas ele sumiu há muito tempo. Dois anos depois ela teve a menina, de um pai diferente, um cara chamado Mabry. Ele provavelmente nunca soube. Ela morou em vários lugares... os registros são inconsistentes. Aos 26 anos se casou com um cavalheiro chamado Kolston, mas o romance terminou quando ele pegou trinta anos de prisão. Drogas. Divórcio. Ela cumpriu dois anos no Texas por venda e posse. Não sei direito o que aconteceu com as crianças, porque, como você sabe, a vara de família é como um túmulo. Não preciso nem dizer que eles passaram por maus bocados. E vai piorar.

– Não tenho dúvida. Eles não têm casa. Ela está desempregada, vai passar por uma cirurgia amanhã, sem ter pra onde ir quando receber alta. A filha está morando com o pastor. O filho está preso.

– Você quer que eu sinta pena, Jake?

Jake respirou fundo e analisou o amigo.

– Não.

Ozzie se virou para sair e disse:

– Quando tiver uma chance, pergunta pro garoto por que ele puxou o gatilho.

121

– Ele achou que a mãe estava morta.
– Bem, ele estava errado, né?
– Sim, ele estava. Então vamos matá-lo também.

Jake ficou segurando o envelope, observando o xerife virar em uma esquina e desaparecer.

GRAÇAS A ANOS de observação e experiência, Jake tinha se tornado um especialista no ritmo e no fluxo do comércio ao redor da praça, então sabia que às quatro e meia da tarde o Coffee Shop estaria deserto, com Dell atrás do balcão enrolando talheres baratos em guardanapos de papel e esperando o relógio dar cinco horas para poder encerrar o expediente. Durante o café da manhã e o almoço, ela supervisionava a fofoca, colocando lenha quando as coisas estavam devagar, puxando o freio quando ficavam pesadas. Escutava com atenção, não deixava passar nada e era rápida em repreender um interlocutor que fugisse do roteiro. Palavrões não eram tolerados. Piadas de mau gosto podiam provocar expulsão. Se um cliente merecia ouvir um desaforo, ela era rápida e rasteira e não se importava se ele nunca mais voltasse. Sua memória era lendária, e sempre a acusavam de tomar notas para registrar fofocas importantes. Quando Jake precisava saber a verdade, aparecia às quatro e meia e se sentava ao balcão.

Ela lhe serviu café e disse:
– Sentimos sua falta nas duas últimas manhãs.
– É por isso que estou aqui agora. O que estão falando?
– É uma notícia e tanto, claro. Primeiro assassinato em cinco anos, desde o Hailey. E o Stu era um cara popular, bom policial, vinha almoçar aqui de vez em quando. Eu gostava dele. Ninguém conhece o garoto.
– Eles não são daqui. A mãe conheceu o Kofer e teve início o romance. Uma família bastante infeliz, na verdade.
– É o que eu tenho escutado.
– Ainda sou o advogado preferido?
– Bem, eles não vão falar de você comigo por perto, né? O Prather disse que gostaria que eles achassem outro advogado, que o Noose jogou o caso no seu colo. O Looney contou que você não tinha escolha, que o Noose vai substituir você depois. Coisas assim. Nenhuma crítica até agora. Está preocupado com isso?

– Claro que estou. Eu conheço bem esses caras. O Ozzie e eu sempre fomos próximos. Não é nada bom saber que os policiais estão putos.

– Olha essa boca. Eles estão tranquilos, eu acho, mas você deveria aparecer aqui amanhã e ver como reagem.

– Pretendo fazer isso.

Ela fez uma pausa e olhou em volta, para a lanchonete vazia, depois chegou um pouco mais perto.

– Então, por que o garoto matou ele? Quer dizer, foi ele que matou, né?

– Não há nenhuma dúvida quanto a isso, Dell. Eu não vou deixar eles interrogarem o garoto, mas nem precisam. A irmã dele disse ao Moss Junior que ele deu o tiro no Stuart. Me deixa meio sem ter o que fazer, sabe?

– Tá, mas qual foi o motivo?

– Não sei, e não me importo muito. O Noose me pediu apenas pra segurar a mão do garoto no primeiro mês, até ele achar outra pessoa. Se for a julgamento, talvez encontrem um motivo, talvez não.

– Você vai ao velório?

– O velório? Não fiquei sabendo.

– Sábado à tarde, no quartel da Guarda Nacional. Acabei de ficar sabendo.

– Duvido que serei convidado. Você vai?

Ela riu e disse:

– Claro. Quando foi que eu perdi um velório, Jake?

Ele não saberia dizer. Dell era famosa por ir a dois e às vezes três velórios por semana, e recapitular cada um por completo enquanto servia o café da manhã. Durante anos Jake tinha ouvido histórias de caixões abertos, caixões fechados, longos sermões, viúvas aos prantos, filhos abandonados, brigas de família, boa música sacra e péssimos recitais de órgão.

– Tenho certeza que vai ser um espetáculo – disse ele. – Faz décadas que enterramos um policial pela última vez.

– Quer saber uma fofoca? – perguntou ela enquanto olhava mais uma vez ao redor da lanchonete.

– Claro.

– Bem, dizem que o pessoal dele está tendo problemas pra achar um pastor. Eles não frequentam a igreja, nunca frequentaram, e todos os pastores pra quem torceram o nariz ao longo dos anos estão dizendo não. Ninguém pode culpar os pastores, né? Quem é que vai querer subir ao púlpito e dizer todas as coisas boas de sempre sobre um homem que nunca nem passou na porta da igreja deles?

– Então quem vai oficiar a cerimônia?

– Não sei. Acho que ainda estão correndo atrás. Passa aqui amanhã de manhã e talvez a gente saiba de alguma coisa.

– Vou passar.

A MESA NO meio da sala de Lucien, no primeiro andar, estava coberta de grossos compêndios jurídicos, blocos de notas e papéis descartados, como se os dois não advogados estivessem há dias pesquisando. Ambos queriam ser advogados, e Portia estava no caminho certo. Os dias de glória de Lucien tinham ficado no passado mas às vezes ele ainda se maravilhava com o Direito.

Jake entrou, admirou a bagunça e puxou uma cadeira.

– Por favor, me contem suas novas estratégias jurídicas brilhantes.

– Não consigo encontrar uma – disse Lucien. – Estamos ferrados.

Portia explicou:

– A gente rastreou todos os processos da vara da infância nos últimos quarenta anos, e a lei não amolece. Quando alguém com menos de 18 anos comete um homicídio, estupro ou assalto à mão armada, a jurisdição original é o tribunal do circuito, não a vara da infância.

– Mesmo uma criança de 8 anos? – perguntou Jake.

– Eles não costumam cometer muitos estupros – murmurou Lucien quase para si mesmo.

– Em 1952 um menino de 11 anos do condado de Tishomingo matou com um tiro um garoto mais velho que morava na mesma rua – informou Portia. – Eles mantiveram o caso no tribunal do circuito e o levaram a julgamento. Ele foi condenado e mandado para o Parchman. Você acredita nisso? Um ano depois, a Suprema Corte do Mississippi disse que ele era jovem demais e o mandou de volta para a vara da infância. Aí o legislativo entrou na história e disse que a idade mágica é 13 anos ou mais.

– Não importa – disse Jake. – O Drew está longe disso, pelo menos na idade. Estimo a maturidade emocional dele na casa dos 13, mas não sou qualificado para afirmar isso.

– Você achou um psiquiatra? – indagou Portia.

– Ainda estou procurando.

– E qual é o objetivo aqui, Jake? – quis saber Lucien. – Se ele atestar que o menino é doido de pedra, o Noose não vai transferir o caso. Você sabe disso. E tem como culpá-lo por isso? Um policial foi morto e eles estão com o assassino. Se o caso fosse pra vara da infância, o garoto seria condenado e colocado numa instituição juvenil. Por dois anos! E, no dia em que ele completa 18 anos, a vara da infância perde a jurisdição sobre ele e adivinha o que acontece...

– Ele está livre – disse Portia.

– Ele está livre – repetiu Jake.

– Então não dá pra culpar o Noose por manter o caso.

– Não estou tentando alegar insanidade, Lucien, não ainda. Mas esse garoto está sofrendo de algum distúrbio e precisa de ajuda profissional. Ele não está comendo, tomando banho, mal fala e fica horas sentado olhando pro chão e fazendo um zumbido como se estivesse morrendo por dentro. Sinceramente, acho que ele precisa ser transferido pro hospital do estado pra ser medicado.

O telefone tocou e os três ficaram olhando para o aparelho.

– Onde está a Bev? – perguntou Jake.

– Já foi. São quase cinco – disse Portia.

– Foi comprar cigarro – rebateu Lucien.

Portia tirou o fone do gancho devagar e disse em um tom bastante solene:

– Escritório de advocacia de Jake Brigance. – Ela sorriu e ficou ouvindo por um segundo, depois perguntou: – Quem está falando, por favor? – Uma breve pausa enquanto ela fechava os olhos para vascular a memória. – E isso está relacionado a qual caso? – Um sorriso, então: – Sinto muito, mas o Dr. Brigance está no tribunal esta tarde.

Ele estava sempre no tribunal, de acordo com as regras de ouro do escritório. Se a pessoa que ligava não fosse um cliente, ficaria com a impressão de que o Dr. Brigance praticamente morava no tribunal e que conseguir um horário para uma consulta no escritório seria difícil, e provavelmente caro. E isso não era raro entre os entediados e tímidos advogados de Clanton. Do outro lado da praça, um advogado inútil chamado F. Frank Mulveney treinou sua secretária em meio período para ir mais longe ainda e informar em tom cerimonioso a todos que ligassem: "O Dr. Mulveney está no tribunal *federal*." Nada de casos estaduais vulgares para F. Frank. Ele jogava na primeira divisão.

Portia desligou e disse:

– Um divórcio.

– Obrigado. Mais algum maluco hoje?

– Não que eu saiba.

Lucien olhou para o relógio de pulso como se estivesse esperando um alarme tocar. Ele se levantou e anunciou:

– Cinco horas. Quem aceita uma bebida?

Jake e Portia recusaram. Assim que ele saiu, ela perguntou baixinho:

– Quando foi que ele começou a beber aqui?

– Quando foi que ele parou?

12

A única psiquiatra infantil que trabalhava para o estado na região norte do Mississippi estava ocupada demais para retornar as ligações. Jake presumiu que isso significava que, se eventualmente fosse feito um pedido para que ela largasse tudo e fosse correndo até a prisão de Clanton, este não seria bem recebido. Não havia psiquiatras autônomos no condado de Ford nem em qualquer outro lugar do Vigésimo Segundo Distrito Judiciário, e Portia passou duas horas ao telefone para finalmente achar um em Oxford, a uma hora de distância.

Na manhã de quarta-feira, Jake conversou brevemente com ele antes que o cara dissesse que poderia avaliar Drew dali a algumas semanas, e em seu consultório, não na prisão. Ele não fazia atendimento domiciliar. Nem os dois de Tupelo, embora a segunda, a Dra. Christina Rooker, tenha ficado rapidamente interessada ao descobrir a identidade do paciente em potencial. Ela havia lido sobre o assassinato do policial e ficou intrigada com o que Jake lhe disse ao telefone. Ele descreveu a condição, a aparência, o comportamento e o estado quase catatônico de Drew. A Dra. Rooker admitiu que a situação era urgente e concordou em vê-lo no dia seguinte, quinta-feira, em seu consultório em Tupelo, não na prisão em Clanton.

Lowell Dyer se opunha à saída de Drew por qualquer razão que fosse, assim como Ozzie. O juiz Noose estava em audiência no tribunal do condado de Polk, em Smithfield. Jake dirigiu 45 minutos para o sul, entrou na sala de audiências e esperou até que alguns advogados um tanto prolixos terminassem de tagarelar e que Sua Excelência tivesse alguns minutos de folga. No gabinete do juiz, Jake descreveu mais uma vez a condição de seu cliente, explicou que a Dra. Rooker achava que o assunto era urgente e insistiu para que o garoto pudesse sair da prisão para ser avaliado. Ele não representava nenhum risco de segurança nem de fuga. Caramba, mal era capaz de se alimentar. Jake finalmente convenceu o juiz de que a justiça só teria a ganhar se o réu tivesse direito a assistência médica imediata.

— E a taxa dela é de 500 dólares — acrescentou enquanto deixava o gabinete.

— Por uma consulta de duas horas?

— Foi o que ela disse. Prometi a ela que nós, o Estado... porque agora você e eu estamos na folha de pagamento do Estado, né... iríamos pagar. E isso traz à tona a questão dos meus honorários.

— Vamos tratar deles mais tarde, Jake. Tenho advogados me esperando.

— Obrigado, Excelência. Vou ligar pro Lowell e pro Ozzie, e eles vão reclamar e xingar, e provavelmente ligar pra você choramingando.

— Isso faz parte do meu trabalho. Não estou preocupado com eles.

— Vou dizer ao Ozzie que você quer que ele leve o garoto a Tupelo. Ele vai adorar.

— Não estou nem aí.

— E vou dar entrada na petição pra transferir o caso pra vara da infância.

— Por favor, aguarde até que ele seja indiciado.

— Ok.

— E não perca muito tempo com a petição.

— Porque você não planeja perder muito tempo com ela também?

— Isso mesmo, Jake.

— Bom, obrigado pela sinceridade.

— Disponha.

ÀS OITO HORAS da manhã de quinta-feira, Drew Gamble foi conduzido até uma salinha escura e o carcereiro lhe disse que estava na hora de tomar um banho. Ele havia recusado os banhos anteriores e precisava de uma boa limpeza. Recebeu um sabonete e uma toalha e a ordem para que se apressasse. Havia um limite de cinco minutos para os banhos, e ele também foi alertado de que a água quente, caso houvesse, duraria apenas os dois primeiros minutos. Ele fechou a porta, se despiu e jogou num canto as roupas sujas, que o carcereiro recolheu e levou para a lavanderia.

Quando Drew terminou, recebeu um macacão laranja do menor tamanho disponível e um par de chinelos de borracha bastante gastos, também de cor laranja, e foi levado de volta para sua cela, onde recusou um prato de ovos com bacon. Em vez disso, ele beliscou alguns amendoins e tomou um refrigerante. Como de costume, não falou com os carcereiros, nem mesmo quando estes se dirigiram a ele. A princípio, os carcereiros imaginaram que o garoto tinha um temperamento difícil, mas logo perceberam que a mente dele funcionava em um nível muito baixo. Um dos carcereiros cochichou para um colega: "Há uma luzinha acesa lá dentro, mas não tem ninguém em casa."

Jake chegou pouco antes das nove, com duas dúzias de rosquinhas frescas que distribuiu pela prisão em um esforço para marcar pontos com os velhos amigos que agora o viam como inimigo. Alguns se serviram, mas a maioria os ignorou. Ele deixou uma caixa na recepção e voltou para a prisão. Sozinho com Drew em sua cela, ofereceu uma rosca a seu cliente e, para sua surpresa, o garoto comeu duas. O açúcar pareceu dar uma levantada em sua energia, e ele perguntou:

– Vai acontecer alguma coisa hoje, Jake?

– Sim. Você vai ser levado até Tupelo pra uma consulta médica.

– Eu não estou doente, estou?

– Isso a gente vai deixar pra médica decidir. Ela vai fazer muitas perguntas sobre você e a sua família, onde morou e tudo mais, e você precisa dizer a verdade e responder da melhor maneira possível.

– Ela é médica de cabeça ou algo assim?

– Ela é psiquiatra.

– Ah, imaginei. Eu já me consultei com um ou dois antes.

– Ah, é? Onde?

– Eles me colocaram na prisão uma vez, numa instituição juvenil, e eu tinha que falar com um psiquiatra uma vez por semana. Foi uma perda de tempo.

– Mas eu perguntei duas vezes se você já tinha passado pela vara da infância e você disse que não.

– Não me lembro de você ter perguntado isso. Desculpa.

– Por que você foi pra uma instituição juvenil?
Drew deu outra mordida em uma rosca e refletiu sobre a questão.
– E você é meu advogado, certo?
– Esse é o quinto dia seguido que eu venho aqui na prisão falar com você. Só o seu advogado faria isso, certo?
– Eu queria muito ver a minha mãe.
Jake respirou fundo e disse a si mesmo para ter paciência, algo que fazia a cada visita.
– Sua mãe fez uma cirurgia ontem. Eles restauraram a mandíbula dela, e ela está bem. Você não tem como vê-la agora, mas tenho certeza que vão permitir que ela venha aqui fazer uma visita.
– Eu achei que ela estava morta.
– Eu sei que você achou, Drew. – Jake ouviu vozes no corredor e olhou para o relógio. – O combinado é o seguinte: o xerife vai levar você até Tupelo. Você vai ficar sentado no banco de trás, provavelmente sozinho, e não deve dizer nem uma palavra pra ninguém no carro. Entendido?
– Você não vai?
– Eu vou estar no meu carro, logo atrás de você, e estarei lá quando você for ver a médica. Só não fala nada com o xerife nem com os assistentes dele, ok?
– Eles vão falar comigo?
– Duvido.
A porta se abriu e Ozzie entrou, seguido por Moss Junior. Jake se levantou e ofereceu um conciso "Bom dia, cavalheiros", mas eles responderam apenas com um aceno de cabeça. Moss Junior pegou as algemas em seu cinto e disse para Drew:
– De pé, por favor.
– Ele precisa ser algemado? – perguntou Jake. – Vocês sabem que ele não vai a lugar nenhum.
– A gente sabe fazer o nosso trabalho, Jake, assim como você sabe fazer o seu – disse Ozzie em tom sarcástico.
– Por que ele não pode ir à paisana? Olha, Ozzie, ele vai fazer uma avaliação psiquiátrica, e ficar sentado lá com um macacão laranja não vai ajudar em nada.
– Dá um tempo, Jake.
– Eu não vou dar tempo nenhum. Vou ligar pro juiz Noose.

– Faz isso.

– Ele não tem outra roupa. Tem só uma muda, que está na lavanderia – informou o carcereiro.

– Vocês não permitem que as crianças tenham roupas? – perguntou Jake ao carcereiro.

– Ele não é uma criança, Jake – disse Ozzie. – Da última vez que eu soube, o caso dele estava no tribunal do circuito.

Mais para atrapalhar que para ajudar, Moss Junior informou:

– Queimaram todas as roupas dele. Fizeram o mesmo com as da mãe e da irmã.

Drew estremeceu e respirou fundo.

Jake olhou para Drew, depois olhou para Moss Junior e perguntou:

– Precisava mesmo fazer isso?

– Você perguntou se tinha mais roupas. Não tem.

– Vamos – disse Ozzie.

Qualquer gabinete estava sujeito a vazamentos, e Ozzie já tinha sofrido com isso algumas vezes. A última coisa que ele queria era uma foto sua na primeira página do jornal tentando tirar um acusado de homicídio da prisão para fazer uma consulta psiquiátrica. Sua viatura estava esperando nos fundos, com Looney e Swayze de guarda e preparados para afastar qualquer repórter que aparecesse. A saída foi tranquila, e, enquanto Jake pisava fundo em seu Saab para acompanhá-los, mal conseguia ver os cabelos louros de Drew no banco de trás.

O CONSULTÓRIO DA Dra. Rooker ficava em um edifício comercial com dezenas de outras salas e não era muito longe do centro de Tupelo. Conforme instruído, Ozzie se dirigiu a uma entrada de serviço nos fundos do prédio e foi recebido por duas viaturas do gabinete do xerife do condado de Lee. Ele estacionou o carro, desceu, deixou Moss Junior no banco do carona vigiando o réu e entrou com os oficiais locais para verificar as instalações. Jake permaneceu no próprio carro, não muito longe do de Ozzie, e esperou. O que mais poderia fazer? No caminho tinha falado com Portia, que ligara para o hospital a fim de ter notícias de Josie Gamble. Portia não havia descoberto nada e estava aguardando uma ligação da enfermeira.

Meia hora se passou. Moss Junior por fim desceu e acendeu um cigarro, e Jake se aproximou dele para conversar. Ele olhou para o banco de trás e viu Drew deitado, com os joelhos abraçados junto ao peito.

Jake apontou para o garoto com a cabeça e perguntou:

– Ele falou muito?

– Nem uma palavra, nada, e claro que a gente nem tentou. Esse garoto é doidão, Jake.

– Como assim?

– Já reparou naquele zumbido que ele faz? Fica ali sentado com os olhos fechados meio que cantarolando e gemendo ao mesmo tempo, como se estivesse em outro planeta.

– Reparei.

Moss soprou uma nuvem de fumaça para o alto e mudou o peso do pé direito para o esquerdo.

– Ele pode se safar por ser maluco, Jake?

– Então é isso que está circulando por aí?

– É, sim. O pessoal acha que você vai livrar ele como fez com o Carl Lee, alegando que ele é maluco.

– Bem, o pessoal precisa de alguma coisa pra falar, né, Moss?

– Precisa mesmo, sem dúvida. Mas isso não está certo, Jake. – Ele pigarreou e cuspiu perto do para-choque, como se sentisse repulsa. – O pessoal vai ficar chateado, Jake, e odeio ver você levando a culpa.

– Eu sou só temporário, Moss. Noose prometeu achar outra pessoa se o garoto for a julgamento.

– É isso que vai acontecer?

– Não sei. Estou esquentando o lugar até que seja feita uma acusação e seja definida uma data, aí então eu caio fora.

– Bom ouvir isso. As coisas podem ficar muito feias até tudo acabar.

– Já estão feias.

Ozzie voltou com os outros oficiais. Ele falou com Moss Junior, que abriu a porta de trás e pediu a Drew que saísse. Eles o escoltaram rapidamente para dentro do prédio e Jake os seguiu.

A Dra. Rooker estava esperando em uma salinha de reuniões e cumprimentou Jake. Eles já haviam se falado várias vezes ao telefone, de modo que a apresentação foi breve. Ela era alta e esguia, com cabelos em um tom de ruivo vermelho-vivo que provavelmente não era natural, e usava óculos coloridos e esquisitos empoleirados na ponta do nariz. Tinha cerca de 50 anos, mais velha que qualquer um dos homens presentes, e não se sentia intimidada por nenhum deles. Aquele era o seu consultório, era ela que comandava o espetáculo.

Assim que Ozzie sentiu que o réu estava seguro, pediu licença e disse que ele e Moss Junior estariam esperando no corredor. Estava claro que a Dra. Rooker não gostava da ideia de ter homens armados postados em seu pequeno e silencioso consultório, mas, dadas as circunstâncias, ela concordou. Não era todo dia que falava com um homem, ou garoto, acusado de homicídio sob risco de pena de morte.

Drew dava a impressão de ser ainda menor naquele macacão desproporcional. Os chinelos de borracha pareciam ridículos e eram vários tamanhos acima do seu. Mal tocavam o chão quando ele se sentou, com as mãos cruzadas no colo, o queixo abaixado, os olhos no chão, como se estivesse apavorado demais com a ideia de que havia pessoas ao seu redor.

– Drew, esta é a Dra. Rooker, e ela está aqui para ajudar você – disse Jake.

Com esforço, ele deu um aceno de cabeça para ela, depois voltou a olhar para o chão.

– Vou ficar aqui só um pouco, depois vou sair. Queria pedir a você que ouvisse a doutora com atenção e respondesse às perguntas dela. Ela está do nosso lado, Drew. Você entende?

Ele anuiu e lentamente ergueu o olhar para o pedaço da parede acima da cabeça de Jake, como se tivesse ouvido algo vindo de lá e não tivesse gostado. Deixou escapar um gemido lento e pesaroso, mas não disse nada. Por mais assustador que fosse, Jake queria que o garoto começasse a fazer o zumbido incessante de novo. A Dr. Rooker precisava ouvi-lo e avaliá-lo, se é que seria possível.

– Quantos anos você tem, Drew? – perguntou ela.
– Tenho 16.
– E quando você faz aniversário?
– Dez de fevereiro.
– Então foi no mês passado. Você deu uma festa no seu aniversário?
– Não.
– Teve um bolo de aniversário?
– Não.
– Seus amigos da escola sabiam que era o seu aniversário?
– Acho que não.

– Como se chama a sua mãe?
– Josie.
– E você tem uma irmã, certo?
– Certo. Kiera.
– E não tem mais ninguém na sua família?
Ele balançou a cabeça em negativa.
– Nenhum avô, avó, tia, tio, primo?
Ele continuou balançando a cabeça.
– E o seu pai?
Os olhos dele se encheram d'água de repente, e ele os enxugou com a manga laranja do macacão.
– Eu não sei quem é.
– Você nunca esteve com o seu pai?
Ele balançou a cabeça.
Ela estimou a altura dele em 1,50 metro e o peso em 50 quilos. Não havia desenvolvimento muscular visível. Sua voz era aguda, delicada, ainda infantil. Não havia pelos faciais nem acne, nada que indicasse que os estágios intermediários da puberdade haviam começado.
Ele voltou a fechar os olhos e começou a se balançar ligeiramente, inclinando-se para a frente e para trás.
Ela tocou o joelho dele e perguntou:
– Drew, você está com medo de alguma coisa agora?
Ele começou a fazer um zumbido naquele mesmo tom constante que às vezes se parecia mais com um leve rosnado. Eles ficaram ouvindo o garoto por um momento, trocaram olhares e então ela indagou:
– Drew, por que você faz esse barulho?
A única resposta foi mais do mesmo. Ela tirou a mão do joelho dele, olhou para o relógio e relaxou, como se aceitando que aquilo iria demorar. Um minuto se passou, depois dois. Passados cinco minutos, ela fez um aceno com a cabeça para Jake e ele saiu da sala sem falar nada.

O HOSPITAL NÃO ficava muito longe. Jake encontrou a Srta. Gamble em um quarto no segundo andar, compartilhado com o que parecia ser um cadáver mas que era, como ele descobriu depois, um homem de 96 anos que tinha acabado de receber um novo rim. *Aos 96?*

Kiera tinha conseguido uma pequena cama dobrável que estava montada ao lado da de sua mãe. Elas já estavam lá havia duas noites e sairiam naquela tarde. O próximo destino ainda era incerto.

Josie tinha uma aparência péssima, com o rosto inchado e cheio de hematomas, mas estava bem-disposta e dizia não sentir dor. A cirurgia tinha corrido bem e ela só precisaria ver o médico novamente dali a uma semana.

Jake se acomodou em uma cadeira ao pé da cama e perguntou se queriam conversar. O que mais elas precisavam fazer antes da alta? Uma enfermeira simpática levou uma xícara de café para ele e puxou a cortina para que o cadáver não pudesse ouvi-los. Eles falaram em voz baixa, e Jake explicou onde Drew estava e o que estava acontecendo. Por um momento, Josie teve esperança de poder vê-lo, já que ele estava muito perto, mas se deu conta de que nenhum dos dois estava em condições de sair para fazer uma visita. O xerife não permitiria e Drew voltaria para a prisão em breve.

Jake disse:

– Não sei bem por quanto tempo vou ser seu advogado. Conforme expliquei, o juiz estabeleceu uma nomeação temporária pra eu lidar com as questões preliminares, e o plano dele é achar uma outra pessoa mais pra frente.

– Por que você não pode ser nosso advogado? – perguntou Josie.

As palavras saíam devagar e com dificuldade, mas eram claras o suficiente para a conversa fluir.

– Eu sou, por enquanto. Depois a gente vê o que acontece.

Kiera, que era tímida e tinha dificuldade de manter contato visual, disse:

– O Sr. Callison, da nossa igreja, disse que você é o melhor advogado do condado, que a gente tem sorte de ter você.

Jake não esperava ser encurralado por seus clientes e forçado a explicar por que não os queria. Certamente não podia – e não iria – admitir que o caso de Drew era tão tóxico que estava preocupado com a própria reputação. Ele provavelmente moraria em Clanton pelo resto da vida, tentando levar uma vida digna. Os Gambles provavelmente iriam se mudar dali a alguns meses. Mas como poderia explicar isso a duas pessoas que estão no hospital, sem uma casa, sem roupas, sem dinheiro e com a perspectiva assustadora de que o filho e irmão enfrentaria a pena de morte? No momento, ele era a única proteção que eles tinham. A comunidade da igreja poderia oferecer comida e conforto, mas isso era temporário.

Ele tentou se esquivar:

– Bem, o Sr. Callison é um homem muito gentil, mas há muitos advogados excelentes por aqui. O juiz provavelmente vai escolher alguém com experiência em casos envolvendo menores de idade.

Jake se sentiu mal por estar falando aquelas bobagens. O caso não era visto como o de um menor de idade e nunca seria visto como tal, e havia apenas um punhado de advogados no norte do Mississippi com experiência em julgamentos de pena de morte. E Jake sabia muito bem que todos eles estariam se escondendo de seus telefones pelos próximos dias. Ninguém queria um caso de homicídio de policial de cidade pequena. Harry Rex estava certo. O caso já havia se transformado num empecilho, e a tendência era piorar.

Armado com um bloco de notas amarelo, Jake conseguiu desviar a conversa de sua representação para a história da família. Sem perguntar sobre o passado de Josie, ele sondou seus outros endereços, outras casas, outras cidades. Como tinham ido parar na zona rural do condado de Ford? Onde moravam antes de ir pra lá? E antes disso?

Às vezes, Kiera se lembrava de detalhes; em outros momentos, ficava distante e parecia perder o interesse. Num instante ela estava envolvida na conversa; noutro estava assustada e retraída. Era uma garota bonita, alta para a idade, com olhos castanho-escuros e longos cabelos pretos. Não se parecia em nada com o irmão, e ninguém poderia imaginar que ela era dois anos mais nova que ele.

Quanto mais Jake se aprofundava, mais se convencia de que ela também estava traumatizada. Talvez não por causa de Stuart Kofer, mas de outras pessoas que tinham tido a oportunidade ao longo dos anos. Ela havia morado com parentes, em dois lares adotivos, em um orfanato, em um acampamento, debaixo de um viaduto, em um abrigo para moradores de rua. Quanto mais fundo ele cavava, mais triste a história da família se tornava, e depois de uma hora ele percebeu que bastava.

Despediu-se com a promessa de ficar de olho em Drew e de se encontrar com elas novamente o mais rápido possível.

13

O almoço de quinta-feira era sinônimo de uma visita rápida ao refeitório da escola, onde os pais eram convidados a pegar uma bandeja e, por 2 dólares, comer ou frango grelhado ou espaguete com almôndegas. Não era uma das melhores refeições da semana na opinião de Jake, mas a comida não importava, já que ele podia se sentar com Hanna e um monte de amigas dela do quarto ano. Com o passar das semanas e à medida que elas cresciam, ele ficou consternado ao perceber que passavam cada vez mais tempo falando sobre meninos. Estava planejando uma forma de acabar com aquilo, mas até agora não havia tido nenhuma ideia. Carla geralmente aparecia para uma conversa rápida, mas seus alunos do sexto ano tinham horários diferentes.

A mãe de Mandy Baker, Helen, costumava estar lá às quintas, e Jake conhecia a família, embora não fossem próximos. Eles se sentavam um de frente para o outro nos banquinhos baixos e se divertiam ao ouvir as garotas falando todas ao mesmo tempo. Depois de algum tempo, as meninas se esqueciam de que seus pais estavam lá e a conversa ganhava ainda mais fôlego. Agora, quando estavam totalmente entretidas, Helen comentou:

– Eu simplesmente não consigo acreditar no que aconteceu com Stuart Kofer.

– Uma tragédia – disse Jake enquanto mastigava um pedaço de frango.

A família do marido de Helen era dona de diversos postos de gasolina e, segundo rumores, eles estavam ganhando um bom dinheiro. Viviam no Country Club, e Jake evitava a maioria das pessoas de lá. Elas adotavam um ar arrogante de superioridade e ele não tinha paciência para aquilo.

Helen ia aos almoços uma vez por mês, por isso Jake presumiu que ela havia escolhido aquele dia para poder dizer o que estava prestes a dizer. De modo que, quando ela de fato disse, ele já estava preparado. Chegando um pouco mais para perto, ela soltou a bomba:

– Não consigo acreditar que você representaria um assassino como aquele, Jake. Achei que você fosse um de nós.

Ou ele *achou* que estava preparado. O "um de nós" o pegou desprevenido e imediatamente lhe trouxe à mente várias alfinetadas e respostas mordazes que só iriam piorar as coisas. Ele as deixou passar e declarou:

– Ele tem que ter um advogado, Helen. Não se pode mandar o menino pra câmara de gás se ele não tiver um advogado. Sem dúvida você compreende isso.

– Ah, sim. Mas tem tanto advogado por aqui. Por que você teve que se envolver?

– Quem você escolheria, Helen?

– Hum, não sei. Que tal um daqueles tipos da ACLU lá de Memphis, ou mesmo de Jackson? Sabe, aqueles que têm o coração mole de verdade. Não consigo me imaginar fazendo isso pra ganhar a vida... representar assassinos, estupradores de crianças e coisas assim.

– Com que frequência você lê a Constituição? – perguntou ele, um pouco mais incisivo do que desejava.

– Ora, vamos lá, Jake. Não me venha com esse blá-blá-blá jurídico.

– Não, Helen, a Constituição, tal como interpretada pela Suprema Corte, diz que uma pessoa acusada de um crime grave precisa ter um advogado. É a lei do país.

– Imagino que seja. Só não entendo por que você está envolvido nisso.

Jake precisou morder a língua para não mencionar que nem ela, nem o marido, nem ninguém da família dela jamais havia procurado seu conselho ou seus serviços como advogado. Por que, então, estava agora tão preocupada com o trabalho dele?

Ela era só uma fofoqueira que agora podia se gabar para as amigas de que topara com Jake Brigance e o descascara em público por representar um assassino desprezível. Sem dúvida iria aumentar a história, trazê-la à tona nos almoços até o mês seguinte e conquistar a admiração de seu círculo de amizades.

Por sorte, Carla apareceu e se acomodou no banquinho ao lado de Jake. Ela cumprimentou Helen com entusiasmo e perguntou como estava sua tia Euna depois da queda que tinha sofrido. O assassinato foi imediatamente esquecido quando a conversa migrou para o show de talentos do quarto ano que aconteceria em breve.

COM A MANDÍBULA imobilizada, Josie viu que era impossível mastigar, portanto seu último almoço no hospital foi mais um milk-shake de chocolate. Depois disso, foi obrigada a se sentar em uma cadeira de rodas enquanto a conduziam para fora do quarto e corredor afora. Por fim, ela, Kiera e dois funcionários saíram pela porta da frente. As duas entraram no carro da Sra. Carol Huff, que se ofereceu para dar carona porque era dona de um Pontiac quatro portas. O pastor Charles McGarry e sua esposa, Meg, estavam lá para acompanhar a alta e seguiram a Sra. Huff na rápida transferência de Tupelo de volta ao condado de Ford.

A Igreja do Bom Pastor tinha um templo estreito, que era bonito e atemporal. Anos depois de ter sido construído, uma das muitas congregações acrescentou uma ala de dois andares na parte de trás, um anexo sem nenhum charme com salas de aula para a escola dominical no andar de cima e uma pequena sala de confraternização e uma cozinha no primeiro andar, ao lado do escritório onde o pastor McGarry preparava seus sermões e dava aconselhamento ao rebanho.

Ele tinha decidido que a igreja ofereceria uma sala de aula para que Josie e Kiera usassem como apartamento por um curto período, com acesso ao banheiro e à cozinha no térreo. Ele e os diáconos haviam feito três sessões extras desde segunda-feira para tentar encontrar um lugar para a família e uma sala de aula nos fundos da igreja foi o melhor que puderam achar. Um membro era dono de uma casa para aluguel que estaria disponível dali a um mês ou mais, mas esse membro também dependia da renda obtida com a locação. Um fazendeiro tinha um celeiro/casa de hóspedes, mas que precisava de reforma. Alguém ofereceu um trailer, mas McGarry recusou. Fazia pouco tempo que Josie e as crianças haviam sobrevivido a um ano em um deles.

A igreja não tinha pessoas ricas, do tipo que possuía várias casas. Seus membros eram aposentados, pequenos agricultores, trabalhadores de classe média que tinham sorte em se virar por conta própria. Além de amor e comida quente, havia pouco a oferecer.

Josie e Kiera não tinham nenhum outro lugar para ir e nenhuma família a quem recorrer. Deixar a área estava fora de questão, por causa de Drew e seus problemas. Josie não tinha conta bancária e vinha sobrevivendo com dinheiro contado havia muitos anos. Kofer exigia 200 dólares por mês pelo aluguel e a alimentação, e ela estava sempre com o pagamento atrasado. O arranjo original era baseado em muito sexo e companhia em troca de comida e abrigo, mas a intimidade não durou muito. Ela não tinha cartão de crédito e nenhum histórico de empréstimos. Seu último pagamento no lava-jato tinha sido de 51 dólares, e uma loja de conveniência lhe devia outros 40. Ela não sabia direito como cobrá-los e nem mesmo se ainda tinha emprego, embora presumisse o pior. Tinha perdido pelo menos dois de seus três empregos de meio período e o médico dissera que ela não poderia sair para procurar trabalho por pelo menos duas semanas. Havia parentes no sul do Mississippi e na Louisiana, mas eles tinham parado de atender suas ligações anos atrás.

Charles mostrou a elas seus novos aposentos. Os cheiros de madeira recém-cortada e tinta fresca dominavam o ambiente. Tinham sido instaladas prateleiras acima do beliche e uma televisão portátil fora colocada na mais baixa. Havia um tapete no chão e um ventilador de janela. O armário estava cheio de camisas, calças, blusas e duas jaquetas, peças usadas que a igreja havia arrecadado, lavado e passado. Havia uma pequena geladeira, já abastecida com água e suco. Em uma cômoda barata, colocaram roupas íntimas, meias, camisetas e pijamas novos.

No andar de baixo, na cozinha, a Sra. Huff mostrou a elas a geladeira maior, cheia de comida, garrafas de água e chá, tudo à disposição delas. Mostrou também a cafeteira e os filtros. Charles deu a Josie uma chave da porta dos fundos e disse a ela e Kiera para tentarem se sentir em casa. Os diáconos tinham decidido que dois ou três homens fariam a ronda todas as noites para se certificar de que elas estavam seguras. As senhoras montaram um cronograma de refeições para a semana seguinte.

Uma professora aposentada chamada Sra. Golden se ofereceu para dar aulas a Kiera na igreja várias horas por dia até que ela recuperasse o conteúdo perdido e até que eles, quem quer que "eles" fossem, decidissem que ela podia voltar à escola. Metade dos diáconos achava que ela deveria voltar a frequentar as aulas em Clanton. A outra metade acreditava que seria muito traumático e que ela deveria receber aulas em casa. Josie ainda não tinha sido consultada.

A Sra. Golden usou seus contatos na escola para conseguir um novo conjunto de livros didáticos para Kiera. Os seus ou haviam sido queimados por Earl Kofer, como ele disse, ou estavam na casa e não podiam ser resgatados. Seria necessário adquirir novos. Kiera estava no oitavo ano, um ano atrasada em relação àquele em que deveria estar, e mesmo assim lutava para acompanhar os colegas. Seus professores a consideravam brilhante, mas, com sua família caótica e seu passado instável, ela havia perdido muitos dias de aula.

Drew estava no nono ano, dois anos atrasado, e nunca ganhava embalo. Ele detestava ser o garoto mais velho da turma e frequentemente se recusava a revelar sua verdadeira idade. Não percebia a sorte que tinha de chegar tarde à puberdade e não parecer mais velho que os outros meninos. A Sra. Golden havia ido até a escola e conversado com o diretor sobre o dilema acadêmico de Drew. Obviamente, ele não podia ter aulas na prisão e a escola não tinha um professor particular em sua folha de pagamento. Qualquer esforço para intervir exigiria uma ordem judicial. Decidiram deixar que os advogados cuidassem daquilo. A Sra. Golden notou a relutância do diretor em fazer qualquer coisa que pudesse ajudar o réu.

Quando estavam saindo da igreja, Charles e Meg prometeram buscar Josie e Kiera às nove da manhã do dia seguinte para irem à cidade. Elas precisavam buscar o carro e estavam desesperadas para ver Drew.

Josie e Kiera agradeceram a todos efusivamente e se despediram. Elas andaram até uma mesa de piquenique ao lado do cemitério e se sentaram. Mais uma vez, a pequena família tinha sido separada e estava a um passo de se tornar sem-teto. Não fosse pela caridade alheia, estariam passando fome e dormindo no carro.

JAKE ESTAVA SENTADO à mesa, folheando a pilha de recados anotados em papel cor-de-rosa que Portia e Bev haviam recebido por telefone naquela manhã. Até agora, naquela semana, ele tinha passado cerca de dezoito horas trabalhando em nome de Drew Gamble. Raramente cobrava por hora, porque seus clientes eram gente da classe trabalhadora ou réus carentes que não podiam pagar, qualquer que fosse a conta, mas ele, como quase todos os advogados, tinha aprendido a necessidade de manter um registro de seu tempo.

Não muito depois de Jake começar a trabalhar para Lucien, um advogado do outro lado da praça, um cara simpático chamado Mack Stafford, estava representando um adolescente que havia se machucado em um acidente de carro. O caso não era complicado e Mack não se preocupou em registrar suas horas, já que seu contrato lhe garantia um terço da indenização a título de honorários. A seguradora concordou em um acordo de 120 mil dólares e Mack estava pronto para embolsar 40 mil, uma raridade não só no condado de Ford como em qualquer lugar da região rural do Sul.

No entanto, como o cliente era menor de idade, o acordo teve que ser aprovado pelo tribunal da chancelaria. Numa audiência, o juiz Reuben Atlee pediu a Mack que justificasse uma taxa tão generosa para um caso bastante simples. Mack não tinha um registro das horas trabalhadas e fracassou terrivelmente na tarefa de convencer o juiz de que merecia o dinheiro. Eles negociaram por um tempo e Atlee finalmente deu a Mack uma semana para reconstruir suas planilhas e enviá-las. A essa altura, porém, ele já suspeitava do advogado.

Mack afirmou que cobrava 100 dólares por hora dos clientes e que havia investido quatrocentas horas no caso. As duas cifras eram exageradas. Atlee cortou ambas pela metade e premiou Mack com 20 mil dólares. Ele ficou tão furioso que apelou para a Suprema Corte do estado e perdeu por 9 votos a 0, porque havia décadas que a corte instituíra que os juízes incumbentes dos tribunais da chancelaria tinham liberdade de ação irrestrita em quase todos os assuntos. Mack então aceitou o valor e nunca mais falou com o juiz Atlee.

Cinco anos depois, talvez no mais memorável ato de conduta criminosa e antiética envolvendo um advogado da região, Mack roubou meio milhão de dólares de quatro clientes e desapareceu da cidade. Pelo que Jake sabia, ninguém – nem mesmo a ex-mulher de Mack e suas duas filhas – nunca mais soube dele. Nos piores dias, Jake, assim como a maioria dos advogados da cidade, sonhava em ser Mack e ficar pegando sol em uma praia em algum lugar, com uma bebida gelada na mão.

De qualquer forma, todos os advogados da região tinham aprendido a lição, e a maioria deles mantinha registro de suas horas. No processo *Smallwood*, Jake havia trabalhado mais de mil horas nos catorze meses desde que Harry Rex pegara o caso e o tornara associado. Isso era quase a metade de tudo que trabalhara no período e ele esperava ser bem recompensado por isso. O caso de Drew, no entanto, poderia consumir muito tempo, com honorários baixíssimos. Mais um motivo para se livrar dele.

O telefone tocou outra vez e Jake ficou esperando que alguém atendesse. Eram quase cinco da tarde e, por um segundo, pensou em se juntar a Lucien no andar de baixo para um drinque, mas desistiu. Carla não gostava que ele bebesse, principalmente nos dias de semana. Então seus pensamentos voltaram para Mack Stafford bebericando coquetéis de rum, analisando biquínis, longe de clientes reclamões e de juízes mal-humorados e... ah, bem, lá vamos nós outra vez.

Pelo interfone, Portia falou:

– Ei, Jake, é a Dra. Rooker, de Tupelo.

– Obrigado. – Jake largou os recados em cima da mesa e pegou o fone. – Alô, Dra. Rooker. Obrigado mais uma vez por ter visto o Drew hoje.

– É meu trabalho, Dr. Brigance. Você está perto do seu aparelho de fax?

– Não, mas posso estar.

– Ótimo. Vou enviar uma carta que enderecei ao juiz Noose com cópia para você. Dê uma olhada e, se estiver de acordo, envio a ele logo a seguir.

– Parece urgente.

– Na minha opinião, é sim.

Jake desceu as escadas correndo e encontrou Portia de pé diante do aparelho de fax. A carta dizia:

AO EXCELENTÍSSIMO OMAR NOOSE
TRIBUNAL DO CIRCUITO – 22º DISTRITO JUDICIÁRIO

Caro juiz Noose,

A pedido do Dr. Jake Brigance, esta tarde examinei Drew Allen Gamble, de 16 anos. Ele foi levado ao meu consultório em Tupelo algemado e vestindo o que parecia ser o macacão laranja padrão fornecido pelo sistema penitenciário do condado de Ford. Em outras palavras, não estava vestido adequadamente, e aquela não era a maneira ideal de comparecer a uma consulta. Tudo que testemunhei quando ele chegou me deu a impressão de que uma criança está sendo tratada como adulto e que se presume que ela seja culpada.

Pude constatar que o adolescente é espantosamente pequeno para sua idade e que poderia com facilidade se passar por uma criança muitos anos mais nova. Não o examinei fisicamente, nem era da minha competência fazê-lo, mas não vi sinais do estágio três nem do estágio quatro de desenvolvimento da puberdade.

Constatei os seguintes aspectos, todos altamente incomuns em um jovem de 16 anos: (1) pouco crescimento e nenhum desenvolvimento muscular; (2) nenhum sinal de pelos faciais; (3) nenhum sinal de acne; (4) voz infantil, sem sinal de mudança.

Durante a primeira hora de nossa consulta de duas horas, Drew não cooperou e falou pouco. O Dr. Brigance havia me informado sobre alguns de seus antecedentes e, valendo-me deles, finalmente consegui iniciar uma conversa com Drew que só poderia ser descrita como intermitente e tensa. Ele não conseguia entender nem mesmo os conceitos mais simples, como estar preso e não poder sair quando quisesse. Disse que às vezes se lembra de determinados eventos e outras vezes se esquece desses mesmos eventos. Ele me perguntou pelo menos três vezes se Stuart Kofer estava realmente morto, mas não respondi. Ele ficou irritado e, em duas ocasiões, mandou (não pediu) que eu calasse a boca. Não demonstrou agressividade nem raiva em nenhum momento e muitas vezes chorou quando não conseguia responder a uma pergunta. Ele disse por duas vezes que gostaria de morrer e admitiu que pensa constantemente em suicídio.

Fiquei sabendo que Drew e a irmã foram negligenciados, sofreram abusos físicos e psicológicos e estiveram sujeitos a violência doméstica. Não posso dizer, e não sei quem são, todas as pessoas responsáveis por isso. Ele simplesmente não se mostrou acessível a esse ponto. Suspeito fortemente de que muitos abusos foram cometidos e de que Drew e provavelmente sua irmã sofreram nas mãos de várias pessoas.

A perda repentina e/ou violenta de um ente querido pode desencadear estresse traumático em crianças. Drew e sua irmã foram vítimas de abuso por parte do Sr. Kofer. Eles acharam, com razão, que ele havia matado a mãe deles e que estava prestes a lhes causar mal novamente. Isso é mais do que suficiente para desencadear o estresse traumático.

O trauma em crianças pode provocar uma variedade de respostas, incluindo fortes oscilações de humor, crises de depressão, ansiedade, medo, incapacidade de comer ou de dormir, pesadelos, progresso escolar lento e muitos outros problemas que vou detalhar no meu relatório completo.

Se não for tratado, Drew irá apenas regredir e o dano poderá se tornar permanente. O último lugar em que ele precisa estar agora é uma prisão destinada a adultos.

Recomendo fortemente que Drew seja enviado de imediato para o hospital psiquiátrico estadual em Whitfield, onde há uma instalação segura para menores de idade, para que passe por um exame completo e receba tratamento de longo prazo.

Vou concluir meu relatório e enviá-lo a Vossa Excelência pela manhã.

Cordialmente,
DRA. CHRISTINA A. ROOKER
Tupelo, Mississippi

UMA HORA MAIS tarde, Jake ainda estava em sua mesa, ignorando o telefone e com vontade de ir embora para casa. Portia, Lucien e Bev já haviam partido. Ele ouviu o barulho familiar do aparelho de fax no primeiro andar e, olhando para o relógio, se perguntou quem ainda estaria trabalhando às 18h05 de uma quinta-feira. Pegou o paletó e a pasta, apagou a luz e foi até o fax. Era uma única folha de papel, com o cabeçalho *Tribunal do Circuito do Condado de Ford, Mississippi*. Logo abaixo vinha o nome do caso: *Estado do Mississippi contra Drew Allen Gamble*. Não havia sido atribuído um número ao processo porque o réu ainda não tinha comparecido diante do juiz nem sido formalmente acusado. Alguém, provavelmente o próprio juiz Noose, digitara:

O tribunal, por meio deste, instrui o xerife do condado de Ford a transferir o supracitado réu para o hospital psiquiátrico estadual com o máximo de rapidez possível, de preferência na sexta-feira, 30 de março de 1990, e entregá-lo aos cuidados do Sr. Rupert Easley, Diretor de Segurança, até segunda ordem deste tribunal.

Cumpra-se (assinatura)
Omar Noose, Juiz de Direito.

Jake sorriu diante daquele desfecho e colocou o fax na mesa de Portia. Ele havia feito seu trabalho e protegido o interesse de seu cliente da melhor forma. Quase conseguia ouvir a fofoca no tribunal, os boatos nas lanchonetes, os xingamentos entre os assistentes do xerife.

E disse a si mesmo que não se importava mais com isso.

14

O tempo estava perfeito para um velório, embora o cenário deixasse a desejar. No sábado, último dia de março, o céu estava escuro e ameaçador; o vento, frio e cortante. Uma semana antes, no último dia de sua vida, Stuart Kofer tinha ido pescar com os amigos no lago em uma tarde linda e quente. Eles vestiam camiseta e bermuda e bebiam cerveja gelada ao sol, como se o verão tivesse chegado mais cedo. Mas muita coisa havia mudado e agora, no dia de seu enterro, um vento forte varria a terra e deixava tudo ainda mais sombrio.

A cerimônia religiosa foi no quartel da Guarda Nacional, uma construção insípida e estéril no estilo da década de 1950, projetada para reunir tropas e sediar eventos comunitários, mas não para funerais. A capacidade era de trezentas pessoas e a família esperava uma multidão. Apesar de serem "descongregados", os Kofers moravam no condado havia um século e conheciam muitas pessoas. Stu era um policial popular entre amigos, conhecidos e colegas.

Todos os funerais eram abertos ao público, e as mortes trágicas sempre atraíam os curiosos que não tinham o que fazer e queriam se aproximar da história. Uma hora antes do culto, marcado para as duas da tarde, chegou a primeira van de um canal de televisão, que foi obrigada a estacionar em uma área reservada. Havia policiais uniformizados por toda parte, esperando pela multidão, pela imprensa, pela pompa e circunstância. As portas do quartel foram abertas, e o estacionamento foi se enchendo. Outra van de televisão chegou e começou a filmar. Alguns repórteres com câmeras receberam autorização para se concentrar perto do mastro.

Lá dentro, trezentas cadeiras alugadas haviam sido arrumadas em meia-lua ao redor de um palco temporário com um pódio. A parede atrás estava recoberta por dezenas de arranjos de flores e outros mais revestiam o restante do espaço. Uma grande foto colorida de Stuart Kofer estava apoiada em um tripé numa das laterais. Por volta das 13h30, a sala de reuniões estava quase lotada e algumas senhoras já choravam. No lugar dos hinos fúnebres que os cristãos costumavam entoar nessas ocasiões, alguém da família selecionou uma lista com melodias tristes de algum cantor country e seus brados lamentosos ecoavam de um conjunto de alto-falantes baratos. Por sorte o volume não estava alto, mas era suficiente para aumentar ainda mais o clima funesto.

A multidão entrou e, em pouco tempo, todas as cadeiras foram ocupadas. Os enlutados que sobraram foram convidados a se apoiar nas paredes. Às 13h45 não havia mais espaço e aqueles que tentaram entrar foram informados de que a cerimônia seria transmitida para o lado de fora da sala por um sistema de som.

A família estava reunida em um pequeno anexo e esperava o carro fúnebre da Funerária Megargel, a última empresa do gênero para brancos no condado de Ford. Havia duas para negros, que eram enterrados em seus cemitérios. Os brancos eram enterrados nos deles e, mesmo em 1990, ainda havia forte segregação no que tangia aos sepultamentos. Todos eram colocados para descansar em seus devidos lugares.

Por ser um grande velório, com uma multidão e a presença de câmeras, o Sr. Megargel recorreu a amigos do ramo e pegou emprestados uns carros mais vistosos. Quando seu carro fúnebre preto e lustroso deslizou para a garagem ao lado do quartel, havia seis sedãs pretos idênticos atrás dele. Estavam todos vazios e foram estacionados em uma fileira organizada nos fundos do edifício. O Sr. Megargel desceu, assim como seu esquadrão de homens em ternos escuros, e começou a comandar as coisas. Ele abriu a porta traseira do carro fúnebre e pediu aos oito carregadores do caixão que se aproximassem. Lentamente eles puxaram o caixão e o colocaram em um carrinho coberto com veludo. A família saiu do pequeno anexo e se postou atrás dos carregadores. Com Megargel abrindo caminho, o pequeno desfile virou na lateral do edifício e se dirigiu para a parte da frente, onde um impressionante batalhão de homens uniformizados os aguardava.

Ozzie tinha passado a semana inteira ao telefone e seus pedidos haviam sido atendidos à perfeição. Tropas de uma dezena de condados, juntamente com a polícia estadual e com oficiais municipais de várias cidades, permaneceram em formação enquanto o caixão passava. As câmeras disparavam e era possível ouvir seus cliques em meio ao silêncio.

Harry Rex estava na multidão do lado de fora. Mais tarde ele descreveria a cena para Jake dizendo: "Olha, parecia até que o Kofer foi morto em serviço, combatendo o crime como um policial de verdade. E não desmaiado de bêbado depois de ter batido na namorada."

A multidão se abriu enquanto os carregadores guiavam o caixão pela porta da frente, para dentro do quartel e através do pequeno saguão. Assim que entraram no corredor central, o pastor se dirigiu ao pódio e pediu, no volume máximo:

– Todos de pé, por favor.

A multidão se ergueu ruidosamente, mas depois fez um silêncio sepulcral enquanto o caixão avançava pelo corredor, com Earl e Janet Kofer logo atrás. Cerca de quarenta membros da família os seguiam.

Eles haviam brigado uma semana inteira quanto a abrir ou fechar o caixão. Não era incomum manter o caixão aberto durante o velório para que os entes queridos, amigos e outros enlutados pudessem ver o rosto do falecido. Isso tornava a situação muito mais dramática e maximizava a dor do luto, o que indiscutivelmente era o objetivo, embora ninguém jamais admitisse. Os pregadores interioranos preferiam caixões abertos porque tornavam mais fácil despertar emoções e fazer as pessoas se preocuparem mais com seus pecados e com as próprias mortes. Não era raro incluir alguns comentários dirigidos ao falecido, como se ele ou ela pudesse simplesmente se levantar e gritar: "Arrependei-vos!"

Earl havia perdido os pais e um irmão, e os funerais deles haviam sido "abertos", embora os pastores conduzindo a cerimônia mal os conhecessem. Mas Janet Kofer sabia que o velório já seria completamente angustiante sem ter que olhar para o filho morto. No final, prevaleceu a vontade dela e o caixão ficou fechado.

Quando o caixão chegou ao lugar definido, uma grande bandeira americana foi desdobrada e colocada sobre ele. Mais tarde Harry Rex diria a Jake:

"O desgraçado foi expulso do Exército, mas eles enterraram o cara como se fosse com honras militares."

Enquanto a família se acomodava nas primeiras fileiras, reservadas com cordas de veludo com o monograma da Megargel, o pastor fez um gesto para que a multidão se sentasse e acenou com a cabeça para um sujeito com um violão. Usando um terno cor de vinho, chapéu de caubói preto e botas combinando, ele caminhou até um microfone postado num pedestal, dedilhou alguns acordes e esperou até todo mundo se sentar. Quando tudo se acalmou, começou a cantar a primeira estrofe de "The Old Rugged Cross". Ele tinha um tom de barítono agradável e era hábil com o violão. Já tocara em uma banda de *bluegrass* com Cecil Kofer, embora jamais houvesse conhecido o falecido irmão dele.

Era improvável que Stuart Kofer já tivesse ouvido aquele clássico da música gospel. A maioria de seus familiares enlutados não tinha, mas era apropriado para a triste ocasião e capaz de fazer as emoções aflorarem. Quando terminou a terceira estrofe, ele deu um aceno rápido de cabeça e voltou para seu assento.

A família havia se encontrado com o pastor dois dias antes. Uma de suas tarefas mais difíceis durante aquela semana terrível foi achar um religioso disposto a conduzir uma cerimônia para completos estranhos. Vários pastores da área rural tinham tentado atrair os Kofers ao longo dos anos, mas todos recusaram a tarefa. De forma consistente, a hipocrisia de se envolver com pessoas que não ligavam para igreja nenhuma os havia repelido. Por fim, um primo subornou um pastor leigo pentecostal desempregado com 300 dólares para comandar o espetáculo. Seu nome era Hubert Wyfong e ele era de Smithfield, no condado de Polk. O reverendo Wyfong precisava do dinheiro, mas também enxergou a oportunidade de se apresentar para uma grande multidão. Talvez pudesse impressionar alguém que soubesse de uma igreja à procura de um pregador de meio período.

Ele fez uma oração longa e rebuscada, depois acenou com a cabeça para uma linda adolescente, que se aproximou do microfone com sua Bíblia e leu o Salmo 23.

Ozzie estava sentado ao lado da esposa, ouvindo e maravilhando-se com a diferença entre os funerais dos brancos e dos negros. Ele, sua tropa e as respectivas esposas estavam sentados juntos em três fileiras à esquerda da família, todos em seus melhores uniformes, botas polidas à perfeição, os distintivos brilhando. As cadeiras logo atrás deles estavam apinhadas de policiais do norte do Mississippi, todos homens brancos.

Incluindo Willie Hastings, Scooter Gifford, Elton Frye, Parnell Johnson e ele próprio, todos acompanhados das esposas, havia exatamente dez rostos negros na multidão. E Ozzie sabia muito bem que eram bem-vindos ali apenas por causa do posto que ele ocupava.

Wyfong fez outra oração, mais curta, e se sentou enquanto um primo de Stuart, de 12 anos, caminhava nervosamente até o microfone segurando uma folha de papel. Ele ajustou o microfone, olhou assustado para a multidão e começou a recitar um poema que havia escrito sobre ir pescar com seu "tio Stu".

Ozzie ouviu por um momento e depois sua cabeça começou a divagar. No dia anterior ele havia levado Drew para o hospital psiquiátrico estadual Whitfield, a três horas de distância no sentido sul, e o entregara às autoridades do local. Quando voltou ao seu gabinete, a notícia já estava se espalhando por todo o condado. O garoto havia saído da prisão e estava fingindo que era maluco. Jake Brigance estava armando mais uma das suas, assim como tinha feito cinco anos antes, quando convenceu um júri de que Carl Lee Hailey esteve temporariamente insano. Hailey matou dois homens a sangue-frio, dentro do próprio prédio do tribunal, e foi inocentado. Saiu livre como um pássaro.

No final da tarde de sexta-feira, Earl Kofer pegou o carro e foi até a prisão confrontar Ozzie, que lhe mostrou uma cópia da ordem judicial assinada pelo juiz Noose. Kofer foi embora praguejando, prometendo um acerto de contas.

Naquele momento a multidão estava de luto pela morte trágica, mas muitos dos que estavam sentados ao redor dele espumavam de raiva.

O jovem poeta tinha algum talento e conseguiu arrancar algumas risadas. O refrão era "Mas não com o tio Stu. Mas não com o tio Stu". Quando por fim terminou, saiu do palco aos prantos. Aquilo foi contagiante, e outras pessoas começaram a chorar.

Wyfong se levantou segurando a Bíblia e deu início ao sermão. Ele leu um trecho do Livro dos Salmos e falou das palavras reconfortantes de Deus na hora da morte. Ozzie ouviu com atenção por um tempo, depois começou a se distrair novamente. Ele tinha ligado para Jake no início da manhã, a fim de passar adiante as últimas novidades sobre o velório e avisá-lo de que os Kofers e seus amigos estavam contrariados. Jake disse que já tinha falado com Harry Rex, que havia ligado na noite de sexta-feira e contado que as fofocas estavam correndo soltas.

Ozzie admitiu apenas para si mesmo e para a esposa que o menino estava em péssimo estado. Durante a longa viagem até Whitfield, ele não havia dito uma única palavra a Ozzie ou a Moss Junior. Eles a princípio tentaram puxar conversa, mas ele não respondeu. Não que os tivesse ignorado de forma rude. As palavras dos oficiais simplesmente não eram processadas. Com as mãos algemadas à frente, Drew pôde se deitar e abraçar os joelhos contra o peito. E começou a fazer aquele maldito zumbido. Por mais de duas horas ele cantarolou e gemeu, e às vezes parecia assobiar. "Você está bem aí atrás?", Moss Junior perguntou quando o barulho ficou mais alto. Ele se aquietou, mas não respondeu.

Na volta para Clanton sem ele, Moss Junior achou que seria engraçado imitar o garoto e começou a zumbir também. Ozzie mandou que parasse, caso contrário daria meia-volta e o levaria para Whitfield também. Aquilo rendeu algumas risadas, que vieram em boa hora.

O único pedido de Earl Kofer ao pastor foi: "Seja breve." E Wyfong obedeceu, com um sermão de quinze minutos que foi notavelmente curto em dramaticidade e extenso em consolo. Ele terminou com mais uma oração, então acenou ao cantor para a música final. Era uma canção secular sobre um cowboy solitário, e caiu bem. As mulheres tinham voltado a chorar, e estava na hora de partir. Os carregadores tomaram suas posições ao redor do caixão e "You'll Never Walk Alone" começou a tocar baixinho nos alto-falantes. A família seguiu o caixão pelo corredor, com Earl segurando Janet com firmeza enquanto ela chorava. A procissão se movia lentamente e alguém aumentou o volume.

Do lado de fora, duas filas de homens uniformizados ladeavam o trajeto até o carro fúnebre, que tinha a porta traseira aberta. Os carregadores ergueram o caixão e cuidadosamente o colocaram dentro do veículo. Megargel e seus homens distribuíram a família pelos carros que os aguardavam. Uma procissão se formou atrás deles e, quando todos ocuparam seus lugares, o carro fúnebre começou a andar, seguido pela família e por fileiras de policiais a pé, com o contingente do condado de Ford na dianteira. Todos e quaisquer amigos, parentes e desconhecidos que queriam fazer o trajeto até o cemitério vinham a seguir. A procissão se afastou lentamente do quartel e desceu a Wilson Street, onde havia barricadas, junto às quais crianças se postavam em silêncio. Os moradores da cidade se reuniam nas calçadas e assistiam das varandas, prestando suas homenagens ao herói falecido.

JAKE ODIAVA FUNERAIS e os evitava sempre que possível. Achava que eram um enorme desperdício de tempo, dinheiro e, principalmente, de sentimentos. Não se ganhava nada fazendo um velório, apenas a satisfação de aparecer e ser visto pela família do morto. E qual era a vantagem daquilo? Depois de ser alvejado durante o julgamento de Carl Lee Hailey, ele tinha preparado um novo testamento e deixado instruções por escrito para ser cremado o mais rápido possível e enterrado em sua cidade natal, Karaway, com a presença restrita aos familiares. Era um conceito radical para o condado de Ford, e Carla não gostou nada daquilo. Ela apreciava bastante os aspectos sociais de um velório apropriado.

Na tarde de sábado ele deixou o escritório, cruzou a cidade de carro e estacionou nos fundos de um centro recreativo. Caminhou pelo meio de um jardim, subiu uma pequena colina, pegou um desvio por uma trilha de cascalho que dava em uma clareira e se sentou em uma mesa de piquenique com vista para o cemitério. Escondido entre as árvores, viu o carro fúnebre parar em meio a um mar de lápides envelhecidas. A multidão se dirigiu até uma tenda roxa com a logomarca de Megargel bordada em amarelo. Os carregadores levaram o caixão por cerca de 30 metros, seguidos pela família.

Jake se lembrou de uma história famosa de um advogado de Jackson que tinha roubado dinheiro de alguns clientes, forjado a própria morte e assistido ao próprio velório sentado em uma árvore. Depois de ser preso e levado de volta a Jackson, ele se recusou a falar com os amigos que não tinham comparecido a seu velório e seu enterro.

Será que a multidão ao longe estava com raiva? Naquele momento, a emoção prevalecente seria a tristeza, mas poderia rapidamente se transformar em ressentimento?

Harry Rex, que aparentemente decidira pular a parte do enterro, estava convencido de que Jake tinha arruinado por completo suas chances no caso *Smallwood*. Jake acabara de se tornar o advogado mais desprezado do condado, e a companhia ferroviária e a seguradora provavelmente iriam recuar de qualquer proposta de acordo. E imagine selecionar um júri agora! Qualquer grupo de jurados em potencial certamente teria pessoas que sabiam que ele era o advogado de Drew Gamble.

Ele estava longe demais para ouvir as palavras ou a música do enterro. Depois de alguns minutos, saiu dali e voltou para o carro.

NO FINAL DA tarde, familiares e amigos se reuniram no grande edifício de metal do quartel de bombeiros voluntários de Pine Grove. Nenhuma despedida adequada estaria completa sem uma refeição pesada, e as senhoras da comunidade tinham levado travessas de frango frito, tigelas de saladas de batata e de repolho, bandejas de sanduíches e de espigas de milho, ensopados de todas as variedades, bolos e tortas. A família Kofer ficou em um dos cantos da sala e passou pela provação de receber os pêsames de uma extensa fila de amigos. O pastor Wyfong recebeu agradecimentos e elogios pela qualidade da cerimônia, e o jovem sobrinho ouviu palavras gentis sobre seu poema. O cowboy levou seu violão e cantou algumas músicas enquanto a multidão enchia seus pratos e comia ao redor de mesas e cadeiras dobráveis.

Earl saiu para fumar e se juntou a alguns amigos que estavam próximos de um caminhão de bombeiros. Um homem sacou uma garrafa de uísque, que passou de mão em mão. Metade recusou, metade deu um gole. Earl e Cecil se abstiveram.

– Aquele merdinha não pode alegar que é maluco, pode? – perguntou um primo.

– Ele já alegou – disse Earl. – Foi pro Whitfield ontem. O Ozzie que levou.

– Ele não tinha escolha, né?

– Não confio nele.

– O Ozzie está do nosso lado desta vez.

– Alguém falou que foi o juiz que deu a ordem pro menino ser levado.

– Verdade – disse Earl. – Eu vi a ordem judicial.

– Malditos advogados e juízes.

– Isso não é certo, se vocês querem saber.

– Um advogado me disse que vão deixar ele preso lá até fazer 18 anos e que depois vai ser solto.

– Solta ele logo então. A gente cuida dele.
– Não dá pra confiar no Brigance.
– Eles vão conseguir levar o garoto a julgamento?
– Não se ele for maluco. Foi isso que o advogado falou.
– O sistema é uma merda, sabe? Isso não é certo.
– Tem como alguém convencer o Brigance?
– Claro que não. Ele vai brigar muito pelo garoto.
– É isso que os advogados fazem. Hoje em dia o sistema é moldado pra proteger os criminosos.
– O Brigance vai livrar ele usando uma dessas artimanhas de que a gente ouve falar.
– Se eu visse aquele desgraçado na rua, ia dar uma lição nele.
– Tudo que eu quero é justiça – disse Earl. – E a gente não vai conseguir. O Brigance vai alegar insanidade e o menino vai ser inocentado, assim como o Carl Lee Hailey.
– Isso não é certo, se vocês querem saber. Simplesmente não é certo.

15

O burburinho do condado de Ford estava chegando até Lowell Dyer. Ele atendeu três ligações em casa no domingo à tarde, todas de desconhecidos que alegavam ter votado nele, e ouviu suas reclamações sobre o que estava acontecendo no caso Gamble. Depois da terceira, tirou o telefone do gancho. O aparelho do escritório tinha um número que figurava em todas as listas telefônicas do Vigésimo Segundo Distrito e, evidentemente, havia tocado durante o fim de semana inteiro. Quando sua secretária foi conferir na segunda-feira de manhã, viu que havia mais de vinte ligações e que a caixa postal estava cheia. Em um fim de semana normal, haveria meia dúzia. Não era raro não haver nenhuma.

Ela, Lowell e o assistente da promotoria, D. R. Musgrove, ouviram as mensagens enquanto tomavam café. Algumas das pessoas tinham deixado nome e endereço; outras foram mais tímidas e pareciam achar que estavam fazendo algo errado ao ligar para o promotor distrital. Certos indivíduos mais esquentados usaram palavrões, não disseram o nome e deixaram implícito que, se o judiciário continuasse a perder o rumo, eles teriam que resolver aquilo com as próprias mãos.

Mas todos eram unânimes: o garoto tinha saído da prisão e estava fingindo que era maluco, e o maldito advogado dele estava armando mais uma vez. Por favor, Dr. Dyer, faça alguma coisa! Faça o seu trabalho!

Lowell nunca tinha tido um caso que atraísse tanto interesse e entrou logo em ação. Ligou para o juiz Noose, que estava em casa "lendo petições", como dizia sempre que não estava no tribunal, e os dois concordaram que seria uma boa ideia convocar uma reunião especial do grande júri para lidar com o caso. Como promotor distrital, Lowell controlava todos os aspectos do "seu" grande júri e não precisava da aprovação de ninguém para convocá-lo. Mas, dada a natureza excepcional do caso Gamble, ele queria manter informado o juiz responsável. Durante a rápida conversa, Noose disse algo sobre um "fim de semana agitado" em sua casa e Lowell suspeitou que o telefone dele também tinha tocado bastante.

Ele parecia hesitante, até mesmo incomodado, e, quando chegou a hora de a conversa terminar, Noose a estendeu dizendo:

– Lowell, vamos falar em off.

Houve uma pausa, como se fosse a vez de Lowell falar.

– Claro, Excelência.

– Bem, está sendo um problemão achar outro advogado pra defender esse menino. Ninguém no distrito quer o caso. Pete Habbeshaw, de Oxford, está com três casos de pena de morte no momento e simplesmente não pode assumir outro. Rudy Thomas, de Tupelo, está fazendo quimioterapia. Falei até com Joe Frank Jones, em Jackson, e ele me deu um "não" curto e grosso. Não posso forçar ninguém de fora da minha jurisdição a pegar o caso, como você sabe, então tudo que pude fazer foi pressionar esses caras, e não cheguei a lugar nenhum. Tem alguma sugestão? Você conhece bem os nossos advogados.

Lowell realmente os conhecia bem e não contrataria nenhum deles se o seu pescoço estivesse em perigo. Havia alguns bons advogados no distrito, mas a maioria evitava trabalhar com casos que pudessem ir a júri, principalmente os que envolviam criminosos carentes. Para ganhar tempo, Lowell perguntou:

– Não sei bem, Excelência. Quem atuou no último caso envolvendo pena de morte no distrito?

O último caso envolvendo pena de morte no Vigésimo Segundo tinha acontecido três anos antes, na cidade de Temple, condado de Milburn. O promotor era Rufus Buckley, que se ressentia até hoje da importante derrota sofrida no caso Carl Lee Hailey. Ele tinha conseguido o veredito com facilidade porque os fatos eram horríveis: um rapaz de 20 anos viciado em drogas assassinara os dois avós para roubar 85 dólares para comprar crack. Ele agora estava preso no Parchman, no corredor da morte. Noose havia presidido o julgamento e o advogado de defesa local que ele havia arrastado para o caso não lhe causara boa impressão.

– Não seria uma boa ideia – disse ele. – Aquele garoto... qual é o nome dele... Gordy Wilson, não era muito bom. Quem você contrataria, Lowell, se estivesse enfrentando essas acusações? Quem contrataria no Vigésimo Segundo?

Por razões egoístas óbvias, Lowell queria um banana sentado à mesa da defesa, mas sabia que isso era improvável e imprudente. Um advogado de defesa fraco ou incompetente só iria bagunçar o caso e daria muito trabalho às instâncias superiores pela década seguinte.

– Provavelmente eu iria com o Jake – respondeu ele.

– Eu também – disse Noose sem hesitar. – Mas não vamos informá-lo desta conversa.

– Claro que não.

Lowell se dava bem com Jake e não queria atritos. Se Jake de alguma forma soubesse que o promotor e o juiz tinham conspirado para mantê-lo no caso, guardaria rancor.

Em seguida, Lowell ligou para o escritório de Jake. O objetivo da ligação não era dar a notícia de que ele estaria preso ao caso Gamble até o amargo fim, mas algo mais profissional.

– Jake, só estou ligando pra avisar que vou reunir o grande júri amanhã à tarde no tribunal.

Jake ficou grato, achou que aquele era um gesto cortês e disse:

– Obrigado, Lowell. Tenho certeza que vai ser rápido. Você se importa se eu for?

– Você sabe que isso não é possível, Jake.

– Estou brincando. Pode me ligar quando a acusação sair?

– Você já sabe que eu vou fazer isso.

O INVESTIGADOR-CHEFE DE Ozzie era o único investigador de que dispunha no momento, e ele não estava propriamente ansioso para contratar outro. Seu nome era Kirk Rady, um veterano do departamento e oficial conceituado. Ozzie conseguia desencavar os fatos melhor que a maioria dos xerifes e, em parceria com Rady, cuidava de todos os crimes graves do condado.

Às quatro da tarde de segunda-feira, os dois entraram no escritório de Jake e cumprimentaram Portia na recepção. Ela foi profissional, como sempre, e pediu que esperassem um momento.

Embora estivesse travando uma batalha com Jake, Ozzie ficou orgulhoso em ver uma jovem negra inteligente e ambiciosa trabalhando em um dos escritórios de advocacia nos arredores da praça. Ele conhecia Portia e sua família, e sabia que ela pretendia ser a primeira advogada negra do condado. Com Jake como seu mentor e entusiasta, com certeza iria conseguir.

Ela voltou e fez um gesto apontando uma porta ao final do corredor. Eles entraram e já havia pessoas na sala. Jake os recebeu com apertos de mão e apresentou o xerife e Rady a Josie Gamble, Kiera Gamble e o pastor da igreja delas, Charles McGarry. Eles estavam de um lado da mesa e Jake ofereceu assentos para Ozzie e Rady do outro lado. Portia fechou a porta e se sentou ao lado de Kiera, de frente para Ozzie. A julgar pelos blocos de anotações abertos, as xícaras de café e as garrafas de água pela metade, as canetas espalhadas e a gravata solta de Jake, era bastante óbvio que o advogado já havia passado algum tempo com as testemunhas.

Ozzie não via Josie desde sua rápida visita ao hospital no dia seguinte ao assassinato, uma semana antes. Jake havia lhe dito que a cirurgia tinha corrido bem e que ela estava se recuperando de acordo com o esperado. Seu olho esquerdo ainda estava inchado e roxo-azulado, e a mandíbula esquerda ainda tinha um edema. Era possível ver dois band-aids. Ela tentou sorrir, para ser educada, mas não conseguiu.

Depois de uma troca de amenidades um tanto constrangedora, Jake apertou um botão de um gravador no centro da mesa e disse:

– Você se importa se eu gravar a conversa?

Ozzie deu de ombros e respondeu:

– É o seu escritório.

– Verdade, mas é o seu interrogatório. Não sei se você costuma gravar essas coisas.

– Às vezes sim, às vezes não – respondeu Rady, arrogante. – Não costumamos falar com testemunhas nos escritórios dos advogados.

– O Ozzie me ligou – Jake disparou de volta. – Me pediu para marcar esse interrogatório. Vocês podem fazer isso em outro lugar, se quiserem.

– Está tudo bem – disse Ozzie. – Pode gravar o que quiser.

Jake falou para o gravador, informando data, local e nomes de todos os presentes. Quando terminou, Ozzie disse:

– Agora eu gostaria de entender o papel de todo mundo que está aqui. Somos policiais investigando um crime. As duas senhoras são testemunhas em potencial. E o pastor McGarry, qual é o seu papel?

– Eu sou só o motorista – disse Charles com um sorriso.

– Muito bacana. – Ozzie olhou para Jake e perguntou: – A presença dele é pertinente?

Jake deu de ombros.

– A decisão é sua, Ozzie. Esse interrogatório não é meu. Só estou fazendo as coisas acontecerem.

– Eu me sentiria melhor se você esperasse lá fora – afirmou Ozzie.

– Sem problemas.

Charles sorriu e saiu da sala.

– E qual é o seu papel aqui, Jake? Você não representa estas senhoras, não é?

– Tecnicamente, não. Fui designado para representar o Drew, não a família. No entanto, se presumirmos que um dia haverá um julgamento, Josie e Kiera serão testemunhas importantes, talvez convocadas pela promotoria, talvez convocadas pela defesa. Posso muito bem ser o advogado de defesa. O testemunho delas deve ser crucial. Portanto, tenho um interesse real no que elas dirão a você.

Ozzie não era advogado e não estava a fim de discutir estratégias de julgamento nem o código processual penal com Jake Brigance.

– Podemos interrogá-las sem a sua presença?

– Não. Já as aconselhei a não cooperar a menos que eu esteja presente. Como sabe, você não pode obrigá-las a falar. Pode intimá-las a depor no julgamento, mas não pode forçá-las a falar agora. Elas são apenas testemunhas em potencial.

O tom de Jake foi mais agressivo; sua fala, mais determinada. A tensão estava aumentando consideravelmente.

Portia, tomando notas, pensou consigo mesma: "Mal posso esperar para virar advogada."

Todo mundo respirou fundo.

– Ok, vamos em frente – declarou Ozzie, abrindo seu melhor sorriso de político.

Rady abriu seu bloco de notas e deu um sorriso tão meloso para Josie que Jake teve vontade de dar um tapa na cara dele.

– Em primeiro lugar, Srta. Gamble – disse ele –, gostaria de perguntar se você consegue falar, e, em caso afirmativo, por quanto tempo? Sei que a cirurgia foi há poucos dias.

Josie assentiu, agitada.

– Obrigada – disse ela. – Estou bem. Tirei os pontos e os fios hoje de manhã e consigo falar um pouco.

– A senhora sente dor?

– Não muito forte.

– Está tomando remédio pra dor?

– Só ibuprofeno.

– Certo. Podemos começar falando de você e do seu passado, esse tipo de coisa?

– Que tal assim? – interrompeu Jake imediatamente. – Estamos trabalhando no que esperamos ser um esboço biográfico abrangente da família Gamble. Datas e locais de nascimento, casas, endereços, casamentos, patrões, parentes, antecedentes criminais, o bom, o mau, o feio. De algumas dessas coisas elas se lembram, outras não estão tão claras. Precisamos disso para o nosso trabalho. Portia está encarregada disso e tem prioridade. Quando o relatório estiver pronto, daremos uma cópia pra vocês. Sem cortes. Vocês poderão ler e, se quiserem então interrogar novamente essas testemunhas, a gente combina. Isso vai nos poupar pelo menos uma hora hoje e não vai deixar nada sem resposta. Fechado?

Rady e Ozzie trocaram um olhar de ceticismo.

– Pode ser – disse Ozzie.

Rady virou uma página e prosseguiu:

– Ok, vamos voltar pra noite de sábado, 24 de março, há pouco mais de uma semana. Você pode nos contar o que aconteceu? Fala pra gente a sua versão sobre aquela noite.

Josie tomou um gole d'água com um canudo e olhou ansiosa para Jake, que havia lhe dado instruções estritas sobre o que trazer à tona e o que deixar de lado.

– Bem, era tarde e o Stu não estava em casa – começou ela.

Conforme as instruções recebidas, ela falou devagar e parecia lutar para proferir cada palavra. O inchaço não ajudava. Descreveu como era esperar horas a fio, sempre na expectativa do pior. Ela estava no andar de baixo. As crianças estavam lá em cima, em seus quartos, acordadas, esperando, com medo. Stu por fim chegou em casa por volta das duas, muito bêbado, agressivo como sempre, e eles discutiram. Ele a espancou e ela acordou no hospital.

– Você disse "bêbado como sempre". O Stu costumava chegar em casa bêbado?

– Sim, ele estava fora de controle. A gente morava com ele há cerca de um ano e a bebida era um problema sério.

– Você sabe onde ele tinha estado naquela noite?

– Não, ele nunca falava.

– Mas você sabia que ele andava pelos bares e tal, certo?

– Ah, sim. Eu fui com ele algumas vezes, no começo, mas parei de ir porque ele arrumava brigas.

Rady estava sendo cuidadoso ali, pois o departamento do xerife ainda estava procurando pela papelada. Em duas ocasiões Josie ligou para a polícia e disse que estava sendo espancada por Stuart Kofer. Mas, quando os assistentes do xerife apareceram, ela se recusou a prestar queixa. Os relatórios foram arquivados e depois sumiram. Jake provavelmente ia descobrir isso mais para a frente, e Ozzie não estava nem um pouco ansioso pelas perguntas que ele faria. Papelada desaparecida, acobertamento, o departamento do xerife fazendo vista grossa enquanto um dos seus oficiais ficava fora de controle. Jake faria todos eles sangrarem no tribunal.

– Vocês não se conheceram em um bar?

– Sim.

– Por aqui?

– Não, foi num barzinho perto de Holly Springs.

Rady fez uma pausa e repassou com cuidado suas anotações. A pergunta errada poderia despertar a ira de Jake.

– Então você não se lembra do ouvir o tiro?

– Não.

Ela balançou a cabeça e olhou para a mesa.

– Não escutou nada?

– Não.

– Você falou com o seu filho desde o assassinato?

Ela respirou fundo e lutou para manter a compostura.

– A gente se falou por telefone ontem à noite, pela primeira vez. Ele está em Whitfield, mas provavelmente você já sabe disso. Disse que o xerife aqui levou ele pra lá na sexta-feira.

– Com todo o respeito, como ele está?

Ela deu de ombros e desviou o olhar. Jake interveio:

– Pra vocês ficarem sabendo, eu falei com os terapeutas de lá. Josie e Kiera vão pra Whitfield amanhã. O pastor vai levar as duas, e elas vão ver Drew e conhecer as pessoas que estão tratando dele. Parece que é muito importante que eles, os médicos, conversem com a família e fiquem sabendo de todo o histórico.

Ozzie e Rady assentiram, em aprovação. Rady virou uma página e leu algumas de suas anotações.

– O Stu alguma vez levou o Drew pra caçar?

Josie balançou a cabeça em negativa.

– Ele levou o Drew uma vez pra pescar, mas não acabou muito bem.

Uma longa pausa. Não houve mais nenhum detalhe.

– O que foi que aconteceu? – perguntou Rady.

– O Drew estava usando uma das varas de Stu e fisgou um peixe grande, que mordeu com força, puxou e arrancou a vara das mãos do Drew. O Stu estava bebendo cerveja e ficou possesso, bateu no Drew até ele chorar. Esse foi o único passeio deles pra pescar.

– Ele levou o Drew pra caçar?

– Não. Você precisa entender que o Stu não queria os meus filhos por perto, pra começo de conversa, e quanto mais tempo ficavam lá, mais raiva sentia deles. A situação estava saindo de controle pouco a pouco. A bebida, os meus filhos, as brigas por causa de dinheiro. As crianças me imploravam pra irmos embora, mas a gente não tinha pra onde ir.

– Que você saiba, o Drew já havia usado alguma arma antes?

Ela fez uma pausa e prendeu a respiração.

– Sim. Uma vez Stu levou Drew pros fundos do celeiro e eles ficaram atirando em alvos. Eu não sei qual arma usaram. Stu tinha um monte de armas, sabe? Não deu muito certo, porque o Drew tinha medo de armas e não conseguia acertar em nada, e o Stu ficou rindo dele.

– Você disse que ele bateu no Drew. Isso aconteceu mais de uma vez?

Josie olhou feio para Rady.

– Senhor, isso acontecia o tempo todo. Ele batia em todos nós.

– Não vamos entrar na questão do abuso físico hoje, pessoal – disse Jake, se aproximando da mesa. – Isso era recorrente, e vamos detalhar tudo em nosso relatório. Pode ser relevante num julgamento, pode não ser. Mas, por ora, vamos pular essa parte.

Por Ozzie, tudo bem. O que seria oferecido como prova no julgamento era assunto do promotor, não do xerife. Mas ia ser um julgamento bem complicado. Ele tomou a palavra:

– Olha, já que esta é a primeira dessas visitas, vamos apenas pegar os pontos principais e seguir em frente. Já estabelecemos que você, Josie, estava inconsciente quando o tiro foi dado. Não sabíamos disso antes, agora sabemos, então estamos progredindo. Faremos algumas perguntas pra Kiera e pronto, tudo bem?

– Me parece bom – disse Jake.

Rady deu outro sorriso meloso e disse a Kiera:

– Então, senhorita, pode nos contar a sua versão? O que aconteceu naquela noite?

A história dela era muito mais complexa, porque ela se lembrava de tudo: o horror de mais uma noite de sábado, a espera até altas horas, os faróis brilhando pela sala, o desentendimento na cozinha, os gritos, o som de carne se chocando contra carne, o terror de ouvir as botas de Stu cambaleando escada acima, sua respiração ofegante, suas palavras arrastadas, ele chamando o nome dela de forma debochada, suas investidas desajeitadas contra a porta, o barulho da maçaneta, as batidas, os gritos, o pavor desmedido enquanto irmão e irmã se agarravam um ao outro; depois o silêncio, os sons de sua retirada escada abaixo; e, o pior de tudo, nada da mãe. Eles sabiam que ele a tinha matado. Por uma eternidade a casa ficou em silêncio e, a cada minuto que passava, eles sabiam que a mãe estava morta. Caso contrário, estaria tentando protegê-los.

Kiera conseguiu narrar a história enquanto enxugava as lágrimas, sem diminuir o ritmo. Tinha lenços de papel nas duas mãos e falava comovida, mas sua voz não falhou. Jake continuava com o plano de não chegar nem perto do julgamento de Drew Gamble, mas o advogado de tribunal dentro dele não pôde deixar de avaliá-la como testemunha. Estava impressionado com a resistência dela, sua maturidade, sua determinação. Apesar de ser dois anos mais nova, parecia estar anos à frente do irmão.

Mas a parte sobre sua mãe morta a faz desacelerar a ponto de precisar de um pouco d'água. Ela tomou um gole de uma garrafa, enxugou o rosto, lançou um olhar severo para Rady e continuou: eles encontraram a mãe no chão da cozinha, sem reação, sem pulso, e começaram a chorar. Drew foi ligar pra polícia. Horas pareciam ter se passado. Ele fechou a porta do quarto. Ela ouviu um tiro.

– Então você viu o Stu na cama antes do tiro? – perguntou Rady.
– Não.

De acordo com Jake, as respostas a uma pergunta direta deveriam ser curtas.

– Você viu o Drew com a arma?
– Não.
– O Drew falou alguma coisa pra você depois que você ouviu o tiro?

Jake interrompeu rapidamente:

– Não responda a isso. Pode ser uma suposição, e seria inadmissível no tribunal. Tenho certeza que vamos debater isso mais tarde, mas não agora.

Ozzie já tinha ouvido o suficiente, tanto das testemunhas quanto do advogado. Levantou-se abruptamente e disse:

– Isso é tudo de que a gente precisa. Obrigado pelo seu tempo, senhoras. Jake, a gente entra em contato. Ou não. Tenho certeza que o promotor distrital vai falar com você em breve.

Jake ficou de pé enquanto os dois saíam da sala. Sentou-se quando eles se foram e Portia fechou a porta.

– Como a gente se saiu? – perguntou Josie.
– Vocês foram ótimas.

16

O longo dia começou ao nascer do sol, quando Charles McGarry iluminou com os faróis do carro os fundos de sua igrejinha rural. As luzes da cozinha estavam acesas, e ele sabia que Josie e Kiera estavam acordadas e prontas para partir. Ele as encontrou na porta, trocou cumprimentos apressados, já que teriam horas para conversar no carro, e trancou a igreja antes de sair. Kiera acomodou suas longas pernas na parte de trás do pequeno carro da família McGarry e Josie se acomodou no banco do carona à frente. Charles apontou para o relógio digital no painel.

– Seis e quarenta e seis – disse. – Fiquem atentas ao horário. Deve levar três horas.

Sua esposa, Meg, tinha pensado em se juntar a eles, mas a verdade é que o carro era pequeno demais para quatro pessoas sentadas lado a lado em uma viagem tão longa. E a senhora que havia prometido ficar de babá das crianças adoecera.

– Meg mandou alguns sanduichinhos de linguiça – disse ele. – Estão naquela sacola lá atrás.

– Eu vou vomitar – disse Kiera.

– Ela não está se sentindo bem – explicou Josie.

– Eu vou vomitar, mãe – disse ela novamente.

– Sério? – perguntou ele.

– Para o carro. Rápido.

Eles não haviam percorrido nem um quilômetro; ainda era possível ver a igreja atrás deles. Charles pisou no freio e parou no acostamento. Josie já estava abrindo a porta e puxando a filha para fora. Ela vomitou em uma vala e passou mais alguns minutos com ânsias enquanto Charles observava os faróis e tentava não prestar atenção. Kiera chorou e pediu desculpas à mãe, e elas discutiram algo. Ambas estavam chorando ao voltarem para o carro e por muito tempo nenhuma palavra foi dita.

Por fim Josie deu uma risada forçada e disse:

– Ela sempre ficou enjoada em viagem de carro. Nunca vi nada assim. Já ameaçava vomitar antes mesmo de eu ligar o motor.

– Você está bem aí atrás? – perguntou Charles por cima do ombro.

– Estou bem – murmurou ela, a cabeça jogada para trás, os olhos fechados, os braços cruzados sobre a barriga.

– Que tal um pouco de música? – perguntou ele.

– Claro – disse Josie.

– Você gosta de gospel?

"Pra ser sincera, não", pensou ela.

– Que tal, Kiera? Quer ouvir um pouco de música gospel?

– Não.

Charles ligou o rádio e sintonizou na estação country de Clanton. Eles contornaram a periferia da cidade e chegaram à rodovia principal no sentido sul. Às sete começou o noticiário, primeiro a previsão do tempo, depois a informação de que o promotor distrital, Lowell Dyer, havia confirmado que o grande júri do condado de Ford se reuniria naquele dia para analisar a pauta dos casos. E, sim, o homicídio do policial Stuart Kofer estaria em discussão. Charles esticou a mão e desligou o rádio.

O enjoo voltou mais uma vez alguns quilômetros ao sul de Clanton, dessa vez em uma rodovia movimentada com o tráfego da manhã. Charles virou o carro na entradinha de cascalho de uma propriedade e Kiera saltou, mal conseguindo evitar um desastre. Assim que ela voltou para o carro, Josie disse:

– Pode ser o cheiro dos sanduíches. Você se importa de colocar no porta-malas?

Charles planejava comer um deles como café da manhã, mas decidiu não se arriscar. Ele tirou o cinto de segurança, pegou a sacola do banco de trás, abriu o porta-malas e guardou a comida. Meg tinha acordado às cinco para fritar as linguiças e descongelar os pãezinhos.

De volta à estrada, Charles olhava pelo retrovisor interno a cada minuto. Kiera estava pálida e sua testa, encharcada de suor. Mantinha os olhos fechados, tentando tirar uma soneca.

Josie percebeu a inquietação; sabia que Charles estava preocupado com sua filha.

– A gente falou com o Drew ontem à noite – disse ela para mudar de assunto. – Obrigada por deixar a gente usar o telefone da igreja.

– Sem problemas. Como ele está?

– Não sei. É difícil dizer. Ele está em um lugar melhor, um quarto pequeno que divide com um garoto de 17 anos, mas que tem sido legal até agora. E o Drew diz que as pessoas, os médicos, são gentis e parecem preocupados de verdade com ele. Deram um remédio pra ele, um antidepressivo, e ele diz que está se sentindo melhor. Teve consulta com dois médicos diferentes ontem e eles fizeram um monte de perguntas pra ele, sobre coisas em geral.

– Alguma ideia de quanto tempo vão manter ele lá?

– Não. Isso não foi discutido até agora. Mas ele prefere ficar onde está a voltar pra prisão em Clanton. Jake diz que não tem como soltar ele. Que nenhum juiz do estado estabeleceria fiança em um caso desses.

– Tenho certeza que o Jake sabe do que está falando.

– A gente gosta muito do Jake. Você conhece ele bem?

– Não. Lembra, Josie, eu sou novato por aqui, assim como você. Cresci no condado de Lee.

– Ah, é verdade. Preciso confessar que é um alívio enorme ter um cara como o Jake como nosso advogado. A gente precisa pagar alguma coisa pra ele?

– Acho que não. Ele não foi designado pelo tribunal?

Ela assentiu e murmurou alguma coisa, como se de repente tivesse se lembrado de outra história. Kiera havia conseguido se encolher em posição fetal no banco traseiro e tirava uma soneca. Alguns quilômetros adiante, Josie se virou para olhá-la e sussurrou:

– Ei, querida, você está bem?

Kiera não respondeu.

LEVOU UMA HORA para que eles fossem recebidos e encaminhados a um prédio, e depois a outro, e lá foram conduzidos até uma sala de espera onde havia dois guardas de arma na cintura. Um dos guardas, uma mulher, veio dos fundos trazendo uma prancheta na mão e se aproximou de Charles. Ela esboçou um sorriso forçado e perguntou:

– Você está aqui para ver Drew Gamble?

– Elas estão – respondeu Charles, apontando para Josie e Kiera. – São a família dele.

– Me acompanhem, por favor.

Cada porta tinha uma espécie de campainha que ressoava ao passarem e, à medida que se aprofundavam naquele labirinto, os corredores iam ficando mais largos e mais limpos. Pararam diante de uma porta de metal sem janela e a guarda informou:

– Sinto muito, mas são permitidos apenas familiares.

– Tudo bem – disse Charles.

Ele mal conhecia Drew e não estava ansioso para passar a hora seguinte com ele. Josie e Kiera entraram e viram Drew sentado na pequena sala sem janelas. Os três se agarraram num abraço forte e começaram a chorar. Charles ficou observando pela porta aberta e sentiu uma pena enorme deles. A guarda recuou, fechou a porta e disse:

– Uma das terapeutas gostaria de falar com você.

– Claro.

O que mais ele poderia responder?

A terapeuta estava parada à porta de um consultório pequeno e bagunçado em uma outra ala. Ela se apresentou como Dra. Sadie Weaver e disse que estava usando aquele consultório temporariamente. Os dois se enfiaram nele e ela fechou a porta.

– Você é o pastor deles? – começou ela, sem margem para conversa fiada.

Dava a impressão de ser extremamente atarefada.

– Bem, mais ou menos. Vamos dizer que sim. Eles não são oficialmente membros da minha igreja, mas a gente meio que adotou eles. Não têm outro lugar pra onde ir. Nenhum parente na região.

– Passamos algumas horas com o Drew ontem. Parece que a família enfrentou momentos difíceis. Ele não conheceu o pai. Falei com o advogado deles, o Dr. Brigance, e com a Dra. Christina Rooker, de Tupelo. Ela viu o Drew na última quinta-feira e pediu ao tribunal que o internasse pra passar

por uma avaliação. Portanto, conheço um pouco do histórico deles. Onde elas estão morando?
– Na nossa igreja. Estão seguras e bem alimentadas.
– Graças a Deus. Parece que a mãe e a irmã estão sendo cuidadas. Eu, é claro, estou mais preocupada com o Drew. Vamos passar esta tarde e o dia de amanhã com ele, a mãe e a irmã. Presumo que é você que esteja dirigindo.
– Sim.
– Por quanto tempo você pode deixá-las aqui?
– Sou flexível. Não tenho nenhum compromisso.
– Ótimo. Quero que fiquem aqui por 24 horas. Pode buscá-las amanhã.
– Ok. Por quanto tempo vocês vão ficar com o Drew?
– É difícil dizer. Semanas, não meses. Via de regra, eles estão melhor aqui do que em uma prisão de condado.
– Certo. Deixa ele aqui o máximo que der. As coisas estão muito tensas no condado de Ford.
– Compreendo.
Charles se encaminhou para a saída e por fim chegou a seu carro. Passou pelos postos de controle e ao meio-dia estava de volta à estrada, sentido norte. Em uma loja de conveniência, comprou um refrigerante, pegou os sanduíches do porta-malas e desfrutou da solidão com seu brunch e música gospel.

O GRANDE JÚRI do condado de Ford se reunia duas vezes por mês. A pauta era tipicamente rotineira: pequenas apreensões de drogas, furtos de carros, um esfaqueamento ou dois em bares e boates. O último homicídio tinha sido em uma troca de tiros no estilo Velho Oeste após o velório de um negro, quando duas famílias em conflito se enfrentaram e começaram a atirar. Um homem foi morto, mas era impossível determinar quem tinha atirado em quem. O grande júri indiciou o suspeito mais provável por homicídio doloso e seu caso ainda aguardava julgamento, sem ninguém demonstrar muita pressa. Ele estava livre sob fiança.

O grande júri contava com dezoito membros, todos eleitores registrados do condado, que haviam sido nomeados pelo juiz Noose dois meses antes. Eles se reuniam na pequena sala de audiências no corredor principal e suas reuniões eram privadas. Sem espectadores, sem imprensa, nenhum integrante da típica corja entediada de tribunal em busca de alguma emoção.

Normalmente, durante o primeiro mês ou mais, ser membro do grande júri era uma honra da qual valia a pena se gabar; mas, depois de algumas sessões, a tarefa se tornava tediosa. Eles ouviam apenas um lado da história, aquele apresentado pelas autoridades policiais, e quase nunca havia qualquer dissidência. Até o momento, não tinham deixado de acatar nenhum dos indiciamentos sugeridos pela acusação. Quer percebessem ou não, rapidamente se tornavam pouco mais que uma chancela barata para a polícia e os promotores.

Uma sessão especial era algo incomum, e, quando se reuniram na tarde de terça-feira, 3 de abril, cada um dos dezesseis presentes sabia exatamente por que havia sido convocado. Dois estavam ausentes, mas havia quórum com folga.

Lowell Dyer lhes deu as boas-vindas, voltou a agradecer a eles – como se tivessem escolha – e explicou que tinham um assunto muito sério para tratar. Ele fez um resumo do homicídio de Kofer e pediu ao xerife Walls que se sentasse na cadeira das testemunhas em uma das pontas da mesa. Ozzie jurou dizer a verdade e começou sua narrativa: hora e data, lista de personagens, a ligação para o 911, a cena que o assistente-chefe Moss Junior Tatum, o primeiro a chegar ao local, testemunhou. Ele descreveu o quarto e o colchão ensanguentado e distribuiu fotos ampliadas de Stuart com parte da cabeça estourada. Vários dos membros do grande júri deram uma olhada, reagiram e depois desviaram o olhar. A pistola de serviço estava ao lado do corpo. A causa da morte era bastante óbvia. Um único tiro na cabeça, à queima-roupa.

– O menino estava na sala e disse ao assistente Tatum que Stuart Kofer estava no quarto e que achava que ele estava morto. Tatum foi até o quarto, viu o corpo e perguntou ao menino, Drew, o que havia acontecido, mas não obteve resposta. A garota, Kiera, estava na cozinha e, quando Tatum lhe perguntou o que aconteceu, ela disse: "O Drew atirou nele." É um caso simples, sem mistério.

Dyer estava andando de um lado para outro pela sala e parou para dizer:
– Obrigado, xerife. Alguma pergunta?

A sala ficou em silêncio enquanto os membros do grande júri sentiam o peso de um crime tão terrível. Por fim, a Srta. Tabitha Green, de Karaway, levantou a mão e perguntou a Ozzie:

– Quantos anos têm essas crianças?
– O garoto, Drew, tem 16. A irmã, Kiera, tem 14.
– E eles estavam em casa sozinhos?
– Não. A mãe estava com eles.
– E quem é a mãe deles?
– Josie Gamble.
– Qual é a relação dela com o falecido?
– Namorada.
– Com todo o respeito, xerife, o senhor não está compartilhando todos os fatos aqui. Tenho a sensação de que estou arrancando as coisas do senhor, e isso me deixa muito desconfiada.

A senhorita Tabitha olhava ao redor da sala enquanto falava, procurando apoio. Até o momento não tinha havido nenhum.

Ozzie olhou para Dyer como se precisasse de ajuda.

– A mãe deles se chama Josie Gamble e ela e os dois filhos moravam com o Stuart Kofer há cerca de um ano.

– Obrigada. E onde estava a Srta. Gamble quando o crime aconteceu?
– Na cozinha.
– Fazendo o quê?
– Bem, de acordo com os relatos, ela estava inconsciente. Quando Stuart Kofer voltou pra casa naquela noite, eles tiveram uma briga e, evidentemente, Josie ficou machucada e estava inconsciente.

– Ele deixou ela inconsciente?
– Parece ter sido isso que aconteceu.
– Bom, xerife, por que o senhor não nos contou isso? O que está tentando esconder de nós?

– Nada, absolutamente nada. O Stuart Kofer foi baleado e morto por Drew Gamble, pura e simplesmente, e estamos aqui pra fazer com que ele seja indiciado por isso.

– Entendo, mas não somos um bando de crianças do jardim de infância. O senhor quer que acusemos uma pessoa por um crime sujeito a pena de morte, ou seja, ela pode ir parar na câmara de gás. Não acha que é natural que a gente queira saber de todos os fatos?

– Imagino que sim.

– Não se trata de imaginação, xerife. O incidente ocorreu às duas da manhã de sábado pra domingo. É seguro presumir que Stuart Kofer não estava propriamente sóbrio quando voltou pra casa e agrediu a namorada?

Ozzie fez uma careta e pareceu tão culpado quanto um homem inocente é capaz de parecer. Ele olhou para Dyer novamente e disse:

– Sim, é seguro presumir isso.

O Sr. Norman Brewer, um barbeiro aposentado que vivia em um antigo distrito de Clanton, manifestou-se em apoio à Srta. Tabitha.

– Quão bêbado ele estava? – perguntou.

Uma pergunta complicada. Se ele tivesse simplesmente perguntado "Ele estava bêbado?", Ozzie poderia simplesmente ter respondido "Sim", evitando os detalhes mais desagradáveis.

– Estava bastante embriagado – respondeu Ozzie.

– Então ele chegou em casa bastante bêbado, como o senhor diz, apagou ela com um soco, aí o suspeito deu um tiro nele. Foi isso que aconteceu, xerife? – perguntou o Sr. Brewer.

– Basicamente, sim.

– Basicamente? Eu entendi algo errado?

– Não, senhor.

– Ele abusou fisicamente das crianças?

– Eles não informaram isso na época.

– Como estava o Kofer quando foi morto?

– Bem, acreditamos que ele estava deitado na cama, dormindo. Evidentemente, não houve confronto com o Drew.

– Onde estava a arma?

– Não sabemos exatamente.

O Sr. Richard Bland, de Lake Village, interveio:

– Então, xerife, parece que o Sr. Kofer estava desmaiado de bêbado em sua cama, desacordado, quando o garoto atirou nele, certo?

– Não sabemos se o Stu estava acordado ou dormindo quando foi morto, senhor.

Lowell não gostou da direção que as perguntas estavam tomando.

– Gostaria de lembrar a todos que a condição do falecido ou do réu não é uma questão para este grande júri – disse ele. – Alegações de legítima defesa, de insanidade ou o que quer que seja podem ser sugeridas pelos advogados de defesa, mas são objeto da apreciação do júri do julgamento. Não de vocês.

– Eles já estão alegando insanidade, pelo que ouvi – afirmou o Sr. Bland.

– Pode ser, mas o que vocês ouvem na rua não importa dentro desta sala – disse Lowell em tom professoral. – Estamos lidando somente com fatos aqui. Mais alguma pergunta?

– O senhor já lidou com um crime passível de pena de morte antes, Dr. Lowell? – perguntou a Srta. Tabitha. – Para nós esta é a primeira vez.

– Nunca lidei, e sou grato por isso.

– É que parece tão corriqueiro... – disse ela. – Como todos os outros casos com os quais lidamos aqui. Alguns fatos são apresentados, dentro do mínimo necessário, a discussão é limitada ao essencial e nós votamos. A gente só carimba o que o senhor deseja. Mas agora é diferente. Esse é o primeiro passo em um caso que pode mandar um homem, um menino talvez, pro corredor da morte em Parchman. Tudo isso está me soando banal demais, abrupto demais pra mim. Alguém mais está com essa sensação?

Ela olhou ao redor, mas não encontrou apoio.

– Eu compreendo, Srta. Green – disse Dyer. – O que mais gostaria de saber? Este caso é simples. Vocês viram o cadáver. Temos a arma do crime. Além da vítima, havia outras três pessoas na casa, na cena. Uma delas estava inconsciente. Outra era um garoto de 16 anos cujas impressões digitais foram encontradas na arma do crime. A terceira, a irmã dele, disse ao assistente Tatum que o irmão atirou em Stuart Kofer. É isso, pura e simplesmente.

A Srta. Tabitha respirou fundo e se recostou em sua cadeira. Lowell esperou, dando bastante tempo para que todos refletissem. Por fim, ele disse:

– Muito obrigado, xerife.

Sem dizer uma palavra, Ozzie se levantou e saiu da sala.

Benny Hamm olhou para a Srta. Tabitha do outro lado da mesa e perguntou:

– Qual é o problema? Existem provas à beça. O que mais você quer fazer?

– Ah, nada. Só que parece tudo muito apressado, sabe?

– Bem, Srta. Tabitha, garanto que haverá muito tempo para tratar de todos os problemas deste caso – disse Lowell. – Depois que o indiciamento for confirmado, meu gabinete vai dar início à investigação e se preparar para o julgamento completo. A defesa fará o mesmo. O juiz Noose vai garantir que a data seja definida em breve e em pouco tempo você e todos os outros deste grande júri poderão comparecer à sala de audiências principal, no final do corredor, pra ver o desenrolar dos fatos.

– Vamos votar – disse Benny Hamm.

– Vamos – disse alguém.

– Olha, eu vou votar pelo indiciamento. Tudo isso aqui parece uma mera formalidade. Entendem o que eu quero dizer? – indagou a Srta. Tabitha.

Todos os dezesseis votaram e o indiciamento foi aprovado por unanimidade.

17

A tensão no Coffee Shop diminuiu consideravelmente quando os assistentes do xerife encontraram outro local para tomar o café da manhã. Durante anos, Marshall Prather, Mike Nesbit e outros assistentes iam cedo à lanchonete para comer pãezinhos e espalhar fofocas, mas não todos os dias. Eles tinham outros locais favoritos e seus turnos mudavam, de modo que suas rotinas mudavam também. Jake, no entanto, ia ali seis manhãs por semana havia anos e sempre gostara de conversar com os assistentes. Mas eles o estavam boicotando agora. Quando ficou claro que Jake não tinha planos de alterar seu ritual, foram para outro lugar, o que Jake achou bom. Não gostava das gentilezas forçadas, da apreensão nos olhares, da sensação de que as coisas não eram as mesmas. Eles haviam perdido um camarada, e Jake agora estava do outro lado.

Ele tentou se convencer de que aquilo fazia parte da situação. Quase chegou a acreditar que, em um dia não muito distante, o caso Gamble estaria no passado e ele, Ozzie e os assistentes dele voltariam a ser amigos. Mas aquela cisão o incomodava muito, e ele não conseguia se livrar desse sentimento.

Dell o mantinha informado sobre os últimos rumores. Sem citar nomes, ela contou que o público do almoço da véspera estava todo agitado por conta da iminência do indiciamento e das dúvidas sobre quando e onde o julgamento deveria acontecer. Ou que, depois que Jake tinha ido embora naquela manhã, alguns fazendeiros haviam criticado bastante o juiz Noose e o judiciário, e Jake em particular. Ou que três senhoras que ela não via havia anos tinham se sentado perto da janela para almoçar mais cedo que de costume e conversaram baixinho sobre Janet Kofer e seu colapso nervoso. Havia um medo palpável de que Jake Brigance estivesse prestes a lançar mão de outra manobra de insanidade e "livrar o garoto". E assim por diante.

Dell ouvia tudo, se lembrava de tudo e repassava um pouco para Jake quando ele aparecia ao final do dia e o lugar estava vazio. Ela estava preocupada com ele e com sua crescente impopularidade.

Na manhã seguinte ao indiciamento, Jake chegou às seis e se juntou à clientela habitual de fazendeiros, policiais, alguns operários – quase todos homens que acordavam cedo e batiam cartão. Jake era o único frequentador do tipo colarinho-branco, e era admirado por isso. Ele frequentemente oferecia aconselhamento jurídico gratuito e comentava as decisões da Suprema Corte e outras peculiaridades, e ria das piadas que falavam mal de advogados.

Do outro lado da praça, no Tea Shoppe, os colarinhos-brancos se reuniam já mais para o final da manhã para debater golfe, política nacional e o mercado de ações. No Coffee Shop falava-se sobre pesca, futebol e os crimes da região, os poucos que havia.

Depois das trocas de bom-dia, um sujeito disse:

– Vocês viram isto?

Ele mostrou um exemplar do *The Ford County Times*. Saía às quartas-feiras e tinha conseguido incluir na edição a história de última hora da tarde de terça. Uma manchete em negrito gritava: **GAMBLE DIANTE DA PENA DE MORTE**.

– Que surpresa – disse Jake.

Lowell Dyer tinha ligado para ele na noite da véspera para confirmar a notícia.

Dell apareceu com o bule de café e encheu a xícara dele.

– Bom dia, querida – disse Jake.

– Se controla aí – rebateu ela, e se afastou.

Já havia uma dúzia de clientes habituais e, por volta das 6h15, o lugar estava lotado.

Jake bebericou seu café, leu mais de uma vez a história da primeira página e não descobriu nada de novo. O repórter, Dumas Lee, tinha ligado para o escritório dele no final da tarde do dia anterior em busca de uma declaração, mas Portia não deu nenhuma. O Dr. Brigance, explicou ela, estava no tribunal.

– Seu nome não é mencionado – disse Dell. – Já conferi.

– Droga. Eu precisava dessa publicidade.

Jake dobrou o jornal e devolveu a ela. Bill West, um supervisor da fábrica de calçados, chegou e se sentou em sua cadeira de costume. Eles falaram sobre o tempo por cinco minutos enquanto esperavam o café da manhã. Quando por fim chegou, Jake perguntou a Dell:

– Por que demorou tanto?

– A cozinheira é preguiçosa. Quer reclamar com ela?

A cozinheira era uma mulher grande e escandalosa, de temperamento explosivo, que tinha o hábito de atirar espátulas. Eles a mantinham nos fundos da lanchonete por um bom motivo.

Enquanto Jake despejava molho Tabasco em cima do mingau de milho, West disse:

– Quase briguei por sua causa ontem. Um cara lá do trabalho disse que você estava espalhando todo orgulhoso por aí que ia livrar aquele garoto assim que ele completasse 18 anos.

– Você deu um soco nele?

– Não. Ele é um tanto maior que eu.

– Também é um tanto idiota.

– Foi exatamente isso que eu disse pra ele. Falei que, em primeiro lugar, o Jake não sai por aí se gabando de nada e, em segundo lugar, que você não tentaria burlar o judiciário pra beneficiar um assassino de policial.

– Obrigado.

– Você tentaria?

Jake espalhou geleia de morango em sua torrada e deu uma mordida. Mastigou e disse:

– Não. Não tentaria. Estou tentando me livrar do caso.

– Isso é o que eu escuto sempre de você, Jake, mas ainda está no caso, certo?

– Sim, infelizmente.

Um operador de grua chamado Vance passou pela mesa, parou e encarou Jake. Apontou o dedo para a cara dele e falou em voz alta:

– Eles vão fritar o rabo daquele garoto, Jake, não importa o que você tente fazer.

– Bom dia, Vance – disse Jake. As cabeças todas se viraram na direção do burburinho. – Como vai a família?

Vance frequentava o lugar uma vez por semana e era bastante conhecido ali.

– Não banca o espertinho pra cima de mim. Você não tem nenhuma chance com aquele garoto no tribunal.

– Isso se enquadra na categoria "não é problema seu", Vance. Você cuida dos seus. Eu cuido dos meus.

– A morte de um policial é problema de todo mundo, Jake. Você vai fazer um truque e livrar o garoto usando uma daquelas "manobras técnicas", e isso vai ter consequências muito graves.

– É uma ameaça?

– Não, senhor. É uma promessa.

Dell se meteu na frente de Vance e ordenou entre dentes:

– Ou senta ou vai embora.

Ele andou de volta até sua mesa e, por alguns minutos, a lanchonete permaneceu em silêncio. Por fim, Bill West disse:

– Imagino que isso venha acontecendo muito esses dias.

– Ah, vem, sim, mas faz parte do trabalho. Desde quando os advogados são unanimidade? – respondeu Jake.

ELE ADORAVA O escritório às sete da manhã, antes de o dia iniciar e de o telefone começar a tocar, antes que Portia chegasse às oito com uma lista de coisas para ele fazer e perguntas para ele responder, antes de Lucien aparecer no meio da manhã e subir a escada com sua xícara de café para interromper o que quer que Jake estivesse fazendo.

Acendeu as luzes no primeiro andar e verificou cada cômodo, depois foi para a cozinha preparar o primeiro bule de café. Subiu até sua sala e tirou o paletó. No meio de sua mesa havia uma petição de duas páginas que Portia preparara no dia anterior. Era um pedido da defesa para que o caso de Drew Gamble fosse transferido para a vara da infância que, quando apresentado, iria desencadear mais uma rodada de rumores desagradáveis.

A petição era uma formalidade, e Noose já havia prometido negá-la. Mas, como o advogado de defesa responsável, Jake não tinha escolha. Se a petição fosse deferida, algo improvável, a acusação de homicídio seria julgada pelo juiz da vara da infância, sem júri. Quando condenado, Drew seria mandado para uma instituição de menores em algum lugar do estado e mantido lá até seu aniversário de 18 anos, quando o tribunal perderia a jurisdição. Nesse momento não haveria nenhum mecanismo processual que permitisse ao tribunal do circuito assumi-la. Em outras palavras, Drew seria libertado. Depois de passar menos de dois anos atrás das grades. Não havia nada de justo nessa lei, mas Jake não tinha como mudá-la. E era exatamente por isso que Noose manteria o caso consigo.

Jake não conseguia nem imaginar a reação negativa caso seu cliente fosse libertado depois de cumprir uma pena tão curta, e, francamente, não era a favor disso. Sabia, no entanto, que Noose protegeria o garoto e, ao mesmo tempo, protegeria a integridade do sistema.

Portia tinha anexado um relatório de quatro páginas que Jake leu com admiração. Como sempre, ela foi minuciosa. Abordou uma dúzia de casos anteriores envolvendo menores, um deles datando da década de 1950. Ela argumentou de maneira convincente que os menores não são tão maduros quanto os adultos e não possuem a mesma capacidade de tomada de decisão, e assim por diante. No entanto, cada caso que ela citava terminava com o mesmo resultado: o menor mantido no tribunal do circuito. O Mississippi tinha um longo histórico de julgamento de menores por crimes graves.

Era um esforço admirável. Jake editou a petição e o relatório, e, quando Portia chegou, eles debateram as mudanças. Às nove, ele atravessou a rua e deu entrada na petição. A escrivã-adjunta a recebeu sem fazer comentários e Jake saiu sem seu flerte costumeiro. Até mesmo o gabinete da escrivã parecia conter um pouco mais de frieza naqueles dias.

HARRY REX SEMPRE conseguia arrumar um motivo para sair da cidade a negócios, longe da turbulência dos seus divórcios litigiosos e de sua esposa briguenta. Ele escapou furtivamente pela porta dos fundos de seu escritório no final da tarde e aproveitou o longo e silencioso trajeto até Jackson. Foi ao Hal & Mal's, seu restaurante favorito, sentou-se em uma mesa de canto, pediu uma cerveja e esperou. Dez minutos depois, pediu outra.

Durante seus dias de faculdade de Direito na Ole Miss, ele tinha tomado muitas cervejas com Doby Pittman, um aventureiro da costa que tinha se formado em primeiro lugar na turma e escolhido o caminho das grandes firmas de Jackson. Ele agora era sócio de um escritório com cinquenta advogados que prosperava representando seguradoras em casos de danos graves. Pittman não estava envolvido com o *Smallwood*, mas seu escritório, sim. Um dos sócios dele, Sean Gilder, havia conseguido o caso.

Um mês antes, enquanto tomavam cerveja naquele mesmo restaurante, Pittman confidenciara ao seu velho amigo de bebedeira que a companhia ferroviária poderia abordar Jake com uma proposta de acordo. O caso botava medo em ambas as partes. Quatro pessoas haviam morrido em um cruzamento perigoso e malconservado pela ferrovia. Haveria enorme simpatia pela família Smallwood. E Jake tinha deixado a defesa impressionada com sua agressividade e sua insistência em levar o caso a julgamento. Ele não havia demonstrado hesitação alguma em defender as evidências coletadas e recorrer a Noose quando achava que a defesa estava tentando ganhar tempo. Ele e Harry Rex haviam contratado dois importantes especialistas em cruzamentos de ferrovias, além de um economista, que diria ao júri que as quatro vidas perdidas valiam milhões. O maior medo da ferrovia, segundo uma das confidências etílicas de Doby, era que Jake estivesse com apetite, ansioso por mais uma grande vitória no tribunal.

Por outro lado, a defesa estava confiante de que poderia reduzir a empatia e provar o óbvio: que Taylor Smallwood havia colidido com o décimo quarto vagão sem nem sequer pisar no freio.

As duas partes tinham muito a perder e muito a ganhar. Um acordo era o caminho mais seguro para ambas.

Harry Rex não tinha dúvida de que queria um acordo. Litígios custavam caro, e ele e Jake já haviam pegado emprestados 55 mil dólares do Security Bank até aquele momento para financiar o processo. Era provável que houvesse mais despesas. Nenhum dos advogados do lado do reclamante tinha aquele volume de dinheiro sobrando.

Claro, Pittman não sabia nada sobre os empréstimos. Ninguém sabia, exceto o banqueiro e Carla Brigance. Harry Rex não contava nada à esposa, sua quarta, sobre os negócios.

Doby chegou meia hora atrasado e não pediu desculpas. Harry Rex não ligou. Eles tomaram cerveja, pediram um prato local com feijão-vermelho e arroz e fizeram comentários sobre a aparência de algumas das mulheres no local. Em seguida, falaram sobre trabalho. Doby nunca tinha entendido o desejo de seu amigo de se especializar em divórcios em uma cidadezinha tão insignificante como Clanton, e Harry Rex sentia repulsa pelo excesso de trabalho e pela politicagem das grandes firmas de Jackson. Mas ambos estavam fartos do Direito e queriam fazer outra coisa. A maioria de seus amigos advogados experimentava o mesmo sentimento.

Os pedidos chegaram, e eles estavam morrendo de fome. Depois de algumas garfadas, Doby disse:

– Parece que seu garoto se meteu numa confusão lá em cima.

Harry Rex tinha previsto aquele comentário e respondeu:

– Vai ficar tudo bem assim que ele se livrar do caso.

– Não é isso que tenho ouvido.

– Tá bom, Pitt, vai logo e me diz o que o Walter Sullivan repassou pra vocês diretamente das sombras das ruas de Clanton. Ele provavelmente liga pra cá todo dia com as últimas fofocas do tribunal, das quais metade ele inventa, pra começo de conversa. Nunca foi uma fonte confiável de notícias. Eu sei de muito mais coisas e posso dizer onde ele errou.

Doby riu e deu uma garfada em um pedaço de linguiça. Limpou a boca com o guardanapo e tomou um gole da cerveja.

– Eu não falo com ele, você sabe. O caso não é meu. Então não sei de muita coisa. O que eu escutei veio de um dos assistentes que trabalha a umas salas da minha. O Gilder mantém sigilo sobre os casos do escritório.

– Saquei. Então, qual é a fofoca?

– Que o Brigance deixou a cidade bem aflita porque está preparando o caminho pra alegar insanidade. Que o garoto até já está em Whitfield.

– Isso não é verdade. Ele está em Whitfield, sim, mas só pra uma avaliação preliminar. Isso é tudo. A alegação de insanidade pode ser uma questão no futuro, no julgamento, mas o Jake não vai estar mais envolvido até lá.

– Bem, ele está envolvido agora. O Gilder e a gangue dele estão achando que o Jake pode ter problemas pra escolher o júri ideal no caso da ferrovia.

– Então a ferrovia vai recuar no acordo?

– Parece que sim. E eles não têm pressa nenhuma de ir a julgamento. Vão entrar em modo de espera total, na expectativa de que o Brigance fique empacado com o garoto. O julgamento do homicídio pode se tornar bem complicado.

– Modo de espera? Meu Deus, nunca ouvi falar em um escritório de defesa fazendo isso.

– É uma das nossas muitas especialidades.

– Mas eis o problema, Pitt. O Noose controla a pauta com mão de ferro, e agora deve a Jake um favor dos grandes. Se Jake quiser um julgamento o mais rápido possível, então ele vai ter.

Doby ficou mastigando a comida por alguns momentos, depois engoliu.

– Jake tem um valor em mente?

– Dois milhões – disse Harry Rex, com a boca cheia e sem hesitação.

Como advogado de defesa experiente, Doby fez uma careta como se fossem 2 bilhões. Os dois comeram em silêncio e pensaram naquela cifra. O contrato que Harry Rex tinha negociado com os parentes da família Smallwood dava a ele um terço se houvesse acordo e 40% se fosse a julgamento. Ele e Jake haviam concordado em dividir os honorários em partes iguais. Em meio à comida e à bebida, era fácil fazer a conta. Seria o maior acordo da história do condado de Ford, e extremamente necessário tanto para os advogados quanto para os reclamantes. Harry Rex ainda não tinha começado a gastar o dinheiro, mas estava sonhando fortemente com isso. Todos os bens de Jake estavam hipotecados. Além disso, havia a questão do empréstimo bancário para as despesas de litígio.

– Quanto o seguro cobre? – perguntou Harry Rex com um sorriso.

– Não posso dizer. Muito – respondeu Doby, sorrindo de volta.

– Era de se esperar. Ele vai pedir ao júri muito mais que 2 milhões.

– Mas é o condado de Ford, um lugar que nunca viu um veredito na casa do milhão.

– Tem sempre uma primeira vez, Pitt. Aposto que a gente consegue achar doze pessoas que nunca ouviram falar do assassinato.

Doby riu e Harry Rex foi forçado a fazer o mesmo.

– Porra, Harry Rex, você não consegue encontrar nem duas pessoas que não tenham ouvido falar disso.

– Pode ser, mas vamos fazer nossa pesquisa. O Noose vai dar bastante tempo pra gente escolher um júri.

– Com certeza vai. Olha, Harry Rex, eu quero que você ganhe uma bela grana, uma bela fatia daquele dinheiro sujo da seguradora, ok? Um bom acordo, pra te dar tranquilidade. Mas pra isso o Brigance precisa se livrar daquele garoto. No momento, esse caso joga contra ele, pelo menos na cabeça do Sean Gilder e do Walter Sullivan.

– Vamos dar um jeito nisso.

18

Todo mundo sabia que a atividade jurídica atingia seu pico ao meio-dia das sextas-feiras e depois se encerrava. Os advogados que normalmente lotavam os corredores do fórum desapareciam após o almoço. A maioria deles contava mentiras para suas secretárias e rumava até as mercearias rurais para comprar uma cervejinha gelada e depois perambulava pelas estradinhas de terra em abençoada solidão. Com os telefones em silêncio e os chefes ausentes, as secretárias muitas vezes escapuliam também. Nenhum juiz que se prezasse seria visto de toga numa tarde de sexta-feira. Quase todos iam pescar ou jogar golfe. As escrivãs, que geralmente andavam para lá e para cá carregadas de documentos importantes, saíam para resolver assuntos na rua e não voltavam mais, indo em vez disso para os salões de beleza e os supermercados. No meio da tarde, as engrenagens da justiça já estavam paralisadas.

Jake planejava ligar para Harry Rex, querendo beber alguma coisa e colocar os assuntos em dia. Às 15h30 ele encerrou o expediente e refletiu sobre qual desculpa daria a Portia para que pudesse sair sem parecer ocioso. Ele acreditava que era importante liderar pelo exemplo, e ela era bastante impressionável. No entanto, depois de dois anos trabalhando ali, Portia já conhecia tanto a agenda quanto as desculpas esfarrapadas dele.

Ela ligou para ele às 15h40 e disse que uma pessoa queria vê-lo. Não, a pessoa não tinha marcado um horário. Sim, ela sabia que era sexta-feira à tarde, mas era o pastor Charles McGarry, e ele tinha dito que o assunto era urgente.

Jake o recebeu em sua sala e eles se sentaram em um dos cantos, Charles no velho sofá de couro, Jake em uma cadeira que tinha pelo menos um século. O pregador recusou café ou chá e estava visivelmente angustiado. Ele contou que tinha levado Josie e Kiera a Whitfield na terça-feira, deixando-as lá e indo buscá-las no dia seguinte. Jake sabia de tudo aquilo. Havia falado duas vezes com a Dra. Sadie Weaver e estava ciente de que a família tinha sido reunida em três sessões que totalizaram quase sete horas.

– Quando a gente estava no carro na terça-feira, a Kiera passou mal e vomitou duas vezes – informou Charles. – A Josie disse que ela sempre enjoava em viagens de carro. Não dei muita atenção àquilo. Quando voltei para buscar as duas em Whitfield na quarta-feira, uma das enfermeiras me disse que a Kiera tinha passado mal naquela manhã, com náuseas, vômito, sabe? Achei estranho, porque ela não tinha andado de carro naquela manhã. As duas dormiram em um quarto no próprio campus. Na volta pra casa, na quarta à tarde, ela ficou bem. Ontem de manhã, a Sra. Golden, que está dando aulas pra ela na igreja, contou que ela passou mal de novo e vomitou. E que não foi a primeira vez. Eu contei pra minha esposa, a Meg, sobre isso e, bem, você sabe como as mulheres geralmente são mais espertas que a gente, né? Meg e eu temos um filho, e ela vai dar à luz nosso segundo daqui a dois meses. Somos muito abençoados, e estamos bem animados. Ela ainda tinha um teste de gravidez de farmácia que sobrou do ano passado.

Jake balançava a cabeça em anuência. Ele já havia comprado vários desde a chegada de Hanna e os resultados sempre tinham sido negativos, para grande decepção deles.

– A Meg concordou em bater um papo com a Josie. A Kiera fez o teste e deu positivo. Eu as levei a um médico em Tupelo hoje de manhã. Ela está com três meses. Não contou pro médico nem pra enfermeira quem é o pai.

Jake teve a sensação de levar um soco no estômago.

O pastor prosseguiu, embalado:

– Na volta ela passou mal de novo e vomitou no meu carro. Fez uma sujeira, coitada. A gente voltou pra igreja e a mãe colocou ela na cama. A Josie e a Meg se revezaram ao lado dela até que se sentisse melhor. Ela tomou um pouco de sopa na hora do almoço e depois ficamos todos na cozinha, e ela começou a falar, sabe. Contou que o Kofer começou a molestá-la por volta do Natal. Disse que ele fez isso umas cinco ou seis vezes e que ameaçou matar ela se contasse pra alguém. Ela não contou pra Josie e, claro, isso fez a mãe dela quase morrer. Teve muito choro hoje, Jake. Eu também chorei. Você consegue imaginar? Uma menina de 14 anos sendo estuprada por um bandido de quem ela morria de medo. Tão apavorada que não contou pra ninguém. Sem saber quando aquilo iria acabar. Ela disse que pensou em se matar.

– O Drew sabia? – perguntou Jake.

A resposta poderia ter consequências gigantescas.

– Não sei. Você precisa perguntar isso pra ela, Jake. Precisa falar com ela e com a Josie. Elas estão arrasadas, obviamente. Imagina só o que passaram nas últimas duas semanas. O assassinato, a cirurgia, os hospitais, o Drew na cadeia, a ida a Whitfield, terem perdido tudo que tinham, que já não era muito. E toda a conversa sobre mandar o Drew pra câmara de gás. Elas estão um caco, Jake, e necessitam muito da sua ajuda. Confiam em você e querem que aconselhe elas. Estou fazendo o melhor que posso, mas sou só um pastor inexperiente que nunca nem passou pela faculdade. – Sua voz falhou e seus olhos se encheram d'água. Ele desviou o olhar, balançou a cabeça, lutou contra suas emoções. – Desculpa. Foi um longo dia com elas duas, Jake. Um dia pra lá de longo, e elas precisam falar com você.

– Tá bem, tá bem.

– E tem mais uma coisa, Jake. A primeira reação da Josie foi pensar em um aborto. Ela está muito convicta disso, pelo menos nesse momento. E eu não sou a favor, por razões óbvias. Sou absolutamente contra. Se a Kiera fizer um aborto, ela está fora da minha igreja.

– Vamos nos preocupar com isso depois, Charles. Você disse que ela foi a um médico em Tupelo?

– Isso. A Josie gostou do médico que operou ela, então ligou pra enfermeira dele. Eles a encaminharam pra um outro médico, e o cara fez um favor e atendeu a Kiera. Disse que ela está bem e tudo, mas ainda é uma criança.

– E a Meg sabe de tudo isso?

– A Meg estava junto, Jake. Está lá com elas.

– Ok. É muito importante manter o máximo de discrição possível. Minha cabeça está girando enquanto tento pensar em todas as consequências. Sei como as fofocas se espalham rápido numa igreja pequena.

– Certo, certo.

Quase tão rápido quanto se espalham em uma lanchonete.

– Está dando pra notar? – perguntou Jake.

– Eu não percebi nada. Quer dizer, tentei não ficar reparando, mas acho que não. Por que não vai ver por si mesmo, Jake? Elas estão na igreja te esperando.

KIERA ESTAVA TIRANDO um cochilo no andar de cima quando Jake entrou pela porta dos fundos que dava na cozinha. Em uma das cabeceiras de uma longa mesa havia uma pilha de livros didáticos e cadernos, prova de que a aluna estava recebendo algum grau de instrução. Meg e Josie estavam à mesa, montando um enorme quebra-cabeça. O filho de 4 anos dos McGarry, Justin, brincava quietinho em um canto.

Josie se levantou e deu um abraço em Jake como se os dois fossem amigos havia anos. Meg andou até a bancada e lavou o bule para preparar café fresco. Embora as janelas estivessem abertas e as cortinas se movessem com a brisa, o cômodo tinha uma atmosfera pesada.

Jake levara 22 minutos para ir de carro da praça de Clanton até a Igreja do Bom Pastor e, nesse curto espaço de tempo, tentou, sem sucesso, primeiro listar todas as novas implicações jurídicas do caso e depois destrinchá-las.

Supondo que ela estivesse realmente grávida e que Kofer fosse o pai, como aquilo seria apresentado no julgamento de Drew? Visto que ela estava presente no momento do assassinato, sem dúvida seria convocada como testemunha de acusação. A gravidez poderia ser mencionada? E se a mãe insistisse em um aborto? O júri ficaria sabendo? Se Drew soubesse que o Kofer estava estuprando a irmã, esse fato não teria um impacto significativo em sua defesa? Ele matara para acabar com aquilo. Matara por vingança. Independentemente dos motivos pelos quais matara, Lowell Dyer poderia argumentar de forma convincente que ele sabia exatamente o que estava fazendo. Como eles poderiam provar que o filho era de Kofer? E se o pai fosse outro? Com o histórico problemático de Kiera, não era possível que ela tivesse começado a fazer sexo precocemente? Será que havia algum namorado? Jake era obrigado a informar Lowell Dyer que sua principal testemunha tinha sido engravidada pelo falecido? Dependendo de quando ocorresse o julgamento, seria sensato convocá-la para testemunhar quando a gravidez fosse visível? Ao comprovar os estupros e os abusos físicos, Jake não estaria na verdade colocando Stuart Kofer em julgamento? Se Kiera decidisse abortar, quem pagaria por isso? Se decidisse não abortar, o que aconteceria com a criança? Sem um lugar para morar, Kiera teria permissão para ficar com o bebê?

Enquanto dirigia, ele tinha chegado à conclusão de que aquelas questões exigiriam o envolvimento de uma equipe inteira. Advogado, pastor, no mínimo dois psiquiatras, alguns terapeutas.

Jake olhou para Josie do outro lado da mesa e perguntou à queima-roupa:

– O Drew sabia que o Kofer estava estuprando a Kiera?

As lágrimas foram instantâneas, as emoções à flor da pele, impossíveis de serem contidas.

– Ela não quer falar – disse Josie. – O que me leva a acreditar que sabia. Caso contrário, por que ela simplesmente não diz que não? Eu não sabia. Mas também não consigo acreditar que ela contaria ao Drew e não a mim.

– E você não fazia ideia?

Ela balançou a cabeça em negativa e começou a soluçar. Meg serviu café a Jake em uma xícara de cerâmica manchada de marrom pelas décadas de uso. Como tudo mais na sala, parecia ser bastante usada, mas limpa.

Josie secou o rosto com uma toalha de papel e perguntou:

– O que isso muda no caso do Drew?

– Ajuda. Atrapalha. Alguns jurados podem se solidarizar com Drew por resolver o problema com as próprias mãos e proteger a irmã, se era isso que ele estava pensando. Não sabemos ainda. Os promotores vão dar destaque ao fato de que ele matou o Kofer para detê-lo, de modo que sabia o que estava fazendo e não poderá alegar insanidade. Eu, sinceramente, não tenho como te dizer como as coisas vão se desenrolar. Lembre que estou no caso apenas temporariamente. Há uma boa chance de o juiz Noose designar outro advogado pro julgamento.

– Você não pode deixar a gente, Jake – disse Josie.

Sim, posso, pensou ele. *Especialmente agora.*

– Vamos ver. – Em busca de um assunto um pouco menos deprimente, ele falou: – Fiquei sabendo que vocês passaram um tempo com o Drew.

Ela fez que sim com a cabeça.

– E como ele está?

– Tão bem quanto se pode esperar. Eles receitaram alguns medicamentos, uns antidepressivos, e ele disse que está dormindo melhor. Gosta dos médicos, diz que a comida é boa. Prefere ficar lá a ficar na prisão. Por que ele não pode ser libertado, Jake?

— A gente já teve essa conversa, Josie. Ele foi indiciado por homicídio doloso e está sujeito a pena de morte. Ninguém tem direito a fiança sob uma acusação dessas.

— Mas e a escola? Ele já está dois anos atrasado e fica lá sentado, perdendo ainda mais tempo a cada dia. Eles não vão colocar ele numa turma em Whitfield porque ele é um risco à segurança e está lá só temporariamente. Quando trouxerem Drew de volta pra cá pra esperar o julgamento, eles não vão ter professores na prisão. Por que não podem mandar ele pra uma instituição juvenil em algum outro lugar? Um lugar onde eles pelo menos ofereçam estudo.

— Porque ele não está sendo tratado como menor de idade. Ele agora é um adulto.

— Eu sei, eu sei. Adulto? Que piada. Ele é só um garotinho que não tem nem barba ainda. Uma das terapeutas que atende ele me disse que nunca tinha visto um garoto de 16 anos tão fisicamente imaturo quanto o Drew. — Uma pausa enquanto ela enxugava as faces vermelhas. — O pai dele era assim. Um garoto.

Jake olhou para Meg, que olhou para Charles. Jake decidiu investigar um pouco.

— Quem é o pai dele?

Josie riu e deu de ombros, e teria dito "Que importância isso tem?", mas estava em uma igreja.

— Um cara chamado Ray Barber. Era meu vizinho, e eu meio que cresci com ele. Quando tínhamos 14 anos, começamos a dar uns amassos, uma coisa levou a outra, e transamos. Depois repetimos, fizemos de novo e de novo, e a gente estava se divertindo. Não entendíamos nada sobre controle de natalidade ou biologia básica, éramos só duas crianças idiotas. Engravidei aos 15 anos, e o Ray queria se casar comigo. Ele estava com medo de ser deserdado. Minha mãe me mandou morar com uma tia em Shreveport pra ter o bebê. Não me lembro de ter havido nenhuma conversa sobre interromper a gravidez. Eu tive o bebê e elas queriam que eu desse ele, e eu devia ter dado. Eu devia mesmo. O que fiz meus filhos passarem foi um pecado, sem dúvida.

Ela respirou fundo e deu um gole numa garrafa d'água.

– De qualquer forma, eu me lembro do Ray preocupado porque os outros meninos estavam com barba e pelos nas pernas, e ele não. Ele estava com medo de demorar a crescer, como o pai dele. Evidentemente, as outras partes estavam funcionando bem.

– O que aconteceu com o Ray? – perguntou Jake.

– Não sei. Nunca mais voltei pra casa. Quando eu não quis dar o bebê, minha tia me expulsou. Sabe de uma coisa, Jake, engravidar aos 15 anos foi o pior erro que já cometi. Mudou a minha vida, e não foi pra melhor. Eu amo o Drew, assim como amo a Kiera, mas, quando uma garota tem um filho tão nova, todo o futuro dela vai pros quintos dos infernos. Desculpa o palavreado. A garota provavelmente não vai concluir os estudos. Não vai arrumar um bom casamento. Não vai achar um bom emprego. Provavelmente vai fazer o que eu fiz, pular de um homem ruim pra outro. É por isso que a Kiera não vai ter esse bebê, entende, Jake? Se eu tiver que roubar um banco pra conseguir dinheiro pro aborto, eu vou roubar. Ela não vai estragar a vida dela. Que inferno, ela nem queria fazer sexo. Eu queria. Desculpa o palavreado.

Charles balançou a cabeça e mordeu o lábio, mas não disse nada. Era óbvio, porém, que tinha muito a dizer sobre aborto.

– Eu entendo – disse Jake calmamente. – Mas esse assunto pode ser discutido depois. Agora tem uma pergunta que eu preciso fazer. Ela diz que o Kofer é o pai. Existe alguma possibilidade de haver mais alguém?

Nada abalava Josie, nem mesmo a delicada insinuação de que a filha poderia estar transando por aí. Ela balançou a cabeça: não.

– Eu perguntei isso pra ela. Como você provavelmente percebeu, ela é normal pra idade, muito mais madura que o irmão. Sei por experiência própria o que os adolescentes podem fazer, então perguntei a ela se tinha tido outra pessoa. Ela ficou chateada com a pergunta, disse que absolutamente não. Que o Kofer foi o primeiro a tocar nela.

– E isso começou por volta do Natal?

– Sim. Ela disse que tava em casa sozinha num sábado, pouco antes do Natal.

– Deve ter sido no dia 23 de dezembro – comentou Charles.

– Eu tava trabalhando. O Drew tava na casa de um amigo. O Stu voltou mais cedo pra casa e decidiu ir ao quarto dela. Ele disse que queria fazer aquilo. Ela pediu que não, por favor, não. Ele estuprou ela, mas teve o cuidado de não deixar marcas. Quando acabou, falou que ia matar ela e o Drew também se contasse a alguém. Até perguntou se ela tinha gostado. Dá pra imaginar? Isso aconteceu várias vezes, cinco ou seis ao todo, ela acha, e disse que estava esperando a hora certa pra me contar. Disse que não podia continuar daquele jeito, que até pensou em suicídio. Isso é tudo culpa minha, Jake. Viu o que eu fiz com meus filhos? Tudo minha culpa.

Ela estava novamente aos prantos.

Jake foi até a pia e jogou fora o café já frio. Encheu a xícara outra vez e caminhou até a porta para olhar para fora. Quando Josie parou de chorar, ele voltou para a cadeira e olhou para ela.

– Posso fazer mais umas perguntas?
– Claro. Qualquer coisa que quiser saber, Jake.
– O Drew e a Kiera sabem que têm pais diferentes?
– Não. Eu nunca contei. Achei que fossem perceber isso logo. Eles não se parecem em nada.
– O Kofer abusou fisicamente do Drew?
– Sim. Ele dava tapas nele, na Kiera também, mas nunca de mão fechada. Ele me bateu várias vezes, sempre quando estava bêbado. Sóbrio, o Stu era bom, sabe? Mas bêbado ele era insano. E muito intimidador, fosse bêbado ou sóbrio.
– Você está disposta a sentar no banco das testemunhas e contar ao júri sobre o abuso físico?
– Acredito que sim. Acho que eu tenho que fazer isso, certo?
– Provavelmente. E a Kiera?
– Não sei, Jake. A coitadinha está completamente arrasada.

Bem nesse momento, Kiera apareceu à porta e andou até a mesa. Seus olhos estavam inchados; seu cabelo, bagunçado. Usava uma calça jeans larga e uma blusa de moletom, e Jake não pôde deixar de olhar para a barriga dela. Não viu sinal algum da gravidez. Ela sorriu para ele, mas não falou nada. Kiera tinha um sorriso lindo, com dentes perfeitos, e Jake tentou imaginar o horror de ser uma garota de 14 anos que tinha acabado de descobrir que seu corpo estava carregando uma criança indesejada. Por que a biologia permite que crianças tenham filhos?

– Falando no julgamento... – interveio Charles. – Alguma ideia de quando vai ser?
– Absolutamente nenhuma. O processo ainda está muito no começo.

Eu sei que, com menores que são julgados como adultos, os tribunais costumam agir muito rápido. Talvez aconteça neste verão, mas não tenho certeza.

– Quanto antes, melhor – disse Josie. – Quero deixar essa confusão pra trás.

– Isso não vai passar com um julgamento, Josie.

– Ah, eu sei disso, Jake – rebateu ela. – Comigo as coisas nunca passam. Tudo está uma bagunça, sempre foi, e acho que sempre será. Sinto muito por tudo isso. As crianças estavam me implorando pra deixar o Stu, e eu queria fazer isso. Se soubesse sobre ele e a Kiera, a gente teria fugido no meio da noite. Não me pergunta pra onde, mas a gente teria sumido. Eu lamento tanto...

Houve outra longa pausa enquanto todos – Jake, Charles, Meg e até mesmo Kiera – tentavam pensar em algo para dizer que pudesse ser reconfortante.

– Eu não quis ser grossa, Jake. Você me entende? – disse Josie.

– Entendo. É imprescindível que essa gravidez seja mantida em segredo. Tenho certeza que todos vocês concordam, mas a questão é como fazer isso. A Kiera não está indo à escola, então a gente não precisa se preocupar com as suspeitas dos colegas. E o pessoal da igreja aqui?

– Bem, vamos ter que contar à Sra. Golden, a tutora – explicou Charles. – Ela já está desconfiada.

– Você pode lidar com isso?

– Claro.

– Bem, depois que fizermos o aborto, não vamos ter que nos preocupar com isso, certo? – deixou escapar Josie.

Charles não conseguiu mais ficar de boca fechada e explodiu:

– Enquanto vocês estiverem morando nesta igreja, o aborto está fora de questão. Se ela fizer um aborto, vão ter que ir embora.

– A gente sempre vai embora. Jake, onde fica a clínica de aborto mais próxima?

– Em Memphis.

– Quanto custa um hoje em dia?

– Não sei por experiência própria, mas ouvi dizer que é algo em torno de 500 dólares.

– Você me emprestaria 500?

– Não.

– Ok, a gente arruma outro advogado.

– Não acho que você consiga encontrar outro.

– Ah, tem vários por aí.

– Vamos todos respirar fundo – pediu Charles. – Foi um longo dia e os nervos estão à flor da pele.

Alguns segundos se passaram. Jake deu um último gole no café, se levantou e voltou para a pia. Depois se aproximou da cabeceira da mesa e disse:

– Eu tenho que ir, mas quero que vocês visualizem um cenário difícil de imaginar. Se houver um aborto... e não que eu seja a favor dele, mas essa decisão não é minha... então não só uma vida seria destruída, mas também evidências valiosas. A Kiera vai ser chamada pra testemunhar no julgamento. Se ela tiver feito um aborto, não terá permissão pra mencioná-lo, e não deveria mesmo, por causa da reprovação dos jurados. Ela pode contar ao júri que o Stuart Kofer a estuprou mais de uma vez, mas não poderá provar isso, será apenas a palavra dela. A polícia nunca foi chamada. No entanto, se ela estiver visivelmente grávida, ou já tiver dado à luz, o bebê será uma evidência poderosa dos estupros do Kofer. E a Kiera vai gerar uma enorme compaixão não só por ela mesma como também, e mais importante, pelo irmão. Manter a gravidez será um fator de peso a favor de Drew no julgamento.

– Então ela teria o bebê pra salvar o irmão? – perguntou Josie.

– Ela teria o bebê porque é a coisa certa a ser feita – respondeu Jake. – E, por si só, isso não vai salvar o irmão, mas sem dúvida poderia ajudar numa causa bastante desesperadora.

– Ela é jovem demais para ficar empacada criando um filho – disse Josie.

– Existem muitos casais querendo adotar um bebê, Josie – afirmou Jake. – Faço três ou quatro adoções privadas por ano, e são meus casos preferidos.

– E quanto ao pai? Não sei bem se eu ia querer os genes dele.

– Desde quando a gente pode escolher os nossos pais?

Josie balançou a cabeça, desgostosa e em negação.

Enquanto Jake dirigia para casa, pensou nos rompantes de mesquinharia que Josie havia demonstrado instintivamente. Não que ele a culpasse. Ela tinha sido embrutecida por uma vida de escolhas equivocadas e estava desesperada para oferecer algo melhor para os filhos. Provavelmente, ela mesma já havia feito algum aborto e estava muito grata por ter apenas dois filhos com que se preocupar. Dois já estavam sendo o suficiente.

ELE QUASE PAROU em uma mercearia para comprar uma cerveja, uma lata de qualquer coisa gelada que levaria cerca de vinte minutos para saborear. Então o telefone do carro tocou. Era Carla, lembrando-lhe em tom incisivo que eles tinham que sair de casa em trinta minutos para o jantar na casa dos Atcavages. Ele havia se esquecido daquilo. Ela estava ligando havia uma hora. Onde ele estava?

– Posso explicar tudo mais tarde – disse ele, e desligou.

Nos casos mais delicados, ele sempre ficava dividido em relação a quanto contar à esposa. Compartilhar qualquer coisa era, tecnicamente, uma violação ética, mas todo ser humano, incluindo advogados, precisava desabafar com alguém. De forma consistente, ela oferecia uma perspectiva diferente, sobretudo quando havia mulheres envolvidas, e nunca hesitava em defender seu ponto de vista. Ela teria opiniões contundentes sobre aqueles últimos eventos de uma história já trágica.

Entrando em Clanton e já quase em casa, ele decidiu que esperaria um dia ou dois, talvez mais, antes de contar a Carla que Kiera estava grávida porque tinha sido estuprada por Stuart Kofer. Apenas dizer isso a si mesmo deixava seu estômago embrulhado. Era difícil imaginar a raiva bruta que se espalharia pelo tribunal se e quando Jake detalhasse os pecados de Stuart Kofer, um policial morto incapaz de se defender.

Hanna tinha ido a uma festa do pijama e a casa era puro silêncio. Carla estava agindo com frieza por estarem atrasados, mas Jake não se importou. Era uma noite de sexta-feira, iriam encontrar os amigos para um jantar informal, com um barril de cerveja esperando por eles no quintal. Ele tirou o terno e vestiu calça jeans, depois se sentou e esperou por ela à mesa da cozinha.

Enquanto ele dirigia, ela perguntou:

– Então, onde você estava?

– Na Igreja do Bom Pastor, visitando a Josie e o pessoal de lá.

– Isso não estava planejado.

– Não, simplesmente aconteceu. O Charles McGarry chegou no escritório às três e meia e disse que elas queriam falar comigo, que estavam preocupadas e precisavam de ajuda. É parte do meu trabalho.

– Você tá ficando preso a esse caso, não tá?

– Parece areia movediça.

– Deram outro telefonema há mais ou menos uma hora. Tá na hora de trocar o número.

– Ele deu nome e endereço?

– Duvido que tenha endereço, provavelmente mora debaixo de uma pedra. Algum maluco bizarro gritando no telefone. Disse que, se aquele menino for solto, não vai durar 48 horas. E que o advogado não duraria 24.

– Então eles vão me matar primeiro?

– Isso não tem graça.

– Não tô rindo. Vamos mudar o número.

– Você vai ligar pro Ozzie?

– Vou, mas não que vá fazer diferença. Deveríamos retomar aquela conversa sobre segurança particular.

– Ou talvez você devesse só dizer ao Noose que já chega.

– Você quer que eu largue o caso? Achei que estivesse preocupada com o Drew.

– Eu estou preocupada com o Drew. Também estou preocupada com a Hanna, e com você, e comigo, e em tentar sobreviver nesta cidade minúscula.

Stan Atcavage morava perto do Country Club, em um condomínio arborizado de amplas casas de subúrbio construídas em torno do único campo de golfe do condado. Ele era diretor do Security Bank e detinha a maior parte das hipotecas de Jake, bem como a nova linha de crédito para as despesas de litígio do caso *Smallwood*. A princípio, Stan tinha se recusado a fazer esse novo empréstimo, assim como Jake e Harry Rex. Mas, à medida que o caso avançava, eles perceberam que não teriam escolha. Depois de três divórcios e agora com uma quarta esposa, o patrimônio de Harry Rex era tão inexpressivo quanto o de Jake, embora ele atualmente tivesse apenas uma hipoteca de sua casa. Aos 51 anos, Harry Rex estava contemplando o futuro com grande preocupação. Jake tinha só 37, mas parecia que quanto mais trabalhava, mais dinheiro ficava devendo.

Stan era um amigo próximo, mas Jake não suportava a esposa dele, nem Carla. Tilda era de uma família tradicional de Jackson que ela frequentemente descreveu como rica, o que afastava a maioria das pessoas em Clanton. A cidade era pequena demais para ela e seus hábitos requintados. Em busca de mais refinamento, obrigou Stan a se associar ao Tupelo Country Club, um símbolo de status na região e um luxo que eles pagavam com dificuldade. Ela também bebia muito, gastava muito e pressionava o marido para ganhar mais. Como banqueiro de cidade pequena, Stan falava pouco, mas tinha confidenciado o suficiente a Jake para que ele soubesse que o casamento não ia bem. Por sorte, quando chegaram, meia hora atrasados, Tilda já havia tomado vários drinques e estava um pouco menos insuportável que o habitual.

Havia cinco casais, todos na faixa dos 30 e muitos ou 40 e poucos, com filhos de 3 a 15 anos. As mulheres se reuniram em uma das extremidades do quintal, onde ficava um bar com adega, e ficaram conversando sobre os filhos, enquanto os homens se acomodaram em torno do barril de cerveja discutindo outros assuntos. Primeiro, o mercado de ações, um tópico que deixava Jake entediado porque ele não tinha dinheiro para apostar e, mesmo que estivesse com dinheiro sobrando, achava melhor evitá-lo diante das coisas que sabia. Em seguida, foi o boato um tanto picante de que um médico que todos conheciam tinha pirado e fugido com uma enfermeira. Ela era bem conhecida também porque era linda de morrer e uma das mulheres mais cobiçadas do condado. Jake não ouvira o boato, nunca tinha visto a mulher, não gostava do médico e tentou ficar longe da fofoca.

Carla era da opinião de que os homens, ao contrário da opinião popular, eram mais fofoqueiros que as mulheres. Jake achava difícil discordar. Ele ficou aliviado quando a conversa mudou para esportes, e mais satisfeito ainda quando Stan anunciou o jantar. Ninguém havia mencionado o assassinato de Kofer.

O jantar foi costela defumada, espigas de milho e salada de repolho. Fazia uma noite de primavera perfeita, quente o suficiente para se comer do lado de fora e apreciar os cornisos em flor. O campo de golfe ficava a 50 metros de distância e, após ser servida uma torta de coco de sobremesa, os cinco homens acenderam charutos e foram até lá para fumar. O campeonato Masters estava a todo vapor no Augusta National Golf Club, e isso dominou a conversa. Nick Faldo e Raymond Floyd estavam numa disputa acirrada, e Stan, que levava o golfe a sério, fez uma análise minuciosa. Como era o anfitrião e não iria dirigir, estava bebendo bastante.

Jake tinha pouca experiência com charutos e menos ainda com golfe, e, enquanto se forçava a prestar atenção, sua mente voltou ao episódio na igreja e ao olhar de desespero e de medo nos olhos da jovem Kiera. Ele deixou aqueles pensamentos de lado e teve vontade de voltar para casa e se enfiar na cama.

Stan, contudo, queria fechar a noite com um digestivo, um bom conhaque que alguém havia lhe dado de presente. De volta ao quintal, ele serviu cinco generosas doses, e os meninos se aproximaram para implicar com as meninas.

Carla olhou para a bebida na mão de Jake.

– Já não bebeu o suficiente? – sussurrou ela.

– Tô bem.

Um casal estava pagando uma babá e precisava ir embora. Outro tinha um filhotinho de cachorro que estava sozinho. Eram quase onze horas, e a maioria planejava dormir a manhã de sábado inteira. Agradecimentos e despedidas foram trocados e os convidados partiram.

Chegando ao carro, o Saab vermelho de Jake, Carla perguntou:

– Você tá bem pra dirigir?

– Claro. Tô ótimo.

– Quantas doses tomou? – perguntou ela depois que entraram no carro.

– Eu não sabia que era pra contar. Não o bastante.

Ela cerrou os dentes, desviou o olhar e não falou mais nada. Jake estava determinado a provar sua sobriedade e dirigia lenta e cuidadosamente.

– Então, sobre o que as meninas conversaram? – perguntou ele, tentando quebrar o gelo.

– O de sempre. Filhos, escola, sogras. Você ouviu sobre o Dr. Freddie e a enfermeira?

– Ah, ouvi. Todos os detalhes. Eu sempre evitei o sujeito.

– Ele é bizarro, mas a esposa dele não é muito melhor. Cuidado com a velocidade.

– Eu tô bem, Carla, obrigado. – Jake bufou e voltou a se concentrar na estrada. Pegou uma saída a leste da cidade e as luzes brilhantes de Clanton apareceram logo adiante. Então olhou no retrovisor e murmurou: – Merda! Polícia.

A viatura havia se materializado do nada e de repente estava em sua cola, com as luzes azuis piscando e uma sirene que podia ser ouvida a quilômetros. Jake percebeu imediatamente que era uma viatura do condado. Os limites da cidade de Clanton ficavam a menos de 2 quilômetros de distância.

Carla se virou horrorizada e viu as luzes se aproximando.

– Por que ele tá mandando a gente parar? – perguntou.

– Eu sei lá. Eu estava abaixo do limite de velocidade.

Jake reduziu a velocidade e parou em um trecho amplo do acostamento.

– Tem um chiclete? – perguntou.

Carla abriu a bolsa, que, seguindo a moda vigente, era grande a ponto de ter que ser despachada no aeroporto. Encontrar um chiclete ou uma bala de hortelã ali dentro, no escuro e sob pressão, parecia improvável. Felizmente o policial não tinha pressa. Ela encontrou o chiclete e Jake enfiou dois na boca.

Era Mike Nesbit, um assistente do xerife que Jake conhecia bem. Ele conhecia todos, não é mesmo? O oficial apontou a lanterna para o interior do veículo e perguntou:

– Jake, posso ver sua habilitação e o documento do carro, por favor?

– Claro, Mike. Tudo bem com você? – disse Jake enquanto os entregava.

– Tudo ótimo. – Nesbit examinou os documentos e falou: – Só um minuto. – Andou de volta até a viatura e entrou, justamente quando um Audi verde passou por eles na estrada. Jake não tinha certeza, mas achava que era o carro dos Janeways, um casal com quem haviam acabado de jantar na casa dos Atcavages. E, visto que Jake tinha o único Saab vermelho em um raio de 80 quilômetros, não havia muita dúvida quanto a quem estava sendo parado.

– Você tem água? – perguntou à esposa.

– Eu não costumo andar com água.

– Valeu.

– Você bebeu muito?

– Não, acho que não.

– Quanto você bebeu?

– Eu não estava contando, mas não foi muito. Eu pareço bêbado?

Ela virou o rosto e não respondeu. As luzes piscantes pareciam prestes a explodir, mas felizmente a sirene tinha sido desligada. Outro carro passou, devagar. Jake lidava com pelo menos uma acusação por dirigir embriagado por mês e fazia isso havia anos. A grande questão sempre era: você concorda em fazer o teste do bafômetro ou se recusa? Fazer ou recusar? Se você faz o teste e o valor é muito alto, a condenação é certa. Se faz e fica abaixo do limite, você está livre. Caso se recuse, os policiais o levam automaticamente para a cadeia. Você paga a fiança, sai, contrata um advogado e a coisa se arrasta no tribunal, onde você tem uma chance razoável de ganhar. O sábio conselho, dado sempre depois do ocorrido e já tarde demais para ter qualquer utilidade, é fazer o teste se você tiver bebido pouco. Se souber que está de cara cheia, se recuse e aproveite o tour pela prisão.

Aceitar ou recusar? Enquanto Jake estava sentado tentando agir como se não tivesse nenhuma preocupação, percebeu que suas mãos tremiam. Qual humilhação seria maior? Ser detido e algemado diante da esposa? Ou lidar com as consequências de não passar no teste e com a dor de cabeça de perder a habilitação? Será que haveria uma representação contra ele na Ordem dos Advogados? Ele defendera tantos motoristas bêbados que já tinha perdido qualquer empatia que pudesse ter com alguém que passasse um fim de semana na prisão. Quem bebe e dirige merece o castigo.

Agora, porém, com o nível máximo estabelecido em um valor tão baixo, 0,10, até mesmo poucos drinques ao longo da noite já ultrapassavam o limite. Aceitar ou recusar?

Nesbit voltou. Ele se aproximou com a lanterna brilhando na cara de Jake.

– Jake, você estava bebendo?

Outra pergunta crucial que ninguém estava preparado para responder. Diga que sim e tente explicar que era pouco, e o guarda certamente dará o próximo passo no caminho da sua desgraça. Diga que não, minta e enfrente as consequências quando ele sentir o cheiro de álcool. Diga algo como "Claro que não! Eu não bebo!" com a boca mole e a língua arrastada, e deixe o policial irritado de verdade.

– Sim, senhor – disse Jake. – Estamos voltando de um jantar e tomei um pouco de vinho. Mas não muito. Eu não estou embriagado, Mike. Estou bem. Posso perguntar o que fiz de errado?

– Desvio abrupto.

O que, como Jake bem sabia, poderia significar exatamente isso ou qualquer outra coisa. Ou nada.

– Quando foi que eu fiz isso?

– Você concorda em fazer o teste do bafômetro?

Jake estava prestes a dizer que sim quando mais luzes azuis surgiram em sua direção vindo da colina. Era outro policial. A viatura reduziu a velocidade, passou por eles, deu meia-volta e estacionou atrás de Nesbit, que foi até lá.

– Não estou acreditando nisso – disse Carla.

– Nem eu, querida. Mas fica tranquila.

– Ah, eu tô tranquila. Você não faz ideia de como isso me deixa tranquila.

– Prefiro não ter uma briga aqui no meio da estrada. Pode esperar até a gente chegar em casa?

– Você vai pra casa hoje, Jake? Ou pra outro lugar?

– Não sei. Eu não bebi muito, eu juro. Não estou nem altinho.

Perda da habilitação, tempo na prisão, uma multa pesada, aumento das taxas do seguro. Jake se lembrou da terrível lista de punições que já havia recitado para uma centena de clientes. No papel de advogado, ele sempre era capaz de burlar o sistema, pelo menos no caso de réus primários. Como ele próprio era. Conseguia evitar a prisão, trocar por algum serviço comunitário, reduzir a multa, justificar seus 500 dólares de honorários.

O tempo se arrastava enquanto as luzes azuis piscavam silenciosamente. Outro carro se aproximou, diminuiu a velocidade para dar uma boa olhada e foi embora. Jake prometeu a si mesmo que, se e quando conseguisse comprar um carro novo, não seria de uma marca sueca exótica de cor chamativa. Seria um Ford ou um Chevrolet.

Nesbit se aproximou pela terceira vez e disse:

– Jake, por favor, saia do carro.

Jake balançou a cabeça afirmativamente e disse a si mesmo para ter firmeza nos passos e falar com clareza. O teste de sobriedade era elaborado para que nenhum motorista passasse, de modo que depois disso a polícia poderia insistir bastante para que fosse feito o teste do bafômetro. Jake foi até a traseira de seu carro, onde o segundo oficial o esperava. Era Elton Frye, um veterano que ele conhecia havia anos.

– Boa noite, Jake – disse Frye.

– Oi, Elton. Desculpa incomodar vocês.

– O Mike disse que você andou bebendo.

– No jantar. Olha pra mim, Elton, eu obviamente não tô bêbado.

– Então você vai fazer o teste?

– Claro que vou fazer.

Os dois policiais se entreolharam e pareceram inseguros quanto ao passo seguinte.

– O Stu era meu amigo, Jake. Um cara incrível – disse Nesbit.

– Eu também gostava do Stu, Mike. Sinto muito pelo que aconteceu. Eu sei que é dureza pra vocês.

– Vai ser mais dureza se aquele vagabundo for solto, Jake. Vai ser como esfregar sal numa ferida aberta.

Jake deu um sorriso meloso diante daquela baboseira. Naquele momento, ele diria qualquer coisa só para marcar alguns pontos.

– Ele não vai ser solto, isso eu posso te garantir. Além disso, tô lidando com o caso dele apenas temporariamente. O juiz vai indicar outro advogado pro julgamento.

Mike gostou de ouvir aquilo e deu um aceno de cabeça para Frye, que estendeu a mão que segurava o documento do carro e a habilitação de Jake.

– A gente ligou pro Ozzie – disse Mike. – Ele falou pra gente te acompanhar até em casa. Pega leve, ok?

Jake respirou fundo e seus ombros despencaram de alívio.

– Obrigado, camaradas. Devo uma a vocês.

– Você deve ao Ozzie, Jake, não à gente.

Ele entrou no carro, afivelou o cinto de segurança, deu a partida, olhou para o retrovisor e ignorou a esposa, que parecia estar rezando.

– O que foi que aconteceu? – perguntou ela quando o carro começou a andar.

– Nada. Eram o Mike Nesbit e o Elton Frye, e os dois viram que eu não estou bêbado. Ligaram pro Ozzie, falaram isso pra ele e ele disse pra acompanharem a gente até em casa. Tá tudo certo.

As luzes azuis ficaram apagadas enquanto as duas viaturas seguiam o Saab vermelho em direção a Clanton. Dentro do carro, nada mais foi dito.

O TELEFONE DA cozinha mostrava três mensagens recebidas na secretária eletrônica durante a noite. Carla estava lavando a cafeteira para deixá-la pronta para o dia seguinte, enquanto Jake se servia de um copo de água gelada e apertava um botão. A primeira ligação tinha sido engano, alguma pobre alma procurando pizza para viagem. A segunda era de um repórter de Jackson. A terceira era de Josie Gamble, e, assim que Jake apertou o PLAY, ele se arrependeu imediatamente. Ela dizia:

Oi, Jake, é a Josie, e peço desculpas por te incomodar na sua casa. De verdade. Foi um dia daqueles, como pode imaginar. Mas a Kiera e eu conversamos bastante e, de qualquer forma, eu só queria dizer que sinto muito por ter abordado você daquele jeito e pedido dinheiro pro aborto. Eu passei dos limites e me sinto muito mal por isso. Até mais. Boa noite.

Carla ficou segurando a cafeteira cheia d'água, boquiaberta. Jake apertou o botão APAGAR e olhou para a esposa. Era difícil respeitar a privacidade do cliente quando o cliente contava segredos em mensagens gravadas na secretária eletrônica.

– Aborto? – indagou Carla.
Jake respirou fundo e disse:
– Tem descafeinado?
– Acho que tem.
– Vamos preparar um pouco, então. Vou passar a noite em claro, de qualquer jeito. Depois de quase ser detido por dirigir embriagado e de ficar sabendo de uma adolescente de 14 anos grávida, não dá pra dormir muito.
– Kiera?
– Sim. Faz o café que eu te conto tudo.

19

A sede do condado de Van Buren era a atrasada cidadezinha de Chester. De acordo com o censo de 1980, sua população era de 4.100 habitantes, uma diminuição de cerca de mil pessoas em relação a 1970, e não havia dúvida de que a contagem seguinte seria ainda menor. Tinha a metade do tamanho de Clanton, mas parecia muito mais desolada. Clanton tinha uma praça vibrante com cafeterias, restaurantes, escritórios movimentados e lojas de todos os tipos. No entanto, logo ali ao lado, em Chester, metade das vitrines ao longo da rua principal estava fechada com tábuas e implorando por inquilinos. Talvez o sinal mais claro de declínio econômico e social fosse o fato de que, com exceção de quatro, todos os advogados da cidade tinham fugido para outras maiores, vários deles para Clanton. Muito tempo antes, quando o jovem Omar Noose ainda exercia a advocacia, o condado chegou a contar com vinte advogados.

Dos cinco fóruns do Vigésimo Segundo Distrito Judiciário, o de Van Buren era de longe o pior. O edifício tinha pelo menos 100 anos de idade, e seu traçado indefinido e sem graça era uma prova clara de que os fundadores do condado não podiam pagar um arquiteto. Ele havia começado como um prédio amplo de três andares com fachada em madeira branca, com dezenas de minúsculas salas que abrigavam todo mundo, desde juízes a xerifes, escrivães de todo tipo e até mesmo o inspetor agrícola do condado. Ao longo das décadas, e na época em que o condado teve um crescimento modesto, vários anexos e acréscimos foram feitos aqui e ali, como se fossem tumores, e o fórum do condado de Van Buren se tornou famoso por ser o mais feio de todo o estado. Não era uma distinção oficial, mas estabelecida principalmente pelos advogados que iam e vinham e odiavam o lugar.

O exterior já era bizarro por si só, mas o interior era ainda mais. Nada funcionava. O sistema de aquecimento mal cortava o frio no inverno e, no verão, os aparelhos de ar condicionado devoravam eletricidade, mas produziam muito pouco ar frio. Todos os sistemas – hidráulico, elétrico, de segurança – entravam em pane com regularidade.

Apesar das reclamações, os contribuintes se recusavam a pagar pela reforma. A solução mais fácil seria simplesmente riscar um fósforo, mas provocar incêndio ainda era um crime.

Havia gente teimosa que afirmava admirar a singularidade e a personalidade do edifício, dentre as quais estava o Excelentíssimo Omar Noose, o juiz mais antigo do Vigésimo Segundo Circuito. Havia anos ele dominava o segundo andar do prédio, de onde governava como um rei em sua enorme e antiquada sala de audiências, e praticamente morava em seu gabinete nos fundos dela. Ele mantinha uma outra sala menor mais adiante no corredor para as questões menos complicadas. As salas da secretária, da taquígrafa e da escrivã que trabalhavam para ele ficavam próximas.

A maioria dos habitantes acreditava que, não fosse por Omar Noose e sua considerável influência, o prédio já teria sido demolido há muitos anos.

Conforme foi se aproximando dos 70 anos, ele passou a viajar menos para seus outros quatro condados, por mais que não fosse ele a dirigir. A escrivã ou a taquígrafa é que dirigiam até Clanton, Smithfield, Gretna ou Temple, lá no condado de Milburn, a quase duas horas de distância. Ele estava desenvolvendo o incômodo hábito de pedir aos advogados dessas cidades que fossem vê-lo nos dias de folga, se tivessem assuntos a tratar. Por lei, ele era obrigado a presidir as sessões dos tribunais de todos os cinco condados, mas estava se mostrando habilidoso na hora de encontrar maneiras de ficar em casa.

Na segunda-feira, Jake recebeu um telefonema pedindo que fosse ver o juiz Noose às duas da tarde de terça, "no gabinete dele". Todos os cinco fóruns tinham salas para os juízes, mas, quando Noose dizia "no gabinete dele", ele queria dizer "levante essa bunda da cadeira e venha até a adorável cidade de Chester". Jake disse à secretária do juiz que tinha compromissos na tarde de terça-feira, e ele de fato tinha, mas ela o informou de que Sua Excelência esperava que Jake os cancelasse.

De forma que, no começo da tarde de terça, ele estava dirigindo pelas ruas tranquilas de Chester e mais uma vez se sentiu grato por não morar ali. Enquanto Clanton tinha sido cuidadosamente planejada por um general logo após a Guerra Civil, suas ruas formando na maior parte quarteirões idênticos, com o belo prédio do fórum situado majestosamente no centro da praça, Chester tinha ganhado vida em etapas ao longo do tempo, com pouca atenção destinada à simetria ou ao planejamento. Não havia uma praça nem uma rua principal propriamente dita. O centro comercial era um conjunto de vias que se cruzavam em ângulos esquisitos e que provocariam um nó no trânsito, se houvesse qualquer trânsito.

E o mais estranho era que o fórum não ficava dentro dos limites da cidade. Ele repousava sozinho, solitário e aparentemente prestes a desmoronar 3 quilômetros a leste, em uma rodovia estadual. Mais 5 quilômetros na mesma direção ficava o vilarejo de Sweetwater, rival de longa data de Chester. Depois da guerra, havia muito pouca coisa no condado pelo que lutar, mas as duas cidades alimentaram hostilidades por décadas e, em 1885, não chegaram a um acordo sobre qual delas seria declarada sede do condado. Chegou a haver alguma troca de tiros e uma ou duas baixas, mas o governador, que jamais havia ido ao condado de Van Buren e não tinha planos de fazê-lo, escolheu Chester. Para acalmar os ânimos em Sweetwater, o fórum foi construído junto a um ribeirão mais ou menos a meio caminho entre as duas cidades. Na virada do século, uma epidemia de difteria varreu a maior parte de Sweetwater, e agora não havia mais nada além de algumas igrejas moribundas.

Já fora de Chester, Jake viu o fórum jazendo desolado, com carros estacionados ao seu redor. Ele quase podia jurar que uma das alas estava se afastando da estrutura central. Estacionou o carro, entrou e subiu a escada até o segundo andar, onde se deparou com a sala de audiências principal, escura e vazia. Ele a atravessou, passou pelos velhos bancos empoeirados reservados aos espectadores, pela divisória, e então parou para admirar as pinturas a óleo desbotadas de políticos e juízes mortos, todos homens, velhos e brancos. Tudo tinha uma camada de poeira, e as lixeiras não haviam sido esvaziadas.

Ele abriu uma porta nos fundos e cumprimentou a secretária. Ela sorriu e deu um meneio de cabeça na direção de uma porta lateral. Pode entrar, ele está esperando. Ali dentro, "no gabinete dele", o juiz Noose estava sentado a uma mesa quadrada de carvalho. Pilhas organizadas de papéis cobriam a superfície e davam a impressão de que, por mais caóticas que as coisas parecessem, ele seria capaz de encontrar qualquer documento em um instante.

– Entre, Jake – disse ele com um sorriso, mas sem se levantar.

Uma meia dúzia de cachimbos estava apoiada em um cinzeiro do tamanho de um prato, e o ar estava denso do cheiro rançoso deles. Havia duas enormes janelas, abertas mais ou menos um palmo cada.

– Boa tarde, Excelência – disse Jake enquanto caminhava na direção dele, contornando uma mesinha de centro, um porta-revistas cheio de edições velhas, pilhas de compêndios jurídicos que pertenciam às prateleiras, não ao chão, e dois labradores dourados que eram quase tão velhos quanto o dono.

Jake tinha certeza de que eles eram filhotes quando visitou Noose pela primeira vez, havia mais de dez anos. Os cães e o juiz certamente tinham envelhecido, mas todo o restante parecia atemporal.

– Obrigado por ter vindo, Jake. Como sabe, fiz uma cirurgia na coluna há dois meses e ainda estou me recuperando. Estou meio travado, sabe?

Por causa de sua silhueta desajeitada e do nariz comprido e pontudo, Noose ficou marcado desde sempre pelo apelido de Ichabod. Era um bom apelido, e, quando Jake começou a advogar, era tão popular que todo mundo o usava – pelas costas de Noose, é claro. Mas, com o tempo, "Ichabod" perdeu popularidade. Naquele instante, porém, Jake se lembrou de uma coisa que Harry Rex tinha dito anos antes: "Ninguém gosta tanto de problemas de saúde como o Ichabod Noose."

– Sem problemas, Excelência – disse Jake.

– Tem alguns assuntos que precisamos discutir – declarou Noose enquanto pegava um cachimbo, batia com ele na ponta do cinzeiro e o acendia com um pequeno maçarico que quase chamuscou suas sobrancelhas salientes.

Ah, jura?, pensou Jake. *Por que outra razão você teria me chamado aqui?*

– Sim, senhor, uma série de assuntos.

Noose aspirou o cachimbo e encheu as bochechas. Enquanto soprava a fumaça, perguntou:

– Em primeiro lugar, como está o Lucien? A gente se conhece há muito tempo, você sabe, né?

– Sim, senhor. O Lucien, bem, é o Lucien. Não mudou muito, mas está frequentando mais o escritório.

– Fala pra ele que eu mandei lembranças.

– Vou falar.

Lucien odiava Omar Noose, e Jake jamais iria passar adiante aquela cortesia.

– Como está o garoto, o Sr. Gamble? Ainda em Whitfield?

– Sim, senhor. Tenho falado com a terapeuta dele quase todo dia e ela diz que não existe dúvida de que ele está passando por um trauma. Contou que ele melhorou um pouco, mas o garoto tem muitos problemas, não só por causa do crime. Vai levar algum tempo.

Seria preciso uma hora para deixar o juiz a par de tudo que a Dra. Sadie Weaver dissera a Jake, mas eles não tinham uma hora. Os dois teriam aquela conversa mais tarde, depois que o relatório por escrito fosse enviado.

– Eu queria colocá-lo de volta na prisão de Clanton – disse Noose, pitando o cachimbo.

Jake deu de ombros, porque não tinha controle sobre o encarceramento de Drew. No entanto, seu cliente estava muito melhor em uma instituição para menores do que em uma cadeia de condado.

– Pode falar com eles, Excelência. Foi o senhor que o mandou pra lá, e tenho certeza que os médicos dele falariam com o senhor.

– Talvez eu faça isso. – Ele largou o cachimbo e cruzou as mãos atrás da cabeça. – Preciso te falar, Jake, que não consegui arrumar ninguém pra assumir o caso. Deus sabe como tentei. – Subitamente, ele esticou a mão, pegou um bloco de notas e o jogou sobre a mesa, como que para Jake dar uma olhada. – Liguei pra dezessete advogados, os nomes estão todos bem aí. Você conhece a maioria deles. Dezessete advogados com experiência em pena de morte, do estado inteiro. Falei com todos eles por telefone, Jake, alguns por bastante tempo. Eu pedi, implorei, bajulei e teria passado pras ameaças, mas não tenho nenhuma jurisdição fora do Vigésimo Segundo. Você sabe. E nada. Ninguém. Nenhum deles está disposto a assumir. Liguei pra todas as organizações sem fins lucrativos, pro Fundo de Defesa da Criança, pra Iniciativa dos Direitos da Juventude, pra União Americana pelas Liberdades Civis e outras. Os nomes estão todos bem aí. Eles foram muito simpáticos e gostariam de ajudar, talvez até ajudem mesmo, mas no momento ninguém tem como oferecer um advogado pra defender esse garoto. Você tem alguma sugestão?

– Não. Mas o senhor me prometeu, Excelência.

– Eu sei, e falei sério, mas na hora eu estava desesperado. Sou responsável pelo judiciário aqui, Jake, e recai sobre mim a responsabilidade de garantir que esse garoto esteja bem assistido em termos legais. Você sabe pelo que passei. Não tive escolha. Você teve a coragem de se colocar à disposição enquanto todo mundo se escondia debaixo da mesa e fugia do telefone. Agora estou pedindo a você que fique com ele, Jake, fique com o caso e tome as providências para que o réu tenha um julgamento justo.

– E, obviamente, o senhor pretende indeferir meu pedido pra levar o caso pra vara da infância.

– Claro. Vou manter a jurisdição por vários motivos. Se ele for pra vara da infância, vai ser solto quando fizer 18 anos. Acha isso justo?

– Não, em tese, não. De jeito nenhum.

– Bom, então temos um acordo. Ele fica no tribunal do circuito e você vai ser o advogado dele.

– Mas, Excelência, não vou deixar esse caso me levar à falência. Eu advogo sozinho e tenho uma equipe pequena. Até agora, desde o seu primeiro telefonema no dia 25 de março, dediquei 41 horas a esse caso, e o trabalho está só começando. Como sabe, a legislação estadual estabelece o valor de mil dólares pros honorários em casos de defesa dativa. Sei que não é fácil acreditar, Excelência, mas uma quantia de mil dólares pra um caso de pena de morte é uma piada. Eu preciso ser remunerado.

– Vou garantir que seja.

– Mas como, Excelência? A lei é bastante clara.

– Eu sei, eu sei, entendo de verdade, Jake. É uma lei ultrajante, já escrevi cartas pros legisladores sobre isso. Eu tenho uma ideia, uma coisa que nunca foi feita, pelo menos não aqui no Vigésimo Segundo. Você mantém um controle das suas horas e, quando o caso terminar, encaminha a conta ao condado. Quando o condado se recusar a pagar, você entra com um processo. Eu cuido do caso e decido a seu favor. Que tal?

– É sem dúvida uma ideia inédita. Nunca tinha ouvido falar disso.

– Vai dar certo, porque eu farei dar certo. Vamos ter um julgamento rápido e sem júri, e vou garantir que você seja pago.

– Mas isso vai levar meses.
– É o melhor que a gente pode fazer, Jake. A lei é a lei.
– Então eu vou receber mil dólares agora e rezar pelo resto.
– É o melhor que a gente pode fazer.
– E quanto aos peritos?
– O que é que tem eles?
– Vamos lá, Excelência. A promotoria vai ter todo tipo de psiquiatra e de profissional de saúde mental à disposição pra testemunhar.
– Você está insinuando que vai alegar insanidade?
– Não, não estou insinuando nada. Ainda não consigo acreditar que vou ficar preso nesse maldito caso.
– E a família não tem dinheiro?
– Está falando sério? Não têm nem onde morar. Estão vestindo roupas de segunda e terceira mão. Os parentes, onde quer que estejam, lavaram as mãos anos atrás, e elas estariam morrendo de fome agora não fosse pela generosidade de uma igreja.
– Tá bom, tá bom, eu precisava perguntar. Já tinha imaginado. Vou fazer o que puder, Jake, pra garantir que você seja remunerado.
– Isso não basta, Excelência. Preciso que me prometa que vou receber muito mais do que mil dólares.
– Prometo que vou fazer tudo ao meu alcance pra garantir que você seja pago por uma defesa adequada.

Jake respirou fundo e disse a si mesmo que era hora de aceitar o fato de que o caso Gamble pertencia a ele. Noose mexeu em outro cachimbo e encheu o fornilho com um tabaco escuro. Ele sorriu para Jake com seus dentes amarelados e disse:

– Vou adoçar o caldo.
– *Smallwood*?
– *Smallwood*. Vou marcar o julgamento pra outra segunda-feira sem ser a próxima, no dia 23 de abril. Vou deixar de lado as bobagens do Sean Gilder e insistir para que o júri seja escolhido logo cedo pela manhã. Ligarei pro Gilder e pro Walter Sullivan daqui a uma hora. Que tal?
– Obrigado.
– Está pronto pro julgamento, Jake?
– Já estive.
– Alguma chance de acordo?

– No momento, isso me parece improvável.

– Quero que você ganhe esse caso, Jake. Não me entenda mal. Vou continuar a ser um juiz imparcial, cujo trabalho é assegurar que haja um julgamento justo. Mas eu adoraria ver você derrotar o Gilder, o Sullivan e a ferrovia num grande veredito.

– Eu também, Excelência. Preciso disso.

Noose pitou o cachimbo e mastigou a piteira.

– Nossa popularidade não está muito alta no momento, Jake, a julgar por essa pilha de cartas que recebi do condado de Ford e pelas ligações, algumas anônimas, outras não. Eles acham que a gente já decidiu que o garoto é maluco e que vai soltá-lo. Você está preocupado com isso pra escolha do júri?

– Bem, estou. Harry Rex e eu já falamos sobre isso. Ele está mais preocupado do que eu, porque ainda acredito que a gente consegue encontrar doze jurados de mente aberta.

– Eu também acredito. Vamos levar o tempo que for preciso e analisar os candidatos com cuidado. Vamos trazer o garoto de Whitfield, pra que os mais exaltados vejam que ele está de volta à prisão aguardando julgamento, e não sendo solto por alguma questão técnica. Acho que isso vai apaziguar um pouco os ânimos. Está de acordo?

– Estou – respondeu Jake, sem muita convicção.

Noose tinha razão. Se Drew voltasse à prisão de Ozzie para aguardar o julgamento, o povo talvez se acalmasse.

– Vou ligar pra escrivã e pedir pra ela liberar a lista dos jurados amanhã. Acho que cem nomes devem bastar, não? – indagou Noose.

– Sim, senhor.

Cem era a média para um julgamento cível.

Noose limpou com calma outro cachimbo. Colocou cuidadosamente mais tabaco, acendeu, saboreou a fumaça e então se levantou, descolando seu corpo magro da cadeira com algum esforço. Andou até uma das janelas e olhou para fora como se estivesse contemplando uma belíssima paisagem. Sem se virar, falou:

– Uma outra coisa, Jake, em off, ok?

Parecia que algo desagradável estava pesando sobre seus ombros.

– Claro, Excelência.

– Já ganhei a vida como político, e era muito bom nisso. Então os eleitores me mandaram pra casa e precisei deixar aquilo de lado e ganhar a vida honestamente. Trabalhei duro como juiz, e gosto de acreditar que evoluí nessa função. Estou aqui há dezoito anos, nunca tive um adversário à altura. Minha reputação é bastante sólida, certo, Jake?

Ele se virou e olhou para Jake por trás de seu nariz comprido.

— Eu diria que é bem sólida, Excelência.

Noose pitou o cachimbo e observou a fumaça rodopiar até chegar ao teto.

— Passei a desprezar as eleições pra cargos judiciais. A política deveria ser mantida fora do judiciário em todos os níveis. Sei que é fácil pra mim dizer isso, porque sou juiz há muito tempo. Estar no cargo tem suas vantagens. Mas é um tanto inadequado que juízes sejam forçados a apertar mãos, beijar bebês e ter que brigar por votos, não acha?

— Sim, senhor. É um sistema ruim.

Por pior que parecesse, a verdade é que os juízes raramente tinham adversários e quase nunca eram derrotados. A maioria dos advogados ambiciosos achava que era suicídio financeiro concorrer contra um juiz em exercício e perder. Jake suspeitou que Noose estivesse pensando em Rufus Buckley.

— Parece que vou ter um adversário ano que vem.

— Ouvi os rumores.

— Seu velho amigo Buckley.

— Eu o desprezo até hoje, Excelência. Acho que vou desprezar pra sempre.

— Ele me culpou pela absolvição do Hailey. Culpou você. Culpou todo mundo, menos a si próprio. Faz cinco anos que ele está remoendo isso, planejando vingança. Quando perdeu a eleição pra promotoria, três anos atrás, ficou tão deprimido que teve que procurar ajuda, pelo menos segundo as minhas fontes em Smithfield. Agora ele está de volta e vai botar a boca no trombone. Acha que o povo precisa dele sentado na minha cadeira do tribunal. Sexta passada, no Rotary Club, ele ficou tagarelando sobre o caso Kofer, dizendo que você tinha ludibriado o tribunal de novo e me convencido a soltar o garoto.

— Não ligo pras fofocas do Rotary Club de Smithfield, Excelência.

— Claro que não, mas não é você que vai disputar a eleição, é?

— Olha, Excelência, da última vez que o Buckley concorreu, ele perdeu em quatro dos cinco condados, e o Lowell Dyer era um desconhecido.

— Eu sei, eu sei. Ele não chegou nem perto.

Jake estava surpreso pelo fato de a conversa ter mudado tão rapidamente da justiça para a política. Noose nunca baixava a guarda falando de assuntos pessoais. Ele estava visivelmente preocupado com uma campanha a meses de distância e que talvez nem acontecesse.

– O condado de Ford tem mais eleitores que os outros quatro, e a sua reputação lá é fantástica – disse Jake. – A Ordem dos Advogados está fechada com o senhor, pelos motivos certos, e detesta o Rufus Buckley por unanimidade. Vai dar tudo certo, Excelência.

Noose voltou para sua mesa e pousou o cachimbo junto à coleção no cinzeiro-prato. Ele não se sentou e, em vez disso, esfregou as mãos, como se dissesse "Pronto".

– Obrigado, Jake. Vamos ficar de olho no Buckley.

– Vou ficar – disse Jake, levantando-se. – Nos vemos na outra segunda-feira.

Trocaram um aperto de mão e Jake saiu apressado. No carro, ligou para Harry Rex, mentiu para contornar duas secretárias mal-educadas e finalmente pôde dar a notícia maravilhosa de que a data do julgamento estava marcada e que eles saberiam os nomes dos potenciais jurados dali a 24 horas.

Harry Rex deu um berro tão alto que todo o escritório ouviu, depois começou a gargalhar e disse:

– Eu já tenho a lista.

20

Uma boa parte do dinheiro emprestado pelo banco de Stan tinha sido usada para pagar os serviços de um renomado consultor de júri chamado Murray Silerberg. Ele era dono de um escritório com sede em Atlanta e se gabava de ter obtido vereditos impressionantes nos últimos vinte anos. Jake o vira falar em uma convenção sobre júri popular e ficara extremamente impressionado. Harry Rex não queria gastar o dinheiro e afirmou que sabia escolher melhor um júri que qualquer outra pessoa no estado. Jake teve que lembrar ao amigo que ele não escolhia um júri havia dez anos porque tinha percebido, já naquela época, que os jurados não gostavam dele. Eles passaram um dia inteiro na estrada para ir até Atlanta falar com Murray Silerberg e depois disso Harry Rex topou, relutante. Os honorários eram de 20 mil dólares, mais as despesas de viagem.

Jake ligou para Stan para acionar a linha de crédito. Stan falou mais uma vez que ele estava maluco, ao que Jake respondeu, no verdadeiro estilo de um advogado de tribunal: "Tem que gastar dinheiro pra fazer dinheiro." Era verdade. Empréstimos para financiar disputas jurídicas estavam se tornando cada vez mais populares em todo o país e os advogados que atuavam em tribunais, sempre ansiosos para se gabar de seus vereditos, estavam começando a se gabar também de quanto dinheiro pegavam emprestado e gastavam para convencer os júris.

O escritório de Silerberg estudava cada veredito cível no país, com especial interesse no Extremo Sul e na Flórida. A maioria de seus clientes e vereditos vinha dessas áreas. Um dos associados acompanhava os vereditos nas regiões urbanas, ao passo que Silerberg era fascinado por cidades pequenas e condados menores, onde os júris eram muito mais conservadores.

Quando recebeu luz verde de Jake, ele começou imediatamente a fazer pesquisas com eleitores rurais no norte do Mississippi para avaliar a postura deles em relação a tribunais, advogados e processos. A pesquisa era bastante abrangente e incluía casos hipotéticos envolvendo famílias com crianças mortas em acidentes de carro.

Paralelamente, uma equipe de investigação que trabalhava para Silerberg começou a desenterrar os antecedentes dos nomes dos jurados na lista de ouro. Um grande depósito que estava vazio havia anos tinha sido convertido em QG do caso *Smallwood* quando Jake entrou com o processo, treze meses antes. Os investigadores assumiram o controle dele e em pouco tempo estavam colando folhas de papel e fotos ampliadas nas quatro paredes. Fotos de casas, trailers, apartamentos, carros, caminhões e locais de trabalho dos jurados em potencial. Eles vasculharam escrituras, processos judiciais e documentos, tudo que era de domínio público. Eram cuidadosos e tentavam não ser vistos, mas vários dos jurados em potencial reclamariam mais tarde, dizendo ter flagrado estranhos andando pela vizinhança com máquinas fotográficas.

Dos 97 nomes, oito foram logo confirmados como mortos. Jake conhecia apenas sete dos que ainda estavam vivos e, ao estudar a lista, mais uma vez ficou maravilhado diante da pequena quantidade de nomes que eram familiares. Ele morara a vida toda no condado de Ford, com uma população de 32 mil habitantes, e acreditava ter muitos amigos. Harry Rex afirmou saber alguma coisa sobre uns vinte jurados em potencial.

A pesquisa preliminar não foi muito animadora. Confirmando as expectativas, Murray Silerberg concluiu que os jurados das zonas rurais do Sul desconfiavam de vereditos muito impressionantes e eram contidos em relação a valores, mesmo quando o dinheiro pertencia a grandes corporações. Era extremamente difícil convencer pessoas que trabalhavam duro a estabelecer uma indenização de 1 milhão de dólares enquanto viviam com o salário de cada mês. Jake estava bem ciente daquilo. Ele nunca tinha pedido sete dígitos a um júri e mesmo assim sofrera derrotas. Um ano antes, ele se empolgara e pedira 100 mil ao júri em um caso que valia menos da metade disso. Um júri em impasse lhe deu apenas 26 mil, e ele recorreu.

Harry Rex assistira às alegações finais e achava que Jake tinha afastado alguns dos jurados ao pedir demais.

Tanto os advogados quanto seu dispendioso consultor sabiam dos riscos de parecerem gananciosos.

Secretamente, porém, Jake e Harry Rex estavam encantados com a lista. Havia mais candidatos abaixo dos 50 anos do que acima, e isso deveria se traduzir em pais e mães mais jovens, com maior empatia. Jurados brancos e velhos eram os mais conservadores. Cerca de 26 por cento da população do condado era negra, assim como a lista, um percentual alto. Em boa parte dos condados de maioria branca, o volume de negros que se registravam para votar era baixo. Eles também eram conhecidos por terem mais empatia com "Pequenos Polegares" que enfrentavam grandes corporações. E Harry Rex alegou conhecer dois "trunfos", pessoas que poderiam ser convencidas a ver as coisas pelo ponto de vista dos reclamantes.

O clima no escritório de Jake mudou drasticamente. A preocupação com a defesa de Drew Gamble e como lidar com aquela tragédia tinha sumido, sendo rapidamente substituída pela empolgação diante de um importante julgamento e dos seus intermináveis preparativos.

MAS O CASO Gamble não ia desaparecer. Por motivos que tinham mais a ver com superlotação do que com os cuidados exigidos, Drew precisaria deixar Whitfield. Depois de dezoito dias, sua médica, Sadie Weaver, recebeu ordem de despachá-lo de volta para Clanton, porque havia outro jovem que precisava da vaga dele. Ela ligou para o juiz Noose, para Jake e para o xerife Walls. Ozzie ficou encantado por ter o garoto de volta em sua prisão e avisou a Dumas Lee, do *The Ford County Times*. Quando o réu chegou, no banco de trás de uma viatura dirigida pelo próprio xerife, Dumas estava à espera do clique. No dia seguinte, havia uma enorme foto na primeira página debaixo da manchete em negrito: **SUSPEITO DO CASO KOFER DE VOLTA À PRISÃO EM CLANTON**.

Dumas contava que, de acordo com Lowell Dyer, o promotor distrital, o réu havia sido notificado da acusação e aguardava a primeira audiência no tribunal. Não havia data marcada para o julgamento. Jake era citado como tendo dito "Nada a declarar". O mesmo para o juiz Noose. Uma fonte não identificada (Jake) disse a Dumas que não era raro, em casos mais graves, que o réu fosse examinado em Whitfield. Outra voz anônima previa que o julgamento ocorreria no começo do segundo semestre.

ÀS OITO DA manhã de sábado, Jake se encontrou com um grupo de pessoas na porta dos fundos do fórum, que estava fechado. Usando uma chave emprestada, ele abriu a porta e as guiou por uma escada de serviço até a sala de audiências, onde as luzes estavam acesas e sua equipe aguardava. Todos sentaram, treze no total, na bancada do júri e, em seguida, ele os apresentou a Harry Rex, Lucien Wilbanks, Portia Lang, Murray Silerberg e um de seus assistentes. A sala de audiências foi trancada e, claro, não havia espectadores.

Ele chamou os treze nomes, agradeceu a eles pelo tempo dispensado e deu um cheque de 300 dólares a cada um (mais 3.900 dólares emprestados). Explicou que simulações de julgamentos costumavam ser usadas em grandes casos cíveis e que esperava que a experiência fosse agradável. A simulação consumiria a maior parte do dia e haveria um belo almoço dali a poucas horas.

Dos treze, sete eram mulheres, quatro eram negros e cinco tinham menos de 50 anos. Eram amigos e ex-clientes de Jake e de Harry Rex. Uma das mulheres negras era tia de Portia.

Lucien assumiu seu lugar na tribuna e, por um instante, pareceu gostar de ser juiz. Harry Rex foi para a mesa da defesa. Jake deu início ao julgamento com uma versão reduzida de suas alegações iniciais. Tudo seria reduzido, por questão de tempo. Eles tinham um dia para concluir o julgamento simulado. O verdadeiro deveria levar pelo menos três.

Usando um grande projetor, ele exibiu fotos coloridas de Taylor e Sarah Smallwood e de seus três filhos, e falou sobre como a família era unida. Mostrou fotos da cena do acidente, dos destroços do carro e do trem. Um oficial da polícia estadual voltou ao local no dia seguinte e tirou uma série de fotos das luzes de sinalização. Jake as mostrou aos jurados e vários balançaram a cabeça, incrédulos diante da falta de conservação do sistema.

Para concluir, Jake plantou a semente para um veredito de peso ao falar em dinheiro. Explicou que, infelizmente, nos casos de morte a única medida de reparação de danos era a indenização. Em outros casos, os réus poderiam ser obrigados a sofrer medidas corretivas. Mas ali, não. Não havia outra forma de compensar os herdeiros da família Smallwood a não ser com um veredito em dinheiro.

Harry Rex, pela primeira e última vez em sua carreira no papel de advogado de uma seguradora, veio na sequência com suas alegações iniciais e começou dramaticamente, com uma grande foto colorida do décimo quarto vagão, contra o qual os Smallwoods haviam colidido. Tinha 4,5 metros de altura e 12 de comprimento, e era equipado, como todo vagão de trem, com um conjunto de adesivos refletivos que, quando atingidos por faróis, emitiam um brilho amarelo cintilante que podia ser visto a 300 metros de distância. Ninguém jamais saberia o que acontecera naquele último segundo crucial, mas o que Taylor Smallwood deveria ter visto era bastante óbvio.

Como advogado de defesa, Harry Rex se saiu bem, levantando dúvidas suficientes sobre o caso do reclamante, e a maioria dos jurados o acompanhava com atenção.

A primeira testemunha foi Hank Grayson, interpretado pelo assistente de Murray Silerberg, Nate Feathers. Oito meses antes, o Sr. Grayson havia deposto no escritório de Jake e afirmado, sob juramento, que estava cerca de 100 metros atrás dos Smallwoods na hora do acidente. Por uma fração de segundo, ele não soube direito o que estava acontecendo, e, quando pisou no freio, quase bateu no carro deles, que havia decolado e girado 180 graus. O trem ainda estava passando. Mais importante, as luzes vermelhas de sinalização não estavam piscando.

Grayson sempre tinha sido uma preocupação para Jake. Ele acreditava que o sujeito estivesse falando a verdade – não tinha nada a ganhar mentindo –, mas era tímido, não conseguia manter contato visual e tinha uma voz estridente. Em outras palavras, não passava credibilidade. Além disso, na noite em questão ele havia bebido.

Harry Rex se apegou a isso quando foi sua vez de interrogá-lo. Grayson insistiu na versão de ter tomado apenas três cervejas em um bar na beira da estrada. Estava longe de estar bêbado, sabia exatamente o que tinha visto e havia falado com vários policiais após o acidente. Nenhum oficial perguntou se ele tinha bebido.

No julgamento simulado, Nate Feathers, o assistente, foi uma testemunha muito melhor do que o verdadeiro Grayson jamais seria.

A testemunha seguinte era um perito em cruzamentos ferroviários interpretado por Silerberg, que dispunha de uma cópia do depoimento do perito e conhecia bem o testemunho dele. Usando as fotos ampliadas, Jake provou com abundância de detalhes que a companhia ferroviária Central & Southern tinha feito um péssimo trabalho de manutenção do cruzamento. As lentes das luzes vermelhas piscantes estavam cobertas de poeira, e algumas delas, quebradas. Um dos postes estava torto. A tinta estava descascando ao redor das luzes. Na sua vez de interrogar a testemunha, Harry Rex tentou questionar alguns pontos, sem sucesso.

Até o momento, Lucien tinha falado pouco e parecia estar cochilando, como um juiz de verdade.

A testemunha seguinte era outro perito em segurança ferroviária, interpretado por Portia Lang. Ela explicou ao júri os vários sistemas de alerta usados hoje em dia pelas ferrovias em seus cruzamentos. O usado pela Central & Southern tinha pelo menos 40 anos e estava bastante desatualizado. Ela descreveu suas deficiências com riqueza de detalhes.

Às dez horas, o juiz Lucien acordou por tempo suficiente para ordenar um recesso. Café e rosquinhas foram distribuídos aos jurados enquanto todos faziam uma pausa. Na volta do recesso, Lucien disse a Jake para prosseguir. Ele chamou ao banco das testemunhas o Dr. Robert Samson, professor de economia na Ole Miss, interpretado por ninguém menos que Stan Atcavage, que preferia estar no campo de golfe, mas Jake não aceitara "não" como resposta. Como Jake havia explicado, se Stan estava de fato preocupado com o empréstimo, deveria fazer de tudo para ajudar sua causa. Stan estava indiscutivelmente preocupado com o empréstimo. O verdadeiro Dr. Samson tinha cobrado 15 mil dólares por seu testemunho no julgamento real.

O testemunho foi enfadonho e repleto de números. A síntese do argumento do perito era de que Taylor e Sarah Smallwood teriam ganhado 2,2 milhões de dólares se tivessem trabalhado por mais trinta anos. Harry Rex conseguiu marcar alguns pontos ao apontar que Sarah sempre havia trabalhado em meio período e que Taylor mudava de emprego com frequência.

A testemunha seguinte foi de novo Nate Feathers, dessa vez no papel do oficial da polícia estadual que investigou o acidente. Depois dele, Portia voltou como a médica que atestou os óbitos da família.

Jake tinha decidido encerrar seu caso naquele momento. No julgamento, ele planejava chamar dois parentes próximos para depor, de forma a tornar a família mais real e, com sorte, despertar alguma compaixão, mas seria difícil fazer isso com um júri simulado.

Lucien, que ao meio-dia estava completamente entediado com a vida na tribuna, disse que estava com fome e Jake concordou com uma pausa para o almoço. Ele guiou todo o grupo para fora do fórum e juntos atravessaram a rua até o Coffee Shop, onde Dell tinha uma mesa comprida à espera com chá gelado e sanduíches. Jake pediu aos jurados que não falassem sobre o caso até as deliberações, mas ele, Harry Rex e Silerberg não conseguiram se conter. Sentaram-se em uma das pontas da mesa e repassaram os depoimentos e as reações dos jurados. Silerberg ficara encantado com as alegações iniciais de Jake. Ele tinha observado cuidadosamente cada jurado e achava que todos estavam convencidos. No entanto, estava preocupado porque o argumento da defesa era bastante simples: como é que um motorista atento não enxerga um trem em movimento coberto de adesivos refletivos? Eles iam e voltavam para sua ponta da mesa, enquanto os falsos jurados conversavam entre si durante o almoço grátis.

Sua Excelência foi almoçar em casa e voltou com um humor melhor, sem dúvida reforçado por um ou dois drinques. Ele pediu ordem e o julgamento foi retomado à uma e meia.

Para a defesa, Harry Rex chamou o maquinista do trem para depor. Portia desempenhou o papel e leu seu testemunho sob juramento feito a partir de um depoimento dado oito meses antes. Ele afirmou que tinha vinte anos de experiência na Central & Southern e nunca se envolvera em um acidente. Um dos rituais mais importantes de seu trabalho era monitorar as luzes de sinalização em cada cruzamento à medida que a locomotiva passava por elas. Na noite em questão, ele estava absolutamente certo de que as luzes vermelhas piscantes estavam funcionando corretamente. Não, não vira nenhum veículo se aproximando na rodovia. Ele sentiu um solavanco, soube que algo havia acontecido, parou o trem, deu ré, viu os destroços e moveu o trem para que as unidades de resgate pudessem se aproximar vindo de ambos os lados.

Na sua vez de interrogá-lo, Jake repassou as grandes fotos coloridas da sinalização malconservada e perguntou ao maquinista se ele esperava que o júri acreditasse que elas funcionavam "perfeitamente".

Harry Rex chamou um perito (Murray Silerberg novamente) que não apenas inspecionou o sistema de sinalização como também o testou poucos dias após o acidente. De modo nada surpreendente, tudo funcionou à perfeição. Independentemente da idade do equipamento, não havia motivo para o sistema não funcionar. Ele mostrou ao júri um vídeo que explicava os circuitos e a fiação, e tudo fazia sentido. Claro, as luzes e os postes talvez precisassem de alguma reforma ou até mesmo de substituição, mas o fato de estarem envelhecidos não era sinônimo de que não funcionavam. Ele mostrou outro vídeo do cruzamento à noite com um trem semelhante passando. Os adesivos refletivos brilhantes praticamente cegaram os jurados.

No julgamento de verdade, a Central & Southern seria obrigada a colocar um executivo da companhia na mesa da defesa para representar a empresa. Jake mal podia esperar para pôr as mãos nesse cara. Em meio às provas, ele tinha encontrado uma pilha de memorandos internos e relatórios documentando quarenta anos de ocorrências no cruzamento que por pouco não tinham gerado acidentes. Os motoristas reclamavam. Os moradores das proximidades tinham histórias sobre incidentes em que passaram de raspão. Milagrosamente, ninguém morrera, mas tinha havido pelo menos três acidentes desde 1970.

Jake planejava massacrar o executivo diante do júri, e ele e Harry Rex acreditavam que aquela seria a parte crucial do julgamento. Na versão simulada, porém, eles não tinham como criar a mesma tensão dramática, então decidiram selecionar alguns fatos que Sua Excelência simplesmente leria em voz alta. Lucien finalmente tinha algo a fazer e pareceu desfrutar o momento. Um acidente noturno em 1970, em que o motorista do carro alegara que as luzes de sinalização não estavam funcionando. Outro, em 1982, sem feridos. Mais um em 1986, tendo sido evitado por pouco por um motorista atento que conseguiu desviar para uma vala e evitar a colisão com o trem que passava. Seis memorandos detalhando reclamações de outros motoristas. Três com reclamações de pessoas que moravam perto do cruzamento.

Mesmo recitados da tribuna com uma voz monótona, os fatos eram bastante contundentes. Alguns dos jurados balançaram a cabeça em descrença enquanto Lucien falava.

Em suas alegações finais, Jake mirou no sistema antiquado da ferrovia e em sua manutenção "brutalmente" negligente. Ele sacudiu os memorandos internos e os relatórios que comprovavam a "arrogância" de uma empresa que não se importava com a segurança. Delicadamente pediu dinheiro ao júri, e muito. Era impossível quantificar em dólares o valor de uma vida humana, mas eles não tinham escolha. Ele sugeriu 1 milhão de dólares para cada um dos Smallwoods. E pediu 5 milhões em danos punitivos para penalizar a ferrovia e forçá-la a finalmente modernizar o cruzamento.

Harry Rex discordou. Disse que 9 milhões de dólares eram uma quantia exorbitante que não ajudaria ninguém. Certamente não poderiam trazer a família de volta. E a ferrovia já havia reformado o cruzamento.

Jake achou que Harry Rex tinha perdido um pouco o ímpeto a meio caminho de suas alegações finais, e isso provavelmente se dera porque ele queria de fato os 9 milhões e se sentia idiota tentando menosprezá-los.

Depois que Harry Rex se sentou, o juiz Wilbanks leu algumas instruções para os jurados e pediu a eles que prestassem muita atenção no conceito legal de negligência comparativa. Se estivessem inclinados a decidir contra a ferrovia, então a indenização poderia ser reduzida por causa da negligência de Taylor Smallwood, se eles de fato o considerassem culpado em algum grau. Ele explicou que em um julgamento real não havia limite de tempo para as deliberações, mas que naquele dia teriam apenas uma hora. Portia os conduziu de volta à sala do júri e se certificou de que houvesse café para eles.

Jake, Harry Rex, Murray Silerberg e Nate Feathers se reuniram em torno da mesa da defesa e dissecaram o julgamento. Lucien já estava farto e foi embora. Os jurados tinham recebido 300 dólares de diária, mas ele não estava ganhando nada.

Quarenta e cinco minutos depois, Portia voltou acompanhada do júri. O porta-voz disse que estavam divididos: nove a favor do reclamante, dois a favor da ferrovia e dois em cima do muro. A maioria concederia 4 milhões e, em seguida, reduziria em 50 por cento porque achava que Taylor Smallwood também havia sido negligente. Apenas três dos nove concederiam indenização por danos punitivos.

Jake convidou todos os jurados a participar da discussão, mas também disse que estavam livres para ir embora. Haviam merecido o dinheiro que ganharam e ele era grato pelo tempo deles. De início, ninguém saiu, e eles estavam ansiosos para falar. Ele explicou que, em um caso cível com doze jurados, bastava que nove concordassem com um veredito. Em casos criminais, era necessário um veredito unânime.

Um jurado perguntou se a ferrovia era obrigada a mandar um executivo para assistir ao julgamento. Jake disse que sim, que haveria um sentado naquela mesma mesa e que ele seria chamado para depor.

Outro tinha ficado confuso com o testemunho do Dr. Samson sobre prejuízos financeiros. Harry Rex disse que também tinha e deu uma gargalhada.

Outro queria saber quanto de qualquer veredito iria para os advogados. Jake tentou se esquivar dizendo que o contrato com a família era confidencial.

Outro perguntou quanto os peritos recebiam e quem pagava a eles.

Outro perguntou se a ferrovia tinha seguro. Jake disse que sim, mas isso não podia ser revelado no tribunal.

Alguns jurados partiram, mas os outros quiseram ficar para conversar. Jake havia prometido desligar as luzes às cinco da tarde e por fim Portia disse a ele que estava na hora de irem embora. Desceram pela escada dos fundos e, uma vez do lado de fora, Jake agradeceu novamente por seu tempo e sua dedicação. Quase todos pareciam ter gostado da experiência.

MEIA HORA DEPOIS, Jake entrou pela porta dos fundos do prédio onde ficava o escritório de Harry Rex e o encontrou na sala de reuniões, cerveja gelada na mão. Jake pegou uma na geladeira e eles se largaram nas cadeiras da biblioteca. Estavam animados com o resultado do dia e com o veredito.

– Conseguimos nove votos pra 2 milhões de dólares – disse Jake, saboreando a vitória simulada.

– Eles gostaram de você, Jake. Eu pude ver nos olhos deles... a forma como acompanhavam você pelo tribunal.

– E os nossos peritos são melhores que os deles, e a irmã da Sarah Smallwood vai fazer todo mundo chorar com o depoimento dela.

– Isso, somado a uma boa surra no executivo da ferrovia, pode levar a gente a conseguir mais de dois.

– Eu topo dois.

– Porra, Jake, agora eu toparia até um milhãozinho só.

– "Um milhãozinho só". Esse condado nunca viu um veredito na casa do milhão.

– Não seja ganancioso. Quanto a gente deve até agora?

– Uns 69 mil.

– Digamos que eles ofereçam 1 milhão. Tira as despesas primeiro. Quarenta por cento do resto é quanto, 370 mil? Metade pra você, metade pra mim, dá cerca de 185 pra cada. Você voltaria pra casa agora com 185 mil dólares na mão?

– Voltaria correndo.

– Eu também.

Eles riram e deram um gole em suas cervejas. Harry Rex enxugou a boca e disse:

– Isso precisa circular em Jackson. O que o Sean Gilder faria se soubesse que um júri simulado em Clanton, na mesma sala de audiências onde vai ser o julgamento, nos deu 2 milhões de dólares?

– Adorei a ideia. Pra quem você pode contar?

– Vamos fazer chegar ao Walter Sullivan. Deixa ele descobrir, porque ele acha que é o cara por aqui. A notícia vai se espalhar muito rápido.

– Não nessa cidade.

21

A colisão de um carro pequeno pesando uma tonelada e meia com as engrenagens de um vagão carregado pesando 75 toneladas deu origem a um cenário repulsivo. Assim que os primeiros socorristas constataram que todos os quatro ocupantes estavam mortos, parte da urgência diminuiu, enquanto as equipes realizavam a árdua tarefa de cortar as ferragens e soltar os corpos. Mais de duas dúzias de policiais e socorristas estiveram no local, junto com outros motoristas que estavam passando na hora e ficaram presos. Um policial estadual tirou uma série de fotos e um voluntário do corpo de bombeiros local gastou quatro rolos de filme registrando o resgate e a limpeza.

Assim que teve acesso às primeiras evidências, Jake reuniu todas as fotos e fez ampliações. Ao longo de um período de três meses, ele coletou meticulosamente os nomes dos socorristas e dos estranhos que testemunharam o trabalho deles. Identificar os bombeiros, os policiais e os paramédicos foi fácil. Ele tinha servido algum tempo em três unidades de bombeiros voluntários do condado, bem como em duas da cidade de Clanton. Todas, ao que parecia, haviam respondido ao chamado e estado no local do acidente.

Associar nomes a rostos de estranhos era um desafio muito maior. Ele estava em busca de testemunhas, de qualquer pessoa que pudesse ter visto qualquer coisa. Hank Grayson, a única testemunha ocular conhecida, disse em seu depoimento que achava que havia um carro atrás dele, embora tenha deixado claro que não tinha certeza. Jake examinou todas as fotos e aos poucos obteve os nomes das pessoas presentes. A maioria era do condado de Ford e algumas admitiram que tinham ido até lá depois de interceptar as comunicações da polícia pelo rádio. Pelo menos uma dúzia era de viajantes noturnos que ficaram empacados na estrada durante as três horas que levou para que os corpos fossem removidos e o local fosse limpo. Jake rastreou cada um deles. Ninguém tinha testemunhado o acidente; a maioria, na verdade, havia chegado muito tempo depois.

No entanto, em seis das fotos havia um homem branco careca que parecia deslocado. Tinha cerca de 50 anos, usava um terno escuro, camisa branca e gravata escura – muito bem-vestido para um condado rural como o de Ford em uma noite de sexta-feira. Ele estava junto a outros espectadores e observou os bombeiros cortarem e serrarem para remover os quatro corpos. Ninguém parecia conhecê-lo. Jake perguntou aos primeiros socorristas sobre o sujeito, mas ninguém nunca o tinha visto. No mundo de Jake, ele se tornou o estranho misterioso, o homem do terno escuro.

Melvin Cochran morava a 400 metros do cruzamento e foi acordado naquela noite pelo barulho das sirenes. Ele se vestiu, saiu, viu a confusão ao longe e pegou sua câmera de vídeo. Enquanto caminhava até o local, com a câmera ligada, ele começou a passar por carros parados no acostamento, todos no sentido leste. Uma vez no local, filmou por quase uma hora, até a bateria acabar. Jake conseguiu uma cópia do vídeo e assistiu, quadro a quadro, por horas. O homem do terno escuro estava presente em várias cenas, observando a tragédia, às vezes parecendo entediado e com vontade de ir embora.

Quando Melvin se aproximou do local, passou por um total de onze veículos estacionados. Jake conseguiu identificar as placas de sete deles. As outras não estavam visíveis. Cinco eram do condado de Ford, uma era do condado de Tyler e outra era do Tennessee. Ele rastreou obstinadamente uma a uma e, por fim, encontrou a correspondência entre os veículos e os nomes e rostos de seus proprietários em meio à multidão.

Na parede de uma sala de trabalho, Jake cortou, colou e montou uma recriação da cena do acidente com plaquinhas de identificação de 26 integrantes das equipes de resgate e 32 espectadores. Todos tinham sido identificados, com exceção do homem do terno escuro.

O veículo com placa do Tennessee estava registrado no nome de uma distribuidora de alimentos em Nashville; portanto não era possível ter acesso ao nome de nenhuma pessoa. Ao longo de um mês, Jake imaginou ter chegado a um beco sem saída, o que não o incomodava. Ele imaginava que, se o homem misterioso houvesse visto algo relevante, teria falado com um policial presente. Mas ele estava cismado. O homem tinha uma aparência estranha, e Jake estava atrás de cada detalhe. O caso poderia ser o maior de sua carreira, e ele estava determinado a descobrir tudo sobre o sujeito.

Mais tarde, ele amaldiçoaria a própria curiosidade.

Por fim, ele pagou 250 dólares a um detetive particular em Nashville e enviou-lhe uma foto do homem misterioso. Dois dias depois, o detetive enviou a Jake um relatório por fax, que ele a princípio teve vontade de rasgar. Eis o que dizia:

> Fui até o endereço comercial munido da foto e fiz umas perguntas pelas redondezas. Me encaminharam ao escritório do Sr. Neal Nickel, algum tipo de representante comercial. Era obviamente o homem da foto, que mostrei a ele. Ele ficou surpreso por eu tê-lo encontrado e perguntou como eu havia feito aquilo. Eu disse que estava trabalhando para alguns dos advogados envolvidos no caso, mas não dei nomes. Conversamos por cerca de quinze minutos. Cara legal, sem nada a esconder. Ele disse que tinha ido ao casamento de um parente em Vicksburg e estava voltando para casa. Mora em um subúrbio de Nashville. Contou que não conhecia a Rodovia 88, mas que achou que poderia ganhar algum tempo indo por lá. Ao entrar no condado de Ford, começou a seguir uma caminhonete que ficava ocupando a pista inteira. Então ele desacelerou e deu espaço de sobra para o cara, que estava claramente bêbado. Enquanto desciam uma encosta, ele viu as placas da rodovia indicando que havia um cruzamento adiante. Então notou as luzes vermelhas de sinalização piscando no sopé da colina. Ouviu-se um barulho alto. A princípio ele achou que fosse algum tipo de explosão. Então a caminhonete à frente dele freou e deu uma guinada. O NN largou o carro na estrada e correu até o local. O trem ainda estava passando. As luzes do cruzamento ainda estavam piscando em vermelho. O sino de advertência ainda estava tocando. O motorista da caminhonete começou a gritar com ele. Havia vapor e fumaça saindo do carro em destroços. Ele podia ver crianças pequenas esmagadas no banco de trás. O trem parou, deu ré e liberou a

área do cruzamento. A essa altura, outros motoristas estavam parando, e logo o primeiro policial e a primeira ambulância chegaram. A estrada ficou bloqueada e ele não tinha como passar, então não teve escolha a não ser ficar lá e observar. Por três horas. Disse que foi horrível assistir ao resgate de quatro pessoas mortas, principalmente quando tiraram as crianças pequenas. Contou que teve pesadelos por semanas, que preferia não ter visto aquilo.

Eu me certifiquei de que ele tinha certeza sobre as luzes de sinalização. Ele disse que ouviu o motorista da caminhonete dizer a um policial estadual que as luzes não estavam funcionando, e aí começou a falar. Mas não quis se envolver. Ele ainda se recusa a se envolver. Não quer ter nada a ver com o caso. Perguntei por que, e ele disse que se envolveu em um acidente de carro anos atrás e que o responsabilizaram. Teve que comparecer ao julgamento e pegou raiva de advogados e tribunais. Além disso, o NN sente muito pesar pela família e não quer prejudicar o caso deles.

Nota interessante: ele disse que há alguns meses esteve por aí, perto de Clanton, passou no fórum e perguntou se podia ter acesso aos autos do processo. Disseram-lhe que o documento era público, então ele leu parte dele e ficou impressionado ao ver que a testemunha, o motorista da caminhonete, o Sr. Grayson, continuava a dizer que as luzes não estavam funcionando.

O NN definitivamente quer ficar fora disso.

Quando teve certeza de que não iria vomitar, Jake andou cuidadosamente até o sofá e se deitou. Apertou a ponte do nariz, fechou os olhos e viu sua fortuna voar para bem longe.

Nickel não só era uma testemunha muito mais confiável, como também podia confirmar que Hank Grayson, a principal aposta deles, tinha bebido naquela noite.

Quando finalmente conseguiu se mexer, Jake dobrou o relatório e o colocou em um envelope, resistiu à tentação de pôr fogo nele e o escondeu dentro de um grosso compêndio, onde quem sabe ele desaparecesse ou talvez simplesmente fosse esquecido.

Se Nickel não queria se envolver com o julgamento, tudo bem por Jake. Eles compartilhariam o mesmo segredo.

O medo dele, porém, era a defesa. Sete meses após o início do processo, Sean Gilder havia demonstrado pouco interesse no caso e lidara com as evidências no piloto automático. Tinha protocolado um conjunto de interrogatórios-padrão e solicitado os documentos básicos. Eles haviam acordado em convocar apenas algumas das principais testemunhas para depor. Jake estimou que havia trabalhado três vezes mais tempo que os advogados de defesa, que de fato eram pagos por hora.

Se Neal Nickel insistisse em se evadir, havia uma boa chance de não ser descoberto por ninguém que trabalhasse para a ferrovia ou a seguradora dela. E, salvo uma mudança repentina de consciência, ele realizaria seu desejo de ficar fora do processo.

Então, por que Jake tinha passado os três dias seguintes com um nó no estômago? A grande questão era Harry Rex. Será que deveria lhe mostrar o relatório e vê-lo surtar? Ou Jake deveria simplesmente enterrá-lo, junto com qualquer indício de que sabia da misteriosa testemunha ocular? O dilema abalou o universo de Jake por dias, mas, com o tempo, ele conseguiu enfiá-lo em um compartimento e se concentrar no resto do caso.

Dois meses depois, em 9 de janeiro de 1990, para ser mais exato, a questão voltou com força total. Sean Gilder deu entrada em um segundo conjunto de perguntas que buscava respostas que, em sua maior parte, ele já tinha. Mais uma vez, ele parecia apático e totalmente sem imaginação. Jake e Harry Rex tinham certeza de que Gilder não estava se fingindo de morto, uma tática de defesa comum. Em vez disso, a impressão que dava era que Gilder tinha excesso de confiança pelo fato de que Taylor Smallwood havia colidido com um trem em movimento. Caso encerrado.

Mas a última pergunta, a trigésima em uma lista de trinta, era fatal. Era do tipo muito usado por advogados preguiçosos ou atribulados. Ela dizia: "Liste nome completo, endereço completo e número de telefone de toda e qualquer pessoa com conhecimento dos supostos fatos deste caso."

Também conhecida como "Resumão", era uma tática muito contestada – e desprezada – que punia advogados que trabalhavam horas extras e corriam atrás dos fatos. Segundo as normas da revelação de evidências, os julgamentos deveriam ser livres de emboscadas. Os dois lados compartilhavam todas as informações que detinham, e elas eram apresentadas de forma transparente perante o júri. Esse era, em tese, o objetivo. Mas as novas regras tinham dado origem a práticas injustas e o Resumão passou a ser amplamente detestado. Na prática, ele funcionava da seguinte forma: "Trabalhe diligentemente para descobrir todos os fatos e, em seguida, entregue-os para o outro lado de bandeja."

Dois dias depois de receber o segundo conjunto de perguntas, Jake finalmente colocou o relatório do detetive sobre a mesa grande e bagunçada de Harry Rex. Ele pegou, leu, largou e, sem hesitar, disse:

– Lá se vai o processo. Lá se vai o caso. Por que você foi achar esse palhaço?

– Eu estava simplesmente fazendo o meu trabalho.

Enquanto Jake contava a história da descoberta de Nickel, Harry Rex se recostou na cadeira e ficou olhando para o teto e murmurando "Devastador" repetidas vezes.

Quando Jake terminou, ele mencionou o último conjunto de perguntas da defesa.

– Não vamos falar desse cara. Jamais. Ok? – disse Harry Rex, sem pensar duas vezes.

– Por mim, tudo bem. Contanto que a gente esteja ciente dos riscos.

TRÊS MESES DEPOIS, o homem do terno escuro estava de volta.

Enquanto a escrivã reunia e organizava a multidão de jurados em potencial, os advogados em seus ternos de tribunal se acomodavam em torno de suas mesas e se preparavam para a batalha, e os frequentadores assíduos do tribunal se sentavam em seus lugares cativos nos bancos e conversavam animadamente sobre o grande julgamento, Sean Gilder se aproximou de Jake e sussurrou:

– Precisamos falar com o juiz. É importante.

Jake já estava acostumado com manobras de última hora e não se assustou.

– O que é?

– Eu explico lá atrás.

Jake acenou para o Sr. Pete, o velho oficial de justiça do tribunal, e disse que eles precisavam ver o Noose, que ainda estava em seu gabinete. Sete advogados acompanharam o Sr. Pete. Eles se reuniram diante do juiz Noose, que estava vestindo sua toga e parecia ansioso para dar início a um grande julgamento. Ele olhou para os rostos sombrios de Sean Gilder, Walter Sullivan e dos outros advogados e disse:

– Bom dia, cavalheiros. Qual é o problema?

Gilder estava segurando alguns papéis e os sacudiu ligeiramente diante de Noose.
– Excelência, trata-se de uma petição de adiamento que estamos apresentando neste momento e pedindo que o tribunal defira.
– Fundamentada em quê?
– A resposta pode levar algum tempo, Excelência. Talvez devêssemos nos sentar.
Noose gesticulou desajeitadamente para as cadeiras ao redor de sua mesa e todos se sentaram.
– Prossiga.
– Excelência, na sexta-feira passada, meu coadvogado, o Dr. Walter Sullivan, foi abordado por um homem que alegou ser uma importante testemunha do acidente. Seu nome é Neal Nickel, e ele mora perto de Nashville. Dr. Sullivan?
Walter entrou em cena empolgado:
– Excelência, o indivíduo foi até o meu escritório e disse que precisava muito falar comigo sobre o caso. Tomamos um café e ele descreveu como viu o veículo dos Smallwoods se chocar com o trem naquela noite fatídica. Ele viu tudo, é a testemunha ocular perfeita.
O coração e os pulmões de Jake congelaram e ele sentiu o estômago embrulhado. Harry Rex fuzilou Sullivan com o olhar e desejou ter de fato uma arma.
– Uma questão crucial do caso é se as luzes de sinalização estavam funcionando corretamente ou não. Os dois funcionários da ferrovia juram que estavam. Uma testemunha diz que não. O Sr. Nickel tem certeza que elas estavam funcionando. No entanto, por motivos que ele pode explicar, não abordou um policial naquela noite e, até agora, não contou a ninguém sobre o incidente. Obviamente, ele é uma testemunha importante, que devemos ter o direito de convocar a depor.
Noose disse sem rodeios:
– A coleta das provas está concluída. O prazo se encerrou meses atrás. Parece que o senhor deveria ter achado essa testemunha antes.
– É verdade, Excelência – concordou Gilder –, mas há uma outra questão. Durante a coleta das provas, demos entrada, dentro do prazo, em algumas perguntas, e uma delas solicitava os nomes de todas as testemunhas. Quando o Dr. Brigance apresentou suas respostas, ele não mencio-

nou o Sr. Neal Nickel. Nem uma palavra. No entanto, o Sr. Nickel afirma que foi abordado em novembro passado por um detetive particular que trabalhava para um advogado de Clanton, Mississippi. Ele não soube dizer o nome, mas certamente não era o Walter Sullivan. Rapidamente encontramos o detetive e ele confirmou que foi contratado e pago pelo Dr. Jake Brigance. Ele enviou um relatório de duas páginas resumindo o que o Sr. Nickel havia lhe contado.

Gilder fez uma pausa, um tanto presunçoso, e olhou para Jake, que tentava com todas as forças conjurar uma mentira convincente que o livrasse daquela catástrofe. Mas seu cérebro estava em parafuso, e todos os esforços por alguma criatividade fracassaram terrivelmente.

Gilder prosseguiu, enfiando a faca ainda mais fundo:

– Então está claro, Excelência, que o Dr. Brigance encontrou a testemunha ocular, o Sr. Neal Nickel, e, uma vez que percebeu que a testemunha não era de forma alguma favorável, na verdade bastante adversa à sua causa, ele convenientemente tentou esquecê-la. Violou as normas que regem a revelação de provas ao tentar esconder uma testemunha fundamental.

Harry Rex, que era muito mais ardiloso que Jake, se virou para ele e disse:

– Achei que você tivesse complementado aquelas respostas.

Era a afirmação perfeita, e talvez a única possível, a se fazer naquele momento. As respostas aos questionários eram rotineiramente alteradas e complementadas conforme mais informações surgiam.

Harry Rex era um advogado especializado em divórcios e, portanto, estava acostumado a blefar diante dos juízes. Jake, no entanto, era um amador.

– Eu também achei – foi o que ele conseguiu resmungar.

Mas foi um esforço patético e nada convincente.

Sean Gilder e Walter Sullivan riram e os outros três ternos escuros ao lado deles se juntaram ao deboche. O juiz Noose pegou a petição e ficou olhando para Jake, incrédulo.

– Ah, é claro! – disse Sean Gilder. – Tenho certeza que você queria complementar as respostas e nos dar Neal Nickel, mas se esqueceu, e está se esquecendo há cinco meses. Valeu a tentativa, doutores. Excelência, temos o direito de convocar esse homem para depor.

O juiz Noose ergueu a mão e pediu silêncio. Por um longo momento, talvez dois ou três minutos, ou quem sabe uma hora, de acordo com a impressão de Jake, ele leu a petição solicitando o adiamento e começou a balançar lentamente a cabeça. Por fim, olhou para Jake e declarou:

– Isso me parece um esforço bastante claro por parte do reclamante de esconder uma testemunha. Jake?

Jake quase falou algo como "De forma alguma, Excelência", mas se conteve. Se o detetive tinha sido desprezível o suficiente para revelar o nome do advogado que o havia contratado, ele provavelmente tinha enviado a Sean Gilder uma cópia do relatório. Quando Gilder o apresentasse em juízo, o golpe estaria dado. Mais uma vez.

Jake deu de ombros e disse:

– Não, Excelência. Achei que tivéssemos complementado. Deve ter havido um descuido.

Noose franziu a testa e rebateu:

– É difícil acreditar nisso, Jake. Um descuido com uma testemunha tão importante? Não precisa inventar história, Jake. Você descobriu uma testemunha que preferia não ter descoberto. E então violou uma norma da revelação de provas. Estou perplexo com tudo isso.

Nem mesmo Harry Rex seria capaz de salvar Jake depois de uma resposta como aquela. Todos os cinco advogados de defesa estavam dando um sorrisinho idiota enquanto Jake se afundava em sua cadeira.

Noose jogou a petição sobre a mesa.

– De fato, vocês têm o direito de convocar essa testemunha para depor. Alguma ideia de onde ele possa estar? – perguntou.

– Ele foi para o México no sábado – respondeu Walter Sullivan de imediato. – Por duas semanas.

– Cortesia da companhia ferroviária Central & Southern? – provocou Harry Rex.

– De jeito nenhum. Ele está de férias. E disse que não vai prestar depoimento lá.

Noose acenou com a mão.

– Basta. Isso complica as coisas, senhores. Quero que a testemunha preste depoimento em uma ocasião que seja conveniente para todos, portanto defiro o adiamento.

Gilder aproveitou para atacar.

– Excelência, tenho também uma petição exigindo a imposição de algumas sanções – afirmou. – Houve uma violação ética flagrante por parte dos advogados dos reclamantes e haverá um custo para nos encontrarmos em algum lugar para falar com o Sr. Nickel. Eles devem ser obrigados a pagar por isso e cobrir as despesas.

Noose deu de ombros e disse:

– Mas vocês já estão sendo pagos de qualquer maneira.

– É só cobrar em dobro deles – sugeriu Harry Rex. – Como vocês sempre fazem.

Jake perdeu a calma e disse:

– Por que deveríamos ser obrigados a compartilhar informações que vocês não conseguiram encontrar se vocês contrataram o FBI? Vocês ficaram sentados sem fazer nada durante os primeiros sete meses. E agora querem que a gente forneça a vocês o produto do nosso trabalho?

– Então você admite que escondeu a testemunha? – perguntou Gilder.

– Não. A testemunha estava lá, no local do acidente e na casa dela em Nashville. Vocês simplesmente não conseguiram achar.

– E você violou a norma da revelação de provas?

– É uma norma ridícula e vocês sabem disso. Todo mundo aprendeu isso na faculdade. Ela só beneficia os advogados preguiçosos.

– Isso me ofende, Jake.

Noose ergueu as duas mãos e pediu calma. Esfregou o queixo e, depois de pensar bastante, disse:

– Bem, obviamente não podemos prosseguir hoje, não com uma testemunha tão importante fora do país. Vou adiar o julgamento e permitir que vocês, senhores, tenham tempo para concluir a coleta de evidências. Estão dispensados.

– Mas, Excelência, nós devíamos pelo menos...

– Não, Jake, sem mais – interrompeu Noose. – Já ouvi o suficiente. Por favor, estão todos dispensados.

Os advogados se levantaram, alguns mais rápidos que outros, e deixaram o gabinete. À porta, Walter Sullivan se virou para Harry Rex e falou:

– Quais são seus planos para aquele veredito de 2 milhões de dólares?

Sean Gilder deu uma risadinha.

Jake conseguiu se meter entre os dois antes que Harry Rex o acertasse com um soco.

22

Ele deveria ter permanecido e pelo menos tentado oferecer alguma explicação a Steve Smallwood, irmão de Taylor e porta-voz da família. Deveria ter dado instruções a Portia, que estava pasma. Deveria ter se reunido com Harry Rex e combinado quando iriam se encontrar de novo para ficar xingando e arremessando objetos. Deveria ter se despedido de Murray Silerberg e sua equipe espalhada pelo fórum. Deveria ter voltado para o gabinete de Noose e talvez se desculpado ou tentado consertar as coisas.

Em vez disso, disparou por uma porta lateral e fugiu do fórum antes que a maioria dos jurados em potencial tivesse deixado a sala de audiências. Entrou no carro e saiu depressa da praça, pegando a primeira estrada que levava para fora da cidade. Já quase na divisa de Clanton, parou em uma loja de conveniência e comprou alguns amendoins e um refrigerante. Não comia havia horas. Sentou-se perto da bomba de gasolina, arrancou a gravata, tirou o paletó e ouviu o telefone do carro tocar. Era Portia, no escritório, e ele tinha certeza de que ela estava ligando para falar sobre algo com o qual ele não desejava lidar.

Jake dirigiu rumo ao sul e em pouco tempo estava no lago Chatulla. Estacionou em uma área acima de um penhasco e olhou para o enorme lago lamacento. Conferiu a hora, 9h45, e sabia que Carla estaria em sala de aula. Ele precisava ligar para ela, mas não sabia o que dizer.

"Sabe, querida, tentei esconder uma testemunha fundamental cujo testemunho acabaria com o nosso caso."

Ou: "Sabe, querida, aqueles malditos advogados da seguradora me passaram a perna de novo e me pegaram trapaceando com as provas."

Ou: "Sabe, querida, eu violei as normas e agora o julgamento foi adiado. E estamos ferrados!!"

Ele dirigiu para lá e para cá, para leste e oeste, mantendo-se nas estradinhas estreitas e sombreadas que serpenteavam pelo condado. Por fim ligou para o escritório e foi informado por Portia de que Dumas Lee estivera por lá, farejando uma história, e que Steve Smallwood tinha passado, de mau humor e à procura de respostas. Lucien não estava, e Jake mandou que ela trancasse a porta e tirasse o telefone do gancho.

Jurou mais uma vez que iria se livrar do Saab vermelho, tão chamativo quanto o centro de um alvo; no momento, a última coisa que queria era ser notado. O que queria era pegar um desvio e dirigir para o sul por horas, até chegar ao Golfo. Então, quem sabe, simplesmente seguiria em frente, saltando de um cais direto no oceano. Não conseguia se lembrar de outro momento em sua vida em que quisesse tão desesperadamente fugir. Desaparecer.

Seu telefone o assustou. Era Carla. Ele pegou o fone e disse "alô".

– Jake, onde você tá? Você tá bem? Acabei de falar com a Portia.

– Eu tô bem. Tô só dando uma volta, tentando evitar o escritório.

– Ela disse que o julgamento foi adiado.

– Sim. Adiado.

– Tá podendo falar?

– Agora não. É uma história terrível e vou levar um tempo pra contar. Quando você chegar em casa, vou estar te esperando.

– Ok. Mas você tá bem?

– Eu não vou me matar, Carla, se é com isso que tá preocupada. Talvez eu tenha pensado nisso, mas estou sob controle. Mais tarde te explico tudo.

Aquela era uma conversa que ele teria adorado evitar. "Sim, querida, eu trapaceei pra valer e fui pego."

Os advogados se reuniriam um dia para interrogar Neal Nickel, mas Sean Gilder, como sempre, adiaria isso ao máximo. Agora que ele tinha a vantagem – e que Jake não estava implorando por um julgamento – levaria meses até o depoimento. E Nickel seria, sem dúvida, uma testemunha soberba, bem-vestida, articulada e totalmente convincente. Ele desacreditaria Hank Grayson, confirmaria o testemunho do maquinista e conferiria enorme credibilidade à tese da ferrovia de que Taylor Smallwood estava ou cochilando ou completamente distraído quando colidiu com o trem.

O caso estava encerrado, pura e simplesmente. O maior caso de sua vida, ou pelo menos de sua carreira, tinha acabado de ir por água abaixo, destruído pelas ambições e pela ganância de um advogado que deliberadamente havia burlado as regras e arrogantemente acreditara que não seria apanhado.

O empréstimo para as despesas com o caso estava em 70 mil dólares.

Ele olhou para o relógio: 10h05. Naquele momento deveria estar diante do painel de jurados em potencial. Oitenta haviam comparecido naquela manhã, e Jake sabia todos os nomes, onde moravam, onde trabalhavam e que igreja frequentavam. Sabia onde alguns tinham nascido, onde algumas de suas famílias estavam enterradas. Sabia suas idades, cor de pele, os nomes de alguns de seus filhos. Ele, Harry Rex e Murray Silerberg tinham passado horas trancados na sala de trabalho memorizando todos os dados que a equipe havia coletado.

Não havia outro caso decente em seu escritório e as contas estavam atrasadas. Estava tendo problemas com a Receita Federal.

Uma placa de estrada apontou para Karaway, sua cidade natal. Ele pegou a direção oposta, com medo de que sua mãe pudesse vê-lo dirigindo sem rumo em uma bela manhã de segunda-feira no final de abril.

E agora estava preso a Drew Gamble e a um caso perdido que apenas consumiria tempo e dinheiro, sem falar na enorme indisposição que provocaria pela cidade.

JAKE NÃO SE dirigiu deliberadamente a Pine Grove, mas acabou passando por lá e, quando se deu conta, estava perto da Igreja do Bom Pastor. Pegou a estrada de cascalho com a ideia de fazer o retorno, mas viu de relance uma mulher sentada a uma mesa de piquenique perto do pequeno cemitério atrás da igreja. Era Josie Gamble, lendo um livro. Kiera apareceu e se sentou perto da mãe.

Jake desligou o carro e decidiu ir bater um papo com duas pessoas que nada sabiam sobre o desastre de sua manhã nem se importavam. Quando se aproximou, elas abriram um sorriso e ficaram visivelmente felizes em vê-lo. Mas então Jake percebeu que ficariam felizes em ver qualquer visitante.

– O que te traz aqui? – perguntou Josie.

– Estava só de passagem – disse ele, sentando-se do outro lado da mesa. Um velho bordo os protegia com sua sombra. – Como você está, Kiera?

– Estou bem – disse ela, e corou.

Debaixo da blusa de moletom folgada não havia sinais de gravidez.

– Eu nunca conheci ninguém que estivesse simplesmente de passagem por Pine Grove – disse Josie.

– Acontece. O que está lendo?

Ela dobrou uma página do livro e respondeu:

– Uma história da Grécia Antiga. Muito empolgante. É que a biblioteca da igreja é um tanto pequena.

– Você lê muito?

– Bem, Jake, acho que já te contei que passei dois anos presa no Texas. Foram 741 dias. Li 730 livros. Quando fui solta, perguntei se podia ficar mais duas semanas, pra conseguir uma média de um livro por dia. Eles negaram.

– Como consegue ler um livro por dia?

– Você já esteve preso?

– Ainda não.

– Na verdade, a maioria deles não era nem muito volumosa nem complexa. Um dia li quatro livros de mistério da Nancy Drew.

– Mesmo assim é muita coisa. Você lê, Kiera?

Ela balançou a cabeça e desviou o olhar.

Josie disse:

– Quando fui presa, eu mal sabia ler, mas eles tinham um bom programa educacional. Concluí o supletivo e comecei a ler. Quanto mais eu lia, mais rápida ia ficando. A gente viu o Drew ontem.

– E como foi?

– Foi legal. Eles deixaram nós três sentarmos juntos em uma salinha, então a gente pôde abraçar e beijar ele, ou pelo menos foi isso que eu fiz. Teve muitas lágrimas, mas conseguimos dar algumas risadas também, não foi, Kiera?

Ela fez que sim com a cabeça e sorriu, mas não disse nada.

– Foi muito bom de verdade. Eles deixaram a gente ficar lá mais de uma hora e depois nos expulsaram. Eu não gosto daquela prisão, sabe?

– Não é pra gostar mesmo.

– Tem razão. Eles agora estão falando sobre pena de morte. Não podem realmente condenar ele à morte, podem?

– Eles sem dúvida vão tentar. Eu vi o Drew na quinta-feira passada.

– Eu sei. Ele disse que você passou alguns dias sem aparecer, que tinha um julgamento importante chegando. Como foi?

– Ele tá tomando os remédios?

– Ele diz que sim. Que se sente muito melhor. – A voz falhou e ela cobriu os olhos por um momento. – Ele parece tão pequeno, Jake. Deram a ele um macacão laranja desbotado velho, escrito "Cadeia do Condado" na frente e atrás, o menor que eles tinham, e mesmo assim fica grande. Ele enrolou as mangas e as barras da calça. Aquele troço simplesmente engole ele, e ele fica parecendo um garotinho, porque isso é o que ele realmente é. Só uma criança. E agora querem mandar ele pra câmara de gás. Eu não consigo acreditar, Jake.

Jake olhou para Kiera, que estava enxugando o rosto também. Ele sentia pena delas.

Outro carro entrou no estacionamento. Josie ficou olhando e disse:

– É a Sra. Golden, a professora. Ela está vindo quatro dias por semana agora. Diz que a Kiera está recuperando o atraso.

Kiera se levantou e, sem dizer uma palavra, andou até a porta da igreja e abraçou a Sra. Golden, que acenou para eles. Elas entraram e fecharam a porta.

– É muito legal da parte dela fazer isso – comentou Jake.

– Eu não consigo acreditar em quão maravilhosa essa igreja é, Jake. A gente mora aqui de graça. Eles dão comida pra gente. O Sr. Thurber, que é o supervisor da fábrica de rações, deu um jeito para que eu pudesse trabalhar de dez a vinte horas por semana. Eles pagam o mínimo por hora, mas eu já trabalhei por isso antes.

– Isso é uma boa notícia, Josie.

– Se eu tiver que arrumar cinco empregos e trabalhar oitenta horas por semana, juro que farei isso, Jake. Ela não vai ter aquele bebê e estragar a vida dela.

Jake ergueu as mãos.

– A gente já teve essa conversa, Josie, e eu realmente não quero repeti-la.

– Desculpa.

Por muito tempo nada foi dito. Jake ficou olhando para as colinas ao longe, além do cemitério. Josie fechou os olhos e parecia meditar.

Jake finalmente se levantou e disse:

– Eu tenho que ir.

Ela abriu os olhos e deu um lindo sorriso.

– Obrigada pela visita.

– Acho que ela precisa de terapia, Josie.

– Bem, quem não precisa?

– Ela passou por muita coisa. Foi estuprada várias vezes e agora está enfrentando outro pesadelo. A situação dela não vai melhorar.

– Melhorar? Como poderia melhorar, Jake?

– Você se importa se eu falar com a Dra. Rooker, a psiquiatra que examinou o Drew em Tupelo?

– Falar sobre o quê?

– Sobre ela ver a Kiera.

– Quem vai pagar por isso?

– Não sei. Vou pensar em alguma coisa.

– Tá bom, Jake.

NÃO HAVIA NADA de agradável à espera de Jake no escritório, e ele queria evitar a praça a todo custo. Se topasse com Walter Sullivan, seria capaz de lhe dar um soco na cara. Àquela altura, todos os advogados da cidade deveriam estar sabendo da fofoca, sabendo que Brigance tinha sido enxotado do tribunal e de alguma forma conseguira arruinar o tão cobiçado caso *Smallwood*. Só dois ou três dos cerca de trinta advogados da cidade ficariam tristes de verdade com a notícia. Alguns não esconderiam a felicidade, e Jake não ligava para isso, porque o desprezo deles por Jake era recíproco. Vagando pelas estradas secundárias, ele ligou para Lucien.

Parou na entrada para carros, atrás do Porsche Carrera 1975 com milhões de quilômetros rodados, e caminhou pela passagem até chegar aos degraus da velha varanda que contornava o primeiro andar da casa. O avô de Lucien a havia construído pouco antes da Grande Depressão, no intuito de ter a casa mais magnífica da cidade. Ficava em uma colina a menos de um quilômetro do fórum e da varanda da frente, onde passava o tempo, Lucien ficava olhando de cima para os vizinhos. Ele tinha herdado a casa e o escritório de advocacia em 1965, quando seu pai morreu repentinamente.

Ele estava à espera, na cadeira de balanço, sempre com um grosso livro de não ficção na mão, sempre com um copo sobre a mesa. Jake se afundou em uma cadeira de balanço de vime empoeirada do outro lado da mesa e perguntou:

– Como você consegue começar o dia bebendo Jack Daniel's?

– É tudo uma questão de costume, Jake. Falei com o Harry Rex.

– Ele tá bem?

– Não. Tá preocupado com você. Achou que talvez fossem te encontrar na floresta com o motor ligado e uma mangueira presa no cano de descarga.

– Tenho pensado nisso.

– Quer uma bebida?

– Não, não quero não. Mas obrigado.

– A Sallie está fazendo costeletas de porco grelhadas e tem milho fresco da horta.

– Não queria fazer ela ter que cozinhar.

– Esse é o trabalho dela, e eu almoço todos os dias. Você pensou o quê?

– Acho que não pensei.

Sallie apareceu de um dos cantos da casa e caminhou em direção a eles com seu jeito confiante de sempre, como se o tempo não significasse nada e ela governasse a casa porque vinha dormindo com o chefe havia mais de uma década. Ela usava um de seus vestidos brancos curtos que valorizavam ao máximo suas pernas marrons compridas. Estava sempre descalça. Lucien a contratara como governanta quando ela tinha 18 anos, e foi promovida pouco tempo depois.

– Oi, Jake – disse ela com um sorriso. Ninguém a considerava uma mera empregada, e ela não usava as palavras "senhor" ou "senhora" havia anos. – Bebe alguma coisa?

– Obrigado, Sallie. Só um pouco de chá gelado, sem açúcar.

Ela saiu.

– Sou todo ouvidos – disse Lucien.

– Talvez eu não queira falar sobre o assunto.

– Bem, talvez eu queira. Você achou mesmo que ia conseguir esconder uma testemunha ocular em um processo tão importante?

– Não foi uma questão de esconder, mas sim de esperar que ele se mantivesse afastado.

Lucien assentiu e colocou o livro sobre a mesa. Pegou o copo e deu um gole. Parecia completamente sóbrio, sem olhos nem nariz vermelhos. Jake tinha certeza de que por dentro ele era puro álcool, mas Lucien era um bebedor lendário que conseguia acompanhar quem quer que fosse. Ele estalou os lábios e disse:

– O Harry Rex me falou que vocês tomaram a decisão juntos.

– Isso é muito nobre da parte dele.

– Eu provavelmente teria feito o mesmo. É uma norma ridícula que os advogados sempre detestaram.

Na cabeça de Jake, não havia a menor dúvida de que Lucien teria rido das perguntas apresentadas por Sean Gilder e se recusado a identificar toda e qualquer testemunha problemática. A diferença era que Lucien não teria achado alguém como Neal Nickel, para começo de conversa. Jake tropeçou nele porque estava sendo muito meticuloso.

– Você já pensou em qual seria a melhor hipótese agora? – perguntou Lucien. – O Harry Rex não.

– Eu também não. Talvez a testemunha deponha e não seja tão sólida quanto a gente receia que seja, então vamos a julgamento daqui a seis meses mais ou menos. Já pagamos os peritos, então eles vão estar lá. O especialista em júri vai nos custar mais uma grana se a gente o usar. Os fatos são os mesmos, embora uma ou duas coisas tenham mudado um pouco. O cruzamento é perigoso. Seu sistema de sinalização era antiquado e estava malconservado. A ferrovia sabia que tinha um problema e se recusou a consertá-lo. Quatro pessoas foram mortas. Vamos entrar no tribunal e lançar os dados.

– Quanto você está devendo?

– Setenta mil.

– Tá brincando? Setenta mil dólares em despesas com o caso?

– Isso não é raro hoje em dia.

– Eu nunca pedi um centavo emprestado pra um processo.

– Porque você é herdeiro, Lucien. A maioria de nós não tem tanta sorte.

– Meu escritório, por mais bagunçado que fosse, sempre deu lucro.

– Você me perguntou sobre a melhor hipótese. Tem uma melhor?

Sallie voltou com um copo grande de chá gelado e um pouco de limão.

– O almoço vai sair em trinta minutos – disse ela enquanto desaparecia novamente.

– Você ainda não pediu meu conselho.

– Ok, Lucien, tem algum conselho?

– Você tem que ir atrás desse cara novo. Tem um motivo pra ele ter se esquivado e um motivo pra ter aparecido.

– Ele disse pro detetive que foi processado uma vez e que odeia advogados.

– Vai atrás dele. Descobre tudo sobre esse processo. Acha os podres dele, Jake. Você vai ter que acabar com esse cara na frente do júri.

– Eu não quero ir a julgamento. Queria estar pescando trutas em algum riacho isolado na montanha. É só isso que eu queria.

Lucien deu outro gole e devolveu o copo à mesa.

– Falou com a Carla?

– Ainda não. Vou falar quando ela chegar em casa. Que divertido. Contar à minha esposa, a pessoa que eu amo, que fui pego trapaceando e fui enxotado do tribunal.

– Nunca me dei bem com esposas.

– Você acha que a ferrovia aceitaria um acordo?

– Não pense assim, Jake. Nunca demonstre fraqueza. Você pode se recuperar desse golpe atacando com força de novo, insistindo com o Noose até que ele marque uma nova data pro julgamento e arrastando aqueles desgraçados de volta pro tribunal. Ataca essa nova testemunha. Escolhe um bom júri. Você consegue consertar isso, Jake. Nada de falar sobre acordo.

Pela primeira vez em horas, Jake conseguiu dar risada.

A HOCUTT HOUSE tinha sido construída alguns anos antes da casa de Lucien. Felizmente, o velho Hocutt não ligava para jardinagem, então escolheu um terreno pequeno na cidade para sua bela casa nova. Jake também não ligava, mas uma vez por semana, com tempo quente, ele pegava o cortador de grama e passava algumas horas suando.

A tarde de segunda-feira parecia uma boa hora para isso, e ele estava trabalhando nos fundos quando suas meninas voltaram da escola. Ele nunca estava esperando por elas, e Hanna ficou animadíssima ao ver o pai tão cedo em casa. Com o *cooler* abastecido com limonada, eles se sentaram no quintal e ficaram falando sobre a escola até que Hanna se cansou dos adultos e entrou em casa.

– Você tá bem? – perguntou Carla, bastante preocupada.

– Não.

– Quer conversar?
– Só se você prometer me perdoar.
– Sempre.
– Obrigado. Pode ser difícil.
Ela sorriu e disse:
– Estou do seu lado.

23

Dos três carcereiros que iam à cela levar refeições e instruções, fazer inspeções, apagar as luzes e, de vez em quando, falar uma palavra de conforto, o Sr. Zack era o seu preferido, porque parecia se preocupar de verdade. Sua voz nunca era ríspida como as dos outros. O sargento Buford era o pior. Uma vez ele disse a Drew que era bom aproveitar bem a prisão do condado porque o corredor da morte era um lugar horrível e era para lá que todos os assassinos de policiais eram mandados para morrer.

O Sr. Zack chegou cedo com uma bandeja de comida: ovos mexidos e torradas. Ele a deixou ao lado do beliche, voltou com uma sacola de supermercado e disse:

– Seu pastor trouxe isto. Algumas roupas, roupas de verdade, que você precisa colocar e se arrumar.

– Por quê?

– Porque você vai ao tribunal hoje. Seu advogado não te avisou?

– Talvez. Não lembro. O que eu vou fazer no tribunal?

– Eu sei lá. Só cuido da prisão. Quando foi que você tomou banho pela última vez?

– Não sei, não lembro.

– Acho que foi há dois dias. Tá bem. Você não tá fedendo.

– A água tava gelada. Não quero tomar banho.

– Então come e se veste. Eles vão vir te buscar às oito e meia.

Depois que o carcereiro saiu, Drew mordeu uma torrada e ignorou os ovos. Estavam sempre frios. Ele abriu a sacola e tirou uma calça jeans, uma camisa xadrez grossa, dois pares de meias brancas e um par de tênis brancos surrados, todos claramente de segunda mão, mas com cheiro forte de sabão em pó. Tirou o macacão laranja e se vestiu. Tudo caiu razoavelmente bem e ele gostou do fato de estar usando roupas de verdade outra vez. Ele tinha uma muda de roupa em uma caixa de papelão debaixo da cama, onde guardava seus outros pertences.

Pegou um pequeno saco de amendoins salgados que seu advogado havia levado e os comeu devagar, um de cada vez. Ele deveria ler durante uma hora todas as manhãs, ordens estritas da mãe. Ela tinha dado dois livros a ele. Um era sobre a história do estado, que ele usara na escola e achava extremamente chato. O outro era um romance de Charles Dickens, que seu professor de inglês tinha mandado pelo pastor. Ele tinha pouca vontade de ler qualquer um dos dois.

O Sr. Zack voltou para buscar a bandeja e disse:

– Você não comeu os ovos.

Drew o ignorou e se esticou na cama de baixo para tirar mais uma soneca. Minutos depois, a porta se abriu e um policial grandalhão rosnou:

– Levanta, garoto.

Drew se levantou com dificuldade e Marshall Prather algemou seus pulsos, o puxou pelo cotovelo e o conduziu para fora da cela, ao longo do corredor e pela porta dos fundos, onde uma viatura aguardava, com DeWayne Looney ao volante. Prather enfiou Drew no banco de trás e eles saíram em disparada. O prisioneiro ficou espiando pela janela para ver se tinha alguém olhando.

Minutos depois, pararam perto da porta dos fundos do fórum, onde dois homens com câmeras aguardavam. De forma um pouco mais delicada, Prather tirou Drew da viatura e se certificou de que ele ficasse bem de frente para as câmeras, para que pegassem uma foto de corpo inteiro. A seguir, entraram e subiram uma escadinha estreita e escura.

JAKE SE SENTOU de um dos lados da mesa; Lowell Dyer, do outro. O juiz Noose estava numa das pontas, sem toga, o cachimbo apagado entre os dentes. Todos os três estavam carrancudos e aparentavam infelicidade. Cada um por diferentes motivos.

Noose colocou alguns papéis sobre a mesa e esfregou os olhos. Jake estava irritado por estar ali. O evento nada mais era que a primeira audiência de vários réus recém-indiciados, e Jake tentou abrir mão dela em nome de Drew. Sua Excelência, no entanto, queria ser visto fazendo seu trabalho, controlando os criminosos e mantendo-os na cadeia. Uma multidão era esperada, e Jake imaginou, com desdém, que Noose queria causar boa impressão nos eleitores.

Jake, é claro, não estava preocupado com os eleitores e já aceitava o fato de que estava a um passo de ficar malvisto, independentemente do que acontecesse. Ele estava sentado ao lado do réu, o defendia, lhe fazia perguntas, falava por ele e assim por diante. A culpa clara e óbvia de Drew Gamble estava prestes a contaminar seu advogado.

– Excelência, preciso contratar um psiquiatra para o meu cliente – disse Jake. – E o Estado não pode esperar que eu pague por isso.

– Ele acabou de voltar de Whitfield. Não se consultou com os peritos de lá?

– Sim. No entanto, eles trabalham para o Estado, e o Estado o está processando. Precisamos de nosso próprio psiquiatra.

– É claro que precisam – murmurou Lowell.

– Então isso é um passo em direção à alegação de insanidade?

– Provavelmente, mas como vou poder tomar essa decisão sem consultar o nosso psiquiatra? Tenho certeza que o Lowell vai ter um monte deles no tribunal e que vai trazer vários peritos de Whitfield pra dizer que o garoto sabia exatamente o que estava fazendo quando apertou o gatilho.

Lowell deu de ombros e assentiu.

– Vamos tratar disso depois – disse Noose, perplexo. – Hoje eu gostaria de falar sobre cronograma e conseguir pelo menos uma data provisória para o julgamento. O verão está se aproximando e isso geralmente complica a nossa agenda. Jake, o que você tem em mente?

Ah, muita coisa. Em primeiro lugar, sua principal testemunha estava grávida, mas ainda escondendo bem. Ele não tinha obrigação de informar ninguém sobre isso. Na verdade, era provável que a promotoria chamasse Kiera para depor antes mesmo de Jake. Depois de longas conversas com Portia e Lucien, Jake tinha chegado à conclusão de que a melhor estratégia seria empurrar o julgamento para o final do verão, de modo que ela estivesse visivelmente grávida quando testemunhasse. O fator complicador era a ameaça de aborto. Josie estava trabalhando em dois empregos e tinha um carro. Nada a impedia de pegar a filha e ir a Memphis para fazer um aborto. O assunto era tão delicado que ninguém tocava nele.

Em segundo, o pequeno Drew Gamble estava finalmente crescendo. Jake o estava observando com atenção, assim como a mãe, e ambos tinham notado algumas pequenas espinhas em seu rosto e uma penugem acima dos lábios. Sua voz também estava mudando. Ele comia mais e engordara mais de 2 quilos, segundo um carcereiro.

Jake queria um garotinho sentado no banco dos réus no dia do julgamento, não um adolescente desengonçado tentando parecer mais velho.

– Quanto antes, melhor. Final do verão, talvez.
– Lowell?
– Não é preciso muita preparação, Excelência. Não são muitas testemunhas. Devemos estar prontos em alguns meses.

Noose estudou a pauta e por fim disse:
– Vamos então com 6 de agosto, uma segunda-feira, e reservem a semana toda.

Dali a três meses, Kiera estaria com sete meses de gravidez. Jake ainda não conseguia imaginar a comoção no tribunal quando ela testemunhasse que estava grávida e que Kofer era o pai porque a havia estuprado repetidamente.

Ia ser um julgamento terrível.

DREW FOI ALGEMADO a uma cadeira de madeira em uma salinha de espera escura com outros dois criminosos, ambos homens negros adultos que se divertiam com a idade e o tamanho de seu novo colega. Os crimes deles pareciam insignificantes, inexpressivos.

– Então, cara, você atirou mesmo naquele policial? – perguntou um deles.

Drew havia sido instruído por seu advogado a não dizer nada, mas, na presença de outros homens algemados, ele se sentiu seguro.

– Atirei.
– Com a arma dele?
– Era a única que tinha.
– Ele te irritou mesmo.
– Bateu na minha mãe. Eu achei que ela tava morta.
– Eles vão fritar sua bunda na cadeira elétrica.
– Acho que vai pra câmara de gás – disse o outro.

Drew deu de ombros, como se não soubesse direito. A porta se abriu e um oficial de justiça chamou: "Bowie." Um dos homens se levantou e o oficial de justiça o pegou pelo cotovelo e o levou dali. Quando a porta foi fechada, a sala ficou escura novamente e Drew perguntou:

– Você tá aqui por quê?

– Roubei um carro. Preferia ter matado um policial.

DEZENAS DE ADVOGADOS se amontoavam em pequenos grupos no fórum enquanto os réus passavam pelas audiências. Alguns realmente tinham assuntos a tratar, outros faziam parte da trupe de frequentadores que nunca perdia um espetáculo. Os rumores eram de que o garoto finalmente faria uma aparição pública e isso os atraíra como abutres diante de uma carcaça.

Quando Jake deixou o gabinete de Noose, ficou impressionado com o número de pessoas presentes para testemunhar as audiências preliminares que pouco significado tinham na trajetória da justiça. Josie e Kiera estavam encolhidas no banco da frente com Charles e Meg McGarry, e os quatro pareciam apavorados. Do outro lado do corredor havia alguns parentes e amigos de Stuart Kofer, todos de cara amarrada. Dumas Lee estava bisbilhotando junto com outro repórter.

O juiz Noose chamou o nome de Drew Allen Gamble e o Sr. Pete saiu para buscá-lo. Eles apareceram vindos de uma porta lateral próxima à bancada do júri e pararam por um momento para que as algemas fossem retiradas. Drew olhou ao redor e tentou assimilar a enormidade da sala e o mar de pessoas olhando para ele espantadas. Ele viu a mãe e a irmã sentadas, mas estava chocado demais para sorrir. O Sr. Pete o conduziu até um ponto diante da tribuna onde Jake se juntou a ele e os dois olharam para o juiz.

Jake tinha 1,82 metro de altura, o Sr. Pete tinha pelo menos 1,85 e ambos pareciam pelo menos 30 centímetros mais altos que o réu.

Noose olhou para baixo e perguntou:

– O senhor é Drew Allen Gamble?

Drew fez que sim com a cabeça e talvez tenha falado alguma coisa.

– Fale mais alto, senhor – disse Noose ao microfone, quase gritando.

Jake olhou para seu cliente.

– Sim, Excelência.

– E é representado pelo Ilustríssimo Doutor Jake Brigance, correto?

– Sim, Excelência.

– E foi indiciado pelo grande júri do condado de Ford pelo assassinato do policial Stuart Kofer, correto?

Na opinião tendenciosa de Jake, Noose estava sendo dramático demais e atuando para a plateia. A porcaria daquela audiência preliminar inteira poderia ter sido dispensada com uma única assinatura.

– Sim, Excelência.

– E recebeu uma cópia da acusação?

– Sim, Excelência.

– E você compreende as acusações?

– Sim, Excelência.

Enquanto Noose remexia em alguns papéis, Jake teve vontade de dizer algo como "Vamos lá, Excelência, como ele poderia não compreender as acusações? Está preso há mais de um mês". Ele quase conseguia sentir os olhares perfurando as costas de seu belo paletó cinza e sabia que naquele dia, 8 de maio, seria oficialmente coroado como o advogado mais desprezado da cidade.

– Você se declara culpado ou inocente? – perguntou o juiz.

– Inocente.

– Ok, você será devolvido à custódia do departamento do xerife e aguardará julgamento pelo assassinato de Stuart Kofer. Mais alguma coisa, Dr. Brigance?

Mais alguma coisa? Porra, a gente não precisava nem disso.

– Não, Excelência.

– Podem levá-lo.

Josie ficou tentando se conter. Jake voltou para a mesa da defesa e jogou um bloco de notas inútil sobre ela. Ele olhou de relance para o pastor McGarry, depois encarou a gangue dos Kofers.

DUAS SEMANAS ANTES, Lowell Dyer tinha informado a Jake que ele e seu investigador gostariam de ter a oportunidade de se encontrar com Josie e Kiera e fazer algumas perguntas. Foi uma atitude bastante profissional, porque Dyer não precisava da permissão de Jake para falar com ninguém, exceto com o réu. Jake representava Drew, não a família dele, e, se algum agente da lei ou membro da promotoria quisesse falar com uma potencial testemunha, tinha total liberdade para fazê-lo.

Ao contrário do que acontecia com os casos cíveis, em que todas as testemunhas eram divulgadas e seus depoimentos tomados muito antes do julgamento, em matéria penal nenhum dos lados era obrigado a revelar muita coisa do que quer que fosse. Em um caso simples de divórcio, cada detalhe era divulgado, pelo menos em tese. Mas, no julgamento de um homicídio sujeito à pena de morte, com uma vida humana em jogo, a defesa não tinha o direito de saber o que as testemunhas da acusação poderiam dizer nem que opiniões os peritos poderiam apresentar.

Jake concordou em agendar um encontro em seu escritório e convidou também Ozzie e o detetive Rady. Ele queria que a sala estivesse lotada, porque fazia questão que Josie e Kiera experimentassem a tensão de falar sobre o que tinha acontecido diante de uma plateia.

Noose determinou um recesso para o almoço às 11h30. Jake e Portia atravessaram a rua com Josie e Kiera e foram seguidos por Dyer e seu investigador. Eles se reuniram na sala de reuniões principal, onde Bev havia servido café e brownies. Jake organizou todos ao redor da mesa e colocou Josie em uma das pontas, sozinha, como se estivesse no banco das testemunhas.

Lowell Dyer foi simpático e amistoso, e começou agradecendo a ela por dispor de seu tempo. Ele estava com o relatório completo do detetive Rady e sabia bastante coisa sobre o passado dela. Ela deu respostas curtas.

No dia anterior, Jake havia passado duas horas ensaiando com ela e a filha na igreja. Ele até mesmo havia escrito instruções para elas revisarem, pérolas como: "Seja breve nas suas respostas", "Não fale nada espontaneamente", "Se você não sabe, não chute", "Não hesite em pedir ao Sr. Dyer para repetir a pergunta", "Fale o mínimo possível sobre o abuso físico (vamos deixar para o julgamento)" e "E, o mais importante: lembre-se sempre de que ele é o inimigo e que está tentando mandar o Drew para o corredor da morte".

Josie era durona e conhecia bem aquele procedimento. Ela respondeu às perguntas sem emoção e deu apenas o mínimo de detalhes sobre as surras.

Kiera veio a seguir. Para a ocasião – e a pedido de Jake –, ela usava calça jeans e uma blusa justa. Aos 14 anos, ninguém teria suspeitado que ela estava grávida de quatro meses. Jake concordou prontamente com a reunião porque queria que Lowell Dyer tivesse a oportunidade de avaliar a testemunha antes que a barriga começasse a aparecer. Na lista de instruções dela,

Portia digitou em negrito: "**Não mencione a gravidez. Não mencione os estupros. Se for questionada sobre abuso físico, comece a chorar e não responda. O Jake vai intervir.**"

Sua voz falhou quase imediatamente, e Dyer não insistiu. Ela era uma criança amedrontada e frágil que agora carregava secretamente um filho e parecia estar extremamente aflita.

Jake fez uma careta, deu de ombros e disse a Dyer:

– Quem sabe outra hora.

– Claro.

24

Jake tinha tido o cuidado de não ser fotografado nas proximidades do fórum. Evidentemente, o editor do *Times* fora aos arquivos e selecionara uma foto dentre as centenas do julgamento de Carl Lee Hailey cinco anos antes. Ele a estampou na primeira página, ao lado de uma de Drew algemado saindo da viatura na véspera. Lado a lado, assassino de policial e advogado. Um tão culpado quanto o outro. Jake se serviu de uma xícara de café em sua cozinha e leu a reportagem de Dumas Lee. Uma fonte anônima dizia que o julgamento tinha sido marcado para o dia 6 de agosto em Clanton.

A informação sobre o local era interessante. Jake planejava fazer tudo ao seu alcance para mudar o foro e conseguir um julgamento o mais longe possível de Clanton.

Ele voltou para a primeira página. Lembrava-se da foto, e tinha gostado bastante dela na época. A legenda dizia: "O advogado de defesa Jake Brigance." Ele tinha aparência profissional, uma testa franzida que comunicava a gravidade do momento. Talvez parecesse um pouco mais magro, mas sabia que pesava o mesmo. Cinco anos haviam se passado e as entradas não paravam de aumentar em sua cabeça.

Ouviu um trovão e se lembrou de que a previsão era de chuva, mais uma onda de tempestades de primavera. Não tinha compromissos naquele dia e não estava com vontade de ir ao Coffee Shop. Então decidiu mandar tudo à merda e foi para o quarto, tirou a roupa e rastejou para debaixo das cobertas, onde encontrou o corpo quente da esposa.

NÃO PARAVAM DE chover boas notícias. O juiz Noose enviou por fax a Jake cópias de duas cartas, com quinze minutos de intervalo. A primeira dizia:

Excelentíssimo Juiz Noose,
No papel de advogado do Conselho de Supervisão do Condado de Ford, foi-me solicitado que respondesse ao seu pedido de honorários advocatícios para Jake Brigance no caso Stuart Kofer. Como Vossa Excelência bem sabe, a seção 99-15-17 da Constituição do Mississippi afirma claramente que o valor máximo a ser pago pelo condado pela defesa dativa de acusados de homicídio sujeitos à pena de morte é de mil dólares. Não há nenhum texto nesse estatuto que dê ao Conselho a liberdade de pagar mais. Deveria haver, e nós dois sabemos que o limite é insuficiente. No entanto, já discuti esse assunto com todos os cinco membros do Conselho e a posição deles é de que a remuneração máxima será de mil dólares.
Eu conheço bem o Jake e ficaria feliz em tratar desse assunto com ele.

Atenciosamente,
TODD TANNEHILL
Advogado

A segunda carta era de Sean Gilder, advogado da companhia ferroviária, e dizia:

Excelentíssimo Juiz Noose,
É com pesar no coração que escrevo para informar que um de nossos peritos, o Dr. Crowe Ledford, sofreu morte súbita na semana passada, momentos depois de completar a Maratona de Key West. Suspeita-se que a causa tenha sido parada cardíaca. O Dr. Ledford era professor da Universidade Emory e um estimado perito na área de segurança rodoviária e ferroviária. Seu testemunho seria a pedra angular de nossa defesa.
Embora não haja data definida para o julgamento, vamos obviamente precisar de mais tempo para encontrar um perito que substitua o Dr. Ledford.

Pedimos desculpas ao tribunal. Entrarei em contato com o Dr. Brigance e darei a ele esta terrível notícia.

Atenciosamente,
SEAN GILDER

Jake jogou o fax em sua mesa e olhou para Portia.
— Um perito morto vai garantir mais seis meses a eles.
— Chefe, precisamos conversar — disse Portia.
Jake olhou para a porta.
— Está fechada. O que foi?
— Bem, eu trabalho aqui há quase dois anos.
— E está pronta pra se tornar sócia?
— Não, ainda não, mas pretendo, depois de me formar.
— Será bem-vinda.
— De qualquer forma, estou preocupada com a firma. Analisei os registros telefônicos dos primeiros três meses do ano e comparei com os das últimas seis semanas. Chefe, o telefone parou de tocar.
— Eu sei disso, Portia.
— E, pior, o movimento presencial diminuiu muito. Em média, recebemos um novo caso por dia, cinco por semana, vinte por mês, e mantemos cerca de cinquenta ativos. Nas últimas seis semanas, recebemos sete novos casos, a maior parte coisas pequenas, como furtos e divórcios amigáveis.
— É o que eu faço.
— Sério, Jake, eu tô preocupada.
— Obrigado, Portia, mas não quero que você se estresse. Isso é responsabilidade minha. Nesse negócio a gente aprende rápido que ora é tempo de vacas gordas, ora de vacas magras.
— Cadê as vacas gordas?
— Vamos receber mil dólares pelo Gamble.
— Sério, Jake.
— Agradeço a sua preocupação, mas deixa que eu cuido disso. Concentra a sua atenção na faculdade que isso já basta pra manter você ocupada.
Ela respirou fundo e tentou sorrir.
— Acho que a cidade se virou contra você, Jake.
Ele fez uma pausa bem longa, como que admitindo o fato, então disse:

– É temporário. Eu vou sobreviver ao Gamble, depois vou resolver o *Smallwood*. Vai passar um ano e todo mundo vai implorar pelos meus serviços. Eu te prometo, Portia, que quando você terminar a faculdade de Direito eu ainda vou estar aqui processando pessoas.

– Obrigada.

– Por favor, vai se preocupar com outra coisa.

COM A MÃE trabalhando algumas horas tanto na fábrica de rações quanto na de processamento de frangos, Kiera ficava entediada e passava as tardes no entorno da casa do pastor cuidando de Justin, o filho de 4 anos dos McGarrys. Meg, agora grávida de oito meses, estava estudando na escola técnica e ficava grata pelos serviços de babá. Com frequência, quando ela estava em casa, as duas davam longos passeios por uma estradinha de cascalho nos fundos da igreja, com Justin indo na frente em sua pequena bicicleta. Elas gostavam de parar em uma ponte sobre um córrego e vê-lo brincar na água rasa.

Kiera adorava Meg e falava com ela sobre coisas que sua mãe não entenderia. O assunto aborto estivera fora das discussões temporariamente, mas Meg e Charles estavam atentos ao calendário e sabiam que o tempo se tornava uma questão crucial. Kiera chegara à metade da gestação e uma decisão precisava ser tomada.

Sentada na beira da ponte com os pés balançando, Meg perguntou:

– A Josie ainda quer que você faça um aborto?

– Ela diz que sim, mas não temos como pagar.

– O que você quer, Kiera?

– Eu não quero ter um filho, isso é certo. Mas também não quero fazer um aborto. A mamãe diz que não é grande coisa. Posso te contar um segredo?

– Você pode me contar qualquer coisa.

– Eu sei. Minha mãe disse que fez um aborto uma vez, depois que Drew e eu já éramos nascidos, e que não tem nada de mais.

Meg tentou esconder o choque de saber que uma mãe contara à filha de 14 anos um segredo como aquele.

– Isso não é verdade, Kiera, de jeito nenhum. Fazer um aborto é uma coisa horrível, e o impacto é duradouro. Como cristãos, acreditamos que a vida começa na concepção. Os dois bebês que você e eu estamos carregando agora são seres vivos, pequenos presentes de Deus. Fazer um aborto é acabar com uma vida.

– Então você acha que é assassinato?

– Acho. Sei que é.

– Eu não quero fazer isso.

– Ela está te pressionando?

– O tempo todo. Tem medo de ficar presa criando outra criança. Ela pode me obrigar a fazer um aborto?

– Não. Posso te contar um segredo?

– Claro, é isso que a gente tá fazendo, né?

– É. Falei com o Jake, em off, e perguntei o que aconteceria se a Josie levasse você a uma clínica em Memphis e você se recusasse. Ele disse que nenhuma clínica, nenhum médico, fará um aborto se a mãe não quiser. Não deixa ela te obrigar a fazer isso, Kiera.

Kiera apertou a mão de Meg. Justin deu um gritinho e apontou para um sapo na beira da água.

Meg continuou:

– Você é muito nova pra pensar em criar um filho, Kiera, e é por isso que a adoção é o melhor caminho. Existem muitos casais jovens por aí que querem desesperadamente um filho. O Charles conhece outros pastores e não vai ter dificuldade nenhuma em achar o lar perfeito pro seu bebê.

– Que tal um lar pra gente? Tô cansada de viver numa igreja.

– A gente vai achar alguma coisa. E, por falar em igreja, tem outro assunto sobre o qual a gente precisa conversar, com a sua mãe também. Você está começando a aparentar a gravidez e a gente tá tentando manter isso em segredo, certo?

– Foi o que o Jake falou.

– Pode ser a hora de parar de frequentar o culto.

– Mas eu gosto do culto. Todo mundo é tão legal...

– Sim, e todo mundo adora falar, como em qualquer igreja pequena. Se eles perceberem que você tá grávida, a notícia vai se espalhar num instante.

– O que eu vou fazer então pelos próximos quatro meses? Me esconder na cozinha da igreja?

– Vamos falar sobre isso com a sua mãe.

– Ela vai só dizer pra eu fazer um aborto.

– Isso não vai acontecer, Kiera. Você vai ter um bebê saudável e vai deixar um jovem casal muito feliz.

DEPOIS QUE HANNA dormiu, Jake foi até o carro, pegou uma garrafa de vinho tinto, abriu-a na bancada da cozinha, encontrou duas taças de vinho raramente usadas, entrou na sala e disse à esposa:
– Vem comigo pro quintal.
Do lado de fora, ela viu a garrafa na mesa e perguntou:
– Alguma ocasião especial?
– Nada de bom. – Ele serviu as duas taças, deu uma para ela, eles brindaram e se sentaram. – Ao nosso pedido de falência.
– Tim-tim.
Jake deu um gole enorme, enquanto Carla bebericou.
– O *Smallwood* acabou de ser adiado por meses – disse ele. – O condado se recusa a me pagar mais de mil dólares pela defesa de um sujeito que pode pegar a pena de morte. O telefone parou de tocar no escritório. Josie precisa de 300 dólares por mês pra alugar uma casa. E o golpe de misericórdia é que o Stan Atcavage ligou hoje e o chefe dele pediu uma quitação parcial do nosso empréstimo.
– De quanto?
– Algo em torno da metade os deixaria felizes. Metade de 70 mil dólares. O empréstimo é a descoberto, claro, e o banco nem queria fazer, pra começar. Stan disse que nunca entraram no ramo das cobranças judiciais e têm medo disso. Eu não julgo os caras por isso.
– Achei que tivessem concordado em esperar até que o caso terminasse.
– O Stan concordou, de boca, mas o chefe dele está pressionando. Não esquece que eles foram comprados por um banco maior de Jackson três anos atrás. O Stan volta e meia se decepciona com algumas das decisões tomadas por lá.
Carla deu outro gole e respirou fundo.
– Achei que o Noose tivesse um plano pra garantir que você fosse pago.
– Ele tem, mas é péssimo. Eu preciso esperar até o fim do julgamento e, em seguida, processar o condado pelo meu tempo e as minhas despesas. Ele prometeu decidir a meu favor e forçar o condado a pagar.
– O que tem de errado nisso?

– Tudo. Significa que não vou receber nada por meses, não vou ter nada pra pagar as despesas gerais enquanto os clientes somem e a cidade me boicota. Quando eu for forçado a processar o condado, vai sair no jornal, daí terei mais publicidade negativa. E na verdade não tem como Noose obrigar o condado a me pagar mais de mil dólares. Se os supervisores entrarem na jogada, e eles entrarão, estamos ferrados.

Ela deu um aceno de cabeça, como se entendesse, tomou outro gole e por fim disse:

– Que maravilha.

– Pois é. O Noose acha esse plano muito bom, mas só porque ele tá desesperado por um advogado pra representar o garoto.

– Posso me atrever a perguntar quanto dinheiro a gente tem agora?

– Não muito. Cinco mil na conta do escritório. Oito mil investidos. Mais dez na poupança. – Ele tomou mais um pouco de vinho. – Bastante risível, se você for pensar. Doze anos advogando e só 18 mil dólares em economias.

– A gente tem uma vida boa, Jake. Nós dois trabalhamos. Vivemos melhor que a maioria das pessoas. Tem o valor que já quitamos do financiamento da casa, não tem?

– É pouca coisa. Vamos ter que espremer cada centavo pra pagar o Stan.

– E uma segunda hipoteca?

– Não tem nenhuma chance.

– O que o Harry Rex acha disso tudo?

– Bom, quando ele parou de me xingar, a gente ligou pro Stan e eles conversaram. O Harry Rex insistiu que é uma linha de crédito sem vencimento, então o banco vai ter que esperar e ponto. O Stan retrucou e disse que iria executar o empréstimo inteiro. Quando desliguei, eles ainda estavam se insultando.

– Lamentável.

Um momento se passou enquanto eles ficaram escutando os grilos. A rua estava silenciosa, exceto pelo zumbido dos insetos e o latido distante de um cachorro.

– A Josie pediu dinheiro? – perguntou Carla.

– Não, mas ela precisa sair da igreja. Elas estão cansadas de morar lá, e isso é compreensível. A Kiera está na metade da gestação, a barriga começando a aparecer. Ela não vai ter como esconder por muito mais tempo. Imagina como os fofoqueiros vão se divertir quando perceberem que ela tá grávida.

– E a Josie encontrou algum lugar?

– Ela diz que tá procurando, mas também tá trabalhando em dois empregos de meio período agora. Só consegue dispor de 100 dólares por mês pro aluguel. Além disso, elas não têm um único móvel.

– Então vamos pagar o aluguel também?

– Ainda não, mas com certeza a gente vai ter que ajudar. E ela tem uma pilha de despesas médicas que vai levá-la à falência.

– E quanto à assistência médica pra Kiera?

– Ah, tem isso também.

Após outra longa pausa, Carla falou:

– Eu tenho uma pergunta.

– Manda.

– Você comprou mais de uma garrafa de vinho?

25

Três dias depois que as aulas acabaram e Hanna e Carla ficaram livres para curtir o verão, os Brigances se enfiaram no carro junto com o cachorro e seguiram para a praia, rumo ao seu retiro de férias anuais de sempre. Os pais de Carla haviam se mudado para a região de Wilmington após a "semiaposentadoria" e possuíam um apartamento espaçoso junto à praia de Wrightsville. Hanna e Carla amavam a areia e o sol. Jake gostava da hospedagem grátis.

O pai dela, que Jake ainda chamava de "Sr. McCullough", gostava de se referir a si mesmo como um "investidor", e deixava qualquer um entediado falando dos últimos balanços financeiros. Ele também escrevia uma coluna para uma pequena revista financeira que Jake assinou uma vez, muito tempo atrás, em um esforço vão para entender o que ele fazia. O verdadeiro motivo da assinatura era tentar descobrir se o sogro tinha muito dinheiro. Até o momento, o patrimônio do Sr. McCullough era um mistério, mas era óbvio que ele e esposa viviam com bastante conforto. A Sra. McCullough era uma senhora agradável de 60 e poucos anos, ativa em diversas frentes, como clubes de jardinagem, de proteção às tartarugas e de voluntários em hospitais.

No verão anterior e no retrasado, os Brigances tinham pegado um voo de Memphis para Raleigh, onde alugaram um carro para as férias. Hanna queria andar de avião de novo e ficou decepcionada quando soube que aquela seria uma viagem só de carro. E de doze horas. Ela era nova demais para entender as restrições orçamentárias da família e os pais eram cuidadosos com suas palavras e atitudes. Eles tinham planejado a viagem como se fosse uma grande aventura e falaram sobre alguns locais que poderiam visitar ao longo do caminho. A verdade é que se revezariam na direção e esperavam que a filha dormisse bastante.

O Saab ficou em casa. O carro de Carla era de um modelo mais recente e tinha muito menos quilômetros rodados. Jake comprou pneus novos e providenciou a manutenção adequada.

Partiram às sete da manhã, com Hanna ainda sonolenta debaixo das cobertas no banco de trás, aninhada com o cachorro. Jake encontrou uma estação de rádio de Memphis com músicas da década de 1960 e ele e Carla cantarolaram enquanto o sol nascia diante deles. Tinham jurado manter as coisas leves, não só para o próprio bem deles, mas para o de Hanna. O escritório de Jake estava desmoronando. O banco queria dinheiro. O caso *Smallwood*, seu pote de ouro, tinha se tornado uma outra espécie de desastre. Faltavam dois meses para o julgamento de Gamble, com a própria data da execução se aproximando também. À medida que os rendimentos deles caíam, as dívidas iam aumentando e parecendo impossíveis de quitar.

Mas eles estavam determinados a sobreviver. Não tinham nem 40 anos ainda, gozavam de boa saúde, tinham uma casa ótima, muitos amigos e um escritório de advocacia que Jake ainda acreditava ser possível transformar em algo maior. Aquele seria um ano difícil em termos financeiros, mas eles iriam superá-lo e sair dele mais fortes.

Hanna falou que estava com fome e Carla a desafiou a escolher o lugar ideal para o café da manhã. Ela optou por um restaurante de fast-food na beira da estrada, e eles entraram no drive-thru. A viagem estava indo bem, e Jake queria chegar antes de escurecer. A Sra. McCullough prometera que o jantar estaria esperando por eles.

Eles se distraíram jogando cartas, lendo os outdoors, contando vacas, entrando em qualquer tipo de brincadeira que Hanna conseguisse imaginar e cantando junto com o rádio. Quando Hanna pegou no sono, Carla puxou um livro e tudo ficou em silêncio. O almoço foi hambúrguer em outro drive-thru, novamente escolhido por Hanna, e, antes de partir, eles trocaram de lugar. Carla dirigiu por uma hora, até ficar com sono. Jake não gostava mesmo que ela dirigisse, então trocaram novamente. Uma vez no banco do carona, ela se reanimou e não conseguiu cochilar. Eram quase duas da tarde e eles tinham muitas horas pela frente.

Carla olhou para trás para se certificar de que Hanna estava dormindo e disse:

– Olha, eu sei que não íamos falar sobre isso, pelo menos não na frente dela, mas não consigo tirar esse assunto da cabeça.

– Nem eu – disse Jake com um sorriso.

– Ótimo. Então eis a grande questão. Daqui a um ano, onde estará Drew Gamble?

Quase 2 quilômetros se passaram enquanto ele refletia sobre aquilo.

– Existem três respostas possíveis, todas ditadas pelo que acontecer no julgamento. Número um: ele é condenado à pena de morte, o que é muito provável, porque não existem dúvidas em relação ao que aconteceu, e é mandado pro Parchman pra esperar pela execução. Pode ser possível mexer os pauzinhos e colocá-lo em algum tipo de custódia por causa da idade e do tamanho dele, mas mesmo assim vai ser um lugar horrível. Provavelmente vai ser colocado no corredor da morte de verdade, que vai ser mais seguro, porque ele vai ficar na solitária.

– E os recursos?

– Vão se estender pra sempre. Se ele for condenado, desconfio que ainda vou estar escrevendo recursos pra ele quando Hanna estiver na faculdade. Número dois: ele é inocentado por motivo de insanidade, o que é improvável. Se acontecer, deverá ser mandado pra uma instituição psiquiátrica por tempo indeterminado e algum dia vai ser liberado. Tenho certeza que a família Gamble vai se mandar da cidade, e pode ser que a gente vá atrás.

– Isso também não parece justo. Ótimo para eles. Terrível para os Kofers. Com a gente no meio.

– Verdade.

– Eu não quero que o garoto fique preso pelo resto da vida, mas ficar solto depois do que ele fez não é justo. Deve haver um meio-termo, alguma forma mais branda de punição.

– Concordo, mas qual seria? – perguntou Jake.

– Não sei bem, mas aprendi uma coisa sobre alegação de insanidade por causa do Carl Lee. Ele não estava fora de si, mas foi inocentado. O Drew parece muito mais traumatizado e fora da realidade que o Carl Lee.

– Concordo também. O Carl Lee sabia exatamente o que estava fazendo quando matou aqueles dois. Ele planejou com cuidado e executou com perfeição. A defesa dele não tinha a ver com seu estado mental, mas sim com a empatia do júri. Tudo vai depender do júri, como sempre.

– E como você fará os jurados terem empatia?

Jake olhou por cima do ombro. Hanna e Mully estavam dormindo pesadamente.

– Tem a irmã grávida – respondeu ele baixinho.

– E a mãe morta?

– A mãe morta vai ser um elemento poderoso e vamos usar isso várias vezes. No entanto, ela não estava morta. Ela ainda estava respirando, com pulso, e a promotoria vai insistir nisso. As crianças deveriam saber que a Josie não estava morta.

– Qual é, Jake. Duas crianças absolutamente apavoradas, provavelmente em choque porque a mãe estava inconsciente e sem reação depois de ter sido mais uma vez espancada por um animal. Me parece bastante razoável achar que ela estava morta.

– É isso que eu vou falar pro júri.

– Tá, e qual é o terceiro cenário? Um impasse no júri?

– Sim. Alguns dos jurados são compassivos e se recusam a concordar com a pena de morte. Eles querem algo menor, mas a maioria insiste e pede a câmara de gás. A deliberação pode virar um vale-tudo se o júri ficar num beco sem saída e entrar num impasse. Depois de alguns dias, o Noose não vai ter escolha a não ser anular o julgamento e mandar todo mundo pra casa. O Drew volta pra cela e aguarda um novo julgamento.

– E qual é a probabilidade disso?

– Me diz você. Se coloca no júri. Você já sabe quais são os fatos. Não é muita coisa.

– Por que você sempre me coloca no júri?

Jake riu. Era verdade, mais uma vez.

– Um júri em impasse seria uma grande vitória. A condenação é o mais provável. A chance de ele ser inocentado por insanidade é mínima.

Carla ficou olhando as colinas passarem. Eles estavam em uma rodovia interestadual, em algum lugar da Geórgia, e ela ainda tinha mais coisas para falar. Então se virou de novo para dar uma olhada em Hanna e depois disse baixinho:

– A Josie te prometeu que não ia ter aborto nenhum, né?

– Prometeu, a contragosto. Além disso, já é tarde demais.

– Logo, em setembro haverá um bebê, presumindo que a natureza vá colaborar. E a Kiera parece estar indo bem, com assistência médica.

– Sim, a gente está ajudando a pagar.

– E ela concordou com a adoção.

– Você estava lá quando isso aconteceu. A Josie exigiu isso. Ela sabe quem acabaria criando a criança, e nesse momento mal consegue sustentar a Kiera e ela.

Carla respirou fundo e olhou para o marido.

– Você já pensou em adotar essa criança?

– Como advogado?

– Não, como pai.

Jake quase engasgou e deu um leve puxão no volante. Ele olhou para ela com absoluto espanto, balançou a cabeça e disse:

– Bem, não, eu não pensei sobre isso. Obviamente, você já.

– A gente poderia conversar sobre isso?

– Sobre o que a gente não pode conversar?

Ambos se viraram para ver como estava Hanna.

– Bem – disse Carla, naquele tom que significava que a discussão que eles iam ter ia ser complicada. Jake olhou para a frente e repassou sua lista rápida de agravantes. – Nós falamos sobre adoção anos atrás e então, por algum motivo que eu não consigo me lembrar, simplesmente paramos. Hanna era muito pequena. Os médicos disseram que a gente teve sorte de engravidar dela depois de alguns alarmes falsos e que isso não aconteceria novamente. A gente queria pelo menos mais um, talvez dois.

– Eu lembro. Eu estava lá.

– Acho que acabou que ficamos muito atribulados e nos demos por satisfeitos com um filho só.

– Bastante satisfeitos.

– Mas o bebê vai precisar de um bom lar, Jake.

– Tenho certeza que vão achar um. Eu trato de várias adoções por ano e existe sempre demanda por bebês.

– A gente já teria uma vantagem, Jake, não teria?

– Acho que tem pelo menos dois grandes problemas aqui. O mais importante é se a gente está pronto pra crescer como família. Você, aos 37 anos, quer outro filho?

– Eu quero.

– E a Hanna? Como ela vai reagir?

– Ela com certeza ia adorar ter um irmãozinho.

– Irmãozinho?

– Sim. A Kiera falou pra Meg anteontem que é um menino.

– E por que eu não fui informado?

– É conversa de mulher, Jake, e você está sempre muito ocupado. Pensa nisso, Jake, um garotinho com uma irmã quase dez anos mais velha.

– Só eu estou pensando nas fraldas e nas noites em claro?

– Isso passa. A parte mais difícil de ter um filho é a gravidez.

– Eu gostei bastante dela.

– Pra você é fácil falar. Agora a gente tem como evitar tudo isso.

Eles ficaram em silêncio por vários quilômetros enquanto cada um planejava os próximos movimentos. Jake estava tentando organizar seus pensamentos. Carla havia planejado o ataque e estava preparada para todo tipo de resistência.

Ele pareceu relaxar e então deu um sorriso para sua esposa encantadora.

– Quando exatamente você começou a pensar nisso?

– Não sei. Venho refletindo sobre isso faz algum tempo. A princípio achei que era uma ideia ridícula e listei todos os motivos pra tirá-la da cabeça. Você é advogado da família, na prática. Como seria pra você se valer da sua posição privilegiada pra ficar com o bebê? Como a cidade ia reagir?

– Essa é a menor das minhas preocupações.

– Que tipo de relacionamento, se houver, a criança teria com a Kiera e a Josie? E com os Kofers? Tenho certeza que vão ficar horrorizados quando descobrirem que o Stuart deixou um filho pra trás. Duvido que vão querer alguma coisa com a criança, mas nunca se sabe. Pensei em muitos problemas e em muitas razões pra não fazer isso. Mas não conseguia parar de pensar na criança. Alguém, algum casal de sorte em algum lugar, vai receber um telefonema mágico. Eles vão se dirigir até o hospital e sair de lá com um bebezinho. Será todo deles. Por que não pode ser a gente, Jake? Somos tão dignos quanto qualquer um.

Do banco de trás, uma vozinha meiga e sonolenta disse:

– Que tal uma pausa pro xixi?

– Agora mesmo – respondeu Jake de imediato e começou a procurar uma placa indicando uma saída da estrada.

ELES ESTAVAM NA praia ao anoitecer, passeando na beira do mar com Hanna chapinhando e tagarelando sem parar enquanto dava uma mão para cada um dos avós. Jake e Carla também estavam de mãos dadas e ficaram para trás, felizes com a visão de sua filha sendo sufocada com tanto amor. Carla queria conversar, mas Jake não estava pronto para ter mais uma discussão sobre aumentar a família.

– Tive uma ideia – disse ela.

– Tenho certeza que você está prestes a me contar.

Ela o ignorou e continuou:

– O Drew tá lá na prisão todos os dias, ficando cada vez mais pra trás nos estudos. Ele tá lá desde o final de março, sem aulas particulares. A Josie me disse que ele já estava dois anos atrasado.

– Pelo menos.

– Consegue dar um jeito de eu ir dois ou três dias por semana à prisão dar aula particular pro garoto?

– Você tem tempo?

– Tenho o verão inteiro, Jake, e sempre posso arrumar tempo. A gente pode pedir pra sua mãe ficar com a Hanna, ela nunca diz não... e também encontrar uma babá para ajudar.

– Ou posso ser a babá. Do jeito que o escritório está definhando, vou ter tempo de sobra.

– É sério. Eu posso conseguir os livros didáticos na escola e ele vai ter pelo menos alguma rotina de estudos.

– Não sei. O Ozzie teria que aprovar, e ele não está cooperando muito nesse momento. Talvez eu possa pedir ao Noose.

– É seguro? Eu nunca entrei na prisão.

– Você tem sorte. Não sei se gosto muito da ideia. Você estaria perto de uns tipos agressivos e de alguns policiais que não estão muito felizes comigo. O Ozzie teria que tomar algumas precauções e provavelmente vai acabar recusando.

– Você falaria com ele?

– Claro, se é o que você quer.

– Não tem nenhuma possibilidade de ele deixar a prisão algumas horas por semana pra estudar em outro lugar?

– Nenhuma.

Hanna e os avós tinham dado a volta e estavam se aproximando.

– Que tal uma taça de vinho enquanto eu preparo o jantar? – perguntou a Sra. McCullough.

– Parece ótimo – disse Jake. – Fizemos duas refeições no carro hoje e estou pronto pra saborear comida de verdade.

26

Depois de cinco dias passeando pela praia, nadando, lendo, dormindo até tarde, cochilando depois do almoço e sendo massacrado no xadrez pelo Sr. McCullough, Jake precisava de uma pausa. Bem cedo na manhã de 31 de maio, ele abraçou Carla, se despediu dos sogros e foi embora feliz, ansioso para passar as cinco horas seguintes em plena solidão.

A Fundação de Assistência Jurídica para Menores tinha um escritório na M Street, perto da praça Farragut, no centro de Washington. O prédio era um bloco de tijolos cinza no estilo da década de 1970, com cinco andares e poucas janelas. A lista de ocupantes do prédio no saguão de entrada continha o nome de dezenas de associações, organizações sem fins lucrativos, alianças, federações, irmandades e assim por diante, desde PRODUTORES NORTE-AMERICANOS DE UVA-PASSA até CARTEIROS COM DEFICIÊNCIA DA ZONA RURAL.

Jake saiu do elevador no quarto andar e achou a porta. Ele entrou em uma recepção apertada, onde havia um cavalheiro pequeno e elegante de cerca de 70 anos sentado a uma mesa bem arrumada que o recebeu com um sorriso.

– Você deve ser o Dr. Brigance, lá do Mississippi.

– Sou eu – confirmou Jake, estendendo a mão.

– Eu sou o Roswell, o chefe por aqui – disse ele, levantando-se. Usava uma gravata-borboleta vermelha minúscula e uma camisa branca impecável. – É um prazer conhecê-lo.

Eles trocaram um aperto de mão.

Jake, de calça cáqui e camisa, sem gravata nem meias, falou:

– O prazer é meu.

– Você veio da praia, não foi?

– Sim.

Jake olhou ao redor e observou a decoração. As paredes estavam cobertas de porta-retratos de jovens em uniformes e macacões de presidiário, alguns por trás das grades, outros algemados.

– Bem-vindo à nossa sede – disse Roswell com outro sorriso alegre. – Você tem um caso e tanto. Li seus relatórios. A Libby pede pra gente ler tudo. – Ele apontou para uma porta enquanto falava. – Ela está aguardando.

Jake o seguiu por um corredor e eles pararam na primeira porta.

– Libby, o Dr. Brigance está aqui. Dr. Brigance, esta é a verdadeira chefe, Libby Provine.

A Srta. Provine estava esperando diante de sua mesa e rapidamente estendeu a mão.

– É um prazer, Dr. Brigance. Você se importa se eu te chamar de Jake? Somos bastante informais por aqui.

Seu sotaque escocês era forte. Da primeira vez que tinham se falado ao telefone, Jake teve que se esforçar para compreender.

– Jake está ótimo. Prazer em conhecê-la.

Roswell saiu e ela apontou para uma pequena mesa de reuniões num dos cantos do escritório.

– Achei que você pudesse estar com fome. – Sobre a mesa havia dois sanduíches em pratinhos de papel e garrafas d'água. – O almoço está servido. – Eles tomaram seus lugares à mesa, mas nenhum fez menção de tocar na comida. – Fez boa viagem? – perguntou ela.

– Sim, perfeita. Estava feliz em ficar longe da praia e dos meus sogros por um tempo.

Libby Provine tinha cerca de 50 anos, cabelos ruivos cacheados que estavam ficando grisalhos e usava óculos de uma grife elegante que a deixavam quase atraente. Ele pesquisara e sabia que ela havia fundado aquela organização sem fins lucrativos fazia vinte anos, não muito depois de terminar a faculdade de Direito em Georgetown. A FAJUM, como era conhecida, tinha uma equipe de assistentes e quatro advogados, todos em tempo integral. Sua missão era auxiliar na defesa de adolescentes acusados de crimes graves e, mais especificamente, oferecer apoio no momento da definição da sentença e após a condenação.

Depois de alguns minutos de bate-papo, nenhum dos dois tendo encostado nos sanduíches, embora Jake estivesse morrendo de fome, Libby perguntou:

– E você acredita que o Ministério Público vai pedir a pena de morte?

– Ah, sim. Tem uma audiência sobre o assunto daqui a duas semanas, mas não espero ganhar. A promotoria vai entrar com tudo.

– Mesmo que o Kofer não estivesse de serviço?

– Essa é a questão. Como você sabe, o estatuto foi alterado há dois anos e o novo é difícil de ignorar.

– Eu sei. Uma mudança desnecessária na legislação. Como se chama mesmo? Lei de Ampliação da Pena de Morte? Como se o Estado precisasse de ajuda na sua missão de lotar o corredor da morte. Ridículo.

Ela estava por dentro de tudo. Jake tinha falado com ela duas vezes ao telefone e enviado um relatório de quarenta páginas que ele e Portia haviam redigido. Ele conversou com mais dois advogados, um na Geórgia e outro no Texas, que já tinham recebido apoio da fundação em julgamentos, e ambos fizeram ótimas recomendações.

– Só o Mississippi e o Texas permitem a pena de morte pro assassinato de um policial independentemente de ele estar ou não de serviço – disse ela. – Isso não faz sentido.

– Parece que até hoje a guerra não acabou por lá. Estou faminto.

– Salada de frango ou peru com queijo suíço?

– Vou de salada de frango.

Eles desembrulharam os sanduíches e deram uma mordida, a dela muito menor que a dele.

– Desenterramos algumas matérias de jornal sobre o julgamento do caso Hailey – contou ela. – Pelo visto, foi um espetáculo.

– De certa forma, foi.

– Parece que a alegação de insanidade funcionou para um homem que não estava insano.

– Havia uma questão racial, o que não existe no caso Gamble.

– E o seu perito, o Dr. Bass?

– Eu não ousaria usá-lo novamente. Ele é um bêbado e um mentiroso, e eu só o contratei porque estava à disposição. Tivemos sorte. Você já achou o perito certo pra gente?

Ela mordiscou a casquinha do pão e fez que sim com a cabeça.

– Você vai precisar de pelo menos dois peritos. Um pra alegação de insanidade, que acredito ser tudo que você tem, e um pra definição da sentença, supondo que ele seja condenado. É aí que podemos ajudar. Praticamente todos os nossos clientes são culpados, e alguns dos crimes que eles cometeram são abomináveis. O que a gente tenta fazer é mantê-los vivos e fora da prisão perpétua.

Jake estava com a boca cheia, então apenas balançou a cabeça. Aparentemente, Libby não tinha muito apetite.

Ela prosseguiu:

– Um dia, nesta grande nação, a Suprema Corte vai determinar que enviar jovens para o corredor da morte é uma punição cruel e desumana, mas ainda não chegamos lá. Pode ser também que a Corte tenha uma iluminação e decida que condenar crianças a prisão perpétua, sem direito a condicional, nada mais é que uma sentença de morte. Da mesma forma, ainda não chegamos lá. Portanto, a luta continua.

Ela finalmente deu mais uma mordida.

Jake havia pedido dinheiro e pessoal. Dinheiro para o testemunho dos peritos e para as despesas gerais do caso. E queria um outro advogado experiente presente na "segunda cadeira" para ser seu assistente durante o julgamento. A lei exigia que houvesse um segundo advogado de defesa, mas Noose estava tendo trabalho para achar um.

Jake havia feito esses pedidos por escrito e conversado sobre eles por telefone. Os advogados da FAJUM estavam sobrecarregados. O orçamento era apertado. Ele dirigira por cinco horas para fazer aquela reunião pessoalmente e convencer Libby Provine da urgência do caso Drew. Talvez um encontro cara a cara viabilizasse a cooperação dela.

Ele aguardava o retorno de duas outras organizações semelhantes, mas não estava levando fé.

– Nós usamos um psiquiatra infantil de Michigan em vários casos, o Dr. Emile Jamblah – disse ela. – Ele foi o melhor até agora. É sírio, tem a pele ligeiramente escura, fala com sotaque. Isso pode ser problema lá no Sul?

– Ah, sim. Pode ser um grande problema. Tem mais alguém?

– Nossa segunda opção seria um médico de Nova York.

– Tem alguém com o sotaque certo?

– Talvez. Tem um que faz parte do corpo docente da Baylor.

— Agora sim. Você sabe como a coisa funciona com os peritos em tribunais, Libby. Ele ou ela têm que ser de outro estado, porque quanto mais longa a viagem pra chegar até lá, mais inteligente o júri acha que a pessoa é. Por outro lado, as pessoas lá do Sul implicam muito com sotaques de outros lugares, principalmente os do Norte.

— Eu sei. Trabalhei num caso no Alabama dez anos atrás. Você consegue me imaginar falando com um júri de Tuscaloosa? O resultado não foi nada bom. O garoto tinha 17 anos. Ele agora tem 27 e está até hoje no corredor da morte.

— Acho que li sobre esse caso.

— Como vai ser o seu júri?

— Intimidador. A gangue de sempre. Somos de uma zona rural ao norte do Mississippi e vou tentar mudar pra outro condado, só por causa da notoriedade. Mas, aonde quer que a gente vá, os dados demográficos serão praticamente os mesmos. Setenta e cinco por cento de brancos. Renda familiar média de 30 mil dólares por ano. Espero nove ou dez brancos, dois ou três negros, sete mulheres, cinco homens, com idades entre 30 e 60, todos cristãos ou que afirmam ser. Dos doze, talvez quatro tenham chegado à faculdade. Quatro não concluíram o ensino médio. Uma pessoa que ganha 50 mil por ano. Dois ou três desempregados. Almas tementes a Deus que acreditam na aplicação da lei e da ordem.

— Eu conheço esse tipo de júri. O julgamento ainda está marcado para 6 de agosto?

— Está, não imagino que seja adiado.

— Por que tão rápido?

— Por que não? E tenho um bom motivo pra querer que o julgamento seja em 6 de agosto. Vou explicar já, já.

— Ok. Como você imagina que vai ser?

— Sem nenhuma surpresa, até certo ponto. O Ministério Público vai falar primeiro, é claro. O promotor é competente, mas inexperiente. Ele vai começar com os investigadores, com fotos da cena do crime, causa da morte, autópsia e assim por diante. Os fatos são claros, inequívocos, as fotos são horríveis, então ele terá o júri na palma da mão nessa abertura. A vítima era um veterano do Exército, um policial querido, nascido na região, tudo isso. O caso não é mesmo muito complicado. Em poucos minutos o júri vai saber quem são a vítima e o assassino e vai ver a arma do crime. Na minha vez de falar, vou perguntar sobre a autópsia e destacar o fato de que no momento da morte o Sr. Kofer estava completamente bêbado. Isso vai dar início à tática detestável de colocá-lo em julgamento, e só vai piorar. Alguns dos jurados vão ficar ressentidos. Outros vão ficar chocados. Em algum momento, a promotoria provavelmente chamará a irmã dele, Kiera, pra depor. Ela é uma testemunha importante, e o que se espera é que diga que ouviu o tiro e que viu seu irmão admitir que matou o Kofer. O promotor vai tentar provar que as atitudes que antecederam o tiro mostram que o garoto sabia o que estava fazendo. Foi vingança. Ele achava que a mãe estava morta e quis se vingar.

– Parece verossímil.

– Parece mesmo. Mas o depoimento da Kiera pode ser ainda mais dramático. Quando ela se dirigir ao banco das testemunhas, o júri e todos os demais vão perceber de imediato que está grávida. De sete meses. E adivinha quem é o pai?

– O Kofer? – perguntou Libby, surpresa.

– Sim. Vou pedir que ela diga quem é o pai e ela vai testemunhar, de forma bastante comovida, imagino, que ele a estuprou repetidamente. Cinco ou seis vezes, começando pouco antes do Natal. Sempre que eles ficavam sozinhos ele a estuprava, e, depois de cada abuso, ameaçava matá-la e o irmão se contasse pra alguém.

Libby ficou sem palavras. Ela empurrou o sanduíche alguns centímetros para longe e fechou os olhos. Passado um minuto, indagou:

– Por que a promotoria vai chamá-la pra depor se ela está grávida?

– Porque eles não sabem.

Ela respirou fundo, afastou a cadeira, se levantou e andou até o outro lado do escritório. De trás da sua escrivaninha, perguntou:

– Você não tem a obrigação de informar o promotor?

– Não. Ela não é minha testemunha. Ela não é minha cliente.

– Desculpa, Jake, mas estou achando um pouco complicado processar isso tudo. Você tá tentando esconder o fato de que ela está grávida?

– Digamos que não quero que o outro lado saiba.

– Mas a promotoria e os investigadores não costumam falar com as testemunhas antes do julgamento?

– Normalmente, sim. Depende deles. Podem falar com ela quando quiserem. Inclusive falaram com ela duas semanas atrás, no meu escritório.

— A garota está se escondendo? Ela tem amigos?
— Não muitos, e, sim, ela está basicamente escondida. Expliquei pra Kiera e pra Josie que seria melhor se ninguém soubesse que ela está grávida, mas existe sempre a chance de alguém descobrir. Também existe a chance de que a promotoria descubra. Mas ela vai testemunhar no julgamento, seja pra acusação, seja pra defesa, e, se o julgamento for em agosto, vai estar grávida de sete meses.
— E ela já está aparentando a gravidez?
— Muito pouco. A mãe mandou que ela só vestisse roupas largas. As duas ainda estão morando na igreja, mas estou tentando encontrar um lugar pra elas, um apartamento em outra cidade. Elas pararam de frequentar os cultos algumas semanas atrás e estão tentando evitar as pessoas.
— Por recomendação sua, tenho certeza.
Jake sorriu e assentiu. Libby voltou para a mesa de reuniões e se sentou. Bebeu água de sua garrafa e exclamou:
— Uau!
— Imaginei que você fosse gostar. O sonho de todo advogado de defesa. Uma emboscada perfeita usando a testemunha da acusação.
— Eu sei que o compartilhamento de provas é limitado nesse caso, mas me pareceu um pouco além da conta.
— Como eu disse no relatório, praticamente não há compartilhamento em processos criminais. É assim na maior parte do país.
Libby sabia disso. Ela deu uma mordida em seu sanduíche e mastigou lentamente, com a cabeça a mil.
— E o risco de anulação do julgamento? Com certeza o Ministério Público vai fazer um escândalo diante da surpresa e pedir um novo julgamento.
— O MP raramente consegue uma anulação de julgamento. A gente voltou oitenta anos no passado e pesquisou centenas de casos envolvendo anulação. Só três foram concedidos à acusação, e todos envolviam a ausência de testemunhas importantes no tribunal. Vou argumentar que a anulação do julgamento é desnecessária porque a menina vai testemunhar de qualquer forma, independentemente do lado que a convoque.
— Alguma chance de o Kofer não ser o pai?
— Quase nula. Ela tem 14 anos e jura que ele foi o primeiro e único.
Libby balançou a cabeça, chocada, e desviou o olhar. Quando voltou a encará-lo, Jake notou que seus olhos estavam úmidos.

– Ela é só um bebê – disse ela baixinho.
– Uma menina ótima que teve uma vida difícil.
– Sabe, Jake, julgamentos assim são terríveis. Já passei por dezenas deles em muitos estados. Adolescentes que cometem assassinato não são como adultos que cometem assassinato. Os cérebros deles não estão cem por cento formados. Eles são facilmente influenciáveis. Muitas vezes sofreram abusos e maus-tratos, e não conseguem se defender de ambientes perigosos. No entanto, são capazes de puxar o gatilho, assim como um adulto, e as vítimas morrem do mesmo jeito. Os parentes das vítimas sentem a mesma raiva. Esse é o seu primeiro caso assim, certo?
– Sim, e não fui eu que pedi por ele.
– Eu sei. Por piores que sejam esses julgamentos, é esse o meu trabalho, a minha vocação, e até hoje é algo que mexe comigo. Eu amo o tribunal, Jake, e não quero perder por nada o momento em que a Kiera for depor. Não consigo imaginar nada mais dramático.
– Isso significa...
– Que eu quero estar presente. Tenho um julgamento no Kentucky no início de agosto, mas iremos insistir pra que seja adiado. Nossos outros advogados já estão atolados. Talvez, apenas talvez, eu consiga abrir espaço na agenda e participar disso.
– Seria uma ajuda inestimável. – Jake não conseguiu conter um sorriso. – E quanto ao dinheiro?
– Estamos duros, como sempre. Vai dar pra pagar as minhas horas e as despesas, e vamos arrumar o perito se e quando chegarmos à fase de definição da sentença. Mas você vai ter que contratar por sua conta a pessoa pra tratar da alegação de insanidade.
– Alguma sugestão?
– Ah, claro – disse ela. – Eu conheço muita gente. Brancos, negros, pardos, homens, mulheres, novos, velhos. Não faltam opções. Vou achar a pessoa certa, só preciso de um pouco de tempo.
– Indiscutivelmente branco, provavelmente mulher, não acha? Nossa maior chance de obter alguma misericórdia deve vir das mulheres. Uma que tenha sido agredida por um bêbado. Que carregue um segredo sobre ter sido abusada sexualmente. Que tenha uma filha adolescente.
– Mantemos um arquivo recheado com os melhores peritos.
– Não se esqueça do sotaque.

– Claro que não. Aliás, tem uma psiquiatra em Nova Orleans que usamos uns três anos atrás. Eu não estava no tribunal, mas os nossos advogados ficaram impressionados. E o júri também.
– Quanto pode me custar essa especialista?
– Vinte mil, mais ou menos.
– Eu não tenho vinte mil.
– Vou ver o que posso fazer.
Jake estendeu a mão para se despedir.
– Você será muito bem-vinda no condado de Ford, apesar de a gente torcer pra que o julgamento seja em outro lugar.
Ela apertou a mão dele e disse:
– Combinado.

27

O investigador da promotoria era um ex-assistente do xerife do condado de Tyler chamado Jerry Snook. Na manhã de segunda-feira, ele chegou para trabalhar no escritório do promotor no fórum em Gretna e começou a planejar sua semana. Quinze minutos depois, foi chamado à sala de Lowell Dyer, na porta ao lado.

Seu chefe já estava de mau humor.

– Acabei de falar por telefone com o Earl Kofer, que me liga pelo menos três vezes por semana – disse Dyer. – Queria saber o de sempre. "Quando vai ser o julgamento?" Respondi que será dia 6 de agosto, como da última vez que ligou. A data está marcada e não será adiada. Queria saber se o julgamento vai ser no condado de Ford. Eu disse que não sabia, porque o Brigance quer transferir. "Por quê?", ele perguntou. Porque ele acha que a notoriedade em Clanton é muito alta e está procurando um local mais favorável. Quer um júri que não esteja familiarizado com o caso. Isso deixou o Earl irritado e ele começou a praguejar, dizendo que o sistema é sempre manipulado pra proteger os criminosos. Afirmei que vamos resistir a qualquer tentativa de transferência do caso, mas que a decisão está nas mãos do juiz Noose. Ele ficou reclamando do Brigance e do julgamento do Carl Lee Hailey, disse que o sistema não era justo porque ele foi inocentado alegando ser maluco e que era isso que o Brigance ia fazer de novo...

Dyer recuperou o fôlego antes de continuar o relato:

– Lembrei a ele que o juiz Noose se recusou a transferir aquele julgamento de local e tem muito tempo que ele fez algo assim pela última vez. Expliquei que é raro no Mississippi um juiz mudar o local e assim por diante. Mas ele não escuta e está muito amargurado, o que eu entendo. Quer que eu dê garantias de que o garoto vai ser condenado e mandado pro corredor da morte, e quer saber quando vai ser a execução. Contou que leu em algum lugar que o Mississippi tem um monte de gente no corredor da morte, mas não consegue mandar ninguém pra câmara de gás. Que o tempo médio no corredor da morte é de dezoito anos. Disse que não pode esperar tanto tempo assim, que a família dele está devastada, e assim por diante. A mesma conversa que tive com ele na sexta-feira passada.

– Sinto muito, chefe – disse Snook.

Dyer mexeu em alguns papéis em cima da mesa.

– Bem, isso faz parte do trabalho, eu acho.

– Você queria falar sobre a mãe e a irmã.

– Sim, principalmente sobre a irmã. A gente precisa falar com elas, pra já. Temos uma ideia geral do que a Josie vai falar no julgamento, mas não vamos arrolá-la como testemunha. A garota, no entanto, precisa testemunhar. Temos que presumir que o réu não vá depor, por isso será necessário convocar a irmã dele. Que informações você já recolheu sobre elas?

– Ainda estão morando na igreja. A Josie está trabalhando em pelo menos dois empregos de meio período. Não sei o que a garota faz. Ela é adolescente, e a escola está de férias.

– A gente não pode falar com ela sem que a mãe esteja presente. Quer dizer, a gente poderia, em tese, mas ia dar problema. O Brigance ia se meter e fazer uma confusão. Parece que elas estão fazendo tudo que ele manda.

– Não me importo de bater na porta quando a Josie não estiver.

Dyer estava balançando a cabeça.

– Ela vai ficar nervosa e ligar pra mãe. É muito arriscado. Vou telefonar pro Brigance e marcar uma reunião.

– Boa sorte.

– O julgamento é daqui a dois meses. Você está pronto?

– Vou estar.

– Quando irá ao condado de Ford?

– Amanhã.

– Passa na casa do Earl Kofer pra dar um oi. A família precisa ser tranquilizada.

– Com prazer.

JAKE E CARLA pararam o carro na frente da prisão e entraram pela porta principal. Ele carregava sua pasta. Ela, uma bolsa grande de tecido cheia de livros e cadernos. Lá dentro, Jake falou com dois assistentes que conhecia, mas não lhes apresentou a esposa. O clima ficou imediatamente tenso e a troca de cumprimentos foi forçada. Ele levou Carla até a porta da cadeia e parou no balcão, onde o sargento Buford os aguardava.

Jake disse:

– O Ozzie pediu pra gente estar aqui às nove. Ordens do juiz Noose.

Buford olhou para o relógio de pulso como se Jake não soubesse que horas eram.

– Preciso dar uma olhada nisso – disse ele, apontando para a pasta de Jake. Jake a abriu para uma inspeção rápida. Alegre, mas não muito, com o encontro, Buford olhou para a bolsa de Carla e perguntou: – O que tem aí?

– Livros didáticos e cadernos – respondeu ela, abrindo a bolsa.

Ele remexeu na bolsa sem tirar nada e rosnou:

– Venham comigo.

Embora Jake a tivesse tranquilizado, o estômago de Carla estava se revirando. Ela nunca tinha estado dentro da prisão e esperava de algum modo ver criminosos perigosos olhando para ela através das grades. Mas não havia celas, apenas um corredor estreito e úmido com carpete gasto e portas de ambos os lados. Pararam diante de uma delas e Buford abriu a fechadura com uma das muitas chaves em seu chaveiro.

– Ozzie deu duas horas. Volto às onze.

– Eu gostaria de sair em uma hora – disse Jake.

Buford deu de ombros, como se não desse a mínima, e abriu a porta. Com um movimento de cabeça, fez sinal para eles entrarem e trancou a porta.

Drew estava sentado a uma pequena mesa com o mesmo macacão desbotado que usava todos os dias. Ele não se levantou nem disse oi. Não estava algemado e brincava com um baralho.

Jake disse:

– Drew, esta é a minha esposa, a Sra. Brigance, mas você pode chamá-la de professora Carla.

Drew sorriu, porque era impossível não sorrir para Carla. Eles se sentaram em cadeiras de metal do outro lado da mesinha estreita.

– Prazer em conhecê-lo, Drew – disse Carla com um sorriso.

– Agora, Drew, como eu te expliquei ontem, a professora Carla vai visitar você duas vezes por semana e organizar um plano de estudos pra você.

– Ok.

– Jake me disse que você parou no nono ano, certo? – perguntou Carla.

– Aham.

Sorrindo, Jake sugeriu:

– Drew, quero que adquira o hábito de dizer "Sim, senhora" e "Não, senhora". "Sim, senhor" e "Não, senhor" também cairiam bem. Pode ir praticando?

– Sim, senhor.

– Grande garoto.

– Falei com os seus professores e eles me disseram que as suas matérias eram História do Mississippi, Álgebra 1, Inglês e Ciências Gerais. É isso mesmo? – perguntou Carla.

– Acho que é.

– Você tem alguma preferida?

– Não tenho não. Eu não gostava de nenhuma. Odeio a escola.

Os professores tinham atestado o mesmo. Todos foram unânimes na avaliação de que ele era indiferente aos estudos, mal conseguindo passar de ano; também tinha poucos amigos, era reservado e, de maneira geral, parecia infeliz na escola.

A primeira impressão de Carla foi semelhante à de Jake. Não dava para acreditar que aquele garoto tinha 16 anos. Treze seria um bom chute. Era frágil, magrelo, com uma cabeleira loura que precisava desesperadamente de um corte. Era desajeitado, tímido e evitava contato visual. Era difícil aceitar a ideia de que havia cometido um assassinato tão hediondo.

– Ok, muitos adolescentes odeiam a escola, mas você não pode desistir – disse Carla. – Não vamos chamar isso aqui de escola. Vamos chamar de aula particular. O que eu quero fazer é dedicar cerca de meia hora a cada matéria e depois passar dever de casa.

– Dever de casa parece escola – declarou Drew, e eles riram.

Para Jake era um pequeno avanço, a primeira tentativa de fazer uma graça que ele viu partir de seu cliente.

– Você tem razão. Por onde quer começar?

– Tanto faz – respondeu ele, dando de ombros. – A professora é você.

– Ok. Vamos começar com matemática.

Drew franziu a testa.

– Não é a minha preferida também – murmurou Jake.

Carla enfiou a mão na bolsa, pegou um caderno e o colocou sobre a mesa. Ela o abriu e arrancou uma folha de papel.

– Aqui estão dez problemas básicos de matemática que eu quero que você resolva pra mim.

Ela lhe deu um lápis. Os problemas eram adições simples que qualquer aluno do quinto ano conseguiria resolver em questão de minutos.

Para reduzir a pressão, Jake tirou uns papéis de sua pasta e se perdeu nas leituras jurídicas. Carla pegou um livro de história e ficou folheando. Drew pôs a mão na massa e pareceu não ter dificuldade.

Sua trajetória escolar era irregular, para dizer o mínimo. Até então ele tinha frequentado pelo menos sete escolas em diferentes distritos e estados. Largara a escola pelo menos duas vezes e fora transferido inúmeras. Morou em três lares adotivos, em um orfanato, com dois parentes, em um trailer emprestado, passou quatro meses em uma instituição para menores por furtar uma bicicleta; e isso tudo foi intercalado por períodos em que a família ficou desabrigada e não houve absolutamente nenhum estudo. O momento mais estável foi dos 11 aos 13 anos, quando a mãe estava na prisão e ele e Kiera foram mandados para um orfanato batista no Arkansas, onde encontraram estrutura e segurança. Assim que obteve liberdade condicional, Josie recuperou a guarda dos filhos e a família continuou sua caótica jornada sem destino certo.

Com o consentimento por escrito de Josie, Portia rastreou obstinadamente o histórico escolar dele, e também o de Kiera, e conseguiu reunir suas tristes biografias.

Jake, enquanto fingia ler com o cenho franzido, estava pensando em quanto seu cliente havia progredido em onze semanas. Ele fora do estado catatônico dos primeiros encontros, passando pelas primeiras palavras, as duas semanas em Whitfield, a aceitação forçada do confinamento na solitária e a tristeza da vida atrás das grades, até o ponto atual em que conseguia manter uma conversa razoável e fazer perguntas sobre o próprio futuro. Havia pouca dúvida de que os antidepressivos estavam funcionando. Também ajudava o fato de que o Sr. Zack, o outro carcereiro, gostava dele e passava um tempo com o garoto. Ele levava brownies de chocolate preparados pela esposa e gibis, deu um baralho para Drew e lhe ensinou a jogar pôquer e vinte e um. Quando as coisas estavam calmas, o Sr. Zack ia até a cela dele para jogar uma ou duas partidas. Contato humano é algo fundamental para todo mundo, e o Sr. Zack detestava a ideia do confinamento solitário.

Jake passava por lá quase todo dia. Eles normalmente jogavam cartas e falavam sobre o tempo, garotas, amigos, os jogos que Drew costumava jogar. Qualquer coisa, menos o assassinato e o julgamento.

Jake ainda não estava pronto para fazer ao cliente a pergunta mais importante de todas: "Você sabia que o Kofer estava estuprando a Kiera?" E isso era porque Jake não estava pronto para a resposta. Se fosse "Sim", então a vingança estava na mesa, e vingança significava que Drew tinha planejado suas ações para proteger a irmã. Planejamento equivalia a premeditação, o que significava pena de morte.

Talvez ele jamais fizesse a pergunta. Ainda tinha sérias reservas quanto a convocar Drew para depor e, com isso, sujeitá-lo ao questionamento fulminante por parte do promotor.

Enquanto Jake o observava fazer as contas, ele não conseguia se imaginar permitindo que aquele garoto fosse sacrificado diante do júri. Era uma decisão que qualquer advogado de defesa tinha o direito de adiar até o último momento. O Mississippi não exigia que a defesa divulgasse antes do julgamento se o réu iria ou não depor. Jake tinha insinuado para Noose e Dyer que Drew não iria falar, mas isso era parte de uma estratégia para forçar a promotoria a chamar Kiera como testemunha. Além do irmão, ela era a única testemunha ocular que havia.

– Aqui – disse Drew, entregando para Carla a folha de papel.

Ela deu um sorriso, entregou outra folha para ele e disse:

– Ótimo. Agora tenta esses aqui.

Era uma outra série de adições, um pouco mais difíceis.

Enquanto ele fazia as contas, Carla corrigiu o primeiro conjunto de exercícios. Ele tinha errado quatro de dez. Ela teria muito trabalho pela frente.

BUFORD VOLTOU UMA hora mais tarde e Jake estava pronto para sair. Ele pediu a Drew para se levantar, apertar a mão dele com força e se despedir. Carla estava preparando uma lição rápida sobre os nativos americanos que tinham vivido no estado.

Jake deixou a prisão a pé e andou três quarteirões até a praça, rumo a um encontro que queria evitar. Entrou no Security Bank, esperou cinco minutos na recepção e logo viu Stan Atcavage fazendo sinal para que ele entrasse em sua espaçosa sala. Trocaram cumprimentos como os bons amigos que eram, mas ambos temiam o que estavam prestes a discutir.

– Vamos direto ao assunto, Stan – disse Jake.

– Tá bom. Olha, Jake, como eu disse antes, esse não é o mesmo banco de dois anos atrás. Naquela época, os donos eram daqui e o Ed me dava bastante margem de manobra. Eu podia fazer quase tudo que quisesse. Mas, como você sabe, o Ed vendeu tudo e não está mais aqui, e os caras novos lá de Jackson comandam o espetáculo de outro jeito.

– A gente já teve essa conversa.

– E vamos ter de novo. Somos amigos há muitos anos e eu faria tudo ao meu alcance pra te ajudar. Mas não sou eu quem dá as cartas agora.

– Quanto eles querem?

– Eles não gostam desse empréstimo, Jake. De emprestar dinheiro pra casos jurídicos. Acham que o risco é muito alto e a princípio disseram não. Eu os convenci que você sabia o que estava fazendo e que você tinha certeza que o caso *Smallwood* seria uma mina de ouro. Agora que o caso foi pro brejo, estão dizendo que tinham razão. Eles querem metade dos 70 mil, e querem pra já.

– E isso nos leva ao meu pedido de refinanciamento. Se o banco refizer a hipoteca da minha casa e aumentar meu limite de crédito, vou ter algum dinheiro para trabalhar. Posso pagar o empréstimo e continuar vivo.

– Bem, o seu modelo de negócio os deixa preocupados. Eles analisaram as suas finanças e não tiveram uma boa impressão.

A ideia de um bando de banqueiros metidos vasculhando suas finanças e franzindo a testa para seus rendimentos fez seu sangue ferver. Ele odiava bancos, e mais uma vez jurou que ia arrumar um jeito de tirá-los da sua vida. No momento, porém, isso parecia impossível.

Stan continuou:

– No ano passado, seu faturamento bruto foi de 90 mil e você ficou com 50, antes de deduzir os impostos.

– Eu sei disso. Pode acreditar que sei. Mas no ano anterior eu fiz 140. Você sabe como é lidar com clientes numa cidade pequena. Com exceção dos Sullivans, todos os advogados da praça passam por altos e baixos.

– É verdade, mas no ano anterior você faturou mais por causa dos honorários da contestação do testamento do Hubbard.

– Eu não quero discutir com você, Stan, de verdade. Comprei a casa dois anos atrás do Willie Trainer por 250, cara pra Clanton, mas é uma baita casa.

– E eu aprovei o empréstimo sem hesitar. Mas os caras lá em Jackson estão céticos quanto à sua avaliação.

– Você e eu sabemos que a avaliação está um pouco pra cima. Aposto que esses babacas lá de Jackson moram em casas que custam muito mais de 300 mil.

– Isso não vem ao caso, Jake. Eles negaram uma nova hipoteca. Sinto muito. Se dependesse de mim, bastava a sua assinatura que eu aprovava o empréstimo, sem precisar de garantia.

– Não precisa se empolgar, Stan. Afinal de contas, você é um banqueiro.

– Eu sou seu amigo, Jake, e me dói ter que dar essa má notícia. Zero. Nada de nova hipoteca. Sinto muito.

Jake deu um suspiro, derrotado, e quase sentiu pena do amigo. Eles ficaram se olhando por um momento. Por fim, Jake disse:

– Ok, vou tentar em outro lugar. Pra quando querem o dinheiro?

– Duas semanas.

Jake balançou a cabeça, como se não acreditasse.

– Acho que posso juntar o pouco que tenho de dinheiro guardado.

– Sinto muito, Jake.

– Eu sei que você sente, Stan, e sei que não é isso que você queria. Não se culpe por isso. Eu vou sobreviver. De algum jeito.

Eles trocaram um aperto de mãos e Jake mal podia esperar para sair dali.

ELE USOU AS ruas menores para evitar as pessoas e, minutos depois, entrou em seu escritório. Mais notícias ruins o aguardavam.

Josie estava sentada com Portia à mesa da recepção. Tomavam café e pareciam estar tendo uma conversa agradável. Ela não tinha marcado horário e Jake não estava no clima para outra sessão de palavras reconfortantes, mas não tinha como dizer não. Ela o seguiu escada acima até sua sala e sentou-se em frente a ele, em sua mesa bagunçada. Falaram sobre Drew por um tempo e Jake contou que Carla estava na prisão tendo sua primeira sessão como professora particular. Ele exagerou um pouco e disse que Drew parecia estar gostando da atenção. Falaram um pouco sobre Kiera e Josie a descreveu como solitária, entediada e assustada. A Sra. Golden, da igreja, ia três vezes por semana para dar aulas. Ela pegava pesado nos deveres de casa e isso mantinha Kiera ocupada de certa forma. Charles e Meg McGarry passavam dia sim, dia não para ver como ela estava. Josie tinha parado de ir à igreja, porque Kiera não podia mais ir com ela. A barriga começava a aparecer, e o segredo precisava ser protegido.

Josie tirou algumas cartas da bolsa e entregou a ele.

— Duas dos hospitais, daqui e de Tupelo, e uma do médico de lá. Total de 16 mil dólares e alguma coisa, e, claro, estão fazendo ameaças. O que eu faço, Jake?

Jake passou os olhos rapidamente pelos números e mais uma vez ficou admirado com o preço dos serviços de saúde.

— Eu tô trabalhando em três empregos de meio período agora, todos pagando o valor mínimo pela hora, e tô conseguindo colocar ordem na casa, mas não tenho como pagar essas contas. Além disso, meu carro precisa de uma transmissão nova. Se quebrar, a gente tá ferrada.

— Podemos dar entrada num pedido de falência.

Ele evitava trabalhar com pedidos de falência tanto quanto evitava os divórcios, mas, de vez em quando, se metia em uma furada com um cliente em extrema necessidade.

— Mas preciso do meu médico, Jake. Eu não posso declarar falência. Além do mais, fiz isso dois anos atrás na Louisiana, pela segunda vez. Não tem um limite de quantas vezes você pode fazer isso?

— Acho que tem, infelizmente.

Depois de tantos problemas financeiros, criminais e matrimoniais, ele supôs que Josie soubesse mais de Direito que a maioria dos advogados. Ao mesmo tempo que admirava a coragem e a determinação dela para sobreviver e proteger os filhos, ele precisou afastar o desejo de julgá-la de maneira severa pelos seus erros.

— Bom, então eu não posso pedir falência de novo. O que você sugere?

Ele queria sugerir que ela contratasse outro advogado. Já tinha trabalho de sobra com o filho dela, e isso provavelmente levaria o próprio Jake à falência. Ele nunca havia concordado em representá-la. Pelo contrário, havia sido forçado a assumir a defesa de Drew. Mas agora era advogado da família toda, e não havia muito como escapar disso.

Harry Rex a expulsaria do escritório e demonstraria pouca compaixão. Lucien a acolheria e, em seguida, despejaria os problemas dela na mesa de algum associado menos importante enquanto montava uma defesa estrondosa de seu filho. Jake não tinha esse privilégio. E a verdade é que ele raramente dizia não a um cliente em necessidade. Às vezes parecia que metade de seu trabalho era *pro bono*, fosse combinado de antemão ou meses depois, quando seus honorários eram cancelados.

Para complicar as coisas, havia o tique-taque do relógio. Kiera teria um bebê dali a cerca de três meses. As conversas com Carla ainda estavam frescas na memória dele.

– Ok, vou ligar pros hospitais e pros médicos e bater um papo com eles.

Ela estava enxugando as lágrimas.

– Você já teve seu salário arrestado, Jake?

"Que salário?", pensou Jake.

– Não, nunca tive.

– É terrível. Você dá duro em um trabalho de merda e, quando finalmente recebe o pagamento, há um bilhete amarelo no envelope. Alguma empresa de cartão de crédito, uma financeira ou revendedora de carros usados pegou seu contracheque e cortou ele pela metade. É simplesmente péssimo. É assim que eu vivo, Jake. Sempre escalando uma montanha, tentando botar comida na mesa, e tem sempre alguém atrás de mim. Escrevendo cartas intimidadoras. Contratando advogados de cobrança. Ameaçando, tem sempre alguém me ameaçando. Não me importo de trabalhar duro, mas tudo que faço é pra me manter respirando, me manter viva. Não tenho nem como pensar em melhorar.

Era fácil julgar que todos os problemas dela haviam sido autoimpostos, que os danos eram autoinfligidos, mas Jake ficou se perguntando se alguma vez ela havia tido uma chance de verdade. Tinha vivido 32 anos muito difíceis. Era uma mulher atraente, e isso sem dúvida a levara a ter sérios problemas com homens sem caráter. Talvez tivesse sofrido abusos. Ou talvez tivesse sempre tomado as decisões erradas.

– Vou dar os telefonemas e ganhar algum tempo – disse ele, porque não conseguiu pensar em mais nada e precisava trabalhar, com sorte em alguma coisa que pagasse.

– Eu preciso de 800 dólares para a transmissão, Jake, uma usada – soltou ela. – Você tem como me emprestar?

Na vida de advogado de cidade pequena, aquele não era um pedido incomum. Jake tinha aprendido da maneira mais difícil a não emprestar dinheiro a clientes falidos. A resposta-padrão e confiável era: *Desculpa, mas é antiético emprestar dinheiro pra você.*

Por quê?

Por quê? Porque as chances de ser reembolsado são mínimas. Por quê? Porque o pessoal da comissão de ética da Ordem dos Advogados do estado percebeu, décadas atrás, que a maioria de seus membros, dos quais quase todos são advogados de cidades pequenas, precisa ser protegida de pedidos como esse.

No momento, ele tinha cerca de 4 mil dólares na conta do escritório, dinheiro que seria extremamente necessário nos próximos meses para manter as portas abertas. Porra, mas e daí? Ela precisava do dinheiro muito mais que ele, e, se o carro dela parasse, ele herdaria ainda mais problemas com os quais não queria lidar. Ele poderia trabalhar mais horas, atrair mais clientes, pedir ao Noose que o indicasse para casos de defesa dativa nos quais pudesse obter acordos judiciais polpudos. Ele tinha orgulho de ser um advogado do povo, ao contrário dos engomadinhos das grandes firmas, e sempre havia sido capaz de arrumar mais trabalho quando estava em dificuldades.

Ele sorriu e fez que sim com a cabeça.

– Posso dar um jeito. Vou pedir que você assine uma promissória com vencimento daqui a um ano. É uma espécie de formalidade, por razões éticas.

Ela chorou um pouco enquanto Jake fingia fazer anotações. Quando o choro finalmente parou, ela falou:

– Eu sinto muito, Jake. De verdade.

Ele esperou até que ela se recompusesse e disse:

– Josie, eu tenho uma ideia. Você está cansada de morar na igreja. O pastor McGarry e o rebanho têm sido incríveis no apoio que estão dando a você e Kiera, mas vocês não podem ficar lá. Logo vão perceber que ela está grávida e a fofoca vai começar. Você não tem como pagar essas contas e não é realista pensar que hospitais e médicos vão recuar. Eu quero que você suma, se mude, simplesmente desapareça da região.

– Eu não posso ir embora, não com o Drew na prisão à espera do julgamento.

– Você não tem como ajudar o Drew agora. Muda pra algum lugar não muito longe e fica afastada até o julgamento.

– Pra onde?

– Pra Oxford. Fica a uma hora de distância só. É uma cidade universitária, com muitos apartamentos baratos. A gente acha um mobiliado. O verão já chegou e os alunos foram embora. Tenho alguns amigos advogados lá e vou pedir a eles que ajudem a arrumar um ou dois empregos pra você. Esquece essas contas. Os cobradores não vão conseguir te encontrar.

– Essa é a história da minha vida, Jake. Sempre fugindo.

– Não tem nenhuma razão pra você ficar aqui, sem família, sem amigos de verdade.

– E o médico da Kiera?

– Eles têm um bom hospital em Oxford, que atende a região toda, com ótimos médicos. Vamos assegurar que ela seja bem tratada. Vai ser nossa prioridade.

As lágrimas dela desapareceram, seus olhos ficaram limpos.

– Vou precisar de mais outro empréstimo pra me estabelecer.

– Tem outro motivo, Josie. Ela vai ter o bebê em setembro, depois do julgamento e depois que todo mundo em Clanton souber da gravidez. Se ela tiver o bebê em Oxford, poucas pessoas daqui vão ficar sabendo. Muito poucas. Incluindo os Kofers. Eles vão ficar chocados quando descobrirem sobre o neto, e provavelmente não vão querer se envolver. No entanto, como já aprendi, é impossível prever o que as pessoas farão. Pode ser que eles queiram ter algum contato com a criança. Isso não pode acontecer.

– Não vai acontecer.

– A gente vai tratar da adoção lá, em outra comarca. A Kiera vai estar em outra escola e os novos amigos dela não vão saber nada sobre a gravidez. A mudança é a melhor opção pra ela e pra você também.

– Eu não sei o que fazer, Jake.

– Você é uma sobrevivente, Josie. Vai embora daqui. Nada de bom vai acontecer nem pra você nem pra sua filha se vocês ficaram aqui nesse condado. Confia em mim.

Ela mordeu o lábio e lutou contra as lágrimas.
– Tá bem – disse baixinho.

A BELA CASA antiga do juiz Reuben Atlee ficava a dois quarteirões da casa de Jake, no centro de Clanton. Era antiga o suficiente para ter o próprio nome, Maple Run, e o juiz morava lá havia décadas. No final da tarde, Jake estacionou atrás de um grande Buick e bateu na porta de tela. Atlee era um notório pão-duro, que se recusava a instalar um ar-condicionado.

Uma voz falou para ele entrar e Jake pisou no hall úmido e pegajoso. O juiz Atlee apareceu com dois copos cheios de um líquido marrom, seu clássico *whisky sour* para encerrar mais um dia difícil. Estendeu um copo a Jake e disse:

– Vamos sentar na varanda.

Eles foram para fora, onde a atmosfera estava perceptivelmente mais agradável, e se acomodaram nas cadeiras de balanço.

O juiz Atlee comandava o Tribunal da Chancelaria fazia bastante tempo e discretamente metia o nariz na maior parte dos assuntos do condado. Ele tratava de casos relacionados ao direito de família, todos os divórcios, adoções, além das contestações de testamento, disputas de terras, questões de zoneamento, uma longa lista de embates jurídicos que quase nunca incluíam julgamentos com júri. Ele era sábio, justo, intransigente, e não tinha paciência com advogados atrapalhados ou preguiçosos.

– Soube que você ficou preso no caso Gamble – disse ele.

– Infelizmente.

Jake deu um gole no drinque, que não era o seu preferido, e se perguntou como ia explicar aquilo para Carla. Não seria muito difícil. Se o juiz Atlee estende um copo e fala para você se sentar com ele na varanda, nenhum advogado tem como dizer não.

– O Noose me ligou pra pedir conselho. Eu disse que não havia outro advogado no condado capaz de lidar com o caso.

– Valeu.

– Isso faz parte do trabalho de advogado, Jake. Você nem sempre pode escolher seus clientes.

E por que não? Por que eu e todos os outros advogados não podemos dizer não pra um cliente?, pensou Jake.

– Bem, eu estou preso no caso.

– Suponho que vá alegar insanidade.

– Provavelmente, mas o garoto matou o Kofer a sangue-frio.

– Que coisa. É tudo tão trágico... Que desperdício de vida, pro policial e pro garoto.

– Duvido que haja muita compaixão pelo garoto.

Atlee deu um gole na bebida e olhou para os telhados que se estendiam pela colina. Era possível ver o telhado da casa de Jake de lá.

– Qual é a punição justa, Jake? Não gosto da ideia de levar uma criança a julgamento por homicídio, mas o policial está morto do mesmo jeito, independentemente de quem puxou o gatilho. O assassino tem que ser punido, e com rigor.

– Essa é a grande questão, não é? Mas no fundo ela não importa. A cidade quer que o veredito seja a pena de morte, a câmara de gás. Meu trabalho é lutar contra isso.

Atlee assentiu e deu mais um gole.

– Você disse que precisava de um favor.

– Sim, senhor. Não acho justo julgar o garoto nesse condado. Vai ser impossível selecionar um júri imparcial. O senhor não concorda?

– Eu não lido com júris, Jake. Sabe disso.

Jake sabia também que o juiz Atlee conhecia mais detalhes do caso do que quase qualquer pessoa.

– Mas o senhor conhece o condado melhor do que ninguém. Pretendo pedir o desaforamento e preciso da sua ajuda.

– Como?

– Falando com o Noose. Vocês têm um canal aberto que poucas pessoas conhecem. Acabou de dizer que ele ligou pra pedir conselho sobre quem nomear. Insista com ele pra acatar o desaforamento.

– Pra onde?

– Qualquer lugar, menos aqui. Ele quer manter a jurisdição porque o caso é dele, e é um caso de destaque. Não está a fim de abrir mão da diversão. Além disso, ele pode ter um concorrente na eleição do ano que vem, e deseja manter uma boa imagem.

– O Buckley?

– É o que dizem. O Buckley está mexendo os pauzinhos lá embaixo.

– O Buckley é um idiota e foi massacrado na última eleição.

– É verdade, mas nenhum juiz gosta de ter concorrência.
– Eu nunca tive – disse Atlee, um tanto presunçoso.
Nenhum advogado com a cabeça no lugar desafiaria Reuben Atlee.
Jake continuou:
– O Noose se recusou a mudar o local do julgamento de Carl Lee Hailey, e a justificativa dele foi de que o caso era tão notório que todo mundo no estado sabia dos detalhes. Ele provavelmente tinha razão. Agora é diferente. A morte de um policial é uma grande história. Uma tragédia e tudo mais, mas acontece. As notícias vão sair da primeira página. Aposto que o pessoal do condado de Milburn não está falando sobre isso.
– Eu estive lá semana passada. Não ouvi nada.
– Aqui é diferente. Os Kofers têm muitos amigos. O Ozzie e os rapazes dele estão putos. Eles vão manter o assunto vivo.
Sua Excelência assentiu. Ele deu mais um gole e disse:
– Vou falar com o Noose.

28

Depois de outra rodada de abusos verbais por parte de Harry Rex, Stan conseguiu convencer seu chefe em Jackson a reduzir a amortização para 25 mil dólares. Jake juntou suas economias e passou um cheque da metade do valor. Harry Rex achou algum dinheiro e fez seu cheque também, junto com um bilhete de próprio punho jurando nunca mais falar com Stan. Ele parou pouco antes de ameaçar socar a cara dele da próxima vez que o visse na rua.

Harry Rex ainda estava confiante de que eles conseguiriam *alguma coisa* com o caso *Smallwood*, mesmo que fosse um acordo baixo só para poupar a ferrovia dos custos de enfrentar um grande julgamento. Quando o julgamento aconteceria era um mistério. Sean Gilder e os rapazes da ferrovia estavam fazendo a típica enrolação que era marca registrada deles, alegando que ainda estavam à procura do perito certo. Noose tinha passado mais de um ano pressionando-os, mas, depois do desastre de Jake em relação à testemunha, ele havia perdido o interesse em marcar logo a data. O sócio de Gilder, Doby Pittman, tinha insinuado que a ferrovia poderia cogitar um acordo só para encerrar logo o caso. "Algo em torno de 100 mil", deixou escapar quando estavam bebendo em Jackson.

Na hipótese pouco provável de que a ferrovia e a seguradora fizessem mesmo um cheque, primeiro as despesas com o caso – agora em 72 mil e pouco – teriam que ser quitadas. O que restasse seria dividido, com dois terços indo para Grace Smallwood e um terço para Jake e Harry Rex. O valor seria irrisório, mas pelo menos eles evitariam o prejuízo com o malfadado empréstimo de alto risco.

No entanto, não era Doby Pittman que dava as cartas, e ele já havia se equivocado antes. Sean Gilder não dava sinais de recuo e parecia confiante em uma vitória gloriosa no tribunal.

NA SEXTA-FEIRA, 8 de junho, Lowell Dyer e Jerry Snook, junto com Ozzie e seu investigador, Kirk Rady, acomodaram-se na sala de reuniões principal do escritório de Jake. Do outro lado da mesa, Jake estava sentado com Josie de um lado e Kiera do outro.

Kiera vestia uma calça jeans larga e um casaco de moletom enorme. Embora a temperatura estivesse acima dos 30 graus, ninguém pareceu achar estranho aquele moletom. Jake e Josie tinham presumido que todo mundo na sala sabia que a família estava usando roupas de segunda mão que haviam sido doadas. Ela estava grávida de cinco meses, com uma pequena protuberância bem disfarçada.

Depois de uma tentativa constrangedora de troca de gentilezas, Dyer começou explicando a Kiera que, como ela era uma testemunha do crime, poderia ser chamada pela promotoria para depor.

– Você entende isso? – perguntou ele com delicadeza.

Ela fez que sim com a cabeça e respondeu baixinho:

– Sim, entendo.

– O Dr. Brigance explicou pra você o que vai acontecer no tribunal?

– Sim, a gente já falou sobre isso.

– Ele lhe disse o que falar?

Ela deu de ombros e pareceu confusa.

– Acho que sim.

– O que o Dr. Brigance disse pra você falar?

Jake, ansioso para arrumar briga, interrompeu:

– Por que você não pergunta a ela o que aconteceu?

– Ok. Kiera, o que aconteceu naquela noite?

Evitando contato visual, ela manteve o olhar em um bloco de notas no centro da mesa e contou sua história: estar acordada às duas da manhã, esperando que Stuart Kofer voltasse para casa; esconder-se no quarto com Drew enquanto a mãe aguardava no andar de baixo; não conseguir dormir por causa do medo; ficar sentada na cama no escuro ao lado do irmão, com a porta trancada; avistar os faróis; ouvir o carro; ouvir a porta da cozinha ser aberta e bater; ouvir as vozes da mãe e de Kofer enquanto discutiam; depois as vozes ficando mais altas quando ele a chamou de piranha e mentirosa; o som de sua mãe apanhando novamente; depois o silêncio, por alguns minutos, enquanto eles esperavam; os passos pesados de Kofer subindo as escadas, chamando seu nome ao se aproximar; o barulho da maçaneta do quarto; as batidas na porta enquanto eles choravam, prendiam a respiração e rezavam pedindo ajuda; o instante de silêncio enquanto ele decidia deixá-los em paz; o som dele descendo as escadas; o horror de saber que a mãe estava machucada, caso contrário teria lutado para protegê-los; o longo e terrível silêncio da espera.

Sua voz falhou e ela enxugou o rosto com um lenço de papel.

Dyer intercedeu:

– Sei que isso é difícil, mas, por favor, tente ir até o fim. É muito importante.

Ela assentiu e cerrou os maxilares com determinação. Olhou para Jake e ele assentiu. *Até o fim*.

Drew desceu as escadas e encontrou a mãe inconsciente. Ele correu escada acima e, em prantos, disse que ela estava morta. Eles foram para a cozinha, onde Kiera implorou à mãe que acordasse, depois se sentou e colocou a cabeça da mãe no colo. Um deles, ela não conseguia se lembrar quem, teve a ideia de ligar para o 911. Drew fez a ligação enquanto Kiera aninhava a mãe, que não estava respirando. Eles tinham certeza de que ela estava morta. Ela segurou a cabeça da mãe, fez carinho em seus cabelos e falou baixinho com ela. Drew ia de um lado para outro, mas ela não sabia direito o que ele estava fazendo. Ele disse que o Kofer estava desmaiado na cama. Drew fechou a porta do quarto e Kiera ouviu o tiro.

Ela começou a soluçar, e os adultos na sala desviaram o olhar. Depois de um ou dois minutos, enxugou as lágrimas novamente e olhou para Dyer.

– O que o Drew falou depois do tiro? – perguntou ele.

– Ele disse que tinha matado o Stu.

– Então você não o viu propriamente matar o Stuart?

– Não.

– Mas ouviu o tiro?

– Sim.

– O Drew disse mais alguma coisa?

Ela fez uma pausa, refletiu e por fim disse:

– Não me lembro de mais nada que ele tenha dito.

– Ok, e o que aconteceu depois?

Mais uma pausa.

– Não sei. Eu tava só segurando a minha mãe, sem conseguir acreditar que ela tava morta.

– Você se lembra de ver um policial chegando ao local?

– Sim.

– E onde você estava quando o viu?

– Eu ainda tava no chão, segurando a minha mãe.

– Você se lembra de o policial ter lhe perguntado o que tinha acontecido?

– Acho que lembro. Sim.

– E o que você falou?

– Eu falei algo como "O Drew matou o Stuart".

– Obrigado, Kiera – disse Dyer, oferecendo um sorriso piegas. – Sei que isso não é fácil. Enquanto você segurava a sua mãe, ela estava respirando?

– Não, eu achei que não. Eu fiquei segurando ela por um bom tempo e sabia que ela estava morta.

– Tentou verificar o pulso dela?

– Acho que não. Eu tava com muito medo. É meio difícil pensar quando acontece uma coisa dessas.

– Eu entendo. – Dyer verificou algumas anotações e fez uma pausa antes de prosseguir: – Agora, se não me engano, você usou a expressão "de novo" quando falou que ouviu o Stuart Kofer e a sua mãe discutindo e brigando no andar de baixo. Isso está correto?

– Sim, senhor.

– Então isso já tinha acontecido antes?

– Sim, senhor. Muitas vezes.

– Você chegou a ver essas brigas?

– Sim, mas não chamaria de brigas. Minha mãe ficava só tentando se proteger enquanto ele batia nela.

– E você viu isso?

– Uma vez, sim. Ele chegou em casa tarde e bêbado, como sempre.

– Ele alguma vez bateu em você ou no Drew?

– Ela não vai responder a isso – interrompeu Jake.

– Por que não? – disparou Dyer do outro lado da mesa.

– Porque você não vai fazer essa pergunta quando a estiver interrogando no tribunal. Ela vai ser a *sua* testemunha.

– Eu tenho o direito de saber qual vai ser o testemunho dela.

– Só o que ela vai dizer enquanto você a estiver interrogando. Não tem o direito de saber o que ela pode dizer quando for eu a interrogá-la.

Dyer ignorou Jake, olhou para Kiera e repetiu a pergunta:

– O Stuart Kofer alguma vez bateu em você ou no Drew?

– Não responda – disse Jake.

– Você não é advogado dela, Jake.

– Mas ela vai ser minha testemunha. Tudo que posso afirmar é que o que ela tem a dizer quando for minha testemunha não interessa ao Ministério Público.

– Está equivocado, Jake.

– Então vamos ter uma conversinha com o Noose.

– Você está passando dos limites.

– Talvez, mas ela não vai responder a essa pergunta até que o juiz decida assim. Você já conseguiu o que queria, agora chega.

– Não chega, não. Vou dar entrada numa petição para obrigá-la a responder às minhas perguntas.

– Ótimo. E nós vamos discutir sua petição perante o juiz.

Dyer fez toda uma cena enquanto colocava a tampa de volta em sua caneta e juntava suas anotações. Reunião encerrada.

– Obrigado pelo seu tempo, Kiera – disse ele.

Jake, Kiera e Josie não se mexeram enquanto os outros se levantavam e saíam da sala. Quando a porta foi fechada, Jake deu um tapinha no braço de Kiera e disse:

– Bom trabalho.

Tinha sido uma performance esplêndida para uma garota de 14 anos.

APESAR DE FALIDO, Jake inventou de fazer um churrasco no quintal. No final da tarde de sexta-feira ele acendeu a churrasqueira, deixou peitos e coxas de frango marinando e assou salsichas e espigas de milho enquanto Carla preparava uma grande jarra de limonada.

O clã Hailey foi o primeiro a aparecer: Carl Lee e Gwen com seus quatro filhos: Tonya, agora com 17 anos e parecendo ter 20, e os três meninos, Carl Lee Junior, Jarvis e Robert. Eles chegavam sempre um pouco cautelosos, por serem convidados em uma bela casa na parte branca da cidade, uma raridade em Clanton. Jake nunca tinha ido a um churrasco, coquetel ou mesmo a um casamento para o qual negros tivessem sido convidados. Desde o julgamento de Carl Lee, cinco anos antes, ele e Carla estavam determinados a mudar aquilo. Haviam recebido os Haileys, assim como Ozzie e sua família, muitas vezes no quintal. E foram à casa dos Haileys para churrascos e reuniões de família em que eram os únicos brancos.

Jake era benquisto entre os negros do condado de Ford. Era o advogado deles. O problema era que eles não tinham muito a oferecer quando o assunto eram honorários e a maioria de suas questões jurídicas se encaixava na categoria *pro bono*, a especialidade de Jake.

Ozzie havia sido convidado, mas encontrou uma desculpa para não ir.

Josie e Kiera chegaram com Charles e Meg McGarry. Meg estava grávida de nove meses e poderia parir a qualquer momento. Kiera estava com quatro meses a menos e vestia o mesmo moletom grandalhão, apesar do calor.

Harry Rex era sempre convidado, junto com a esposa da vez, mas geralmente recusava porque não era permitido beber nem cerveja. Lucien era um convidado ocasional e até havia levado Sallie uma vez, a única ocasião em que os dois tinham sido vistos juntos pela cidade. Mas ele, assim como Harry Rex, não conseguia aproveitar um churrasco sem bebida. Isso e o fato de ele se orgulhar de ser terrivelmente antissocial.

Stan Atcavage já havia feito parte da lista, mas raramente aparecia. Sua esposa, Tilda, não gostava de se misturar com as classes mais baixas.

Enquanto as crianças jogavam badminton e as mulheres se reuniam no quintal e conversavam sobre Meg e a chegada iminente do bebê, Jake e Carl Lee bebericavam limonada sentados em cadeiras de praia à sombra e colocavam a fofoca em dia. Lester era sempre um assunto. Ele era o irmão mais novo de Carl Lee e morava em Chicago, onde ganhava um bom salário como metalúrgico sindicalizado. Seus problemas com as mulheres eram sempre fonte de histórias exageradas e de infinitas piadas.

Quando todo mundo parecia estar entretido, Carl Lee disse:

– Parece que você se meteu em outra confusão.

– Parece que sim – concordou Jake com um sorriso.

– Quando vai ser o julgamento?

– Em agosto, daqui a dois meses.

– Por que você não me coloca no júri?

– Carl Lee, você é a última pessoa que eles colocariam num júri meu.

Eles ficaram apreciando a leveza do momento. Carl Lee ainda trabalhava em uma serraria e agora era supervisor. Era dono da própria casa e de um terreno de 2 hectares ao redor dela, e ele e Gwen criavam os filhos em um ambiente rígido, bastante regrado. Igreja todo domingo, muitos afazeres para as crianças, deveres de casa e boas notas, respeito pelos mais velhos. Sua mãe morava a menos de 1 quilômetro de distância e via os netos todos os dias.

– O Willie não gostava do Kofer – disse Carl Lee.

Willie Hastings era primo de segundo grau de Gwen e o primeiro assistente negro que Ozzie contratou.

– Não me surpreende.

– Kofer não gostava de negros. Ele bajulava o Ozzie por razões óbvias, mas tinha um lado sombrio. Bem sombrio. O Willie acha que ele fez alguma bobagem no Exército. Ele foi expulso de lá, sabia?

– Sabia. Mas o Ozzie gostava dele, e era um bom policial.

– O Willie diz que o Ozzie sabia de mais coisas do que admite. Diz que todos os assistentes sabiam que o Kofer estava fora de controle, bebendo, se drogando, arrumando briga em bar.

– O boato é esse.

– Não é boato nenhum, Jake. Você já ouviu falar em "limpar" um bar?

– Não.

– É uma brincadeira idiota em que um bando de delinquentes bêbados entra num bar que não é um dos que eles frequentam. Assim que alguém dá a deixa, eles puxam uma briga, começam a socar e espancar todo mundo lá dentro, depois saem correndo porta afora e fogem. Acham graça nisso porque nunca se sabe o que você vai encontrar dentro do bar. Pode ser um bando de velhos que não têm como revidar, pode ser uns caras durões de verdade que atacam com garrafas e tacos de sinuca.

– E o Kofer participava?

– Ah, claro. Ele e a gangue dele eram conhecidos por limpar os bares, geralmente de outros condados. Poucos meses atrás, não muito antes da morte dele, eles invadiram um bar frequentado por negros no condado de Polk, bem na divisa com o condado de Ford. Acho que o Kofer, sendo um oficial da lei bem-visto, não queria correr o risco de ser pego no próprio condado.

– Eles invadiram um bar frequentado por negros?

– Sim, de acordo com o Willie. Um lugar chamado Moondog.

– Já ouvi falar. Tive um cliente anos atrás que foi acusado de participar de uma briga de faca lá. Barra-pesada.

– É sim. Eles sempre jogam dados lá no sábado à noite. O Kofer e outros quatro caras brancos entraram pela porta socando e chutando todo mundo. Acabaram com o jogo de dados. Foi uma briga dos infernos. Os caras de lá não são brincadeira, Jake.

– E eles conseguiram sair vivos?

– Por muito pouco. Um dos caras puxou uma arma e atirou pra cima. Os brancos saíram correndo.

– Que loucura, Carl Lee.

– Põe loucura nisso. Por pouco eles não foram esfaqueados ou baleados.

– E o Willie sabia disso?

– Sim, mas ele é policial e não iria dedurar outro policial. Acho que dessa história o Ozzie não sabia.

– Isso é doideira.

– Bom, o Kofer era maluco e andava com uma galera igual a ele. Você vai usar isso no julgamento?

– Não sei. Um minuto. – Jake se levantou de um salto e foi até a churrasqueira, onde virou o frango e colocou mais molho. O pastor McGarry se juntou a ele, ansioso para se afastar das mulheres, e o seguiu de volta para a sombra, ao lado de Carl Lee. O assunto passou de Stuart Kofer para o jogo de badminton em que Hanna e Tonya, de um dos lados da rede, estavam tendo uma partida difícil contra os três meninos Hailey do outro lado. Por fim, Tonya chamou o pai para entrar na brincadeira e equilibrar as coisas. Carl Lee alegremente pegou uma raquete e se juntou à diversão.

Ao anoitecer, eles se reuniram em torno da mesa de piquenique e comeram frango, cachorro-quente e salada de batata. A conversa girou sobre coisas de verão: passeios no lago, pesca, jogos de beisebol e de softbol, reuniões de família.

O iminente julgamento de Drew parecia algo muito distante.

29

Quatro dias depois, em 12 de junho, Meg McGarry deu à luz um bebê saudável no Hospital do Condado de Ford. Jake e Carla foram até lá depois do expediente para fazer uma visita rápida. Levaram flores e uma caixa de bombons, embora não faltasse comida. O rebanho da Igreja do Bom Pastor já lotava o hospital antes mesmo de terminar o trabalho de parto, e a sala de espera estava se enchendo de tortas salgadas e bolos.

Após uma breve visita a Meg e um vislumbre do recém-nascido nos braços da mãe, Jake e Carla tiveram que comer bolo e tomar café com as senhoras da igreja. Eles acabaram ficando mais tempo do que o planejado, principalmente pelo fato de que Jake estava entre pessoas que gostavam dele.

NO DIA SEGUINTE, Libby Provine, da Fundação de Assistência Jurídica para Menores, chegou de Washington, trazendo consigo um excelente psiquiatra da Universidade Baylor. O Dr. Thane Sedgwick estudava o comportamento criminoso de adolescentes e tinha um currículo de dois dedos de espessura. Credenciais à parte, ele havia crescido na zona rural do Texas, perto de Lufkin, e tinha uma fala arrastada que jamais chamaria atenção no norte do Mississippi. Sua tarefa era primeiro passar algumas horas com Drew, depois preparar um perfil dele. No julgamento, ele aguardaria do lado de fora da sala de audiências até a fase de definição da sentença e seria chamado a depor caso Drew fosse condenado e a defesa tivesse que lutar pela vida dele.

De acordo com seu currículo, o Dr. Sedgwick tinha prestado depoimento em vinte julgamentos nos últimos trinta anos, sempre nos esforços finais para que o cliente não fosse parar no corredor da morte. Jake gostou dele de imediato. Era jovial de um jeito engraçado, descontraído, e seu sotaque era lindo. Jake ficou encantado com o fato de que, de alguma forma, mesmo depois de obter quatro diplomas e construir uma longa carreira acadêmica, seu sotaque do Texas não havia sido suavizado.

Com Portia a tiracolo, eles foram até a prisão e se encontraram com Drew no que agora era sua sala de aula. Depois de trinta minutos de conversa fiada, Jake, Portia e Libby saíram da sala e o Dr. Sedgwick deu início ao seu trabalho.

Às duas da tarde eles atravessaram a rua e entraram na sala de audiências principal do fórum. Lowell Dyer e seu assistente já estavam lá, cheios de papéis espalhados sobre a mesa da promotoria. Jake apresentou Libby aos outros advogados. Dyer foi cordial, embora tivesse apresentado resistência à petição de Jake solicitando autorização para que Libby o assistisse no julgamento. Tinha sido uma objeção boba, na opinião de Jake, porque o juiz Noose, assim como todos os outros juízes do estado, permitia a presença de advogados de fora do estado, desde que fosse apenas um e estivesse devidamente associado a um advogado local.

Enquanto conversavam, Jake deu uma olhada na sala de audiências e ficou surpreso com o número de espectadores. Um grupo, sentado atrás da mesa da promotoria, era formado pelo clã Kofer e vários amigos deles. Jake reconheceu Earl Kofer de uma foto de jornal que Dumas Lee tinha publicado pouco depois do assassinato. Ao lado dele estava uma senhora que parecia estar chorando sem parar havia um ano. Sem dúvida era a mãe de Stuart, Janet Kofer.

Earl olhou para ele com puro ódio e Jake fingiu não os ter visto. Mas depois deu uma olhadela algumas vezes, porque queria memorizar os rostos dos filhos dos Kofers e dos primos deles.

O juiz Noose assumiu a tribuna às duas e meia e fez um gesto para que todos permanecessem em seus lugares. Ele pigarreou, puxou o microfone para mais perto e anunciou:

– Estamos aqui para tratar de várias petições, mas primeiro vamos falar das boas notícias. Dr. Brigance, acredito que tenha apresentações a fazer.

Jake ficou de pé.

– Sim, Excelência. A Dra. Libby Provine, da Fundação de Assistência Jurídica para Menores, vai se juntar aos esforços da defesa. Ela tem licença pra atuar em Washington e nos estados da Virgínia e de Maryland.

Libby sorriu e deu um aceno de cabeça para Sua Excelência, que disse:

– Bem-vinda à batalha, Dra. Provine. Li a sua solicitação e o seu currículo e fiquei feliz em ver que você é mais do que qualificada para se sentar na cadeira do auxiliar.

– Obrigada, Excelência.

Ela se sentou e Noose remexeu em alguns papéis.

– Vamos então ao pedido de desaforamento apresentado pela defesa. Dr. Brigance.

Jake foi até o púlpito e se dirigiu ao juiz:

– Sim, Excelência, em nossa petição eu incluí depoimentos de inúmeras pessoas, todas detentoras da opinião de que será difícil, se não impossível, encontrar doze indivíduos imparciais neste condado. Entre elas estão quatro advogados locais, todos bem conhecidos do tribunal, o ex-prefeito da cidade de Karaway, o ministro da igreja metodista daqui de Clanton, o ex-superintendente escolar de Lake Village, um fazendeiro da comunidade de Box Hill e o líder de uma associação de moradores.

– Eu li os depoimentos – disse Noose de forma bastante brusca.

Com exceção dos advogados, todos os demais eram ex-clientes de Jake com os quais ele havia sido bastante insistente, e todos tinham concordado em dar depoimento na condição de não terem que comparecer ao tribunal. Muitas das pessoas que Jake abordou tinham se recusado terminantemente a se envolver no assunto, e ele não as julgava. Havia uma enorme relutância em fazer qualquer coisa que pudesse ser vista como ajuda à defesa.

Os depoimentos eram todos idênticos: as testemunhas moravam no condado havia muito tempo, conheciam muita gente, sabiam muito sobre o caso, tinham falado sobre ele com familiares e amigos, muitos dos quais já haviam formado opinião e duvidavam que um júri justo, imparcial e isento pudesse ser encontrado no condado de Ford.

– Você planeja chamar todas essas pessoas para depor hoje? – perguntou Noose.

– Não, Excelência. As declarações delas são bastante objetivas e resumem tudo que teriam a dizer no tribunal.
– Eu também li seu relatório um tanto extenso. Algo a acrescentar a ele?
– Não, Excelência. Está tudo aí.

Noose, assim como Atlee, detestava perder tempo com advogados que sentiam necessidade de repetir nas audiências tudo que haviam apresentado por escrito. Jake sabia que não devia seguir esse caminho. A petição era uma obra-prima de trinta páginas à qual Portia havia dedicado semanas de trabalho. Ela traçava um histórico dos desaforamentos não apenas no Mississippi, mas também em estados mais progressistas. O desaforamento era algo raro e ela argumentava que sua baixa aplicação resultava em julgamentos injustos. Apesar disso, a Suprema Corte do estado quase nunca revia essas decisões.

Lowell Dyer achava o contrário. Em resposta à petição de Jake, ele apresentou a própria pilha de declarações juramentadas, dezoito no total, composta por uma "equipe dos sonhos" de radicais punitivistas cujo tom entregava que a preocupação maior deles estava em obter uma condenação, não um júri imparcial. Seu relatório de seis páginas obedecia ao protocolo e não incluía nada de novo. A lei estava do lado dele, e ele deixava isso claro.

– Você planeja chamar alguma testemunha, Dr. Dyer? – indagou Noose.
– Só se a defesa o fizer.
– Não será necessário. Vou analisar o assunto e proferir uma decisão num futuro próximo. Vamos passar para a próxima petição, Dr. Brigance.

Dyer se sentou, enquanto Jake retornava ao púlpito.

– Excelência, apresentamos uma petição contra a acusação de homicídio sujeito a pena de morte com base no fato de que isso viola a Oitava Emenda, que proíbe punições cruéis e incomuns. Até dois anos atrás, essa acusação seria impossível, porque Stuart Kofer não foi morto no cumprimento do dever. Como Vossa Excelência sabe, em 1988 nosso estimado legislativo, em um esforço equivocado para endurecer ainda mais o combate ao crime e aumentar o número de execuções, aprovou a Lei de Ampliação da Pena de Morte. Até então, o homicídio de um oficial da lei ficava sujeito a pena de morte apenas se ele ou ela estivesse em serviço. Trinta e seis estados têm pena de morte e em 34 deles o oficial precisa estar de plantão para que tal acusação seja válida. O Mississippi, empenhado em imitar o

Texas e aumentar o número de execuções, decidiu ampliar o escopo dos crimes passíveis de pena de morte. Seria necessário não só o homicídio, mas algum agravante. Estupro, roubo ou sequestro seguidos de homicídio. Homicídio de uma criança. Homicídio por encomenda. E agora, de acordo com a nova e equivocada legislação, homicídio de um policial mesmo que não esteja em serviço. Um policial que não está em serviço tem o mesmo estatuto que qualquer outro cidadão. A ampliação feita pelo estado do Mississippi viola a Oitava Emenda.

– Mas a Suprema Corte Federal ainda não se pronunciou sobre isso – disse Noose.

– Verdade, mas um caso como esse pode muito bem levar a Corte a derrubar a nova lei.

– Não sei bem se estou em posição de derrubá-la, Dr. Brigance.

– Compreendo, Excelência, mas sem dúvida é possível enxergar que se trata de uma lei injusta, e o senhor tem o poder de anular a acusação por esse motivo. O Ministério Público vai ser então obrigado a reapresentar a denúncia com uma acusação mais branda.

– Dr. Dyer?

Lowell ficou de pé e disse:

– A lei é a lei e está nos livros, Excelência. Simples assim. O legislativo tem o poder de aprovar o que quiser, e é nossa responsabilidade seguir seus ditames. Até que a legislação seja alterada ou derrubada por uma instância superior, nós não temos escolha.

– Foi você que escolheu as palavras da acusação e o enquadramento no qual baseou sua denúncia – afirmou Jake. – Ninguém o obrigou a pedir a pena de morte.

– Porque se trata de crime digno de pena de morte, Dr. Brigance. Assassinato a sangue-frio.

– A expressão "assassinato a sangue-frio" não existe em nenhum trecho do código penal, Dr. Dyer. Não há necessidade nenhuma de fazer sensacionalismo.

– Senhores – disse Noose em voz alta –, eu li os relatórios sobre esse assunto e não estou inclinado a anular a acusação. Ela segue o código penal, concordemos com ele ou não. Pedido indeferido.

Jake não ficou surpreso. Mas, para poder usar esse argumento no recurso, caso se confirmasse a condenação, ele era obrigado a levantá-lo agora. Há muito tempo ele tinha aceitado o fato de que passaria muitos anos apresentando recursos por Drew, e muito do trabalho de base precisava ser feito antes do julgamento. A validade do código penal não havia sido testada perante a Suprema Corte Federal e o assunto parecia destinado a chegar lá.

Noose folheou alguns papéis e se dirigiu a Jake:

– O que temos a seguir?

Portia entregou a Jake um relatório e ele voltou mais uma vez ao púlpito.

– Excelência, estamos pedindo ao tribunal que transfira o réu para uma instituição juvenil até o julgamento. Ele está agora, e esteve pelos últimos dois meses e meio, trancado aqui na prisão do condado, que não é lugar para um jovem de 16 anos. Em uma instituição juvenil pelo menos estará alojado com outros menores e terá contato limitado. Mais importante, terá acesso a algum tipo de instrução. Ele está pelo menos dois anos atrasado nos estudos.

– Achei que tivesse aprovado uma professora particular – disse Noose, espiando por cima dos óculos de leitura que ficavam perpetuamente alojados na ponta de seu nariz comprido e pontudo.

– Para algumas horas por semana, Excelência, e isso não é suficiente. Eu conheço muito bem a professora e ela diz que ele precisa de aulas diárias. Ele mal consegue se manter no ritmo e vai ficar cada vez mais atrasado. Falei com o diretor da instituição de Starkville e ele me garantiu que o réu ficará protegido e confinado. Não há chance de fuga.

Noose ficou carrancudo. Olhou para o promotor e disse:

– Dr. Dyer.

Lowell levantou-se atrás de sua mesa e disse:

– Excelência, falei com os diretores de todas as três instituições juvenis neste estado e não há um único acusado de homicídio punível com pena de morte em nenhuma delas. Nosso sistema simplesmente não funciona dessa forma. Para um crime como esse, o réu fica sempre detido no condado onde ocorreu o crime. O Sr. Gamble será julgado como adulto.

– Adultos já concluíram os estudos, Excelência – rebateu Jake. – Os que estão presos podem precisar de mais instrução, mas já tiveram uma oportunidade. Isso não se aplica a esse réu. Se ele for enviado para Parchman, terá acesso a algum tipo de instrução, embora eu tenha certeza que será insuficiente.

– E será mantido em segurança máxima – declarou Dyer. – Como todos os condenados à pena de morte.

– Ele ainda não foi condenado. Por que não colocá-lo com outros jovens e pelo menos dar-lhe a chance de estar em uma sala de aula? Não há nada na lei que proíba. É verdade que esses réus costumam ser mantidos em seus condados de origem, mas a lei não determina isso. O tribunal tem liberdade para decidir.

– Isso nunca foi feito antes – argumentou Dyer. – Por que abrir uma exceção justo agora?

– Senhores – disse Noose novamente, interrompendo a discussão –, não estou inclinado a transferir o réu. Ele foi acusado como adulto e será julgado como tal. E será tratado como tal. Pedido indeferido.

Mais uma vez, Jake não ficou surpreso. Ele esperava que Noose presidisse um julgamento justo e não favorecesse nenhum dos lados, de modo que pedir favores àquela altura era perda de tempo.

– E a seguir, Dr. Brigance?

– Isso é tudo que a defesa tem por ora, Excelência. O Dr. Dyer tem uma petição *in limine* e sugiro que tratemos dela no seu gabinete.

– De acordo, Excelência – disse Dyer. – Ela é de natureza delicada e não deve ser debatida publicamente, pelo menos não por enquanto.

– Muito bem. A sessão está suspensa. Vamos nos reunir no meu gabinete.

Ao se aproximar de sua mesa, Jake não pôde deixar de dar uma olhada na família Kofer. Se Earl estivesse armado, teria começado a atirar.

NOOSE TIROU A toga e se jogou em sua cadeira na ponta da mesa. Jake, Libby e Portia estavam sentados de um dos lados. Do lado oposto estavam Lowell Dyer e seu assistente, D. R. Musgrove, um promotor veterano. A taquígrafa se sentou à parte, com o estenótipo e o gravador.

Noose acendeu o cachimbo sem nem pensar em abrir a janela. Ele puxou a fumaça enquanto examinava um relatório. Então soprou a fumaça e disse:

– Isto é muito preocupante.

A petição tinha sido apresentada por Dyer, portanto ele se manifestou primeiro:

– Excelência, queremos limitar alguns dos testemunhos no julgamento. Evidentemente, esse assassinato ocorreu após uma briga feia entre Josie Gamble e Stuart Kofer. Não vamos convocá-la como testemunha, mas a defesa certamente o fará. Portanto, ela será questionada sobre a briga, as brigas anteriores e talvez outros abusos físicos por parte do falecido. Isso pode se transformar em um verdadeiro circo, visto que a defesa quer, no final das contas, colocar Stuart Kofer em julgamento. Ele não tem como aparecer para se defender. Isso simplesmente não é justo. O Ministério Público visa uma decisão do tribunal antes do julgamento para que quaisquer testemunhos sobre supostos abusos físicos sejam severamente restringidos.

Noose estava folheando a petição e o relatório que a embasava apresentado por Dyer, embora já o tivesse lido.

– Dr. Brigance.

Libby pigarreou e perguntou:

– Excelência, me permite?

– Claro.

– Questionar a reputação do falecido é sempre algo legítimo, principalmente em situações como essa, em que a violência estava presente. – Ela era precisa, com uma dicção perfeita, seu sotaque escocês transmitindo autoridade. – Em nosso relatório traçamos o histórico desse assunto no estado até muitas décadas atrás. Raramente o testemunho sobre a reputação violenta do falecido foi excluído, sobretudo quando o réu também esteve sujeito aos abusos.

– O garoto sofreu abuso? – perguntou Noose.

– Sim, mas não incluímos em nosso relatório porque seria de registro público. Em pelo menos quatro ocasiões o Sr. Kofer deu um tapa na cara de Drew, além de tê-lo ameaçado várias vezes. Ele vivia com medo do sujeito, assim como Josie e Kiera.

– Qual foi a extensão do abuso físico?

Libby rapidamente deslizou sobre a mesa uma foto colorida de 20 por 25 centímetros de Josie no hospital com o rosto enfaixado.

– Bem, podemos começar com Josie na noite em questão – disse ela. – Ele deu um tapa no rosto dela, depois a apagou com um soco, quebrando sua mandíbula a ponto de ser necessária uma cirurgia.

Noose ficou boquiaberto com a foto. Dyer franziu a testa.

– Josie vai testemunhar que as surras eram comuns e vinham acontecendo com mais frequência – continuou Libby. – Ela queria sair de casa e estava ameaçando fazê-lo, mas não tinha para onde ir. A família, Excelência, vivia em estado de pavor justificado. Drew estava apanhando e sofrendo ameaças. E Kiera estava sendo abusada sexualmente.

– Por favor! – sibilou Dyer.

– Eu não esperava que você fosse gostar, Dr. Dyer, mas essa é a verdade e ela precisa ser debatida no julgamento.

– Esse é o problema aqui, Excelência, e é por isso que apresentei uma petição requisitando o testemunho completo da menina – disse Dyer com raiva. – O Jake não permitiu que ela respondesse às minhas perguntas. Eu tenho o direito de saber o que ela vai dizer no julgamento.

– Uma petição obrigando uma testemunha a depor num caso criminal? – perguntou Noose.

– Sim, Excelência. É justo. Estamos sofrendo uma emboscada aqui.

Jake adorou ouvir a palavra "emboscada". *Espera só até ver a barriga dela.*

– Mas, se você chamá-la para depor, ela é sua testemunha – disse Noose. – Não tenho certeza de como você pode obrigar o testemunho antecipado de sua própria testemunha.

– Eu vou ser forçado a convocá-la – respondeu Dyer. – Havia três testemunhas no local. A mãe estava inconsciente e não ouviu o tiro. É improvável que o réu testemunhe. Só resta a garota. Agora fico sabendo que ela foi abusada sexualmente. Isso não é justo, Excelência.

– Não estou inclinado a aceitar sua petição para obrigá-la a falar agora.

– Tudo bem, então não vamos chamá-la como testemunha.

– Então nós vamos – disse Jake.

Dyer fuzilou Jake com o olhar, se jogou de volta em sua cadeira e cruzou os braços sobre o peito. Derrotado. Hesitou por um momento, enquanto a tensão aumentava, então declarou:

– Isso simplesmente não é justo. Vossa Excelência não pode permitir que este julgamento se transforme em um festival unilateral de calúnias contra um policial morto.

– Os fatos são os fatos, Dr. Dyer – afirmou Jake. – Não temos como mudá-los.

– Não temos, mas o tribunal sem dúvida pode restringir alguns desses depoimentos.

– É uma excelente ideia, Dr. Dyer. Vou analisar a sua petição e decidir no julgamento, conforme eu for observando o desenrolar das coisas. Você poderá reiterar o pedido durante a sessão e sem dúvida poderá se opor a qualquer testemunho.

– Vai ser tarde demais – disse Dyer.

Ah, vai ser mesmo, pensou Jake.

CARLA PREPAROU UMA travessa de coxas de frango assadas com tomates-cereja e cogumelos, e eles comeram no quintal depois do anoitecer. Uma tempestade havia passado e levado a maior parte da umidade com ela.

Evitando falar sobre homicídios e julgamentos de adolescentes assassinos, eles fizeram o possível para se limitar a assuntos mais agradáveis. Libby contou histórias sobre a infância passada na Escócia, em uma cidadezinha perto de Glasgow. Seu pai era um advogado renomado que a encorajou a seguir a mesma carreira. Sua mãe era professora de literatura em uma faculdade próxima e queria que ela estudasse medicina. Um professor norte-americano serviu de inspiração para que ela decidisse estudar nos Estados Unidos, onde ficou de vez. Enquanto ainda era estudante de Direito na Georgetown, ela assistiu ao julgamento angustiante de um garoto de 17 anos com limitações cognitivas e uma história de partir o coração. Ele tinha sido condenado a prisão perpétua sem direito a condicional, uma sentença de morte. Mas achou melhor mudar o rumo da prosa. A história que ela contou a seguir foi sobre seu primeiro marido, que agora figurava em todas as listas de possíveis indicados à Suprema Corte.

O Dr. Thane Sedgwick havia passado três horas com Drew em sua cela e preferiu falar sobre outro assunto. Eles teriam um encontro de mais duas horas na manhã seguinte e Sedgwick prepararia um extenso perfil dele. Sedgwick era um grande contador de histórias. O pai tinha sido fazendeiro na zona rural do Texas, e ele passara a infância montado em uma sela. Uma vez seu bisavô atirou em dois ladrões de gado, carregou seus corpos na própria carroça e os entregou ao xerife, a duas horas de distância. O xerife agradeceu.

Tarde da noite, Libby disse a Sedgwick:

– Acho que você não vai ser necessário nesse julgamento.

– Ah, é mesmo? Está se sentindo bastante confiante, hein?

– Não – disse Jake. – Não temos motivo nenhum pra estarmos confiantes.

– Eu vejo um julgamento difícil para ambos os lados – afirmou Libby.

– Você não conhece esses jurados – argumentou Jake. – Apesar do que ouviu hoje, vai haver muita empatia pelo falecido e um forte ressentimento pela forma como ele será retratado no julgamento. A gente precisa ter cuidado.

– Chega desse assunto – interrompeu Carla. – Quem quer torta de pêssego?

30

No sábado seguinte, Jake e Carla levaram Hanna a Karaway para passar o dia com os avós. Ela via os pais de Jake toda semana, mas nunca era o suficiente. Depois de uma rápida xícara de café e uma breve visita, eles a deixaram lá, e era impossível dizer quem estava mais animado, se Hanna ou o Sr. e a Sra. Brigance.

Eles se dirigiram a Oxford, uma cidade que jamais sairia de seus corações por causa dos tempos de faculdade. Tinham se conhecido em uma festa de fraternidade no terceiro ano e estavam juntos desde então. Uma de suas viagens de um dia só preferidas era passar o sábado assistindo a uma partida de futebol americano na Ole Miss e encontrar velhos amigos da universidade. Várias vezes por ano eles faziam o trajeto de uma hora sem nenhum motivo além de sair da cidade, parar o carro na praça pitoresca, visitar a livraria e almoçar em um dos muitos bons restaurantes antes de voltar para Clanton.

No banco de trás estavam os presentes do chá de casa – uma torradeira e um prato com cookies de chocolate feitos por Carla. Ela queria ter levado presentes para o bebê, porque Kiera não tinha nada, mas Jake não deixou. Como advogado, ele havia testemunhado em primeira mão o estrago que poderia ser feito se uma jovem mãe visse seu bebê, segurasse-o no colo e imediatamente se apegasse a ele. Elas muitas vezes mudavam de ideia e se recusavam a prosseguir com a adoção. Jake sabia que Josie não deixaria isso acontecer, mas mesmo assim ele insistiu para que não fizessem nada que pudesse despertar os fortes sentimentos da maternidade.

Dois anos antes ele havia passado um dia inteiro no hospital em Clanton, esperando com a papelada enquanto uma mãe de 15 anos relutava em dar sua assinatura final. Seus clientes, um casal sem filhos de 40 e poucos anos, estavam sentados no escritório dele, olhando para o telefone. Ao final do dia, o administrador do hospital informou a Jake que, diante de tamanha indecisão, ela não tinha como assinar. O administrador tinha a impressão de que a menina estava sendo coagida pela própria mãe, a avó do bebê, e que a decisão não estava sendo tomada com total liberdade. Depois de muita espera, Jake foi finalmente informado de que uma decisão havia sido tomada e que a criança não seria dada para adoção.

Ele dirigiu até o escritório e deu a notícia aos seus clientes. A cena era dolorosa só de lembrar.

Ele e Carla ainda não tinham chegado a uma decisão sobre o acréscimo à família. Os dois haviam falado sobre o assunto por horas e concordado em continuar a conversa. Tinham um amigo médico na cidade cujo telefone tocou um dia às quatro da manhã. Ele e a esposa correram para Tupelo e voltaram para casa ao meio-dia com um bebê de três dias, a segunda adoção deles. A decisão foi instantânea, mas eles estavam à procura havia um bom tempo. Eles sabiam o que queriam e estavam comprometidos. Jake e Carla ainda não tinham chegado a esse ponto. Antes de Kiera, havia muitos anos que não pensavam sobre adoção.

Aquela hipótese estava repleta de agravantes. Embora Jake afirmasse não se preocupar com a cidade nem com qualquer impressão de oportunismo, ele sabia que eles seriam criticados por algumas pessoas por aproveitarem a chance de tirar um bebê de uma cliente. Carla rebatia esse pensamento dizendo que acreditava que qualquer crítica seria temporária e desapareceria com o passar dos anos, e a criança teria uma boa vida em um bom lar. Além disso, Jake já não estava sendo condenado o suficiente? Que as pessoas falassem. Seus parentes e amigos ficariam felizes por eles e os protegeriam. O resto não importava tanto.

Jake tinha receio de criar um filho em uma comunidade onde o DNA do bebê seria conhecido. Ele seria o produto de um estupro. Seu verdadeiro pai fora assassinado. Sua verdadeira mãe era apenas uma criança. Carla rebatia argumentando que a criança jamais saberia disso. "Ninguém escolhe os pais que tem", ela gostava de dizer. A criança seria protegida e amada tanto quanto qualquer criança de sorte, e com o tempo as pessoas a aceitariam pelo que ela era. Não havia como mudar o DNA.

Jake não gostava do fato de que os Kofers estariam sempre por perto. Ele duvidava que eles teriam algum interesse na criança, mas não era uma certeza. Carla acreditava que não. Além disso, nem ela nem Jake jamais tinham se relacionado com os Kofers. Eles moravam em outra parte do condado e seus caminhos nunca haviam se cruzado. A adoção aconteceria em Oxford, uma outra comarca, em um processo que correria sob sigilo, e havia grandes chances de que a maioria dos habitantes da cidade, justamente as pessoas com as quais Jake afirmava não se importar agora, jamais ficasse sabendo dos detalhes.

Embora evitasse discutir o assunto, Jake estava preocupado com as despesas. Hanna tinha 9 anos e eles ainda não haviam começado a juntar dinheiro para a faculdade dela. Aliás, as parcas economias da família tinham acabado de virar fumaça e seu futuro financeiro parecia incerto. Um novo filho exigiria que Carla ficasse em casa por pelo menos um ou dois anos, e eles precisavam do salário dela.

Os Gambles poderiam muito bem levá-lo à falência. Apesar do esquema maluco de Noose para obter uma compensação pelo julgamento, Jake esperava receber muito pouco. O primeiro empréstimo a Josie tinha sido de 800 dólares para uma nova transmissão. O segundo foi de 600 dólares para a caução do apartamento, o aluguel do primeiro mês e as taxas. O proprietário exigiu um contrato de seis meses, que Jake assinou no próprio nome. O mesmo para as contas de telefone, gás e eletricidade. Nada estava no nome de Josie, e ele a aconselhou a encontrar um emprego como garçonete e a receber em dinheiro vivo e gorjetas. Assim os cobradores não conseguiriam encontrá-la. Não havia nada de ilegal nessa sugestão, mas ele não se sentia totalmente confortável com ela. Dadas as circunstâncias, entretanto, não tinha alternativa.

Quando Josie deixou o condado de Ford duas semanas antes, estava trabalhando em três empregos de meio período e provou ser uma expert em conquistar salários baixos. Ela prometeu devolver cada centavo, mas Jake tinha suas dúvidas. O aluguel era de 300 dólares por mês e ela estava determinada a pagar pelo menos a metade.

O empréstimo seguinte seria para cobrir as despesas médicas de

Kiera. Ela estava quase no sétimo mês de gestação e até o momento não havia ocorrido nenhuma complicação. Jake não fazia ideia de quanto tudo custaria.

Em tom de preocupação, Josie mencionou, por telefone, a questão do dinheiro para o processo de adoção. Jake explicou que os pais adotivos sempre cobrem os custos do parto e os honorários do advogado. Josie não precisaria pagar nada. Ela então embromou um pouco e perguntou:

– A mãe fica com alguma coisa nesse negócio?

Ou seja: poderia trocar o bebê por dinheiro?

Jake já tinha previsto aquela pergunta e respondeu rapidamente:

– Não, isso não é permitido.

Mas, na verdade, era. Ele havia lidado com uma adoção anos antes na qual os futuros pais concordaram em pagar um adicional de 5 mil dólares para a jovem mãe, o que não era raro em adoções particulares. As agências cobravam uma taxa e parte do dinheiro era discretamente encaminhada para a mãe. No entanto, a última coisa que ele queria era que Josie tivesse ideias malucas e sonhasse em ter algum lucro. Jake havia garantido a ela que ele e o pastor McGarry encontrariam um bom lar para o bebê. Não havia necessidade de sair negociando o bebê por aí.

ELES PARARAM O carro na praça e deram uma volta, conferindo as vitrines das lojas que conheciam desde os tempos de faculdade. Passearam pela Square Books e tomaram café na varanda do segundo andar, admirando o gramado do fórum onde o Sr. Faulkner uma vez se sentou, vigiando sozinho a cidade. Ao meio-dia foram a uma delicatéssen e compraram sanduíches para o almoço.

O apartamento ficava a alguns quarteirões da praça, em uma rua secundária abarrotada de residências estudantis baratas. Jake tinha morado nas proximidades por três anos durante a faculdade.

Josie abriu a porta com um enorme sorriso, obviamente encantada por ver alguém que ela conhecia. Ela os convidou a entrar e exibiu com orgulho sua nova cafeteira, presente das senhoras da Igreja do Bom Pastor. Quando Charles McGarry disse a elas que Josie e Kiera se mudariam para um apartamento próprio, a igreja inteira providenciou um enxoval com lençóis, toalhas, pratos, mais roupas e alguns eletrodomésticos, todos usados. O apartamento era mobiliado com o básico: sofás, cadeiras, camas e mesas que haviam sido usadas e abusadas por estudantes universitários.

Enquanto eles, sentados à mesa da cozinha, tomavam café, Kiera apareceu para dar um abraço. Usando bermuda e camiseta, sua gravidez estava se tornando óbvia, embora Carla mais tarde comentasse que não parecia que ela estava tão avançada. Ela disse que se sentia bem, que estava entediada sem televisão, mas lendo um monte de livros doados pela igreja.

Como era de se esperar, Josie já havia conseguido um emprego de garçonete em uma lanchonete ao norte da cidade. Vinte horas por semana, dinheiro vivo e gorjetas.

Carla tinha passado quatro horas com Drew naquela semana e fez um relato entusiasmado de seu progresso. Depois de um início lento, ele estava demonstrando interesse em ciências e na história do Mississippi, embora não gostasse de matemática. Falar sobre ele deixou Josie melancólica e seus olhos se encheram d'água. Ela planejava ir até a prisão no domingo, para fazer uma visita demorada.

Todos os quatro concordaram que estavam com fome. Kiera vestiu jeans e calçou sandálias, e eles foram de carro até o campus da Ole Miss, que naquele sábado de junho estava deserto. Estacionaram perto do Bosque, a extensa área de sombra, semelhante a um parque, que era o coração da escola. Encontraram uma mesa de piquenique sob um antigo carvalho e Carla distribuiu sanduíches, batatas chips e refrigerantes. Enquanto comiam, Jake apontou para a faculdade de Direito de um lado, o Centro Acadêmico não muito longe, e descreveu o Bosque em dias de jogo, quando ficava lotado de dezenas de milhares de torcedores. E tinha sido ali, sob aquela árvore perto do palco, que ele surpreendera sua namorada com um anel de noivado e a pedira em casamento. Para sorte dele, ela disse sim.

Kiera adorou a história e quis saber de todos os detalhes. Era óbvio que ela estava encantada com a ideia de um futuro como aquele, de ir para a faculdade, um belo rapaz pedi-la em casamento, ter uma vida muito diferente da que conhecia. Ela estava mais bonita a cada vez que Carla a via. A gravidez indesejada lhe caíra bem, pelo menos na superfície. Carla ficou se perguntando se ela já havia pisado em um campus universitário antes. Ela adorava Kiera, e seu coração doía com o que a garota estava enfrentando. O medo de dar à luz, de abandonar o filho, o estigma de ter sido estuprada e engravidado aos 14 anos. Ela precisava de terapia, e muita, mas não teria. No melhor dos cenários, daria à luz no final de setembro e, em seguida, iniciaria o ensino médio na Oxford High School como se nada tivesse acontecido. Um colega da faculdade de Direito de Jake era o procurador da cidade e facilitaria as coisas.

Depois do almoço eles deram um longo passeio pelo campus. Jake e Carla se alternaram como guias turísticos. Passaram pelo estádio de futebol, pelo Liceu, pela capela, e compraram sorvete no Centro Acadêmico. Em uma calçada ao longo da rua das sororidades, Carla apontou para a Casa Phi Mu, onde havia morado durante o segundo e o terceiro anos.

– O que é uma sororidade? – perguntou Kiera baixinho para ela.

Por diversas vezes durante o lânguido passeio Carla se perguntou o que aconteceria se eles adotassem o bebê. Seriam forçados a esquecer Kiera e Josie? Jake tinha a forte sensação de que seriam. Ele acreditava que as adoções mais seguras eram aquelas em que o contato com a mãe biológica era completamente interrompido. Ao mesmo tempo, porém, ele temia que os Gambles fizessem parte da vida deles nos anos seguintes. Se Drew fosse condenado, Jake ficaria eternamente preso aos recursos. Um júri em impasse e haveria outro julgamento, depois talvez outro. Apenas uma absolvição os livraria da família, o que era bastante improvável.

Era tudo muito complicado e imprevisível.

NA MANHÃ DE domingo a família Brigance se vestiu com suas melhores roupas e foi para a igreja. Na periferia da cidade, Hanna perguntou do banco de trás:

– Ei, pra onde a gente tá indo?

– Vamos visitar outra igreja hoje – respondeu Jake.

– Por quê?

– Porque você sempre fala que os sermões são chatos. Passa metade do tempo dormindo. Existem umas mil igrejas por aqui e a gente achou que devia conhecer outra.

– Mas eu não disse que eu queria ir pra outra. E os meus amigos da escola dominical?

– Ah, você vai vê-los de novo – disse Carla. – Onde está seu espírito de aventura?

– Ir pra igreja é uma aventura?
– Aguarde e confie. Acho que vai gostar desse lugar.
– Onde fica?
– Você vai ver.

Hanna não falou mais nada e ficou de mau humor enquanto eles cruzavam a área rural. Quando pararam o carro no estacionamento de cascalho ao lado da Igreja do Bom Pastor, ela disse:

– É isso? É tão pequena.
– É uma igreja do interior – disse Carla. – Elas são sempre menores.
– Acho que não gostei.
– Se você se comportar, a gente leva você pra almoçar na casa da vovó.
– Almoço na casa da vovó? Oba!

A mãe de Jake tinha ligado naquela manhã para fazer o convite que eles aguardavam todo mês. Ela havia colhido milho e tomates frescos na horta e estava cheia de vontade de cozinhar.

Alguns homens estavam terminando seus cigarros à sombra de uma árvore na lateral da igreja. Algumas mulheres conversavam na porta da frente. Os Brigances foram recebidos no vestíbulo por uma senhora que os cumprimentou calorosamente e entregou a cada um o folheto para acompanhar o culto. Dentro do belo santuário, a pianista tocava e eles encontraram lugar em um banco acolchoado mais ou menos no meio. Charles McGarry logo os avistou e se aproximou para saudá-los. Meg estava em casa com o bebê, que tinha ficado resfriado, mas estava bem. Ele agradeceu por terem ido e se mostrou genuinamente feliz em vê-los.

Como moradores da cidade, eles imediatamente se sentiram bem-vestidos demais, mas ninguém pareceu se importar. Jake viu apenas um outro terno escuro entre os bancos. Não pôde deixar de notar os olhares. A notícia começou a circular – "O Dr. Brigance está presente" – e outras pessoas começaram a parar para lhes dar amigáveis boas-vindas.

Às onze, um pequeno coro em vestes azuis entrou enfileirado por uma das portas laterais e o pastor McGarry subiu ao púlpito para seu discurso de abertura. Ele fez uma breve oração e depois passou a palavra ao diretor do coro, que pediu que todos se levantassem. Após três estrofes, eles se sentaram e assistiram a um solo.

Quando o sermão começou, Hanna se mudou para um lugar mais aconchegante entre os pais e parecia pronta para tirar uma soneca, determinada a provar que conseguia dormir em qualquer culto que fosse. Para um pastor tão jovem e sem muito treinamento, Charles ficava bem à vontade no púlpito. Seu sermão era inspirado na Epístola de Paulo a Filemon e o tema era o perdão. A nossa capacidade de perdoar os outros, mesmo aqueles que não merecem, é um sinal do perdão que recebemos de Deus por meio de Cristo.

Jake gostava de sermões e de todos os outros tipos de discurso. Ele invariavelmente os cronometrava. Lucien havia lhe ensinado que qualquer coisa acima de vinte minutos, principalmente alegações finais para os jurados, representava um risco de perder a atenção do público. No primeiro julgamento em que Jake atuou, de um assalto à mão armada, suas alegações finais duraram onze minutos. E deu certo. O pastor da Igreja Presbiteriana que ele frequentava, assim como a maioria dos pregadores, costumava demorar muito e Jake tinha padecido muitos sermões que perdiam o pique e se tornavam maçantes.

Charles gastou dezoito minutos e encerrou bem. Quando se sentou, um coro infantil iluminou o local com uma canção alegre. Hanna se animou e gostou da música. Então Charles voltou e pediu aos fiéis que compartilhassem suas alegrias e preocupações.

Era com certeza um tipo diferente de culto, muito menos enfadonho, muito mais caloroso e com muito mais humor. Após a bênção, Jake e Carla foram cercados pelos membros da igreja, que queriam assegurar que eles se sentissem extremamente bem-vindos.

31

No que parecia uma sequência interminável de dias ruins, a segunda-feira deu sinais de que seria um dos piores. Incapaz de se concentrar, Jake ficou olhando para o relógio até 9h55, depois deixou o escritório para uma caminhada rápida até o outro lado da praça.

Havia três bancos em Clanton. Stan, do Security, já havia dito não. Os Sullivans comandavam não apenas a maior firma de advocacia do condado como alguns primos detinham participação majoritária no maior banco. Jake não se sujeitaria à humilhação de lhes pedir dinheiro. Eles recusariam de qualquer forma, e com prazer. Ele praguejou quando passou pelo escritório dos Sullivans, depois praguejou de novo quando passou pelo banco deles.

O terceiro, o Peoples Trust, era comandado por Herb Cutler, um velho gorducho e mesquinho que Jake sempre evitara. Ele não era má pessoa, apenas um banqueiro obstinado que exigia garantias além da conta para qualquer empréstimo. Um porre. Para conseguir dinheiro com Herb era necessário apresentar garantias suficientes para comprovar que, no final das contas, você não precisava de um empréstimo.

Jake entrou no banco como se alguém estivesse apontando uma arma para sua cabeça. A recepcionista apontou para um dos cantos e ele entrou em uma sala enorme e bagunçada às dez em ponto. Herb, usando seus suspensórios vermelhos de sempre, estava esperando atrás da mesa e não se levantou. Eles trocaram um aperto de mão e cumpriram as preliminares usuais, embora Herb não jogasse muita conversa fora e fosse conhecido por sua aspereza.

Ele já estava balançando a cabeça em negativa quando entrou no assunto:

– Jake, essa ideia de refinanciar sua hipoteca, não sei, não. A avaliação parece extremamente alta, quer dizer, 300 mil? Eu sei que você pagou 250 mil pela casa há dois anos, mas tenho a impressão de que o Willie Trainer te enrolou.

– Não, Herb, eu fiz um bom negócio. Além disso, minha esposa queria muito a casa. Eu consigo pagar uma nova hipoteca.

– Consegue? Trezentos mil por trinta anos a dez por cento? Isso significa uma prestação mensal de 2.500 dólares.

– Eu sei disso, e não é um problema.

– A casa não vale tudo isso, Jake. Você está em Clanton, não no norte de Jackson.

Ele também sabia disso.

– Somando impostos e seguro, chegamos a 3 mil. Quero dizer, porra, Jake, isso é uma hipoteca alta pra qualquer um nessa cidade.

– Herb, eu sei disso, e posso arcar com ela.

Aquela cifra o deixou com vertigem, e ele desconfiava que não estava conseguindo disfarçar muito bem. No mês de maio, seu pequeno e tranquilo escritório tinha arrecadado menos de 2 mil dólares. Junho estava a caminho de ver ainda menos.

– Bem, eu preciso de algumas provas. Demonstrações financeiras, declarações de impostos, etc. Não sei bem se posso confiar nelas, porque sem dúvida não confio na sua avaliação. Qual vai ser seu faturamento bruto esse ano?

A humilhação era avassaladora. Ter que aturar os caprichos de mais um banqueiro que queria vasculhar sua contabilidade era um sofrimento.

– Você sabe como é nesse negócio, Herb. Não dá pra prever o que vai bater à sua porta. Provavelmente vou fazer 150 mil.

Metade disso seria um milagre no ritmo atual.

– Bom, não sei. Me traz alguns relatórios contábeis que eu dou uma olhada. Qual é a bola da vez?

– O que quer dizer?

– Ora, Jake, eu lido com advogados o tempo todo. Qual é o melhor caso no seu escritório?

– As mortes do caso *Smallwood*, contra a ferrovia.

– Ah, verdade? Ouvi falar que ele tinha ido pro espaço.

– De jeito nenhum. O Noose vai marcar uma nova data pro julgamento no final do outono. Estamos no caminho certo, por assim dizer.

– Rá, rá. Qual é o segundo melhor caso?

Não havia nenhum. A mãe de Jesse Turnipseed tinha escorregado em uma poça no chão do supermercado e quebrado o braço. A recuperação havia sido perfeita. A seguradora estava oferecendo 7 mil dólares. Jake não podia ameaçar levar o caso a julgamento porque ela cultivava o hábito de cair em lojas com bons seguros quando ninguém estava olhando.

– O mix de sempre de acidentes de carro e coisas do tipo – disse ele com perceptível falta de convicção.

– Lixo. Alguma coisa de valor?

– Não. Não agora, pelo menos.

– E quanto a outros ativos? Quer dizer, alguma coisa de valor mesmo.

Ah, como ele odiava banqueiros. Sua miserável poupança tinha sido devastada para pagar Stan.

– Algumas economias, dois carros, sabe como é.

– Sei, sei. E quanto a outras dívidas? Você também tá afundado até o pescoço como a maioria dos advogados por aqui?

Cartões de crédito, a prestação do carro de Carla. Ele não ousaria mencionar o empréstimo do caso *Smallwood*. A simples ideia de pedir tanto dinheiro emprestado para financiar um processo ia fazer Herb ter um treco. Naquele momento, de fato parecia uma estupidez.

– O normal, nada grave, nada que eu não esteja honrando.

– Olha, vamos direto ao ponto aqui, Jake. Junta alguns números e eu vou dar uma olhada, mas tenho que te dizer: 300 não vai rolar. Porra, não sei nem se 250 já não é exagero.

– Vou fazer isso. Obrigado, Herb. Até a próxima.

– Não precisa agradecer.

Jake saiu correndo dali, com seu ódio pelos bancos maior do que quando entrou. Sentindo-se derrotado, voltou furtivamente para o escritório.

A REUNIÃO SEGUINTE seria ainda mais angustiante. Três horas depois, Harry Rex subiu a escada, abriu a porta e disse: "Vamos lá."

Eles fizeram a mesma caminhada que Jake havia feito no começo do dia, mas pararam no escritório Sullivan. Uma secretária bonita os conduziu a uma grande e majestosa sala de reuniões, onde já havia pessoas à espera. De um lado da mesa, Walter Sullivan estava sentado com Sean Gilder e um de seus muitos associados. Os dois advogados da ferrovia estavam com eles. Houve demorados apertos de mão e todos foram muito educados. Uma taquígrafa estava sentada a uma das pontas, ao lado da cadeira reservada para a testemunha.

Na sequência, o Sr. Neal Nickel entrou e cumprimentou todos. A taquígrafa o fez jurar dizer somente a verdade e ele se sentou. A convocação era da responsabilidade de Gilder, e ele rapidamente assumiu o comando com instruções para a testemunha e uma longa lista de questões preliminares. Como recebia por hora, era lento e meticuloso.

Jake estudou o rosto de Nickel e teve a sensação de que o conhecia bem. Ele o tinha visto muitas vezes nas fotos da cena do acidente. O homem usava um terno escuro, era articulado, educado e não parecia nem um pouco intimidado.

A triste verdade veio à tona em pouco tempo. Na noite do acidente ele estava seguindo uma caminhonete velha que mal conseguia se manter na estrada, ziguezagueando de um acostamento para outro. Nickel tomou bastante distância. Do topo de uma colina, ele viu as luzes vermelhas piscantes do cruzamento abaixo. Um trem estava passando. Os faróis da caminhonete e do carro à frente dela refletiram nas faixas de sinalização amarelas coladas a cada vagão. De repente, houve uma explosão. A caminhonete freou, assim como Nickel. Ele saiu do carro, correu em direção ao cruzamento e viu que o pequeno carro tinha girado 180 graus e estava de frente para ele, com a dianteira amassada de forma bizarra. O trem ainda estava passando, avançando a uma velocidade razoável, como se nada tivesse acontecido. O motorista da caminhonete, um tal de Sr. Grayson, gritava e sacudia os braços enquanto corria em volta do carro. Dentro dele a cena era horrível. O motorista – um homem – e a mulher no banco do carona haviam sido esmagados, mutilados e estavam sangrando. Um menino e uma menina estavam esmagados no banco traseiro e aparentemente mortos.

Nickel caminhou até um arbusto e vomitou, ao mesmo tempo que o trem finalmente passou por completo. Mais um carro parou, depois outro, e, enquanto eles se aglomeravam ao redor dos destroços, perceberam que não havia nada que pudessem fazer. O trem parou e começou a voltar lentamente, de ré. "Eles estão mortos, estão todos mortos", Grayson não parava de falar enquanto circundava os destroços. Os outros motoristas ficaram tão horrorizados quanto Nickel. Em seguida houve sirenes, muitas sirenes. Os socorristas rapidamente perceberam que não havia urgência – todos os quatro estavam mortos. Nickel queria ir embora dali, mas a rodovia estava bloqueada. Ele não era da região e não conhecia as estradas secundárias, então esperou e ficou observando junto com a multidão. Por três horas viu os bombeiros cortarem, serrarem e removerem os corpos. Foi uma cena horrorosa, da qual ele jamais se esqueceria. Teve pesadelos com ela.

Com esse lindo presente nas mãos, Sean Gilder lenta e meticulosamente repassou o testemunho com Nickel, confirmando cada detalhe. Entregou a ele fotos ampliadas das luzes de sinalização, mas Nickel disse que não lembrou de olhar para elas no meio do caos. Elas estavam piscando no momento da colisão, e isso era o mais importante.

Infelizmente, pelo menos para os reclamantes, Nickel era muito mais confiável que Hank Grayson, que continuava a afirmar que as luzes não estavam piscando e que ele mesmo não viu o trem até quase bater no carro dos Smallwoods.

Com um prazer excessivo, Gilder passou para os eventos ocorridos meses após o acidente. Em especial, o encontro com um detetive particular no escritório de Nickel, em Nashville. Nickel ficara surpreso por alguém tê-lo encontrado. O detetive disse que trabalhava para um advogado em Clanton, mas não revelou seu nome. Nickel cooperou totalmente e contou ao detetive a mesma história que havia acabado de contar sob juramento, sem omitir nenhum detalhe. O detetive agradeceu, foi embora e nunca mais deu notícias. Em fevereiro, Nickel estava de carro perto de Clanton e decidiu dar uma passada no fórum. Perguntou sobre o processo e foi informado de que qualquer um poderia ter acesso aos autos. Passou duas horas lendo os papéis e percebeu que Hank Grayson se mantinha fiel à sua versão original. Nickel ficou incomodado com aquilo, mas mesmo assim não queria se envolver, porque sentia pena dos Smallwoods. No entanto, com o passar do tempo, ele se sentiu impelido a se manifestar.

No jogo das testemunhas, alguns advogados colocavam todas as cartas na mesa e revelavam cada detalhe. O objetivo era apenas sair vitorioso naquela fase. Gilder fazia parte desse grupo. Outros advogados, mais espertos, se continham e não deixavam transparecer suas estratégias. Guardavam as melhores cartadas para o julgamento. Advogados brilhantes muitas vezes ignoravam por completo a convocação de testemunhas e construíam estratégias agressivas baseadas apenas no interrogatório daquelas convocadas pelo outro lado.

Jake não tinha perguntas para a testemunha. Ele poderia ter perguntado a Nickel por que, como testemunha ocular, ele não tinha dito nada à polícia. A cena estava apinhada de oficiais e havia dois agentes da polícia estadual falando com o mar de gente, mas Nickel não contribuíra com nada. Ficou em silêncio e manteve a boca fechada. Seu nome não aparecia em nenhum dos relatórios.

Jake poderia ter feito uma pergunta óbvia, que Gilder e sua equipe deixaram passar. O trem passou pelo cruzamento, parou e deu ré porque o maquinista ouviu um baque. Nos trilhos, os trens funcionavam nos dois sentidos. Por que, então, as luzes não estavam funcionando quando o trem se aproximou vindo da outra direção, de ré? Jake tinha os depoimentos de uma dúzia de testemunhas que juravam que as luzes não estavam piscando enquanto o trem permanecia parado nas proximidades e o resgate acontecia. Gilder, talvez por excesso de confiança, talvez apenas por preguiça, não havia falado com essas testemunhas.

Jake poderia ter perguntado a ele sobre seu passado. Nickel tinha 47 anos. Aos 22, envolvera-se em um terrível acidente de carro que matou três adolescentes. Eles estavam bebendo cerveja enquanto conduziam um carro em alta velocidade pela estrada, em uma noite de sexta-feira, quando bateram de frente no carro dirigido por Nickel. No final das contas, todo mundo estava bêbado. Nickel registrou 0,10 e foi detido por dirigir embriagado. Foi cogitada uma acusação por homicídio doloso, mas as autoridades acabaram chegando à conclusão de que o acidente não tinha sido culpa dele. As famílias dos três adolescentes entraram com um processo mesmo assim e o caso se arrastou por quatro anos até que a seguradora de Nickel propusesse um acordo para encerrar o assunto. Daí sua relutância em se envolver naquela história.

Esse valioso histórico tinha sido descoberto por um detetive particular que cobrara 3.500 dólares de Jake, um dos itens do empréstimo de alto risco do banco de Stan. Jake sabia dos podres. Sean Gilder provavelmente não, porque não mencionou o fato durante o testemunho. Jake ansiava pelo momento em que puxaria esse assunto com Nickel diante do júri e acabaria com ele. Sua credibilidade seria afetada, mas seu passado não mudaria os fatos do acidente com os Smallwoods.

Jake e Harry Rex debateram essa estratégia. Harry Rex queria um ataque frontal completo no depoimento, de modo a assustar a defesa e amolecer Gilder para, quem sabe, haver alguma conversa sobre acordo. Eles estavam desesperados por dinheiro, mas Jake ainda sonhava com um grande veredito no tribunal e não iria insistir para que o julgamento fosse marcado logo. Era preciso esperar um ano para as coisas se acalmarem. O julgamento do caso Gamble tinha que passar e ir embora, levando consigo sua bagagem.

Harry Rex achava que aquilo era um devaneio imprudente. Esperar um ano parecia impossível.

32

Jake trabalhou até tarde na segunda-feira e saiu do escritório quando já era noite. Absorto, estava quase chegando em casa quando se lembrou de que Carla queria leite, ovos, duas latas de molho de tomate e café do supermercado. Deu meia-volta e foi até um Kroger a leste da cidade. Parou seu Saab vermelho no estacionamento, que estava quase vazio, entrou, encheu sua cestinha, pagou, colocou ele mesmo os itens na sacola e estava quase no carro quando, de repente, o clima ficou pesado.

Uma voz hostil às costas dele falou: "Ei, Brigance." Jake se virou e, por uma fração de segundo, viu um rosto que era vagamente familiar. Segurando a sacola de compras, não conseguiu se abaixar a tempo de desviar do golpe. Um soco acertou em cheio seu nariz, quebrando-o, e o derrubou no chão ao lado do carro. Por um segundo, ele não conseguiu enxergar nada. Uma bota pesada acertou sua orelha direita enquanto ele tentava se levantar. Tateou uma lata de molho de tomate e rapidamente a atirou no homem, acertando-o no rosto. O homem gritou "Seu filho da puta!" e o chutou novamente. Jake estava quase de pé quando um segundo homem o atacou por trás. Ele caiu com força no chão novamente e conseguiu agarrar o cabelo do agressor. A mesma bota pesada acertou agora sua testa e Jake ficou zonzo demais para lutar. Ele soltou o cabelo do outro e tentou se levantar, mas estava imobilizado de costas. O segundo agressor, um cara gordo e pesado, o atingiu no rosto, xingando e rosnando, enquanto o primeiro chutava suas costelas, sua barriga e qualquer outro lugar que a bota alcançasse. Quando ele o chutou nos testículos, Jake deu um berro e desmaiou.

Dois tiros espocaram no ar e alguém gritou:

– Parem com isso!

Os dois marginais se assustaram e fugiram. Eles foram vistos pela última vez virando a esquina do mercado. O Sr. William Bradley correu com sua pistola e disse:

– Ah, meu Deus.

Jake estava inconsciente, com o rosto todo ensanguentado.

QUANDO CARLA CHEGOU ao hospital, Jake estava passando por uma radiografia. Uma enfermeira informou a ela:

– Ele está respirando sem ajuda de aparelhos e está consciente. Isso é tudo que sei agora.

Os pais dele chegaram meia hora depois, e ela os encontrou na sala de espera. O Sr. William Bradley estava em um canto conversando com um policial da cidade de Clanton, contando sua versão.

Um médico, o Dr. Mays McKee, amigo da igreja, apareceu pela segunda vez e deu o boletim mais recente.

– Foi uma surra das feias – disse em tom sério. – Mas Jake está acordado e estável, e não corre perigo. Alguns cortes e hematomas, nariz quebrado. Ainda estamos fazendo raios X e dando morfina a ele. Muita dor. Volto num minuto.

Ele saiu e Carla se sentou com os pais de Jake.

Um assistente do xerife, Parnell Johnson, chegou e passou algum tempo com eles. Ele conversou com o Sr. Bradley e um policial da cidade, depois se sentou do outro lado da mesinha de centro diante de Carla e falou:

– Parece que eram dois. Eles atacaram o Jake quando ele estava quase entrando no carro do lado de fora do Kroger. O Sr. Bradley tinha acabado de estacionar, viu a surra e sacou o revólver. Ele atirou duas vezes e os assustou. Notou uma picape GMC verde passar correndo numa ruazinha nos fundos do mercado. Não faço ideia de quem foi, pelo menos não ainda.

– Obrigada – disse Carla.

Uma longa hora se passou até que o Dr. McKee voltasse. Ele disse que

Jake havia sido transferido para um quarto particular e queria ver Carla. Seus pais não teriam permissão para entrar no momento, mas poderiam visitá-lo no dia seguinte. O Dr. McKee e Carla foram até o terceiro andar e pararam em frente a uma porta fechada. O médico falou baixinho:

– Ele está horrível e muito grogue. Nariz quebrado, duas costelas fraturadas, dois dentes faltando, três cortes no rosto que exigiram 41 pontos, mas pedi ao Dr. Pendergrast para costurá-lo. Ele é o melhor, e espera que não fique nenhuma cicatriz significativa.

Ela respirou fundo e fechou os olhos. Pelo menos ele estava vivo.

– Posso passar essa noite aqui?

– Claro. Eles vão trazer uma cama dobrável.

Ele empurrou a porta e os dois entraram. Carla quase desmaiou ao ver o marido. Das sobrancelhas para cima, tudo estava envolto em pesadas ataduras. Uma outra bandagem cobria a maior parte do queixo. Uma linha de pequenos pontos pretos atravessava o nariz. Seus olhos estavam horríveis, inchados e fechados, com edemas do tamanho de um ovo cozido. Seus lábios estavam grossos, inchados e avermelhados. Um tubo serpenteava até sua boca, enquanto duas bolsas de soro pendiam de cima. Ela engoliu em seco e segurou a mão dele.

– Jake, querido, eu estou aqui.

Ela deu um beijo de leve na face dele, em um pequeno pedaço de pele que estava exposto.

Ele gemeu e tentou sorrir.

– Ei, amor. Você tá bem?

Ela sorriu também, embora ele não pudesse ver nada.

– Não vamos nos preocupar comigo agora. Eu estou aqui e você vai ficar bem.

Ele murmurou algo incompreensível, então mexeu uma perna e gemeu. O Dr. McKee informou:

– Ele levou um golpe feio na virilha e seus testículos estão bastante inchados. E vão demorar a desinchar.

Jake o ouviu e disse, com notável clareza:

– Ei, querida, quer se divertir um pouco?

– Não, não quero. Vamos ter que esperar alguns dias.

– Droga.

Um longo momento se passou enquanto ela apertava a mão dele e observava os curativos. Lágrimas começaram a se formar e logo escorreram pelo rosto dela. Jake pareceu cochilar e o Dr. McKee fez um sinal com a cabeça em direção à porta. No corredor, ele disse:

– Ele teve uma concussão que eu quero monitorar, então vai permanecer aqui por alguns dias. Não acho que seja sério, mas precisamos ter cuidado. Pode ficar, se quiser, mas realmente não há necessidade. Não há nada que você possa fazer, e acho que ele logo vai adormecer.

– Vou ficar. Os pais dele vão tomar conta da Hanna.

– Como quiser. Eu realmente sinto muito por isso, Carla.

– Obrigada, Dr. McKee.

– Ele vai ficar bem. Com muitas dores pela próxima semana ou mais, mas está inteiro.

– Obrigada.

HARRY REX APARECEU e xingou uma enfermeira quando ela o proibiu de visitar Jake. No caminho para a saída, ele ameaçou processá-la.

QUANDO DEU MEIA-NOITE, Jake já estava há mais de uma hora sem emitir nenhum som. Carla, descalça e ainda de calça jeans, estava sentada apoiada nos travesseiros em sua instável cama dobrável e folheava revistas sob a luz fraca de um abajur. Ela tentou não pensar em quem eram os bandidos, mas sabia que a agressão estava relacionada a Kofer. Cinco anos antes, a Klan havia posto fogo em sua casa e atirado na direção de Jake na porta do fórum durante o caso Hailey. Por três anos eles conviveram com armas e segurança reforçada, porque as ameaças não pararam. Ela não conseguia acreditar que a violência estava de volta.

Que tipo de vida eles estavam levando? Nenhum outro advogado enfrentava intimidações assim. Por que eles? Por que seu marido se envolvia em casos arriscados que não pagavam nada? Há doze anos eles vinham trabalhando duro e tentando economizar, e sonhavam em construir algo para o futuro. Jake tinha uma capacidade enorme e estava determinado a ter sucesso como advogado. Era bastante ambicioso e sonhava em impressionar júris e obter veredictos importantes. O dinheiro viria aos baldes algum dia, ele não tinha dúvida.

Mas ali estava a realidade atual: o marido espancado e desfigurado; o escritório definhando; as dívidas aumentando a cada semana.

No mês anterior, no passeio à praia, o pai dela tinha, mais uma vez, discretamente, quando Jake não estava por perto, mencionado que poderia encontrar um emprego para Jake no setor financeiro. Ele tinha vários amigos que eram investidores, a maioria deles já aposentados, que estavam pensando em montar um fundo para investir em hospitais e em startups de equipamentos médicos. Ela não sabia direito o que aquilo significava e não disse uma única palavra sobre o assunto a Jake. Mas a proposta exigiria uma mudança para a região de Wilmington e uma reviravolta completa em sua carreira. Seu pai tinha mencionado até mesmo um empréstimo para facilitar as coisas. Ele mal fazia ideia do tamanho das dívidas deles.

As coisas certamente seriam mais seguras lá na praia.

Às vezes eles conversavam sobre o cotidiano enfadonho da vida em uma cidade pequena. As mesmas rotinas, os mesmos amigos, a falta de uma vida social significativa. Para as artes e os esportes, precisavam dirigir uma hora até Tupelo ou Oxford. Ela gostava de seus amigos, mas havia a disputa constante de quem tinha a casa maior, os melhores carros, as férias mais impressionantes. Em uma cidade pequena, todo mundo estava sempre disposto a ajudar, mas, da mesma forma, todo mundo sabia da vida de todo mundo. Dois anos antes eles haviam pagado uma fortuna pela Hocutt House, e ela notara uma frieza visível em algumas de suas amigas. Era como se os Brigances estivessem melhorando de vida rápido demais e deixando as outras pessoas para trás. Ah, se eles soubessem...

As enfermeiras entravam e saíam, tornando o sono impossível. Os monitores reluziam e piscavam. Os opioides pareciam estar fazendo efeito.

Seria aquele o ponto da virada na vida deles? A gota d'água que livraria Jake do calvário de ser um advogado que penava para pagar as contas a cada mês? Eles ainda não tinham nem 40 anos. Havia muito tempo pela frente, e era o momento perfeito para mudar de rumo e passar para algo melhor, para sair do Mississippi e encontrar um lugar mais calmo. Nunca faltaria emprego para ela como professora.

Ela largou as revistas e fechou os olhos. Por que não atravessar a agitação do caso Gamble em agosto, adotar o bebê de Kiera em setembro e deixar Clanton? O futuro de Drew, por mais incerto que fosse, seria colocado nas mãos de outro advogado, e havia dezenas deles. Não seria mais seguro e mais sábio se mudar para milhares de quilômetros de distância? Eles estariam perto dos pais dela, que adorariam ajudar com o novo bebê. Jake poderia começar uma nova carreira, uma que envolvesse um salário certo todo mês, e eles estariam perto da praia o ano todo.

Ela estava completamente desperta quando uma enfermeira apareceu à uma e meia da manhã e lhe deu um comprimido para dormir.

DE CAFÉ DA manhã, Jake tomou suco de maçã de caixinha usando um canudo. Seu corpo inteiro latejava e ele reclamava de dor por toda parte. Uma enfermeira aumentou a morfina e ele apagou.

Às sete, o Dr. McKee apareceu e disse a Carla que queria fazer uma ressonância magnética da cabeça e tirar mais radiografias. Ele sugeriu que ela saísse por algumas horas, fosse ver como estavam a casa e Hanna e cuidasse um pouco de si mesma.

De casa, ela ligou para os pais de Jake para dar notícias e pediu que eles levassem Hanna. Ligou para Harry Rex e contou-lhe o pouco que sabia. Não, ela não perguntou a Jake se ele sabia quem tinha batido nele. Telefonou para Portia, Lucien, Stan Atcavage e o juiz Noose, todos cheios de perguntas, mas manteve as conversas breves, dizendo que ligaria novamente mais tarde. Ela deu comida para o cachorro, limpou a cozinha, lavou roupa e se sentou no quintal com uma xícara de café para tentar se recompor. Uma de suas preocupações era o que dizer a Hanna. Eles não podiam esconder Jake da filha, e ele estaria com uma aparência péssima pelos dias seguintes. A criança ficaria horrorizada ao ver o pai, e não havia possibilidade de que ela compreendesse o que tinha acontecido. Ela ficaria apavorada ao saber que existem pessoas más por aí que queriam machucar o pai.

O café não a ajudou a se acalmar e por fim ela ligou para a mãe e contou o que estava acontecendo.

Às onze, o Sr. e a Sra. Brigance chegaram com Hanna, que correu para a mãe em lágrimas e perguntou como estava o pai. Carla a abraçou, disse que ele estava no hospital mas que estava bem e que a menina ia passar o dia na casa da Becky. Ela precisava tomar um banho rápido e trocar de roupa. Hanna saiu relutante da cozinha e Carla perguntou à Sra. Brigance:

– O que vocês disseram a ela?

– Não muita coisa. Só que o pai dela tinha se machucado, estava no hospital, mas voltaria pra casa logo e tudo ia ficar bem.

– Não sabíamos bem o que falar – disse o Sr. Brigance –, mas ela sabe que está acontecendo alguma coisa.

– Ela não vai poder vê-lo por alguns dias – explicou Carla. – Seria um choque muito grande.

– Quando a gente vai poder vê-lo? – perguntou a Sra. Brigance.

– Hoje mesmo. A gente vai pra lá já, já.

A sala de espera estava ficando lotada. Quando chegaram, encontraram Portia, Harry Rex, Stan e a esposa, e o pastor da igreja deles, o Dr. Eli Proctor. Carla abraçou todo mundo e disse que ia ver Jake e voltaria com notícias. O Dr. McKee apareceu e fez sinal para que ela o acompanhasse. Eles foram até o quarto de Jake e o encontraram sentado e reclamando com uma enfermeira que queria tratar seu rosto com compressas frias. Carla pegou a mão dele e deu oi, e ele disse:

– Vamos embora daqui.

– Não tão rápido, Jake – interveio o Dr. McKee. – A ressonância e as radiografias parecem boas, mas você não vai a lugar nenhum por alguns dias.

– Dias? Você tá brincando?

Ele mexeu uma perna e se encolheu com a dor.

– Tá doendo? – perguntou Carla.

– Só quando eu respiro.

– Onde tá doendo?

– Onde não tá? Minhas bolas parecem melões.

– Olha a boca, Jake. Sua mãe vai chegar a qualquer momento.

– Ah, por favor. Não deixa eles virem aqui por enquanto. Eu não vou nem conseguir enxergá-los. Não consigo ver nada.

Carla deu um sorriso e olhou para o Dr. McKee.

– Acho que já está melhorando.

– Ele vai ficar bem. A concussão é leve. Todo o resto vai sarar, mas vai levar um tempo.

– Então, nenhum dano neurológico? – perguntou ela.

– Absolutamente nenhum.

– Obrigado, querida – disse Jake. – Onde está a Hanna?

– Na casa dos Palmers, brincando com a Becky.

– Bom. Deixa ela lá. Não quero que ela tome um susto vendo um zumbi.

– Vou chamar os seus pais, tá?

– Eu não quero ver ninguém.

– Relaxa, Jake, por favor. Eles estão muito preocupados e vão ficar só um minutinho.

– Tá bom.

Carla e o Dr. McKee saíram do quarto e a enfermeira avançou com as compressas frias.

– Vamos tentar de novo – disse ela com paciência.

– Encosta em mim que eu te processo.

NO FINAL DA tarde daquele mesmo dia, Jake estava cochilando quando o Dr. McKee tocou de leve em seu braço e disse:

– Jake, você tem visita.

Ele tentou se sentar, sentiu dor e falou baixinho:

– Estou cansado de visitas.

– É o xerife Walls. Eu vou ficar lá fora.

Ele saiu e fechou a porta.

Ozzie e Moss Junior se postaram ao lado da cama e tentaram disfarçar o choque ao ver o rosto dele.

– Oi, Jake – disse Ozzie.

Jake resmungou e falou:

– Ozzie, o que te traz aqui?

– Oi, Jake – disse Moss Junior.

– Olá. Eu não estou conseguindo ver nada, mas tenho certeza que vocês estão com as mesmas caras de palhaço de sempre.

– Bom, é provável que sim, mas a sua não tá muito melhor no momento – brincou Ozzie.

– Foi uma surra das brabas, não foi?

– Uma das melhores que eu vi em muito tempo – respondeu Ozzie com uma risada. – Então, a pergunta óbvia é: quem fez isso? Você viu alguma coisa?

– Eram pelo menos dois. Não consegui ver o segundo cara, mas o primeiro era um dos garotos dos Kofers. O Cecil ou o Barry. Não sei direito qual é qual, porque não conheço eles. Vi os dois pela primeira vez no tribunal semana passada.

Ozzie olhou para Moss Junior, que assentiu. Nenhuma surpresa.

– E você tem certeza? – perguntou Ozzie.

– Por que eu mentiria?

– Ok. Vamos fazer uma visitinha a eles.

– Quanto antes, melhor. Eu acertei o Kofer com uma lata de meio quilo de molho de tomate. Em cheio, no meio da cara. Provavelmente deixou uma marca, mas vai passar em pouco tempo.

– Grande garoto.

– Eles me atacaram de surpresa, Ozzie. Eu não tive chance.

– Sei que não.

– Eles teriam me matado se alguém não tivesse começado a atirar.

– Foi o Sr. William Bradley que parou, viu a cena e sacou a arma.

Jake ficou balançando a cabeça por um tempo.

– Ele salvou a minha vida. Diz pra ele que eu vou agradecer assim que puder.

– Pode deixar.

– E pergunta por que ele não atirou nos caras.

– A gente tá indo ver os Kofers.

33

Por mais desconfortáveis que fossem, as compressas frias estavam funcionando e Jake finalmente parou de reclamar delas. Na manhã de quarta-feira o inchaço havia diminuído o suficiente para que ele conseguisse abrir os olhos e ver imagens borradas. A primeira foi o belo rosto de sua esposa, que, apesar de desfocado, parecia mais bonito do que nunca. Jake a beijou pela primeira vez em muito tempo e disse:

– Eu vou pra casa.

– Ah, não vai não. Você tem consultas agora de manhã. Primeiro vem o oftalmologista, depois o dentista, então mais outros médicos e, por fim, um especialista em reabilitação.

– Estou mais preocupado com os meus testículos.

– Eu também, mas tem pouca coisa que se possa fazer além de esperar. Dei uma olhada ontem à noite, quando você estava roncando, e fiquei impressionada. O Dr. McKee disse que não tem o que fazer a não ser tomar analgésicos e rezar pra que um dia você volte a andar normalmente.

– Qual é o especialista que cuida de testículos?

– No caso, é o urologista. Ele deu uma passada quando você estava apagado e tirou algumas fotos.

– Mentira.

– Não é, não. Eu levantei o lençol e ele fez as fotos.

– Por que precisa de fotos?

– Disse que gosta de ampliar e pendurar na parede da recepção do consultório.

Jake deu uma risada, que foi interrompida quando uma sensação que parecia uma facada atravessou suas costelas e ele fez uma careta. A dor seria parte integrante da vida por alguns dias e ele estava determinado a não deixá-la transparecer, pelo menos não na frente da esposa.

– Como tá a Hanna?

– Ela tá bem. Tá na casa dos seus pais, e eles estão se divertindo.

– Que bom. O que você contou a ela?

– Bem, não toda a verdade. Falei que você se envolveu em um acidente, não disse de que tipo, e que você tava machucado e ia precisar passar alguns dias no hospital. Ela tá muito chateada e quer te ver.

– Aqui não. Eu também, mas não quero apavorar a menina. Vou pra casa amanhã e a família vai estar reunida novamente.

– Quem disse que você vai pra casa amanhã?

– Eu tô dizendo. Tô de saco cheio desse lugar. As fraturas estão tratadas, e os cortes, fechados. Posso convalescer em casa, tendo você como minha enfermeira em tempo integral.

– Mal posso esperar. Olha, Jake, tem muita gente preocupada com você. O Lucien queria vir aqui, mas falei pra ele esperar. O Harry Rex liga o tempo todo.

– Eu vi o Harry Rex, e tudo que ele fez foi rir da minha cara por ter levado uma surra. O Lucien pode esperar. Falei com a Portia e ela está enrolando os clientes. Acho que ainda temos três.

– O Noose ligou.

– E deveria mesmo. Foi ele que me meteu nessa confusão.

– Ele tá muito preocupado. A Dell ligou. O juiz Atlee. O Dr. Proctor. O pastor McGarry. Muita gente.

– Eles podem esperar. Não tô com vontade de ver ninguém enquanto puder evitar. Vamos chegar em casa, trancar as portas e esperar que eu me recupere. Algumas pessoas são muito intrometidas, sabe?

– E algumas estão muito preocupadas.

– Eu tô vivo, Carla. Vou melhorar rápido. Não preciso que ninguém venha me ver para me confortar.

CECIL KOFER ERA supervisor de uma equipe de empreiteiros que estava trabalhando em um canal perto do lago. No final da manhã, Moss Junior e Mick Swayze estacionaram a viatura ao lado da caminhonete dele e entraram no trailer que servia de escritório. Cecil estava de pé, falando ao telefone, o capacete na mesa. Uma secretária olhou para eles e falou:
– Bom dia.
Moss Junior se voltou para ela e disse:
– Cai fora.
– Perdão?
– Eu disse "Cai fora". A gente precisa dar uma palavrinha com o seu chefe.
– Não precisa ser tão grosso.
– Você tem cinco segundos pra sair.
Ela se levantou e saiu do trailer bufando. Cecil desligou o telefone enquanto os assistentes do xerife o encaravam.
– Olá, Cecil – disse Moss Junior. – Este aqui é o Mick Swayze. O Ozzie mandou a gente aqui.
– Que prazer, cavalheiros.
Cecil tinha 31 anos, era atarracado, com pelo menos uns 20 quilos acima do peso. Por algum motivo, tinha parado de se barbear e usava uma barba ruiva desalinhada que não ajudava em nada a melhorar sua aparência.
Moss Junior se aproximou e perguntou:
– Você esteve na cidade segunda à noite?
– Não lembro.
– Faz muito tempo, né? Aquela GMC verde lá fora é sua, certo?
– Provavelmente.
– Placa 442ECS. Alguém viu ela saindo em alta velocidade do Kroger por volta das nove da noite de segunda. Provavelmente era outra pessoa que tava dirigindo, certo?
– Talvez eu tenha emprestado para um amigo.
– Qual é o nome dele?
– Não lembro.
– Tá feio isso aí na sua testa. O que é que tem debaixo do curativo? Pontos?
– Isso mesmo.
– O que foi que aconteceu?
– Bati numa prateleira da garagem.

– Malditas prateleiras, sempre entrando no caminho. Mick, isso parece pancada de prateleira pra você?

Swayze deu um passo à frente e olhou para a testa de Cecil.

– Não. Eu diria que isso parece uma daquelas pancadas feitas por lata de molho de tomate. Vejo isso o tempo todo.

– Com certeza – disse Moss Junior. Devagar, ele tirou um par de algemas do cinto e as sacudiu, fazendo o máximo de barulho possível. Cecil respirou fundo e olhou para as algemas. – Existe uma linha muito tênue que separa a lesão corporal leve da grave. A leve dá no máximo dois anos de cadeia, a grave dá vinte.

– Bom saber disso.

– Então anota, porque sua memória é uma merda. Dois contra um com a intenção de provocar danos permanentes configura lesão corporal grave. No Parchman. Quem vai cuidar da sua esposa e dos seus três filhos enquanto você estiver fora?

– Eu não vou pra lugar nenhum.

– Isso, meu garoto, não depende mais de você. O Jake identificou você, e o sujeito que deu os tiros viu a sua caminhonete fugindo do local.

Os ombros de Cecil cederam um pouco e ele olhou em volta, como se estivesse procurando alguma coisa.

– Ele nem me conhece.

– Ele viu você no tribunal, disse que era o Kofer de barba ruiva sarnenta. Falamos com o Barry e a barba sarnenta dele é preta, não é ruiva. Por que vocês não compram um barbeador?

– Vou anotar isso.

– O juiz do seu caso vai ser o Omar Noose – continuou Moss Junior. – Ele gosta muito do Jake e não ficou nem um pouco feliz em saber que um dos advogados dele levou uma surra por causa de um caso em andamento na corte dele. Vai pegar pesado contigo.

– Não sei do que você tá falando.

– A gente vai fazer o relatório pro Ozzie e ele vai mandar a gente voltar pra efetuar a prisão. Quer que seja aqui ou na sua casa, na frente dos seus filhos?

– Vou arrumar um advogado.

– Não nesse condado. Você não vai conseguir arrumar ninguém que se arrisque a irritar o Noose. Aqui ou na sua casa?

Seus ombros baixaram ainda mais e a pose de valentão desapareceu.

– Pra quê?

– Pra você ser preso. A gente vai te levar pra cadeia, vai te fichar, te colocar numa cela. A fiança vai ficar na casa dos 10 mil, então arruma mil em dinheiro vivo se quiser sair. Aqui ou na sua casa?

– Aqui, eu acho.

– Até amanhã.

A FISIOTERAPEUTA ERA uma mulher forte e mandona chamada Marlene, que primeiro quis dar uma olhada nos testículos de Jake. Ele se negou terminantemente a permitir. Ela achou graça, e Jake ficou se perguntando se toda a equipe do hospital estava rindo às custas dele. Será que não havia nenhuma privacidade em um hospital?

Com a ajuda de Carla, ele conseguiu se virar com cuidado e se sentar com os pés para fora da cama.

– Você não vai sair daqui enquanto não conseguir andar até a porta e voltar – disse Marlene, desafiando-o.

Ela colocou a mão debaixo de um dos braços de Jake e Carla fez o mesmo no outro. Jake deslizou até seus pés descalços tocarem o piso frio de linóleo e fez uma careta ao sentir pontadas de dor na virilha, nas costelas e por toda a extensão do pescoço até a nuca. Ele ficou tonto e vacilou por um segundo, enquanto fechava os olhos e trincava os dentes. Deu um pequeno passo, depois outro e disse:

– Solta. – Elas o soltaram e ele começou a andar arrastando os pés. Seus testículos inchados doíam e o impediam de manter qualquer coisa parecida com um andar ou uma postura normal, e ele cambaleou com as pernas arqueadas, como um pato, até a porta e tocou na maçaneta. Virou-se orgulhoso e deu oito passos de volta para a cama. – Pronto. Pode assinar a minha alta.

– Vai com calma, querido. Faz de novo.

Suas pernas estavam fracas e bambas, mas ele foi até a porta e voltou. Por mais doloroso que fosse andar, ele se sentiu revigorado por estar de pé, fazendo algo que se aproximava da normalidade. Depois da quarta vez que fez o trajeto, Marlene perguntou:

– Por que não vai fazer xixi?

— Eu não preciso fazer xixi.

— Tenta, de qualquer jeito. Vamos ver se você consegue ir ao banheiro sozinho.

— Quer vir assistir?

— Na verdade, não quero não.

Jake foi cambaleando até o banheiro, entrou e fechou a porta. Levantou a camisola de hospital e prendeu a barra dela com o queixo. Muito lentamente, olhou para suas partes íntimas, que estavam horrorosas, e deu uma gargalhada de incredulidade. Depois, um uivo doloroso, mas alegre, fez Carla bater à porta.

NO FINAL DA tarde de quarta-feira, Jake estava sentado na cama com Carla a seu lado. Estavam assistindo ao noticiário na TV quando alguém bateu na porta. Ela já estava se abrindo quando Jake disse:

— Entra.

Ozzie e Moss Junior tinham voltado. Carla tirou o som da TV.

— O médico disse que você vai ter alta amanhã de manhã — declarou Ozzie.

— Podia ser mais rápido — disse Jake.

— É bom ouvir isso. Tá se sentindo melhor?

— Cem por cento.

— Ainda tá com uma cara péssima — comentou Moss Junior.

— Obrigado. Isso vai demorar um pouco a passar.

— Entrem, rapazes — disse Carla.

Ela foi para o outro lado da cama e ficou de frente para eles. Ozzie fez um sinal com a cabeça para Moss Junior, que disse:

— Fizemos uma visita ao Cecil Kofer hoje de manhã, no trabalho. Ele está com um galo e um corte na testa. Claro que nega tudo, mas foi ele. A gente vai buscar o sujeito amanhã.

— Eu não vou dar queixa — declarou Jake.

Ozzie olhou para Carla, que assentiu. Eles obviamente já tinham conversado sobre o assunto e tomado uma decisão.

— Como assim, Jake? — perguntou Ozzie. — A gente não pode deixar isso ficar impune. Eles poderiam ter te matado.

— Mas não mataram. Não vou dar queixa.

– Por que não?

– Eu não quero lidar com o aborrecimento, Ozzie. Já tenho coisa demais na cabeça nesse momento. Além disso, aquela família passou por muita coisa. Vou me recuperar completamente e esquecer que isso aconteceu.

– Duvido. Já sofri agressões uma vez, em Memphis. Fui espancado por uns caras violentos. Ainda me lembro de cada soco.

– Já tomei minha decisão, Ozzie. Nada de queixa.

– Você sabe que eu posso prender ele mesmo assim, não sabe?

– Não faz isso. Além do mais, você não tem como condená-lo se eu não testemunhar. Só fala pros Kofers me deixarem em paz. Chega de telefonemas, de ameaças, de intimidação. Se olharem torto pra mim, aí, sim, eu vou prestar queixa e entrar com um processo. Vamos deixá-los com essa ameaça pairando sobre suas cabeças. Pode ser?

Ozzie deu de ombros. Era inútil discutir com Jake.

– Se é o que você quer.

– É. E fala pra eles que eu tenho porte de arma e faço uso dele. Eles não vão me pegar desprevenido de novo, mas, se chegarem perto, vai ter troco.

– Por favor, Jake – murmurou Carla.

EM SUA TERCEIRA e última noite no hospital, Jake dormiu sozinho. Carla estava cansada das dores provocadas pela cama dobrável, e ele a convenceu a buscar Hanna e passar uma noite tranquila em casa. Elas ligaram às nove para dar boa-noite.

Mas os comprimidos para dormir não funcionaram, nem os analgésicos. Ele pediu a uma enfermeira alguma coisa mais forte, mas ela disse que já estava na dose máxima. O segundo comprimido para dormir teve efeito rebote, e às duas da manhã ele estava completamente desperto. O choque físico estava passando e o inchaço, diminuindo, mas ele ainda ficaria limitado, fraco e com dores por muito tempo. Seus ossos e músculos, no entanto, iriam sarar. Só não podia dizer o mesmo em relação ao medo, ao pavor de ter sido atacado daquela forma. Num momento, ele estava como sempre, bem-disposto e com a mente ocupada pelos assuntos urgentes; no momento seguinte, estava caído no chão, atordoado, sangrando e levando pancada atrás de pancada. Quarenta e oito horas depois, tudo aquilo ainda não parecia real. Ele tivera o mesmo pesadelo duas vezes, uma lembrança terrível do rosto cheio de ódio do homem que estava em cima dele espancando-o. Ainda conseguia sentir o asfalto duro debaixo de sua cabeça, golpe após golpe.

Ele pensou mais uma vez em Josie e se perguntou como um ser humano era capaz de tolerar a realidade da ameaça física constante. Jake tinha 1,82 metro de altura, pesava mais de 80 quilos e, se houvesse tido alguma oportunidade, teria conseguido bater antes de cair. Josie pesava 55 e não tinha nenhuma chance contra um brutamontes como Kofer. Ele imaginou o pavor que as crianças sentiam ao ouvir a mãe ser espancada repetidas vezes.

34

Quando o Dr. McKee chegou, no início de sua ronda, Jake estava de pé no meio do quarto com as mãos levantadas a meio caminho acima da cabeça. Sua camisola hospitalar estava esticada sobre a cama e ele vestia camiseta e calça de moletom folgada, a maior que Carla tinha conseguido encontrar. E estava usando tênis, como se estivesse pronto para fazer uma corrida matinal.

– O que você está fazendo? – perguntou McKee.
– Me alongando. Tô indo embora. Assina a alta.
– Senta, Jake.

Ele recuou e se sentou na beirada da cama. O médico retirou delicadamente a bandagem em volta da cabeça, analisou os pontos e disse:

– Vamos tirá-los daqui a uma semana mais ou menos. Não tem muito mais a fazer em relação ao nariz, a não ser esperar cicatrizar. Ele voltou pro lugar e não deve ficar torto.

– Eu não quero de jeito nenhum ficar com o nariz torto, doutor.

– Vai te dar uma aparência mais rústica – retrucou McKee, fazendo graça enquanto tirava o resto da bandagem. – Como estão as suas costelas?

– No mesmo lugar.

– Fica de pé e abaixa as calças. – Jake obedeceu e cerrou os dentes enquanto o médico examinava, com bastante delicadeza, seus testículos. – Ainda estão inchados – resmungou o médico.

– Quando vou poder fazer sexo?

– Espera até chegar em casa.

– Sério.

– Alguns anos, talvez. Vou liberar você, Jake, mas precisa pegar leve. Essa recuperação não vai ser rápida.

– Pegar leve? O que mais eu posso fazer? Mal consigo andar com esse troço.

Carla entrou no quarto quando Jake puxava a calça de moletom de volta.

– Fui liberado – contou ele com orgulho.

– Leva ele pra casa – disse McKee a ela. – Mas ele tem que ficar de cama pelos próximos três dias, e estou falando sério. Nada de atividade física. E vou reduzir a hidrocodona. Ela vicia. Quero te ver na segunda-feira.

Ele saiu e Carla estendeu a Jake um jornal, o *Times* do dia anterior. Uma manchete em negrito anunciava: **BRIGANCE ATACADO E HOSPITALIZADO**.

– Primeira página de novo – disse ela. – Justamente onde você gosta de estar.

Jake se sentou na beirada da cama e leu o relato sensacionalista de Dumas Lee sobre o ataque. Nenhum suspeito tinha sido identificado. Nenhuma declaração da vítima, de sua família nem de qualquer pessoa do escritório. Ozzie tinha dito apenas que o incidente ainda estava sob investigação. Havia uma foto de arquivo de Jake entrando no fórum durante o julgamento do caso Hailey.

Uma enfermeira chegou com a papelada e um frasco de hidrocodona.

– Só duas por dia nos próximos cinco dias, e é isso – explicou enquanto entregava o frasco a Carla.

Ela saiu e voltou com uma vitamina de frutas e um canudo, o café da manhã de Jake. Uma hora depois, um auxiliar de enfermagem apareceu com uma cadeira de rodas e pediu a Jake que se sentasse. Ele se recusou, disse que queria ir andando. O auxiliar disse que não, que o procedimento hospitalar exigia que todos os pacientes saíssem de cadeira de rodas. E se um paciente caísse e se machucasse de novo? Ele provavelmente processaria o hospital, sabe como é. Ainda mais um advogado.

– Senta logo, Jake – ordenou Carla. Ela entregou-lhe um boné e seus óculos escuros e disse: – Vou pegar o carro.

Enquanto o auxiliar o empurrava para fora do quarto e pelo corredor, Jake se despediu das enfermeiras e agradeceu a atenção delas. Ele desceu de elevador e estava na recepção quando avistou Dumas Lee espreitando perto da porta com uma câmera fotográfica. Dumas se aproximou dele com um sorriso e disse:

– Oi, Jake. Tem tempo pra uma declaração?

Jake manteve a calma e respondeu:

– Dumas, se você tirar uma foto minha agora, juro que nunca mais te dirijo a palavra.

Dumas não tocou na câmera, mas perguntou:

– Alguma ideia de quem fez isso, Jake?

– Fez o quê?

– Agrediu você.

– Ah, isso? Não, nenhuma ideia e nada a declarar. Cai fora, Dumas.

– Acha que tem a ver com o caso Kofer?

– Nada a declarar. Dá o fora. E não encosta nessa câmera.

Um segurança apareceu vindo do nada e se postou entre Jake e o repórter. A cadeira de rodas passou pelas largas portas da entrada e Carla estava à espera junto à calçada. Ela e o auxiliar colocaram Jake no banco do carona, fecharam a porta e, quando estavam se afastando, Jake mostrou o dedo do meio para Dumas.

– Precisava mesmo disso? – perguntou Carla.

Jake não respondeu.

– Olha, sei que você tá com muita dor, mas tá sendo grosso com as pessoas e eu não gosto disso – disse Carla. – A gente está prestes a ficar confinado em casa e você vai ter que ser legal comigo. E com a Hanna.

– De onde você tirou isso?

– Da minha cabeça. A cabeça da chefe. Só relaxa e tenta ser legal.

– Sim, senhora – Jake disse enquanto ria.

– Qual é a graça?

– Nada. Só tô achando que você não nasceu pra ser enfermeira.

– Com certeza não nasci.

– É só manter o penico limpo e os analgésicos por perto que eu vou ser superlegal. – Eles ficaram em silêncio ao se aproximarem da praça. – Quem tá lá em casa?

– Seus pais estão lá com a Hanna. Mais ninguém.

– Ela tá pronta pra esse momento?

– Provavelmente não.

– Cometi o erro de me olhar no espelho hoje de manhã. Minha garotinha vai ficar horrorizada ao ver o pai. Os olhos roxos e inchados. Cortes e hematomas. O nariz do tamanho de uma batata.

– Pelo menos não tira as calças.

Jake começou a rir e ao mesmo tempo teve vontade de chorar quando suas costelas reclamaram. Quando conseguiu parar, disse:

– A maior parte das enfermeiras tinha muita compaixão. Não estou sentindo isso aqui.

– Eu não sou enfermeira. Eu sou a chefe, e você vai fazer o que estou mandando.

– Sim, senhora.

Ela parou na entrada da casa e o ajudou a sair. Enquanto ele cambaleava pelo quintal, a porta dos fundos se abriu e Hanna saiu correndo. Ele queria agarrá-la, levantá-la e girá-la no ar, mas apenas se abaixou para dar um beijo no rosto dela. Ela já tinha sido avisada e não tentou abraçá-lo.

– Como está a minha garota?

– Ótima, papai. Como você tá?

– Muito melhor. Daqui a uma semana vou estar como novo.

Ela pegou a mão dele e o levou para a cozinha, onde os pais dele estavam esperando. Ele estava exausto e se acomodou em uma cadeira à mesinha perto da janela, já repleta de bolos, tortas, cookies e flores de todo tipo. Hanna puxou uma cadeira para perto dele e segurou sua mão. Ele ficou conversando com os pais por alguns minutos enquanto Carla servia o café.

– Você vai tirar esses óculos? – perguntou Hanna.

– Não, hoje não. Talvez amanhã.

– Mas como vai conseguir enxergar?

– Eu consigo ver a sua carinha linda muito bem, e é só isso o que importa.

– Esses pontos são nojentos. Quantos você levou? O Tim Bostick cortou o braço ano passado e levou onze pontos. Ele ficou se achando.

– Bem, eu levei 41, então ganhei dele.

– A mamãe disse que você perdeu dois dentes. Posso ver?

– Hanna, chega – repreendeu Carla. – Eu já disse que a gente não vai falar sobre essas coisas.

O JUIZ NOOSE estava no condado de Tyler, no fórum de Gretna, penando em mais uma sessão para anunciar a pauta cível, olhando para uma lista de casos ativos dos quais nenhum juiz em lugar nenhum queria cuidar. Os advogados dos reclamantes insistiam sem muita convicção que os julgamentos fossem marcados, enquanto os advogados de defesa usavam suas táticas-padrão de protelação. Ele determinou um recesso e se retirou para seu gabinete, onde Lowell Dyer o esperava com um exemplar do *The Ford County Times*.

Noose tirou a toga e se serviu de uma xícara de café velho. Leu o artigo e perguntou:

– Você falou com o Jake?

– Não. E você?

– Não. Vou ligar pra ele hoje à tarde. Falei com a esposa e conversei com a assistente dele, Portia Lang. Alguma ideia de quem está por trás disso?

– Falei com o Ozzie. Ele me fez jurar manter segredo, mas disse que foi um dos Kofers e que Jake se recusou a prestar queixa.

– Parece mesmo algo que o Jake faria.

– Se fosse comigo, eu ia querer a pena de morte.

– Mas você é promotor, né. Em que isso afeta o desaforamento?

– Está perguntando pra mim? O juiz é você.

– Eu sei, e estou tentando tomar uma decisão. Acho que o Jake tem razão. Minhas fontes em Clanton me dizem que é o assunto do momento, então escolher um júri pode ser complicado. Por que correr esse risco de um recurso? Importa tanto assim pro Ministério Público o local do julgamento?

– Não sei. Pensa em transferir pra onde?

– Bem, eu com certeza o manteria no Vigésimo Segundo Distrito. Dá pra escolher um júri equivalente nos outros quatro condados. Mas o condado de Ford me preocupa.

– Traz pra cá.

– Que surpresa – disse Noose com uma risada. – Você gostaria que fosse no seu quintal, não é?

Dyer refletiu sobre isso e deu um gole no café.

– E quanto aos Kofers? Eles não vão gostar da transferência.

– Não são eles que mandam, são? E não vão gostar de qualquer coisa que aconteça. Preciso te dizer, Lowell, que estou muito incomodado com o que aconteceu com o Jake. Eu empurrei o caso pra ele e ele foi espancado e quase morreu. Se a gente tolerar isso, todo o sistema vai começar a entrar em colapso.

Com os condados de Ford e Tyler fora do páreo, restavam os de Polk, Milburn e Van Buren. O último lugar onde Dyer ia querer enfrentar um caso importante era no velho fórum de Chester, o lar de Noose. Ele tinha um palpite, porém, de que era para lá que o julgamento iria.

– O Jake ficará fora de combate por um tempo, Excelência. Acha que ele vai pedir mais tempo, querer um adiamento? O julgamento é daqui a sete semanas.

– Vou perguntar pra ele hoje à tarde. Você vai se opor se ele pedir mais prazo?

– Não, não nessas circunstâncias. Mas o julgamento não vai ser tão complicado assim. Quer dizer, não há dúvidas sobre quem puxou o gatilho. A única parte delicada é a questão da insanidade. Se é pra onde o Jake está indo, preciso saber logo, pra que possa mandar o menino de volta a Whitfield pra ser avaliado. Jake tem que tomar uma decisão.

– Concordo. Vou mencionar isso.

– Só estou curioso sobre uma coisa, Excelência. Como o Jake convenceu o júri de que o Hailey estava fora de si?

– Acho que não foi isso que ele fez. O Hailey não estava insano, não na definição jurídica. Ele planejou cuidadosamente aqueles assassinatos e sabia o que estava fazendo. Não foi nada além de vingança pura e simples. O Jake venceu ao convencer os jurados de que eles teriam feito o que o Hailey fez se tivessem tido a chance. Foi magistral.

– Ele pode ter problemas pra fazer isso dessa vez.

– Sem dúvida. Cada caso é um caso.

DEPOIS DE DUAS horas em casa, Jake estava entediado. Carla fechou as cortinas da sala, tirou o telefone do gancho, fechou a porta e mandou-o descansar. Havia uma pilha de "folhas cor-de-rosa", como eles costumavam chamar – cópias das decisões da Suprema Corte estadual que todos os advogados afirmavam ler religiosamente assim que eram publicadas –, mas seus olhos não conseguiam focar e sua cabeça doía. Tudo doía, e a hidrocodona estava se mostrando menos eficaz. Ele cochilava de vez em quando, mas não era o sono profundo de que precisava. Quando sua enfermeira apareceu para ver como estava, ele exigiu o direito de ir ao escritório para ver televisão. Ela concordou com relutância e ele trocou um sofá por outro. Quando Hanna passou e viu seu rosto sem os óculos escuros, ela se debruçou para ver melhor e começou a chorar.

Em pouco tempo ele estava morrendo de fome e insistiu em tomar um pote de sorvete de almoço. Hanna compartilhou o sorvete com ele e, enquanto estavam assistindo a um filme de faroeste, a campainha tocou. Carla foi atender e contou que era um vizinho, que eles mal conheciam e raramente viam, que queria cumprimentar Jake.

Muitas pessoas queriam fazer visita, mas Jake estava irredutível. O inchaço ao redor dos olhos duraria dias e as cores iam do roxo ao preto, passando pelo azulado. Ele tinha visto aquilo em vestiários de futebol americano e outras tantas vezes em clientes acusados de arrumar brigas em bares. Uma gama deprimente de cores escuras e assustadoras se espalhava pelo seu rosto, e o espetáculo continuaria por algumas semanas.

Assim que Hanna superou o choque, ela se aninhou no pai debaixo da coberta e eles passaram horas vendo televisão.

DEPOIS DE MUITA discussão, ficou decidido, por Ozzie, que seria melhor que a conversa fosse conduzida por dois rapazes brancos. Ele mandou Moss Junior e Marshall Prather, o assistente que era mais próximo de Stuart. Eles ligaram antes e Earl Kofer os esperava do lado de fora, debaixo de uma árvore, no final da tarde de quinta-feira. Depois que cada um acendeu um cigarro, Earl falou:

– E aí?

– Cecil – disse Moss Junior. – O Jake identificou ele. Foi uma atitude bastante idiota, Earl, e ela complica as coisas pra você e pra sua família.

– Não sei do que você está falando. O Brigance não é dos caras mais espertos da cidade, então, obviamente, ele está enganado.

Prather deu um sorrisinho e desviou o olhar. Moss Junior estava a cargo da conversa, e continuou:

– Tá bom. Pode falar o que quiser. Lesão corporal grave dá vinte anos de cadeia. Não posso garantir que eles vão conseguir emplacar isso, mas, porra, mesmo lesão corporal leve pode mandar o garoto pra prisão do condado por um ano. O juiz Noose está bastante irritado com o que aconteceu e provavelmente vai pegar pesado.

– Pegar pesado com quem?

– Tá. O Jake não vai dar queixa, pelo menos não agora, mas pode dar quando quiser. O prazo é de cinco anos, eu acho. Além disso, ele pode entrar com um processo cível, mais uma vez na mão do Noose, exigindo dinheiro pra cobrir as despesas médicas dele, dinheiro que com certeza o Cecil não tem.

– O objetivo disso é me deixar com medo?

– Eu ficaria com medo. Se o Jake decidir levar isso adiante, o Cecil vai pra cadeia e à falência ao mesmo tempo. Não é nada inteligente mexer com um advogado desse jeito, Earl.

– Vocês querem beber alguma coisa?

– A gente tá de serviço. Por favor, dê o recado pro seu filho, pros dois filhos, pros primos e pra família inteira. Chega de gracinha, Earl. Entendeu?

– Eu não tenho nada pra entender.

Os policiais deram as costas e voltaram para a viatura.

35

No almoço de sexta-feira, Jake conseguiu engolir uma tigela de sopa de ervilha. Mastigar ainda era desconfortável, e alimentos sólidos estavam fora de questão. Depois, Carla e Hanna foram passar a tarde fazendo compras e coisas de garotas, e, assim que elas saíram, Jake ligou para Portia e pediu que ela fosse até lá. Imediatamente. Ela chegou 45 minutos depois e, uma vez superado o choque diante dos machucados no rosto dele, ela o seguiu até a sala de jantar, onde espalharam uma pilha de papéis que ela havia levado. Falaram sobre os casos ativos e sobre as audiências que estavam por vir e fizeram planos para lidar com a breve ausência dele.

– Alguma novidade? – perguntou ele, quase com medo da resposta.

– Na verdade, não, chefe. O telefone está tocando, mas são principalmente amigos e colegas seus de faculdade querendo saber de você. Você tem uns amigos bem legais, Jake. Muitos deles querem vir até aqui lhe fazer uma visita.

– Agora não. Eles podem esperar. A maioria só quer ver quão feia foi a surra que eu levei.

– Foi muito feia, eu diria.

– Sim, não foi propriamente uma briga.

– E você não vai dar queixa?

– Não.

– Por que não? Quer dizer, eu falei com o Lucien e com o Harry Rex, e todos nós achamos que você devia ir atrás desses bandidos, dar uma lição neles.

– Olha, Portia, essa decisão já foi tomada. Eu não tenho energia mental nem física pra correr atrás do Cecil Kofer agora. Você tem ido à prisão?

– Não, essa semana não.

– Gostaria que você fosse todo dia e passasse uma hora com o Drew. Ele gosta de você e precisa de um amigo. Não fala sobre o caso, só joga cartas e outros jogos com ele e encoraja o garoto a fazer o dever de casa. A Carla disse que ele tem estudado mais.

– Vou fazer isso. Quando você volta ao escritório?

– Muito em breve, espero. Minha enfermeira é uma nazista e meu médico é durão, mas acho que ele vai me liberar na próxima semana, quando tirar os pontos. Tive uma longa conversa com Noose ontem e ele está me pressionando a tomar uma decisão em relação à alegação de insanidade. Estou inclinado a notificá-lo e o Dyer dizendo que a gente planeja ir com as regras de M'Naghten e argumentar que o nosso cliente não tinha consciência da natureza de suas ações. O que acha?

– O plano foi sempre esse, não?

– De certa forma. Um problema, porém, é o dinheiro pro perito. Conversei com aquele cara de Nova Orleans hoje manhã e gostei muito. Ele já participou de muitos julgamentos e sabe das coisas. O preço dele é 15 mil dólares, e eu disse que por esse valor não dá. Este é um caso de defesa dativa e o condado não vai pagar um valor desses por um perito pro réu. Então vou ter que adiantar do meu bolso, e duvido que vá ser ressarcido do valor inteiro. Ele disse que faria por 10. Ainda é muito. Agradeci e disse que a gente ia pensar.

– E quanto à Libby Provine? Achei que a FAJUM estivesse tentando conseguir algum dinheiro.

– Está, e ela conhece muitos psiquiatras. Estou contando com ela. O Noose me perguntou sobre um adiamento, disse que a gente poderia ter mais prazo se fosse necessário, que o Dyer não faria objeções. Eu disse que não, obrigado.

– Por causa da Kiera?

– Por causa da Kiera. Ela vai estar com sete meses e meio no dia 6 de agosto, e quero que ela esteja grávida quando for chamada ao banco das testemunhas.

Portia jogou um bloco de notas na mesa e balançou a cabeça.

– Preciso te dizer, Jake, que não gosto disso. Não parece justo esconder a gravidez. Você não acha que o Noose vai ter um ataque quando ele, junto com todos os outros, perceber que ela está grávida e que o Kofer é o pai?

– Ela não é minha cliente. O Drew é. Se a promotoria chamá-la pra depor, então ela será testemunha deles.

– Você fica repetindo isso, mas o Dyer vai ficar maluco e o tribunal inteiro pode vir abaixo. Pensa na família Kofer e na reação deles ao fato de o filho ter deixado uma criança sobre a qual eles não sabiam nada.

– Por incrível que pareça, eu não dou a mínima pros Kofers nesse momento, e não dou a mínima se o Noose tiver um ataque e Dyer tiver um infarto. Pensa nos jurados, Portia. Nada mais importa, exceto os jurados. Quantos deles vão ficar chocados, e com raiva, quando a verdade vier à tona?

– Todos os doze.

– Pode ser. Duvido que a gente consiga todos os doze, mas três ou quatro já vão ser o suficiente. Um júri em impasse será uma vitória.

– O que importa é a vitória, Jake, ou é a verdade e a justiça?

– O que é justiça nesse caso, Portia? Você está prestes a começar a faculdade de Direito, onde vai passar os próximos três anos ouvindo que o que deve importar num julgamento é a verdade e a justiça. E deveria mesmo. Mas você também tem idade suficiente pra fazer parte de um júri. O que faria com esse garoto?

Ela refletiu sobre aquilo por um momento e disse:

– Não sei. Penso nisso o tempo todo e juro que não tenho uma resposta. O menino fez o que julgou certo. Ele achou que a mãe tava morta e...

– E achou que ele e a irmã ainda estavam em perigo. Ele achou que o Kofer poderia se levantar e dar continuidade ao ataque. Porra, ele já tinha espancado e ameaçado matá-los antes. O Drew percebeu que ele tava bêbado, mas não sabia que o Kofer estava tão embriagado a ponto de entrar em coma. Naquele momento o Drew acreditou que estava protegendo a irmã e a si mesmo.

– Então foi legítima defesa?

Jake esboçou um sorriso. Apontou para ela e respondeu:

– Exato. Esquece a insanidade. Foi legítima defesa.

– Então por que a gente vai seguir a trilha da alegação de insanidade?

– A gente não vai. Vou pedir uma avaliação e dar algum trabalho pro Dyer. Eles vão mandar o Drew pra Whitfield pra ser examinado pelos médicos do estado, e eles vão encontrar um que testemunhe que o garoto sabia exatamente o que estava fazendo. Então, antes da audiência, eu vou desistir da alegação. Só quero mexer um pouco com eles.

– Isso é um jogo?

– Não, é uma partida de xadrez, do tipo em que as regras nem sempre são obrigatórias.

– Acho que gosto disso. Não sei bem se um júri vai acreditar que um garoto de 16 anos estava insano. Sei que a insanidade não é um diagnóstico médico e tal, e que adolescentes podem ter problemas mentais de vários tipos, mas simplesmente não parece certo alegar que um garoto estava insano.

– Bem, é bom ouvir isso. Posso mudar de ideia amanhã. Tô tomando analgésicos e nem sempre penso com clareza. Vamos acabar com essa papelada e tirar você daqui antes que a minha enfermeira volte. Eu não deveria estar trabalhando e, se ela pegar a gente, vai cortar o meu sorvete. Quanto dinheiro tem no banco?

– Não muito. Pouco menos de 2 mil dólares.

Jake se mexeu, fez uma careta e lutou contra uma onda de dor nas costelas e na virilha.

– Você tá bem, chefe?

– Tô ótimo. Quando falei com o Noose ontem, ele disse que ia me designar pra alguns casos pendentes em todos os cinco condados. Não são grande coisa, mas pelo menos vão render alguma grana.

– Olha, Jake, não quero que você se preocupe em me pagar agora. Eu moro com meus pais e tenho como me virar.

Ele fez uma careta de novo e mudou de posição.

– Obrigado, Portia, mas vou garantir que seja paga. Você precisa de todo o dinheiro que puder pra faculdade.

– Temos como bancar a faculdade, Jake, graças a você e ao velho Hubbard. Minha mãe está com tudo organizado e é eternamente grata a você por isso.

– Bobagem, Portia. Você está fazendo um ótimo trabalho e será paga.

– O Lucien disse pra não se preocupar com o aluguel por alguns meses.

Jake esboçou um sorriso e uma risada. Olhou para o teto e tentou balançar a cabeça.

– Depois do julgamento do Hailey, pelo qual recebi impressionantes 900 dólares de honorários, eu estava tão falido quanto agora, e o Lucien me disse pra esquecer o aluguel por alguns meses.

– Ele está preocupado com você, Jake. Ele me disse que, no auge da carreira, era o advogado mais odiado do Mississippi, recebia ameaças de morte, tinha poucos amigos, os juízes o desprezavam, os advogados o evitavam, e ele adorava isso, tinha prazer em ser o advogado radical, mas nunca levou uma surra.

– Minha primeira e última, espero. Falei com o Lucien e sei que ele tá preocupado. A gente vai sobreviver, Portia. Dá tudo de si até o julgamento acabar, depois pode se mandar pra faculdade.

JAKE ESTAVA MANCANDO pelo quintal no final da tarde de sexta, com uma camiseta velha e um short de ginástica folgado, descalço, tentando se manter ativo e em movimento e esticar as pernas, conforme a fisioterapeuta havia recomendado, quando ouviu uma porta de carro sendo fechada na frente da casa. Seu primeiro impulso foi voltar para dentro para que ninguém o visse. Estava quase entrando quando uma voz familiar falou:

– Ei, Jake. – Carl Lee Hailey apareceu por trás da cerca viva e disse: – Ei, Jake. Sou eu, o Carl Lee.

Jake esboçou um sorriso.

– O que você tá fazendo aqui?

Eles trocaram um aperto de mão.

– Vim só ver como você tá.

Jake fez um gesto para a mesa de vime.

– Senta.

Eles se acomodaram nas cadeiras e Carl Lee comentou:

– Você tá horrível.

– Sim, tô, mas pelo menos não estou me sentindo tão mal quanto a cara diz. Uma surra à moda antiga.

– Fiquei sabendo. Você vai ficar bem?

– Claro, Carl Lee, já tô me recuperando. O que te traz à cidade?

– Ouvi a notícia e fiquei preocupado.

Jake ficou emocionado e não soube o que dizer. Muitos amigos tinham ligado, mandado flores e bolos e queriam fazer uma visita, mas ele não esperava isso de Carl Lee.

– Eu vou ficar bem, Carl Lee. Obrigado pela preocupação.

– A Carla está?

– Ela tá lá dentro, com a Hanna. Por quê?

– Escuta, Jake, eu vou direto ao assunto. Quando soube do que aconteceu, fiquei muito chateado, e ainda tô. Não dormi quase nada essa semana.

– Somos dois.

– O boato é que você sabe quem fez isso mas não vai prestar queixa. É isso mesmo?

– Por favor, Carl Lee. A gente não vai ter essa conversa.

– Tenho uma proposta, Jake. Eu devo a minha vida a você e nunca fui capaz de fazer muita coisa pra agradecer. Mas o que aconteceu me tirou do sério. Eu tenho alguns amigos, e a gente pode empatar esse jogo.

Jake estava balançando a cabeça. Ele se lembrou das muitas horas que passou com Carl Lee na prisão pouco antes do julgamento e do espanto e do medo que sentia por estar na presença de um homem capaz de um ato de violência tão brutal. Carl Lee matou a tiros os dois brancos que estupraram sua filha, depois passou por cima dos cadáveres e foi dirigindo até sua casa para esperar que Ozzie fosse apanhá-lo. Quinze anos antes disso, ele havia sido condecorado no Vietnã.

– Isso não vai acontecer, Carl Lee. A última coisa que a gente precisa é de mais violência.

– Jake, eu não vou ser pego, e juro que não vou matar ninguém. Vamos só dar ao cara um pouco do próprio remédio, pra garantir que não aconteça de novo.

– Não vai acontecer de novo, Carl Lee, e você não vai se meter. Acredita em mim, isso só iria complicar as coisas.

– Só me dá o nome do sujeito e ele não vai nem ver de onde veio o golpe.

– Não, Carl Lee. A resposta é não.

Carl Lee cerrou os maxilares, balançou a cabeça em desaprovação e estava prestes a continuar insistindo quando Carla abriu a porta e disse oi.

NO DOMINGO, O velho Mazda com a transmissão consertada parou no estacionamento ao lado da prisão e Josie desceu. Por mais que Kiera quisesse ver o irmão, ela sabia que não poderia entrar. Então baixou o vidro do carro e enfiou a cara em um livro que a Sra. Golden tinha lhe dado dois dias antes.

Josie se apresentou na recepção, onde o Sr. Zack lhe deu as boas-vindas mais uma vez. Ela o acompanhou pelo corredor e ele abriu a porta da cela de Drew. Ela entrou e a porta foi trancada. O garoto estava sentado em sua pequena mesa, com seus livros empilhados ordenadamente no centro dela. Ele ficou em pé de um salto e abraçou a mãe. Eles se sentaram e Josie abriu um saco de papel e tirou um pacote de biscoitos e um refrigerante.

– Onde tá a Kiera? – perguntou ele.

– Lá fora, no carro. Ela não pode mais entrar.

– Porque ela tá grávida?

– Isso mesmo. O Jake não quer que ninguém saiba.

Ele abriu a lata do refrigerante e deu uma mordida em um biscoito.

– Não consigo acreditar que ela vai ter um bebê, mãe. Ela tem só 14 anos.

– Eu sei. Tive você com 16 anos e foi cedo demais, acredite em mim.

– O que vai acontecer com o bebê?

– Vamos colocar pra adoção. Algum casal legal vai ter um lindo garotinho e ele será criado em um belo lar.

– Sorte a dele.

– Sim, sorte a dele. Já era hora de alguém nessa família ter um golpe de sorte.

– Ele não faz parte da família de verdade, né, mãe?

– Acho que não. É melhor a gente simplesmente se esquecer dele. A Kiera vai se recuperar, ficar bem e voltar pra escola em Oxford. Ninguém lá vai saber que ela teve um filho.

– Será que algum dia eu vou ver ele?

– Acho que não. O Jake entende bastante de adoção e acha melhor a gente nem mesmo ver o bebê, porque isso só complica as coisas.

Ele deu um gole e ficou refletindo sobre aquilo.

– Quer um biscoito?

– Não, obrigada.

– Sabe, mãe, não sei bem se quero ver esse garoto. E se ele for parecido com o Stuart?

– Não vai ser. Ele vai ser lindo como a Kiera.

Outro gole, outra longa pausa.

– Sabe, mãe, não me arrependo até hoje de ter matado ele.

– Bem, eu com certeza lamento você ter feito isso. Se não tivesse, não estaria aqui.

– E, se não tivesse, talvez estivéssemos mortos.

– Quero te fazer uma pergunta, Drew, que tá na minha cabeça há muito tempo. O Jake também quer saber a resposta, mas ele não perguntou pra você, pelo menos não ainda. A Kiera disse que você não sabia que o Stuart tava estuprando ela. Isso é verdade?

Ele balançou a cabeça em negativa.

– Eu não sabia. Ela não contou pra ninguém. Acho que o Stuart esperava até que não tivesse ninguém em casa. Se eu soubesse, teria matado ele antes.

– Não fala isso.

– É verdade, mãe. Alguém tinha que proteger a gente. O Stuart ia matar todos nós. Caramba, eu pensei que você tava morta naquela noite e acho que simplesmente pirei. Eu não tive escolha, mãe.

Seus lábios tremeram e seus olhos se encheram de lágrimas.

Josie começou a secar os olhos enquanto observava seu pobre filho. Que tragédia, que confusão, que vida infernal ela tinha proporcionado aos filhos. Ela carregava o fardo de uma centena de decisões erradas e sofria com a culpa de ser uma mãe tão ruim.

– Não chora, mãe – disse ele por fim. – Eu vou sair daqui um dia e a gente vai estar junto de novo, só nós três.

– Tomara que sim, Drew. Eu rezo todos os dias por um milagre.

36

Oito dias após a surra, Jake passou uma longa tarde preso na cadeira de um cirurgião-dentista que martelou, perfurou e derramou algo que parecia concreto para consertar seus dentes. Ele estava grogue e com dor, com coroas temporárias, e voltaria dali a três semanas para colocar as permanentes.

No dia seguinte, o Dr. Pendergrast removeu os pontos e admirou o próprio trabalho. As cicatrizes seriam minúsculas e acrescentariam "personalidade" ao rosto de Jake. O nariz havia diminuído para perto do tamanho normal, mas o inchaço ao redor dos olhos tinha adotado um tom amarelo-escuro horrível. Como sua enfermeira o torturara com compressas frias constantes em todos os inchaços, a maioria das partes de seu corpo tinha voltado ao tamanho normal. O urologista, apalpando com cuidado, ficou impressionado com a redução.

A volta ao escritório foi planejada: ele parou o carro em uma ruazinha sem saída e entrou pela porta dos fundos. A última coisa que queria era ser visto arrastando os pés pela calçada e se escondendo debaixo de um boné e atrás de óculos escuros enormes. Ele entrou em segurança, deu um abraço rápido em Portia, disse oi para Bev, a fumante inveterada, em seu pequeno antro de nicotina no fundo da cozinha, e subiu cautelosamente a escada em direção à sua sala. Quando se sentou, já estava sem fôlego. Portia levou uma xícara de café fresco, entregou-lhe uma extensa lista de advogados, juízes e clientes para os quais ele precisava ligar e o deixou sozinho.

O dia era 28 de junho, cinco semanas antes do julgamento de Drew Allen Gamble pelo homicídio. Normalmente a essa altura ele teria discutido com o promotor a possibilidade de uma negociação, um acordo que os poupasse de um julgamento e de todos os preparativos que isso implicava. Mas essa conversa não iria acontecer. Lowell Dyer não podia oferecer nada além de uma confissão de culpa total, e nenhum advogado de defesa permitiria que seu cliente corresse o risco de confessar diante de uma sentença de morte. Se Drew fizesse isso, sua sentença seria deixada a critério do juiz Omar Noose, que poderia mandá-lo ou para a câmara de gás, ou para a prisão perpétua sem direito a condicional, ou determinar uma pena menor. Jake ainda não tinha falado sobre isso com Noose e não sabia se ia falar. O juiz não queria contar com a pressão adicional de ter que proferir a sentença. Que os doze jurados cuidassem disso, pessoas de bem que não tinham que se preocupar com eleições. Acrescentando política à equação, Jake duvidava que Noose fosse demonstrar muita compaixão pelo assassino de um policial. Leniência estaria fora de questão, independentemente dos fatos.

E qual seria a sugestão de Jake? Trinta anos? Quarenta? Nenhuma criança de 16 era capaz de lidar com aquilo. Jake achava improvável que Drew e Josie concordassem com uma confissão. Que conselho ele daria a seu cliente? Lançar os dados e correr o risco diante do júri? Bastava um jurado determinado para gerar um impasse. Será que iria conseguir encontrar essa pessoa? Um júri em impasse significava um novo julgamento, e mais um. Um cenário deprimente.

Ele fez uma cara feia para a lista e pegou o telefone.

DEPOIS QUE PORTIA foi embora, Lucien chegou, entrou sem bater e se jogou em uma poltrona de couro em frente a Jake. Surpreendentemente, ele estava bebendo apenas café, embora já fossem quase cinco da tarde. Sempre sarcástico e mordaz, estava de bom humor, quase compassivo. Eles tinham se falado duas vezes ao telefone durante a convalescença. Após conversarem sobre amenidades, Lucien disse:

– Olha, Jake, eu vim aqui todos os dias na semana passada, e tá na cara que o telefone não tá tocando como deveria. Tô preocupado com o seu escritório.

Jake deu de ombros e esboçou um sorriso.

– Você não é o único. A Portia recebeu quatro novos casos no mês de junho. Esse lugar tá definhando.

– Receio que a cidade tenha se voltado contra você.

– Além disso, como você bem sabe, é preciso uma certa dose de iniciativa pra se manter no negócio. Eu não tenho tido muita.

– Jake, você nunca me pediu dinheiro.

– Nunca pensei nisso.

– Deixa eu te contar um segredo. Meu avô fundou o First National Bank em 1880 e o transformou no maior banco do condado. Ele gostava de banco, não ligava pro Direito. Quando meu pai morreu, em 1965, herdei a maior parte das ações. Eu odiava o banco e os sujeitos que administravam ele, então vendi minha parte assim que pude. Pro Commerce, de Tupelo. Eu não sou um homem de negócios, mas fiz uma coisa inteligente, que até hoje me surpreende. Não quis receber em dinheiro, porque não precisava. O escritório de advocacia estava a pleno vapor e eu estava cheio de trabalho, bem aqui nesta mesa. Como acontece com todo banco, o Commerce foi comprado e se fundiu e tudo mais, e eu mantive as ações. Ele agora se chama Third Federal, e eu sou o segundo maior acionista. Os dividendos entram todo trimestre e me mantêm no azul. Não tenho dívidas e não gasto muito. Ouvi um papo sobre você refinanciar a hipoteca da sua casa pra conseguir algum dinheiro. Isso deu certo?

– Na verdade, não. Os bancos daqui recusaram. Ainda não me aventurei fora do condado.

– Quanto vale?

– Tenho uma avaliação, uma daquelas amigáveis do Bob Skinner, de 300 mil.

– Quanto você ainda deve?

– Devo 220 mil.

– Isso é um bocado pra Clanton.

– Sem dúvida. Paguei muito pela casa, mas a gente queria muito ela. Eu poderia colocar à venda agora, mas duvido que alguém compre. E acho que a Carla não ficaria muito feliz com isso.

– Não, ela não ficaria. Não vende, Jake. Vou ligar pro pessoal do Third Federal e conseguir o refinanciamento.

– Simples assim?

– Simples assim. Porra, eu sou o segundo maior acionista, Jake. Eles vão me fazer esse favor.

– Não sei o que dizer, Lucien.

– Não precisa dizer nada. Mas isso significa um empréstimo ainda maior. Você tem como dar conta dele?

– Provavelmente não, mas não tenho mais nenhuma opção.

– Você não vai fechar o escritório, Jake. Você é o filho que eu nunca tive, e às vezes sinto como se eu vivesse indiretamente através de você. Este escritório não fecha.

Uma onda de emoção tomou conta de Jake e ele ficou sem palavras. Um longo momento se passou enquanto os dois homens desviavam o olhar. Por fim, Lucien falou:

– Vamos pra varanda beber alguma coisa. A gente precisa conversar.

Com a voz rouca, Jake disse:

– Tudo bem, mas eu vou continuar no café.

Lucien se levantou e Jake se arrastou até a porta e entrou na varanda, que tinha uma bela vista da praça e do fórum. Lucien voltou com um copo de uísque com gelo e se sentou ao lado dele. Eles ficaram olhando o movimento do final da tarde e os mesmos velhos fazendo entalhes e mascando tabaco debaixo de um antigo carvalho ao lado do coreto.

– Você usou a palavra "segredo" – apontou Jake. – Por quê?

– Quantas vezes eu já te disse pra não tratar das suas questões financeiras aqui na cidade? É gente demais vendo o que você faz e sabendo como estão suas contas. Você consegue um bom acordo, recebe um bom honorário e alguém vai ver um grande depósito no banco. A notícia circula, principalmente aqui. Você tem alguns meses ruins e sua conta entra no vermelho, e muita gente fica sabendo. Eu te aconselhei a usar um banco de fora da cidade.

– Não tive escolha. Pego empréstimo no Security porque conheço o gerente.

– Não vou discutir. Mas um dia, quando você se reerguer, pula fora desses bancos.

Jake também não estava no clima para discutir. Lucien parecia preocupado e querendo falar sobre algo importante. Eles ficaram observando os carros por um tempo, até Lucien voltar a falar:

– A Sallie me deixou, Jake. Ela foi embora.

Jake ficou surpreso, mas não por muito tempo.

– Sinto muito, Lucien.

– Foi uma espécie de rompimento mútuo. Ela tem 30 anos, e eu a incentivei a encontrar outro homem, um marido, e começar uma família. A vida comigo não era lá essas coisas, sabe? Ela foi pra lá quando tinha 18 anos, começou como governanta, e uma coisa levou à outra. Passei a gostar muito dela, como você sabe.

– Lamento de verdade, Lucien. Eu gosto da Sallie. Achei que ela fosse estar por perto pra sempre.

– Comprei um carro pra ela, fiz um belo cheque e nos despedimos. Aquela maldita casa está terrivelmente silenciosa agora. Mas vou achar outra pessoa.

– Claro que vai. Pra onde ela foi?

– Ela não falou, mas eu estava desconfiado. Acho que já achou outra pessoa, e tô tentando me convencer de que isso é bom. Ela precisa de uma família, de um marido de verdade, filhos. Eu não conseguia suportar a ideia de ela ficar cuidando de mim nos meus últimos dias. Me levando ao médico, cuidando de remédio, injeção, penico.

– Qual é, Lucien, você não está perto do fim. Ainda tem alguns bons anos pela frente.

– Pra quê? Eu amava o Direito e sinto falta dos dias de glória, mas tô velho demais e acomodado demais pra voltar. Consegue imaginar um velhote como eu tentando passar no exame da Ordem? Eu seria reprovado, e isso iria acabar comigo.

– Você podia pelo menos tentar – sugeriu Jake, mas sem muita convicção.

A última coisa de que ele precisava era Lucien advogando de novo, arrumando problemas no escritório.

Lucien ergueu o copo e disse:

– Muito disto aqui, Jake, e o cérebro não é mais o que era. Há dois anos comecei a estudar e estava decidido a passar no exame, mas a minha memória não tá boa. Não conseguia me lembrar da matéria de uma semana pra outra. Você sabe como essa preparação é desgastante.

– Sim, eu sei – disse Jake, relembrando, com horror, as pressões do exame da Ordem.

Seu melhor amigo da faculdade de Direito tinha sido reprovado duas vezes e se mudara para a Flórida para virar corretor de imóveis. Uma mudança de carreira e tanto.

– Minha vida não tem propósito, Jake. Tudo que eu faço é vagar por aí e passar a maior parte do tempo na varanda, lendo e bebendo.

Nos doze anos em que conhecia Lucien, Jake nunca tinha testemunhado tanta autocomiseração. Para falar a verdade, Lucien nunca reclamava de seus problemas. Ele podia passar horas esbravejando sobre injustiça, a Ordem dos Advogados do estado e os vizinhos, e sobre quão fracos os advogados e os juízes eram. E de vez em quando era acometido por um surto de nostalgia e desejava poder processar pessoas de novo, mas nunca baixava a guarda e revelava seus sentimentos. Jake sempre acreditou que a herança tinha estabilizado Lucien, que ele se considerava mais sortudo que a maioria.

– Será sempre bem-vindo no escritório, Lucien. Você é um ótimo interlocutor e eu valorizo muito a sua intuição.

O que era verdade só em parte. Dois anos antes, quando Lucien estava se mexendo para tentar conseguir a licença de volta, Jake não ficara feliz diante daquela perspectiva. Com o tempo, porém, conforme o estudo foi se tornando penoso, Lucien parou de falar sobre o exame da Ordem e caiu na rotina de fazer uma visita de algumas horas quase todo dia.

– Você não precisa de mim, Jake. Tem uma longa carreira pela frente.

– A Portia passou a respeitar você, Lucien.

Depois de um começo difícil, os dois estabeleceram uma trégua instável, mas, nos últimos seis meses, tinham gostado de verdade de trabalhar juntos. Ela já era uma excelente pesquisadora mesmo sem ter um diploma, e Lucien a estava ensinando a redigir como uma advogada. Ele se encantara pelo sonho dela de se tornar a primeira advogada negra da cidade e queria vê-la em seu antigo escritório.

– Respeito pode ser uma palavra muito forte. Além disso, ela vai embora em dois meses.

– Ela vai voltar.

Ele sacudiu o gelo no copo e deu um gole.

– Sabe do que eu mais sinto falta, Jake? Da sala de audiências. Eu amava a sala de audiências, com um júri na bancada, uma testemunha no banco, um bom advogado do outro lado e, com sorte, um juiz experiente arbitrando uma luta justa. Eu adorava o drama do tribunal. É o lugar em que as pessoas falam sobre coisas das quais não falariam em nenhum outro. Elas não têm escolha. Nem sempre querem, mas precisam, porque são testemunhas. Eu adorava a pressão de influenciar um júri, de convencer pessoas boas e céticas de que você está do lado certo da lei e de que elas deveriam seguir a sua linha de raciocínio. Você sabe quem elas vão seguir, Jake?

Naquele momento, Jake não conseguiu enumerar quantas vezes já tinha escutado aquela mesma palestra. Ele assentiu e prestou atenção como se fosse a primeira vez.

– Os jurados não vão seguir um dândi elegante usando terno de grife. Eles não vão seguir um orador de fala rebuscada. Não vão seguir um espertinho que tem a legislação inteira na ponta da língua. Não, senhor. Vão seguir o advogado que falar a verdade pra eles.

Palavra por palavra, o mesmo de sempre.

– Então, qual é a verdade em relação a Drew Gamble? – perguntou Jake.

– A mesma em relação a Carl Lee Hailey. Algumas pessoas têm que ser mortas.

– Não foi isso que eu disse pro júri.

– Não, não com essas palavras. Mas você convenceu os jurados de que o Hailey fez exatamente o que fariam se tivessem a chance. Foi brilhante.

– Não estou me sentindo muito brilhante nesse momento. Não tenho escolha a não ser colocar um homem morto em julgamento, um cara que não tem como se defender. Vai ser um julgamento feio, Lucien, mas não vejo como evitar isso.

– Não tem como evitar isso. Eu quero estar na sala de audiências quando aquela garota for chamada ao banco das testemunhas. Grávida de quase oito meses, e o pai é o Kofer. Isso vai ser dramático, Jake. Nunca vi nada parecido.

– Imagino que o Dyer vá berrar pedindo a anulação do julgamento.

– Tenho certeza.

– O que o Noose vai fazer?

– Ele não vai ficar feliz, mas é raro a promotoria conseguir a anulação de um julgamento. Duvido que ele vá conceder. Ela não é sua cliente, e, se for o Dyer a chamá-la pra depor primeiro, a responsabilidade vai ter sido dele, não sua.

Jake deu um gole no café frio e observou os carros.

– A Carla quer adotar o bebê, Lucien.

Ele sacudiu o gelo no copo e pensou sobre aquilo.

– E você também quer?

– Não sei. Ela está convencida de que é a coisa certa a fazer, mas tem receio de que fique parecendo, qual é a palavra certa... oportunismo.

– Alguém vai ficar com a criança, não vai?

– Sim. A Kiera e a Josie já se decidiram pela adoção.

– E você tá preocupado, achando que vai pegar mal.

– Estou.

– Esse é o seu problema, Jake. Você se preocupa demais com essa cidade e com todos esses fofoqueiros. Eles que se danem. Onde eles estão agora? Onde estão todas essas pessoas maravilhosas quando você precisa delas? Todos os seus amigos da igreja. Todos os seus amigos das associações comunitárias. Todas aquelas pessoas importantes do Coffee Shop que antes achavam que você era o cara mas não dão a mínima pra você agora. Elas são volúveis e mal informadas, e nenhuma delas entende o que é preciso pra ser um advogado de verdade, Jake. Você tá aqui há doze anos e está falido porque se preocupa com o que essas pessoas podem achar. Nenhuma delas importa.

– Então o que importa?

– Ser destemido, sem medo de assumir casos impopulares, lutar com todas as forças pelos oprimidos que não têm ninguém pra defendê-los. Quando você conquista a reputação de advogado que ataca quem quer que seja... o governo, as grandes empresas, as estruturas do poder... aí você passa a ser procurado. Você tem que alcançar um nível de confiança, Jake, em que você entre em um tribunal sem se sentir intimidado por juiz nenhum, promotor nenhum, advogado de firma grande nenhum, e esteja completamente imune ao que as pessoas possam falar de você.

Mais uma palestra que ele já tinha ouvido centenas de vezes.

– Eu não recuso muitos clientes, Lucien.

– Ah, não? Você não queria o caso Gamble, fez o possível pra se livrar dele. Eu me lembro de ver você choramingando quando o Noose te meteu nessa. Todo mundo na cidade saiu correndo pra se esconder e você ficou puto porque ficou preso ao caso. Esse é justamente o tipo de caso de que eu tô falando, Jake. É aqui que um advogado de verdade se apresenta, manda pro inferno os comentários maldosos e entra no tribunal orgulhoso por estar defendendo um cliente que ninguém mais queria. E tem casos assim pelo estado todo.

– Bem, eu não posso me voluntariar pra muitos casos assim.

Mais uma vez, Jake se deu conta de que Lucien tinha meios para ser um advogado radical. Nem todo mundo era dono de metade de um banco.

Lucien esvaziou o copo e disse:

– Tenho que ir. É quarta-feira, e a Sallie sempre preparava frango assado às quartas-feiras. Vou sentir falta disso. Acho que vou sentir falta de muitas coisas.

– Sinto muito, Lucien.

Lucien se levantou e esticou as pernas.

– Vou ligar pro cara do Third Federal. Prepara a papelada.

– Obrigado, Lucien. Você não faz ideia do que isso significa pra mim.

– Significa muito mais dívidas, Jake, mas você vai se recuperar.

– Eu vou. Não tenho outra opção.

37

Em 1843, um carpinteiro escocês perturbado chamado Daniel M'Naghten acreditava que o primeiro-ministro britânico Robert Peel e seus companheiros do Partido Conservador o estavam perseguindo. Ele viu Peel andando pela rua em Londres e deu um tiro em sua nuca, matando-o. Mas acertou o homem errado. A vítima foi Edward Drummond, secretário particular de Peel e funcionário público de longa data. No julgamento do homicídio, ambos os lados concordaram que M'Naghten sofria de delírios e outros problemas mentais. O júri o considerou inocente por motivo de insanidade. Seu caso ficou famoso e deu origem a um tipo de alegação de insanidade que foi amplamente aceito na Inglaterra, no Canadá, na Austrália, na Irlanda e na maior parte dos Estados Unidos, incluindo o Mississippi.

As regras de M'Naghten afirmam: *Para estabelecer uma defesa com base na alegação de insanidade, deve ficar claramente provado que, no momento em que o ato foi cometido, a parte acusada sofria de um tal prejuízo da razão por doença mental que não estava ciente da natureza e do caráter do ato que estava praticando ou, caso estivesse, que não sabia que o que estava fazendo era errado.*

Por décadas, as regras de M'Naghten promoveram debates ferozes entre os juristas e foram ou alteradas ou completamente revogadas em algumas jurisdições. Mas em 1990 ainda era o padrão na maioria dos estados, incluindo o Mississippi.

Jake protocolou a alegação de insanidade e, para embasar a decisão, anexou um relatório de trinta páginas em que ele, Portia e Lucien haviam trabalhado por duas semanas. No dia 3 de julho, Drew foi novamente levado a Whitfield para ser examinado pelos médicos do hospital psiquiátrico estadual, dos quais um seria escolhido para testemunhar contra ele no julgamento. A defesa tinha poucas dúvidas de que Lowell Dyer encontraria um, se não mais, psiquiatra disposto a dizer que Drew não estava em sofrimento psicológico, não sofria de doença psicológica e que sabia o que estava fazendo quando puxou o gatilho.

E a defesa não iria contestar. Até o momento, não havia nada no perfil de Drew que sugerisse que ele sofria de alguma doença psicológica. Jake e Portia haviam obtido cópias de seus relatórios da vara da infância, dos prontuários de entrada e saída, dos relatórios do período em que ficou detido, dos boletins escolares e das avaliações da Dra. Christina Rooker, de Tupelo, e da Dra. Sadie Weaver, de Whitfield. Em conjunto, eles retratavam um adolescente física, emocional e psicologicamente imaturo cujos primeiros 16 anos foram terrivelmente caóticos. Ele estava traumatizado por causa das sucessivas ameaças feitas por Stuart Kofer e, na noite em questão, tinha certeza de que a mãe havia sido assassinada. No entanto, não havia nenhuma doença psicológica.

Jake sabia que era possível contratar um perito que dissesse o contrário, mas não queria dar início a uma briga no tribunal em torno da questão da insanidade porque sabia que não teria como vencer. Retratar Drew como demente e inimputável seria um tiro pela culatra perante os jurados. Ele planejava encenar o ardil das regras de M'Naghten pelas semanas seguintes, depois abrir mão dele antes do julgamento. Afinal, era uma partida de xadrez e não havia nenhum crime em enviar os sinais errados para Lowell Dyer.

STAN ATCAVAGE ESTAVA em sua mesa quando Jake apareceu de surpresa.

– Ei, tem um minuto?

Stan ficou genuinamente feliz em vê-lo. Ele tinha passado na casa de Jake uma semana antes, assim que Carla deu autorização, e tomara um copo de limonada no quintal.

– Que bom te ver fora de casa – comentou.

Dezessete dias após a surra, Jake estava quase de volta ao normal. As cicatrizes eram pequenas, mas visíveis, e seus olhos estavam claros, com um leve traço de hematoma apenas.

– É muito bom estar aqui fora – disse ele enquanto entregava alguns papéis a Stan. – Um presentinho pra você e pros rapazes lá em Jackson.

– O que é?

– O cancelamento da minha hipoteca. O valor inteiro foi pago ao Security Bank.

Stan olhou para a primeira folha. Havia um carimbo com a palavra CANCELADO.

– Parabéns – disse Stan, chocado. – Quem é o banco de sorte?

– O Third Federal, de Tupelo.

– Excelente. Quanto eles pagaram?

– Isso já não é da sua conta, né? E vou transferir todas as minhas contas pra lá também. Por mais minguadas que elas estejam.

– Como assim, Jake?

– É sério. Eles são pessoas muito legais e eu não precisei implorar. Consentiram com o valor cheio da minha linda casa e confiam na minha capacidade de honrar o pagamento. Um alívio.

– Vamos lá, Jake. Se dependesse de mim, você sabe como seria.

– Mas não depende, não mais. Agora você só precisa se preocupar com o empréstimo pro caso *Smallwood*. Fala pros seus rapazes lá embaixo ficarem tranquilos porque ele vai ser pago em breve.

– Claro que vai. Não tenho dúvida. Mas você não precisa transferir as contas. Poxa, Jake, a gente cuida das suas contas e dos seus empréstimos desde o começo.

– Desculpe, Stan, mas esse banco não pôde me ajudar quando eu mais precisei.

Stan jogou a papelada sobre a mesa e estalou os dedos.

– Tá bem, tá bem. Ainda somos amigos?

– Sempre.

NA SEXTA-FEIRA, 6 de julho, Jake acordou no escuro depois de um pesadelo e percebeu que estava encharcado de suor. O sonho era o mesmo de sempre: sua cabeça imobilizada no asfalto quente enquanto um brutamontes sem rosto socava sua cara. Seu coração estava disparado e a respiração, pesada, mas ele conseguiu se acalmar sem se mexer nem acordar Carla. Olhou para o relógio: 4h14. Aos poucos foi relaxando e sua respiração voltou ao normal. Ficou imóvel por muito tempo, com medo de mexer um único músculo que fosse porque todos eles ainda doíam, olhando para o teto escuro e tentando esquecer o pesadelo.

Faltava um mês para o julgamento e, assim que Jake começasse a pensar nele, não dormiria mais. Às cinco, ele conseguiu afastar com cuidado os lençóis e mover as pernas ainda rígidas para fora da cama. Enquanto se levantava, Carla disse:

– Aonde pensa que vai?

– Preciso de café. Volta a dormir.

– Você tá bem?

– Por que não estaria? Tô ótimo, Carla, volta a dormir.

Ele andou até a cozinha sem fazer barulho, passou o café e foi para o quintal, onde o ar ainda estava quente do dia anterior e iria ficar mais quente com o passar das horas. Ainda estava molhado de suor, e o café não ajudava a refrescar, mas Jake precisava de seu velho amigo e começar o dia sem ele era impensável. Pensar: aquela era a maldição nos dias de hoje. Muita coisa para pensar. Sua mente voltava a Cecil Kofer e à surra, e em quanto ele queria prestar queixa e entrar com um processo por danos materiais, para pelo menos obter algum tipo de justiça, sem falar em alguns dólares para cobrir suas despesas médicas. Ele pensou em Janet e em Earl Kofer e na trágica perda deles, e, sendo pai, tentou muito sentir empatia. Mas os pecados do filho deles causaram um sofrimento imensurável que duraria décadas. Empatia era um sentimento que ele não conseguia ter. Tentou imaginar os dois sentados no tribunal, assistindo a golpe atrás de golpe enquanto Jake levava o filho deles a julgamento, mas não havia como mudar os fatos.

Ele pensou em Drew e, pela milésima vez, tentou achar uma definição do que era justiça, mas não estava ao seu alcance. Um homicídio precisa ser punido, mas um homicídio também pode ser legítimo. Ele mergulhou em seu dilema diário sobre chamar ou não Drew ao banco das testemunhas. Para provar que o crime havia sido em legítima defesa, seria necessário ouvir o réu, recriar o horror do momento, fazer o júri visualizar o medo absoluto que pairava no ar enquanto a mãe não reagia e Kofer vagava pela casa à procura das crianças. Jake estava quase convencido de que seria capaz de preparar adequadamente seu cliente para testemunhar.

Ele precisava de um longo banho quente para lavar o suor seco e aliviar as dores. Foi ao banheiro do porão para não fazer barulho. Quando voltou para a cozinha em seu roupão de banho, Carla estava sentada à mesa, de pijama, tomando café e esperando. Ele a beijou no rosto, disse que a amava e se sentou também.

– Noite difícil? – perguntou ela.
– Eu tô bem. Alguns sonhos ruins.
– Como tá se sentindo?
– Melhor que ontem. E você, dormiu bem?
– O de sempre. Jake, eu quero ir com você pra Oxford amanhã. A gente pode fazer um piquenique com a Josie e a Kiera, e eu quero pedir o bebê a elas.

Aquilo soou estranho, como se fosse equivalente a pedir um favor, um conselho, uma receita, ou mesmo algo mais concreto, como um livro emprestado. Os olhos dela estavam cheios d'água, e Jake ficou olhando para eles por um bom tempo.

– Você tá decidida?
– Tô. E você?
– Não sei bem.
– Jake, tá na hora de tomar uma decisão, porque não posso continuar assim. Ou a gente vai em frente ou tira esse assunto da cabeça. Penso nisso todo dia, toda hora, e tô convencida de que é a coisa certa a fazer. Olhe pro futuro, daqui a um ano, dois, cinco anos, quando tudo isso estiver no passado, quando o Drew estiver onde quer que ele tenha que estar, quando a fofoca cessar e as pessoas tiverem aceitado o que aconteceu, quando essa confusão acabar, e a gente vai ter um lindo garotinho que vai ser nosso pra sempre. Alguém vai ficar com ele, Jake, e eu quero que ele cresça nesta casa.

– Se a gente ainda tiver a casa.
– Vamos lá. A gente tem que tomar uma decisão hoje à noite.

A decisão já estava tomada, e Jake sabia disso.

ÀS SEIS DA manhã em ponto, Jake entrou no Coffee Shop pela primeira vez em semanas. Dell o recebeu na porta.

– Uau, bom dia, bonitão – disse ela, atrevida. – Por onde andou?

Jake deu um abraço rápido nela e cumprimentou os frequentadores com um aceno de cabeça. Sentou-se em seu lugar de sempre, perto de Bill West, que estava lendo o jornal de Tupelo e tomando café.

– Ora, ora, veja só quem deu as caras novamente – comentou Bill. – Bom te ver.

– Bom dia – disse Jake.

– Ouvimos falar que você tinha morrido.

– Não dá pra acreditar em nada por aqui. A fofoca é terrível.

Bill olhou boquiaberto para ele e falou:

– Parece que o seu nariz está um pouco torto.

– Deveria ter visto na semana passada.

Dell serviu café para ele e perguntou:

– O de sempre?

– Por que eu mudaria depois de dez anos?

– Só estou tentando ser simpática.

– Desiste. Não combina com você. E fala pro chef se apressar. Eu tô faminto.

– Tá a fim de levar outra surra?

– Não, pra falar a verdade, não tô não.

Na mesa ao lado, um fazendeiro chamado Dunlap perguntou:

– Conta aí, Jake. A gente ouviu falar que você deu uma boa olhada nos caras. Alguma ideia de quem foi?

– Profissionais, mandados pela CIA pra me calar.

– Sério, Jake. Me fala quem foi que eu mando o Willis aqui pra dar o troco.

Willis tinha 80 anos, um pulmão e uma perna.

– É isso mesmo – disse ele, batendo na bengala. – Eu pego esses safados.

– Olha o palavreado – gritou Dell do outro lado do salão enquanto enchia uma xícara de café.

– Obrigado, pessoal, mas não faço ideia – respondeu Jake.

– Não foi isso que eu ouvi – disse Dunlap.

– Bem, se você ouviu aqui, com certeza é mentira.

No dia anterior, Jake havia se esgueirado até a lanchonete no final da tarde para conversar com Dell. Ele tinha falado com ela duas vezes ao telefone quando estava sendo mantido refém em casa por sua enfermeira, então sabia o que os clientes habituais estavam falando sobre ele. No início, ficaram chocados e com raiva, mas depois, preocupados. Havia uma crença geral de que aquilo estava relacionado ao caso Kofer, e isso foi confirmado quatro dias após a agressão, quando surgiu o boato de que tinha sido um dos filhos de Earl. No dia seguinte espalhou-se o boato de que Jake estava se recusando a dar queixa. Mais ou menos metade dos frequentadores o admirava por isso, enquanto a outra metade queria justiça.

Seu mingau de milho e suas torradas chegaram e a conversa mudou para o futebol americano. As revistas sobre a pré-temporada já tinham sido lançadas e havia uma expectativa favorável em relação à Ole Miss. Isso agradou a alguns e desagradou a outros, e Jake ficou aliviado por ver as coisas voltando ao normal. O mingau desceu com facilidade, mas as torradas precisavam ser mastigadas. Ele fez isso devagar, com cuidado para não dar sinais de que sua mandíbula ainda doía e de que estava evitando as coroas temporárias. Uma semana antes, estava jantando vitaminas de frutas com canudinho.

No final da tarde, Harry Rex ligou para saber como ele estava.

– Você lê a seção jurídica do *Times*? – perguntou.

Todos os advogados da cidade conferiam a seção jurídica semanal para saber quem havia sido preso, quem havia entrado com pedido de divórcio ou falência, que espólio de qual falecido havia entrado em inventário e quais terras de quem estavam sendo confiscadas. Os informes ficavam no verso da folha dos classificados, todos em letras miúdas.

Jake estava atrasado em sua leitura e respondeu:

– Não. O que tem de bom?

– Dá uma olhada. A propriedade do Kofer entrou em inventário. Ele morreu sem deixar testamento e as terras dele têm que passar pros herdeiros.

– Obrigado. Vou dar uma olhada.

Harry Rex estudava os informes com uma lente de aumento para se manter a par das notícias e fofocas. Jake geralmente só passava o olho, mas não tinha ignorado a propriedade de Stuart Kofer. O condado avaliou a casa e os 4 hectares em 115 mil dólares e eles não estavam hipotecados nem eram garantia de nenhum empréstimo. A casa pertencera integralmente a ele e todos os credores em potencial tinham noventa dias, a contar de 2 de julho, para entrar com ações judiciais contra o espólio. Kofer estava morto havia mais de três meses, e Jake se perguntou por que aquilo tinha levado tanto tempo, embora esse tipo de atraso não fosse raro. A lei estadual não estipulava nenhum prazo para abertura de inventário.

Ele pensou em pelo menos dois processos possíveis. Um em nome de Josie por suas despesas médicas, agora superiores a 20 mil dólares, mas sem que os cobradores conseguissem encontrá-la. O segundo poderia ser em nome de Kiera para pensão alimentícia. E ele não podia esquecer o próprio processo contra Cecil Kofer pela surra e pelas despesas decorrentes dela, das quais só metade estava coberta pelo seguro de saúde de Jake, que não era muito abrangente.

No entanto, processar os Kofers naquele momento poderia ser contraproducente. Sua empatia com a família havia se dissipado no estacionamento do Kroger, mas eles já tinham sofrido o suficiente. Pelo menos por enquanto. Ele esperaria passar o julgamento de Drew e reavaliaria a situação. A última coisa de que precisava era de mais publicidade negativa. Lucien estava errado.

38

No início de julho, assim que Jake ficou fisicamente apto, o juiz Noose começou a indicá-lo para casos criminais de defesa dativa em todo o Vigésimo Segundo Distrito. Não era incomum que um advogado de um condado lidasse com casos da vizinhança, e Jake já tinha feito isso antes. Os advogados locais não reclamavam, porque a maioria deles não queria o trabalho, para começo de conversa. O pagamento não era alto – 50 dólares a hora –, mas pelo menos era garantido. E era prática comum em todo o estado preencher os registros com algumas horas a mais para cobrir o tempo gasto dirigindo de um fórum a outro. Noose até juntava todos os casos de Jake, para que a viagem de noventa minutos até a cidade de Temple, no condado de Milburn, fosse minimamente lucrativa quando quatro novos réus eram levados ao tribunal para as audiências preliminares. Jake logo estava correndo para Smithfield, no condado de Polk, e para o decadente fórum do condado de Van Buren, nos arredores da cidade de Chester, a casa de Noose. Ele foi designado para todos os casos de defesa dativa do condado de Ford.

Ele suspeitava, mas é claro que jamais poderia provar, que o juiz Reuben Atlee tivesse intervindo a favor dele em uma de suas conversas particulares com Noose e sugerido algo como: "Você o deixou preso no caso Gamble, agora faz alguma coisa."

Duas semanas antes do julgamento de Gamble, Jake estava em Gretna, sede do condado de Tyler, lidando com as audiências preliminares de três ladrões de carro que haviam acabado de ser indiciados, com Lowell Dyer representando o Ministério Público. Depois de uma longa manhã fazendo girar as engrenagens da justiça, o juiz Noose chamou os dois à tribuna e disse:

– Doutores, vamos almoçar no meu gabinete. Temos assuntos a tratar.

Como o escritório de Dyer ficava no mesmo corredor, ele pediu à secretária que encomendasse sanduíches. Jake pediu um de salada de ovo, o mais fácil de mastigar. Quando a comida chegou, eles tiraram os paletós, afrouxaram as gravatas e começaram a comer.

– No caso Gamble, doutores, o que está pendente? – perguntou Noose.

Ele sabia exatamente o que precisava ser decidido antes do julgamento, mas a reunião era informal e extraoficial, então deixou os advogados determinarem a pauta.

– Bem, o desaforamento, por exemplo – respondeu Jake.

– Sim, e estou inclinado a concordar com você, Jake – disse Noose. – Pode ser difícil formar um júri imparcial em Clanton. Vou determinar o desaforamento. Lowell?

– Excelência, nós apresentamos nossa contestação e os depoimentos que dão base a ela. Não há mais nada a dizer.

– Bom. Eu recebi toda a informação necessária e refleti sobre isso por muito tempo. – *E também levou uma bronca do Atlee*, pensou Jake. – Vamos julgar o caso em Chester – declarou Noose.

Para a defesa, qualquer local que não fosse Clanton era uma vitória. Mas julgar o caso no dilapidado edifício do fórum do condado de Van Buren não era muito melhor. Jake assentiu e tentou parecer contente. Um julgamento em agosto naquele tribunal velho e empoeirado, com a casa lotada, seria como lutar em uma sauna. Ele quase se arrependeu de ter insistido tanto no desaforamento. O condado de Polk tinha um fórum moderno, com vasos sanitários cujas descargas funcionavam. Por que não lá? E o fórum do condado de Milburn tinha acabado de ser reformado.

– Pode não ser a sua sala de audiências preferida – comentou Noose, afirmando o óbvio –, mas vou dar uma melhorada. Já encomendei alguns aparelhos de ar condicionado pra manter o clima mais agradável.

A única maneira de melhorar a sala de audiências preferida de Noose era atear fogo a ela. Seria um desafio interrogar as testemunhas em meio ao zumbido dos ares-condicionados.

Noose prosseguiu, tentando justificar uma decisão tomada com base mais no conforto do juiz do que na conveniência das partes:

– O julgamento é daqui a duas semanas, e o espaço vai estar pronto.

Jake suspeitava que Sua Excelência queria brilhar na frente do seu pessoal. Que fosse. Aquilo representava um pequeno benefício para Jake, mas a promotoria poderia lidar com aquele caso em qualquer lugar e ainda assim manter a vantagem.

– Estaremos prontos – disse Dyer. – Estou preocupado com o perito em psiquiatria da defesa, Excelência. Já solicitamos duas vezes o nome e o currículo dele e ainda não recebemos nada.

– Eu não vou alegar insanidade, e estou abrindo mão da aplicação das regras de M'Naghten – declarou Jake.

Dyer, surpreso, deixou escapar:

– Não conseguiu achar um perito?

– Ah, tem muito perito por aí, Lowell – disse Jake friamente. – Foi só uma mudança de estratégia.

Noose também ficou surpreso.

– Quando foi que você tomou essa decisão?

– Há poucos dias.

Eles passaram algum tempo comendo e refletindo sobre aquilo.

– Bem, isso deve fazer com que o julgamento seja ainda mais curto – comentou Noose, visivelmente satisfeito.

Nenhum dos lados queria uma guerra de testemunhos de peritos que poucos jurados conseguiriam compreender. A alegação de insanidade era usada em menos de um por cento dos julgamentos criminais e, embora raramente funcionasse para a defesa, nunca deixava de despertar fortes emoções e de confundir os jurados.

– Mais alguma surpresa, Jake? – perguntou Lowell.

– Por enquanto, não.

– Não gosto de surpresas, doutores – declarou Noose.

– Bom, Excelência, há um assunto importante ainda pairando no ar e que não é surpresa pra ninguém – disse Dyer. – Parece manifestamente injusto para o Ministério Público permitir que esse julgamento se transforme numa campanha de difamação da vítima, um oficial da lei exemplar que não pode estar presente para se defender. Haverá alegações de abuso físico, até mesmo de abuso sexual, e não temos como saber a verdade sobre essas alegações. As únicas três testemunhas são Josie Gamble e os dois filhos, isso presumindo que Drew será chamado a testemunhar, o que eu duvido, mas os três terão oportunidade de dizer praticamente qualquer coisa sobre Stuart Kofer. Como é que eu vou determinar a verdade?

– Eles vão estar sob juramento – afirmou Noose.

– Vão estar, claro, mas terão todos os motivos do mundo pra exagerar, até mesmo mentir e inventar. O Drew vai estar lutando pela própria vida no tribunal, e não duvido nada que ele, a mãe e a irmã venham a pintar um retrato terrível da vítima. Isso simplesmente não é justo.

Jake abriu imediatamente uma pasta e tirou duas fotos ampliadas de Josie deitada na cama do hospital com o rosto inchado e enfaixado. Ele deslizou uma pela mesa para Dyer e entregou a outra para Sua Excelência.

– Por que mentir? – perguntou ele. – Isso fala por si.

Dyer já tinha visto as fotos.

– Você planeja apresentar isso como prova?

– Certamente, quando ela testemunhar.

– Vou protestar para que o júri não veja nem esta nem outras.

– Pode protestar quanto quiser, mas você sabe que elas serão aceitas.

– Tomarei essa decisão no julgamento – disse Noose, lembrando-os de quem estava no comando.

– E quanto à menina? – perguntou Dyer. – Imagino que ela vá testemunhar que foi abusada sexualmente pelo Kofer.

– Correto. Ela foi estuprada várias vezes.

– Mas como a gente pode saber? Ela contou pra mãe? Contou pra alguém? A gente sabe que ela não avisou as autoridades.

– Porque o Kofer ameaçou matá-la se fizesse isso.

Dyer ergueu as mãos e disse:

– Está vendo, Excelência? Como vamos saber se ela foi estuprada?

Calma, pensou Jake. *Você vai descobrir já, já.*

– Não é justo, Excelência – continuou Dyer. – Eles podem dizer o que quiserem sobre o Stuart Kofer e nós não temos como rebater.

– Fatos são fatos, Lowell – argumentou Jake. – Eles viviam um pesadelo e tinham medo de contar pra quem quer que fosse. Essa é a verdade e não temos como escondê-la ou mudá-la.

– Quero falar com a garota – disse Dyer. – Tenho o direito de saber o que ela vai falar no depoimento, considerando que serei obrigado a convocá-la como testemunha.

– Se você não convocar, eu vou.

– Onde ela está?
– Não tenho autorização pra falar.
– Ora, Jake. Tá escondendo outra testemunha?

Jake respirou fundo e ficou de boca fechada. Noose mostrou a eles as palmas das mãos e disse:

– Não vamos brigar, cavalheiros. Jake, você sabe onde elas estão?
– Golpe baixo – disse Jake para Dyer. Então se virou para Noose. – Sim, e jurei manter segredo, Excelência. Elas não estão longe daqui e estarão no tribunal quando o julgamento começar.
– Elas estão se escondendo?
– Podemos dizer que sim, estão. Depois que fui atacado, elas ficaram assustadas e deixaram a região. Alguém as condenaria por isso? Além do mais, a Josie está cheia de cobradores atrás dela, então ela sumiu. Nenhuma novidade pra ela, afinal, porque tem passado a maior parte da vida fugindo. Ela já se mudou mais vezes do que nós três somados. Elas estarão no tribunal quando o julgamento começar, isso eu garanto. Serão testemunhas e precisam estar lá pra dar apoio ao Drew.
– Eu continuo querendo falar com ela – disse Dyer.
– Você já fez isso duas vezes, ambas no meu escritório. Pediu que eu facilitasse seu acesso a elas, e eu fiz isso.
– Você vai convocar o réu para testemunhar? – perguntou Dyer.
– Não sei ainda – respondeu Jake com um sorriso bobo, porque não tinha que responder àquela pergunta. – Vou esperar pra ver como o julgamento se desenrola.

Noose deu uma mordida no sanduíche e mastigou um pouco.

– Não gosto da ideia de levar o falecido a julgamento. No entanto, obviamente houve um embate violento com a mãe momentos antes de ele ser morto. Existem alegações de abuso contra as crianças e ameaças para mantê-las caladas. Como um todo, não vejo como esconder isso do júri. Gostaria que vocês me enviassem um relatório sobre esse assunto, e voltaremos a nos falar antes do julgamento. – Eles já haviam apresentado os relatórios e não tinham nada a acrescentar. Noose estava enrolando, à procura de uma forma de evitar uma decisão difícil. – Algo mais? – perguntou.

– E a lista de jurados em potencial? – indagou Jake.
– Será enviada por fax para seus respectivos escritórios às nove da manhã da próxima segunda-feira. Estou trabalhando nela agora. Auditamos

nossas listas de eleitores no ano passado, sob a minha supervisão, e o condado está em boa forma. Vamos convocar cerca de cem para seleção do júri. E estou avisando vocês dois para ficarem longe deles. Jake, se bem me lembro, houve muitos boatos sobre contato prévio com os jurados no julgamento do caso Hailey.

– Não da minha parte, Excelência. O Rufus Buckley estava fora de controle, e foi a promotoria que ficou perseguindo as pessoas.

– Não importa. Esse condado é pequeno e eu conheço quase todo mundo. Se alguém for contatado, eu vou saber.

– Mas podemos conduzir nossas investigações básicas, certo, Excelência? – quis saber Dyer. – Temos o direito de reunir o maior número possível de informações.

– Sim, mas nenhum contato direto.

Jake já estava pensando em Harry Rex e se perguntando quem ele conheceria no condado de Van Buren. E Gwen Hailey, esposa de Carl Lee, era de Chester e tinha crescido não muito longe do fórum. E, anos antes, Jake havia defendido uma família de renome do condado em uma disputa de terras e saído vitorioso. E Morris Finley, um dos poucos advogados que restavam em Chester, era um velho amigo seu.

Do outro lado da mesa, Lowell Dyer estava tendo pensamentos semelhantes. Na corrida para descobrir os podres dos jurados em potencial, ele estaria em vantagem, porque Ozzie contaria com o xerife de lá, um veterano que conhecia todo mundo. Estava dada a largada.

NA SAÍDA DO fórum de Gretna, Jake ligou para Harry Rex e contou a ele que o julgamento seria em Chester. Harry Rex praguejou e disse:

– Por que naquele chiqueiro?

– Provavelmente porque o Noose quer que o julgamento seja no quintal dele, pra ele poder almoçar em casa. Mãos à obra.

Ele tinha acabado de entrar no condado de Ford quando uma luz vermelha de advertência ao lado do hodômetro começou a piscar. O motor estava perdendo potência, e ele parou em frente a uma igrejinha, sem qualquer outro carro à vista. Tinha chegado o dia. Ele e seu amado Saab modelo 1983 haviam percorrido 430 mil quilômetros juntos e a jornada deles finalmente chegara ao fim. Ele ligou para o escritório e pediu a Portia que mandasse um reboque. Ficou uma hora esperando, sentado à sombra nos degraus da igreja, admirando seu bem mais precioso.

Era o carro mais impressionante da cidade quando ele o comprou, zerinho, em Memphis, depois de conseguir um acordo em um caso de acidente de trabalho. Os honorários pagaram a entrada, mas as prestações se estenderam por cinco anos. Ele deveria tê-lo trocado há dois anos, quando recebeu o dinheiro da contestação do testamento de Hubbard, mas não quis gastar. Também não queria se separar do único Saab vermelho do condado. Mas as despesas de manutenção se tornaram ultrajantes, porque nenhum mecânico em Clanton queria tocar na porcaria do carro. O serviço exigia uma viagem de um dia inteiro a Memphis, algo que não deixaria saudade. O carro atraía muita atenção. Ele tinha sido uma presa fácil ao deixar a casa de Stan naquela noite em que Mike Nesbit o parou e quase o deteve por dirigir embriagado. E não tinha dúvidas de que a surra que levara no estacionamento do Kroger havia sido favorecida pelo fato de o Saab vermelho ser fácil de seguir.

O nome do motorista do reboque era C. B., e Jake entrou na cabine do veículo junto com ele depois que guinchou o carro. Jake nunca tinha viajado de carona em um reboque antes.

– Se me permite a pergunta, o que significa C. B.? – perguntou, afrouxando a gravata.

C. B. estava com a boca cheia de tabaco e cuspiu em uma garrafa velha de Pepsi.

– Carregador de Bateria.

– Gostei. Como ganhou esse nome?

– Bem, quando eu era moleque, gostava de roubar baterias de carros. Eu levava elas no posto de gasolina do Sr. Orville Gray, entrava furtivamente à noite, dava uma boa carga nelas e depois as vendia por 10 dólares. Lucro limpo, custo zero.

– Foi pego alguma vez?

– Não, eu era muito esperto. Mas meus amigos sabiam, daí veio o nome. É um carro esquisito esse seu.

– Sem dúvida.

– Onde você conserta ele?

– Longe daqui. Vamos levá-lo pra concessionária da Chevrolet.

Na Goff Motors, Jake pagou 100 dólares em dinheiro a C. B. e deixou vários cartões de visita com ele. Com um sorriso, Jake disse:

– Passa adiante no próximo acidente de carro.

C. B. conhecia o jogo e perguntou:

– Quanto eu levo?

– Dez por cento do acordo.

– Gostei. – C. B. enfiou o dinheiro e os cartões no bolso e foi embora. Jake olhou para uma fileira de Impalas novos e reluzentes e atentou para um prata, quatro portas. Quando estava verificando o preço, um vendedor sorridente apareceu do nada e estendeu a mão amigavelmente. Eles seguiram o ritual de sempre e Jake disse:

– Eu queria trocar meu carro velho.

Ele fez sinal com a cabeça para o Saab.

– Que carro é esse? – perguntou o vendedor.

– Um Saab 1983 bastante rodado.

– Acho que já vi ele por aí. Tá avaliado em quanto?

– Cinco mil e pouco.

– Me parece um pouco alto – disse ele, franzindo a testa.

– Consigo fazer o financiamento pela General Motors?

– Tenho certeza que a gente dá um jeito.

– Eu queria ficar longe dos bancos daqui.

– Sem problemas.

Com ainda mais dívidas nas costas, Jake saiu dali uma hora depois em um Impala prata financiado que não chamava atenção em meio aos outros carros. Era um ótimo momento para ser discreto.

39

À s nove da manhã de segunda-feira, Jake e Portia estavam em pé diante do aparelho de fax, tomando café e esperando ansiosamente a lista de potenciais jurados do juiz Noose. Dez minutos depois, ela chegou: três folhas com 97 candidatos em ordem alfabética. Nome, endereço, idade, etnia, gênero e só. Não havia um formulário-padrão para a publicação das listas de potenciais jurados, e cada lugar do estado fazia de um jeito.

De modo nada surpreendente, Jake não conhecia um único nome. O condado de Van Buren tinha uma população de 17 mil habitantes, a menor dentre os cinco do Vigésimo Segundo Distrito Judiciário, e, em seus doze anos como advogado, Jake quase não tinha ido lá. Não havia motivos. Não pela primeira vez, ele se perguntou se havia cometido um erro ao insistir no desaforamento. No condado de Ford ele pelo menos conheceria alguns dos nomes. Harry Rex conheceria ainda mais.

Portia fez dez cópias, ficou com uma, despediu-se e se dirigiu ao fórum de Chester, onde passaria os três dias seguintes examinando os registros públicos de escrituras, divórcios, testamentos, financiamentos de veículos e antecedentes criminais. Jake enviou por fax uma cópia para Harry Rex e outra para Hal Fremont, um advogado amigo seu que tinha escritório do outro lado da praça e se mudara para Clanton alguns anos antes, depois que o trabalho em Chester tinha minguado. Ele enviou mais uma cópia por fax para Morris Finley, o único advogado que conhecia no condado de Van Buren.

Às dez ele se encontrou com Darrel e Rusty, dois irmãos que eram policiais em Clanton e faziam bico como detetives particulares. Como era típico em pequenas jurisdições, a polícia da cidade ficava em segundo plano em relação ao departamento do xerife do condado, e não havia nenhuma simpatia entre as duas instituições. Darrel conhecia Stuart Kofer de passagem; Rusty não conhecia. Não importava; por 50 dólares a hora cada, eles ficaram felizes em pegar o trabalho. Jake passou-lhes a lista e deu instruções expressas para que não fossem notados enquanto bisbilhotavam o condado de Van Buren. Eles deveriam encontrar e fotografar, se possível, a casa, o carro e a vizinhança de cada jurado em potencial. Quando saíram, Jake murmurou para si mesmo: "Eles provavelmente vão ganhar mais dinheiro com esse caso do que eu."

A sala de operações do caso *Smallwood*, no primeiro andar, fora convertida em quartel-general improvisado para o júri do caso Gamble. Em uma parede havia um grande mapa do condado, e nele Jake e Portia tinham marcado cada igreja, escola, rodovia, estrada e mercearia. Outro grande mapa exibia as ruas da cidade de Chester. A partir das informações da lista, Jake começou a marcar o maior número possível de endereços e a memorizar os nomes.

Ele era quase capaz de visualizar o júri. Branco, com talvez dois ou três negros. Com sorte, mais mulheres que homens. Idade média de 55 anos. Rural, conservador, religioso.

A bebida poderia ser um fator importante no julgamento. Van Buren ainda era um condado abstêmio – e convicto. A última votação sobre o assunto havia sido em 1947, e os bebedores tinham perdido de lavada. Desde então, os batistas haviam reprimido qualquer esforço para um novo referendo. Cada condado controlava sua legislação sobre bebidas alcoólicas, e metade do estado ainda vivia sob lei seca. Como sempre, os contrabandistas faturavam alto nessas regiões, mas Van Buren tinha a reputação de ser o lar dos abstêmios orgulhosos.

Como aquelas pessoas sóbrias reagiriam ao testemunho de que Stuart Kofer estava bêbado e descontrolado na noite de seu assassinato? Que havia uma quantidade de álcool em seu sangue suficiente para praticamente matá-lo? Que tinha passado a tarde tomando cerveja e depois completado com bebida ilegal até que ele e seus amigos desmaiassem?

Os jurados certamente ficariam chocados e reprovariam aquilo, mas também seriam conservadores o suficiente para amar os oficiais da lei. Matar um policial dava pena de morte, uma punição reverenciada naquela região.

Ao meio-dia, Jake deixou Clanton e dirigiu por vinte minutos até uma serraria nas profundezas do condado. Encontrou Carl Lee Hailey comendo um sanduíche com seus companheiros à sombra de um pequeno pavilhão e esperou em seu carro novo, que não era reconhecível. Quando o almoço acabou, Jake se aproximou e deu oi. Carl Lee ficou surpreso ao vê-lo e, a princípio, achou que deveria haver algum problema. Jake explicou o que estava procurando. Ele deu a Carl Lee uma lista dos jurados e pediu que ele e Gwen analisassem os nomes e sondassem discretamente. A maior parte da numerosa família dela vivia no condado de Van Buren e não muito distante de Chester.

– Isso não é ilegal, é? – perguntou ele, virando uma página.

– Eu te pediria pra fazer alguma coisa ilegal, Carl Lee?

– Provavelmente não.

– Isso é bem comum em um julgamento com júri. A gente fez isso no seu.

– Deu certo de alguma forma – disse Carl Lee com uma risada. Ele virou outra página e parou de rir. – Jake, esse cara aqui é casado com a prima da Gwen por parte de pai.

– Qual é o nome dele?

– Rodney Cote. Conheço bem. Foi ao tribunal pro meu julgamento.

Jake ficou animadíssimo, mas tentou disfarçar.

– Ele é um sujeito razoável?

– O que isso significa?

– Significa... você tem como conversar com ele? Na encolha, sabe, não oficialmente, tomando uma cerveja.

Carl Lee sorriu e disse:

– Saquei.

Eles estavam andando em direção ao carro de Jake.

– O que é isso? – perguntou Carl Lee.

– Um possante novo.

– O que aconteceu com aquele vermelhinho descolado?

– Jogou a toalha.

– Já era hora.

JAKE ESTAVA EM júbilo enquanto dirigia de volta para Clanton. Com sorte, e talvez um pouco de treinamento por parte de Carl Lee, Rodney Cote poderia sobreviver à enxurrada de perguntas de qualificação que seriam lançadas contra ele durante a seleção do júri. Ele era parente de Drew Gamble? Obviamente não. Conhecia alguém da família do réu? Não. Ninguém conhecia os Gambles. Conhecia o falecido? Não. Conhecia algum dos advogados da acusação ou da defesa? Aqui, Rodney teria que ser cuidadoso. Embora ele nunca tivesse sido apresentado a Jake, sem dúvida sabia quem ele era, o que por si só não o desqualificaria. Em cidades pequenas, era inevitável que jurados em potencial conhecessem algum dos advogados. Rodney deveria ficar em silêncio quanto a esse ponto. O Dr. Brigance tem um escritório: ele alguma vez trabalhou para você ou para alguém de sua família? Novamente, Rodney não deveria levantar a mão. Jake tinha representado Carl Lee, não Gwen. A relação familiar deles, que não era de sangue, não era proximidade suficiente que justificasse um exame mais a fundo, pelo menos não na opinião de Jake.

Subitamente, Jake ficou obcecado por colocar Rodney Cote no júri, mas precisaria de um pouco de sorte. Na segunda-feira seguinte, quando chegassem ao tribunal, os jurados se sentariam aleatoriamente, não em ordem alfabética. Cada um teria um número sorteado de dentro de um chapéu. Se Rodney estivesse entre os quarenta primeiros mais ou menos, teria uma boa chance de ficar entre os doze escolhidos, desde que Jake soubesse manejar as coisas com habilidade. Um número mais alto significaria que ele não chegaria lá.

O problema seria Willie Hastings, primo de Gwen por parte de mãe e o primeiro assistente negro contratado pelo xerife Walls. Sem dúvida Ozzie já estava trabalhando para a promotoria, fazendo pesquisas com seus assistentes, e, se Willie falasse sobre Rodney Cote, ele entraria na mira sem dúvida.

Talvez Ozzie não consultasse Hastings. Talvez Hastings não conhecesse Cote, mas isso era pouco provável.

Jake quase deu meia-volta para falar mais uma vez com Carl Lee, mas decidiu deixar para depois. Não muito depois, no entanto.

NA QUARTA-FEIRA, AS paredes do quartel-general do júri estavam cobertas com mais mapas e mais nomes presos a eles com alfinetes coloridos. Dezenas de fotos ampliadas estavam anexadas aos mapas, fotos de carros e picapes velhos, de casas simples na cidade e de trailers na zona rural, casas de fazenda, igrejas, calçadas de cascalho sem casas à vista, de pequenas lojas e de fábricas que produziam sapatos e lâmpadas. Uma família típica do condado ganhava em média 31 mil dólares anuais, quase o mínimo para sobreviver, e as fotos refletiam essa realidade. A prosperidade havia se esquecido do condado de Van Buren e sua população estava em declínio, uma triste tendência que não era algo raro nas regiões rurais do Mississippi.

Harry Rex tinha rastreado sete nomes. Morris Finley acrescentou mais dez. Hal Fremont conhecia apenas alguns da lista. Por menor que fosse o condado, tentar localizar 97 nomes entre 17 mil ainda era uma batalha dura. Darrel e Rusty tinham tido acesso às listas de membros de onze igrejas, que revelaram os nomes de 21 jurados em potencial. No entanto, havia pelo menos uma centena de igrejas, e a maioria era pequena demais para imprimir os nomes de seus fiéis. Portia ainda estava vasculhando os registros públicos, mas havia encontrado pouca coisa de valor. Quatro dos candidatos tinham se divorciado na última década. Um deles havia comprado um terreno de 80 hectares no ano anterior. Dois tinham sido presos por dirigirem embriagados. Ninguém na equipe sabia que utilidade teriam aquelas informações.

Na quinta-feira, Jake e Portia estavam brincando do jogo dos nomes enquanto trabalhavam. Ele sorteava um nome da lista, falava em voz alta e, de cabeça, ela ou recitava as poucas informações que tinham ou admitia que não tinham nada. Então ela sorteava um nome e, de cabeça, ele falava idade, etnia, gênero e tudo mais sobre a pessoa que haviam descoberto. Eles ficavam trabalhando até tarde da noite, vasculhando dados, dando apelidos aos jurados e memorizando tudo. O processo de seleção podia ser lento e tedioso, mas também haveria momentos em que Jake precisaria reagir rapidamente, dizendo "sim" ou "não" sem muito tempo para refletir, antes de passar para o jurado em potencial seguinte. Por ser um caso sujeito a pena de morte, Noose não teria nenhuma pressa. Talvez ele até mesmo desse permissão para que os advogados se encontrassem em particular com pessoas da lista a fim de sondar ainda mais fundo. Cada lado teria direito a doze vetos, ou seja, eliminações que não careciam de justificativa nenhuma. Se Jake não gostasse da expressão de desprezo na cara de uma pessoa, poderia cortá-la sem mais explicações. Esses vetos, porém, eram preciosos, e tinham que ser usados com muita sabedoria.

Qualquer jurado poderia ser vetado se houvesse uma justificativa. Se o seu marido fosse policial, até logo. Se você era parente da vítima, a porta é por ali. Se você rejeita a pena de morte, tchauzinho. Se você já foi vítima de violência doméstica, é melhor não ficar. Os embates mais ferozes eram sempre sobre quem cortar com fundamento. Se o juiz achasse que uma pessoa não seria imparcial por uma determinada razão, ele a dispensava sem prejuízo dos vetos de qualquer dos lados.

Jake sabia por experiência própria que a maioria das pessoas, uma vez intimadas e tendo se dado ao trabalho de comparecer à seleção, queria muito fazer parte do júri. Isso era válido sobretudo nas regiões rurais afastadas, onde os julgamentos eram raros e proporcionavam algum entretenimento. No entanto, quando a pena de morte estava em jogo, praticamente ninguém queria chegar perto da bancada do júri.

Quanto mais ele olhava a lista, mais se convencia de que poderia lançar dardos nela e escolher aleatoriamente doze pessoas, desde que Rodney Cote estivesse entre elas.

Harry Rex teve um ataque na tarde de sexta-feira e disse que precisavam de uma pausa. Portia estava exausta e Jake a mandou para casa. Ele trancou o escritório e insistiu em ir dirigindo. Ele e Harry Rex entraram em seu Impala novinho em folha e, sem parar para pegar uma cerveja, foram até Chester para fazer um reconhecimento. Ao longo do caminho, debateram estratégias e situações prováveis do julgamento. Harry Rex estava convencido de que Noose provavelmente anularia o julgamento quando Kiera contasse ao júri quem a havia engravidado, supondo que Dyer fosse pego de surpresa. Jake discordava, embora não estivesse totalmente confiante de que seria capaz de executar a emboscada. Em algum momento da manhã de segunda-feira, provavelmente antes de darem início à seleção do júri, Dyer ia pedir para falar com Kiera a fim de repassar mais uma vez o depoimento dela. Ela estava com mais de sete meses de gestação e seria impossível esconder isso.

Eles falaram sobre chamar ou não Drew ao banco das testemunhas. Jake havia passado horas com ele e ainda não estava certo de que o garoto seria capaz de resistir ao violento interrogatório da acusação. Harry Rex era irredutível em sua crença de que o réu não deve testemunhar nunca.

Como era sexta-feira, o fórum estava quase vazio. Eles tiraram o paletó e a gravata e subiram as escadas em direção à sala de audiências sem ser notados. Lá dentro, ficaram surpresos ao sentir o ar fresco. Os novos aparelhos de ar condicionado de Noose estavam funcionando a todo vapor e não faziam muito barulho. Eles provavelmente fariam hora extra no fim de semana. A sala de audiências estava impecavelmente limpa, sem uma partícula de poeira ou de sujeira em qualquer lugar. Dois pintores trabalhavam arduamente para adicionar uma nova demão de tinta branca, enquanto outro estava de joelhos cobrindo a madeira ao redor da tribuna com uma nova camada de verniz.

– Mordi a língua – murmurou Harry Rex. – Este lugar nunca esteve tão ajeitado.

Os retratos a óleo desbotados de juízes e políticos mortos haviam sido retirados, sem dúvida colocados no porão, que era o lugar certo deles, e as paredes nuas brilhavam com a tinta nova. Os velhos bancos tinham sido envernizados. Havia doze novas cadeiras com assentos estofados confortáveis na bancada do júri. Não se viam mais na enorme galeria as caixas e os arquivos abandonados de sempre; tinham sido substituídos por duas fileiras de cadeiras alugadas.

– Noose tá gastando um dinheiro nesse lugar – sussurrou Jake.

– Já era hora. Acho que é o grande momento dele também. Parece que tá esperando uma multidão.

Eles não estavam a fim de ver o juiz e, depois de alguns minutos, se dirigiram à porta. Jake parou para dar uma última olhada e percebeu que seu estômago estava se revirando.

Antes do primeiro julgamento com júri que ele enfrentou, Lucien tinha lhe dito: "Se você não estiver nervoso pra cacete quando entrar no tribunal, então não está pronto." Antes do julgamento do caso Hailey, Jake tinha se trancado em um banheiro ao lado da sala do júri e vomitado.

Descendo o corredor, Harry Rex entrou em um banheiro. Ele emergiu momentos depois e disse:

– Mordi a língua de novo. As descargas estão funcionando. Parece que o velho Ichabod botou mesmo o pessoal pra trabalhar por aqui.

Deixaram a cidade e seguiram para leste, sem pressa de chegar a lugar algum. Quando entraram de volta no condado de Ford, Jake parou na primeira mercearia e Harry Rex saiu para comprar cerveja. Eles seguiram até o lago Chatulla e se sentaram a uma mesa de piquenique sob a sombra de uma árvore numa encosta, um esconderijo que ambos já haviam visitado no passado, tanto juntos quanto sós.

40

Segunda-feira, 6 de agosto. Jake dormiu mal, com cochilos curtos interrompidos por longos períodos acordado e preocupado, os olhos bem abertos, pensando em todas as coisas que poderiam dar errado. Seu sonho era se tornar um grande advogado de tribunal, mas, como sempre fazia na primeira manhã de um julgamento, ele se perguntava por que alguém desejaria tamanho estresse. A meticulosa preparação pré-julgamento era entediante e enervante, mas não era nada em comparação com a batalha em si.

No tribunal, e diante do júri, um advogado tem pelo menos dez coisas em mente ao mesmo tempo, todas elas cruciais. Ele precisa se concentrar na testemunha, seja sua ou do outro lado, e prestar atenção em cada palavra do depoimento. Será que é preciso apresentar um protesto, e por quê? Ele repassou todos os fatos? Os jurados estão atentos e, em caso afirmativo, parecem acreditar na testemunha? Parecem gostar da testemunha? Se eles não estiverem prestando atenção, isso é bom ou ruim? Ele precisa observar cada jogada do adversário e prever aonde ele quer chegar. Qual é a estratégia dele? Ele a mudou no meio do caminho ou está preparando uma armadilha? Quem é a próxima testemunha? E onde ela ou ele está? Se a próxima testemunha for desfavorável, quão eficaz ela pode ser? Se for uma testemunha da defesa, ela está pronta para falar? Já chegou de fato ao fórum? E está bem preparada? O não compartilhamento de evidências em casos criminais só aumenta o estresse, porque os advogados nunca sabem ao certo o que a testemunha vai dizer. E quanto ao juiz? Ele está em sua melhor forma? Atento? Cochilando? Hostil, amigável ou neutro? As provas haviam sido devidamente preparadas e estavam prontas para ser exibidas? Haveria contestação em relação à admissão dela como prova e, em caso afirmativo, o advogado conhecia de trás para a frente as normas que regiam essa questão?

Lucien havia feito uma palestra sobre a importância de estar relaxado, tranquilo, calmo, imperturbável, independentemente de como o julgamento se desenrolasse. Os jurados não deixavam passar nada, e cada passo que o advogado dava era notado. A encenação era importante: fingir descrença diante de um testemunho prejudicial, mostrar compaixão quando necessário, mostrar raiva ocasionalmente, quando apropriado. Mas uma encenação exagerada seria devastadora caso beirasse a falsidade. O humor podia ser fatal, porque em situações tensas todo mundo precisa de uma boa risada, mas isso só devia ser feito vez ou outra. A vida de um homem estava em jogo e um comentário leviano poderia ser um tiro pela culatra. Esteja atento aos jurados o tempo todo, mas não exagere, não deixe que eles percebam que você está tentando interpretá-los.

Todos os requerimentos haviam sido devidamente apresentados? As instruções do júri estavam prontas? As alegações finais costumavam ser o momento mais dramático, mas prepará-las com antecedência era difícil, porque as testemunhas ainda não haviam sido ouvidas. Ele conquistou a absolvição de Carl Lee com uma alegação final impressionante. Será que conseguiria repetir o feito? Que palavras ou frases mágicas ele seria capaz de elaborar para salvar seu cliente?

Seu melhor momento seria a emboscada com a gravidez de Kiera, e ele havia passado horas em claro pensando nisso. Como conseguiria manter o segredo na manhã daquele dia, por mais algumas horas, enquanto todos os participantes se reuniam no tribunal lotado?

Depois de voltar a cochilar, ele acordou de um momento de sono profundo com um leve cheiro de bacon frito. Eram 4h45 e Carla estava no fogão. Ele deu bom-dia, beijou-a, se serviu de café e disse que ia tomar um banho rápido.

Eles comeram em silêncio na mesinha: bacon, ovos mexidos e torradas. Jake tinha se alimentado pouco no fim de semana e estava sem apetite.

– Eu gostaria de repassar meu plano, se você não se importa – disse Carla.

– Certo. Seu papel vai ser essencialmente o de babá.

– É muito bom poder ser tão útil.

– O seu papel é crucial, eu te garanto. Pode falar.

– Vou encontrar a Josie e a Kiera na porta do fórum às dez e levá-las até o corredor do primeiro andar. Vamos esperar até o processo de seleção começar. O que devo fazer se o Dyer quiser falar com elas?

– Não sei ainda. O Dyer vai estar com muita coisa na cabeça no início da manhã. Assim como eu, estará preocupado com a seleção final do júri, mas, se ele perguntar sobre a Kiera e a Josie, eu vou dizer que elas estão a caminho. A seleção vai se arrastar pela manhã e talvez pelo dia todo, e vou te manter informada. Se eu conseguir uma folga, vou até você. Elas foram intimadas, então precisam estar por perto.

– E se o Dyer achar a gente?

– Ele tem o direito de falar com a Kiera, não com a Josie. Provavelmente vai perceber que ela está grávida, mas duvido que vá ter a coragem de perguntar quem é o pai. Tenha em mente que a única coisa que o Dyer quer dela é o testemunho de que o Drew deu o tiro no Kofer. Ele só precisa disso, e duvido que vá muito mais longe.

– Eu dou conta – disse ela ansiosa.

– Claro que dá conta. Vai ter uma multidão fervilhando ao redor do tribunal, então tenta se misturar a ela. Em algum momento vou precisar que você esteja na sala de audiências, quando estivermos definindo os doze jurados.

– E o que eu tenho que fazer lá dentro, propriamente?

– Estudar os jurados, principalmente os que estiverem nas quatro primeiras filas. As mulheres, em especial. – Depois de algumas mordidas, ele disse: – Tenho que ir. Te vejo lá.

– Você precisa comer, Jake.

– Eu sei, mas vou acabar botando pra fora depois, de qualquer jeito.

Ele a beijou na bochecha e saiu. No carro, tirou uma pistola de dentro da pasta e a escondeu debaixo do banco. Estacionou na frente de seu escritório, destrancou a porta e acendeu as luzes. Portia chegou meia hora depois e, às sete, Libby Provine fez uma entrada triunfal com um vestido de grife rosa justo, salto alto e um lenço estampado espalhafatoso. Ela havia chegado a Clanton no final da tarde de domingo, e eles trabalharam até as onze da noite.

– Você está arrasando – observou Jake com alguma reserva.

– Gostou? – atirou ela de volta.

– Não sei. É ousado demais. Duvido que haja outro vestido rosa no tribunal hoje.

– Eu gosto de ser notada, Jake – cantarolou ela em seu melhor sotaque escocês. – Sei que não é tradicional, mas descobri que os jurados, principalmente os homens, gostam de ver um pouco de estilo em meio a todos aqueles ternos escuros. Você está muito bonito.

– Obrigado, eu acho. É o meu terno mais novo.

Portia não parava de olhar para o vestido rosa.

– Espera só até eu começar a falar – disse Libby.

– Eles provavelmente não vão entender uma só palavra.

Ela não falaria muito, pelo menos não a princípio. Seu papel era assistir Jake durante a segunda fase do julgamento, quando o réu seria declarado culpado ou inocente, sem se manifestar muito. Se Drew fosse condenado, ela teria um papel de maior destaque na guerra pela definição da sentença. O Dr. Thane Sedgwick estava de prontidão na Baylor, caso fosse necessário correr para tentar salvar a vida do garoto. Jake estava rezando para que isso não fosse necessário, mas a probabilidade era pequena. Ele não tinha tempo para se preocupar com aquilo naquela manhã.

– Me fala sobre Luther Redford – disse Jake para Libby.

– Homem, branco, 62 anos, mora no interior, na Pleasant Valley Road, cria galinhas orgânicas e as vende para os melhores restaurantes de Memphis. É casado há quarenta anos com a mesma mulher, tem três filhos adultos, dispersos, um bando de netos. Igreja de Cristo.

– E "Igreja de Cristo" significa o quê?

– Devoto, tribal, conservador, fundamentalista, punitivista, com intolerância a crimes violentos. Quase certamente um abstêmio, sem qualquer consumo de álcool.

– Você o escolheria?

– Provavelmente não, mas ele pode estar bem no nosso limiar. Defendemos um jovem de 17 anos há dois anos em Oklahoma e o advogado evitou a todo custo os membros da Igreja de Cristo, bem como muitos batistas e pentecostais.

– E?

– Culpado. Tinha sido um crime terrível, mas conseguimos um impasse do júri na definição da sentença e ele pegou prisão perpétua sem direito a condicional, o que supostamente foi uma vitória, eu acho.

– Você o escolheria, Portia?

– Não.

– Podemos jogar este jogo no carro. Quantos jurados são um mistério completo?

– Dezessete – respondeu Portia.

– Muita coisa. Olha, vou levando as coisas pro carro enquanto vocês duas repassam a lista dos jurados que a gente tem fundamentos para contestar.

– A gente já fez isso pelo menos duas vezes – disse Portia. – Eu memorizei a lista.

– Memoriza de novo.

Jake saiu da sala, desceu a escada e colocou três grandes caixas de documentos no porta-malas de seu Impala, que tinha muito mais espaço que o velho Saab. Às 7h30, a equipe da defesa deixou Clanton com Portia ao volante e Jake no banco de trás, proferindo os nomes de pessoas que eles nunca tinham visto, mas que estavam prestes a conhecer.

JOSIE ESTACIONOU NA prisão e disse a Kiera para esperar no carro. Ajeitados no banco de trás estavam um paletó azul-marinho, uma camisa branca, uma gravata com nó pronto e uma calça cinza, tudo cuidadosamente arrumado em um cabide. Josie pegou a indumentária, que ela montara na semana anterior pechinchando em outlets nos arredores de Oxford. Jake tinha lhe dado instruções estritas sobre o que comprar, e ela havia passado a véspera lavando e passando o traje que Drew usaria no julgamento. Os sapatos não importavam, Jake tinha dito. Ele queria que seu cliente parecesse bem-apessoado e respeitoso, mas sem ser formal demais. Os tênis de segunda mão de Drew serviriam perfeitamente.

O Sr. Zack estava esperando na recepção e a conduziu pelo corredor até a cela juvenil.

– Ele tomou banho, mas contra a vontade – disse baixinho enquanto destrancava a porta.

Josie entrou e ele fechou a porta.

O réu estava sentado à mesa jogando paciência. Ele se levantou, deu um abraço na mãe e notou os olhos vermelhos dela.

– Tava chorando de novo, mãe? – perguntou ele.

Ela não respondeu e, em vez disso, pousou a roupa dele na cama de baixo do beliche. Na de cima, ela notou uma bandeja intocada com ovos e bacon e indagou:

– Por que você não comeu?

– Sem fome, mãe. Acho que hoje é o meu grande dia, hein?

– É sim. Vai se vestir.

– Eu tenho que usar tudo isso?

– Sim, senhor. Você está indo ao tribunal e precisa estar bonito, como o Jake falou. Me dá o macacão.

Nenhum garoto de 16 anos quer se despir na frente da mãe, independentemente das circunstâncias, mas Drew sabia que não podia reclamar. Ele tirou o traje laranja da prisão e ela lhe entregou a calça.

– Onde você conseguiu essas coisas? – quis saber ele, pegando a calça e vestindo-a depressa.

– Aqui e ali. Você tem que usar isso todos os dias, ordens do Jake.

– Por quantos dias, mãe? Quanto tempo vai levar?

– Quase a semana inteira, eu acho.

Ela o ajudou a vestir a camisa e a abotoou para ele. Ele a enfiou para dentro da calça e disse:

– Parece um pouco grande.

– Desculpa, foi o melhor que deu pra fazer. – Ela pegou a gravata, prendeu-a sobre o primeiro botão da camisa e a ajeitou. – Quando foi a última vez que você usou uma gravata?

Ele balançou a cabeça e pensou em reclamar, mas por que se dar ao trabalho?

– Eu nunca usei uma.

– Achei que já tivesse usado. Você vai estar no tribunal com muitos advogados e pessoas importantes, e precisa estar bem apresentável, ok? O Jake disse que o júri vai analisar você e que as aparências importam.

– Ele quer que eu fique parecendo um advogado?

– Não, ele quer que você pareça um rapaz decente. E que não encare os jurados.

– Eu sei, eu sei. Li as instruções dele umas cem vezes. Sente-se com a coluna reta, preste atenção, não demonstre emoções. Se ficar entediado, rabisque alguma coisa num papel.

A família inteira tinha instruções escritas pelo advogado.

Ela o ajudou a vestir o paletó azul-marinho, outra "estreia", e deu um passo para trás a fim de admirá-lo.

– Você está ótimo, Drew.

– Cadê a Kiera?

– Lá fora, no carro. Ela tá bem.

Era mentira. Ela estava um caco, assim como a mãe. Eram três almas desgraçadas prestes a entrar na cova dos leões, sem a mínima ideia do que estava para acontecer com qualquer uma delas. Ela bagunçou o cabelo louro dele e desejou ter uma tesoura. Então o agarrou e o abraçou com força, dizendo:

– Sinto muito, meu querido, sinto muito. Eu coloquei a gente nessa confusão. É tudo culpa minha. Tudo culpa minha.

Ele ficou duro como uma tábua e esperou o momento passar. Quando ela finalmente o soltou, ele olhou para seus olhos cheios d'água e falou:

– A gente já conversou sobre isso, mãe. Eu fiz o que fiz e não me arrependo.

– Não fala isso, Drew. Não fala isso agora e não fala no tribunal. Jamais diga isso a ninguém, entendido?

– Eu não sou idiota.

– Eu sei que não.

– E meus sapatos?

– Jake disse pra usar o tênis.

– Bem, eles não combinam muito com o resto da roupa, né?

– Faz o que ele diz. Sempre, Drew, só faz o que ele diz. Você está lindo.

– E você vai estar lá, né, mãe?

– Claro que vou estar lá. Na primeira fila, logo atrás de você.

41

Os candidatos a jurado começaram a chegar ao velho fórum às 8h30 e se depararam com três vans pintadas em cores vivas: uma da emissora de TV de Tupelo, uma de uma afiliada de Jackson e uma de Memphis. As equipes estavam instalando luzes e câmeras o mais perto da porta de entrada que um assistente do xerife havia permitido. O vilarejo de Chester nunca tinha se sentido tão importante.

Os jurados, todos de posse da intimação para justificar a presença ali, eram recebidos à porta por um escrivão bem-educado que verificava a papelada, fazia algum tipo de anotação numa lista e os orientava a subir a escada em direção à sala de audiências no segundo andar, onde ouviriam mais instruções. A sala de audiências estava trancada e era guardada por agentes da polícia, que pediam a eles que aguardassem alguns minutos. Uma multidão logo se formou no corredor conforme os jurados, nervosos e curiosos, foram se acumulando e cochichando. As intimações não mencionavam o caso em questão, mas havia muitas suspeitas. Logo se espalhou a notícia de que se tratava de um julgamento criminal envolvendo um policial assassinado no condado de Ford.

Harry Rex, usando um boné de um fabricante de tratores, vestido como um bom sujeito do campo e segurando uma folha de papel que poderia se passar por sua própria intimação, se misturou aos locais e ficou ouvindo as fofocas. Ele não conhecia praticamente ninguém da região e nenhum dos jurados jamais tinha posto os olhos nele, mas mesmo assim ele se mantinha atento para o caso de Lowell Dyer ou alguém que trabalhasse para ele aparecer no corredor. Conversou com uma mulher que disse que não tinha tempo para fazer parte do júri e que precisava cuidar de sua mãe idosa em casa. Ouviu um senhor mais velho dizer algo no sentido de que não tinha pudor nenhum com a pena de morte. Perguntou a uma mulher mais jovem se era verdade que era o caso de Clanton, onde um assistente do xerife havia sido assassinado em março. Ela disse que não sabia, mas parecia horrorizada com a perspectiva de ter que julgar um caso tão terrível. À medida que a multidão aumentava, ele parou de falar e ficou apenas ouvindo, esperando por uma palavra solta aqui ou ali que revelasse algo crucial, algo que talvez não fosse admitido publicamente durante o processo de seleção.

Os espectadores se juntaram aos jurados e, quando Harry Rex viu os Kofers chegarem, foi até o banheiro e se livrou do boné.

Às 8h45 a porta foi aberta e um escrivão pediu aos candidatos que entrassem na sala de audiências e se sentassem à esquerda. Eles atravessaram o corredor, olhando boquiabertos para a vastidão da grande sala recém-pintada, um lugar que poucos deles tinham visto antes. Outro escrivão apontou para os bancos à esquerda. O lado direito permaneceria vazio por mais algum tempo.

Evidentemente, Noose tinha dado ordens para que os aparelhos de ar condicionado passassem o fim de semana inteiro ligados no máximo, e havia um frescor perceptível. Era 6 de agosto, com temperatura máxima prevista de 35 graus, mas surpreendentemente a recém-reformada sala de audiências estava agradável.

Jake, Portia e Libby estavam de pé junto à mesa da defesa, falando baixinho sobre questões importantes enquanto analisavam os candidatos. A poucos metros deles, Lowell Dyer e D. R. Musgrove conversavam com o investigador, Jerry Snook, enquanto os escrivães e os oficiais de justiça se aglomeravam em frente à tribuna do juiz.

Dyer se aproximou e falou com Jake:

– Presumo que a Srta. Gamble e a filha estejam aqui.

– Eles vão estar, Lowell. Eu te dei minha palavra.

– Entregou as intimações a elas?

– Entreguei.

– Eu gostaria de falar com a Kiera em algum momento desta manhã.

– Sem problema.

Dyer estava nervoso e inquieto, visivelmente sentindo a pressão de seu primeiro grande julgamento. Jake se esforçou muito para parecer um veterano experiente, mas, embora tivesse mais experiência em julgamentos do que o seu oponente, estava com um nó no estômago. Dyer não possuía uma "sala de troféus" de grandes condenações, mas mesmo assim detinha todas as vantagens que cabiam ao Estado – a ideia do bem contra o mal, de aplicação da lei no combate ao crime, e recursos de sobra em comparação com uma defesa dativa.

COM OZZIE AO volante, o réu chegou no banco de trás da viatura do xerife, que brilhava de tão limpa. Para dar uma força à imprensa, ela foi estacionada em frente ao fórum, onde Ozzie e Moss Junior, de cara amarrada e concentrados, abriram a porta de trás e retiraram o suposto assassino, algemado e acorrentado nos tornozelos, mas razoavelmente bem-vestido. Eles agarraram seus braços magros e o conduziram lentamente, em um antiquado ritual de constrangimento, até a entrada do fórum, enquanto as câmeras fotografavam e filmavam. Lá dentro, eles o empurraram por uma porta que levava a um dos muitos anexos do prédio, e logo encontraram a sala de reuniões do Conselho de Supervisão do condado de Van Buren. Um assistente do xerife local abriu a porta para eles enquanto falava a Ozzie:

– Reservei este espaço pro senhor, xerife.

A sala não tinha janelas e o ar-condicionado não funcionava muito bem. Drew recebeu instruções para se sentar em determinada cadeira e foi deixado ali sozinho quando Ozzie e Moss Junior saíram e fecharam a porta.

Três horas se passariam até que ela voltasse a ser aberta.

POR VOLTA DE 9h15, todos os jurados em potencial estavam sentados de um dos lados; o outro ainda estava vazio, enquanto os espectadores aguardavam no corredor. Um oficial de justiça pediu ordem e mandou que todos ficassem de pé. Depois o Excelentíssimo Omar Noose surgiu, vindo de uma porta atrás da tribuna. Os advogados se acomodaram atrás de suas respectivas mesas e os escrivães tomaram suas posições.

Noose desceu da tribuna e andou até a grade que dividia a área dos advogados da do público, sua longa toga esvoaçando às costas. Jake, sentado a apenas alguns metros de distância, sussurrou para Libby:

– Ah, não, é o Espetáculo da Toga Esvoaçante.

Ela reagiu com um olhar sem expressão.

De vez em quando, e principalmente quando as eleições se aproximavam, os juízes dos tribunais estaduais gostavam de se aproximar da massa, dos eleitores, e os saudavam não da posição elevada da tribuna, mas sim do chão, à mesma altura deles, logo atrás da divisória.

Noose se apresentou ao público de sua cidade natal e lhes deu calorosas boas-vindas, agradecendo por estarem presentes – como se tivessem escolha. Ele passou algum tempo divagando sobre a importância do trabalho do júri para o bom andamento da justiça. Esperava que o fardo não fosse muito pesado. Sem entrar em detalhes, descreveu a natureza do caso e explicou que passaria grande parte do dia selecionando o júri. Então olhou para uma folha de papel e disse:

– Fui informado pelo escrivão de que três membros deste grupo não compareceram. O Sr. Robert Giles, o Sr. Henry Grant e a Sra. Inez Bowen. Todos receberam apropriadamente as intimações, mas não se deram ao trabalho de comparecer hoje de manhã. Vou pedir que sejam localizados pelo xerife.

Ele deu um olhar sério para o xerife, sentado perto da bancada do júri, e fez um sinal com a cabeça, como se a prisão fosse uma possibilidade em aberto naquelas circunstâncias.

– Agora temos 94 pré-selecionados, e nossa primeira tarefa é ver quem pode ser dispensado. Se você tem 65 anos ou mais, a lei estadual permite que peça dispensa de servir como jurado. Alguém se enquadra?

Noose e o escrivão já haviam excluído todos os idosos sorteados a partir dos registros eleitorais, mas havia oito no grupo com idades entre 65 e 70 anos. Ele sabia, por experiência própria, que nem todos reivindicariam a dispensa.

Um homem na primeira fila ficou de pé e fez sinal com a mão.

– E você é?

– Harlan Winslow. Tenho 68 anos e coisas melhores pra fazer.

– Está dispensado, senhor.

Winslow saiu pelo corredor quase correndo. Ele morava numa área bem afastada e tinha um adesivo da Associação Nacional de Rifles no para-choque de sua picape. Jake riscou o nome dele com gosto. Boa viagem.

Mais três solicitaram dispensa e deixaram a sala de audiências. Restaram noventa.

– Em seguida – disse Noose – vamos avaliar aqueles com problemas médicos. Quem possui atestado médico, por favor, dê um passo à frente.

Os bancos rangeram quando vários jurados se levantaram; eles foram até a frente, formando uma fila no corredor diante do juiz. Onze, no total. O primeiro, um sujeito jovem e lento com obesidade mórbida, parecia prestes a desmaiar. Ele entregou um atestado que Noose estudou cuidadosamente antes de abrir um sorriso e dizer:

– Está dispensado, Sr. Larry Sims.

O sujeito sorriu de volta e se dirigiu à porta.

Enquanto Noose analisava metodicamente cada exoneração, os advogados estudavam suas anotações, riscavam nomes e examinavam os candidatos que iam restando.

Dois dos onze com atestados médicos estavam na lista de completos mistérios de Jake, e ele ficou feliz de vê-los partir. Após quarenta minutos de puro tédio, todos os onze se foram. Sobraram 79.

Noose prosseguiu:

– Agora o resto de vocês está qualificado para participar do processo de seleção. Vamos fazer isso chamando nomes aleatoriamente. Quando você for chamado, sente-se deste lado, começando pela primeira fileira.

Ele apontou para os bancos vazios à sua esquerda. Um escrivão se adiantou e lhe entregou uma pequena caixa de papelão, que ele colocou sobre a mesa da defesa.

Aquele pequeno sorteio era a parte mais importante do processo de seleção. Os doze nomes que comporiam de fato o júri provavelmente viriam das primeiras quatro fileiras, os primeiros quarenta nomes retirados da caixa.

Os advogados passaram rapidamente as cadeiras para o outro lado das mesas, ficando de frente para os candidatos e de costas para a tribuna. Noose pegou uma tirinha de papel dobrada e chamou:

– Sr. Mark Maylor.

Um sujeito se levantou com enorme hesitação e foi arrastando os pés pelo corredor em direção à primeira fileira.

Maylor. Homem, branco, 48 anos, professor de álgebra de longa data na única escola de ensino médio do condado. Dois anos de escola técnica, graduado em matemática pela Universidade do Sul do Mississippi. Ainda casado com a primeira esposa, três filhos, dos quais o mais novo ainda morava com ele. Um belo paletó e um dos poucos candidatos a usar gravata. Primeira Igreja Batista de Chester. Jake o queria.

Enquanto ele se sentava na ponta do primeiro banco, Noose chamou o nome de Reba Dulaney. Mulher, branca, 55 anos, dona de casa que morava na cidade e tocava órgão na Igreja Metodista. Ela se sentou ao lado de Mark Maylor.

O número três foi Don Coben, um fazendeiro de 60 anos cujo filho era policial em Tupelo. Jake iria contestar sua participação com base nisso e, caso não funcionasse, usaria um de seus vetos para se livrar dele.

O número quatro foi May Taggart, a primeira negra a ser sorteada. Tinha 44 anos e trabalhava na concessionária da Ford. Era da opinião de todos da equipe da defesa, incluindo Harry Rex e Lucien, que os negros deviam ser preferidos por serem mais propensos a não ter empatia com policiais brancos. Dyer, no entanto, não poderia contestá-los com base nas questões raciais de sempre, porque tanto o réu quanto a vítima eram brancos.

Depois de uma hora em pé, Sua Excelência começou a sentir uma leve tensão na base das costas. Quando a primeira fileira ficou completa, ele se retirou para a tribuna, para sua confortável cadeira bem estofada.

Jake estudou os primeiros dez. Dois ele definitivamente escolheria; três, não. Os outros seriam discutidos mais tarde. Noose enfiou a mão na caixa e tirou o primeiro nome da segunda fileira.

CARLA ENTROU NO fórum às dez e encontrou o saguão cheio de policiais. Ela cumprimentou Moss Junior e Mike Nesbit e reconheceu alguns dos outros. Jake tinha intimado todo o efetivo de Ozzie.

Ela passou por eles e caminhou até um anexo no primeiro andar, onde ficava o escritório do auditor fiscal do condado. Dentro dele, sentadas em cadeiras de plástico e parecendo completamente confusas, estavam Josie e Kiera. Elas ficaram radiantes ao ver um rosto conhecido e foram correndo abraçá-la. Então a seguiram para fora do prédio e em direção ao carro. Uma vez lá dentro, ela perguntou:

– Vocês falaram com o Jake hoje?

Não, elas não tinham falado.

– Não falei com ninguém – disse Josie. – O que está acontecendo?

– Apenas a escolha do júri. Provavelmente vai durar o dia todo. Que tal um café?

– A gente pode sair?

– Pode. O Jake disse que não tem problema. Vocês viram o Dr. Dyer ou alguém que trabalha pra ele?

Josie fez que não com a cabeça. Elas partiram e, minutos depois, pararam na rua principal da cidade.

– Já tomaram café da manhã? – perguntou Carla.

– Eu tô morrendo de fome – deixou escapar Kiera. – Desculpa.

– Jake disse que essa é a única lanchonete da cidade. Vamos lá.

Ao sair do carro, Carla deu uma boa olhada em Kiera pela primeira vez. Ela estava usando um vestido de verão de algodão simples que era justo na cintura e revelava claramente sua gravidez. Mas tudo estava meio disfarçado por um colete leve, fofo e folgado, que, quando fechado, provavelmente esconderia a barriga. Carla tinha dúvidas de que Jake tivesse escolhido aquela roupa especificamente, mas não de que ele havia discutido o assunto com Josie.

QUANDO OS PONTEIROS se encontraram ao meio-dia, nenhum lugar deu tanta atenção a isso quanto a sala de audiências. Após três horas de tensão, todos estavam olhando para o relógio sem parar, ansiosos por um intervalo. A fome era avassaladora e poucos juízes se aventuravam a avançar demais depois desse horário. Noose havia disposto os 79 candidatos em oito fileiras e ouviu três deles solicitarem dispensa. Um deles era uma avó que tomava conta da neta todos os dias. Outro era uma mulher de 62 anos, mas que parecia vinte anos mais velha e era cuidadora em tempo integral de seu marido moribundo. O último era um cavalheiro de paletó e gravata que afirmou que poderia perder o emprego. Noose os ouviu com atenção, mas pareceu indiferente. Disse que analisaria os pedidos deles durante o almoço. Há muitos anos ele tinha aprendido a não conceder tais dispensas no tribunal, à vista do público. Se demonstrasse consideração demais, muitos dos jurados em potencial logo estariam levantando a mão e alegando todo tipo de empecilho.

Ele dispensaria os três discretamente após o almoço.

A equipe da defesa, acompanhada de Harry Rex, foi ao escritório de Morris Finley, na rua principal, o quartel-general deles enquanto durasse o julgamento. Finley tinha sanduíches e refrigerantes à espera e eles comeram apressadamente.

Rodney Cote, o primo de Gwen Hailey, era o jurado número 27 e sem dúvida estava ao alcance. Jake sabia com certeza que Carl Lee tinha se encontrado com ele e falado sobre o caso. Ainda estava obcecado pelo fato de que Cote tinha estado no tribunal no julgamento do caso Hailey. O que Jake não sabia era se Willie Hastings havia contado a Ozzie sobre aquela conexão. Várias vezes durante a manhã, Jake fizera contato visual com Cote, que parecia intrigado, porém evasivo. Mas o que exatamente ele deveria fazer, afinal? Piscar para Jake? Fazer sinal com o polegar?

Finley, que tinha sido veterano de Jake na faculdade de Direito da Ole Miss, limpou a boca com um guardanapo de papel e anunciou, orgulhoso:

– Senhoras e senhores, temos um trunfo.

– Maravilha! – exclamou Harry Rex.

– Deixa ele falar – disse Jake.

– Como você pediu, Jake, mandei a lista do júri pra cerca de dez amigos advogados em condados próximos, parte do processo de sondagem, que nunca funciona, mas dane-se, todo mundo sempre faz. Às vezes a gente dá sorte com um ou dois nomes. Bem, pessoal, demos sorte. O jurado número 15 é Della Fancher, branca, 40 anos, mora em uma fazenda perto da divisa com o condado de Polk, com o segundo ou terceiro marido. Eles têm dois filhos e parecem estáveis, embora sejam praticamente desconhecidos. Um amigo meu... Jake, você conhece o Skip Salter, de Fulton?

– Não.

– Não importa, o Skip passou os olhos na lista e por algum motivo parou no nome de Della Fancher. Della não é um nome comum, pelo menos não por aqui, então ele ficou intrigado, verificou um arquivo antigo e fez algumas ligações. Quando ele a conheceu, cerca de quinze anos atrás, ela se chamava Della McBride, casada com David McBride, um homem de quem ela queria desesperadamente fugir. O Skip tratou do pedido de divórcio em nome da Della e, quando o assistente do xerife levou a papelada pro Sr. McBride, ele deu uma surra nela, e não tinha sido a primeira. Ela foi parar no hospital. O divórcio virou uma disputa feia, sem muito dinheiro pelo qual brigar, mas o marido se tornou violento, abusivo e ameaçador. Houve todo tipo de medida cautelar e coisas assim. Ele perseguiu ela e a ameaçou no trabalho. O Skip finalmente conseguiu o divórcio e ela fugiu da região. Se adaptou bem aqui e começou uma nova vida.

– Me surpreende ela ter se registrado pra votar – admitiu Jake.

– Isso pode ser valiosíssimo – comentou Harry Rex. – Uma vítima de violência doméstica fazendo parte do júri.

– Talvez – disse Jake, visivelmente chocado com a história. – Mas ela ainda não faz parte. Vamos pensar sobre isso. Os candidatos estão prestes a ser examinados exaustivamente por mim, pelo Dyer, provavelmente até pelo Noose. Isso vai se estender e tomar a tarde inteira. Em algum momento as perguntas vão girar em torno da violência doméstica. Eu com certeza pretendo levar o assunto pra esse lado, se os outros não o fizerem. Se a Della levantar a mão e contar a história, vai ser vetada por causa disso e mandada pra casa. Vou protestar e tudo mais, mas ela vai estar fora do júri, sem dúvida. Porém, e se ela não falar? Se ela só ficar sentada ali, supondo que ninguém no condado saiba do passado dela?

– Isso significa que ela tem contas a acertar com o passado – afirmou Morris.

– Com licença, mas quando os candidatos vão saber mais sobre o caso? – perguntou Libby.

– Agora, logo depois do almoço, quando a seleção for retomada – respondeu Jake.

– Então a Della vai ficar sabendo que existem alegações de violência doméstica antes de começarem as perguntas.

– Vai.

Os quatro advogados refletiram sobre os cenários, todos preferindo pensar por algum tempo, sem falar nada. Então Portia disse:

– Com licença, eu sou só uma humilde assistente, prestes a entrar pra faculdade, mas ela não tem o dever de se manifestar?

Os quatro assentiram em uníssono.

– Sim – disse Jake. – Ela sem dúvida tem o dever, mas não é crime permanecer calada. Acontece o tempo todo. Não tem como obrigar as pessoas a se levantarem pra contar seus segredos e revelar seus preconceitos durante a seleção do júri.

– Mas isso parece errado.

– E é, mas é raro um jurado ser exposto após o julgamento. Tenha em mente, Portia, que ela pode ter outras motivações. Ela pode estar se escondendo de seu passado e não querer que as pessoas por aqui saibam sobre ele. É preciso coragem pra admitir ter sido vítima de abuso. Mas, se ela não se expuser, então talvez queira mesmo integrar o júri, e é aí que fica interessante. Isso tem como ser ruim pra gente?

– De jeito nenhum – disse Libby. – Se ela quiser fazer parte do júri, é porque não tem nenhuma simpatia por Stuart Kofer.

Outra longa pausa enquanto eles imaginavam o que poderia acontecer. Por fim, Jake falou:

– Bem, a gente não vai saber até chegar a hora. Ela pode dar um pulo do banco e sair correndo do tribunal na primeira oportunidade.

– Duvido – disse Libby. – Nós nos olhamos algumas vezes. Aposto que ela está do nosso lado.

42

Por volta de uma e meia da tarde, os jurados estavam de volta aos seus assentos: 76 ao todo, depois de as três pessoas que pediram dispensa terem sido discretamente comunicadas por um oficial de justiça de que estavam livres para ir embora. Uma vez que os candidatos estavam em seus lugares, as portas se abriram para o público e uma multidão tomou conta da sala de audiências. Vários repórteres correram para a primeira fila do lado esquerdo, atrás da defesa. Familiares e amigos de Stuart Kofer entraram em fila, depois de passarem horas vagando pelo corredor úmido. Dezenas de outras pessoas brigaram por um lugar para sentar. Harry Rex ficou perto do fundo da sala, o mais longe possível dos Kofers. Lucien se acomodou em uma fileira do meio, para observar os candidatos. Ouviu-se um farfalhar e um estalar acima das cabeças quando a galeria foi aberta e os espectadores se sentaram nas cadeiras dobráveis.

Carla encontrou um lugar bem na frente, não muito longe de Jake. Ela havia levado Josie e Kiera para o escritório de Finley, onde passariam a tarde esperando. Se Dyer quisesse falar com Kiera, ela estaria a um telefonema de distância.

Quando os advogados tomaram seus lugares, o juiz Noose reapareceu e se acomodou na tribuna. Ele franziu a testa enquanto observava a sala, para se certificar de que tudo estava em ordem, então puxou o microfone para mais perto.

– Vejo que vários espectadores se juntaram a nós na galeria. Sejam bem-

-vindos. Manteremos a ordem e o decoro durante todo o processo, e qualquer pessoa que causar perturbações será retirada.

Não houve um único chiado diante daquele aviso. Ele se virou para um oficial de justiça e disse:

– Tragam o réu.

Uma porta perto da bancada do júri se abriu e dela saiu um assistente do xerife com Drew logo atrás, sem algemas nem correntes. A princípio ele pareceu se sentir intimidado pelas dimensões da sala, pela multidão e por haver tantas pessoas olhando para ele; depois, baixou a cabeça e ficou olhando para o chão enquanto era conduzido até a mesa da defesa. Ele se sentou em uma cadeira entre Jake e Libby, com Portia atrás deles, logo depois da divisória.

Noose limpou a garganta e começou:

– Agora, pelas próximas horas, vamos tentar selecionar um júri de doze jurados e dois suplentes. Isso não será tão emocionante quanto parece e não haverá nenhum depoimento até amanhã, supondo que tenhamos um júri escolhido até então. Este é um caso criminal do condado de Ford intitulado *O Povo do Mississippi contra Drew Allen Gamble*. Sr. Gamble, por favor, fique de pé diante dos candidatos ao júri.

Jake tinha lhe dito que isso aconteceria. Drew se levantou, se virou e encarou a sala de audiências com uma expressão séria, sem nenhum sorriso, então acenou com a cabeça e se sentou. Jake chegou perto dele e sussurrou:

– Gostei do paletó e da gravata.

Drew assentiu com a cabeça, mas teve medo de sorrir.

Noose continuou:

– Não vamos tratar dos fatos neste momento, mas vou ler para vocês um rápido resumo da acusação, a acusação formal contra o réu. Ela diz "que em 25 de março de 1990, no condado de Ford, Mississippi, o réu, Drew Allen Gamble, de 16 anos, deliberadamente e com perfeita intenção criminosa, atirou e matou o falecido, Stuart Lee Kofer, um agente da lei. De acordo com a seção 97-3-19 do Código Penal do Mississippi, o homicídio de um agente da lei, esteja ou não em serviço, é um crime sujeito a pena de morte". Portanto, senhoras e senhores, o Ministério Público pede a pena de morte neste caso.

Aparentemente, Noose havia espremido ainda mais verbas do condado para instalar um novo sistema de alto-falantes. Sua fala saía alta e clara, e as palavras "pena de morte" vibraram no teto por alguns segundos antes de caírem com força sobre os jurados.

Noose apresentou os advogados e divagou um pouco sobre cada um deles. Monótono e sem graça por natureza, ele tentava com todas as forças demonstrar alguma personalidade e fazer com que todos se sentissem em casa em seu tribunal. Foi um esforço nobre, mas a tensão era muito alta, havia trabalho a ser feito, então todos queriam que ele fosse logo ao ponto.

Ele explicou ao tribunal que o processo de seleção seria feito em etapas. Na primeira, ele arguiria os jurados em potencial, e muitas de suas perguntas eram exigidas por lei. Ele exortou os candidatos a serem abertos, a não terem medo de falar, não terem medo de deixar que todos soubessem o que se passava na cabeça deles. Somente por meio de uma troca franca e honesta eles seriam capazes de encontrar um júri justo e imparcial. Noose então deu início a uma série de questionamentos destinados não tanto a promover um debate, mas a fazer as pessoas dormirem. Muitos deles eram sobre integrar um júri e sobre qualificações, e o juiz perdeu um território que já havia ganhado. Idade, limitações físicas, medicamentos, ordens médicas, restrições alimentares, vícios. Depois de meia hora disso, Noose conseguiu não apenas que ninguém se manifestasse como os deixou mortalmente entediados.

Enquanto os candidatos viam e ouviam o juiz, os advogados os estudavam. Na primeira fila havia nove brancos e uma mulher negra, May Taggart. Na segunda havia sete mulheres brancas, incluindo Della Fancher como número 15, e três homens negros. Quatro negros nos primeiros vinte números não era uma porcentagem ruim, e Jake se perguntou pela centésima vez se ele estava certo em sua suposição de que os negros teriam mais empatia. Lucien acreditava que sim, porque um policial branco estava envolvido. Harry Rex tinha suas dúvidas, porque o crime tinha sido cometido por um branco contra um branco, de modo que a cor da pele não era um fator. Jake argumentou que no Mississippi a cor era sempre um fator. Olhando para os rostos dos potenciais jurados, ele ainda preferia as mulheres mais jovens, não importava a cor. E presumia que Lowell Dyer quisesse homens brancos e mais velhos.

Na terceira fila havia um negro, o Sr. Rodney Cote, jurado número 27.

Enquanto Noose se arrastava, Jake olhava de vez em quando para os espectadores. Sua adorável esposa era de longe a pessoa mais atraente no recinto. Harry Rex, em uma camisa xadrez, estava sentado bem no fundo. Por um segundo, seus olhos encontraram os de Cecil Kofer, que não se conteve e deu um sorriso malicioso por detrás de sua barba ruiva desgrenhada, como se dissesse: "Eu te dei uma surra uma vez e adoraria fazer isso de novo." Jake deixou esses pensamentos pra lá e voltou às suas anotações.

Quando Sua Excelência terminou com as perguntas obrigatórias, folheou alguns papéis e endireitou a postura.

– Bem, o falecido, a vítima neste caso, era um assistente do xerife chamado Stuart Kofer, de 33 anos na época de sua morte. Ele nasceu no condado de Ford e ainda tem família lá. Algum de vocês o conheceu?

Ninguém se manifestou.

– Algum de vocês conhece alguém da família dele?

Uma mão se levantou na quarta fileira. Por fim, depois de uma hora, alguma reação dos candidatos. O número 38 era o Sr. Kenny Banahand.

– Senhor, por favor, levante-se, diga-nos o seu nome e explique a sua relação com a família.

Banahand levantou-se devagar, um tanto envergonhado, e disse:

– Bem, Excelência, eu não conheço propriamente a família, mas o meu filho uma vez trabalhou com o Barry Kofer na distribuidora de energia perto de Karaway.

Jake olhou para Barry, que estava sentado ao lado da mãe.

– Obrigado, Sr. Banahand. Você alguma vez foi apresentado ao Sr. Barry Kofer?

– Não, senhor.

– Obrigado. Por favor, permaneça sentado. Alguém mais? Ok. Bem, vocês já foram apresentados ao réu, o Sr. Drew Allen Gamble. Alguém aqui já o conhecia?

Claro que não. O trajeto daquela manhã vindo da prisão tinha sido a primeira incursão de Drew ao condado de Van Buren.

– A mãe dele é Josie Gamble e a irmã é Kiera. Alguém já as conhecia?

Ninguém.

Noose esperou um momento e depois continuou:

– Há quatro advogados envolvidos neste julgamento, e vocês já foram apresentados a eles. Vou começar pelo Dr. Jake Brigance. Alguém já o conhecia?

Ninguém se manifestou. Jake havia memorizado a lista e sabia da triste verdade de que seu escritório e sua reputação não muito alta não se estendiam muito além do condado de Ford. Havia uma chance de que alguns candidatos se lembrassem do nome dele do julgamento do caso Hailey, mas a pergunta era se eles conheciam Jake. Não, não conheciam. Aquele julgamento tinha ocorrido cinco anos antes.

– Algum de vocês ou algum parente imediato já esteve envolvido em um caso em que o Dr. Brigance era um dos advogados?

Ninguém levantou a mão. Rodney Cote ficou sentado imóvel, sem demonstrar nenhuma emoção. Se questionado mais tarde, ele poderia alegar que a palavra "imediato" o confundiu. Gwen Hailey, esposa de Carl Lee, era uma prima distante, uma das muitas que Rodney não considerava "imediatas". Ele olhou diretamente para Jake e seus olhos se encontraram.

Noose passou para Libby Provine, uma escocesa de Washington que tinha pisado pela primeira vez no condado naquela manhã. De forma nada surpreendente, ninguém entre os jurados jamais tinha ouvido falar dela.

Lowell Dyer era um funcionário escolhido pelos eleitores que morava em Gretna, no condado de Tyler. Noose disse:

– Bem, tenho certeza que muitos de vocês conheceram o Dr. Dyer quando ele estava fazendo campanha aqui há três anos, provavelmente em um comício ou um churrasco. Ele recebeu sessenta por cento dos votos deste condado, mas vamos supor por agora que obteve a maioria dos seus votos.

– Cem por cento, Excelência – disse Lowell com um timing perfeito, e todos riram; o humor se fazia desesperadamente necessário.

– Vamos com cem por cento. Agora, a questão não é se algum de vocês já conhecia o Dr. Dyer, mas se o conhecia pessoalmente, de alguma forma.

A Sra. Gayle Oswalt, número 46, levantou-se e disse com orgulho:

– Minha filha e a esposa dele estudaram juntas na Universidade Estadual do Mississippi. Conhecemos os Lowells há muitos anos.

– Ok. O fato de você conhecê-lo bem influenciaria a sua capacidade de permanecer justa e imparcial?

– Não sei, Excelência. Não tenho certeza.

– Você acha que tende a acreditar nele mais do que no Dr. Brigance?

– Bem, não sei ao certo, mas acredito em qualquer coisa que Lowell diga.

– Obrigado, Sra. Oswalt.

Sobre o nome dela, Jake rabiscou a palavra "Veto".

O assistente de Dyer, D. R. Musgrove, era promotor do condado de Polk e provou ser bastante desconhecido tão longe de casa.

– Dr. Dyer, pode examinar os candidatos – anunciou Noose, e tentou relaxar em sua cadeira.

Lowell se levantou, foi até a divisória e deu um sorriso para a multidão.

– Bem, em primeiro lugar, gostaria de agradecer a cada um de vocês por terem votado em mim – disse.

Mais risadas, outra quebra de tensão. Com todos os olhos no promotor, Jake foi capaz de estudar os rostos e a linguagem corporal das pessoas nas quatro primeiras fileiras.

Com o gelo ligeiramente quebrado, Dyer começou com perguntas sobre quem já havia integrado anteriormente um júri e algumas mãos foram levantadas. Ele perguntou a esses candidatos sobre suas experiências. Caso criminal ou cível? Se criminal, houve condenação? Como você votou? Todos haviam considerado os réus culpados. Você confia no sistema de júri? Entende a importância dele? Então ele citou alguns conceitos básicos do Direito. Nenhuma criatividade, mas a seleção do júri raramente gerava qualquer tipo de emoção.

Já foi vítima de um crime? Algumas mãos levantadas: alguns furtos a casas, um roubo de carro; o condado de Van Buren não tinha uma taxa de criminalidade alta. Alguém em sua família já foi vítima de um crime violento? O número 62, Lance Bolivar, levantou-se devagar e disse:

– Sim, senhor. Meu sobrinho foi assassinado há oito anos na região do Delta.

Ora, ora, um pouco de emoção no final das contas.

Dyer ajustou a mira e, com um excesso forçado de empatia, deu continuidade ao questionamento. Ele ficou longe dos detalhes do crime e perguntou sobre a investigação e o desfecho. O assassino tinha sido condenado e cumpria pena de prisão perpétua. A experiência tinha sido terrível, devastadora, e a família ficaria marcada para sempre. Não, o senhor Bolivar não acreditava que poderia ser um jurado imparcial.

Jake não se preocupou com ele porque estava bem no fim do grupo.

Dyer passou a fazer perguntas sobre os "oficiais da paz", como ele os chamava, e quis saber se alguém já havia trabalhado como agente da lei ou era parente de algum policial. Uma senhora tinha um irmão que era policial estadual. Ela era a número 51, e mais uma vez Jake anotou "Veto" ao lado do seu nome, embora duvidasse que seria preciso usá-lo. O número três, Don Coben, admitiu, relutante, que seu filho era policial em Tupelo. Sua relutância era um sinal claro, pelo menos para Jake, de que queria fazer parte do júri. Ele já havia chegado a um veredito.

Dyer não perguntou se alguém tinha ficha criminal. Era uma pergunta potencialmente constrangedora e não valia o risco. A maioria dos criminosos condenados não podia votar e, dentre aqueles cuja ficha havia sido zerada, poucos se davam ao trabalho de se inscrever como eleitores. No entanto, o número 44, Joey Kepner, havia sido condenado por posse de entorpecentes vinte anos antes. Ele cumpriu dois anos de prisão, largou as drogas e ficou com a ficha limpa. Portia havia descoberto a antiga acusação e tinha um dossiê sobre ele. A pergunta era: Dyer sabia daquilo? Provavelmente não, visto que não constava mais nada em sua ficha. Jake com certeza o queria no júri. Ele havia cumprido uma pena muito severa por portar apenas uma pequena quantidade de maconha e era de esperar que tivesse uma visão crítica dos agentes da lei.

Os maus hábitos de Stuart Kofer não seriam discutidos durante a seleção do júri. Jake duvidava que Dyer fosse tocar nesse assunto, porque não queria enfraquecer seu caso tão cedo assim. Jake também não iria trazer a sujeira à tona. Isso aconteceria no tempo certo, porque ele não queria ser visto como um advogado ansioso por responsabilizar a vítima.

Dyer era metódico, mas parecia à vontade. Estava sempre sorrindo conforme ia pegando ritmo e parecia se conectar com os jurados. Ele se mantinha fiel ao roteiro, ia direto ao ponto e não insistia no óbvio. Quando terminou, agradeceu novamente e se sentou.

Jake ocupou seu lugar junto à divisória e fez um esforço para se acalmar. Ele se apresentou e disse que há doze anos trabalhava como advogado no condado vizinho de Ford. Apresentou Libby e descreveu o trabalho dela com uma organização sem fins lucrativos de Washington. Apresentou Portia como sua assistente, para que os jurados soubessem por que ela estava sentada com a defesa.

Jake falou que nunca havia sido acusado de um crime, mas tinha representado muitas pessoas que haviam. Era algo assustador e perturbador, principalmente quando a pessoa acreditava que não era culpada ou que agira de maneira sensata. Ele então perguntou se algum dos candidatos ao júri já havia sido acusado de um crime grave.

Joey Kepner não levantou a mão. Jake ficou aliviado e presumiu que Kepner julgava que sua ficha havia sido completamente apagada. E, além disso, ele devia acreditar que portar 300 gramas de maconha não era tão "grave" assim.

Jake explicou que o julgamento incluiria alegações de violência doméstica por parte de Stuart Kofer. Ele avisou que não ia entrar em detalhes no momento – as testemunhas é que o fariam. No entanto, era importante saber se algum dos jurados em potencial já havia sido vítima de violência doméstica. Ele não olhou diretamente para Della Fancher, mas Libby e Portia estavam observando cada movimento dela. Nada. Nenhuma reação além de um leve olhar para a direita. Ela estava a bordo, ou pelo menos foi isso que eles acharam.

Jake passou para um assunto ainda mais pesado. Ele falou sobre homicídio e suas diferentes formas. Culposo, por negligência, em legítima defesa e o homicídio premeditado, que era a acusação que recaía sobre seu cliente. Alguém dentre os candidatos acreditava que matar poderia ser de alguma forma justificado? Dyer se remexeu na cadeira e parecia pronto para contestar.

A pergunta era vaga demais para provocar uma resposta. Sem saber dos detalhes, era difícil para qualquer jurado falar e dar início a um debate. Vários se contorceram e ficaram olhando ao redor, e, antes que alguém pudesse responder, Jake disse que sabia que era difícil. Ele não queria uma resposta. A semente estava plantada.

Ele disse que a mãe de Drew era Josie Gamble, uma mulher com um passado complicado. Sem entrar em detalhes, explicou que ela iria testemunhar e que, quando o fizesse, os jurados descobririam que tinha ficha criminal. Isso sempre é revelado em relação a qualquer testemunha. Aquele fato diminuiria sua credibilidade? O passado dela nada tinha a ver com os acontecimentos referentes ao assassinato de Stuart Kofer, mas, no espírito da transparência total, ele queria que os jurados soubessem que ela já havia cumprido pena uma vez.

Nenhuma reação dos candidatos.

Transparência total? Desde quando uma seleção de júri era o momento de ser totalmente transparente?

Jake não se estendeu demais nas perguntas e se sentou depois de trinta minutos. Ele e Dyer em breve teriam a chance de interrogar os jurados individualmente.

A seguir, Noose pediu aos primeiros doze que se dirigissem à bancada do júri. O escrivão indicou os assentos destinados a cada um e eles se acomodaram como se já estivessem prontos para ouvir as testemunhas. Alto lá. Não tão cedo. Noose explicou que dariam início ao processo de entrevistar em particular os primeiros quarenta e poucos jurados. Aqueles com números acima de cinquenta estavam liberados para deixar a sala de audiências por uma hora.

A sala do júri era mais espaçosa e muito menos desordenada do que o seu gabinete, então ele instruiu os advogados a se dirigirem para lá. O taquígrafo os acompanhou e eles se sentaram em torno de uma mesa comprida, onde em algum momento o júri tomaria a decisão sobre o caso. Assim que Noose se acomodou em uma das pontas, com a defesa de um lado e a acusação do outro, ele disse a um oficial de justiça:

– Traga o número 1.

– Excelência, se me permite, posso dar uma sugestão? – disse Jake.

– Que sugestão? – perguntou Noose, fazendo careta por causa de uma dor nas costas enquanto mastigava a piteira de um cachimbo apagado.

– São quase três horas e está bastante claro que não vamos dar início aos testemunhos hoje. Podemos liberar as testemunhas que foram intimadas, pedindo que voltem amanhã?

– Boa ideia. Dr. Dyer?

– Por mim tudo bem, Excelência.

Uma pequena vitória da defesa. Tirar Kiera da cidade por enquanto.

Mark Maylor se acomodou em uma velha cadeira de madeira com cara de culpado. O juiz assumiu o comando:

– A partir de agora, Sr. Maylor, lembre-se de que o senhor está sob juramento.

O tom de Noose era quase acusatório.

– Estou ciente, Excelência.

– Não vai levar muito tempo. São só algumas perguntas minhas e dos advogados. Ok?

– Sim, senhor.

– Como eu disse, este é um caso sujeito a pena de morte, e, se a promotoria provar as acusações feitas, será preciso que o júri vote pela aplicação dessa pena. O senhor é capaz de fazer isso?

– Não sei. Nunca precisei fazer isso antes.

– Como o senhor se sente, pessoalmente, em relação à pena de morte?

Maylor olhou para Jake, depois para Dyer, e por fim disse:

– Acho que sou a favor dela, mas ser a favor é uma coisa. Ter que mandar um cara pra câmara de gás é outra. E ele é só uma criança.

Jake teve a sensação de que seu coração parou por um instante.

– Dr. Dyer?

Lowell sorriu e disse:

– Obrigado, Sr. Maylor. A pena de morte, gostemos ou não, é a lei neste estado. O senhor acredita ser capaz de seguir a lei do Mississippi?

– Claro, acho que sim.

– O senhor parece estar sendo um pouco evasivo.

– Fui pego desprevenido, Dr. Dyer. Não estou pronto pra dizer de forma definitiva o que vou fazer. Mas, sim, vou fazer de tudo pra seguir a lei.

– Obrigado. E o senhor não sabe nada sobre esse caso?

– Só o que ouvi hoje de manhã. Quer dizer, eu me lembro das matérias de jornal quando aconteceu. O jornal de Tupelo chega aqui, e acho que tava na primeira página, mas o assunto morreu rápido. Não acompanhei.

Noose olhou para Jake e disse:

– Dr. Brigance.

– Sr. Maylor, quando o senhor viu a notícia em março, disse para si mesmo algo como "Bem, ele provavelmente é culpado"?

– Claro. Todo mundo faz isso quando alguém é preso, né?

– Infelizmente, sim. Mas o senhor entende o que é a presunção de inocência?

– Claro.

– E, a partir de agora, o senhor acredita que Drew Gamble é inocente até que se prove o contrário?

– Acho que sim.

Jake tinha mais perguntas, mas sabia que Maylor não iria compor o júri por causa de sua reticência em relação à pena de morte. Dyer queria uma dúzia de defensores convictos da pena de morte e a sala de audiências estava cheia deles.

– Obrigado, senhor Maylor – disse Noose. – O senhor está dispensado por uma hora.

Maylor se levantou rapidamente e saiu. Do lado de fora da sala, esperando junto com um escrivão, estava a Sra. Reba Dulaney, a organista da Igreja Metodista. Ela era toda sorrisos e parecia gostar da importância da ocasião. Noose fez algumas perguntas sobre a notoriedade do caso e ela afirmou não saber de nada. Então ele perguntou se ela seria capaz de impor a pena de morte.

Ela ficou surpresa com a pergunta e deixou escapar:

– Para aquele garoto lá fora? Acho que não.

Jake gostou de ouvir aquilo, mas soube na mesma hora que ela também não voltaria a se sentar àquela mesa. Ele fez algumas perguntas, mas não perdeu muito tempo.

Noose agradeceu e chamou o número 3, Don Coben, um velho fazendeiro durão que alegou não saber nada sobre o caso e que acreditava piamente na pena de morte.

A número 4 era May Taggart, a primeira negra, e ela tinha dúvidas sobre a pena de morte, mas foi convincente em sua crença de que seria capaz de seguir a lei.

O desfile continuou, com uma eficiência constante graças à limitação que Noose impunha às próprias perguntas e às dos advogados. Suas duas maiores preocupações eram óbvias: conhecimento do caso e reservas quanto à pena de morte. Conforme cada jurado era dispensado e convidado a sair, outro era tirado do grupo maior e colocado na bancada do júri na sala de audiências. Depois dos quarenta primeiros, Noose decidiu pegar os da quinta fileira. Jake suspeitou que isso acontecia porque havia vários que tinham dúvidas em relação à pena de morte e seriam vetados.

Na sala de audiências, os espectadores iam e vinham, passando o tempo.

A única pessoa que não saía do lugar era Drew Gamble, que ficou sentado à mesa da defesa com dois assistentes do xerife por perto, apenas para o caso de ele decidir sair correndo.

Às 16h45, Noose precisava de uma nova rodada de comprimidos. Ele disse aos advogados que estava determinado a definir o júri antes do jantar e a começar a ouvir as testemunhas logo pela manhã.

– Estejam no meu gabinete às 17h15 em ponto para repassarmos a lista.

Morris Finley tinha requisitado uma sala no cartório, no térreo, e a equipe da defesa se reuniu lá. Carla, Harry Rex e Lucien se juntaram a Portia, Jake e Libby, e eles repassaram os nomes rapidamente. Lucien não gostou de nenhum.

– O Dyer provavelmente vai cortar todos os negros, não acha? – perguntou Harry Rex.

– É o que a gente imagina – respondeu Jake. – E, como só tem onze negros nas cinco primeiras filas, estamos diante de um júri integralmente branco.

– Ele pode fazer isso? – indagou Carla. – Só com base na cor?

– Sim, ele sem dúvida pode, e vai fazer. Tanto a vítima quanto o acusado são brancos, então Batson não se aplica.

Por ser casada com um advogado de defesa criminal, Carla sabia que a decisão de Batson proibia a exclusão de jurados em potencial apenas com base na cor da pele.

– Mesmo assim não parece certo – comentou ela.

– Qual é a sua opinião sobre Della Fancher? – perguntou Jake a Libby.

– Eu ficaria com ela.

– Ela deveria ter levantado a mão – disse Portia. – Acho que quer fazer parte do júri.

– Eu ficaria preocupado – afirmou Lucien. – Suspeito de qualquer um que queira fazer parte de um júri quando a pena de morte está em jogo.

– Morris? – perguntou Jake.

– Ela é nosso trunfo, não é? Eu meio que concordo com o Lucien, mas, droga, temos uma esposa vítima de abusos que se recusou a se manifestar. Só pode ser por simpatia pela Josie e os filhos dela.

– Não gosto dela – disse Carla. – Ela tem um olhar severo, uma linguagem corporal estranha, não quer estar aqui. Além disso, tá escondendo alguma coisa.

Jake franziu a testa para Carla, mas não replicou. Ele lembrou a si mesmo que a esposa geralmente estava certa sobre a maioria das coisas, sobretudo quando avaliava outras mulheres.

– Portia?

– Não sei. Meu primeiro impulso é ficar com ela, mas alguma coisa lá no fundo me diz não.

– Excelente. Vamos perder o Rodney Cote e a Della Fancher, dois de nossos três trunfos. Sobra só o Joey Kepner com sua condenação por porte de drogas.

– E você supõe que o Dyer não saiba disso? – perguntou Lucien.

– Sim, e admito francamente que todas as nossas suposições podem estar erradas.

– Boa sorte, garoto – disse Lucien. – É sempre um tiro no escuro.

SEM TOGA, COM o nó da gravata afrouxado e seus frascos de comprimidos guardados, Sua Excelência acendeu o cachimbo, pitou com força, soprou uma nuvem letal de fumaça e disse:
– Algum veto com justificativa, Dr. Dyer?
Lowell tinha três nomes dos quais queria se livrar. Por vinte minutos os três discutiram, e ficou óbvio que o promotor os considerava inadequados porque pareciam lenientes em relação à pena de morte. Jake, por sua vez, argumentou vigorosamente para que fossem mantidos. Por fim, Noose declarou:
– Vamos excluir a organista, a Sra. Reba Dulaney, porque está óbvio que ela teria dificuldade em aplicar a pena de morte. Dr. Brigance?
Jake queria excluir a Sra. Gayle Oswalt porque ela era amiga de Dyer, e Noose concordou. Pediu para excluir Don Coben, o número 3, porque seu filho era policial, e Noose concordou. Pediu também a exclusão do número 63, o Sr. Lance Bolivar, porque seu sobrinho havia sido assassinado, e Noose concordou. Por fim, pediu para excluir Calvin Banahand, porque seu filho havia trabalhado com Barry Kofer, mas Noose negou.
Sem mais vetos justificados, Dyer usou sete de seus vetos livres e apresentou sua lista de doze jurados – dez homens mais velhos, duas mulheres mais velhas, todos brancos. As suposições de Jake estavam corretas. Ele se reuniu com Libby e Portia em seu lado da mesa e vetou seis dos nomes, incluindo o de Della Fancher. Era uma tarefa tensa revisar os nomes que eles tinham decorado, tentando lembrar de seus rostos, de sua linguagem corporal, procurando adivinhar o próximo passo que Dyer daria e estimando a qual número a seleção poderia chegar. O tempo avançava depressa enquanto Sua Excelência esperava e Dyer estudava suas listas já bem conhecidas, fazendo planos. Jake usou seis de seus valiosos vetos e passou a bola para o outro lado.
O promotor apresentou sua segunda lista de doze e manteve a estratégia de excluir os negros e dar preferência a homens brancos e mais velhos. Dez de seus vetos livres já haviam sido gastos, mas ele usou mais um em Rodney Cote. Jake cortou três nomes. Dyer guardou seus dois últimos para duas mulheres mais novas, uma branca e uma negra, e, ao fazer isso, revelou que não sabia da condenação de Joey Kepner por posse de drogas. Para chegar até Kepner, Jake foi obrigado a excluir duas mulheres que ele queria ter mantido. Kepner foi o último jurado escolhido.

Doze brancos, sendo sete homens e cinco mulheres, com idades variando dos 24 aos 61 anos.

Eles negociaram a escolha dos suplentes, duas mulheres brancas, mas duvidavam que elas viessem a ser necessárias. Uma vez começado, o julgamento não levaria mais que três dias.

43

A manhã de terça-feira chegou com céu escuro, uma tempestade se formando no horizonte e, por fim, um alerta de tornado para Van Buren e os condados vizinhos. Fortes chuvas e ventos começaram a atingir o velho fórum uma hora antes de o julgamento ser retomado, e o juiz Noose ficou olhando pela janela do gabinete com o cachimbo na mão, se perguntando se não deveria adiar os trabalhos.

Enquanto a sala de audiências ia se enchendo, os jurados foram conduzidos até a bancada do júri e receberam um crachá redondo de metal com a palavra JURADO estampada em letras vermelhas. Em outras palavras: não faça contato, mantenha distância. Jake, Libby e Portia esperaram de maneira deliberada até as 8h55 para entrar na sala e começar a tirar os papéis de suas pastas. Jake deu bom-dia a Lowell Dyer e o elogiou por ter formado um júri tão notavelmente branco. O promotor tinha centenas de coisas em mente e não caiu na provocação. O xerife Ozzie Walls e todo o seu efetivo estavam sentados nas duas primeiras fileiras atrás da mesa da acusação, em uma demonstração ostensiva de força policial. Jake, que havia intimado todos eles, ignorou seus antigos amigos e procurou ignorar todo o restante da multidão.

A família Kofer estava agrupada atrás dos assistentes de Ozzie e pronta para a batalha. Harry Rex, vestido casualmente, estava três fileiras atrás da mesa da defesa, observando tudo. Lucien, fingindo ler um jornal mas de olhos atentos, estava na última fileira do lado da acusação. Em trajes informais, Carla se sentou na terceira fileira atrás da defesa. Jake queria que todos os olhos nos quais pudesse confiar observassem os jurados. Às nove horas, Drew foi conduzido à sala de audiências por uma porta lateral com uma escolta equivalente à do governador do estado. Ele andou até a mesa da defesa e deu um sorriso para a mãe e a irmã, sentadas na primeira fila, menos de 3 metros atrás dele.

Lowell Dyer olhou para a multidão, reparou em Kiera, foi até Jake e perguntou:

– A garota está grávida?

– Sim, está.

– Ela só tem 14 anos – disse ele, chocado.

– Biologia básica.

– Alguma ideia de quem é o pai?

– Tem coisas que são pessoais, Lowell.

– Continuo querendo falar com ela no primeiro recesso.

Jake fez um gesto para a primeira fila, como se dissesse: "Pode falar com quem você quiser. Você é o promotor."

Um relâmpago cortou o céu perto do fórum e as luzes piscaram. O trovão sacudiu a velha construção e, por um segundo, o julgamento foi esquecido.

– Você acha que a gente deve pedir ao Noose que adie um pouco o começo? – perguntou Dyer para Jake.

– O Noose vai fazer o que ele bem entender.

A chuva começou a bater nas janelas e as luzes piscaram mais uma vez. Um oficial de justiça se levantou e pediu ordem. Todos ficaram de pé respeitosamente enquanto Sua Excelência se arrastava até a tribuna e se sentava. Ele puxou o microfone para perto de si e disse:

– Por favor, queiram se sentar. – Cadeiras e bancos rangeram e o piso estalou enquanto todos se acomodavam. Ele prosseguiu: – Bom dia. Presumindo que o tempo coopere, vamos dar continuidade a esse julgamento. Gostaria de repetir minha advertência aos jurados para que se abstenham de discutir qualquer coisa relacionada ao julgamento durante o recesso. Se alguém se aproximar de algum de vocês ou de alguma forma tentar entabular conversa, quero ser imediatamente informado. Dr. Brigance e Dr. Dyer, presumo que desejem invocar a regra que impede que as testemunhas assistam aos depoimentos das demais.

Ambos assentiram. Todas as testemunhas em potencial deveriam se ausentar da sala de audiências até que fossem chamadas a prestar o seu depoimento, e isso poderia ser solicitado por qualquer um dos lados.

– Tudo bem – disse Noose. – Se você foi intimado como testemunha neste julgamento, peço que deixe a sala de audiências e aguarde do lado de fora, seja no corredor ou em algum outro lugar do edifício. Um oficial de justiça irá ao seu encontro quando solicitado.

A confusão reinou enquanto Jake e Dyer instruíam suas testemunhas a deixar o recinto. Earl Kofer não queria fazê-lo e saiu furioso. Como Jake havia intimado Ozzie e seus treze assistentes, ele insistiu para que todos se retirassem. Cochichou alguma coisa com Josie e Kiera, e elas foram se esconder na sala do cartório, no primeiro andar. Os oficiais de justiça e escrivães apontavam para lá e para cá e escoltavam as testemunhas para fora da sala de audiências.

Quando as coisas se acalmaram, Sua Excelência olhou para o júri e disse:

– Agora vamos dar início a este julgamento permitindo que os advogados façam breves alegações iniciais. E, uma vez que compete ao Ministério Público o ônus de provar a acusação, ele sempre será o primeiro a falar. Dr. Dyer.

A chuva tinha parado e a trovoada estava indo embora quando Lowell subiu ao púlpito e olhou para os jurados. Uma grande tela branca pendia em uma parede diante do júri e, com o aperto de um botão, Dyer exibiu o rosto bonito e sorridente do falecido Stuart Kofer, em seu uniforme completo de assistente do xerife. Ele ficou olhando para a imagem por um segundo, depois se dirigiu aos jurados:

– Senhoras e senhores, este era Stuart Kofer. Tinha 33 anos de idade quando foi assassinado pelo réu, Drew Gamble. Stuart era um filho da cidade, nascido e criado no condado de Ford, aluno da Clanton High School, um veterano, tendo servido duas vezes na Ásia, dono de uma carreira distinta como policial, protegendo as pessoas. Nas primeiras horas do dia 25 de março, enquanto ele dormia na própria cama, em sua própria casa, foi morto com um tiro pelo réu, Drew Gamble, sentado bem ali.

Ele apontou da forma mais dramática possível para o réu, que estava sentado entre Jake e Libby, como se os jurados ainda não soubessem quem exatamente estava sendo julgado.

– O réu pôs as mãos na arma de serviço do próprio Stuart, uma pistola Glock 9 milímetros. – Dyer foi até a mesa do taquígrafo, que anotava tudo, pegou a prova número 1 da promotoria e a mostrou ao júri. Ele colocou a arma de volta na mesa e continuou: – Ele a pegou e, com vontade deliberada e premeditação, apontou para a têmpora esquerda de Stuart e, de uma distância de cerca de dois dedos, puxou o gatilho – Dyer apontou para a própria têmpora esquerda para deixar tudo ainda mais dramático –, matando-o instantaneamente.

Dyer folheou uma página de suas anotações e pareceu estudar algo. Em seguida, jogou os papéis sobre o púlpito e deu um passo em direção à bancada do júri.

– Agora, Stuart tinha alguns problemas. A defesa tentará provar...

Jake estava se coçando para interromper. Ele se levantou de um salto e disse:

– Protesto, Excelência. Esta é a abertura da acusação, não da defesa. O promotor não pode fazer comentários sobre o que supostamente nós vamos tentar provar.

– Aceito. Dr. Dyer, atenha-se ao que lhe cabe. Estas são as alegações iniciais, senhoras e senhores, e advirto-os de que nada do que os advogados digam neste momento é válido como evidência.

Dyer deu um sorriso e assentiu, como se de alguma forma o juiz tivesse justificado sua atitude.

– Stuart vinha bebendo muito, e com muita frequência, e tinha bebido na noite em que foi assassinado – continuou ele. – E não era um bêbado agradável. Era propenso a violência e a mau comportamento. Seus amigos estavam preocupados com ele e vinham conversando sobre formas de ajudá-lo, de fazer uma intervenção. Stuart não era santo, e seus pecados o atormentavam. Mas ele acordava cedo todas as manhãs para ir ao trabalho e não faltava um dia sequer, e, quando estava de serviço, era um dos melhores oficiais do condado de Ford. O xerife Ozzie Walls vai confirmar isso em seu testemunho.

Dyer fez uma breve pausa.

– Agora, o réu estava morando na casa de Stuart, junto com sua mãe e sua irmã mais nova. Josie Gamble, a mãe, e Stuart estavam juntos há cerca de um ano e, para dizer o mínimo, o relacionamento deles era bastante caótico. A vida inteira de Josie Gamble tem sido caótica. Mas Stuart deu a ela e aos filhos um bom lar, um teto, comida farta na mesa, camas quentes, proteção. Ele lhes deu segurança, algo que conheciam pouco. Ele os acolheu e cuidou deles. Nunca quis ter filhos, mas os recebeu bem e não se importava com o impacto financeiro. Stuart Kofer era um homem bom e honesto cuja família mora no condado de Ford há gerações. E seu assassinato foi descabido. Senhoras e senhores, Stuart Kofer foi assassinado com a própria arma enquanto dormia na própria cama.

Dyer andava um pouco para lá e para cá e os jurados assimilavam cada palavra.

– À medida que as testemunhas forem sendo chamadas, vocês vão ouvir alguns depoimentos terríveis. Peço que escutem, que reflitam, mas também que considerem de onde eles estão partindo. Stuart não está aqui para se defender, e aqueles que tentam desonrar seu bom nome têm motivação de sobra para retratá-lo como um monstro. Às vezes pode ser difícil não suspeitar dessas motivações. Vocês podem até simpatizar com eles. Mas peço que façam uma coisa ao levar em conta o testemunho dessas pessoas. Façam a si mesmos, repetidamente, uma pergunta simples: naquele momento fatídico o réu precisava puxar o gatilho?

Dyer se afastou da bancada do júri e deu um passo em direção à mesa da defesa. Ele apontou para Drew e perguntou:

– Ele precisava puxar o gatilho?

Então caminhou até a mesa da promotoria e se sentou. Breve, direto ao ponto e bastante eficaz.

– Dr. Brigance – chamou Noose.

Jake ficou de pé, andou até o púlpito, pegou o controle remoto, apertou o botão e o rosto sorridente de Stuart Kofer desapareceu da tela na parede.

– Excelência – disse Jake –, vou adiar minhas alegações iniciais até que a acusação tenha chamado todas as suas testemunhas.

Noose ficou surpreso, assim como Dyer. A defesa tinha a opção de fazer suas alegações iniciais naquele momento ou posteriormente, mas era raro que um advogado perdesse a oportunidade de semear a dúvida logo de início. Jake se sentou e Dyer ficou boquiaberto, confuso, imaginando que truque ele estaria tentando empregar.

– Muito bem – disse Noose. – A decisão é sua. Dr. Dyer, por favor chame sua primeira testemunha.

– Excelência, a acusação chama o Sr. Earl Kofer.

Um oficial de justiça que estava junto à porta foi até o corredor para localizar a testemunha e Earl logo apareceu. Ele foi levado ao banco das testemunhas, onde ergueu a mão direita e prestou juramento. Deu seu nome e seu endereço e disse que tinha morado a vida inteira no condado de Ford. Tinha 63 anos, era casado com Janet havia quase quarenta e tinha tido três filhos e uma filha com ela.

Dyer apertou um botão e uma foto grande de um adolescente apareceu.

– Este é seu filho?

Earl olhou para ele e disse:

– Era o Stuart quando tinha 14 anos. – Parou por um segundo e acrescentou: – Este é meu filho, meu filho mais velho.

Sua voz falhou, e ele desviou o olhar para os pés.

Dyer levou algum tempo até apertar novamente o botão. A imagem seguinte era de Stuart em um uniforme de futebol americano do colégio.

– Quantos anos tinha o Stuart nesta foto, Sr. Kofer?

– Dezessete. Ele jogou por dois anos, até que machucou o joelho.

Ele deu um suspiro alto no microfone e enxugou os olhos. Os jurados o observavam com enorme compaixão. Dyer apertou o botão e apareceu a terceira foto de Stuart, esta de um sorridente jovem de 20 anos em uniforme militar impecável.

– Por quanto tempo o Stuart serviu ao país? – perguntou Dyer.

Earl cerrou os dentes, enxugou os olhos mais uma vez e tentou se recompor.

– Seis anos – respondeu ele com esforço. – Ele gostava do Exército e falava em seguir carreira militar.

– O que ele fez depois do Exército?

Earl se mexeu, desconfortável e, escolhendo as palavras, retrucou:

– Voltou pra casa, teve alguns empregos no condado e depois decidiu trabalhar como agente da lei.

A foto do Exército foi substituída pela mais conhecida, de um Stuart alegre vestido com o uniforme completo de assistente do xerife.

– Quando foi a última vez que viu o seu filho, Sr. Kofer?

Ele se inclinou para a frente e desabou, enquanto as lágrimas corriam pelo seu rosto. Depois de um intervalo longo e constrangedor, cerrou a mandíbula e disse em voz alta, clara e amarga:

– Na funerária, dentro do caixão.

Dyer ficou olhando para ele por um instante, para prolongar o drama, e declarou:

– Passo a testemunha à defesa.

Jake se ofereceu para admitir no processo pré-julgamento que Stuart Kofer estava realmente morto, mas Dyer recusou. Noose acreditava que um julgamento de assassinato adequado deveria começar com algumas lágrimas da família da vítima, e ele não estava sozinho nessa crença. Praticamente todos os juízes de primeira instância do estado permitiam aquele testemunho desnecessário, e a Suprema Corte o aprovara havia décadas.

Jake se levantou e andou até o púlpito para dar início à detestável tarefa de manchar a reputação de um homem morto. Ele não tinha escolha.

– Sr. Kofer, o seu filho era casado na época de sua morte?

Earl olhou para ele com ódio incontido e respondeu simplesmente:

– Não.

– Ele era divorciado?

– Sim.

– Quantas vezes?

– Duas.

– Quando ele se casou pela primeira vez?

– Não sei.

Jake foi até a mesa da defesa e pegou alguns papéis. Voltou ao púlpito e indagou:

– É verdade que ele se casou com Cindy Rutherford em maio de 1982?

– Se você diz. Parece correto.

– E eles se divorciaram treze meses depois, em junho de 1983?

– Se você diz.

– E, em setembro de 1985, ele se casou com Samantha Pace?

– Se você diz.

– E oito meses depois eles se divorciaram?

– Se você diz.

Ele estava rosnando, destilando veneno, visivelmente aborrecido com Jake. Seu rosto, molhado de lágrimas apenas alguns segundos antes, estava vermelho-vivo, e sua raiva estava lhe custando parte da empatia.

– Agora, o senhor disse que o seu filho falava em seguir carreira militar. Por que ele mudou de ideia?

– Não sei, não me lembro bem.

– Pode ter sido porque ele foi expulso do Exército?

– Isso não é verdade.

– Tenho uma cópia da dispensa desonrosa. O senhor gostaria de vê-la?

– Não.

– Sem mais, Excelência.

– Está dispensado, Sr. Kofer – disse Noose. – O senhor pode retomar seu assento aqui na sala. Dr. Dyer, chame sua próxima testemunha.

– A acusação chama o assistente do xerife Moss Junior Tatum.

A testemunha foi resgatada do corredor, entrou na sala, que estava lotada mas silenciosa, cumprimentou Jake com um aceno de cabeça quando passou por ele e foi interrompido pelo taquígrafo. Ele estava armado e em uniforme completo, e o juiz Noose disse:

– Sr. Tatum, a legislação estadual proíbe uma testemunha de se apresentar armada. Por favor, coloque a arma bem ali na mesa.

Como se houvesse ensaiado aquilo, Tatum pôs sua Glock ao lado da arma usada no assassinato, à vista dos jurados. Ele prestou juramento, se sentou e respondeu às perguntas preliminares de Dyer.

Sobre a noite em questão: a ligação para a emergência foi recebida às 2h29 e ele foi mandado ao local. Ele sabia que era a casa de Stuart Kofer, seu colega de trabalho. A porta da frente estava destrancada e ligeiramente aberta. Ele entrou com cautela e viu Drew Gamble sentado em uma cadeira na sala, olhando pela janela. Ele falou com Drew, que respondeu: "Minha mãe tá morta. O Stuart matou ela." Tatum indagou: "Onde ela está?" Ele disse: "Na cozinha." Tatum perguntou: "Onde está o Stuart?" Ele disse: "Ele também tá morto, lá no quarto dele." Tatum avançou pela casa, identificou uma luz acesa na cozinha, viu a mulher deitada no chão com a garota segurando a cabeça dela. Às costas dele, no final do corredor, ele podia ver pés pendendo para fora da cama. Foi até o quarto e encontrou Stuart deitado em sua cama, sua arma a alguns centímetros da cabeça e sangue por todo lado.

Ele voltou para a cozinha e perguntou à garota o que havia acontecido. Ela disse: "Ele matou a minha mãe." Tatum perguntou: "Quem atirou no Stuart?"

Dyer fez uma pausa e olhou para Jake, que já estava se levantando. Como se tivesse ensaiado, ele disse:

– Excelência, protesto. Este testemunho se baseia em palavras de terceiros.

Sua Excelência estava esperando por aquilo.

– Seu protesto foi registrado, Dr. Brigance. Conste que a defesa apresentou uma petição para excluir este trecho do depoimento. O Ministério Público respondeu e, no dia 16 de julho, realizei uma audiência sobre a petição. Após ampla e vigorosa discussão com ambos os lados, e estando de posse de todas as informações, o tribunal decidiu que este testemunho é válido.

– Obrigado, Excelência – disse Jake, e voltou a sentar.

– Pode prosseguir, Dr. Dyer.

– Agora, assistente Tatum, quando o senhor perguntou à garota, a Srta. Kiera Gamble, quem tinha atirado em Stuart, o que ela respondeu?

– Ela disse: "O Drew atirou nele."

– O que mais ela disse?

– Nada. Ela estava segurando a mãe, chorando.

– O que você fez em seguida?

– Fui até a sala e perguntei ao garoto, quer dizer, ao réu, se ele havia atirado no Stuart. Ele não respondeu. Só ficou lá sentado, olhando pela janela. Quando ficou óbvio que ele não iria falar nada, eu saí da casa, fui até a viatura e pedi reforços.

Jake ficou observando e ouvindo seu amigo, um cara que ele conhecia desde o início de sua carreira, cliente habitual do Coffee Shop, um velho amigo que faria qualquer coisa que ele pedisse, e se perguntou, por um instante, se sua vida algum dia voltaria a ser a mesma. Sem dúvida, com o passar dos meses e dos anos tudo voltaria ao normal e ele não seria visto pelos policiais como um defensor de bandidos, um protetor de criminosos.

Jake tirou aquilo da cabeça e disse a si mesmo para deixar a preocupação com o futuro para o mês seguinte.

– Obrigado, assistente Tatum – disse Dyer. – Sem mais perguntas.

– Dr. Brigance?

Jake se levantou e foi até o púlpito. Deu uma olhada em algumas anotações em um bloco e se dirigiu à testemunha:

– Bom, assistente Tatum, quando você entrou na casa pela primeira vez, perguntou ao Drew o que tinha acontecido.

– Foi o que eu disse.

– E onde exatamente ele estava?

– Como eu disse, ele estava na sala, sentado em uma cadeira, olhando pela janela da frente.

– Como se estivesse esperando pela polícia?

– Acho que sim. Não sei direito o que ele tava esperando. Tava só sentado lá.

– Ele olhou pra você quando disse que a mãe e o Stuart estavam mortos?

– Não. Ele ficou olhando pela janela.

– Ele estava atordoado? Estava com medo?
– Não sei. Não parei pra analisar.
– Ele estava chorando, abalado?
– Não.
– Ele estava em choque?
Dyer se levantou e disse:
– Protesto, Excelência. Acredito que esta testemunha não tenha competência para dar um parecer sobre o estado mental do réu.
– Aceito.
– E então você encontrou os dois corpos – continuou Jake –, de Josie Gamble e de Stuart Kofer, e falou com a garota. Depois você voltou para a sala, e onde o réu estava?
– Como eu disse, ele ainda tava sentado virado pra janela, olhando pra fora.
– E você fez uma pergunta e ele não respondeu, correto?
– Foi o que eu disse.
– Ele olhou pra você, pareceu ouvir sua pergunta, perceber sua presença?
– Não. Ele só ficou lá sentado, como eu disse.
– Sem mais perguntas, Excelência.
– Dr. Dyer?
– Nada, Excelência.
– Assistente Tatum, o senhor está dispensado. Por favor, recolha sua arma e acomode-se na sala de audiências. Quem é o próximo?
– O xerife Ozzie Walls – disse Dyer.
Alguns instantes se passaram enquanto todos aguardavam. Jake cochichou algo para Libby e ignorou os olhares dos jurados. Ozzie, com a postura de um ex-jogador profissional de futebol americano, caminhou pelo corredor, atravessou a divisória e foi até o banco das testemunhas, onde entregou sua arma e prestou juramento.
Dyer começou com as perguntas de rotina sobre sua formação, eleição e reeleição, seu treinamento. Como todos os bons promotores, ele era metódico, quase entediante. Ninguém achava que o julgamento iria durar muito, portanto não havia pressa.
– Xerife, quando você contratou Stuart Kofer? – perguntou Dyer.
– Em maio de 1985.
– Você se preocupou com a dispensa desonrosa dele do Exército?

– De jeito nenhum. Falamos sobre isso, e fiquei convencido de que tinha sido injustiçado. Ele estava muito animado com a ideia de ser um agente da lei, e eu precisava de um assistente.

– E o treinamento dele?

– Eu o mandei para a academia de polícia em Jackson para fazer o programa de dois meses.

– Como ele se saiu?

– Extremamente bem. O Stuart terminou em segundo na turma, tirou notas muito altas em tudo, principalmente em armas de fogo.

Dyer ignorou suas próprias anotações, olhou para os jurados e disse:

– Então ele fez parte do seu efetivo por cerca de quatro anos até sua morte, correto?

– Correto.

– E como você avalia o trabalho dele como assistente?

– Stuart era excepcional. Ele rapidamente se tornou um dos preferidos, um oficial corajoso que nunca fugia do perigo, estava sempre pronto para responder às piores situações. Há cerca de três anos, recebemos uma denúncia de que uma gangue de traficantes de Memphis faria uma entrega naquela noite em um local remoto não muito longe do lago. O Stuart estava de plantão e se ofereceu para ir lá dar uma olhada. Não tínhamos muita expectativa, pois o informante não era muito confiável, mas, quando Stuart chegou lá, foi emboscado e recebido a tiros por alguns bandidos. Em poucos minutos, três deles estavam mortos e um quarto se rendeu. O Stuart ficou levemente ferido, mas nunca faltou a um dia de trabalho sequer.

Uma história dramática, que Jake sabia que seria contada. Ele queria apresentar um protesto com base na irrelevância daquilo, mas Noose provavelmente não iria interromper a ação. A equipe da defesa tinha passado um bom tempo debatendo e por fim chegara à conclusão de que a história de heroísmo poderia beneficiar Drew. Que Dyer retratasse Stuart como um perfeito machão, imparável com uma arma na mão, um homem perigoso a ser temido, principalmente pela namorada e pelos filhos dela, que não tinham como se defender quando ele bebia e batia neles.

Ozzie disse ao júri que chegou à cena do crime cerca de vinte minutos após o chamado do assistente Tatum, que o esperava na entrada. Uma ambulância já estava lá e a mulher, Josie Gamble, estava na maca sendo preparada para ser levada ao hospital. Os dois filhos estavam sentados, lado a lado, no sofá da sala. Ozzie foi informado da situação por Tatum, então entrou no quarto e viu Stuart.

Dyer fez uma pausa, olhou para Jake e disse:

– Excelência, neste momento a acusação gostaria de mostrar ao júri três fotos da cena do crime.

Jake se levantou e disse:

– Excelência, a defesa renova o protesto a essas fotografias alegando que são provocativas, extremamente prejudiciais e desnecessárias.

– Protesto registrado – respondeu Noose. – Conste nos autos que um protesto foi apresentado pela defesa e em 16 de julho o tribunal realizou uma audiência sobre a questão. Estando de posse de todas as informações, o tribunal decidiu que três das fotos são admissíveis. Seu protesto, Dr. Brigance, foi negado. Como advertência aos jurados e espectadores, o conteúdo das fotos é explícito. Senhoras e senhores do júri, vocês não têm escolha a não ser examinar as fotos. Para os demais, fica a critério de cada um. Prossiga, Dr. Dyer.

Por mais chocantes e terríveis que fossem, fotos da cena do crime raramente eram excluídas dos julgamentos de homicídio. Dyer entregou uma foto colorida ampliada para Ozzie e disse:

– Xerife Walls, essa é a prova número 2 da acusação. Você poderia identificá-la?

Ozzie olhou para a foto, fez uma careta e respondeu:

– Esta é uma foto do Stuart Kofer, tirada da porta do quarto dele.

– E ela retrata com precisão o que você viu?

– Infelizmente, sim.

Ozzie baixou a fotografia e desviou o olhar.

– Excelência, gostaria da permissão para entregar aos jurados três cópias da mesma foto e de projetá-la na tela – solicitou Dyer.

– Prossiga.

Jake havia protestado contra a exibição de sangue e pavor ampliados na tela. Noose havia negado. De repente, lá estava Stuart, deitado em sua cama, com os pés pendendo para fora dela, a arma ao lado da cabeça, uma poça de sangue vermelho-escuro encharcando os lençóis e o colchão.

Houve gemidos e suspiros vindos dos espectadores. Jake lançou alguns olhares para os jurados, vários dos quais tinham desviado o olhar das fotos e da tela. Vários outros olharam para Drew com puro desprezo.

A segunda foto tinha sido tirada de um ponto mais perto dos pés de Stuart, uma visão muito mais próxima de sua cabeça, crânio e cérebro despedaçados, com muito sangue em volta.

Uma mulher um pouco longe de Jake chorava de soluçar, e ele sabia que era Janet Kofer.

Dyer não tinha pressa. Ele estava jogando sua cartada mais alta e aproveitando-a ao máximo. A terceira foto era uma tomada mais ampla e mostrava com clareza o sangue e os miolos espirrados nos travesseiros, na cabeceira e na parede.

A maioria dos jurados já tinha visto o suficiente e estava olhando para os próprios pés. A sala inteira parecia atordoada, como se tivesse sofrido algum abuso. Noose, percebendo que todo mundo já tinha visto o bastante, disse:

– É o suficiente, Dr. Dyer. Retire a imagem. E vamos fazer uma pausa de quinze minutos. Por favor, conduzam os jurados à sala do júri para um pequeno recesso.

Ele deu uma batida com o martelo e saiu.

Portia tinha encontrado apenas dois casos nos últimos cinquenta anos em que o Supremo Tribunal havia revertido uma condenação por homicídio por causa de fotos repulsivas da cena do crime. Ela argumentou que Jake deveria protestar, mas sem muito vigor, apenas para que constasse nos autos. O excesso de sangue poderia até mesmo salvar seu cliente quando eles recorressem. Jake, no entanto, não acreditava muito naquilo. O dano estava feito e parecia, naquele momento, ser incontornável.

JAKE DEU INÍCIO ao interrogatório de seu ex-amigo.

– Xerife Walls, seu departamento tem um protocolo para lidar com assuntos internos?

– Tem, claro.

– E, se um cidadão reclamar de um de seus oficiais, o que você faz a respeito?

– A reclamação deve ser apresentada por escrito. Eu reviso primeiro e tenho uma conversa em particular com o oficial. Em seguida, formamos uma assembleia de revisão composta por três integrantes, sendo um assistente na ativa e dois aposentados. Nós levamos as reclamações a sério, Dr. Brigance.

– Quantas reclamações foram apresentadas contra Stuart Kofer durante a sua gestão?

– Zero. Nenhuma.

– Você sabia de algum problema que ele estava tendo?

– Eu tenho, quer dizer, tinha, catorze assistentes, Dr. Brigance. Não posso me envolver em todos os problemas deles.

– Você sabia que Josie Gamble, a mãe do Drew, ligou pro serviço de emergência em duas ocasiões anteriores pedindo ajuda?

– Bem, eu não soube disso na época.

– E por que não?

– Porque ela não prestou queixa.

– Ok. Quando um assistente é enviado ao local de um incidente doméstico após uma ligação para a emergência, ele posteriormente faz um relatório sobre o ocorrido?

– Supostamente, sim.

– É verdade que, no dia 24 de fevereiro deste ano, os oficiais Pirtle e McCarver responderam a um chamado vindo da residência do Kofer, uma ligação feita por Josie Gamble, que disse ao atendente que Stuart Kofer estava bêbado e ameaçando a ela e seus filhos?

Dyer levantou-se de um salto e exclamou:

– Protesto, Excelência. Apela para a palavra de terceiros.

– Negado. Prossiga.

– Xerife Walls?

– Não tenho certeza quanto a isso.

– Bem, eu tenho a gravação da chamada. Você quer ouvir?

– Acredito na sua palavra.

– Obrigado. E Josie Gamble vai testemunhar sobre isso.

– Eu disse que acredito na sua palavra.

– Então, xerife, onde está o relatório sobre esse incidente?

– Bem, eu teria que examinar os registros.

Jake caminhou até três grandes caixas empilhadas ao lado da mesa da defesa. Apontou para elas e disse:

– Aqui estão eles, xerife. Eu tenho cópia de todos os relatórios produzidos pelo seu departamento nos últimos doze meses. E não há aqui nenhum apresentado pelos oficiais Pirtle e McCarver quanto ao dia 24 de fevereiro em resposta a uma ligação de Josie Gamble.

– Bem, deve ter se extraviado. Lembre-se, Dr. Brigance, se nenhuma queixa for apresentada pela parte reclamante, então não é propriamente relevante. Não tem muita coisa que a gente possa fazer. Muitas vezes atendemos uma chamada sobre um incidente doméstico e resolvemos tudo sem tomar nenhuma ação oficial. A papelada nem sempre é tão importante assim.

– Parece que não é mesmo. Justamente por isso ela sumiu.

– Protesto – disse Dyer.

– Aceito. Dr. Brigance, por favor, abstenha-se de fazer afirmações.

– Sim, Excelência. Agora, xerife, é verdade que, no dia 3 de dezembro do ano passado, o assistente Swayze foi mandado ao mesmo endereço após uma ligação para a emergência de Josie Gamble? Outro incidente doméstico?

– Você tem os registros.

– Mas e *você*? Também tem? Onde está o relatório do incidente elaborado pelo assistente Swayze?

– Deveria estar nos arquivos.

– Mas não está.

Dyer se levantou e disse:

– Protesto, Excelência. O Dr. Brigance pretende apresentar como evidência todos os registros? – perguntou Dyer, apontando para as caixas.

– Claro, se for necessário – respondeu Jake.

Noose tirou os óculos de leitura, esfregou os olhos e perguntou:

– Aonde quer chegar com isso, Dr. Brigance?

A deixa perfeita.

– Excelência, vamos provar que houve um padrão de violência doméstica e abuso perpetrados por Stuart Kofer contra Josie Gamble e seus filhos, e que isso foi encoberto pelo gabinete do xerife para proteger um dos seus oficiais.

Dyer reagiu:

– Excelência, o Sr. Kofer não está em julgamento e não está aqui para se defender.

– Vou interrompê-lo aqui nesse ponto – afirmou Noose para Jake. – Não tenho certeza se a relevância foi estabelecida.

– Tudo bem, Excelência – disse Jake. – Vou convocar novamente o xerife durante os depoimentos da defesa. Sem mais perguntas.

– Xerife Walls, você está dispensado, mas ainda está sob intimação, então precisa deixar a sala de audiências – explicou Noose. – Recolha sua arma, por favor.

Ozzie olhou bem nos olhos de Jake enquanto saía.

– Dr. Dyer, por favor, chame sua próxima testemunha.

– A acusação chama ao banco o capitão Hollis Brazeale, da Polícia Rodoviária do Mississippi.

Brazeale parecia deslocado em um terno azul-marinho elegante com uma camisa branca e uma gravata vermelha. Ele repassou rapidamente suas qualificações e seus muitos anos de experiência, orgulhosamente informando ao júri que havia investigado mais de cem homicídios. Falou sobre sua chegada à cena do crime e queria se debruçar sobre as fotos, mas Noose, assim como os demais, já tinha visto sangue suficiente. Brazeale descreveu como sua equipe de peritos do laboratório de criminalística do estado tinha examinado a cena, tirando fotos e fazendo vídeos, coletando amostras de sangue e de massa encefálica. O pente da Glock tinha capacidade para quinze balas. Apenas uma estava faltando, e eles a encontraram enterrada no colchão, perto da cabeceira da cama. De acordo com as análises, ela batia com a arma.

Dyer entregou a ele um pequeno saco plástico com fecho hermético contendo um projétil e explicou que era o que tinha sido encontrado no colchão, saído da pistola. E pediu-lhe que o identificasse. Nenhuma dúvida quanto àquilo. Dyer então apertou um botão e fotos ampliadas da arma e do projétil apareceram. Brazeale deu uma minipalestra sobre o que acontece quando uma bala é disparada: a espoleta e a pólvora explodem dentro do cartucho, forçando a bala a atravessar o cano. A explosão produz gases que escapam e vão parar nas mãos e, muitas vezes, nas roupas de quem puxou o gatilho. Gases e partículas de pólvora acompanham a bala e podem fornecer evidências quanto à distância entre o cano da arma e o ferimento de entrada.

Nesse caso, suas análises tinham revelado que a bala percorreu uma curta distância. Na opinião de Brazeale, de "menos de 5 centímetros".

Ele tinha certeza quanto às suas opiniões, e os jurados ouviam com atenção. Jake, porém, achou que o testemunho estava se arrastando demais. Ele observou discretamente os jurados e notou um deles olhando em outra direção, como se dissesse: "Tá bom, tá bom. A gente já entendeu. Está bastante óbvio o que aconteceu."

Mas Dyer continuou, tentando dar conta de todos os aspectos. Brazeale disse que, depois que o corpo foi removido, eles coletaram os lençóis, dois cobertores e dois travesseiros. A investigação era rotineira, sem nenhuma complicação. A causa da morte era óbvia. A arma do crime tinha sido confiscada. Um suspeito confessou o assassinato a uma testemunha confiável. Na manhã daquele mesmo dia, Brazeale e dois técnicos foram até a prisão e colheram as impressões digitais do suspeito. Eles também recorreram a esfregaços nas mãos, nos braços e nas roupas do suspeito para coletar resíduos de pólvora.

A seguir veio um simpósio sobre impressões digitais, com Brazeale apresentando uma série de slides e explicando que quatro impressões latentes foram removidas da Glock e comparadas às colhidas do réu. As impressões digitais de cada pessoa são únicas e, apontando para uma impressão digital com arcos destacados, ele disse que não havia dúvida de que as quatro impressões de dedos, incluindo o polegar, haviam sido deixadas na arma pelo réu.

Depois foi feita uma análise técnica verborrágica sobre os testes químicos usados para encontrar e mensurar os resíduos de arma de fogo. Ninguém ficou surpreso quando Brazeale chegou finalmente à conclusão de que havia sido Drew a disparar a arma.

Quando Dyer encerrou suas perguntas para a testemunha às 11h50, Jake se levantou, deu de ombros e declarou:

– A defesa não tem perguntas, Excelência.

Noose, assim como todo mundo, precisava de uma pausa. Ele olhou para um oficial de justiça e disse:

– Faremos um recesso. O almoço para os jurados está pronto?

O oficial de justiça fez que sim com a cabeça.

– Ok, recesso até uma e meia.

44

A sala de audiências ficou vazia e Drew permaneceu sentado sozinho à mesa, com as mãos cruzadas, sob o olhar lânguido de um oficial de justiça manco. Moss Junior e o Sr. Zack apareceram e lhe disseram que era hora do almoço. Eles o conduziram por uma porta lateral, subindo os degraus bambos de uma escadaria antiga até uma sala do terceiro andar que no passado abrigara a biblioteca jurídica do condado. O espaço parecia ter tido dias melhores e dava a impressão de que pesquisas jurídicas não eram uma prioridade no condado de Van Buren. Havia prateleiras de livros empoeirados dispostas em ângulos estranhos, algumas precariamente inclinadas, algo bem parecido com o próprio fórum em si. Em uma área aberta havia uma mesa de jogos com duas cadeiras dobráveis.

– Ali – disse Moss Junior, apontando, e Drew se sentou.

O Sr. Zack trouxe um saco de papel pardo e uma garrafa de água. De dentro dele, Drew tirou um sanduíche embrulhado em papel-alumínio e um pacote de batatas chips.

– Ele vai ficar seguro aqui – disse Moss Junior ao Sr. Zack. – Eu vou estar lá embaixo.

Moss Junior saiu e eles ficaram ouvindo enquanto ele descia a escada com passos pesados.

O Sr. Zack se sentou em frente a Drew e perguntou:

– O que tá achando do seu julgamento até agora?

Drew deu de ombros. Jake o havia orientado sobre como falar com qualquer pessoa vestindo um uniforme.

– Parece que não tá indo muito bem.

O Sr. Zack resmungou e sorriu.

– É verdade.

– O mais bizarro é como eles fazem o Stuart parecer um cara tão bacana.

– Ele era um cara bacana.

– Sim, pra você. Morar com ele era outra história.

– Você vai comer?

– Não tô com fome.

– Vamos lá, Drew. Você mal tocou no café da manhã. Precisa comer alguma coisa.

– Olha, você fala isso desde que a gente se conheceu.

O Sr. Zack abriu seu próprio saco de papel e deu uma mordida em um sanduíche de peru.

– Trouxe o baralho? – perguntou Drew.

– Sim.

– Excelente. Vinte e um?

– Claro. Depois que você comer.

– Você me deve 130 pratas, certo?

A 3 QUILÔMETROS dali, no centro de Chester, a equipe da defesa comia sanduíches na sala de reuniões de Morris Finley. Morris, um advogado bastante ocupado, estava fora tratando de algumas questões no tribunal federal. Ele não podia se dar o luxo de passar dias inteiros assistindo a audiências de outro advogado. Nem Harry Rex, cujo estressante escritório estava sendo completamente ignorado por seu único advogado, mas ele não perderia o julgamento de Gamble por nada. Ele, Lucien, Portia, Libby, Jake e Carla comeram rapidamente e analisaram o que a acusação tinha apresentado até aquele momento. A única surpresa havia sido a recusa de Noose em permitir que Brazeale revisitasse as medonhas fotografias da cena do crime.

Ozzie havia feito um trabalho razoável, embora tivesse pegado mal para ele tentar encobrir a papelada desaparecida. Era uma pequena vitória da defesa, mas logo seria esquecida. O fato de os oficiais do condado não serem exatamente meticulosos em seus entediantes relatórios não seria importante quando o júri debatesse a culpa ou a inocência do réu.

De modo geral, a acusação havia conquistado uma grande vitória naquela manhã, mas isso não era surpresa para ninguém. O caso era simples, direto e nenhuma pista havia lhes escapado. As alegações iniciais de Dyer foram eficazes e chamaram a atenção de todos os membros do júri. Convocando um nome por vez, eles falaram de cada um dos doze jurados. Os primeiros seis homens estavam convencidos e prontos para votar culpado. Joey Kepner não havia revelado nada, nem em suas expressões faciais nem na linguagem corporal. As cinco mulheres não pareciam demonstrar mais compaixão do que eles.

Passaram a maior parte do almoço falando sobre Kiera. Dyer tinha conseguido provar que Drew havia cometido o homicídio para além de qualquer dúvida razoável. O Ministério Público não precisava do testemunho de Kiera para embasar seu caso. O depoimento que a menina prestara a Tatum afirmando que Drew havia atirado em Stuart já estava entre as evidências.

– Mas ele é promotor – argumentou Lucien. – E essa raça quer sempre mais. Ela é a única pessoa que pode testemunhar que ouviu não só o tiro, mas também o irmão admitir ter feito o disparo. Claro, o Drew poderia admitir tudo isso ele mesmo, mas só se for chamado ao banco. A Josie estava lá, mas inconsciente. Se o Dyer não convocar a Kiera pra depor, os jurados vão se perguntar por quê. E a apelação? E se ficar decidido na segunda instância que o depoimento do Tatum deveria ter sido excluído por conter palavras de terceiros? Vai ser uma decisão difícil, certo?

– Talvez sim, talvez não – disse Jake.

– Tá bem, digamos que a gente tenha uma vitória ao alegar essa questão das palavras de terceiros. O Dyer pode estar preocupado com isso e pensando que precisa reforçar o caso e fazer a garota depor.

– Eles realmente precisam disso? – perguntou Libby. – Já não juntaram um bando de provas aos autos?

– É o que parece, sem dúvida – disse Jake.

– O Dyer vai se comportar como um idiota se colocá-la pra depor – comentou Harry Rex. – Simples assim. Ele tem o caso na mão. Por que simplesmente não dá a inquirição por encerrada e aguarda a defesa?

– Ele vai chamá-la ao banco, vai interrogá-la e depois vai fazer um escarcéu quando a gente começar a falar sobre o abuso – garantiu Jake.

– Mas o abuso vai ser abordado, certo? – perguntou Libby. – Não tem como evitar.

– Depende do Noose – disse Jake. – Ele tem a nossa petição e nós já argumentamos, de forma convincente, pelo menos na minha opinião, que o abuso é relevante. Deixar isso de fora vai ser um erro grave.

– A gente tá tentando ganhar o julgamento ou o recurso? – quis saber Carla.

– Os dois.

Eles deram sequência ao debate enquanto comiam sanduíches sem graça para matar a fome.

A TESTEMUNHA QUE a acusação apresentou a seguir foi o Dr. Ed Majeski, patologista contratado para realizar a autópsia. Dyer o conduziu ao longo da lista de perguntas áridas de sempre, com o intuito de demonstrar sua expertise no assunto, e enfatizou o fato de o médico ter realizado, ao longo de uma carreira de trinta anos, duas mil autópsias, incluindo aproximadamente trezentas envolvendo ferimentos a bala. Quando teve a oportunidade de questionar as credenciais de Majeski, Jake disse:

– Excelência, a defesa não tem perguntas. Estamos de acordo com as qualificações do Dr. Majeski.

Dyer então se aproximou da tribuna junto com Jake e sussurrou ao juiz que o Ministério Público gostaria de apresentar quatro fotos tiradas durante a autópsia. Aquilo era esperado, pois Dyer já tinha levado as fotos a uma audiência preliminar. Noose, como sempre, havia adiado sua decisão até aquele momento. Ele olhou para as imagens novamente, balançou a cabeça e disse, longe do microfone:

– Acho que não. O júri já viu sangue suficiente. Defiro a objeção da defesa.

Era óbvio que Sua Excelência estava preocupado com as fotos da cena do crime e sua repugnância.

Dyer passou então para uma ilustração um tanto caricatural de um cadáver genérico e a colocou na tela. Por uma hora o Dr. Majeski insistiu no óbvio. Usando muitos termos médicos e jargões, ele entediou a sala de audiências com um depoimento que provou, sem sombra de dúvida, que o falecido havia morrido em decorrência de um único ferimento a bala na cabeça, que havia estourado a maior parte do lado direito de seu crânio.

Enquanto o médico falava em voz monótona, Jake não pôde deixar de pensar em Earl e Janet Kofer, sentados não muito longe dele, e em sua dor ao ouvir tais detalhes a respeito do ferimento fatal sofrido pelo filho. E, como sempre acontecia quando pensava nos pais, lembrou-se de que estava lutando para manter um garoto longe da câmara de gás. Aquela não era uma boa hora para sentir compaixão pelo morto.

Quando Dyer finalmente encerrou o interrogatório da testemunha, Jake se levantou de um salto e subiu ao púlpito.

– Dr. Majeski, o senhor tirou uma amostra de sangue do falecido?
– Claro. É o procedimento-padrão.
– E essa amostra revelou algo relevante?
– Por exemplo?
– Por exemplo, a quantidade de álcool no organismo dele?
– Sim.
– Agora, para que o júri entenda melhor, e eu também, o senhor poderia explicar como é medido o nível de álcool em uma pessoa?
– Com certeza. O teor de álcool no sangue, mais conhecido como TAS, é a quantidade de álcool na corrente sanguínea, na urina ou no hálito. Ele é expresso a partir do peso do etanol, ou álcool, em gramas por 100 mililitros de sangue.
– Vamos simplificar isso tudo, doutor. O limite legal para dirigir sob o efeito de álcool no Mississippi é TAS de 0,10. O que isso significa?
– Claro, isso significa 0,10 grama de álcool por 100 mililitros de sangue.
– Ok. Obrigado. Agora, qual era o TAS de Stuart Kofer?
– Era bastante significativo. Estava em 0,36 grama por 100 mililitros.
– Perdão, 0,36 grama por 100 mililitros de sangue?
– Exatamente.
– Então, o falecido estava duas vezes e meia acima do limite legal para dirigir?
– Isso mesmo.

O jurado número 4, um homem branco de 55 anos, olhou para o jurado número 5, um homem branco de 58. A jurada número 8, uma mulher branca, parecia chocada. Joey Kepner balançou a cabeça ligeiramente, em descrença.

– Agora, Dr. Majeski, há quanto tempo o Sr. Kofer estava morto quando o senhor coletou a amostra do sangue dele?

– Há aproximadamente doze horas.

– E é possível que durante esse período de doze horas o nível de álcool tenha diminuído?

– Provavelmente não.

– Mas é possível?

– É improvável, mas ninguém sabe ao certo. É algo bastante difícil de se medir, por razões óbvias.

– Está bem, vamos ficar com o valor de 0,36. O senhor pesou o corpo?

– Sim, como sempre. É um procedimento-padrão.

– E quanto ele pesava?

– Noventa quilos.

– Ele tinha 33 anos e pesava 90 quilos, certo?

– Correto, mas a idade dele não deve ser levada em consideração.

– Ok, vamos deixar a idade dele de lado. Para um homem do tamanho dele e com esse tanto de álcool no organismo, como o senhor descreveria a capacidade dele de dirigir um veículo?

Dyer se levantou e disse:

– Protesto, Excelência. Isso vai além do escopo do testemunho. Não tenho certeza se este perito é qualificado para dar tal opinião.

Sua Excelência olhou para a testemunha e perguntou:

– Dr. Majeski, o senhor é qualificado para isso?

Ele sorriu com arrogância e respondeu:

– Sim, sou.

– Negado. O senhor pode responder à pergunta.

– Bem, Dr. Brigance, eu definitivamente não gostaria de estar no carro com ele.

Esse comentário provocou breves sorrisos em alguns dos jurados.

– Nem eu, doutor. O senhor o descreveria como sendo plenamente incapacitado?

– Não seria um termo médico, mas, sim.

– E o senhor pode descrever os outros efeitos de tanto álcool, em termos não médicos?

– São devastadores. Perda de coordenação motora. Reflexos bastante reduzidos. Andar ou mesmo ficar de pé exigiria ajuda. Fala arrastada ou indistinguível. Náusea. Vômito. Desorientação. Aumentos graves na frequência cardíaca. Respiração irregular. Perda do controle da bexiga. Perda de memória. Talvez até inconsciência.

Jake virou uma página de seu bloco de anotações para permitir que aqueles efeitos assustadores ressoassem pelo tribunal. Em seguida, foi até a mesa da defesa e pegou alguns papéis. Lentamente, voltou ao púlpito e disse:

– Agora, Dr. Majeski, o senhor disse que realizou mais de duas mil autópsias em sua distinta carreira.

– Isso mesmo.

– Quantas dessas mortes foram causadas por intoxicação por álcool?

Dyer levantou-se novamente e disse:

– Protesto, Excelência. Qual é a relevância dessa pergunta? Não estamos preocupados aqui com a morte de mais ninguém.

– Dr. Brigance?

– Excelência, estamos em um interrogatório e eu tenho liberdade para perguntar. A embriaguez do falecido é certamente relevante.

– Permitirei por enquanto, mas vamos ver aonde isso vai. Pode responder à pergunta, Dr. Majeski.

A testemunha mudou de posição na cadeira, mas estava obviamente gostando da oportunidade de expor sua experiência e seu conhecimento.

– Não tenho certeza, mas houve várias.

– No ano passado o senhor fez a autópsia de um garoto de uma fraternidade em Gulfport. O sobrenome dele era Cooney. O doutor se lembra dele?

– Sim, me lembro sim, muito triste.

Jake olhou para sua papelada.

– O senhor concluiu que a causa da morte foi intoxicação aguda por álcool, correto?

– Correto.

– O senhor se lembra do TAS do garoto?

– Não me lembro, desculpe.

– Eu tenho o seu relatório bem aqui. O senhor gostaria de dar uma olhada?

– Não, apenas refresque a minha memória, Dr. Brigance.

Jake baixou os papéis, olhou para o júri e disse:

– A concentração era de 0,33.

– Me parece isso mesmo – disse Majeski.

Jake voltou para sua mesa, folheou a papelada, puxou alguns documentos da pilha e voltou ao púlpito.

– O doutor se lembra de uma autópsia realizada em agosto de 1987 em um bombeiro da cidade de Meridian chamado Pellagrini?

Dyer se levantou com os braços estendidos e disse:

– Excelência, por favor. Mais uma vez protesto com base na relevância dessas perguntas.

– Negado. Pode responder à pergunta.

Dyer caiu pesadamente em sua cadeira e sua encenação atraiu um olhar severo da bancada do júri.

– Sim, eu me lembro desse caso – respondeu Majeski.

Jake examinou a primeira página, embora todos os detalhes estivessem memorizados.

– Diz aqui que ele tinha 44 anos e pesava 87 quilos. O corpo dele foi encontrado no porão de casa. O senhor concluiu que a causa da morte foi intoxicação aguda por álcool. Isso lhe parece correto, doutor?

– Sim.

– Por acaso o senhor se lembra do TAS dele?

– Não exatamente, não.

Mais uma vez, Jake baixou os papéis, olhou para o júri e anunciou:

– O valor era 0,32.

Ele olhou para Joey Kepner e viu o início de um leve sorriso.

– Dr. Majeski, é seguro dizer que Stuart Kofer estava à beira da morte em razão do consumo de álcool?

Dyer pulou da cadeira novamente e exclamou com raiva:

– Protesto, Excelência! Isso é especulação!

– É verdade. Aceito.

Depois de um desenvolvimento perfeito, Jake estava pronto para o arremate. Ele deu um passo em direção à sua mesa, parou, olhou para a testemunha e perguntou:

– Seria possível, Dr. Majeski, que Stuart Kofer já estivesse morto quando foi baleado?

– Protesto, Excelência – gritou Dyer.

– Aceito. Não responda a essa pergunta.

– Sem mais perguntas – disse Jake olhando para os espectadores.

Harry Rex estava sorrindo. Na última fila, Lucien não poderia estar mais orgulhoso do seu protegido. A maioria dos jurados parecia atônita.

Eram quase três da tarde e Noose precisava de outra rodada dos seus comprimidos.

– Vamos fazer o recesso da tarde e tomar um café – anunciou. – Eu gostaria de falar com os advogados no meu gabinete.

LOWELL DYER AINDA estava furioso quando se reuniram ao redor da mesa. Noose havia tirado sua toga e alinhava pequenos frascos de comprimidos enquanto se espreguiçava. Ele os engoliu com um copo d'água e se sentou. Sorriu e disse:

– Bem, doutores, não havendo alegação de insanidade a ser debatida, o julgamento está avançando. Meus cumprimentos a vocês dois. – Olhou para o promotor e perguntou: – Quem é a sua próxima testemunha?

Dyer tentou parecer indiferente e tão frio quanto Jake. Respirou fundo e respondeu:

– Não sei, Excelência. Eu planejava chamar Kiera Gamble para depor, mas agora estou um tanto relutante. Por quê? Porque vamos falar sobre o abuso. Como eu disse antes, simplesmente não é justo permitir que essas pessoas deponham a respeito de questões que não posso rebater efetivamente durante o interrogatório. Não é justo permitir que Stuart Kofer seja caluniado.

– Caluniado? – indagou Jake. – Calúnia implica falso testemunho, Lowell.

– Mas nós não sabemos o que é mentira e o que é verdade.

– As testemunhas vão estar sob juramento – afirmou Noose.

– É verdade, mas elas também terão todos os motivos para exagerar o abuso. Não há ninguém para refutar o que aconteceu.

– Fatos são fatos, Lowell – disse Jake. – É impossível mudá-los. A verdade é que esses três estavam vivendo um pesadelo porque eram abusados e ameaçados, e o abuso foi um fator importante no homicídio.

– Então foi por vingança?

– Eu não disse isso.

– Doutores. Estamos discutindo esse assunto há algum tempo e já recebi os argumentos de ambas as partes. Estou convencido de que a jurisprudência nesse estado tende a explorar a reputação do falecido, principalmente em um ambiente factual como este. Portanto, vou autorizar, até certo ponto. Se eu achar que as testemunhas estão exagerando, como você diz, Dr. Dyer, então você sempre pode protestar, e nós falaremos novamente sobre o assunto. Vamos devagar. Temos muito tempo e não há pressa.

– Então o Ministério Público dá por encerrada a sua inquirição, Excelência. Provamos a acusação para além de qualquer dúvida razoável. A intoxicação do falecido não altera o fato de ele ter sido assassinado por Drew Gamble, estivesse em serviço ou não.

– Que legislação ridícula – murmurou Jake.

– Mas é a lei, Jake. Não tem como a gente mudar.

– Doutores. – Noose fez uma careta de dor e tentou se esticar. – Vai dar quatro horas. Eu tenho consulta com um fisioterapeuta às cinco e meia. Não estou reclamando, mas a minha lombar precisa de um trato. É difícil ficar sentado por mais de duas ou três horas seguidas. Vamos dispensar o júri, fazer o recesso mais cedo e nos reunir novamente pela manhã, às nove em ponto.

Jake ficou satisfeito. Os jurados voltariam para casa com a ideia de Kofer apagado de tanto beber ainda na cabeça.

45

O jantar no escritório de Jake foi outra rodada de sanduíches, só que muito mais saborosos. Carla correu para casa após o recesso, apanhou Hanna e, juntas, prepararam frango grelhado e montaram sanduíches gourmet. Então os levaram para o escritório e comeram com Libby, Josie e Kiera. Portia tinha ido para casa ver como estava a mãe e voltaria a se reunir à equipe para outra sessão que se estenderia noite adentro. Harry Rex estava em seu escritório, apagando incêndios, ao passo que Lucien fugiu do trabalho para ir atrás de uma bebida.

Enquanto comiam, eles repassaram os acontecimentos do dia, desde as alegações iniciais do promotor até todos os depoimentos. Como futuras testemunhas, Josie e Kiera ainda estavam proibidas de comparecer ao julgamento e estavam ansiosas para saber o que tinha acontecido. Jake lhes assegurou que Drew estava aguentando firme e sendo bem cuidado. Elas se preocupavam com a segurança dele, mas Jake disse que ele estava protegido. A sala de audiências estava repleta de membros da família Kofer e seus amigos, e tudo aquilo era, sem dúvida, um espetáculo doloroso para eles suportarem, mas, até então, ninguém tinha se comportado mal.

Eles falavam dos jurados como se fossem velhos amigos. Libby achava que a número 7, Sra. Fife, tinha ficado particularmente enojada com o alcoolismo de Kofer. O número 2, Sr. Poole, um diácono da Primeira Igreja Batista e abstêmio estrito, pareceu ter se incomodado com isso também.

– Esperem até que eles ouçam o restante da história – comentou Jake. – O alcoolismo vai parecer brincadeira de criança.

Eles cobriram todos os doze. Carla não gostava da número 11, Srta. Twitchell, de 24 anos, a mais jovem e a única que não era casada. Tinha sempre um sorriso de desdém no rosto e passava o tempo inteiro olhando feio para Drew.

Aos 8 anos, Hanna estava entediada com o que quer que os adultos estivessem fazendo na grande sala de reuniões e queria ir embora. Carla voltou para casa para colocá-la na cama. Apesar do tédio, a menina estava gostando muito do julgamento em si, porque passava os longos dias de verão com os pais de Jake.

Portia voltou e foi à biblioteca fazer algumas pesquisas.

– Muito bem, Josie – disse Jake. – Você é a primeira a testemunhar amanhã. Vamos repassar mais uma vez o seu depoimento palavra por palavra. A Libby vai fazer o papel de promotora e vai atacar sempre que quiser.

– De novo? – perguntou Josie, já cansada.

– Sim, de novo e de novo. E, Kiera, você é a próxima. Lembre-se, Josie, de que depois de depor você vai ser liberada e poderá permanecer no tribunal. A Kiera vai ser chamada em seguida, então eu quero que você ouça e observe tudo que sua mãe disser e fizer enquanto a gente revê isso mais uma vez.

– Entendi. Vamos lá.

OUTRA TEMPESTADE DURANTE as primeiras horas do dia derrubou o fornecimento de energia elétrica. O gerador automático do fórum não funcionou e, às 7h30, a idosa equipe de zeladores lutava para resolver o problema. Quando Noose chegou às 8h15, as luzes pelo menos estavam intermitentes, o que era um sinal de esperança. Ele ligou para a companhia de energia e fez um escândalo, e meia hora depois as luzes se acenderam e não apagaram mais. Os aparelhos de ar condicionado voltaram à vida e começaram a se esforçar para combater a densa umidade dentro da sala de audiências. Quando o juiz assumiu a tribuna às 9h, sua toga já estava molhada ao redor da gola.

– Bom dia – disse ele em voz alta no microfone, que funcionava no volume máximo. – Parece que ficamos sem energia por conta de um temporal algumas horas atrás. A eletricidade foi restaurada, mas temo que o calor permanecerá conosco por algumas horas.

Jake praguejou contra Noose por escolher aquele prédio velho, mal projetado e em ruínas para sediar um julgamento em agosto, mas só por alguns segundos. Tinha assuntos mais importantes em mente.

– Podem trazer o júri – ordenou Noose.

Os jurados entraram em fila, usando roupas apropriadas para o dia: camisas de manga curta e vestidos de algodão. Enquanto se sentavam, um oficial de justiça entregou um leque a cada um deles – um pedaço decorativo de papelão colado em um palito –, como se agitá-los para a frente e para trás na frente de seus narizes fosse aliviar o calor sufocante. Muitos dos espectadores já se abanavam.

– Senhoras e senhores do júri – começou Noose –, peço desculpas pela queda de energia e pelo calor, mas o show precisa continuar. Vou permitir que os advogados tirem seus paletós, mas fiquem com as gravatas, por favor. Dr. Brigance.

Jake se levantou e sorriu, posicionando-se no púlpito de modo a encarar o júri.

Ainda de paletó, ele começou dizendo:

– Bom dia, senhoras e senhores. Neste momento tenho permissão para fazer algumas observações sobre o que espero provar na defesa de Drew Gamble. Bem, não vou correr o risco de perder a credibilidade perante vocês sugerindo que talvez haja dúvidas a respeito de quem atirou em Stuart Kofer. Isso está bem claro. O Dr. Lowell Dyer, nosso ilustríssimo promotor de justiça, fez um trabalho magistral ontem, provando o argumento do Estado. Agora cabe à defesa contar o resto da história. E há muito mais nessa história. O que vamos tentar fazer é descrever o *pesadelo* que Josie Gamble e seus dois filhos estavam vivendo. – Com o punho cerrado, ele bateu no púlpito de forma cadenciada ao dizer: – Era um inferno. – Ele parou por um segundo e bateu de novo: – Eles têm sorte de estarem vivos.

Meio dramático demais, pensou Harry Rex.

Faltou um pouco de força, disse Lucien a si mesmo.

– Há cerca de um ano, Josie e Stuart se conheceram em um bar, algo típico dos dois. Josie havia passado muito tempo em bares, assim como Stuart, e não é de surpreender o fato de terem se conhecido dessa forma. Josie disse a ele que morava em Memphis e estava visitando uma amiga, que por acaso não estava no bar. Ela estava sozinha. Era mentira. Josie e seus dois filhos estavam morando em um trailer emprestado na propriedade de um parente distante que os havia mandado ir embora. Eles não tinham para onde ir. Uma espécie de romance se desenrolou rapidamente, com Josie em uma perseguição frenética quando soube que Stuart tinha casa própria. E ele era assistente do xerife do condado de Ford, um homem com um bom salário. Ela é uma garota bonita, gosta de calças jeans justas e outras roupas que podem ser consideradas provocantes, e Stuart ficou apaixonado. Vocês vão conhecê-la já, já. Ela é a nossa primeira testemunha, a mãe do réu.

Jake assimilava a reação dos jurados enquanto falava. Ele continuou:

– Josie pressionou muito e Stuart a convidou pra morar com ele. Ele não queria os filhos dela, porque, como ele mesmo admitiu, não foi feito para a paternidade. Mas vinham no pacote. Pela primeira vez em dois anos, os Gambles tinham um teto de verdade sobre suas cabeças. Por cerca de um mês as coisas ficaram bem; o clima era tenso, mas dava pra viver, então Stuart começou a reclamar sobre quanto aquilo estava custando a ele. As crianças comem demais, ele dizia. Josie trabalhava em dois empregos, ganhando um salário mínimo, e fazia o possível pra sustentar a família. Aí começaram as surras e a violência se tornou um estilo de vida. Bem, vocês já ouviram falar muito sobre Stuart e que tipo de pessoa ele era quando estava sóbrio. Felizmente, era assim a maior parte do tempo. Ele nunca faltou a um dia de serviço, nunca apareceu bêbado pra trabalhar. O xerife Walls disse que ele era um bom oficial e que realmente gostava de fazer cumprir a lei. Quando não estava bebendo. Mas, uma vez que isso acontecia, ele se tornava um homem vil, cruel e violento.

Toda a atenção da sala de audiências estava em Jake.

– Stuart amava os bares, a vida noturna, gostava de beber muito com os amigos e de jogar dados, e era um brigão, adorava sair no soco por aí. Quase todas as sextas e sábados à noite, depois do trabalho, ele ia a algum bar e voltava pra casa bêbado. Às vezes era agressivo e ia atrás de confusão; outras vezes simplesmente ia pra cama e desmaiava. Josie e seus filhos aprenderam a deixá-lo sozinho e a se esconder em seus quartos, rezando para que não acontecesse nada. Mas aconteceram várias coisas, foram muitos os problemas. As crianças imploravam à mãe que fossem embora, mas não havia pra onde ir, pra onde correr. À medida que a violência piorava, ela implorava que ele procurasse ajuda, parasse de beber e parasse de bater neles. Mas Stuart estava fora de controle. Ela ameaçou largá-lo em várias ocasiões, e isso sempre o deixava furioso. Ele a xingava, a ofendia na frente das crianças, zombava dela porque ela não tinha pra onde ir, dizia que o estacionamento de trailers era um lixo.

Dyer se levantou e disse:

– Protesto, Excelência. Testemunho indireto.

– Aceito.

Os jurados número 3 e 9 moravam em trailers.

Jake ignorou Dyer e Noose e se concentrou nos rostos dos jurados 3 e 9. Ele prosseguiu:

– Na noite de 24 de março, um sábado, Stuart saiu. Na verdade, ele tinha passado a tarde toda fora, e Josie já esperava pelo pior. Eles aguardaram enquanto as horas passavam. O relógio marcou meia-noite e nada. As crianças estavam no andar de cima, no quarto de Kiera, com as luzes apagadas, se escondendo, esperando que a mãe não fosse agredida novamente. Eles estavam no quarto de Kiera porque sua porta era mais resistente e a fechadura funcionava melhor. Sabiam disso por experiência própria. A porta anterior havia sido chutada por Stuart durante um de seus acessos de raiva. Josie estava lá embaixo, esperando os faróis aparecerem no acesso. – Ele parou por um longo tempo e disse: – Na verdade, eu vou deixar que elas contem a história.

Ele se posicionou atrás do púlpito, olhou para suas anotações e enxugou o suor da testa. Exceto pelo ruído dos leques e pelo zumbido constante dos aparelhos de ar condicionado, a sala de audiências estava silenciosa e imóvel.

– Senhoras e senhores, este não é um caso de assassinato premeditado, longe disso. Vamos provar que, durante aquele momento terrível, com a mãe inconsciente no chão da cozinha, Stuart completamente bêbado andando de forma ameaçadora pela casa, a irmã chorando e implorando que a mãe acordasse, duas crianças sozinhas e vulneráveis, a história de violência indescritível marcada em suas almas apavoradas, a crença de que eles não estavam seguros e nunca estariam a salvo daquele homem, o que o pequeno Drew Gamble fez foi inteiramente *justificado*.

Jake assentiu para os jurados e se virou para o juiz.

– Excelência, estamos prontos para chamar a nossa primeira testemunha, Josie Gamble.

– Muito bem. Podem chamá-la, por gentileza.

Ninguém se moveu no momento em que Josie entrou. Jake a encontrou na divisória que o separava da plateia, abriu a portinhola e apontou para o banco das testemunhas. Por ter sido soberbamente treinada, ela parou perto do taquígrafo, ofereceu-lhe um sorriso e prestou juramento. Para a ocasião, ela usava uma blusa branca simples e sem mangas enfiada para dentro de uma calça de linho preta e sandálias rasteiras marrons. Nada era apertado ou revelador. Seu cabelo louro curto estava preso para trás. Sem batom, pouca maquiagem. Carla havia ficado encarregada de sua aparência e, após analisar as cinco juradas, emprestou-lhe a blusa e as sandálias e comprou a calça. O objetivo era parecer atraente o suficiente para agradar os sete homens, mas simples o suficiente para não ameaçar as mulheres. Seus 32 anos tinham sido difíceis e ela parecia pelo menos dez anos mais velha. Ainda assim, era mais jovem que a maioria dos jurados e estava em melhor forma do que praticamente todos eles.

Jake começou com algumas perguntas básicas e, ao fazê-las, questionou o endereço atual dela, que até então era desconhecido. Os cobradores não a haviam encontrado em Oxford e ele tinha discutido qual endereço usar. Sem muitos detalhes, eles passaram por seu passado: duas gestações antes dos 17 anos; sem diploma de ensino médio; dois casamentos ruins; a primeira condenação por porte de drogas aos 23 anos, um ano na cadeia do condado; a segunda condenação pelo mesmo crime, agora no Texas, que a levou à prisão por dois anos.

Ela não escondeu seu passado, disse que não tinha orgulho dele e que daria qualquer coisa para poder voltar atrás e mudar as coisas. Era ao mesmo tempo estoica e vulnerável. Conseguiu sorrir para os jurados uma ou duas vezes, sem diminuir a gravidade da situação. Seu maior arrependimento era aquilo que causou aos filhos, o péssimo exemplo que tinha lhes dado. Sua voz falhou ligeiramente quando falou sobre eles, e ela enxugou os olhos com um lenço de papel.

Embora todas as perguntas e respostas seguissem um roteiro, a conversa parecia genuína. Sua história se desenrolava com facilidade algumas vezes e com dor em outras. Jake segurava um bloco de anotações como se precisasse se lembrar das perguntas, mas cada frase havia sido ensaiada e gravada na memória. Libby e Portia poderiam recitar a conversa palavra por palavra.

Mudando de assunto, Jake disse:

– Então, Josie, no dia 3 de dezembro do ano passado você fez uma ligação pra emergência e falou com o atendente do condado. O que aconteceu?

Dyer se levantou e disse:

– Protesto, Excelência. Por que isso é relevante para o homicídio ocorrido no dia 25 de março?

– Dr. Brigance?

– Excelência, essa chamada pra emergência já é de conhecimento do júri. O xerife Walls falou sobre isso ontem durante o depoimento. É relevante porque remete ao abuso, à violência e ao medo com que essas pessoas conviviam até os acontecimentos de 25 de março.

– Negado, Dr. Dyer.

– Josie, conte-nos o que aconteceu no dia 3 de dezembro – pediu Jake.

Ela hesitou e respirou fundo, como se temesse a lembrança de outra noite ruim.

– Era um sábado, mais ou menos meia-noite, e o Stuart voltou pra casa num péssimo humor, muito bêbado, como sempre. Eu estava vestindo calça jeans e uma camiseta, sem sutiã, e ele começou a me acusar de dormir com outros caras por aí. Isso acontecia o tempo todo. Ele gostava de me chamar de vadia, puta, inclusive na frente dos meus filhos.

Dyer deu um pulo de novo e disse:

– Protesto. Testemunho indireto, Excelência.

– Aceito – disse Noose. Ele olhou para a testemunha. – Srta. Gamble, peço que não repita declarações específicas feitas pelo falecido.

– Sim, Excelência.

Aconteceu do jeito que Jake falou que aconteceria. Mas as palavras dela não seriam esquecidas pelos jurados.

– Pode continuar.

– Enfim, ele ficou furioso e me deu um tapa na boca, ferindo o meu lábio, que começou a sangrar. Ele me agarrou e eu tentei me livrar dele, mas Stuart era muito forte e estava muito irritado. Eu disse pra ele que, se me batesse de novo, eu iria embora, o que piorou as coisas. Consegui fugir, corri para o quarto e tranquei a porta. Achei que ele fosse me matar. Liguei pra emergência e pedi ajuda. Limpei meu rosto e fiquei sentada na cama por um tempo. As crianças estavam lá em cima, escondidas nos quartos. Eu fiquei escutando pra ver se ele tinha ido lá incomodar elas. Depois de alguns minutos, saí e fui pra sala. Ele estava sentado na poltrona reclinável, uma cadeira em que ninguém podia tocar, tomando uma cerveja e assistindo à televisão. Eu falei que a polícia estava a caminho e ele riu de mim. Ele sabia que não fariam nada porque conhecia todos eles, eram todos seus amigos. Disse que, se eu desse queixa, mataria a mim e as crianças.

– A polícia chegou?

– Sim, o oficial Swayze apareceu. A essa altura, o Stuart tinha se acalmado e fez um ótimo trabalho fingindo, dizendo que tava tudo bem. Falou que tinha sido só uma briguinha de casal. O policial olhou pro meu rosto. A minha bochecha e os meus lábios estavam inchados e ele notou um pouco de sangue no canto da minha boca. Ele sabia a verdade. Perguntou se eu queria prestar queixa e eu disse que não. Eles saíram juntos da casa, foram lá fora, fumaram um cigarro, como velhos amigos. Subi a escada e passei a noite com as crianças no quarto da Kiera. Ele não veio atrás da gente.

Ela enxugou os olhos com o lenço de papel e olhou para Jake, pronta para prosseguir.

– No dia 24 de fevereiro deste ano você ligou pra emergência novamente. O que aconteceu? – indagou Jake.

Dyer se levantou e protestou. Noose olhou para ele e disse:

– Negado. Prossiga.

– Era um sábado e, naquela tarde, um pastor, o irmão Charles McGarry, tinha passado lá em casa, só pra fazer uma visita, sabe. A gente vinha frequentando a igreja dele no final da rua e o Stuart não gostava disso. Quando o pastor bateu na porta, o Stuart pegou uma cerveja e foi pra algum canto do quintal. Por algum motivo, ele não saiu naquela noite, ficou só em casa assistindo a jogos de basquete. E bebendo. Eu sentei com ele e tentei trocar uma ideia, sabe? Perguntei se ele queria ir à igreja com a gente no dia seguinte. Ele disse que não. Não gostava de igreja e não gostava de pastores e me disse que o McGarry nunca mais seria bem-vindo na casa dele. Era sempre "a casa dele", nunca "a nossa casa".

Charles e Meg McGarry estavam sentados duas fileiras atrás da mesa da defesa, esperando que Josie se juntasse a eles.

– Por que você ligou pra emergência? – perguntou Jake.

Ela secou a testa com o lenço.

– Bem, nós começamos a discutir sobre a igreja e ele falou que eu não poderia voltar lá. Eu disse que iria quando quisesse. Ele começou a gritar e eu não recuei, e de repente ele atirou a lata de cerveja em mim. Acertou o meu olho e abriu minha sobrancelha. Coberta de cerveja, eu corri pro banheiro e vi o sangue. Ele batia na porta, xingando feito um louco, me chamando dos mesmos nomes de sempre. Eu estava com medo de sair e sabia que ele estava prestes a chutar a porta. Ele finalmente desistiu e se afastou, e eu o ouvi na cozinha, então corri pro quarto, tranquei a porta e liguei pra emergência. Foi um erro, porque eu sabia que a polícia não iria fazer nada com ele, mas eu estava morrendo de medo e queria proteger as crianças. Ele me ouviu ao telefone e começou a bater na porta do quarto, dizendo que iria me matar se a polícia aparecesse. Depois de alguns minutos, ele se acalmou e falou que queria conversar. Eu não queria, mas sabia que, se ele explodisse de novo, poderia machucar a mim ou as crianças. Então eu saí, fui até a sala onde ele estava sentado e, pela primeira e única vez, ele me pediu desculpas. Implorou perdão e prometeu procurar ajuda para a questão da bebida. Parecia sincero, mas só estava preocupado com o fato de eu ter ligado pra polícia.

– Você tinha bebido, Josie?

– Não. Tomo uma cerveja de vez em quando, mas nunca na frente dos meus filhos. Eu nem tenho dinheiro pra beber.

– Quando a polícia chegou?

– Por volta das dez. Quando vi os faróis, saí pra falar com eles. Eu disse que estava bem, que as coisas tinham se acalmado e que tinha sido só um mal-entendido. Eu estava segurando um pedaço de pano ensanguentado sobre o olho e eles perguntaram o que havia acontecido. Eu disse que tinha caído na cozinha, e eles pareciam querer acreditar nisso.

– Eles falaram com o Stuart?

– Sim. Ele saiu e eu entrei. Eu conseguia ouvir eles rindo enquanto fumavam um cigarro.

– E você não prestou queixa?

– Não.

Jake foi até a mesa da defesa e tirou o paletó. Suas axilas estavam encharcadas de suor e a parte de trás da camisa de tecido azul-claro grudava em sua pele. Voltou ao púlpito e perguntou:

– O que o Stuart fez pra controlar o hábito de beber?

– Absolutamente nada. Isso só piorou.

– Na noite de 25 de março você estava em casa com os seus filhos?

– Sim.
– Onde estava o Stuart?
– Tinha saído. Eu não sei onde ele esteve. Passou a tarde toda fora.
– A que horas ele voltou pra casa?
– Já tinha passado das duas da manhã. Eu estava esperando. As crianças estavam no andar de cima, teoricamente dormindo, mas eu podia ouvi-las de um lado pro outro tentando fazer silêncio. Acho que estávamos todos esperando.
– O que aconteceu quando ele chegou em casa?
– Bem, eu vesti uma camisola, uma que ele gostava, pensando que, sei lá, talvez eu conseguisse convencer ele a namorar um pouco, qualquer coisa que pudesse evitar mais violência.
– E funcionou?
– Não. Ele estava completamente bêbado, não conseguia andar direito nem ficar de pé. Seus olhos estavam vidrados, a respiração, pesada. Eu já tinha visto ele muito bêbado, mas não daquele jeito.
– O que aconteceu?
– Ele viu o que eu estava vestindo e não gostou. Começou a me acusar. Eu não queria brigar mais uma vez, por causa das crianças. Meu Deus, eles já tinham ouvido coisas demais.

A voz dela ficou embargada e ela desabou. O choro não estava no roteiro, mas era real e tinha vindo no momento certo. Ela fechou os olhos e cobriu a boca com o lenço, lutando contra as lágrimas.

Libby notou a jurada número 7, a Sra. Fife, abaixar a cabeça e trincar a mandíbula, aparentemente pronta para derramar uma lágrima de compaixão.

Após um momento doloroso e silencioso, Noose se reclinou e perguntou suavemente:

– Gostaria de fazer uma pausa, Srta. Gamble?

Ela balançou a cabeça com firmeza, cerrou os dentes e olhou para Jake.

– Josie – disse Jake –, eu sei que não é fácil, mas você precisa contar ao júri o que aconteceu.

Ela acenou com a cabeça rapidamente e falou:

– Ele me deu um tapa no rosto, com força, e eu quase caí. Então ele me agarrou por trás, colocou aquele antebraço grosso em volta do meu pescoço e começou a me estrangular. Eu sabia que era o fim, e tudo em que conseguia pensar era nos meus filhos. Quem criaria eles? Pra onde iriam? Ele machucaria eles também? Tudo aconteceu muito rápido. Ele resmungava e xingava, e eu podia sentir o seu hálito horrível. Consegui dar uma cotovelada nas costelas dele e me afastar. Antes que eu pudesse correr, ele me socou com força com o punho. Essa é a última coisa de que eu me lembro. Ele me deixou inconsciente.

– Você não se lembra de mais nada?

– Nada. Quando acordei, estava no hospital.

Jake foi até a mesa da defesa, onde Libby lhe entregou uma foto colorida ampliada.

– Excelência, eu gostaria de me aproximar da testemunha.

– À vontade.

Jake entregou a foto a Josie e perguntou a ela:

– Você pode identificar esta fotografia?

– Sim. Sou eu, foi tirada no hospital, no dia seguinte.

– Excelência, eu gostaria de registrar esta foto como evidência número 1 da defesa.

Lowell Dyer, que tinha cópias de oito fotografias tiradas de Josie, se levantou e disse:

– Protesto. Qual é a relevância?

– Negado. A prova é admitida.

– Excelência, gostaria que o júri visse essa prova – disse Jake.

– Prossiga.

Jake pegou o controle remoto, apertou um botão e a chocante imagem de uma mulher agredida apareceu na tela na parede em frente aos jurados. Todos no tribunal podiam ver. Josie na cama do hospital, o lado esquerdo do rosto grotescamente inchado, o olho esquerdo fechado, uma atadura grossa cobrindo o queixo e enrolada ao redor de sua cabeça. Um tubo entrando em sua boca. Havia outros pendurados acima dela. Seu rosto estava irreconhecível.

Todos os jurados reagiram. Alguns se mexeram, desconfortáveis, em seus assentos. Alguns se inclinaram para a frente como se uns centímetros pudessem lhes fornecer uma visão melhor do que estava perfeitamente claro. O jurado número 5, Sr. Carpenter, balançou a cabeça. A número 8, Sra. Satterfield, ficou boquiaberta, como se não pudesse acreditar.

Harry Rex diria mais tarde que Janet Kofer baixou a cabeça.

– Você sabe a que horas acordou? – perguntou Jake.

– Por volta das oito da manhã, pelo que me disseram. Eu estava tomando analgésicos e outras coisas e estava muito grogue.

– Quanto tempo você ficou no hospital?

– Isso foi no domingo. Na quarta-feira eles me transferiram pro hospital de Tupelo pra uma cirurgia que ia corrigir o meu maxilar. Estava quebrado. Recebi alta na sexta-feira.

– E você se recuperou totalmente dos seus ferimentos?

Ela assentiu e disse:

– Estou bem.

Jake tinha outras fotos de Josie no hospital, mas naquele momento elas não eram necessárias. Também tinha outras perguntas, mas Lucien havia lhe ensinado anos antes a parar no momento em que se está ganhando. Depois de enfatizar seus argumentos, deixe algo para a imaginação dos jurados.

– Sem mais perguntas.

– Vamos fazer uma pausa – anunciou Noose. – Recesso de quinze minutos.

LOWELL DYER E seu assistente, Musgrove, se reuniram em um banheiro do térreo e tentaram decidir o que fazer em seguida. Normalmente era fácil interrogar um criminoso condenado porque sua credibilidade era questionável. Mas Josie já havia falado sobre suas condenações e também acerca de alguns de seus outros problemas. Ela fora aberta, confiável, digna de compaixão, e o júri jamais esqueceria a imagem dela no hospital.

Eles concordaram que não tinham escolha a não ser atacar. De algum ângulo.

Quando Josie voltou ao banco das testemunhas, Dyer começou com:

– Srta. Gamble, quantas vezes você perdeu a custódia de seus filhos?

– Duas.

– Quando foi a primeira vez?

– Há cerca de dez anos. Drew tinha mais ou menos uns 5 anos e a Kiera tinha 3.

– E por que perdeu a custódia?

– Eles foram levados pelo estado da Louisiana.

– E por que isso aconteceu?

– Bom, Dr. Dyer, eu não era uma boa mãe naquela época. Eu era casada com um traficante que repassava os produtos dele no nosso apartamento. Alguém fez uma denúncia e o serviço social apareceu, levou eles e eu fui a julgamento.

– Você estava vendendo drogas também?

– Sim, eu estava. Não me orgulho disso. Eu gostaria de poder voltar atrás em muitas coisas, Dr. Dyer.

– O que aconteceu com seus filhos?

– Eles foram levados pra lares temporários, ficaram em boas casas. Eu conseguia vê-los de vez em quando. Eu me separei do cara, depois me divorciei e consegui pegar meus filhos de volta.

– O que aconteceu da segunda vez?

– Eu morava com um pintor de paredes que também vendia drogas. Ele foi pego e negociou a soltura dele dizendo pras autoridades que as drogas pertenciam a mim. Um advogado ruim me convenceu a confessar em troca de uma sentença menor e fui mandada pra uma prisão feminina no Texas. Cumpri dois anos. O Drew e a Kiera foram levados pra um orfanato batista no Arkansas e foram muito bem tratados.

"Não fale nada além do necessário", Jake a havia advertido repetidamente. Naquele momento, ela sentia como se soubesse todas as perguntas que Dyer poderia lhe fazer.

– Você ainda usa drogas?

– Não, senhor, não uso. Parei há anos, pelo bem dos meus filhos.

– Você já vendeu drogas?

– Sim.

– Então você admite que usou drogas, vendeu drogas, morou com traficantes... foi presa quantas vezes?

– Quatro.

– Presa quatro vezes, condenada duas vezes e cumpriu pena na prisão.

– Eu não me orgulho de nada disso, Dr. Dyer.

– Quem se orgulharia? E você espera que o júri confie em você como testemunha e acredite em todo o seu depoimento?

– O senhor está me chamando de mentirosa, Dr. Dyer?

– Sou eu que faço as perguntas, Srta. Gamble. O seu trabalho é respondê-las.

– Sim, eu espero que o júri acredite em cada palavra que eu disse, porque é tudo verdade. Eu posso ter mentido antes, mas garanto ao senhor que mentir foi o menor dos meus pecados.

A jogada mais inteligente seria estancar a sangria. Ela estava marcando muito mais pontos do que o promotor. Brigance a havia preparado bem e ela estava pronta para qualquer coisa.

Dyer era um sujeito esperto. Ele folheou alguns papéis e por fim disse:

– Sem mais perguntas, Excelência.

46

Kiera entrou na sala de audiências com um oficial de justiça logo atrás. Caminhava lentamente, de cabeça baixa para evitar os olhares. Usava um vestido simples de algodão apertado na cintura. No momento em que parou e encarou o taquígrafo, todos no tribunal estavam olhando para sua barriga. Houve sussurros na galeria e vários dos jurados olharam em volta, como se estivessem constrangidos diante da situação daquela pobre criança. Ela se sentou no banco das testemunhas com cuidado, claramente desconfortável. Olhou de relance para os jurados como se estivesse envergonhada, uma adolescente apavorada enfrentando o mundo deteriorado dos adultos.

– Você é Kiera Gamble, irmã do réu, correto? – perguntou Jake.
– Sim, senhor.
– Quantos anos você tem, Kiera?
– Catorze.
– Você obviamente está grávida.
– Sim, senhor.

Jake havia encenado aquele diálogo mil vezes, perdido horas de sono por causa dele e o discutira, debatera e dissecara com a esposa e sua equipe. Não podia estragar tudo. Calmamente, ele perguntou:

– Pra quando é o seu bebê, Kiera?
– Pro final do mês que vem.
– E, Kiera, quem é o pai do seu filho?

Exatamente como havia sido treinada, ela se inclinou um pouco mais para perto do microfone e disse:

– Stuart Kofer.

Houve arquejos e outras reações audíveis, e quase imediatamente Earl Kofer gritou:

– É mentira! – Ele se levantou, apontou para ela e disse: – Isso é uma mentira deslavada, juiz!

Janet Kofer soltou um grito agudo e escondeu o rosto nas mãos. Barry Kofer disse em voz alta:

– Que merda é essa?!

– Ordem! Ordem! – gritou Noose em reação, irritado.

Ele batia com o martelo no momento em que Earl começou a gritar de novo:

– Quanta merda a gente ainda vai ter que aguentar, juiz? É uma mentira deslavada.

– Ordem no tribunal! Vamos manter o decoro!

Dois oficiais de justiça uniformizados se apressaram na direção de Earl, na terceira fileira, atrás da mesa da acusação. Ele apontava o dedo e berrava:

– Isso não é justo, juiz! O meu filho tá morto e eles estão dizendo mentiras sobre ele! Mentiras, mentiras, mentiras!

– Retirem esse homem do tribunal! – gritou Noose ao microfone.

Cecil Kofer ficou parado ao lado do pai como se estivesse pronto para uma briga. Os dois primeiros oficiais de justiça a alcançá-los tinham 70 anos e já estavam ofegantes, mas o terceiro era um novato que media 1,98 metro, pesava mais de 100 quilos e era faixa preta. Ele ergueu Cecil sob a axila molhada e agarrou Earl pelo cotovelo. Eles xingavam e se contorciam enquanto eram arrastados até o corredor, onde foram recebidos por outros oficiais de justiça e policiais, e rapidamente perceberam a inutilidade de qualquer resistência. Foram empurrados em direção à porta, onde Earl parou, se virou e gritou:

– Eu vou pegar você por isso, Brigance!

Jake, junto com todos os outros na sala, observava e ouvia tudo em silêncio, atordoado. Além dos soluços de Janet Kofer e dos aparelhos de ar condicionado, não havia nenhum outro som enquanto aquele momento se arrastava. Kiera continuava sentada no banco das testemunhas e enxugava os olhos. Lowell Dyer olhava para Jake como se quisesse lhe dar um soco. Os jurados pareciam perplexos.

Noose rapidamente se recompôs e gritou para um dos oficiais de justiça:
– Por favor, retire os jurados daqui.
Eles correram da bancada como se tivessem sido liberados para sempre. Assim que a porta se fechou atrás deles, Dyer disse:
– Excelência, eu tenho um pedido a fazer e ele deve ser ouvido em particular.
Noose olhou feio para Jake, como se fosse cassar sua licença naquele instante, depois agarrou o martelo e disse:
– Vamos fazer um recesso. Quinze minutos. Srta. Kiera, você pode ir se sentar com a sua mãe por enquanto.

O AR-CONDICIONADO DO gabinete de Noose estava funcionando bem e o cômodo estava muito mais fresco do que a sala de audiências. O juiz jogou a toga em uma cadeira, acendeu seu cachimbo e ficou atrás de sua mesa com os braços cruzados, obviamente irritado. Olhou para Jake e perguntou:
– Você sabia que ela estava grávida?
– Sim, eu sabia. O promotor também.
– Lowell?
Dyer estava furioso e tinha o rosto vermelho, o suor escorrendo de seu queixo.
– O Ministério Público pede a anulação do julgamento, Excelência.
– Com base em quê? – perguntou Jake friamente.
– Com base no fato de termos caído numa emboscada.
– Isso não vai colar, Lowell – disse Jake. – Você a viu no fórum ontem e comentou comigo que ela estava grávida. Sabia que havia alegações de abuso sexual. Agora há provas.
– Jake, você sabia que o Kofer é o pai? – quis saber Noose.
– Sim.
– E quando ficou sabendo disso?
– Em abril nós descobrimos que ela estava grávida, e ela sempre disse que era do Kofer. Ela está pronta para testemunhar que ele a estuprou repetidamente.
– E você manteve isso em segredo?
– Pra quem eu deveria contar? Me mostra um regulamento, lei ou qualquer coisa que exija que eu diga a alguém que a irmã do meu cliente vinha

sendo estuprada pelo falecido. Não existe. Eu não tinha obrigação de contar a ninguém.

– Mas você a manteve escondida – argumentou Dyer. – Longe de todo mundo.

– Você me pediu duas vezes pra ter acesso a ela e eu fiz isso, no meu escritório. Uma vez no dia 2 de abril, depois no dia 8 de junho.

Noose acendeu um lança-chamas no fornilho do cachimbo e exalou uma névoa de fumaça azul. Não havia nenhuma janela aberta. O tabaco o relaxou e ele disse:

– Não gosto de emboscadas, Jake, você sabe disso.

– Então mude as regras. Em ações cíveis o compartilhamento das provas é ilimitado, e em processos criminais é praticamente zero. Emboscadas são um *modus operandi* típico, sobretudo do Ministério Público.

– Eu quero a anulação do julgamento – disse Dyer novamente.

– E por quê? – indagou Jake. – Pra voltar daqui a três meses e passar por tudo de novo? Por mim tudo bem. A gente traz o bebê e mostra pro júri, prova número 1 da defesa. O exame de sangue será a prova número 2.

Dyer ficou boquiaberto, atordoado novamente.

– Você é muito bom em esconder testemunhas, não é, Jake?

– Já usou esse golpe baixo, Dyer. Acha alguma coisa nova.

– Doutores! Vamos conversar sobre como proceder. Estamos todos um pouco chocados, acredito eu. Primeiro com a testemunha grávida, depois com a reação da família do falecido. Estou preocupado com o nosso júri.

– Mande os jurados pra casa, Excelência. O julgamento fica pra depois.

– Nada de anulação do julgamento, Dr. Dyer. Pedido negado. Dr. Brigance, suponho que você e a testemunha estejam prestes a discutir a questão do estupro.

– Ela tem 14 anos, Excelência, é jovem demais pra falarmos de consentimento. Ele era vinte anos mais velho. As relações sexuais entre eles foram ilegais, não consensuais, criminosas. Ela está preparada para depor e contar que ele a estuprou uma série de vezes e depois ameaçou matá-la e o irmão dela, o réu, se ela contasse a alguém. Estava assustada demais pra falar com qualquer pessoa.

– É possível colocar algum limite nisso, Excelência? – implorou Dyer.

– Quão descritivo você planeja ser, Dr. Brigance?

— Não tenho planos de detalhar partes do corpo de ninguém, Excelência. O corpo dela fala por si só. Os jurados são inteligentes o suficiente para entender o que aconteceu.

Noose liberou outra nuvem de fumaça azul e a observou girar em direção ao teto.

— A coisa pode ficar feia.

— A coisa já está feia, Excelência. Uma menina de 14 anos foi estuprada várias vezes e engravidada por um animal que tirou proveito da situação dela. Não podemos mudar os fatos. Isso tudo aconteceu, e qualquer esforço da parte de vocês pra limitar o depoimento dela nos dará munição suficiente para o recurso. A lei é clara, Excelência.

— Eu não pedi uma aula, Dr. Brigance.

Sim, mas talvez vocês estejam precisando de uma.

Alguns segundos se passaram enquanto Noose mastigava a haste do cachimbo e aumentava a névoa que pairava acima da mesa. Por fim ele disse:

— Não sei exatamente como avaliar a reação da família dele. Nunca vi nada parecido, na verdade. Gostaria de saber como isso afeta o júri.

— Não consigo ver como isso nos ajuda — declarou Dyer.

— Isso não ajuda nenhum dos dois lados — disse Jake.

— Eu nunca tive um dos meus advogados ameaçado daquele jeito, Jake. Vou lidar com o Sr. Kofer depois da sessão. Vamos prosseguir.

Nenhum deles queria voltar à sala de audiências para ouvir o testemunho de Kiera.

OMAR NOOSE ESTAVA determinado a conduzir um julgamento eficiente e seguro em sua casa, e havia convencido o xerife a disponibilizar todos os policiais possíveis — os que trabalhavam em tempo integral, meio período, os da reserva e até mesmo os voluntários — dentro e fora do fórum. Depois da reação e da ameaça de Earl, havia um efetivo ainda maior presente quando os advogados tomaram seus lugares e os jurados voltaram para a bancada.

Kiera retornou ao banco das testemunhas com um lenço de papel na mão e se preparou. Do púlpito, Jake disse:

— Bem, Kiera, você disse que Stuart Kofer é o pai do seu filho. Então eu preciso lhe fazer uma série de perguntas sobre as relações sexuais mantidas com ele, tudo bem?

Ela mordeu o lábio e fez que sim com a cabeça.

– Quantas vezes você foi estuprada por Stuart Kofer?

Dyer foi rápido em se levantar e se opor à pergunta. Ele deveria ter ficado quieto.

– Protesto, Excelência. O Ministério Público se opõe à palavra "estupro", que implica...

Jake ficou furioso. Ele se virou para Dyer, deu um passo à frente e gritou:

– Meu Deus, Lowell! Como você quer chamar o que aconteceu?! Ela tem 14 anos, ele tinha 33.

– Dr. Brigance – disse Noose.

Jake o ignorou e deu outro passo em direção a Dyer.

– O doutor quer usar algo um pouco mais leve do que "estupro", tipo "abuso sexual", "violência sexual", ou, sei lá, dizer que ela foi "molestada"?

– Dr. Brigance.

– Pode escolher, Lowell. O júri não é burro. Está claro o que aconteceu.

– Dr. Brigance.

Jake respirou fundo e olhou feio para o juiz, como se fosse atacá-lo depois que acabasse com o promotor.

– Está extrapolando, Dr. Brigance.

Jake não disse nada, apenas continuou olhando. Ele estava com a camisa ainda mais molhada, as mangas arregaçadas, parecendo pronto para levantar os punhos e começar uma briga.

– Dr. Dyer?

Dyer havia de fato dado um passo para trás, atordoado. Ele pigarreou e disse:

– Excelência, eu apenas me oponho à palavra "estupro".

– Protesto negado – declarou Noose em alto e bom som, sem deixar dúvidas de que o Dr. Dyer deveria permanecer em seu lugar sempre que possível. – Prossiga.

Quando Jake voltou ao púlpito, olhou para Joey Kepner, jurado número 12, e viu uma expressão satisfeita.

– Kiera, quantas vezes você foi estuprada por Stuart Kofer?

– Cinco.

– Ok, vamos voltar à primeira vez. Você se lembra da data em que isso aconteceu?

A menina puxou uma pequena folha de papel dobrada de um bolso e olhou para ela. Não era necessário, porque ela e Jake, junto com Josie, Portia e Libby, haviam repassado as datas tantas vezes que todos os detalhes tinham sido memorizados.

– Foi num sábado, dia 23 de dezembro.

Jake apontou lentamente em direção à bancada do júri e disse:

– Por favor, diga aos jurados o que aconteceu nesse dia.

– A minha mãe estava trabalhando e o meu irmão estava na casa de um amigo. Eu estava sozinha no segundo andar quando o Stuart chegou em casa. Tranquei a porta do meu quarto. Eu tinha notado ele olhando pras minhas pernas e simplesmente não confiava nele. Eu não gostava dele e ele não gostava da gente e, bem, as coisas estavam muito ruins em casa. Eu o ouvi subir as escadas, depois ele bateu na porta e sacudiu a maçaneta. Perguntei o que queria e ele disse que a gente precisava conversar. Eu disse que não queria conversar, talvez mais tarde. Ele sacudiu a maçaneta de novo e falou pra eu destrancar a porta, disse que era a porta dele, a casa dele, e que eu tinha que fazer o que ele estava dizendo. Mas ele estava sendo legal pra variar, não estava gritando nem xingando, e explicou que queria falar sobre a minha mãe, que estava preocupado com ela. Então eu destranquei a porta e ele entrou. Ele já estava sem roupa, vestindo só uma cueca samba-canção.

A voz de Kiera falhou e seus olhos se encheram d'água.

Jake aguardou pacientemente. Ninguém iria apressar aquele depoimento. Um bom choro sempre ajudava. Carla, Libby e Portia estavam de olhos fixos nas juradas, observando cada reação.

– Eu sei que isso é difícil, mas é muito importante – disse Jake. – O que aconteceu depois?

– Ele perguntou se eu já tinha feito sexo e eu falei que não.

Dyer relutantemente se levantou e disse:

– Protesto. Testemunho indireto.

– Negado – rebateu Noose.

– Ele disse que queria fazer sexo e que queria que eu curtisse isso com ele. Eu disse que não. Fiquei apavorada e tentei me afastar, mas ele era muito forte. Ele me agarrou, me jogou na cama, arrancou minha camiseta e meu short e me estuprou.

Kiera começou a chorar, enquanto seu corpo inteiro tremia. Ela afastou o microfone e soluçou com as duas mãos cobrindo a boca.

Metade dos jurados ficou observando enquanto ela desabava; a outra metade desviou o olhar. A jurada número 7, Sra. Fife, e a número 8, Sra. Satterfield, enxugavam os olhos. Curiosamente, o número 3, o Sr. Kingman, considerado pela defesa um dos mais ferrenhos defensores da lei e da ordem, olhou de relance para Libby com uma expressão curiosa, e ela percebeu o brilho inconfundível de lágrimas em seus olhos.

Depois de um momento, Jake perguntou a Kiera:

– Você gostaria de fazer uma pausa?

A pergunta era ensaiada, assim como a resposta. Um rápido "Não". Ela era uma garota forte que havia passado por muita coisa e seria capaz de superar aquilo.

– Muito bem, Kiera, o que aconteceu depois que ele terminou?

– Ele se levantou, vestiu a cueca e mandou eu parar de chorar. Disse que era melhor eu me acostumar, porque faríamos aquilo o tempo todo enquanto eu morasse na casa dele.

– Protesto – disse Dyer ainda enquanto se levantava. – Testemunho indireto.

– Negado – respondeu Noose sem olhar para o promotor.

Ao se sentar, ele atirou longe um bloco de anotações que caiu da mesa direto no chão. Noose ignorou isso também.

Jake acenou com a cabeça para Kiera e ela continuou:

– Ele me perguntou se eu tinha gostado e eu disse que não. Eu estava chorando e tremendo, e pensei: "Seu idiota, como pode achar que eu ia gostar?" Eu ainda estava na cama, debaixo do lençol, e então ele se aproximou de mim e me deu um tapa no rosto, mas não com muita força. E disse que, se eu contasse a alguém, ele me mataria e também o Drew.

– O que aconteceu depois disso?

– Assim que ele saiu, fui pro banheiro e tomei banho. Eu me sentia suja e não queria o cheiro dele em mim. Fiquei horas sentada na banheira, tentando parar de chorar. Eu queria morrer, Dr. Brigance. Foi a primeira vez na minha vida que eu pensei em suicídio.

– Você contou pra sua mãe?

– Não.

– Por que não?

– Eu tinha medo dele, todos nós tínhamos, e eu sabia que ele iria me machucar se eu contasse pra alguém. Com o passar do tempo, percebi que poderia estar grávida. Eu me sentia mal de manhã, tinha enjoo quando estava na escola e sabia que ia ter que contar pra mamãe. Eu tava planejando fazer isso quando o Stu foi morto.

– Você contou pro Drew em algum momento?

– Não.

– Por que não?

Ela deu de ombros e disse:

– Eu estava com muito medo. E o que ele poderia fazer? Eu estava com medo, Dr. Brigance, e não sabia o que fazer.

– Então você não contou pra ninguém?

– Ninguém.

– Quando foi o estupro seguinte?

Ela olhou para a folha de papel e disse:

– Uma semana depois, dia 30 de dezembro. Foi como da primeira vez, no sábado, sem mais ninguém em casa. Eu tentei afastá-lo, mas ele era muito forte. Não me deu um tapa, mas me ameaçou de novo quando tudo acabou.

Com um suspiro alto, quase um gritinho agudo, Janet Kofer lançou-se em outra rodada de lágrimas. Noose apontou para ela e ordenou para um oficial de justiça:

– Por favor, retire essa senhora do tribunal.

Dois policiais a acompanharam até a porta. Jake observou a perturbação e, quando finalmente acabou, voltou o olhar para sua testemunha.

– Kiera, por favor, conte ao júri sobre o terceiro estupro.

Kiera ficou abalada com a confusão e enxugou o rosto. "Não tenha pressa", Jake lhe dissera inúmeras vezes. "Não há absolutamente nenhum motivo para se apressar. De todo modo, o julgamento vai ser curto e não tem ninguém com pressa." Ela se aproximou do microfone e disse:

– Bem, eu tinha que dar um jeito de mudar a rotina dos sábados, então pedi pro Drew ficar em casa comigo, e ele ficou. O Stuart saiu. Algumas semanas se passaram e eu consegui ficar longe dele. Então, uma tarde, o Stuart me buscou na escola. – Ela olhou para suas anotações. – Era terça-feira, 16 de janeiro, e eu tinha que ficar até tarde pra ensaiar uma peça, num projeto de teatro. Ele passou para me pegar, na viatura dele, e a gente parou pra tomar um sorvete. Estava ficando tarde e, pensando melhor agora, acho que ele estava só fazendo hora até escurecer. Voltamos pra casa, mas ele pegou uma estradinha não muito longe da igreja, a do Bom Pastor, e parou atrás de uma loja antiga, que tá fechada há muito tempo. Estava muito escuro do lado de fora, não tinha nenhuma outra luz em lugar nenhum. Ele me disse pra ir pro banco de trás. Eu não tive escolha. Implorei que ele não fizesse aquilo e pensei em gritar, mas ninguém iria me ouvir. Ele deixou uma das portas de trás aberta, e eu me lembro de como estava frio.

– E ele estava de uniforme?

– Sim. Ele tirou a arma e só abaixou as calças. Eu estava usando saia. Ele enrolou a minha saia em volta do meu pescoço. Quando a gente estava voltando pra casa, eu não conseguia parar de chorar, então ele pegou a arma e deu uma coronhada nas minhas costas, disse pra eu parar, que iria me matar se eu dissesse uma palavra. Depois ele riu e falou que queria que eu entrasse em casa como se nada tivesse acontecido, que queria ver se eu era uma boa atriz. Fui pro meu quarto e tranquei a porta. O Drew foi até lá ver como eu estava.

Por mais arrebatador e horripilante que fosse o depoimento dela, Jake sabia que seria um erro punir a testemunha e o júri com os detalhes de todos os cinco ataques. Eles haviam suportado o suficiente e ele tinha bastante munição para o resto do julgamento. Então foi até a mesa da defesa pegar algumas anotações, um bloco de papel para lhe dar algum apoio, e olhou para Carla na terceira fileira. Com um timing perfeito, ela simulou um corte rápido na garganta com o dedo indicador. Esmalte vermelho. Corta.

Ele voltou ao púlpito e mudou o rumo do depoimento:

– Kiera, na noite em que o Stuart morreu você estava em casa com o Drew e a sua mãe, correto?

– Sim, senhor.

Dyer se levantou e disse:

– Protesto, Excelência. O advogado está conduzindo a testemunha.

Irritado, Noose disse:

– Claro, está sim, Dr. Dyer, mas vai ser registrado de qualquer maneira. Negado. Prossiga, Srta. Kiera.

– Bem, nós estávamos em casa, esperando como sempre. Ele estava fora, já era tarde, e a situação tinha piorado muito. O Drew e eu estávamos implorando à mamãe pra irmos embora antes que alguém se machucasse, e eu tinha tomado a decisão de dizer a ela que achava que havia alguma coisa errada com o meu corpo, que eu talvez estivesse grávida, mas ainda estava com medo por causa dele e porque a gente não tinha pra onde ir. Estávamos presos ali. Se ela soubesse dos estupros e de tudo que viria a saber, bem, não tenho certeza do que ela teria feito. Mas eu ainda estava com medo dele. Bem, enfim, muito depois da meia-noite nós vimos os faróis. O Drew e eu estávamos encolhidos na minha cama com a porta bloqueada por precaução. A gente ouviu ele entrar, a mamãe estava esperando na cozinha, e eles começaram a brigar. Nós ouvimos ela levar um tapa, ela gritou e ele xingou ela, e foi simplesmente horrível.

Houve mais lágrimas e uma outra breve pausa enquanto a testemunha lutava para se controlar. Ela enxugou os olhos e se aproximou do microfone.

– O Stuart subiu? – perguntou Jake.

– Sim. De repente ficou tudo silencioso lá embaixo e nós ouvimos ele na escada, cambaleando, caindo. Obviamente bêbado. Ele estava subindo a escada, chamando meu nome, meio que cantando feito um idiota. Ele sacudiu a porta e gritou pra que a gente abrisse. Estávamos com muito medo.

Sua voz falhou e ela chorou mais um pouco.

O terror que ela e Drew sentiram naquele momento era palpável no tribunal. Ver aquela pobre garota chorar e enxugar o rosto e tentar ser forte depois de tudo por que havia passado era de partir o coração.

– Kiera, você gostaria de fazer uma pausa? – perguntou Jake.

Ela balançou a cabeça, não. Vamos acabar com isso.

Assim que Stuart recuou e desceu a escada, ela e Drew entenderam que algo terrível havia acontecido com a mãe. Caso contrário, ela teria lutado com ele na escada. Eles esperaram no escuro, abraçados, ambos chorando, enquanto os minutos passavam. Drew desceu primeiro, depois Kiera, que se sentou no chão da cozinha com a mãe e tentou reanimá-la. Drew ligou para a emergência. Ele estava circulando pela casa, mas Kiera não sabia o que ele estava fazendo. Então ele fechou a porta do quarto e ela ouviu o tiro. Quando ele saiu, ela perguntou o que ele tinha feito, embora já soubesse. Drew disse: "Eu atirei nele."

Jake ouvia atentamente, checando suas anotações de vez em quando, mas conseguindo ao mesmo tempo dar uma olhada nos jurados. Eles não estavam olhando para ele. Todos os olhares se voltavam para a testemunha.

– Então, Kiera, quando você desceu a escada e encontrou sua mãe, você ainda estava preocupada com o Stuart?

Ela mordeu o lábio e acenou com a cabeça.

– Sim, senhor. A gente não sabia o que ele estava fazendo. Assim que nós vimos a mamãe no chão, imaginamos que ele mataria a gente também.

Jake respirou fundo, sorriu para ela e disse:

– Obrigado, Kiera. Excelência, a defesa não tem mais perguntas.

Jake se sentou e afrouxou o colarinho, que, assim como o resto de sua camisa, estava empapado de suor.

Lowell Dyer se aproximou do púlpito um tanto receoso. Não poderia atacar uma garota tão machucada e vulnerável. Kiera tinha a total simpatia do júri e qualquer palavra indelicada do promotor só jogaria a favor dela. Ele começou de uma maneira desastrosa, perguntando:

– Srta. Kiera, você fica olhando algumas anotações que tem aí. Posso perguntar sobre elas?

– Claro. – Ela puxou a folha de papel dobrada de baixo da perna. – São só as minhas anotações sobre os cinco estupros.

Jake não conseguiu reprimir um sorriso. Ele havia preparado a armadilha e Dyer estava caminhando cegamente até ela.

– E quando você fez essas anotações?

– Eu venho trabalhando nelas há algum tempo. Olhei no calendário e me certifiquei de que as datas estivessem corretas.

– E quem lhe pediu pra fazer isso?

– O Jake.

– O Jake disse pra você o que dizer aqui no banco das testemunhas?

Ela estava pronta.

– Nós examinamos o meu depoimento, sim, senhor.

– Ele treinou você?

Jake se levantou e disse:

– Protesto, Excelência. Todo bom advogado prepara suas testemunhas. Qual é a questão, Dr. Dyer?

– Dr. Dyer? – ecoou Noose.

– Estou apenas sondando, Excelência. Isso aqui é um interrogatório e tenho liberdade pra isso.

– Se for relevante, Excelência – argumentou Jake.

– Negado. Prossiga.

– Posso ver suas anotações, Srta. Kiera? – perguntou Dyer.

Materiais escritos usados como referência por testemunhas são um alvo fácil e, no instante em que Dyer a viu olhar suas anotações, soube que ia querer ter acesso a elas. Por um momento, porém, ele preferiu tê-las ignorado.

Ela as ergueu, como se fosse oferecê-las ao promotor, que perguntou:

– Excelência, posso me aproximar da testemunha?

– Claro.

Ele pegou uma única folha de papel e a desdobrou. Jake deixou o mistério de seu conteúdo pairar no ar por alguns segundos e então se levantou de um salto.

– Se for da vontade do Tribunal, ficaremos felizes em estipular e admitir as anotações de Kiera como prova. Temos inclusive cópias aqui para os jurados verem – disse Jake, acenando com alguns papéis.

As anotações, escritas de próprio punho e com as palavras da própria Kiera, foram ideia de Libby. Ela tinha visto aquele estratagema antes em um caso de estupro no Missouri. Por orientação do advogado de defesa, a vítima preparou pequenos lembretes para ajudá-la na provação que seria o depoimento. Um promotor agressivo exigiu ver suas anotações, e aquilo se mostrou um erro fatal.

O relato escrito de Kiera sobre os cinco estupros era muito mais explícito do que seu depoimento. Ela escreveu sobre a dor, o medo, o corpo dela, o dele, o horror, o sangue e a ideia cada vez mais forte de suicídio. Eles estavam numerados, de um a cinco.

Assim que Dyer segurou a folha de papel e viu o conteúdo, percebeu o erro que havia cometido. Ele a devolveu rapidamente e disse:

– Obrigado, Srta. Kiera.

Jake, ainda de pé, se manifestou:

– Espere aí, Excelência. A esta altura, o júri tem o direito de saber do que tratam as anotações. O Ministério Público as questionou.

– O Ministério Público tem o direito de estar curioso, Excelência – declarou Dyer. – Isto é um interrogatório.

– Claro que é – devolveu Jake. – Excelência, o Dr. Dyer foi atrás das anotações porque estava atirando pra todos os lados e tentando provar que a testemunha tinha sido treinada por mim e que eu havia lhe dito como depor. Ele achou que tinha nos pegado quando viu as anotações. Agora, no entanto, está recuando. As anotações estão em jogo, Excelência, e o júri tem o direito de vê-las.

– Estou inclinado a concordar. Dr. Dyer, o senhor pediu para vê-las. Não parece justo não dar acesso ao júri.

– Eu discordo, Excelência – reagiu Dyer em desespero, mas não foi capaz de oferecer nenhuma justificativa.

Jake, ainda sacudindo as cópias, disse:

– Eu apresento as anotações como prova, Excelência. Não vamos esconder isso do júri.

– Chega, Dr. Brigance. Aguarde a sua vez.

Depois do quarto estupro, Kiera tinha escrito: "Estou me acostumando com a dor, passa alguns dias depois. Mas não menstruo há dois meses e muitas vezes fico tonta pela manhã. Se eu estiver grávida, ele vai me matar. E provavelmente mata a mamãe e o Drew também. É melhor se eu morrer. Li uma história sobre uma adolescente que cortou os pulsos com lâminas de barbear. É isso que eu vou fazer. Onde consigo encontrar isso?"

Transtornado, Lowell Dyer pediu um momento para conversar com Musgrove. Eles sussurravam, ambos balançando a cabeça como se não tivessem a menor ideia do que fazer a seguir. Entretanto, Dyer precisava fazer algo para desacreditar uma testemunha que contava com a solidariedade de todos e salvar um interrogatório desastroso para, de alguma forma, salvar também o seu caso. Ele assentiu para Musgrove, como se um dos dois tivesse acertado em cheio. Subiu ao púlpito e deu a ela um sorriso idiota.

– Bem, Srta. Kiera, você diz que foi abusada sexualmente pelo Sr. Kofer em várias ocasiões.

– Não, senhor. Eu disse que fui estuprada por Stuart Kofer – disse ela com frieza.

Outra resposta roteirizada por Libby e Portia.

– Mas você nunca contou a ninguém?

– Não, senhor. Eu não tinha pra quem contar.

– Você estava sofrendo essas agressões terríveis mas nunca procurou ajuda?

– De quem?

– Que tal as autoridades? A polícia?

O coração de Jake congelou com a pergunta. Ele ficou chocado com aquilo, mas estava preparado, assim como sua testemunha. Com timing e dicção perfeitos, Kiera olhou para Dyer e disse:

– Senhor, eu estava sendo estuprada pela polícia.

Os ombros de Dyer cederam e sua boca se abriu enquanto ele procurava por uma réplica rápida. Nenhuma lhe ocorreu. Ele ficou repentinamente apavorado com a perspectiva de mais um trunfo que pudesse se tornar uma piada, como havia acontecido com os outros. Então simplesmente sorriu e agradeceu, como se ela realmente o tivesse ajudado, e recuou o mais rápido possível para a segurança de sua cadeira.

– É quase meio-dia – afirmou Noose. – Vamos fazer uma longa pausa para o almoço e dar tempo para o ar-condicionado gelar. Já está um pouco mais fresco aqui, eu acho. Jurados, peço que voltem para casa e almocem. Nós nos reuniremos às duas em ponto. As precauções de sempre ainda estão em vigor: não discutam esse caso com ninguém. Estamos em recesso.

47

Josie tinha parado o carro nos fundos do prédio do fórum, em um pequeno estacionamento de cascalho sombreado que havia descoberto na segunda-feira. Ela e Kiera estavam quase chegando no carro quando um homem armado se aproximou. Ele tinha peito largo, usava camisa de mangas curtas, gravata, botas de cowboy e uma pistola preta no quadril.

– Josie Gamble? – perguntou.

Ela já tinha visto aquele tipo muitas vezes; ou era investigador policial de alguma cidadezinha ou detetive particular.

– Sim. E você, quem é?

– Meu nome é Koosman. Isto é pra você.

Ele entregou a ela um envelope de tamanho ofício cheio de papéis dobrados.

– O que é? – indagou Josie, relutantemente pegando o envelope.

– Algumas citações. Desculpe.

Ele se virou e foi embora. Nada além de um oficial de justiça.

Eles finalmente a haviam encontrado: os hospitais e os médicos, e seus cobradores e advogados. Quatro ações judiciais por contas não pagas: 6.340 dólares devidos ao hospital de Clanton; 9.120 ao de Tupelo; 1.315 para os médicos de Clanton; e 2.100 para o cirurgião de Tupelo que havia restaurado sua mandíbula. Um total de 18.875 dólares, mais juros e honorários advocatícios de valor indeterminado.

O carro estava parecendo uma sauna e o ar-condicionado não funcionava. Elas baixaram as janelas e se mandaram dali. Josie ficou tentada a pegar a papelada e atirar tudo em uma vala. Tinha coisas mais importantes com que se preocupar e não conseguia se lembrar de todas as vezes que algum advogado espertinho a havia rastreado.

– Como eu me saí, mãe? – perguntou Kiera.

– Você foi brilhante, meu amor, simplesmente brilhante.

BRILHANTE: ERA A mesma opinião da equipe da defesa ao se sentar ao redor da mesa na sala de reuniões gelada de Morris Finley. Para alívio de todos, a secretária dele havia baixado o termostato para o mínimo. Eles comeram rapidamente e saborearam o brilhantismo de Kiera e o colapso do Ministério Público. A chance de vencerem ainda era remota, mas ela havia despertado uma enorme simpatia no júri. No entanto, o problema era óbvio – não era Kiera que estava sendo julgada.

Portia distribuiu um relatório com os nomes de onze testemunhas e breves descrições dos depoimentos que esperavam delas. A primeira era Samantha Pace, ex-esposa de Stuart Kofer. Ela morava agora em Tupelo e, embora relutante, havia concordado em depor contra o ex-marido.

– Por que você chamaria essa mulher? – perguntou Harry Rex com a boca cheia de batatas fritas.

– Pra provar que ele batia nela – respondeu Jake. – Não tô defendendo que a gente faça isso, Harry Rex, é só um exercício pra garantir que cobrimos tudo. Essa é a nossa lista de testemunhas, a mesma que apresentamos antes do julgamento. Sinceramente, eu não sei quem chamar a seguir.

– Eu deixaria ela pra lá.

– Concordo – disse Libby. – Ela pode ser imprevisível e, além disso, você já provou o abuso.

Lucien estava balançando a cabeça.

– Os próximos deveriam ser Ozzie e três assistentes dele – sugeriu. – Pirtle, McCarver e Swayze poderiam falar sobre as chamadas de emergência que foram feitas da casa. Eles viram uma mulher agredida que se recusou a prestar queixa. Preencheram uma papelada que o Ozzie não consegue encontrar. Alguém, provavelmente o Kofer, roubou os relatórios dos incidentes pra encobrir seu rastro.

– Portia?

– Sei lá, Jake. Isso já tá em evidência e eu não confiaria na polícia agora. Eles podem dizer alguma coisa que a gente não esteja esperando.

– Instintos aguçados – comentou Lucien. – Deixa eles pra lá. Não dá pra confiar neles no banco das testemunhas.

– Carla?

– Eu? Eu sou só uma professora de escola.

– Então finge que é jurada. Você ouviu cada palavra dos depoimentos.

– Você já provou a violência doméstica, Jake. Por que passar por isso de novo? Acho que tudo que o júri precisa ver é a foto do rosto da Josie. Uma imagem vale mais que mil palavras. Deixa isso pra lá.

Jake sorriu para ela, então olhou para Harry Rex.

– E você?

– No momento, esses caras estão reunidos com o Dyer, que tá tentando descobrir um jeito de salvar a acusação. Eu não confiaria neles. Se você não precisa deles, não chama pra depor.

– Lucien?

– Olha, Jake, os seus argumentos estão mais fortes agora do que jamais estarão. Não tem nenhuma testemunha nessa lista que possa fortalecê-los ainda mais, mas cada uma delas pode ser potencialmente prejudicial.

– Então a defesa está encerrada?

Lucien assentiu com a cabeça lentamente e todos assimilaram a informação. A estratégia de concluir depois de chamar apenas duas testemunhas não tinha sido discutida, nem mesmo cogitada. E dava medo. A defesa tinha feito muitos pontos e tinha ainda outros a somar. Parar por ali tendo várias testemunhas por chamar daria a sensação de estarem recuando.

Jake olhou para a lista e disse:

– Os próximos quatro, começando com Dog Hickman, são os amigos de copo do Kofer que vão dar todos os detalhes baixos e sujos da última farra dele. Eles estão todos aqui, todos intimados, irritados e faltando ao trabalho. Libby?

– Tenho certeza que vão ser ótimos pra um alívio cômico, mas será que a gente realmente precisa deles? O depoimento do Dr. Majeski é muito mais poderoso. O TAS de 0,36 ficou gravado no cérebro dos jurados e eles nunca mais vão esquecer.

– Harry Rex?

– Concordo. Não há como ter certeza do que esses palhaços podem dizer. Eu li as suas súmulas e tudo mais. Eles são bem idiotas e ainda acham que podem acabar sendo implicados. Além disso, sempre vão se solidarizar com o amigo. Eu deixaria eles de fora.

Jake respirou fundo e olhou para a lista.

– Estamos ficando sem munição – declarou baixinho.

– Você não precisa de mais munição – disse Lucien.

– Dra. Christina Rooker. Ela examinou o Drew quatro dias depois do homicídio. Vocês leram o relatório dela. Tá pronta pra falar sobre o trauma que ele sofreu e sobre como estava destruído mental e emocionalmente. Passei horas com ela e ela vai impressionar bastante. Libby?

– Não sei. Ainda tô indecisa em relação a ela.

– Lucien?

– Existe um grande problema...

Jake o interrompeu:

– E o problema é que, ao colocar em questão o estado psicológico do Drew, o Dyer vai poder então chamar um monte de psiquiatras de Whitfield pra refutar qualquer coisa e declarar que ele está perfeitamente são, tanto agora quanto no dia 25 de março. O Dyer tem três desses médicos na lista de testemunhas dele e nós pesquisamos esses caras e rastreamos os depoimentos deles em outros casos. Estão sempre em sintonia com o Ministério Público. Porra, eles trabalham pro governo, né?

Lucien sorriu e disse:

– Exatamente. Você não pode vencer essa batalha, então não a provoque.

– Mais alguém? – Jake olhou ao redor da sala e encontrou o olhar de cada membro de sua equipe. – Carla, você é jurada.

– Ah, eu não vou conseguir ser imparcial.

– Mas quantos dos doze votariam pela condenação do Drew neste momento?

– Vários. Mas não todos.

– Portia?

– Concordo.

– Libby?

– Meu histórico de previsões de vereditos não é lá essas coisas, mas não consigo ver nem uma condenação nem uma absolvição.

– Lucien?

Ele tomou um gole d'água e se levantou para esticar as costas. Caminhou até o fundo da sala enquanto todos o observavam e aguardavam. Então se virou e disse:

– O depoimento daquela garota foi o momento mais dramático que eu já presenciei em um tribunal. Supera até mesmo as suas alegações finais no julgamento do Hailey. Agora, se você chamar mais testemunhas, o Dyer vai fazer o mesmo pra tentar refutar as suas. O tempo passa, a memória começa a esfriar, o drama diminui um pouco. Você quer que os jurados voltem pra casa hoje à noite e pensem na Kiera... Kiera, a menina grávida... não nuns palhaços cachaceiros, não em alguma psiquiatra chique com um vocabulário rebuscado, não em algum policial tentando proteger um camarada morto. O Dyer tá encurralado, Jake; não se arrisque a cometer um erro e deixar ele escapar.

A sala ficou em silêncio enquanto eles assimilavam as palavras de Lucien. Depois de um tempo, Jake perguntou:

– Alguém discorda?

Os olhos de todos os presentes se encontraram enquanto analisavam uns aos outros, mas ninguém falou nada.

– E, se a gente concluir a defesa – disse Jake por fim –, já era pro Dyer, porque ele não vai ter nada a refutar. Vai ser pego de surpresa. Iremos imediatamente às instruções ao júri, que nós teremos prontas, mas ele não. Em seguida, faremos as alegações finais, e suponho que as dele não estejam totalmente preparadas. Concluir a defesa cedo assim é outra emboscada.

– Adorei! – exclamou Harry Rex.

– Mas isso é justo? – perguntou Carla.

– A essa altura, nada é – disse Harry Rex com uma risada.

– Sim, querida, é totalmente justo. Qualquer um dos lados pode concluir a argumentação sem avisar ao outro.

Lucien se sentou e Jake olhou para ele por um longo tempo. Os outros ficaram esperando enquanto terminavam as batatas chips e o chá gelado, imaginando o que viria a seguir. Finalmente, Jake perguntou:

– E o Drew? Você chamaria ele pra depor?

– Nunca – disse Harry Rex.

– Eu passei horas com ele, Harry Rex. Ele consegue.

– Ele é culpado, e o Dyer vai comer ele vivo, Jake. Ele puxou a porra do gatilho.

– E o Drew não vai negar. Mas ele tem umas boas tiradas prontas pro Dyer, exatamente como a irmã dele. Fala sério, "Eu estava sendo estuprada pela polícia" pode entrar pra história. Lucien?

– Eu raramente coloco o réu pra depor, mas esse garoto parece tão jovem, tão inofensivo... A decisão é sua, Jake. Não passei tempo nenhum com ele.

Carla se manifestou:

– Olha, eu passei, muitas horas, e acredito que o Drew está pronto. E pode contar uma história poderosa. Ele é só um garoto que teve uma vida difícil. Acho que a maioria dos jurados vai mostrar um pouco de compaixão.

– Concordo – disse Libby suavemente.

Com isso, Jake olhou para o relógio e falou:

– A gente tem bastante tempo. Vamos todos parar por aqui. Carla e eu temos uma longa viagem a fazer. Reunião encerrada.

O JUIZ NOOSE pediu ao oficial de justiça que levasse um recado a Ozzie, que estava à espera dos Kofers quando eles voltassem para o tribunal. Uma reunião havia sido oferecida e, às 13h45, Earl, Janet, Barry e Cecil entraram na sala de audiências vazia e um pouco mais gelada e encontraram Sua Excelência, sem toga e sentado não na tribuna, mas na bancada do júri, se balançando em uma confortável cadeira, com o seu oficial de justiça ao lado. Ozzie os conduziu até lá e eles pararam na frente do juiz.

Earl se mostrava irritado, até mesmo agressivo. Janet parecia completamente derrotada, como se tivesse desistido da batalha.

– Vocês tumultuaram o meu tribunal – disse Noose com severidade. – Isso é inaceitável.

– Bom, juiz, a gente tá de saco cheio dessas malditas mentiras – esbravejou Earl, como se estivesse pronto para uma briga.

Noose apontou um dedo torto e o advertiu:

– Meça suas palavras, senhor. Neste momento eu não estou preocupado com os advogados nem com as testemunhas. É o seu comportamento que me incomoda. O senhor criou confusão, teve que ser escoltado pra fora e ameaçou um dos meus advogados. Eu poderia detê-lo por desacato agora e mandar prendê-lo. Está ciente isso?

Earl não estava. Seus ombros cederam e sua postura mudou. Ele aceitou o convite para aquela pequena reunião porque tinha uma ou duas coisas para dizer ao juiz, sem levar em consideração a possibilidade de ir para a cadeia.

Sua Excelência continuou:

– Agora, a questão é a seguinte. Vocês querem assistir ao restante desse julgamento?

Todos os quatro assentiram, sim. Janet enxugou o rosto novamente.

– Ok. A terceira fileira atrás do promotor será reservada para vocês. Sr. Kofer, quero que se sente no corredor. Se eu ouvir um ruído ou se o senhor perturbar o meu trabalho de qualquer maneira que seja, ordenarei que seja retirado da sala novamente e haverá consequências. Entendido?

– Claro – disse Earl.

– Sim, senhor – grunhiu Barry.

Janet enxugou os olhos.

– Muito bem. Estamos conversados então. – Noose se inclinou para a frente e relaxou. O trabalho pesado tinha acabado. – Por favor, permitam-me dizer umas coisas. Eu lamento muito a perda de vocês e tenho rezado por sua família desde que fiquei sabendo da notícia. Não deveríamos ter que enterrar nossos filhos. Estive com seu filho brevemente uma vez no fórum de Clanton, então não posso dizer que éramos amigos nem nada, mas ele parecia ser um jovem policial decente. À medida que este julgamento avança, eu me compadeço cada vez que vocês se sentam aqui e ouvem coisas terríveis sobre ele. Tenho certeza que é horrível. No entanto, não podemos mudar os fatos ou as alegações. Julgamentos costumam ser confusos e desagradáveis. Por isso, sinto muito.

Eles não estavam preparados para responder nem eram o tipo de pessoa capaz de simplesmente dizer "Obrigado".

NO MOMENTO EM que Jake e Carla se esgueiravam por uma porta dos fundos do edifício principal do fórum, Dumas Lee apareceu do nada e disse:

– Oi, Jake, tem tempo pra responder uma perguntinha?

– Oi, Dumas – respondeu Jake educadamente. Eles se conheciam havia dez anos e o cara estava apenas fazendo seu trabalho. – Desculpa, Dumas, mas não posso te falar nada. O juiz Noose mandou os advogados calarem a boca.

– Uma ordem de silêncio?

– Uma ordem pra calar a boca, emitida no gabinete.
– O seu cliente vai depor?
– Nada a declarar. Por favor, Dumas.

A edição semanal do *Times* daquela manhã havia negligenciado todas as notícias do condado, exceto o julgamento. A primeira página inteira estava coberta de fotos – Jake entrando no fórum, Dyer fazendo o mesmo, o réu saindo de uma viatura de terno e gravata e devidamente algemado. Dumas escreveu duas longas matérias, uma sobre o suposto crime e todos os envolvidos, outra sobre a escolha do júri. Para constranger o condado vizinho, o editor incluiu até uma fotografia ruim do velho fórum. A legenda abaixo da imagem o descrevia como "construído no século passado e necessitando de reforma".

– Tchau, Dumas – disse Jake enquanto conduzia Carla pelo hall.

As vans dos canais de televisão tinham sumido. O jornal de Tupelo havia publicado uma curta matéria na primeira página de terça-feira. O de Jackson publicou o mesmo artigo na página 3. O de Memphis não demonstrou interesse na história.

48

Quando a sessão foi retomada às 14h05, a temperatura no tribunal estava pelo menos cinco graus mais baixa e a umidade havia diminuído bastante. O juiz Noose novamente deixou os advogados à vontade para tirar os paletós, mas eles preferiram mantê-los. Ele olhou para Jake e ordenou:

– Chame a sua próxima testemunha.

Jake se levantou e disse:

– Excelência, a defesa chama Drew Gamble.

Houve um burburinho em meio à plateia diante daquele passo inesperado. Lowell Dyer lançou um olhar desconfiado para Jake.

Drew se levantou e caminhou em direção ao taquígrafo, fez o juramento e se acomodou no banco das testemunhas. Ficou espantado ao ver a situação de outro ângulo. Jake lhe dissera que isso iria acontecer, que de início seria impactante notar todos aqueles adultos olhando para ele. As instruções escritas em um pedaço de papel diziam: "Olhe para mim, Drew. Olhe nos meus olhos o tempo todo. Não olhe para os jurados. Não olhe para sua mãe nem para sua irmã. Não olhe para os outros advogados nem para as pessoas na plateia. Todos estarão olhando para você, então ignore-os. Olhe nos meus olhos. Não sorria, não faça cara feia. Não fale muito alto nem muito baixo. Começaremos com algumas perguntas fáceis e você se sentirá confortável. Você não tem o hábito de dizer 'Sim, senhor' e 'Não, senhor', mas FAÇA ISSO O TEMPO TODO em que estiver no banco das testemunhas. Comece a praticar agora comigo e com os carcereiros."

Em sua cela, tarde da noite, Jake havia lhe mostrado como sentar e manter as mãos paradas, como ficar a 15 centímetros do microfone, como franzir a testa diante de uma pergunta confusa, o que fazer se o juiz falasse com ele, como se manter tranquilo se os advogados começassem a discutir e como dizer "Sinto muito, senhor, mas não entendi". Eles haviam praticado por horas.

As perguntas e respostas fáceis de fato acalmaram seus nervos, mas Drew já estava estranhamente à vontade. Havia passado um dia e meio sentado entre seus advogados enquanto as testemunhas iam e vinham. Como Jake havia instruído, ele as observou atentamente. Algumas eram boas, outras não. Kiera estava visivelmente assustada, mas seu medo havia cativado os jurados.

Ele havia aprendido muito sobre como depor apenas por estar lá.

Não, senhor, ele nunca conheceu o pai, nem os avós. Ele não conhecia nenhum de seus tios ou primos.

– Drew, quantas vezes você foi preso?

Era uma pergunta curiosa. As condenações nos tribunais de menores estavam fora de questão ali. O Ministério Público certamente não poderia mencioná-las. Mas, como havia feito com Josie, Jake queria transparência, em especial quando beneficiava a defesa.

– Duas.

– Quantos anos você tinha na primeira vez?

– Doze.

– O que aconteceu?

– Bom, eu e um amigo chamado Danny Ross roubamos duas bicicletas e fomos pegos.

– Por que vocês roubaram as bicicletas?

– Porque nem eu nem ele tínhamos uma.

– Ok, e o que aconteceu quando vocês foram pegos?

– Fomos levados ao tribunal e o juiz disse que nós éramos culpados, e éramos mesmo. Então eles me colocaram numa instituição juvenil por uns quatro meses.

– E onde foi isso?

– Lá no Arkansas.

– Onde você estava morando nessa época?
– Bom, senhor, nós estávamos, é... morando num carro.
– Você, a sua mãe e a sua irmã?
– Sim, senhor. – Com um aceno rápido, Jake o convidou a prosseguir. Drew disse: – A minha mãe não contestou minha detenção na instituição porque pelo menos lá eu iria ter o que comer.

Dyer se levantou e disse:
– Protesto, Excelência. Relevância. Esse julgamento é sobre um homicídio, não sobre uma bicicleta roubada.
– Aceito. Avance logo, Dr. Brigance.
– Sim, Excelência.

Mas Noose não pediu que a resposta fosse desconsiderada. O júri ouviu que as crianças estavam com fome e sem ter onde morar.

– E a segunda vez que você foi preso?
– Eu tinha 13 anos, fui pego com um pouco de maconha.
– Você estava tentando vender?
– Não, senhor. Não era muita.
– O que aconteceu?
– Eles me mandaram de volta pro mesmo lugar por três meses.
– Você usa drogas atualmente?
– Não, senhor.
– Você bebe álcool?
– Não, senhor.
– Você teve algum problema com a lei nos últimos três anos?
– Não, senhor, a não ser este aqui.
– Muito bem, vamos falar sobre isso.

Jake se afastou do púlpito e olhou para o júri. Se Jake tinha feito aquilo, então não havia problema que Drew desse uma olhada rápida também. Naquele momento, os jurados estavam observando Jake.

– Quando você conheceu Stuart Kofer?
– No dia em que a gente se mudou. Não me lembro quando foi.
– Como o Stuart tratou vocês no início?
– Bem, sem dúvida nós não nos sentimos bem-vindos. Era a casa dele e ele tinha muitas regras, algumas que inventava na hora. Ele obrigava a gente a fazer várias tarefas domésticas. Nunca era legal com a gente e logo entendemos que ele não nos queria na casa dele. Então nós, a Kiera e eu,

tentávamos ficar longe dele. Ele não queria a gente à mesa quando estava comendo, então a gente ou levava o prato lá pra cima ou pro lado de fora.

— Onde sua mãe comia?

— Com ele. Mas eles brigavam muito, desde o início. A mamãe queria que nós fôssemos uma família de verdade, sabe, fazer as coisas juntos. Jantar, ir à igreja, coisas assim. Mas o Stu não suportava a gente. Ele não queria a gente. Ninguém nunca quis.

Perfeito, Drew, pensou Jake, e sem nenhuma objeção de Dyer. Ele queria atacar e protestar contra a condução da testemunha por parte de Jake, mas naquele momento os jurados estavam envolvidos e se ressentiriam com a interrupção.

— Você foi abusado fisicamente por Stuart Kofer?

Drew fez uma pausa e pareceu confuso.

— O que quer dizer com "abusado fisicamente"?

— Ele bateu em você?

— Ah, sim, levei uns tapas algumas vezes.

— Você se lembra da primeira vez que isso aconteceu?

— Sim, senhor.

— O que houve?

— Bem, o Stu me perguntou se eu queria ir pescar, e eu na verdade não queria, porque eu não gostava dele e ele não gostava de mim. Mas a minha mãe vinha perturbando ele pra fazer alguma coisa comigo, sabe, tipo um pai de verdade, e jogar beisebol, ir pescar ou fazer algo divertido. Então ele pegou o barco e nós fomos pro lago. Ele começou a tomar cerveja e isso sempre era um mau sinal. A gente estava no meio do lago quando um peixe enorme pegou o meu anzol com força e saiu disparado. Eu fiquei surpreso e não agarrei a vara rápido o suficiente, então a haste e o molinete desapareceram debaixo d'água. O Stu ficou maluco. Ele me xingou e me deu dois tapas na cara, com força. Estava fora de si, gritando e xingando e dizendo que aquele equipamento tinha custado mais de 100 dólares e que eu ia ter que pagar. Achei que fosse me jogar pra fora do barco. Ele ficou tão irritado que deu partida no motor, voou até a rampa, tirou o barco da água e foi pra casa. Ainda estava me xingando. Ele tinha um temperamento terrível, principalmente quando bebia.

Dyer finalmente se levantou e disse:

— Excelência, protesto. Relevância e condução da testemunha. Não entendo o que está acontecendo aqui, Excelência, mas isso é um interrogatório e a testemunha está sendo autorizada a divagar eternamente.

Noose tirou os óculos de leitura e mastigou uma das hastes por um momento.

– Concordo, Dr. Dyer, mas de todo modo o depoimento está avançando, então vamos deixar que a testemunha se manifeste.

– Obrigado, Excelência – disse Jake. – Agora, Drew, o que aconteceu no caminho do lago pra casa?

– Bom, quando a gente tava chegando em casa, ele não parava de olhar pra mim e viu que o meu olho esquerdo estava inchado onde ele tinha me batido. Aí me falou pra eu não contar pra minha mãe. Falou pra eu dizer que tinha escorregado e caído enquanto a gente carregava o barco.

Dyer se levantou e interveio:

– Protesto. Testemunho indireto.

– Negado. Prossiga.

Jake o havia instruído a voltar a falar imediatamente quando o juiz dissesse "Prossiga". "Não espere pelos advogados. Termine a história."

– Então ele ameaçou me matar – contou Drew.

– Foi a primeira vez que ele ameaçou você?

– Sim, senhor. Disse que me mataria e que mataria a Kiera se a gente contasse pra mamãe.

– Ele estava abusando fisicamente da Kiera?

– Bom, acho que agora a gente já sabe que sim.

– Ok. Drew, antes de Stuart Kofer morrer, você sabia que ele estava abusando sexualmente da sua irmã?

– Não, senhor. Ela nunca me contou.

Jake fez uma pausa e verificou algumas anotações em um bloco de papel. A sala de audiências estava em silêncio, exceto pelo ruído dos aparelhos de ar condicionado. A temperatura melhorava à medida que uma camada de nuvens se movia bloqueando o sol.

Jake ficou parado ao lado do púlpito e perguntou:

– Drew, você e a Kiera tinham medo do Stuart Kofer?

– Sim, senhor.

– Por quê?

– Ele era um cara forte, com temperamento ruim, um bêbado cruel, e tinha várias armas, sem falar que era policial e adorava se gabar dizendo que podia sair impune de qualquer coisa, inclusive assassinato. Então ele começou a bater na mamãe e as coisas ficaram muito ruins...

A voz do menino desapareceu e ele abaixou a cabeça. De repente, Drew começou a soluçar e a tremer enquanto se esforçava para manter a compostura. Instantes dolorosos se passaram enquanto todos o observavam.

– Vamos falar sobre a noite em que o Stuart morreu – disse Jake.

Drew respirou fundo, olhou para seu advogado e enxugou o rosto com o punho da camisa. Como ele e Kiera haviam sido incansavelmente preparados, suas histórias se encaixavam à perfeição até chegarem ao momento crítico em que encontraram a mãe inconsciente e aparentemente morta. A partir de então, eles não estavam mais pensando com clareza e não conseguiam se lembrar das palavras e dos movimentos com precisão. Ambos estavam chorando e, em alguns momentos, estavam descontrolados. Ele se lembrava de andar pela casa, olhando para Stuart na cama, olhando para Kiera segurando Josie no chão da cozinha, ouvindo enquanto ela implorava para a mãe acordar e esperando à janela que a ajuda chegasse.

E então ele ouviu algo. Um som de tosse, um ronco, e o rangido do estrado de molas e do colchão. Stuart estava se revirando na cama, e, se ele se levantasse, como havia feito um mês antes, teria outro acesso de fúria e provavelmente mataria todos eles.

– Aí eu fui até o quarto e ele ainda estava na cama.

– Ele havia mudado de posição? – perguntou Jake.

– Sim. O braço direito estava em cima do peito. Ele não estava roncando. Eu sabia que estava prestes a se levantar. Então peguei a arma dele em cima da mesa onde ele sempre deixava e saí do quarto com ela na mão.

– Por que você pegou a arma?

– Não sei. Acho que eu estava com medo que ele pudesse usá-la.

– O que você fez com a arma?

– Não sei. Eu voltei pra janela e esperei mais um pouco, só continuei esperando as luzes azuis ou vermelhas ou alguém vir ajudar a gente.

– Você estava familiarizado com a arma?

– Sim, senhor. O Stuart me levou pra floresta uma vez pra praticar tiro ao alvo. A gente usou a arma de serviço dele, a Glock.

– Quantas vezes você disparou?

– Umas três ou quatro. Ele tinha um alvo preso nuns fardos de feno.

Eu não consegui acertar e ele riu de mim, me chamou de veadinho, entre outras coisas.

Jake apontou para a prova número 1 sobre a mesa.

– Aquela é a arma, Drew?

– Acho que sim. Pelo menos parece.

– Bem, Drew, então você estava parado à janela, esperando, segurando aquela arma ali, e o que aconteceu em seguida?

Olhando para Jake, ele respondeu:

– Eu me lembro de ouvir a Kiera e lembro de estar muito assustado. Eu sabia que ele ia se levantar, vir atrás da gente, então fui pro quarto. As minhas mãos tremiam tanto que eu mal conseguia segurar a arma. Aí eu coloquei a arma do lado da cabeça dele.

Sua voz falhou novamente e ele enxugou os olhos.

– Você se lembra de puxar o gatilho, Drew? – perguntou Jake.

Ele balançou a cabeça.

– Não, não lembro. Não estou dizendo que não fui eu, só estou dizendo que não lembro. Eu me lembro de fechar os olhos e da arma sacudindo com muita força, e me lembro do som.

– Você se lembra de soltar a arma?

– Não.

– Você se lembra de ter dito pra Kiera que tinha atirado no Stuart?

– Não.

– Drew, do que você se lembra então?

– Depois disso eu me lembro de estar sentado no carro da polícia, algemado, pegando a estrada e me perguntando o que eu estava fazendo lá e pra onde eu estava indo.

– A Kiera estava com você na viatura?

– Eu não lembro.

– Sem mais perguntas, Excelência.

LOWELL DYER JAMAIS acreditou, nem por um instante, que teria a chance de interrogar o réu. A cada etapa do pré-julgamento, Jake tinha dado sinais de que Drew não iria depor. E a maioria dos advogados de defesa mais habilidosos mantinha seus clientes longe do banco das testemunhas.

Dyer havia passado pouco tempo se preparando para aquele momento e sua apreensão foi agravada pelo fato de que Josie e Kiera tinham sido tão bem treinadas que na verdade marcaram mais pontos do que o promotor durante seus interrogatórios.

Atacar a testemunha em razão de sua ficha criminal não funcionaria. Drew já havia confessado e, além disso, quem realmente se importava com uma bicicleta roubada e alguns gramas de maconha?

Atacar qualquer coisa no passado do garoto sairia pela culatra, porque era improvável que uma única pessoa no júri tivesse passado por uma infância tão dura.

Dyer olhou para o réu.

– Então, Sr. Gamble, quando foi morar com Stuart Kofer, o senhor ganhou um quarto só seu, correto?

– Sim, senhor.

Nada em relação ao garoto de cabelo desgrenhado sugeria que o tratamento de "senhor" fosse apropriado. Dyer, porém, tinha que jogar duro. Tratá-lo de um jeito muito informal seria um sinal de fraqueza. Talvez usar aquele tratamento o fizesse parecer mais velho.

– E sua irmã ficava do outro lado do corredor, certo?

– Sim, senhor.

– O senhor tinha bastante comida pra comer?

– Sim, senhor.

– Tinha água quente no chuveiro, toalhas limpas e tal?

– Sim, senhor. Nós lavávamos a nossa roupa.

– E o senhor ia pra escola todos os dias?

– Sim, senhor, quase todos os dias.

– E à igreja de vez em quando?

– Sim, senhor.

– E, antes de se mudar para a casa de Stuart Kofer, acredito que a sua família morava em um trailer emprestado, correto?

– Sim, senhor.

– E, pelo depoimento da sua mãe e da sua irmã, nós sabemos que antes do trailer o senhor morou em um carro, em um orfanato, em um lar temporário e em uma instituição juvenil. Em algum outro lugar?

Que erro idiota! Pega ele, Drew, Jake queria gritar.

– Sim, senhor. Nós moramos debaixo de uma ponte uma vez por alguns meses e também em alguns abrigos pra pessoas sem-teto.

– Ok. O meu ponto é que a casa que Stuart Kofer ofereceu foi o lugar mais agradável em que o senhor já morou, certo?

Outro equívoco. *Vai com tudo, Drew!*

– Não, senhor. Alguns dos lares temporários eram mais agradáveis, e além disso eu não precisava ter medo de apanhar.

Dyer olhou para a tribuna e solicitou:

– Excelência, poderia instruir a testemunha a responder às perguntas sem detalhar as respostas?

Jake esperava uma resposta rápida, mas Noose refletiu por alguns segundos. Jake se levantou e falou:

– Excelência, com licença. O promotor descreveu a casa de Kofer como "agradável" sem dizer o que isso significa. Eu suponho que qualquer casa onde uma criança sofre abusos e ameaças é qualquer coisa menos "agradável".

Noose concordou e mandou prosseguir.

Dyer estava muito irritado para continuar. Foi confabular com Musgrove e eles novamente tentaram encontrar uma estratégia. Ele acenou com a cabeça presunçosamente, como se tivesse encontrado a linha perfeita de interrogatório, e voltou ao púlpito.

– Agora, Sr. Gamble, receio que tenha dito que não gostava de Stuart Kofer e que ele não gostava do senhor. Isso está correto?

– Sim, senhor.

– O senhor diria que odiava Stuart Kofer?

– É justo, sim, senhor.

– O senhor queria que ele morresse?

– Não, senhor. O que eu queria era só ficar longe dele. Eu estava cansado de aturar ele batendo na minha mãe e na gente. Eu estava cansado das ameaças.

– Então, quando atirou nele, o senhor o matou para proteger sua mãe, sua irmã e a si mesmo, correto?

– Não, senhor. Naquele momento eu achava que a minha mãe estava morta. Era tarde demais para protegê-la.

– Então atirou nele por vingança. Por matar a sua mãe. Correto?

– Não, senhor, não me lembro de pensar em vingança. Fiquei abalado demais ao ver a mamãe deitada no chão. Eu só estava com medo que o Stuart se levantasse e viesse atrás da gente, como já tinha feito antes.

Vamos, Dyer, morda a isca. Jake estava mastigando a ponta de uma caneta de plástico.

– Antes? – perguntou Dyer, depois se conteve. Nunca faça uma pergunta se você não souber a resposta. – Não precisa responder. Não é verdade, Sr. Gamble, que você deliberada e intencionalmente atirou em Stuart Kofer com a arma dele, uma com a qual você estava familiarizado, porque ele batia na sua mãe?

– Não, senhor.

– Não é verdade que o senhor deliberada e intencionalmente atirou em Stuart Kofer e o matou porque ele estava molestando sexualmente sua irmã?

– Não, senhor.

– Não é verdade que o senhor atirou em Stuart Kofer e o matou porque odiava o homem e esperava que, se ele morresse, sua mãe ficaria com a casa dele?

– Não, senhor.

– Não é verdade que, quando o senhor se inclinou e colocou o cano a 2 centímetros da cabeça de Stuart Kofer, naquele momento crucial, ele estava dormindo profundamente?

– Eu não sei se ele estava dormindo. Sei que ele tinha se mexido porque eu ouvi. Tive medo que ele se levantasse e ficasse maluco de novo. Foi por isso que eu fiz o que fiz. Pra proteger a gente.

– O senhor o viu dormindo na própria cama, pegou a arma dele, a colocou a alguns centímetros de sua têmpora esquerda e puxou o gatilho, não foi, Sr. Gamble?

– Eu acho que sim. Não estou dizendo que não. Não tenho certeza do que estava pensando naquele momento. Eu estava com muito medo e acreditava que ele havia matado a minha mãe.

– Mas você estava errado, não estava? Ele não matou a sua mãe. Ela está sentada bem ali.

Dyer se virou e apontou um dedo irritado para Josie, sentada na primeira fila.

Drew, também irritado, disse:

– Bom, ele fez o possível pra matar ela. Ela estava no chão, inconsciente e, pelo que a gente pôde ver, não estava respirando. Ela com certeza parecia morta pra nós, Dr. Dyer.

– Mas o senhor estava errado.

– E ele tinha ameaçado matar ela muitas vezes, e a gente também. Eu achei que fosse o fim.

– Já tinha pensado em matar o Stuart antes?

– Não, senhor. Nunca pensei em matar ninguém. Eu não tenho armas. Eu não entro em brigas nem coisas desse tipo. Eu só queria ir embora e fugir daquela casa antes que ele machucasse a gente. Morar de novo dentro de um carro era melhor do que morar com o Stuart.

Outra das falas de Jake, perfeitamente proferida.

– Então, quando estava na prisão, o senhor não se meteu em brigas?

– Eu não estava na prisão, senhor. Estava em uma instituição juvenil. A prisão é pra adultos. O senhor deveria saber disso.

Noose se inclinou na direção de Drew e disse:

– Por favor, Sr. Gamble, guarde seus comentários pra si.

– Sim, senhor. Desculpe, Dr. Dyer.

– E o senhor nunca se envolveu em brigas?

– Todo mundo se metia em brigas. Acontecia o tempo todo.

Dyer estava dando voltas no mesmo lugar e se afogando aos poucos. Discutir com um jovem de 16 anos raramente era algo produtivo, e naquele momento Drew estava em vantagem. Dyer já havia se queimado por conta de Josie e Kiera, então preferiu evitar danos adicionais com o réu. Ele olhou para a tribuna e declarou:

– Sem mais perguntas, Excelência.

– Dr. Brigance.

– Nada, Excelência.

– Sr. Gamble, pode descer do banco e voltar para a mesa da defesa. Dr. Brigance, por favor, chame sua próxima testemunha.

Em alto e bom som, Jake anunciou:

– Excelência, a defesa está concluída.

Noose estremeceu e pareceu surpreso. Harry Rex diria mais tarde que Lowell Dyer lançou a Musgrove um olhar perplexo.

Os advogados se reuniram diante da tribuna. Noose afastou o microfone e se dirigiu a eles em um sussurro.

– O que tá acontecendo, Jake? – perguntou.

Jake deu de ombros e disse:

– Nós terminamos. Não temos mais testemunhas.

– Tem pelo menos umas dez pessoas na sua lista de testemunhas.

– Eu não preciso delas, Excelência.

– Parece um pouco abrupto, só isso. Dr. Dyer? Alguma testemunha pra refutar o que foi apresentado até agora?

– Acho que não, Excelência. Se a defesa está satisfeita, nós também ficamos por aqui.

Noose olhou para o relógio e falou:

– Como se trata de um caso de homicídio sujeito a pena de morte, as instruções ao júri vão levar algum tempo e não podemos ter pressa. Vou fazer um recesso agora até as nove da manhã. Vocês todos me encontrem no meu gabinete em quinze minutos pra acertarmos as instruções ao júri.

49

Lucien convidou a equipe para jantar em sua casa e não aceitaria não como resposta. Como Sallie havia ido embora e ele não tinha absolutamente nenhuma habilidade na cozinha, recorreu a Claude para preparar sanduíches de peixe empanado, feijão e saladas de repolho e de tomate. Claude era dono da única lanchonete frequentada por negros no centro de Clanton, e Jake almoçava lá quase todas as sextas-feiras, junto com alguns outros liberais brancos da cidade. Quando a lanchonete abriu, trinta anos antes, Lucien Wilbanks ia ao local praticamente todos os dias e insistia em se sentar à janela para ser visto pelos brancos que passavam. Ele e Claude compartilhavam uma longa amizade.

Embora não soubesse cozinhar, Lucien definitivamente era bom em preparar drinques. Ele serviu seus convidados na varanda da frente e os encorajou a se sentarem nas cadeiras de balanço de vime enquanto o dia chegava ao fim. Carla tinha dado um jeito de conseguir uma babá de última hora porque raramente jantava na casa de Lucien e não poderia perder aquela oportunidade. Portia estava curiosa também, embora quisesse muito ir para casa e dormir um pouco. Apenas Harry Rex deu um jeito de se livrar, alegando que suas experientes secretárias estavam ameaçando fazer um motim.

O Dr. Thane Sedgwick, da Baylor, tinha acabado de chegar à cidade, caso fosse necessário depor durante a promulgação da sentença. Libby havia ligado para ele no dia anterior com a notícia de que o julgamento estava indo muito mais rápido do que o previsto. Depois de alguns goles de uísque, ele já estava tagarelando.

– E então eu perguntei a ela se iriam precisar de mim – disse ele com seu sotaque arrastado do Texas. – E ela disse que não. Não tá esperando uma condenação. Só ela acha isso?

– Eu não prevejo uma condenação – disse Lucien. – Nem uma absolvição.

– Pelo menos quatro das cinco mulheres estão com a gente – afirmou Libby. – A Sra. Satterfield chorou o dia inteiro, principalmente quando a Kiera estava no banco.

– O depoimento da Kiera foi eficaz? – perguntou Sedgwick.

– Você não faz ideia – respondeu Libby.

A pergunta dele levou a uma longa recapitulação do dia épico que a família Gamble tivera no tribunal, quando Josie e seus filhos contaram sua triste e caótica história. Portia reconstituiu o depoimento dramático de Kiera sobre o pai de seu filho. Lucien riu quando repetiu o que Drew dissera sobre os agradáveis lares temporários onde ele não tinha medo de apanhar. Libby ficou surpresa com a forma como Jake havia lentamente revelado os detalhes de todos os lugares miseráveis onde a família tinha vivido. Em vez de despejar todos eles em cima do júri em suas alegações iniciais, ele cuidadosamente atirou uma bomba após outra, para criar um grande efeito dramático.

Jake estava sentado ao lado de Carla em um velho sofá, com o braço sobre os ombros dela, tomando vinho e ouvindo as diferentes perspectivas sobre o que tinham visto e ouvido no tribunal. Ele falava pouco, sua mente sempre vagando para o desafio que seriam as alegações finais. Estava preocupado por concluir sua argumentação tão abruptamente, mas os advogados, Libby, Lucien e Harry Rex, estavam convencidos de que fora a decisão certa. Ele havia perdido o sono preocupado se deveria ou não colocar seu cliente para depor, mas o jovem Drew não cometera nenhum deslize. Em suma, ele estava satisfeito com o caso até então, mas não parava de lembrar a si mesmo que seu cliente era culpado de matar Stuart Kofer.

Ao escurecer, eles entraram e se acomodaram em torno da bela mesa de jantar de teca de Lucien. A casa era antiga, mas a decoração do lado de dentro era moderna, com bastante vidro e metal e detalhes excêntricos. As paredes eram adornadas com uma coleção desconcertante de arte contemporânea, como se o rei do castelo rejeitasse tudo que fosse velho e tradicional.

O rei estava saboreando seu uísque, assim como Thane, e as histórias de guerra começaram, longos relatos de julgamentos dramáticos ocorridos ao longo dos anos, todos com o próprio contador como herói. Uma vez que Thane percebeu que provavelmente não seria requisitado na quinta-feira, serviu-se de outra dose e pareceu pronto para ir dormir tarde.

Portia, uma jovem negra que havia crescido do outro lado da cidade, não se sentiu excluída. Ela contou uma história surpreendente de um homicídio militar no qual trabalhara envolvendo o Exército na Alemanha. E isso lembrou Thane de um duplo homicídio, em algum lugar do Texas, no qual o suposto assassino tinha apenas 13 anos.

Por volta das dez e meia, Jake estava querendo dormir. Ele e Carla pediram licença e foram para casa. Às duas, ele ainda estava acordado.

OS PRESENTES NA sala de audiências se levantaram praticamente ao mesmo tempo diante da entrada do juiz Omar Noose, que logo pediu que eles se sentassem fazendo um gesto com a mão. Ele deu as boas-vindas a todos, comentou sobre a temperatura mais amena, disse bom-dia ao júri e perguntou, em tom sério, se alguém havia tentado entrar em contato com algum deles durante o recesso. Todos os doze jurados balançaram a cabeça. Não.

Omar havia presidido mais de mil julgamentos e nunca um jurado levantara a mão para admitir que havia sido contatado fora do tribunal. Se houvesse algum tipo de contato, provavelmente envolveria dinheiro, algo sobre o qual ninguém falaria, de qualquer forma. Mas Omar amava suas tradições.

Ele explicou que a hora seguinte provavelmente seria a parte mais enfadonha de todo o julgamento, porque, conforme exigido por lei, ele faria a instrução do júri. Noose leria as normas e os estatutos que ditariam as deliberações dos jurados e tudo isso constaria dos autos. O dever do júri era pesar as evidências e aplicá-las à lei, tomar a lei conforme escrita e aplicá-la aos fatos. Ouvir com atenção. Isso era muito importante. E, para benefício deles, cópias das instruções estariam disponíveis na sala do júri.

Depois de confundir os jurados completamente, o juiz Noose começou a ler ao microfone. Página após página, regulamentos maçantes, prolixos, complicados e mal redigidos que tentavam definir dolo, homicídio, pena de morte, homicídio de um agente da lei, premeditação, culpabilidade e excludentes de ilicitude. Eles ouviram atentamente por cerca de dez minutos, então começaram a se distrair, olhando ao redor da sala de audiências. Alguns lutaram fortemente para se agarrar a cada palavra. Outros se deram conta de que poderiam ler tudo aquilo mais tarde, se quisessem.

Depois de quarenta minutos, Noose parou abruptamente, para alívio de todos. Ele juntou os papéis, organizou-os bem, sorriu para o júri como se tivesse feito um bom trabalho e disse:

– Agora, senhoras e senhores, os dois lados terão a oportunidade de apresentar suas alegações finais. Como sempre, o Ministério Público começa. Dr. Dyer.

Lowell se levantou com grande determinação, abotoou o botão de cima de seu paletó de anarruga azul-claro, caminhou até o júri – o púlpito era opcional naquele ponto – e começou:

– Senhoras e senhores do júri, este julgamento está quase no fim e decorreu de forma mais eficiente do que o esperado. O juiz Noose deu a cada parte trinta minutos para resumir tudo para vocês, mas trinta minutos é muito tempo neste caso. Não é preciso meia hora para convencê-los do que já sabem. Vocês não precisam de muito tempo para decidir que o réu, Drew Allen Gamble, de fato matou Stuart Kofer, um agente da lei.

Ótima abertura, pensou Jake. Qualquer público, sejam doze jurados em uma bancada ou dois mil advogados em uma convenção, aprecia um orador que promete ser breve.

– Vamos falar sobre o homicídio – prosseguiu Dyer. – Na terça de manhã, quando começamos, pedi que vocês se perguntassem, enquanto ouviam as testemunhas, se, naquele momento terrível, Drew Gamble precisava puxar o gatilho. Por que ele puxou o gatilho? Foi em legítima defesa? Ele estava protegendo a si mesmo, sua irmã, sua mãe? Não, senhoras e senhores, não foi em legítima defesa. Não foi um ato justificável. Não foi nada além de um homicídio frio e calculado. Mesmo assim, a defesa passou um dia inteiro caluniando Stuart Kofer.

Jake levantou de um salto, ergueu as duas mãos e o interrompeu:

– Protesto, Excelência. Protesto. Detesto interromper as alegações finais de um advogado, Excelência, mas a palavra "caluniar" significa imputar falsamente a alguém fato definido como crime. Falso testemunho. E não há absolutamente nada nos autos que indique, mesmo que de maneira remota, que alguma das testemunhas, tanto as da acusação quanto as da defesa, tenha mentido.

Noose parecia pronto para a interrupção.

– Dr. Dyer, peço que se abstenha de usar a palavra "calúnia". E o júri irá desconsiderar o uso dessa palavra.

Dyer franziu a testa e acenou com a cabeça, como se estivesse sendo forçado a aceitar a decisão mas não concordasse com ela.

– Está certo, Excelência – respondeu. – Bom, vocês ouviram os três membros da família Gamble falando sobre a pessoa terrível que Stuart Kofer era, e não vou repetir nada disso. Basta ter em mente que eles, os Gambles, têm todos os motivos, todas as razões do mundo para contar apenas um lado da história, e talvez para embelezar e exagerar aqui e ali. Tragicamente, Stuart não está aqui para se defender. Portanto, não vamos falar sobre a maneira como ele vivia. Vocês não estão aqui para julgar seu estilo de vida, seus hábitos, seus problemas, seus fantasmas. O trabalho de vocês é pesar os fatos relacionados à maneira como ele morreu.

Dyer foi até a mesa onde ficavam expostas as evidências e pegou a arma. Ele a segurou e encarou o júri.

– Em algum momento durante aquela noite terrível, Drew Gamble pegou esta arma, uma Glock 22, quinze balas no pente, fornecida pelo xerife Ozzie Walls a todos os seus assistentes, e a segurou e a carregou pela casa. Naquele momento, Stuart dormia profundamente em sua cama. Ele estava embriagado, como sabemos, mas o álcool o deixou indefeso. Um bêbado desmaiado, roncando, não podia ser uma ameaça para ninguém. Drew Gamble segurava a arma e sabia como usá-la porque Stuart o havia ensinado a carregá-la, segurá-la, mirá-la e dispará-la. É bastante irônico e trágico que o assassino tenha aprendido a usar a arma do crime com a própria vítima.

Dyer tomou fôlego e prosseguiu:

– Tenho certeza que foi uma cena terrível. Dois adolescentes assustados, a mãe inconsciente no chão. Minutos se passaram e Drew Gamble estava com a arma. Stuart estava dormindo, em outro planeta. Uma chamada de emergência havia sido feita, a polícia e os paramédicos estavam a caminho. E, em algum momento, Drew Gamble tomou a decisão de matar Stuart Kofer. Ele caminhou até o quarto, fechou a porta por algum motivo, pegou a arma e colocou o cano a alguns dedos da têmpora esquerda de Stuart. Por que ele puxou o gatilho? Ele afirma que se sentia ameaçado, que Stuart poderia se levantar e machucá-los, e que ele tinha que proteger a si mesmo e a sua irmã. Ele quer que vocês acreditem que precisou puxar o gatilho.

Dyer voltou lentamente para a mesa e largou a arma.

– Mas por que naquele momento? Por que não esperar um pouco? Por que não esperar para ver se Stuart ia se levantar? Drew estava com a arma. Ele estava armado e pronto para defender a si mesmo e a sua irmã no caso de Stuart dar algum jeito de se reanimar e ir atrás deles. Por que não esperar até a chegada da polícia? Por que não esperar?

Dyer ficou parado diante dos jurados e olhou para cada um deles.

– Naquele momento, ele não precisava puxar o gatilho, senhoras e senhores. Mas ele o fez. E fez isso porque queria matar Stuart Kofer. Ele queria vingança pelo que havia acontecido com sua mãe. Ele queria vingança por todas as coisas terríveis que Stuart lhes fez. E vingança significa premeditação, e isso significa o ato deliberado de matar. Senhoras e senhores, premeditação é homicídio qualificado, passível de pena de morte. Isso basta. Eu convoco vocês a se retirarem para suas deliberações e retornarem com um veredito justo e verdadeiro. O único veredito que se encaixa nesse crime. Um veredito de culpado pelo homicídio de Stuart Kofer. Obrigado.

Foi um belo fechamento. Bem planejado, direto ao ponto, persuasivo e conciso, algo raro para um promotor em um grande caso. Nem um único jurado havia ficado entediado. Na verdade, todos eles pareciam acompanhar cada palavra.

– Dr. Brigance.

Jake se levantou e jogou seu bloco de anotações no púlpito. Sorriu para os jurados e olhou para cada um deles. Cerca de metade o encarava, os demais olhavam para a frente.

– Não culpo o promotor por pedir que vocês minimizem muito do que ouviram – começou. – Certamente não é agradável falar sobre abuso, estupro e violência doméstica. São assuntos repulsivos, coisas horríveis para se debater em qualquer lugar, especialmente em um tribunal com tantas pessoas ouvindo. Mas eu não criei os fatos, nem vocês, nem ninguém além de Stuart Kofer. O Ministério Público tenta sugerir, tenta dar a entender, que talvez os três Gambles tenham tendência a embelezar, a exagerar. *É sério isso?* – De repente, ele ergueu a voz e demonstrou raiva. Ele apontou para Kiera na primeira fila atrás da mesa da defesa. – Vocês estão vendo aquela garotinha bem ali? Kiera Gamble, 14 anos, no sétimo mês de gestação, grávida de Stuart Kofer. E vocês acham que ela está exagerando?

Jake respirou fundo e deixou a raiva passar.

– Quando vocês deliberarem, olhem para a foto de Josie Gamble no hospital, com a mandíbula quebrada, o rosto machucado, os olhos inchados, e se perguntem se ela está embelezando alguma coisa. Eles não mentiram pra vocês. Muito pelo contrário, eles poderiam contar muito mais histórias sobre o horror de viver com Stuart Kofer.

Outra pausa.

– O que aconteceu com Stuart Kofer? O que aconteceu com o garoto local que entrou para o Exército e queria fazer carreira antes de ser convidado a se retirar? O que aconteceu com o policial jovem e decente conhecido por sua bravura e seu envolvimento com a comunidade? De onde veio seu lado sombrio? Talvez alguma coisa tenha acontecido no Exército. Talvez a pressão do trabalho o tenha afetado. Nunca saberemos, eu acho, mas todos podemos concordar que sua perda é uma tragédia. Seu lado sombrio... Não conseguimos entender o que faz um homem, um ex-soldado, um policial durão e forte, chutar, bater e esbofetear uma mulher que pesa 54 quilos, quebrando seus ossos, seus dentes, estourando seus lábios, deixando-a inconsciente, ameaçando matá-la se ela contasse a alguém. Não conseguimos entender por que Kofer abusou fisicamente e ameaçou um garoto franzino como Drew. Não somos capazes de entender como um homem se torna um predador sexual e vai atrás de uma garota de 14 anos só porque ela está ali, porque ela mora na casa dele. Também não somos capazes de entender como um homem escolhe encher a cara, várias e várias vezes, até atingir tal estado de agressividade e até mesmo a inconsciência. Não podemos entender como um agente da lei conhecido por pegar pesado com motoristas bêbados pode passar o dia inteiro bebendo e se entupindo de álcool a ponto de desmaiar, então acordar e concluir que não há problema em sair por aí dirigindo. Lembrem-se: 0,36.

Jake fez uma pausa e balançou a cabeça, como se estivesse enojado com suas palavras. Os doze jurados olhavam para ele, todos igualmente desconfortáveis.

– A casa dele. Uma casa que se tornou um inferno para Josie e seus filhos. Uma casa que eles queriam desesperadamente deixar, embora não tivessem pra onde ir. Uma casa que se tornava mais assustadora a cada fim de semana. Uma casa que parecia um barril de pólvora, onde o estresse e a pressão aumentavam dia após dia, até que se tornou inevitável que alguém se machucasse. Uma casa tão terrível que os filhos de Josie imploravam para que fossem embora.

Jake estava embalado.

– Agora o promotor pede que vocês ignorem tudo isso e se concentrem nos últimos dez segundos da vida de Stuart. O Dr. Dyer sugere que Drew deveria ter esperado. E esperado um pouco mais. Mas esperar o quê? Não havia ninguém para ajudá-los. Eles já haviam esperado pela polícia outras vezes. Os policiais foram até lá, muito bem, mas não ajudaram. Os Gambles esperaram semanas e meses, angustiados, que Kofer fosse atrás de ajuda e controlasse a bebida e seu temperamento. Esperaram por horas durante noites longas e aterrorizantes, esperaram pelos faróis do carro de Stuart iluminando o acesso, esperaram para ver se ele realmente conseguiria entrar em casa, esperaram a briga inevitável. Eles esperaram bastante, e a espera apenas os aproximou do desastre.

Ele já estava chegando ao desfecho.

– Está bem, eu vou morder a isca. Vamos falar sobre os últimos dez segundos. Enquanto sua mãe estava inconsciente e aparentemente morta, sua irmã segurando-a e implorando que acordasse, e Kofer fazendo barulho no quarto, o meu cliente sentiu um medo e um perigo insuportáveis. Ele temia ser gravemente ferido, temia até mesmo a morte, não apenas para si mesmo, mas para sua irmã, e ele precisava fazer alguma coisa. É errado pegar esses últimos dez segundos e dissecá-los aqui neste tribunal, cerca de cinco meses após o crime, e muito, muito distante do horror da cena, e dizer que, bem, ele deveria ter feito isso ou aquilo. Nenhum de nós é capaz de saber ou prever o que faria em uma situação como essa. É impossível. No entanto, o que nós de fato sabemos é que somos capazes de tomar medidas extremas para proteger a nós mesmos e aqueles que amamos. E foi exatamente isso que meu cliente fez.

Ele fez uma pausa e assimilou o silêncio dentro da sala e a plena atenção de todos que o observavam e ouviam. Dando um passo para mais perto dos jurados, baixou a voz:

– Josie e os filhos dela tiveram uma vida caótica. Ela foi muito franca em relação aos seus erros e disse que daria qualquer coisa para voltar atrás e mudar tudo que aconteceu. Eles não tiveram muita sorte, se é que tiveram alguma. Olhem para eles agora. Drew está sendo julgado, correndo o risco de perder a vida. Kiera está grávida após ser estuprada inúmeras vezes. Que tipo de futuro eles têm? Peço-lhes, senhoras e senhores, que mostrem um pouco de misericórdia, um pouco de compaixão. Quando vocês e eu sairmos daqui, iremos para casa e seguiremos com nossas vidas, e com o tempo esse julgamento se tornará uma vaga lembrança. Eles não têm tanta sorte. Eu imploro a vocês por compaixão, por empatia, por misericórdia, para que deem a esta pequena e triste família, Drew, Kiera, Josie, a chance de reconstruir suas vidas. Imploro a vocês que declarem Drew Allen Gamble inocente. Obrigado.

DEPOIS QUE OS jurados se retiraram, o juiz Noose disse:

– Ficaremos em recesso até as duas, quando vamos nos reunir novamente e verificar o status das deliberações.

Ele bateu o martelo e saiu.

Jake se aproximou, apertou a mão de Lowell Dyer e de D. R. Musgrove e os parabenizou pelo bom trabalho. A maioria dos espectadores saiu da sala de audiências, mas alguns ficaram, como se esperassem por um veredito rápido. Os membros da gangue Kofer não se mexeram e cochichavam entre si. Drew foi conduzido por três policiais e levado para seu lugar de espera, a sala de reuniões do Conselho de Supervisão do condado de Van Buren.

A mãe de Morris Finley morava na fazenda da família, na área rural, a 16 quilômetros do fórum. Lá ele recebeu a equipe da defesa para um agradável almoço em um pátio sombreado com uma bela vista dos pastos e do lago onde havia aprendido a nadar. A Sra. Finley tinha ficado viúva recentemente e morava sozinha, e adorou a chance de oferecer um grande almoço para Morris e seus amigos.

Em meio a salada com frango grelhado e chá gelado, eles repassaram as alegações finais e compararam as anotações sobre as expressões faciais e a linguagem corporal dos jurados. Harry Rex comeu rapidamente e voltou para seu escritório em Clanton, mas Lucien ficou por lá. Ele não tinha nada de importante a fazer e queria ouvir o veredito.

– Os jurados estão todos em dúvida – disse ele mais de uma vez.

Jake não conseguia comer e estava exausto. Julgamentos eram sempre puro estresse, mas a pior parte era esperar pelo júri.

50

A primeira briga foi verbal, embora mais uma ou duas palavras atravessadas pudessem facilmente ter descambado para o confronto físico. Tudo estourou durante o almoço, quando John Carpenter, jurado número 5 e sem dúvida o mais temido pela defesa, voltou a forçar a barra de maneira agressiva para que fosse eleito porta-voz. Àquela altura, mal havia passado uma hora de deliberações e Carpenter tinha falado mais que todo mundo. Os outros onze já estavam cansados dele. Estavam todos sentados ao redor de uma mesa comprida, comendo rápido, engolindo os sanduíches, sem saber o que fazer a seguir porque a tensão era palpável.

– Bom, mais alguém quer ser porta-voz? – perguntou Carpenter. – Quero dizer, se ninguém mais quiser, eu faço esse trabalho.

– Eu não acho que você deveria ser o porta-voz, porque você não é imparcial – declarou Joey Kepner.

– Porra nenhuma – disparou ele do outro lado da mesa.

– Você não é imparcial.

– Quem diabos você pensa que é? – indagou Carpenter em voz alta.

– É bastante óbvio que você já se decidiu.

– Não me decidi nada.

– A sua decisão foi tomada na segunda-feira – disse Lois Satterfield.

– Não foi!

– A gente ouviu o que você disse sobre a garota – afirmou Joey.

– E daí? Você quer a merda do posto, então seja você o porta-voz, mas eu não vou votar em você.

– E eu não vou votar em você! – gritou Joey. – Você não deveria nem estar no júri.

Os dois oficiais de justiça que tomavam conta do júri parados do lado de fora da porta se entreolharam. As vozes altas eram facilmente ouvidas e pareciam estar ficando ainda mais altas. Eles abriram a porta, entraram depressa e os jurados imediatamente fizeram silêncio.

– Estão precisando de alguma coisa? – perguntou um dos oficiais de justiça.

– Não, estamos bem – disse Carpenter.

– Você agora fala por todo mundo? – perguntou Joey. – Pronto. Você se autonomeou nosso porta-voz. Senhor, eu gostaria de um café.

– Claro – disse um oficial de justiça. – Mais alguma coisa?

Carpenter olhou para Joey com ódio. Eles comeram em silêncio enquanto o café era servido. Quando os oficiais de justiça foram embora, Regina Elmore, jurada número 6, uma dona de casa de 38 anos de Chester, disse:

– Muito bem, isso tá parecendo uma briga de meninos. Ficarei feliz em servir como porta-voz se isso acalmar as coisas.

– Ótimo – disse Joey. – Você tem meu voto. Vamos tornar isso unânime.

Carpenter deu de ombros.

– Que seja.

Um oficial de justiça ficou parado na frente da porta enquanto o outro se reportava ao juiz Noose.

UMA HORA DEPOIS, eles estavam gritando de novo. Uma voz masculina furiosa disse:

– Eu vou acabar contigo quando isso acabar!

Outra respondeu:

– Tá esperando o quê? Vem agora!

Os oficiais de justiça bateram com força antes de entrar e encontraram John Carpenter de pé de um lado da mesa, sendo contido por dois homens. Do outro lado, Joey Kepner estava de pé, com o rosto vermelho, preparado para o embate corpo a corpo. Eles relaxaram um pouco e recuaram.

A tensão era tão forte na sala que os oficiais de justiça ficaram ansiosos para sair. Eles se reportaram novamente ao juiz Noose.

ÀS DUAS DA tarde os advogados e os espectadores se reuniram novamente na sala de audiências. O réu foi trazido. Um oficial de justiça sussurrou para Jake e Lowell que o juiz queria ver apenas os dois em seu gabinete.

Noose estava sentado à mesa de reuniões, sem a toga, fumando cachimbo. Parecia preocupado no momento em que acenou para os advogados entrarem e apontou para as cadeiras. Suas primeiras palavras foram música para os ouvidos de Jake:

– Doutores, parece que o júri está em pé de guerra. Os oficiais de justiça tiveram que apartar duas brigas nas primeiras três horas. Acredito que isso não seja um bom presságio para o julgamento.

Os ombros de Dyer cederam e Jake tentou reprimir um sorriso. Nenhum dos dois disse uma palavra porque nenhum deles foi convidado a falar.

– Vou fazer uma coisa que fiz apenas uma vez em meus muitos anos na tribuna – prosseguiu Noose. – Foi algo desaprovado pela nossa Suprema Corte, mas não foi proibido.

O taquígrafo bateu e entrou, seguido por um oficial de justiça e por Regina Elmore. Noose disse:

– Sra. Elmore, fui informado de que a senhora foi escolhida como porta-voz.

– Sim, senhor.

– Ótimo. Esta é uma reunião informal, mas quero que o taquígrafo registre tudo, apenas para constar. Os advogados, Dr. Dyer e Dr. Brigance, não terão permissão para dizer nada, o que será doloroso para eles.

Todo mundo riu. Regina parecia agitada e confusa.

– Agora, eu não quero que a senhora cite nomes, nem nos diga qual é o seu ponto de vista em relação ao caso, ou para que lado o júri está se inclinando. Mas sei que está havendo algum conflito lá dentro e sinto a necessidade de intervir. O júri está conseguindo avançar?

– Não, senhor.

– Por que não?

Ela respirou fundo e olhou para Noose, depois para Jake e então para Lowell. Engoliu em seco e disse:

– Bom, eu não posso usar nomes, é isso?
– Isso mesmo.
– Tá. Tem um cara lá dentro que não deveria estar no júri. Eu vou repetir aqui uma coisa que ele disse ontem. Posso?
– Sim, prossiga.
– Depois que a Kiera depôs ontem de manhã, nós estávamos almoçando e esse cara fez um comentário grosseiro para outro homem do júri. Eles meio que andam juntos. E eu garanto ao senhor, Excelência, que nós ouvimos as suas advertências e que não houve nenhuma discussão sobre o caso até, bem, até ontem.
– Qual foi o comentário grosseiro?
– Se referindo a Kiera, ele disse que o Kofer provavelmente não era o pai, já que a garota devia ter começado a trepar por aí, me perdoe o linguajar, quando tinha 12 anos, igual à mãe. O outro cara riu. A maioria de nós, não. Eu ouvi e fiquei chocada. Quase que imediatamente, o Joey... ai, desculpa, acabei dizendo o nome. Perdão, Excelência.
– Tudo bem. Continue.
– O Joey não gostou do comentário e chamou a atenção dele. Ele disse que nós não deveríamos estar falando sobre o caso, e eles passaram alguns minutos batendo boca. Foi muito tenso. Nenhum dos dois vai recuar. E hoje, assim que a gente se retirou, esse cara tentou assumir a dianteira, queria ser porta-voz, queria votar imediatamente. É óbvio que ele quer um veredito de culpado e a pena de morte. Ele quer o garoto enforcado amanhã.

Jake e Lowell ficaram estupefatos com a narrativa. Eles nunca tinham ouvido um jurado falar sobre as deliberações antes de chegar a um veredito. Os jurados podiam ser contatados após o julgamento e questionados sobre o que aconteceu, embora a maioria se recusasse. Mas ouvir em primeira mão o que estava acontecendo na sala do júri era fascinante.

Obviamente, Jake estava muito mais satisfeito com a história do que Lowell.

Ela continuou:
– Pessoalmente, acho que ele não deveria estar no júri. É um valentão que tenta intimidar a gente, sobretudo as mulheres, por isso ele e o Joey estão em atrito. Ele é abusivo e grosseiro, e rejeita qualquer argumento do qual discorde. Eu não acho que ele assumiu seu dever de jurado com uma mente aberta e imparcial.

Noose não poderia excluir um membro do júri até que ele fizesse algo errado, e alguém jurar ser imparcial enquanto ao mesmo tempo se mantinha secretamente tendencioso não era incomum.

– Obrigado, Sra. Elmore – disse Noose. – Na sua opinião, acha que vai ser possível que este júri chegue a um veredito unânime?

Ela riu dele, não por desrespeito, mas por surpresa diante de uma pergunta tão absurda.

– Desculpe, Excelência. Mas não. Primeiro examinamos todas as provas, como o senhor disse, depois lemos as instruções novamente, como nos orientou a fazer. E esse cara, o mesmo cara, começou a pressionar pra que a gente fizesse uma votação. Por fim, depois do almoço, e depois que ele e Joey foram separados pela primeira vez, nós votamos.

– E então?

– Seis a seis, Excelência, sem nenhum espaço de manobra. Estamos até sentados em lados opostos da mesa agora. O senhor pode manter a gente aqui por um bom tempo, mas está um seis a seis acirrado. Eu não vou votar pela condenação daquele menino por nada nesse mundo, não depois do que o Kofer fez com eles.

O juiz mostrou a ela as palmas das mãos e disse:

– Isso é o bastante. Obrigado mais uma vez, Sra. Elmore. Já pode ir.

– Pra sala do júri?

– Sim.

– Excelência, por favor, eu não quero de jeito nenhum voltar pra lá. Não aguento mais aquele homem nojento e estou cansada dele. Todos nós estamos, mesmo quem concorda com ele. O ambiente está muito tóxico lá dentro, Excelência.

– Bem, temos que continuar tentando, não é?

– Vai ter briga, estou avisando.

– Obrigado.

Depois que ela saiu, Noose acenou com a cabeça para o taquígrafo, que também saiu da sala. Sozinho com os advogados, Noose reacendeu o cachimbo, soprou um pouco de fumaça e pareceu completamente derrotado.

– Estou aguardando algum conselho brilhante, doutores – disse.

Dyer, ansioso para salvar seu caso, perguntou:

– Por que a gente não libera o Kepner e o tal valentão e os substitui pelos dois suplentes?

Noose assentiu. Era uma ideia razoável.

– Jake?

– O Kepner está obviamente do nosso lado e não fez nada de errado. Pode ser algo difícil de vocês explicarem quando a gente entrar com recurso.

– Concordo – disse Noose. – A escolha do júri foi feita de maneira correta. Não posso dispensá-los por estarem discutindo com demasiada veemência. Não podemos desistir depois de apenas três horas de deliberação, doutores. Vamos nos reunir na sala de audiências em cinco minutos.

Com grande esforço, Jake conseguiu reprimir um sorriso ao entrar no tribunal e se sentar ao lado de seu cliente. Ele se inclinou para trás e sussurrou para Portia:

– Seis a seis.

Ela não conseguiu evitar que seu queixo caísse com a notícia.

Nenhum dos jurados sorriu no momento em que entraram e se sentaram. Noose os observou atentamente e, quando já estavam acomodados, disse:

– Senhoras e senhores, o tribunal foi informado de que vocês parecem estar em um impasse.

Foram ouvidos ruídos vindos da plateia – as pessoas suspiraram, murmuraram e se remexeram em seus assentos. Noose então deu início à esperada repreensão:

– Cada um de vocês se comprometeu a pesar as evidências com mente aberta e imparcial, a não trazer preconceitos ou preferências pessoais para o tribunal e a seguir a lei conforme os orientei. Solicito agora que retornem às suas deliberações e cumpram seu dever. Quero que cada um de vocês, independentemente de como se sinta agora em relação a este caso, comece de novo, partindo da aceitação do ponto de vista contrário. Por um momento, olhe para o outro lado e diga a si mesmo que talvez esse seja o posicionamento correto. Se você agora acredita que Drew Gamble é culpado, então, por um momento, diga a si mesmo que ele não é e defenda essa opinião. O mesmo vale se você acreditar que ele não é culpado. Olhe para o outro lado. Aceite os outros argumentos. Voltem à estaca zero, todos vocês, e comecem uma nova rodada de deliberações com o objetivo de chegar a um acordo sobre um veredito unânime e conclusivo para este caso. Não temos pressa e, se demorar vários dias, assim será. Não tenho nenhuma paciência com júris que estão em impasse. Se vocês fracassarem, esse caso será julgado novamente, e eu garanto que o próximo júri não será mais inteligente nem mais bem informado ou mais imparcial do que vocês. No momento, vocês são o melhor que temos e certamente estão à altura da tarefa. Não espero nada menos do que sua total cooperação e um veredito unânime. Podem se retirar para a sala do júri.

Embora tivessem sido repreendidos, os jurados permaneceram impassíveis; eles recuaram como alunos do primário se dirigindo para o castigo.

– Ficaremos em recesso até as quatro da tarde.

A EQUIPE DA defesa se agrupou no final de um corredor apertado no primeiro andar. Eles estavam exultantes, mas tentavam controlar o desejo de comemorar.

– O Noose trouxe a porta-voz, Regina Elmore – contou Jake. – Ela disse que já houve duas brigas e que acredita que haverá mais. Ninguém está cedendo um milímetro. Ela descreveu o empate como "um seis a seis acirrado" e disse que tá todo mundo querendo ir pra casa.

– O que vai acontecer às quatro? – perguntou Carla.

– Vai saber. Se eles sobreviverem até lá sem se matarem, espero que o Noose dê outro sermão, talvez os mande ir pra casa dormir.

– E você vai pedir a anulação do julgamento? – perguntou Lucien.

– Vou.

– Bom, eu vou buscar nossa filha – avisou Carla. – Te vejo em casa.

Ela beijou Jake no rosto e saiu. Jake olhou para Portia, Libby e Thane Sedgwick e disse:

– Vocês podem fazer hora em algum lugar. Eu vou ver o Drew.

Ele caminhou em direção a outro corredor e encontrou Moss Junior Tatum e um policial local sentados em cadeiras do lado de fora da sala de reuniões do Conselho de Supervisão.

– Eu gostaria de ver o meu cliente – disse Jake.

Moss Junior deu de ombros e abriu a porta.

Drew estava sentado sozinho à ponta de uma mesa comprida, sem o paletó, lendo um romance policial sobre detetives adolescentes. Jake se sentou em frente a ele e perguntou:

– Como você tá, parceiro?
– Bem. Cansado dessa merda.
– É, eu também.
– O que tá rolando lá fora?
– Parece que o júri tá num impasse.
– O que isso significa?
– Significa que você não vai ser considerado culpado, o que é uma grande vitória pra gente. Também significa que eles vão te levar de volta pra prisão em Clanton e você vai ficar lá esperando por outro julgamento.
– Então a gente vai ter que passar por tudo isso de novo?
– Muito provavelmente, sim. Acredito que daqui a alguns meses. Eu vou dar o meu melhor pra te tirar de lá, mas é pouco provável.
– Que ótimo. Eu deveria estar feliz com isso?
– Sim. Poderia ser bem pior.
Jake puxou um baralho.
– Que tal um vinte e um?
Drew sorriu e disse:
– Claro.
– Quanto tá o placar?
– Você ganhou 718 jogos. Eu ganhei 980. No momento, você me deve 2 dólares e 62 *cents*.
– Vou te pagar quando você sair – disse Jake embaralhando as cartas.

ÀS QUATRO, OS jurados voltaram, irritados e derrotados, e ocuparam seus assentos, tomando cuidado para não esbarrar uns nos outros. Três dos homens imediatamente cruzaram os braços sobre o peito e olharam para Jake e seu cliente. Duas das mulheres tinham os olhos vermelhos e só queriam ir para casa. Joey Kepner olhou para Libby com um sorriso confiante.
Noose falou:
– Sra. Elmore, na qualidade de porta-voz, gostaria que dissesse se o júri fez algum progresso desde as duas horas. Pode continuar sentada.
– Não, senhor, nada. As coisas só pioraram.
– E qual é o placar?
– Seis para culpado pelo homicídio e seis para inocente em todas as acusações.

Noose olhou para eles como se lhe tivessem desobedecido e continuou:

– Está bem. Vou questionar o júri fazendo uma pergunta a cada um de vocês. Um simples sim ou não será suficiente. Nada mais é necessário. Jurado número 1, Sr. Bill Scribner, em sua opinião, esse júri é capaz de chegar a um veredito unânime?

A resposta veio rapidamente.

– Não, senhor.

– Número 2, Sr. Lenny Poole?

– Não, senhor.

– Número 3, Sr. Slade Kingman?

– Não.

– Número 4, Srta. Harriet Rydell?

– Não, senhor.

Todos os doze responderam com firmeza, sua linguagem corporal mais enfática do que suas respostas verbais.

Noose fez uma longa pausa enquanto fazia algumas anotações banais. Olhou para o promotor e disse:

– Dr. Dyer.

Lowell se levantou e declarou:

– Excelência, o dia foi longo. Sugiro que façamos um recesso agora, que os jurados voltem para casa e descansem por algumas horas. Retomaremos pela manhã e tentaremos novamente.

A maioria dos jurados, se não todos, balançou a cabeça em desacordo.

– Dr. Brigance.

– Excelência, a defesa pede a anulação do julgamento e que todas as acusações contra o réu sejam retiradas.

– Parece que mais dias de deliberação serão apenas uma perda de tempo. Pedido concedido. Declaro anulado o julgamento. O réu permanecerá sob custódia do xerife do condado de Ford.

Noose bateu o martelo com força e saiu da tribuna.

UMA HORA DEPOIS, Libby Provine e Thane Sedgwick deixaram o fórum e se dirigiram para o aeroporto de Memphis. Lucien já havia partido. Jake e Portia encheram o porta-malas do novo Impala com pastas e caixas e seguiram para Oxford, a 45 minutos de distância. Eles estacionaram na praça e foram até uma lanchonete, uma das preferidas de Jake em seus tempos de faculdade. Era dia 9 de agosto e os estudantes estavam retornando à cidade. Em duas semanas, Portia voltaria para lá como aluna do primeiro ano do curso de Direito e estava contando os dias. Depois de dois anos como secretária e assistente de Jake, ela estava deixando o escritório, e ele não tinha ideia do que faria sem ela.

Em meio a garrafas de cerveja, eles conversaram sobre a faculdade de Direito, não sobre o julgamento. Qualquer coisa, menos o julgamento.

Às sete em ponto, Josie e Kiera entraram sorrindo; abraços por todos os lados. Eles se reuniram em uma mesa e pediram sanduíches e batatas fritas. Josie tinha mil perguntas e Jake respondeu pacientemente ao maior número possível delas. A verdade é que ele não sabia o que aconteceria com Drew. O garoto certamente seria indiciado de novo pelas mesmas acusações e haveria outro julgamento. Quando? Onde? Jake não sabia.

Eles se preocupariam com isso no dia seguinte.

51

No final da manhã de sexta-feira, Jake se cansou de ouvir o telefone tocando sem parar e decidiu ir embora de seu melancólico escritório. Portia tinha tirado o dia de folga, por insistência dele, e não havia mais ninguém lá. As ligações eram de repórteres, de alguns amigos advogados que queriam bater papo e de vários desconhecidos que não faziam nada além de dizer um bando de desaforos sem se identificar. Não havia chamadas de novos clientes em potencial. Ele ouvia as mensagens à medida que elas chegavam à secretária eletrônica e percebeu que trabalhar seria uma tarefa impossível.

Lembrou a si mesmo que, no Direito Criminal, a anulação do julgamento era uma vitória. O Ministério Público, com todos os seus recursos, falhara em cumprir sua missão. Seu cliente continuava não sendo culpado e Jake estava satisfeito com a defesa que havia estruturado. Mas o Ministério Público voltaria e Drew seria julgado mais uma vez, e outra, se necessário. Não havia limite para o número de júris em impasse que um réu poderia enfrentar por um crime, e o homicídio de um policial faria com que as mesmas acusações retornassem por anos. Mas aquela não era uma ideia ruim de todo. Jake havia se sentido em casa no velho fórum. Havia prosperado mesmo sob pressão. Suas testemunhas tinham sido cuidadosamente preparadas e tiveram um desempenho extraordinário. Suas estratégias e emboscadas funcionaram à perfeição. Seus apelos ao júri foram primorosamente ensaiados e bem apresentados. Mais importante ainda, Jake havia chegado ao ponto de não dar a mínima para o que os outros pensavam. A polícia, os advogados adversários, a multidão assistindo, toda a comunidade. Ele não se importava. Seu trabalho era lutar pelo seu cliente, por mais impopular que fosse a causa.

Ele desceu a rua, entrou no Coffee Shop e encontrou Dell no balcão, enxugando copos. Deu-lhe um abraço rápido e eles se acomodaram em uma mesa nos fundos.

– Tá com fome? – perguntou ela.

– Não. Quero só um café.

Ela foi até o balcão, voltou com um bule, encheu duas xícaras, sentou-se e perguntou:

– Como você tá?

– Tô bem. É uma vitória, mas é só temporária.

– Ouvi dizer que eles vão tentar de novo.

– Tenho certeza que você ouviu muita coisa essa semana.

Ela riu e disse:

– Sim, ouvi mesmo. O Prather e o Looney estiveram aqui hoje de manhã e falaram bastante.

– Deixa eu adivinhar: "O Brigance enrolou todo mundo outra vez e livrou o garoto."

– Várias versões disso, sim. Os caras ficaram muito incomodados porque você segurou todo mundo a semana inteira no fórum e depois não chamou ninguém pra depor.

Jake deu de ombros.

– Faz parte do trabalho deles. Vão superar.

– Com certeza. O Prather disse que você preparou uma emboscada pra eles com a história da garota grávida, que manteve ela escondida.

– Foi uma briga limpa, Dell. A nossa equipe era mais forte que a do Lowell Dyer e os fatos estavam do nosso lado. E o garoto ainda tá preso.

– Ele tem chance de sair?

– Duvido. E quer saber? Deveria sair. Ele ainda é inocente até que se prove o contrário. Alguém já falou sobre isso?

– Não, claro que não. Eles disseram que os depoimentos foram bem desagradáveis, que você fez o Kofer parecer um monstro.

– Eu não mudei um único fato, Dell. E sim, Stuart Kofer teve o que merecia.

– O velho Hitchcock defendeu você. Disse que, se ele se metesse em confusão, você ia ser o primeiro advogado pra quem ia ligar.

– É exatamente disso que eu preciso. Outro cliente que não pode me pagar um centavo.

– Não é de todo mau, Jake. Você ainda tem alguns amigos aqui e, de alguma forma, há uma certa admiração pelas suas habilidades no tribunal.

– É bom ouvir isso, Dell, mas eu realmente não me importo mais. Estou há doze anos sem grana porque me preocupei com o falatório. Esses dias acabaram. Estou farto de não ganhar dinheiro.

Ela apertou a mão dele e declarou:

– Estou orgulhosa de você, Jake.

O sino na porta tocou e um casal entrou. Dell sorriu para ele e saiu para ver o que os clientes queriam. Jake foi até o balcão e pegou um exemplar do jornal de Tupelo. Voltou para a mesa e se sentou de costas para a porta. Havia uma foto de Drew na primeira página, sob a manchete: "Juiz declara anulação do julgamento diante de empate no júri". Ele havia lido a matéria horas antes e não precisava lê-la novamente. Então folheou o caderno de esportes e leu a prévia da temporada de futebol universitário da liga regional.

PORTIA ESTAVA A sua mesa, cercada de recortes de jornal. Jake entrou e perguntou:

– O que você tá fazendo aqui?

– Fiquei entediada de só ficar sentada em casa. Além disso, minha mãe tá de mau humor hoje. Mal posso esperar pra sair de casa e começar a faculdade.

Jake riu e se sentou em frente a ela.

– Tá fazendo o quê?

– Organizando seu álbum de recortes. Você vai falar com algum desses repórteres? Todos os jornais dizem: "O Dr. Brigance não se manifestou."

– O Dr. Brigance não tem nada a declarar e o caso ainda não acabou.

– Bom, você com certeza tinha muito a dizer na época do julgamento do Hailey. Eu li a sua pasta de recortes do caso e o Dr. Brigance gostava muito de conversar com os repórteres naquela época.

– Aprendi a lição. Advogados deveriam ficar só no "Nada a declarar", mas acham impossível. Nunca se coloque entre um advogado famoso e uma câmera de televisão. É perigoso.

Ela empurrou os recortes para um lado e disse:

– Olha, eu sei que já disse isso antes, mas quero dizer novamente antes de ir embora. O que você e o juiz Atlee fizeram com o dinheiro do Hubbard foi simplesmente maravilhoso. Por causa do fundo de educação, eu e meus primos vamos poder ir pra faculdade. Minha faculdade tá paga, Jake, e eu sempre serei grata.

– Não há de quê. O dinheiro não é meu, eu só controlo o talão de cheques.

– Bem, você é um grande administrador e agradecemos por isso.

– Obrigado. É uma honra distribuir o dinheiro para alunos realmente dignos.

– Eu vou me sair bem na faculdade, Jake, prometo. E, quando terminar, vou voltar pra cá pra trabalhar.

– Parece que já está contratada. Você teve esse escritório na mão por dois anos e, na maior parte do tempo, agiu como se fosse a dona do lugar.

– Eu até aprendi a gostar do Lucien, o que, como sabemos, não é tão fácil.

– Ele gosta de você, Portia, e quer você aqui. Mas você vai receber propostas de firmas grandes. As coisas estão mudando e eles procuram diversidade. Se você se sair muito bem na faculdade, vão atirar dinheiro em você.

– Não tenho interesse em nada disso. Quero estar no tribunal, Jake, como você, ajudando as pessoas, o meu povo. Você me deu a chance de participar daquele julgamento, como se eu fosse uma advogada de verdade. Você me inspirou.

– Obrigado, mas não vamos nos deixar levar. Posso ter vencido o caso, mas estou mais duro agora do que antes de conhecer Drew Gamble. E ainda não acabou.

– Sim, mas você vai sobreviver, Jake. Não vai?

– Vou, de algum jeito, eu vou.

– Bom, você tem que segurar firme até eu terminar a faculdade.

– Estarei aqui. E vou precisar de você nos próximos três anos. Tem sempre muita pesquisa pra fazer. – Jake olhou para o relógio e sorriu. – Ei, é sexta-feira, dia de os brancos irem ao Claude. Vamos fazer um almoço de trabalho.

– O escritório tem como pagar pelo almoço?

– Não – respondeu ele com uma risada. – Mas o Claude pendura pra gente.

– Então vamos.

Eles deram a volta na praça até o restaurante e chegaram um pouco antes da multidão do meio-dia. Claude abraçou os dois e apontou para uma mesa perto da janela. Ele nunca tinha visto a necessidade de investir em cardápios impressos, e oferecia a seus clientes o que quer que houvesse preparado naquele dia, geralmente costela, bagre, frango assado, feijão e muitos legumes.

Jake conversou com um casal de idosos que conhecia desde o colégio. Ninguém parecia nem remotamente interessado no julgamento de Gamble. Portia pediu costelas e Jake estava com vontade de comer peixe. Eles bebericaram chá gelado e ficaram observando o lugar se encher de gente.

– Eu tenho uma pergunta – disse ela. – Tem uma coisa me incomodando.

– Manda ver.

– Eu li todos os relatórios do julgamento do Hailey, de cinco anos atrás. Você deu uma entrevista pro Sr. McKittrick, do *The New York Times*, e fez uma defesa bastante veemente da pena de morte. Disse, entre outras coisas, que o problema com a câmara de gás era que ela não era usada com a frequência necessária. Eu sei que você não pensa desse jeito agora. O que mudou?

Jake sorriu e observou o tráfego de pedestres na calçada.

– Carl Lee aconteceu. Depois que conheci ele, a família dele, eu me dei conta de que ele poderia muito bem ser condenado e mandado pro Parchman por dez ou quinze anos enquanto eu brigaria aqui fora em meio a vários recursos, e que um dia o Estado amarraria ele e ligaria o gás. Eu não conseguiria viver com isso. Como advogado dele, eu passaria seus últimos momentos junto com ele na sala de espera, ao lado da câmara de gás, provavelmente com um pastor ou um capelão, e então ele seria levado embora. Eu viraria num corredor até a sala das testemunhas e me sentaria com a Gwen, a esposa dele, e o Lester, o irmão, e provavelmente outros membros da família, e nós assistiríamos ele morrer. Perdi o sono com esses pesadelos. Estudei a história da pena de morte de verdade, pela primeira vez na minha vida, e pude enxergar os problemas óbvios. A injustiça, as desigualdades, o desperdício de tempo, de dinheiro e de vidas. Também me deparei com o dilema moral. Valorizamos a vida e todos nós conseguimos concordar que é errado matar, então por que permitimos que o Estado mate pessoas legalmente? Assim, mudei de ideia. Acho que faz parte do crescimento, da vida, do amadurecimento. É natural questionar nossas crenças.

Claude praticamente atirou as duas cestas na mesa e disse:

– Vocês têm trinta minutos.

– Quarenta e cinco – disse Jake, mas ele já tinha ido.

– Por que tantos brancos amam a pena de morte? – perguntou Portia.

– Está na água. Nós crescemos com isso. Ouvimos isso em casa, na igreja, na escola, entre amigos. A gente tá no Cinturão da Bíblia, Portia, olho por olho e tudo mais.

– E quanto ao Novo Testamento e aos sermões de Jesus sobre o perdão?

– Nada disso é conveniente. Ele também pregava o amor, a tolerância, a aceitação, a igualdade. Mas a maioria dos cristãos que eu conheço é excelente em percorrer as Sagradas Escrituras seguindo só o que é mais favorável pra eles.

– E não só cristãos brancos – disse ela com uma risada.

Eles comeram por alguns minutos e se divertiram com as agressões verbais de Claude contra três cavalheiros negros vestindo ternos alinhados. Um deles cometeu o erro de pedir para ver o cardápio. Quando os xingamentos acabaram, eles já estavam dando risada.

Às 12h15, todas as mesas estavam ocupadas e Jake contou sete outros brancos, não que isso importasse. Por um breve intervalo, uma boa comida era mais importante do que a cor da pele. Portia comia em pequenas porções, educadamente. Ela estava com 26 anos e, graças ao Exército, tinha visto mais do mundo do que Jake ou qualquer pessoa que ele conhecesse. E estava tendo dificuldades para encontrar um namorado adequado.

– Você tem namorado? – perguntou ele, atrás de confusão.

– Não, e não pergunte. – Ela deu uma garfada e olhou em volta. – Quais são as chances de encontrar um na faculdade?

– Negro ou branco?

– Fala sério, Jake. Se eu aparecer com um garoto branco em casa, a minha família vai enlouquecer. Deve ter algum talento negro na faculdade de Direito.

– Duvido. Eu me formei há doze anos e havia três negros na minha turma.

– Vamos falar de outra coisa – disse ela. – Você parece a minha mãe. Sempre criticando o fato de eu não me casar. Eu fico lembrando a ela que ela se casou e veja só como tudo acabou.

Seu pai, Simeon Lang, tinha um histórico complicado e atualmente estava cumprindo pena por homicídio em decorrência de um acidente de carro. Sua mãe, Lettie, havia se divorciado dele dois anos antes.

Claude passou e franziu a testa para as cestas. Olhou para o relógio de pulso como se o tempo deles tivesse acabado.

– Como a gente pode aproveitar o almoço sob tanta pressão? – perguntou Jake.

– Você tá dando seu jeito. Mas anda logo, tem gente esperando do lado de fora.

Eles terminaram e Jake deixou uma nota de 20 dólares na mesa. Claude não aceitava cartões de crédito nem cheques e a cidade adorava especular sobre quanto dinheiro ele ganhava. Ele tinha uma bela casa no campo, dirigia um lindo Cadillac e havia mandado três filhos para a faculdade. Em geral, presumia-se que seu desprezo por cardápios impressos, recibos e cartões de crédito também se estendia à declaração de imposto de renda.

Na calçada, Jake disse:

– Acho que vou caminhar até a prisão e passar uma horinha com o Drew. O garoto tá acabando comigo no vinte e um e preciso recuperar meu dinheiro.

– Um menino tão doce... A gente não consegue tirar ele de lá, Jake?

– Pouco provável. Você pode visitá-lo amanhã? Ele gosta muita de você, Portia.

– Claro. Vou fazer uns brownies e levar. Os carcereiros adoram. Não que eles estejam precisando.

– Vou voltar daqui a umas duas horas.

– Tranquilo, Jake. Você é quem manda, pelo menos por enquanto.

52

Na segunda-feira de manhã, Jake terminou de contabilizar as horas dedicadas à defesa de Drew Gamble e os consequentes gastos, e enviou a conta por fax ao Excelentíssimo Omar Noose.

Desde o primeiro telefonema do juiz no domingo, 25 de março, a data da morte de Stuart Kofer, Jake calculou 320 horas, ou cerca de um terço de seu tempo total. Ele acrescentou 100 horas referentes ao trabalho de Portia e cobrou cada minuto possível relacionado ao caso – tempo de viagem, tempo ao telefone, tudo. Preencheu suas folhas de ponto de maneira generosa e o fez sem culpa. O valor aprovado para o trabalho indicado pelo tribunal era de apenas 50 dólares por hora, uma quantia irrisória para o tempo de qualquer advogado. Dizia-se que o advogado mais caro da cidade era Walter Sullivan, que se gabava de cobrar 200 dólares a hora. As firmas em Jackson e Memphis estavam faturando na mesma faixa. Dois anos antes, na contestação do testamento de Seth Hubbard, o juiz Atlee aprovou 150 dólares por hora para Jake, e ele se considerava digno de cada centavo.

Cinquenta dólares por hora mal cobriam suas despesas gerais.

O total ficou em 21 mil dólares, ou 20 mil a mais do que o estatuto permitia para crimes de homicídio como aquele, e, quando Jake apresentou a conta, duvidou que algum dia veria o dinheiro. Só por essa razão, a ideia de um novo julgamento já era deprimente.

Qual seria um valor razoável? Era difícil dizer, porque pessoas de posses raramente eram indiciadas por homicídio. Três anos antes, um rico fazendeiro do Delta tinha sido acusado de matar a esposa com uma espingarda. Ele contratou um advogado conhecido e foi absolvido. Segundo os boatos, os honorários ficaram em 250 mil dólares.

Esses eram os casos que Jake queria.

Meia hora depois, Noose estava ao telefone. Jake engoliu em seco e atendeu a ligação.

– Parece razoável para mim – disse o juiz. – Você fez um bom trabalho, Jake.

Aliviado, Jake agradeceu e perguntou:

– E agora, Excelência?

– Estou enviando sua fatura por fax pro Todd Tannehill agora mesmo, com instruções para pedir que o conselho preencha um cheque.

Faz da vida deles um inferno, Excelência. Ele agradeceu novamente e desligou. O conselho recusaria, e o plano era que Jake processasse o condado no tribunal do circuito, presidido por Omar Noose.

Uma hora depois, Todd Tannehill ligou. Todd era um bom advogado e trabalhava para o Conselho de Supervisão havia muitos anos. Jake sempre gostara dele e eles até tinham ido caçar patos juntos uma vez.

– Parabéns pela vitória, Jake – disse ele.

– Obrigado, mas é apenas temporária.

– Sim, eu sei. Olha, o valor é bastante razoável e eu adoraria passar um cheque pra você, mas o problema é o estatuto.

– Eu sei bem.

– Bem, eu vou apresentar a conta. O Conselho se reúne hoje à tarde e vou colocar isso no topo da pauta, mas nós dois sabemos que o Conselho vai recusar. O Noose disse que você provavelmente vai processar o condado.

– É sempre uma opção.

– Boa sorte. Vou mexer os pauzinhos.

NA TERÇA DE manhã, Jake recebeu uma carta de Tannehill, enviada por fax.

Prezado Dr. Brigance:
Na segunda-feira, 13 de agosto, o Conselho de Supervisão do condado de Ford recebeu um relatório dos seus serviços prestados, por indicação

do tribunal, para a defesa de Drew Gamble. Sua solicitação excede o valor autorizado pela lei estadual. Portanto, o Conselho não tem escolha a não ser se recusar a pagar a conta. Diante de seu pedido, o Conselho pagará o valor máximo previsto em lei, de mil dólares.

Com pesar,
TODD TANNEHILL

Jake preparou uma petição simples de uma página contra o condado e a mostrou a Lucien, que estava em sua sala no térreo. Ele adorou e disse:

– Bem, se essas criaturas tementes a Deus amam tanto a pena de morte, certamente podem pagar por ela.

Como Dumas Lee vasculhava as pautas do tribunal todas as terças-feiras à tarde em busca de notícias, Jake decidiu esperar mais ou menos um dia antes de entrar com o processo. O jornal era impresso toda terça às dez da noite, e a edição do dia seguinte sem dúvida faria um estardalhaço sobre a anulação do julgamento do assassinato de Kofer. Uma matéria sobre Jake processando o condado por conta de seus honorários apenas colocaria lenha na fogueira.

LOWELL DYER NÃO mostrou tanto comedimento. Na tarde de terça-feira ele convocou o grande júri para uma sessão especial e novamente os conduziu através da história do assassinato. Ozzie depôs e apresentou as mesmas fotos da cena do crime. Em uma votação unânime, Drew Gamble foi mais uma vez indiciado por homicídio suscetível de pena de morte e citado em sua cela. Dyer ligou para Jake em seguida e a conversa foi tensa.

Não que o momento em si realmente importasse. A nova acusação era esperada. E, diante de uma possível reeleição no horizonte, Dyer precisava dar um passo drástico para mitigar sua derrota.

NA QUARTA-FEIRA DE manhã bem cedo, Jake leu o *Times* durante o café com Carla. Quase não havia espaço suficiente na primeira página para todas as manchetes em letras garrafais a respeito do empate do júri e para as fotos e as reportagens esbaforidas de Dumas. A nova acusação estava na segunda página. Ainda sem nenhum comentário do Dr. Brigance.

NA QUINTA-FEIRA DE manhã, Jake deu entrada na ação contra o condado. Ele também estava processando o espólio de Stuart Kofer em 50 mil dólares para cobrir as despesas médicas de Josie, junto com alguns extras por danos morais. Duas outras ações judiciais estavam sendo discutidas no escritório. Uma contra Cecil Kofer por despesas médicas decorrentes da surra. A segunda era outro processo contra o espólio de Stuart pela assistência e o tratamento médicos de Kiera, bem como pelo sustento de seu filho, ainda não nascido.

Processar alguém era terapêutico.

Portia também estava preparando uma petição. Jake, como a maioria dos advogados de cidades pequenas, nunca lidava com casos de *habeas corpus*. Os *habeas corpus* eram quase exclusivamente utilizados por advogados que representavam sujeitos já presos que alegavam ter sido condenados injustamente, e quase todos eles eram julgados em tribunais federais. Mas, como ela havia aprendido, não era proibido se beneficiar deles na justiça estadual. No final da quinta-feira, ela apresentou a Jake a petição, acompanhada de razões muito bem estruturadas. Ele olhou para o cabeçalho – *Drew Allen Gamble contra Ozzie Walls, xerife do condado de Ford* – e disse com um sorriso:

– Nós vamos processar o Ozzie agora?

– Isso mesmo. *Habeas corpus* são apresentados contra o detentor do requerente. Normalmente é o diretor de algum presídio.

– Isso vai alegrar o dia dele.

– Ele não será responsabilizado. É mais uma formalidade.

– No tribunal estadual?

– Isso aí. Precisamos esgotar todos os recursos estaduais antes de passarmos pra justiça federal.

Jake continuou lendo, sorrindo. A petição alegava que Drew estava sendo detido ilegalmente porque o tribunal (do juiz Noose) considerava a acusação de homicídio doloso um crime inafiançável. Ele havia cumprido quatro meses na prisão do condado enquanto era presumivelmente inocente. O Ministério Público tinha tentado condená-lo e não conseguiu. Em razão de sua idade, ele estava sendo mantido na solitária e privado de qualquer oportunidade de estudar.

– Tô adorando – murmurou Jake enquanto lia.

Portia sorriu, orgulhosa de seu trabalho. No ritmo em que Jake estava, havia poucas dúvidas de que ele daria entrada naquilo imediatamente.

O condado de Ford e o Tribunal do Vigésimo Segundo Circuito estavam violando a determinação da Oitava Emenda contra punições cruéis e incomuns ao encarcerar um menor em um presídio para adultos sem a possibilidade de fiança.

Jake terminou a petição e passou para as razões. Quando começou a ler, Portia disse:

– É só um rascunho. Ainda tenho trabalho a fazer.

– É brilhante. Você nem precisa ir pra faculdade de Direito.

– Maravilha. Então me arruma uma licença.

Ele leu devagar, virando as páginas, e continuou sorrindo. Quando terminou, ela lhe entregou mais papéis.

– O que é isto? – perguntou ele.

– A ação federal. Assim que o Noose disser não, a gente corre pro tribunal federal, onde os juízes entendem muito mais sobre *habeas corpus*.

– Sim, eles odeiam.

– É verdade, mas eles odeiam porque são inundados com pedidos de advogados de porta de cadeia que não têm nada melhor pra fazer. Todo presidiário tem algum problema, seja uma alegação legítima de inocência ou uma reclamação por vazamentos nos banheiros e comida ruim, então eles entopem os tribunais com *habeas corpus*. Isso é diferente e pode ser levado a sério.

– As mesmas alegações?

– Sim, é praticamente a mesma petição.

Jake deixou a papelada de lado, se levantou e se espreguiçou. Ela o observou e disse:

– E acho que você deveria pedir ao Noose que se retire do caso. Afinal, ele é parte do problema por não querer levar em consideração uma fiança adequada. A gente precisa requerer outro juiz, um de fora do distrito.

– Ah, ele vai ficar feliz com isso. Tenho uma ideia. Amanhã de manhã eu vou a uma reunião com o Noose e com o Dyer, coisas do pós-julgamento. Ele está na cidade pras preliminares e pra audiência de fiança. E se eu mostrar pra ele e pro Dyer o HC e ameaçar dar entrada aqui e, em seguida, levar pro tribunal federal se for necessário?

– Ele já viu um *habeas corpus* antes?

– Duvido. Vou sugerir que ele se retire do caso e exigir uma audiência urgente. Ele sabe que isso vai chegar à imprensa e pode querer evitar o aborrecimento. O Dyer pode reclamar, chiar e posar pro público. A ideia é pressionar o Noose a estabelecer uma fiança razoável pra que o nosso cliente possa sair.

– Como o Drew vai conseguir pagar qualquer fiança?
– Ótima pergunta. Vamos nos preocupar com isso quando chegar a hora.

53

À s nove da manhã de sexta-feira, a sala de audiências estava movimentada. Advogados circulavam, fofocavam e contavam piadas sem graça. As famílias de jovens recém-indiciados assistiam dos bancos, preocupadas. As escrivãs passavam apressadas carregando documentos e flertavam com os advogados. Jake era o homem do momento, e vários de seus rivais foram forçados a parabenizá-lo pela vitória em Chester. Isso acabou, no entanto, quando Lowell Dyer chegou para representar o Estado.

Um oficial de justiça foi buscar Jake e Todd Tannehill e disse que Sua Excelência queria vê-los em seu gabinete. Quando eles entraram, Noose estava esperando, de pé e se espreguiçando, obviamente desconfortável. Ele os cumprimentou calorosamente com apertos de mão e apontou para as cadeiras em frente à mesa. Depois de se sentar, disse:

– Temos uma pauta cheia hoje de manhã, doutores, então vamos direto ao ponto. Jake, você entrou com o processo por conta dos seus honorários. Todd, quando você vai apresentar a contestação?

– Muito em breve, Excelência.

– Acho que isso não é bom o suficiente. A petição é um pedido de uma página, uma raridade neste meio, com a conta detalhada por Jake em anexo. Tenho certeza que a sua resposta será ainda mais breve. Não pra tudo. Correto?

– Creio que sim, Excelência.

– Você consultou os seus clientes e presumo que todos os cinco supervisores estejam de acordo.

– Sim, Excelência.

– Ótimo. Quero que você volte rapidamente pro seu gabinete, prepare uma resposta de uma página, traga-a de volta aqui e a protocole enquanto eu dou conta da pauta.

– É pra protocolar hoje?

– Não, doutor. É pra protocolar antes do almoço. A audiência vai ser marcada pra próxima quinta-feira aqui neste fórum, uma audiência presidida por mim. Jake, você pretende chamar alguma testemunha?

– Não, Excelência. Eu não preciso de nenhuma, na verdade.

– Nem você, Todd. Vai ser um julgamento muito curto. Quero todos os cinco supervisores no tribunal. Jake, intime-os se for preciso.

– Isso não será necessário, Excelência – disse Todd. – Eu vou trazê-los aqui.

– Ok, mas se um deles não aparecer, eu mando expedir um mandado de prisão.

Todd ficou perplexo, assim como Jake. A ideia de prender um supervisor eleito do condado e arrastá-lo até o tribunal era surpreendente.

Noose não tinha terminado:

– E, Todd, sugiro que você lembre discretamente aos cinco que existem dois processos pendentes neste fórum que têm o condado de Ford como principal réu. Um envolve um aterro contaminado de propriedade do município que supostamente poluiu parte da água potável. Os reclamantes estão pedindo muito dinheiro. O segundo diz respeito a um acidente envolvendo um caminhão basculante municipal. Ambas as alegações parecem ter mérito. Eu quero que o Jake receba os honorários dele. Sei que o condado tem o dinheiro, porque vi o balanço financeiro. Ele é, como você sabe, um documento de acesso público.

Ainda mais surpreendente foi a ameaça nada sutil de um juiz de se mostrar tendencioso em casos não relacionados. Tannehill ficou atordoado e disse:

– Perdão, Excelência, mas isso soa como uma ameaça.

– Não é uma ameaça. É uma promessa. Eu arrastei o Jake pro caso Gamble com a garantia de que ele seria pago. Os honorários são razoáveis, você não concorda?

– Eu não tenho problema nenhum com os honorários dele. É só que...

– Eu sei, eu sei. Mas os supervisores do condado têm plena autoridade no que tange a assuntos orçamentários e podem pagar esse dinheiro com fundos irrestritos. Vamos garantir que isso seja feito.

– Está bem, está bem.

– Está dispensado, Todd. Por favor, dê entrada na contestação antes do meio-dia.

Tannehill lançou a Jake um olhar desnorteado e saiu depressa da sala. Depois que ele foi embora, Noose se levantou e se espreguiçou novamente.

– Quantos casos você tem agora de manhã?

– Duas preliminares, mais o Gamble. Suponho que não queira ele no tribunal hoje.

– Não. A gente vê isso mais tarde. Vamos resolver o que tem pra fazer agora de manhã e nos encontramos aqui pra almoçar, com o Lowell.

– Claro, Excelência.

– E, Jake, pede uns sanduíches de peixe empanado do Claude, ok?

– Pode deixar, Excelência.

POR SUGESTÃO DE Noose, os advogados tiraram os paletós e afrouxaram as gravatas. Sua toga estava pendurada na porta. Os sanduíches ainda estavam quentes e deliciosos. Depois de algumas mordidas e de uma rodada de conversa fiada, o juiz perguntou:

– Estão com as agendas de vocês aí?

Ambos assentiram e enfiaram a mão em suas pastas.

Noose olhou algumas anotações e perguntou:

– Dia 10 de dezembro parece uma boa data pro novo julgamento?

Jake não tinha nada programado para depois de outubro. O calendário de julgamentos de Dyer girava em torno do de Noose. Ambos disseram que estavam livres no dia 10 de dezembro.

– Alguma ideia de onde deve ser? – perguntou Jake, torcendo muito para que o caso não fosse novamente julgado no condado de Van Buren.

– Bem, estive pensando sobre isso – retrucou Noose enquanto dava uma mordida e limpava a boca com um guardanapo de papel. – A gente deveria pensar em outro lugar afastado. As coisas não deram muito certo em Chester. Não vamos julgar esse caso aqui. O condado de Tyler é o quintal do Lowell, então tá fora de questão. Sobram os condados de Polk e Milburn. Vou escolher um no devido tempo e a gente resolve isso lá. Alguma objeção?

– Bom, Excelência, é claro que nós vamos nos opor a qualquer pedido de mudança de foro.

Nenhum dos lados estava ansioso por uma revanche. Dyer temia outra derrota e Jake estava preocupado com uma possível falência.

– Claro que vão – disse Noose. – Mas não percam muito tempo com isso.

E, simples assim, a decisão havia sido proferida.

Noose continuou comendo e falando:

– Não que isso importe. A gente poderia pegar doze pessoas no meio da rua, em qualquer um dos cinco condados, e obter o mesmo resultado. Doutores, desde a anulação do julgamento que eu não penso em outra coisa e não acredito que algum júri vai condenar esse menino, ou absolvê-lo. Gostaria de saber o que vocês acham.

Jake assentiu, hesitante, e Dyer se pronunciou:

– Bem, com certeza precisamos tentar mais uma vez. Eu vejo os mesmos desafios, mas tenho certeza que vou conseguir uma condenação.

A resposta-padrão de todo promotor.

– Jake?

– Eu concordo com o senhor, Excelência. Os votos podem variar um pouco, provavelmente não vai haver uma divisão uniforme, mas um veredito unânime é algo inimaginável. O único fato que vai mudar é o nascimento do bebê de Kiera no mês que vem, então haverá uma criança. Nós, é claro, teremos o exame de sangue para provar que é do Kofer.

– E não há chance de não ser? – perguntou Dyer educadamente.

– Eu acredito na garota – respondeu Jake.

– Então você não vai ter mais a emboscada?

– Talvez, ou talvez eu tenha outra.

– Doutores. Vamos julgá-lo de novo no dia 10 de dezembro e não haverá mais emboscadas. Se o júri não concordar, partiremos daí. Nenhuma chance de chegarmos a um acordo?

Dyer balançou a cabeça e disse:

– Agora não, Excelência. Não posso anuir com um acordo num caso de homicídio sujeito a pena de morte, não com um policial assassinado.

– Jake?

– Mesma coisa. Não posso pedir a um garoto de 16 anos que aceite um acordo que vai mandá-lo pra cadeia por trinta anos.

– Foi o que imaginei. Doutores, não vejo como resolver essa confusão. Os fatos são o que são e não podemos mudá-los. Não temos escolha a não ser continuar tentando.

Jake pôs seu sanduíche de lado e pegou alguns papéis.

– Acho que isso nos leva à questão da fiança. Até agora o meu cliente cumpriu cinco meses de prisão por nada. Ele é, como todos sabemos, presumidamente inocente. O Ministério Público tentou provar uma vez que ele era culpado e fracassou. Não é justo mantê-lo na cadeia. Ele é tão inocente quanto nós, sem falar que é menor de idade e merece a chance de sair.

Dyer balançou a cabeça enquanto dava uma mordida.

Noose, surpreendentemente, comentou:

– Também tenho pensado nisso. É preocupante.

– É pior do que isso, Excelência. O garoto estava dois anos atrasado na escola em março. Como a gente sabe, a educação dele tem sido bastante irregular. Ele agora está preso, longe de qualquer possibilidade de estudar.

– Achei que a sua esposa estivesse ajudando nisso.

– Algumas horas por semana, Excelência, e é um arranjo temporário, na melhor das hipóteses. Não é o suficiente. O garoto tem mostrado interesse em aprender, mas precisa estar em uma escola de verdade, com professores e outras crianças, e ainda ter muitas aulas de reforço depois que o período acabar. – Jake entregou a ambos alguns papéis. – Isto aqui é um *habeas corpus* que eu pretendo dar entrada segunda-feira no tribunal. E vou pedir ao senhor, Excelência, com todo o respeito, que se retire do caso. Se não conseguirmos no tribunal do circuito, vou recorrer à justiça federal e vou dar um jeito nisso por lá. O garoto está sendo detido ilegalmente e sou capaz de convencer um juiz federal disso. A petição menciona a proibição da Oitava Emenda de punições cruéis e incomuns sob o fundamento de que ele um garoto menor de idade mantido em uma instituição para adultos em confinamento solitário e sem acesso a recursos educacionais. Encontramos dois casos relevantes, de outras jurisdições, e eles são citados nas razões. Se conseguirmos tirá-lo de lá, vocês dois podem jogar a culpa em outra pessoa e não se preocupar com quaisquer consequências políticas.

Aquilo deixou Noose irritado, e ele lançou um olhar furioso para Jake.

– Eu não me preocupo com política, Jake.

– Então você é o primeiro político que não se preocupa com política.

– Estou me sentindo ofendido. Você me considera um político, Jake?

– Não exatamente, mas seu nome vai estar na cédula no ano que vem. O seu também, Lowell.

– Eu não permito que a política interfira no meu trabalho, Jake – declarou Lowell, um pouco seguro demais.

– Então por que o garoto não pode ser liberado? – rebateu Jake.

Eles respiraram fundo enquanto Noose e Dyer examinavam a petição. Obviamente tinham sido pegos desprevenidos e não sabiam bem o que estavam lendo. Depois de alguns segundos, Jake disse a Noose:

– Peço desculpas se o ofendi, Excelência. Não foi a minha intenção.

– Tudo bem. Precisamos ser francos aqui e concordar que permitir que um réu por homicídio doloso saia da cadeia incomodaria muitas pessoas. Você tem algum plano?

– Sim. A fiança é usada para garantir que uma pessoa acusada de um crime apareça e enfrente as acusações. Prometo a vocês dois que, se e quando quiserem que Drew, a mãe ou a irmã compareçam em qualquer fórum, eles vão estar lá. Vocês têm a minha palavra. O meu plano é tirá-lo de lá e levar pra Oxford, onde a Josie e a Kiera estão morando, e colocá-lo na escola nas próximas semanas. A Kiera vai começar a estudar depois de ter o bebê. Ninguém conhece eles por lá, embora eu ache que o endereço deles esteja registrado. Tanto o Drew quanto a Kiera precisam de aulas particulares e de terapia, e vou tentar resolver isso tudo.

– A mãe deles está trabalhando? – perguntou Noose.

– Ela tem dois empregos de meio período e está atrás de um terceiro. Encontrei um apartamentinho pra eles e estou ajudando no aluguel. Isso será mantido contanto que eu não vá à falência.

– Tem que haver uma garantia, Jake. Como eles vão conseguir pagar?

Jake entregou a Noose um documento e disse:

– Essa é a escritura da minha casa. Vou colocá-la como garantia. E não tenho medo de fazer isso porque sei que o Drew vai comparecer ao tribunal.

– Pelo amor de Deus, Jake – disse Dyer, balançando a cabeça.

– Você não pode fazer isso, Jake – declarou Noose.

– Tá aí a escritura, Excelência. Veja bem, a casa está hipotecada, como todas as outras coisas que possuo, mas não estou preocupado.

– E se fugirem de novo? – perguntou Dyer. – Eles passaram a vida toda fugindo.

– Aí eu vou atrás desse merdinha e arrasto ele de volta pra cadeia.

A graça veio a calhar e eles deram uma boa risada.

– Quanto vale a sua casa? – perguntou Noose.

– Foi generosamente avaliada em 300 mil. E a hipoteca está no mesmo valor, dólar por dólar.

– A gente não vai usar a casa, Jake. E se eu definir a fiança em 50 mil dólares?

– Não, senhor. Isso significa que nós, ou eu, teremos que arranjar 5 mil dólares para o empréstimo da fiança. É uma extorsão, e a gente sabe disso. No momento, eu não tenho 5 mil dólares sobrando. Aceite a escritura, Excelência. O garoto vai comparecer ao tribunal quando for chamado.

Noose jogou a cópia da escritura em cima da mesa.

– Lowell?

– O Ministério Público vai se opor a qualquer fiança nesse caso. É um homicídio doloso.

– Muito obrigado – disse Jake sarcasticamente.

Noose levou a mão ao queixo e começou a coçar.

– Muito bem. A escritura vai ser suficiente.

Jake pegou mais papéis e os entregou ao juiz.

– Já preparei uma solicitação pra você assinar. Vou falar com a escrivã já, já. Depois, vou entrar em contato com o Ozzie, se ele me atender, e providenciar a soltura. Buscarei o garoto logo de manhã e levarei ele pra Oxford. Olha só, nós éramos amigos quando isso começou e vamos continuar sendo quando acabar. Preciso da ajuda de vocês pra fazer isso da forma mais discreta possível. A Josie deve dinheiro e já responde a dois processos. A Kiera vai ter um filho fora do casamento, mas ninguém em Oxford sabe nada sobre isso. Eu gostaria que ela começasse na escola como apenas mais uma garota de 14 anos, não como uma mãe adolescente. E pode haver algumas pessoas que iriam adorar esbarrar com o Drew andando pela rua. O sigilo é importante aqui.

– Entendido – disse Dyer.

Noose deu um tapinha no ar, como se não precisasse daqueles avisos.

LUCIEN QUERIA PASSAR a tarde de sexta bebendo alguma coisa em sua varanda e foi insistente no convite. Jake não queria ficar no escritório e, depois de finalmente conseguir falar com Ozzie ao telefone e acertar os detalhes da soltura de Drew, pegou o carro e foi até lá, estacionando atrás do velho Porsche. Lucien, é claro, estava sentado em sua cadeira de balanço, com um copo na mão, e Jake se perguntou quantas doses ele já havia bebido.

Jake se sentou em outra cadeira de balanço e eles conversaram sobre o calor e a umidade. Normalmente, Sallie se materializava e perguntava se ele queria tomar alguma coisa, depois trazia um copo como se estivesse lhe fazendo um favor.

— Eu te convidei pra beber comigo — afirmou Lucien. — O bar continua no mesmo lugar e tem cerveja na geladeira.

Jake saiu e voltou com uma garrafa de cerveja. Eles beberam um pouco e ouviram os grilos.

Finalmente, Jake disse:

— Você queria falar alguma coisa comigo.

— Sim. O Reuben passou aqui ontem.

— Reuben Atlee, o juiz?

— Quantos Reubens você conhece por aqui?

— Você tem sempre que ser tão engraçadinho?

— Não posso perder o jeito.

— Na verdade, eu conheço outro Reuben. Winslow. Ele frequenta a nossa igreja, então você jamais saberia quem é.

— Quem é o engraçadinho agora?

— Tô só me defendendo.

— O Reuben e eu nos conhecemos há muito tempo. Tivemos nossas diferenças, mas ainda mantemos contato.

Seria impossível encontrar qualquer advogado, juiz ou autoridade eleita em Clanton que não tivesse suas diferenças com Lucien Wilbanks.

— E o que tá passando pela cabeça dele?

— Ele tá preocupado com você. Você conhece o Reuben. Ele se vê como um pastor conduzindo todos os assuntos jurídicos da cidade e acompanhando calmamente o andamento de tudo. Poucas coisas acontecem no tribunal de que ele não fique sabendo. Ele sabia quase tanto sobre o julgamento do Gamble quanto eu, e eu estava no tribunal.

— É bem a cara do Reuben.

– Ele não ficou surpreso com o empate entre os jurados, nem eu. Aquele garoto pode ser julgado dez vezes, e eles não vão conseguir nem uma condenação nem uma absolvição. A sua defesa foi magistral, Jake. Eu assisti à sua atuação com muito orgulho.

– Obrigado.

Jake ficou emocionado, porque elogios vindos de Lucien eram algo raro. A crítica era a regra.

– Um caso estranho, de fato. Impossível condenar, impossível absolver. Tenho certeza que eles vão tentar de novo.

– Dia 10 de dezembro, em Smithfield ou Temple – informou Jake.

Lucien assimilou a informação e tomou um gole.

– Enquanto isso, ele está sentado na cadeia, um menino inocente.

– Não. Ele sai amanhã de manhã.

– Como você conseguiu isso?

– Não fui eu. Foi a Portia. Ela preparou um *habeas corpus*, escreveu uma petição convincente e levei tudo pro Noose hoje de manhã. Ameacei ele com isso, disse que daria entrada aqui e depois na justiça federal.

Lucien gargalhou por um bom tempo, sacudindo o gelo no copo. Quando a crise de riso passou, ele disse:

– Enfim, voltando ao Reuben. Ele tá incomodado com algumas coisas. *Smallwood*. Ele não gosta da ferrovia e acha que ela é operada de maneira perigosa aqui há décadas. Ele me contou que, trinta anos atrás, um amigo dele por pouco não bateu num trem naquele mesmo cruzamento. O cara deu sorte e conseguiu evitar um acidente. O Reuben participou de casos envolvendo a ferrovia algumas vezes ao longo dos anos, reintegração de posse, coisas desse tipo. Ele acha o pessoal arrogante e burro, e não dá a mínima pra empresa.

– Eu tenho os documentos – disse Jake casualmente, embora tivesse se animado.

– E ele tá encucado com a testemunha misteriosa... qual é o nome dele?

– Neal Nickel.

– O Reuben, sendo Reuben, leu os autos de trás pra frente e está intrigado com o fato de que esse cara passou três horas no local, com policiais por todos os lados, e não disse nada. Aí ele foi pra casa e ficou torcendo pra que tudo seguisse seu rumo. Depois apareceu na sexta-feira antes do julgamento querendo depor. Isso parece jogo sujo pro Reuben.

– Bem, realmente foi um choque. Mas por que o Reuben tá lendo esses autos? Com certeza ele tem trabalho suficiente em cima da mesa.

– Diz ele que lê processos por prazer. E tá pensando na criança, a única sobrevivente da família, e se preocupa com o futuro dela. Você definiu a tutela no tribunal do Reuben e ele a aprovou, então ele tem o direito de se preocupar. Quer que a criança seja assistida.

– A criança tá sendo criada pela irmã da Sarah Smallwood. Um lar decente. Não é ótimo, mas é bom.

Lucien esvaziou seu copo e se levantou devagar. Jake o observou se afastar como se estivesse sóbrio, sabendo que a história estava longe de terminar. Se seguisse na direção certa, todo o futuro de Jake poderia melhorar drasticamente. Ansioso de repente, ele virou a cerveja e pensou em buscar outra.

Lucien voltou com uma nova dose de uísque e começou a girar o gelo no copo mais uma vez.

– De todo modo, o Reuben não gosta do rumo que o caso está tomando.

– Nem eu. Estou com dívidas por causa disso.

– Uma boa estratégia pode ser pedir o arquivamento do caso no circuito e reapresentar o pedido no Tribunal da Chancelaria.

– Esse truque é velho – disse Jake. – A gente aprende na faculdade.

O procedimento permitia que o querelante entrasse com uma ação judicial, depois abrisse mão dela por qualquer motivo antes da promulgação da sentença e, em seguida, desse entrada novamente no pedido quando lhe fosse conveniente. Processar alguém, e se a investigação der errado, só desistir e ir embora. Processar alguém, ir a julgamento, formar um júri pouco amistoso, depois desistir e tentar outro dia. Havia um caso famoso na Costa do Golfo em que o advogado de um querelante entrou em pânico quando as deliberações do júri se arrastaram e ele achou que estava prestes a perder. Ele puxou essa carta e foi todo mundo para casa. No dia seguinte, foi revelado que o júri tinha acabado de decidir dar ao cliente dele um veredito generoso. O caso foi reapresentado, o julgamento ocorreu um ano depois e ele perdeu. O cliente o processou por negligência e ganhou. Os advogados dos querelados odiavam essa regra. Os advogados dos querelantes sabiam que era injusta, mas lutavam para mantê-la. A maioria dos estados havia adotado procedimentos mais modernos.

– Que coisa mais arcaica – disse Jake.

– É verdade, mas ainda tá na lei. Use isso a seu favor.

Jake terminou sua cerveja. Era óbvio que Lucien não tinha pressa e estava curtindo o momento.

– E o que deve acontecer na Chancelaria? – perguntou Jake.

– Coisas boas. O Reuben assume a jurisdição do caso por causa da tutela e da responsabilidade dele de proteger a criança. Ele marca uma data pro julgamento e pronto.

– Um julgamento sem júri.

– Exatamente. A defesa pode solicitar um júri, mas o Reuben vai negar.

Jake respirou fundo e disse:

– Eu preciso de uma dose dessa coisa marrom aí.

– O bar ainda tá no mesmo lugar. Mas cuidado, ou vai apanhar da esposa.

– Talvez a minha esposa vá beber também quando ficar sabendo disso.

Ele saiu e voltou trazendo um copo com uísque e gelo.

– Como você deve se lembrar, Lucien, o Harry Rex e eu debatemos essa mesma questão antes de abrirmos o processo. Acho que você estava presente em algumas das nossas conversas. Nós decidimos evitar o Tribunal da Chancelaria porque o Excelentíssimo Reuben Atlee é muito mão de vaca com dinheiro. Pra ele, um veredito de 100 mil dólares é absurdo, uma violação das regras de uma sociedade organizada. Ele é um miserável, um sovina, um pão-duro. Os advogados têm que implorar pra conseguir alguns dólares pros tutores.

– Ele foi generoso com você no testamento do Hubbard.

– Ele foi, e conversamos sobre isso também. Mas tinha tanto dinheiro em jogo que era mais fácil ser generoso. Demos entrada no *Smallwood* no tribunal do circuito porque achávamos que tínhamos mais chances com um júri.

– É verdade, Jake, e você queria uma grande vitória, um veredito recorde que te colocaria no mapa como advogado de tribunal.

– Eu queria. Ainda quero.

– Bom, você não vai conseguir esse veredito no *Smallwood*, não no tribunal do circuito.

– Então, o juiz Atlee quer presidir o julgamento?

– Não vai ter julgamento, Jake. Ele vai forçar a ferrovia a fazer um acordo, algo em que ele é muito bom. Fez isso com o Hubbard.

– Fez, mas depois que eu ganhei o julgamento.

– E o acordo foi justo, todo mundo recebeu alguma coisa e os recursos foram evitados. Certo?

– Certo.

– Mesma coisa aqui. Reapresenta o caso na Chancelaria e o Reuben vai assumir. Ele vai proteger a criança e os advogados também.

Jake tomou um longo gole, fechou os olhos e se balançou suavemente na cadeira. Podia sentir o peso saindo de seus ombros, o estresse escorrendo de seus poros. O álcool estava se instalando e sua respiração relaxou. Pela primeira vez em meses, havia uma luz no fim do túnel.

O fato de que o juiz Atlee estava sentado na mesma cadeira de balanço 24 horas antes e dizendo a Lucien o que ele deveria dizer ao jovem Jake era algo difícil de assimilar.

Mas aquilo era a cara do Reuben.

54

Quando Jake chegou à prisão na manhã de sábado, Ozzie o aguardava. O xerife até foi cordial, mas não ofereceu um aperto de mão. O Sr. Zack saiu para buscar o prisioneiro e Drew apareceu com uma mala de mão do Exército carregando todas as suas coisas. Jake assinou vários formulários e Drew assinou o inventário dos seus pertences. Eles seguiram Ozzie por uma porta que dava para os fundos do edifício, onde Jake havia estacionado. Do lado de fora, Drew parou por um segundo e olhou ao redor, sentindo pela primeira vez em quase cinco meses o gosto da liberdade. Quando Jake abriu a porta do motorista, Ozzie disse:

– O que acha de almoçarmos na semana que vem?

– Eu adoraria, Ozzie. Quando você quiser.

Eles foram embora sem ser vistos e, cinco minutos depois, estacionaram na garagem de Jake. Carla os encontrou no quintal e puxou Drew para um longo e forte abraço. Eles entraram na cozinha, onde um banquete estava sendo preparado. Jake o conduziu escada abaixo até o banheiro e lhe deu uma toalha.

– Toma um banho quente, leva o tempo que quiser, depois a gente vai tomar café da manhã.

Drew apareceu meia hora depois com o cabelo molhado, vestindo uma camiseta descolada do Bruce Springsteen, bermuda jeans e um par de Nikes novos, que, segundo ele, couberam perfeitamente. Jake entregou a ele três notas de 1 dólar e falou:

– Pelo vinte e um. Pode ficar com o troco.

Drew olhou para o dinheiro e disse:

– Fala sério, Jake. Você não me deve nada.

– Pega. Você ganhou honestamente, e eu sempre pago as minhas dívidas de jogo.

O garoto pegou o dinheiro com relutância e se sentou à mesa, onde Hanna o aguardava. A primeira pergunta dela foi:

– Como era lá na prisão?

– Não, não, nós não vamos falar sobre isso. Escolha outro assunto.

– Era horrível – respondeu ele.

Durante o verão, Drew e Carla passaram muitas horas juntos estudando história e ciências, lendo livros de mistério, e se tornaram próximos. Ela colocou um prato de panquecas e bacon na frente dele e bagunçou seu cabelo.

– Sua mãe vai cortar seu cabelo assim que você chegar em casa.

Ele sorriu e disse:

– Mal posso esperar. E é um apartamento de verdade, né?

– É, sim – respondeu Jake. – Não é muito grande, mas atende bem. Você vai gostar de lá, Drew.

– Mal posso esperar.

Ele enfiou um pedaço de bacon na boca.

– Como era a comida na prisão? – indagou Hanna olhando para ele.

– Hanna, toma seu café da manhã e chega de falar sobre prisão.

Drew devorou uma pilha de panquecas e pediu mais. No começo, ele não falou muito, mas logo estava tagarelando enquanto comia. O tom de sua voz aumentava, diminuía e guinchava às vezes. Ele havia crescido pelo menos 5 centímetros desde abril e, embora ainda estivesse muito magro, parecia cada vez mais um adolescente normal. A puberdade estava finalmente chegando.

Quando ficou cheio, agradeceu a Carla, deu-lhe outro abraço forte e disse que queria ver a mãe. Ao longo do trajeto para Oxford, ele permaneceu calado, contemplando a paisagem com um sorriso. No meio do caminho, começou a bater cabeça e logo adormeceu.

Jake o observava e não pôde deixar de se perguntar sobre seu futuro. Ele sabia quão precária seria a liberdade de Drew. Não compartilhava da confiança de Noose e Lucien de que uma condenação era algo improvável.

O próximo julgamento seria diferente – sempre eram. Um fórum diferente, um júri diferente, diferentes táticas da acusação.

Independentemente de uma vitória, uma derrota ou outro empate, Jake sabia que Drew Gamble faria parte de sua vida por muitos anos.

NA SEGUNDA-FEIRA, JAKE retirou a queixa do caso *Smallwood* do tribunal do circuito e enviou uma cópia para o advogado da outra parte. Walter Sullivan ligou para seu escritório três vezes naquela tarde, mas Jake não estava com vontade de conversar. Ele não devia nenhuma explicação.

Na terça-feira, entrou com uma ação por homicídio culposo no Tribunal da Chancelaria e enviou uma cópia por fax para o juiz Atlee.

Na quarta-feira, o *Times*, como esperado, publicou uma matéria de primeira página com o título "Suspeito do caso Kofer sai da prisão". Dumas Lee não favoreceu Jake em nada. Sua reportagem era tendenciosa e dava a impressão de que o réu estava sendo tratado com indulgência. O mais revoltante era o fato de se basear nas declarações feitas pelo ex-promotor Rufus Buckley, que, entre outros comentários baratos, disse que estava chocado com o fato de o juiz Noose permitir a libertação de um homem indiciado por homicídio doloso sujeito a pena de morte. "É algo inédito neste estado", afirmou Buckley, como se conhecesse a história de todos os 82 condados. Nem uma única vez Dumas mencionou o fato de que o réu era presumidamente inocente nem se importou em ligar para Jake em busca de alguma declaração. Jake concluiu que havia oferecido tantos "Nada a declarar" que Dumas se cansara de perguntar.

Como era de se esperar, Buckley parecia ter muito tempo para fazer declarações. Não havia nenhum repórter de quem ele não gostasse.

NA QUINTA-FEIRA, O juiz Noose convocou o julgamento do caso *Jake Brigance contra o Condado de Ford*. A sala de audiências principal estava praticamente vazia. Os cinco supervisores estavam sentados juntos na primeira fila, de braços cruzados, evidentemente frustrados, enquanto olhavam de cara feia para Jake, o inimigo. Eram políticos veteranos que governavam o condado fazia anos, havendo baixa rotatividade nos cargos. Cada um vinha de um distrito específico, um pequeno feudo onde o chefe distribuía contratos para pavimentação, compra de equipamentos e empregos. Como grupo, eles não estavam acostumados a ser pressionados, nem mesmo por um juiz.

Dumas Lee estava lá para bisbilhotar e assistir ao show. Jake se recusou a olhar para ele, mas queria muito xingá-lo.

– Dr. Brigance, você é o querelante – começou Noose. – O doutor tem alguma testemunha?

Jake se levantou e disse:

– Não, Excelência, mas, para que fique registrado, gostaria de dizer que fui nomeado pelo tribunal para representar o Sr. Drew Gamble em seu julgamento por homicídio doloso. Ele era e ainda é bastante insolvente. Gostaria de apresentar como prova a minha declaração de honorários e despesas relacionadas à sua defesa.

Jake foi até o taquígrafo e lhe entregou a papelada.

– Que se faça o registro – ordenou Noose.

Jake se sentou e Todd Tannehill ficou de pé e falou:

– Excelência, eu represento o condado, o réu, e acuso o recebimento das contas apresentadas pelo Dr. Brigance, que encaminhei ao conselho. De acordo com a legislação do Mississippi, o máximo a ser pago por qualquer condado em um caso como esse é mil dólares. O condado está preparado para oferecer um cheque nesse valor.

– Muito bem – disse Noose. – Gostaria que o Sr. Patrick East viesse ao banco das testemunhas.

East era o atual presidente do conselho e obviamente ficou surpreso ao ser chamado. Ele foi até lá, prestou juramento e se acomodou no banco das testemunhas. Sorriu para Omar, um homem que conhecia havia vinte anos.

O juiz Noose fez algumas perguntas preliminares para determinar seu nome, endereço e cargo, depois pegou alguns papéis.

– Agora, Sr. East, olhando para o orçamento do condado relativo a este ano fiscal, vejo que há um superávit de cerca de 200 mil dólares. O senhor pode falar um pouco sobre isso?

– Claro, Excelência. Trata-se apenas de bom gerenciamento, acredito eu.

East sorriu para seus colegas. Por natureza, ele era um sujeito simples e engraçado, e os eleitores o amavam.

– Está bem. E tem um item denominado "Conta discricionária". O saldo é de 80 mil dólares. O senhor poderia nos explicar isso?

– Claro, Excelência. É uma espécie de fundo para imprevistos. Nós o usamos ocasionalmente quando temos uma despesa inesperada.

– Por exemplo?

– Bem, no mês passado precisávamos de luminárias novas no complexo de softbol em Karaway. Não estava dentro do orçamento, e decidimos gastar 11 mil dólares. Coisas desse tipo.

– Existe alguma restrição a como esse dinheiro pode ser gasto?

– Na verdade, não. Desde que o pedido seja adequado e aprovado por nosso advogado.

– Obrigado. Agora, quando o conselho recebeu a conta do Dr. Brigance, como vocês cinco votaram?

– Cinco a zero contra. Estamos apenas seguindo a lei, Excelência.

– Obrigado. – Noose olhou para os dois advogados e disse: – Alguma pergunta?

Sem se levantar, ambos balançaram a cabeça negativamente.

– Muito bem. Sr. East, o senhor está dispensado.

Ele voltou para junto de seus colegas na primeira fila.

– Mais alguma coisa? – perguntou Noose.

Jake e Todd não tinham nada a dizer.

– Muito bem. O tribunal decide a favor do querelante, Jake Brigance, e ordena que o querelado, o condado de Ford, lhe forneça um cheque no valor de 21 mil dólares. Sessão encerrada.

NA SEXTA-FEIRA, TODD Tannehill ligou para Jake com a notícia de que o conselho havia ordenado que ele recorresse da decisão. Ele se desculpou e disse que não tinha escolha a não ser fazer o que seus clientes queriam.

Um recurso à Suprema Corte Estadual levaria um ano e meio.

SEXTA-FEIRA ERA O último dia de Portia no trabalho. As aulas começariam na segunda-feira e ela estava pronta. Lucien, Harry Rex, Bev, Jake e Carla se juntaram a ela na sala de reuniões principal e abriram uma garrafa de champanhe. Eles brindaram a ela e cada um fez um pequeno discurso. Jake foi o último, e de repente sentiu um nó na garganta.

O presente era uma bela placa marrom de bronze que dizia: PORTIA

CAROL LANG, ADVOGADA. Deveria ser colocada na porta da sala que ela havia ocupado nos últimos dois anos. Ela a segurou com orgulho, enxugou os olhos, olhou para o grupo e disse:

– Eu tô emocionada, mas já me emocionei muitas vezes aqui. Agradeço pela amizade de vocês, vocês têm sido maravilhosos. Mas também agradeço por algo muito mais importante. A aceitação. Vocês me aceitaram, uma jovem mulher negra, como uma igual. Me deram uma oportunidade incrível e sempre acreditaram que eu daria conta do recado. Graças ao incentivo e à aceitação de vocês, eu tenho um futuro no qual, às vezes, não consigo acreditar. Vocês não têm ideia do que isso significa pra mim. Obrigada. Eu amo todos vocês... até você, Lucien.

Quando ela terminou, todos tinham os olhos cheios d'água.

55

No terceiro domingo de setembro, com o calor do verão finalmente diminuindo e uma sugestão de outono no ar, a família Brigance, atrasada como de costume, tentava sair de casa para o culto na Igreja do Bom Pastor. Carla e Hanna estavam no carro e Jake estava prestes a ligar o alarme da casa quando o telefone tocou. Era Josie, ansiosa com a notícia de que Kiera estava em trabalho de parto. Ela estava com pressa e prometeu ligar quando pudesse. Jake ajustou o alarme calmamente, trancou a porta e entrou no carro.

– Agora estamos mais atrasados ainda – esbravejou Carla.
– O telefone tocou – disse ele, tirando o carro da garagem.
– Quem era?
– A Josie. Chegou a hora.
Carla respirou fundo e murmurou:
– Tá adiantado.
Eles ainda não haviam contado a Hanna.
A criança não deixava nada passar e, do banco de trás, perguntou:
– A Josie tá bem?
– Tá sim – respondeu Jake. – Não foi nada.
– Então por que ela ligou?
– Não foi nada.

Depois de um sermão que pareceu longo demais, eles conversaram um pouco com o pastor McGarry e com Meg, depois foram embora. Correram para casa e almoçaram rápido, olhando para o telefone. As horas se passaram. O nascimento de Hanna tinha sido um pesadelo e eles se lembraram de todas as coisas que poderiam dar errado. Jake tentou assistir a um jogo de futebol e Carla se enfiou na cozinha, o mais perto possível do telefone.

Finalmente, às quatro e meia Josie ligou com a notícia de que o bebê havia chegado. Mãe e filho estavam bem, sem complicações. Ele pesava 3,3 quilos e, claro, era lindo, a cara da mãe. Hanna sabia que algo estranho estava acontecendo e observava cada movimento.

Na segunda-feira, ela e a mãe foram para a escola como de costume. Jake estava em seu escritório, revisando a papelada. Ligou para seu advogado em Oxford, um amigo da época da faculdade, e eles repassaram o plano. Telefonou para os pais com a notícia. Carla tinha ligado para os dela no domingo à noite.

Depois da escola, deixaram Hanna na casa de uma amiga e foram para o hospital em Oxford. O quarto de Kiera estava uma bagunça, porque Josie e Drew haviam passado a noite lá em camas dobráveis. A família estava pronta para voltar para casa. Drew parecia particularmente entediado com tudo aquilo.

Por insistência de Jake, Kiera não tinha visto o bebê. Ele os guiou pelos procedimentos e explicou os aspectos legais. Kiera estava emocionada e chorou durante a maior parte do encontro. Carla ficou ao lado dela na cama, acariciando seu braço. Ela parecia ser ainda mais nova do que já era.

– Pobrezinha – disse Carla, enxugando o rosto enquanto saíam do quarto. – Pobrezinha.

Jake quase disse algo banal, como "O pior já passou, agora eles vão poder seguir em frente", mas, com as questões entre Drew e a justiça pendendo sobre as cabeças deles como uma espada, era difícil ser otimista. Quando chegaram ao berçário, porém, a tristeza havia desaparecido. Depois de uma rápida olhada no bebê, tiveram a certeza de que ele era simplesmente perfeito.

Naquela noite, finalmente se sentaram com Hanna e deram a notícia de que ela estava prestes a ter um irmão mais novo. Seus dias como filha única estavam chegando ao fim. Ela ficou emocionada e tinha mil perguntas, e por horas eles falaram sobre a chegada dele, seu nome, seu quarto e assim por diante. Jake e Carla decidiram adiar qualquer debate a respeito da identidade da mãe. Eles a descreveram apenas como uma linda jovem que não poderia ficar com seu filho. Isso pouco importava para Hanna. Ela estava em êxtase com a ideia de ter um irmão.

Jake ficou acordado até tarde montando um berço novo que haviam escondido em um depósito, enquanto Carla e Hanna desembrulhavam mantas e roupinhas de bebê. Hanna insistiu em se deitar com eles naquela noite, o que não era incomum, e quase tiveram que amordaçá-la para que pudessem dormir um pouco.

Acordaram cedo para o grande dia e se vestiram como se fossem à igreja. Hanna ajudou a encher uma bolsa com fraldas e muito mais coisas do que qualquer recém-nascido poderia precisar. Ela tagarelou durante todo o caminho até Oxford, enquanto seus pais tentavam em vão responder a todas as suas perguntas. No hospital, eles a deixaram em uma sala de espera com orientações rígidas e pararam para falar com o coordenador, que revisou a papelada e assinou. Foram até o quarto de Kiera e encontraram Josie e ela com tudo pronto para partir. Drew já estava na escola. O médico havia assinado a alta e os Gambles estavam de saco cheio do hospital. Com abraços e lágrimas, despediram-se e prometeram se encontrar em breve. Em seguida, Jake e Carla correram para o berçário a fim de buscar o menino. A enfermeira o entregou a Carla, que estava sem palavras, e eles se apressaram até a sala de espera, onde o apresentaram à irmã mais velha. Hanna ficou sem palavras por um momento também. Ela o ninou como se fosse uma boneca e insistiu que ele vestisse uma roupa azul-clara que ela havia escolhido e era mais apropriada para a ocasião.

Eles o chamariam de Luke, um nome que Hanna aprovou. Em sua certidão de nascimento, seu nome legal seria Lucien, um nome ao qual Carla a princípio resistiu. Dar a seu filho o nome do homem mais infame de Clanton talvez lhe trouxesse uma série de problemas, mas Jake foi inflexível. Quando o garoto completasse 10 anos, Lucien Wilbanks já teria partido e sido esquecido pela maior parte dos moradores da cidade. Jake, porém, guardaria as lembranças dele para o resto de sua vida.

Eles dirigiram até a praça e estacionaram em frente ao escritório de Arnie Pierce, um amigo próximo de Jake dos tempos da faculdade. Antes de conhecer Jake, Carla tinha saído com Arnie, então eram relacionamentos antigos e confiáveis. Atravessaram a rua até o fórum do condado de Lafayette, onde Pierce havia marcado um encontro especial com Purvis

Wesson, um jovem juiz que Jake conhecia bem. Eles se reuniram em seu gabinete para uma audiência privada, que contou com a presença de um taquígrafo. Como um padre em um batizado, o juiz Wesson segurou o bebê, o examinou e declarou que ele estava pronto para ser adotado.

Portia chegou bem a tempo para a ocasião. Três semanas depois do início da faculdade, ela estava mais do que disposta a faltar a uma ou duas aulas para testemunhar a adoção.

Arnie entregou uma série de documentos ao juiz Wesson, que os dispensou do período de espera, de três dias, e do de experiência, de seis meses. Ele examinou a petição e os formulários de consentimento assinados por Josie e Kiera. Para que ficasse registrado, leu os detalhes da certidão de óbito do pai. Assinou seu nome duas vezes e o pequeno Luke Brigance se tornou legalmente filho de Jake e Carla. Por fim, o juiz ordenou o sigilo do processo, de modo a mantê-lo longe dos registros públicos.

Meia hora depois, eles posaram para fotos e se despediram.

Na volta para casa, Hanna insistiu que Carla fosse no banco de trás com ela e o irmão. Ela já havia assumido o cuidado da criança e queria lhe dar uma mamadeira. Depois quis trocar a fralda, algo que Jake endossou com entusiasmo. Ela poderia trocar todas que quisesse.

A viagem para Clanton foi um momento de alegria, algo que Jake e Carla recordariam por anos. Em casa, o almoço os aguardava, junto com os pais de Jake e os de Carla, que haviam pegado um avião para Memphis naquela manhã. Harry Rex e Lucien chegaram para dar as boas-vindas. Quando Jake anunciou o nome da criança, Harry Rex fingiu irritação e perguntou indignado por que Lucien tinha sido escolhido. Jake explicou que um Harry Rex no mundo era mais do que suficiente.

As avós se revezaram com o menino no colo, tudo sob o olhar atento da irmã mais velha.

Os amigos e a família fariam um esforço extremo para esconder o máximo de detalhes possível. Porém as pessoas falariam e a cidade acabaria sabendo.

Jake não se importava.

Nota do autor

Comecei a escrever *Tempo de matar* em 1984 e o publiquei em 1989. Muito tempo se passou antes que Jake voltasse em 2013, em *A herança*. Nesse ínterim, outros livros ambientados no mesmo lugar fictício foram publicados – *A câmara de gás, O último jurado, A intimação* e minha única coleção de contos, *Caminhos da lei*. Agora, com mais este romance, muita coisa foi escrita a respeito de Clanton e vários de seus personagens: Jake e Carla, Harry Rex, Lucien, juiz Noose, juiz Atlee, xerife Ozzie Walls, Carl Lee e assim por diante. Na verdade, escrevi tanto sobre o condado de Ford que não consigo me lembrar de todos.

O objetivo disso tudo é pedir desculpas por quaisquer erros. Estou com preguiça de ler novamente os livros anteriores.

Agradeço a alguns velhos amigos advogados em Hernando que me ajudaram a lembrar detalhes de uma carreira de outros tempos: James Franks, William Ballard, Percy Lynchard. Eles explicaram as leis corretamente. Se eu as modifiquei para que se encaixassem na história, então o erro é meu, não deles.

O mesmo é verdade para quaisquer leis e regulamentos do meu estado natal. Como um jovem advogado tantos anos atrás, fui obrigado a segui-los ao pé da letra. Agora, como escritor de ficção, não sinto esse peso. Aqui, como antes, mudei as leis, distorci-as, até mesmo as inventei, tudo em um esforço para impulsionar a narrativa.

E um agradecimento especial a Judy Jacoby pelo título.

CONHEÇA OUTROS LIVROS DO AUTOR

Justiça a qualquer preço

Mark, Todd e Zola ingressaram na faculdade de Direito porque queriam mudar o mundo e torná-lo um lugar melhor. Fizeram empréstimos altíssimos para pagar uma instituição de ponta e agora, cursando o último semestre, descobrem que os formandos raramente passam no exame da Ordem dos Advogados e, muito menos, conseguem bons empregos.

Quando ficam sabendo que a universidade pertence a um obscuro operador de investimentos de alto risco que, por acaso, também é dono de um banco especializado em empréstimos estudantis, os três se dão conta de que caíram no grande golpe das faculdades de Direito.

Então eles começam a bolar uma forma de se livrar da dívida esmagadora, desmascarar o banco e o esquema fraudulento e ainda ganhar alguns trocados no caminho. Mas, para isso, precisam abandonar a faculdade, fingir que são habilitados a exercer a profissão e entrar em uma batalha contra um bilionário e o FBI.

Arranje uma poltrona bem confortável, porque você não vai conseguir largar *Justiça a qualquer preço*.

O Dossiê Pelicano

Numa mesma noite, dois juízes da Suprema Corte americana são assassinados, em cidades e circunstâncias diferentes. Apesar de o país inteiro exigir respostas, não há nenhuma pista em relação à motivação para os crimes.

Intrigada com o mistério, Darby Shaw, uma brilhante estudante de Direito em Nova Orleans, decide buscar evidências por conta própria. Ela descobre uma possível conexão entre as vítimas, que aponta para um nome inesperado – algo tão improvável que ela mesma duvida do dossiê que produziu.

Quando pessoas muito próximas a Darby começam a morrer, fica claro que ela chegou perto demais da verdade e que agora sua própria vida está em perigo.

Em fuga, Darby não tem escolha senão confiar no ambicioso repórter Gray Grantham. Ele só está interessado em encontrar seu próximo grande furo, mas é o único que pode ajudá-la a revelar a conspiração por trás dos assassinatos.

A firma

Quando Mitch McDeere aceita trabalhar na Bendini, Lambert & Locke, em Memphis, tem certeza de que ele e sua linda esposa, Abby, tiraram a sorte grande.

Além de ser uma firma que se orgulha de ter os maiores salários e benefícios do país, ainda lhe oferece um BMW, quita suas dívidas estudantis, arranja um financiamento de imóvel a juros baixos e contrata uma decoradora para sua casa.

Justamente quando começa a achar que tudo parece bom demais para ser verdade, Mitch é procurado por um agente do FBI, que lhe revela informações confidenciais sobre a empresa e lhe diz que ele mesmo está sob investigação.

Ao ser pressionado para se tornar informante, Mitch se vê num beco sem saída. Se não concordar em colaborar, será denunciado à justiça, mas se a firma descobrir seu papel duplo, o preço a pagar pode ser a própria vida.

CONHEÇA OS LIVROS DE JOHN GRISHAM

Justiça a qualquer preço

O homem inocente

A firma

Cartada final

O Dossiê Pelicano

Acerto de contas

Tempo de matar

Tempo de perdoar

Para saber mais sobre os títulos e autores da Editora Arqueiro,
visite o nosso site e siga as nossas redes sociais.
Além de informações sobre os próximos lançamentos,
você terá acesso a conteúdos exclusivos
e poderá participar de promoções e sorteios.

editoraarqueiro.com.br